DONGSUH MYSTERY BOOKS 45

DOVER AND THE UNKINDEST CUT OF ALL

도버4/절단

조이스 포터/황종호 옮김

동서문화사

옮긴이 황종호(黃鍾灝)
서울대 대학원 영문학 전공. 서울대·성균관대 교수. 대림대학장 역임. 한국미스터리클럽부회장, 추리동인지〈미스터리〉편집위원. 옮긴책 P.D. 제임스《검은 탑》엘린《특별요리》등이 있고 미스터리평론을 많이 썼다.

DONGSUH MYSTERY BOOKS 45

도버4/절단

조이스 포터 지음/황종호 옮김
초판 발행/1977년 12월 1일
중판 발행/2003년 1월 1일
발행인 고정일/발행처 동서문화사
창업 1956. 12. 12. 등록 16-345(윤)
서울강남구신사동 540-22 ☎ 546-0331~6 (FAX) 545-0331
www.epascal.co.kr

*

이 책의 출판권은 동서문화사(동판)가 소유합니다.
의장권 제호권 편집권은 저작권 법에 의해 보호를 받는 출판물이므로
무단전재와 무단복제를 금합니다.

편찬·필름·제작 일체「동판」자본으로 이루어짐에 따라
출판권 소유권자「동판」에서 제조출판판매 세무일체를 전담합니다.
사업자등록번호 211-90-02201
ISBN 89-497-0126-X 04840
ISBN 89-497-0081-6 (세트)

도버4/절단
차례

도버4/절단······11

어느 사형수의 파일―라이오넬 화이트············263

음험 비열 천박이 매력인 도버 경감······441

등장인물

윌프레드 도버 런던 경시청의 주임경감
찰스 매글레거 도버 경감의 부하. 경사
휴버트 월라튼 경찰서 서장
태스커 월라튼 경찰서 경감
시드니 뷔치 월라튼 경찰서 경사
피터 코클란 월라튼 경찰서 순경
윌리엄 해밀튼 손발이 절단되어 죽은 남자
초온시 더븐포트
콜링우드 } 월라튼 사람들
졸리엇 부인 코클란의 하숙집 여주인
헤이즐 피스크 여수의사
도리스 더우티 늙은 여배우
조키 조이 클럽 경영자
아더 암스트롱 택시 운전사

1

덜컹!
쾅.
"아얏!" 도버 경감은 소리를 질렀다.
 차 앞유리에 세차게 부딪친 이마에 살짝 손을 대었다. 그리고 등을 만져 보았다. 200파운드를 좋이 넘는 거구를 소형 차 안에서 세게 부딪쳤으니 경우에 따라서는 목숨에 관련된 중상을 입을 수도 있는 것이다. 아무 데도 이상이 없다는 것을 알고는 안도의 한숨을 내쉬며 무서운 기세로 아내 쪽을 보았다.
 "이 얼빠진 여자 같으니!" 그는 냅다 고함을 질렀다.
 도버 부인은 두 손으로 핸들을 잡은 채 새파래져서 비에 흠뻑 젖은 앞유리 바깥쪽을 물끄러미 내다보고 있었다. 엔진은 꺼져 있었지만, 와이퍼는 아직도 천천히 좌우로 움직이고 있다.
 "하지만 윌프!" 그녀는 떨리는 목소리로 말했다.
 "뭐가 '하지만 윌프'야!" 도버는 이를 악물고 말했다. "당신 덕분에 저 세상으로 갈 뻔했잖아! 아니, 어떻게 된 거야. 또 타이어에 구멍이 났나?"
 일이 잘 안 풀리는 날이 있다. 도버 집안으로서는 이런 것이 특별한 일은 아니지만, 오늘도 그런 날이었다. 아직 아침 9시밖에 되지 않았는데, 부부는 벌써 화려한 싸움을 세 번이나 했다. 그리고 지금은 아무래도 네 번째의 싸움으로 발전할 것 같은 형국이었다. 게다가 휴가인 것이다. 휴가라면 도버로서는 더 바랄 수 없는 행복한 한때——일시적이나마 일에 매달리는 긴장감에서 해방되는 한때인 것이다. 그러나 그것도 지금은 이미 하루 아침의 악몽으로 변해 가고 있었다. 원한의 적에게나 안겨 주었으면 좋을 것 같은 터무니없는 악몽이다.
 그러고 보니 반년쯤 전부터 파란을 예고하는 구름이 평온한 수평선 위에 이미 어슴푸레한 모습을 보이고 있었다. 실은 도버 부인이 유산(遺産)의 용도를 정한 그날부터였다. 그 무렵 그녀에겐 제법 쓸 만한 목돈이 늘 굴러들어왔다. 즉 그녀에겐 아무 불편 없이 살고 있는 나이 많은 친척이 놀라울 정도로 많이 있었는데, 그들이 세월이 흐름에 따라 세상을 떠나게 되자, 대부분 죽기 전에 그녀를 생각하고 유산을 남겨 주었던 것이다.
 지금까지 거기에 대해 도버가 불평을 한 일은 한 번도 없었다. 얼마쯤의 선물이 뜻하지 않게 아내의 주머니 속으로 굴러들어와도 그것을 쓰는 데는 늘 도버의 뜻대로 했고, 그 결과 분명히 그의 즐거움은 부풀어 갔기 때문이다. 그러나 이번만은 643파운드라는 마음대로 쓸 수 있는 큰돈이 들어오자 도버 부인은 매우 고집스러워졌다.
 "자동차를 사려고 하는데 좋은 생각이죠, 윌프?"
 그녀는 딱 잘라 말했다.
 그로서는 좋은 생각이라고 볼 수 없었으므로 그렇다는 것을 그녀에게 말했다. 결국에는 목이 쉬도록 반대했지만, 그래도 그녀는 뜻밖에 완강히 버티며 양보하지 않았다.
"역시 자동차를 사기로 하겠어요." 그녀는 말했다.
"하지만 당신은 운전도 제대로 못하잖아!"
도버는 화가 나서 반대했다.
"배우겠어요." 그녀는 새침한 표정으로 대답했다.
도버는 치밀어오르는 화를 참을 수 없었다.
"하지만 시험에 합격할 리가 없어…… 그 나이로는."
그러나 그녀는 합격했다. 시험을 치르기 전에, 남편이 런던 경시청 형사라고 지나가는 말로 시험관에게 말한 것이 효과가 있었는지 어떤지는 알 수 없는 일이다. 그리하여 도버가 전부터 달아 놓았던 '초보운전' 딱지를 자신있게 떼어버리고, 2주일 동안의 연휴에 필베리 온 시이로 드라이브 여행을 가자고 말했다. 도버는 기가 막혀서 마지막 순간까지 그녀의 생각을 바꿔 보려고 했으나 허사였다.
무슨 말을 해도 통하지 않으므로 그는 마지막으로 이렇게 말했다.
"그럼, 말해 두겠는데 나중에 내가 경고하지 않았다고 울상짓는 일이 없도록 해."
"천만의 말씀이에요!"
도버 부인은 여유있게 미소를 띠며 말했다.
이런 문제가 있은 뒤로 도버는 차의 운전과 거기에 관계된 일은 일체 입에 담지 않았다. 이제야말로 차는 완전히 그녀의 권한 안에 놓이게 되었다. 그녀는 자기 손으로 차를 닦고 자기 돈으로 휘발유 값을 치렀다. 차고문을 열어 가는 일도, 엔진이 고장났을 때의 걱정도 그녀 혼자서 다 했다. 그리고 도버는 잘 해보라는 듯한 태도였다.
휴가는 이제부터 시작인데, 전혀 기분이 나지 않았다. 도버 부인은 이윽고 여행을 떠날 시간이 다가와도 그다지 긴장하지도 않고 여전했으며, 다른 차가 달리고 있지만 않으면 아주 안전하다고 생각하고 있었다. 두 사람이 집을 나선 것은 새벽 5시였다. 억수같이 쏟아지는 비 때문에 도버 부인은 와이퍼를 움직이는 스위치를 찾는 데만도 5분이나 걸려 초조해졌다. 그녀는 기분이 완전히 우울해져서 옆에 무뚝뚝한 얼굴로 앉아 있는 남편이 답답하고 야속했으나, 그래도 꾹 참으며 쏟아지는 빗속을 시속 30마일로 고생하며 운전을 계속했다.

단조로운 여행이 한 번 중단될 뻔했다. 8시 15분 전에 타이어가 터진 것이다. 부인이 거의 울상을 짓고 타이어를 갈아끼우고 있는데도, 도버는 나무 그늘에서 여유있게 비를 피하고 있었다. 비를 맞은데다 기분이 우울해진 그는 그 뒤로 아내하고 한 마디 말도 하지 않았다. 그런데다가 모처럼 기분좋게 자고 있는 것을 그녀가 인정사정없이 급브레이크를 걸어 잠을 깨워 놓았으니 화가 나는 것은 뻔한 일이었다.

"하지만 월프!" 그녀는 여전히 뚫어지게 차 앞을 쳐다보며 우는 소리로 말했다.

"이거 야단났군!" 도버는 몹시 당황한 어조로 떠들어댔다. "코피가 터졌어!" 그는 외투 속에 손을 넣고, 감색 사지 양복 윗주머니에서 꾀죄죄한 손수건을 꺼냈다. "이봐, 멍하니 앉아 있기만 하면 어떻게 해! 어떻게든 해야지!"

부인은 남편 쪽으로 눈을 돌렸다. 눈이 공포로 휘둥그레져 있었다. 도버는 꾸짖듯이 핏자국이 두 군데나 묻은 손수건을 휘둘러 보였으나, 그녀는 쳐다보려고도 하지 않았다.

"월프!" 목이 멘 듯한 목소리였다. "저쪽 벼랑에서 사람이 뛰어내렸어요."

"무슨 똥딴지 같은 소리야!" 도버는 무의식중에 비웃듯이 말했으나, 또 코피가 나올까봐 손수건을 코에다 갖다댔다.

"하지만 똑똑히 본걸요! 저 울타리를 넘어서 뛰어내렸어요! 분명히 보았어요!"

"그게 어쨌다는 거야?" 그는 초조한 어조로 말했다.

"하지만 저기는 캐리 곶(串)이에요! 바다까지 깎아지른 절벽이에요, 월프. 그 사람은 물에 빠져 죽을 거예요!"

"썰물이면 빠지지 않아."

아무리 질 것 같은 때라도 도버라는 사람은 여간해서 물러서려고 하지 않는다.

"썰물이라면 바위 위에 떨어져 박살이 날 것 아니에요." 그녀는 몸을 부르르 떨었다. 그 광경이 눈앞에 보이는 것 같았기 때문이다. "월프, 제발 부탁이니 보고 와 주세요."

"비가 굉장히 쏟아지고 있어." 도버는 태연히 되받아넘겼다. "나는 아까 이미 비에 푹 젖었으니까."

"월프, 저기 사람이 쓰러져서 이미 죽었든가 아니면 죽어가고 있을 거예요!"

도버는 코피를 많이 흘려서 죽는 것은 질색이라고 생각했으므로 아무렇게나 말했다.

"마음 탓이야. 나는 아무도 보지 못했어."

"하지만 난 보았어요." 그녀는 딱 잘라 말했다. "게다가 저기 쓰레기통 옆을 보세요…… 그 사람의 자전거가 보일 테니까. 그래도 내 마음 탓이라고 하시겠어요?"

도버는 조금 시무룩해져서 부인이 가리키는 쪽으로 눈길을 돌리며 "몇 주일 전부터 내버려 두었던 것이겠지" 하고 중얼거리듯이 말했다.

"월프!" 그녀는 찢어질 듯한 목소리로 말했다. "보러 가 주세요."

도버는 불평을 하고 마구 투덜대다 가까스로 자리에서 일어나 밖으로 나왔다. 길을 건너 좁은 주차장으로 걸어갔는데, 비가 사정없이 쏟아지고 바람은 외투자락을 찢을 듯한 기세로 몰아쳤다. 주차장이라고는 하나 그곳은 차를 세우고, 간담이 서늘해지는 캐리 곶의 절경을 만끽하려는 사람들을 위해 설치된 좁은 빈터였다. 그는 자전거가 있는 곳까지 걸어갔다. 가까이 가보니 갑자기 바람이 불어와 자전거가 그대로 옆으로 쓰러질 것 같았다. 도버는 중산모를 누르면서 잔뜩 찌푸린 못마땅한 얼굴로 자전거를 바라보았다. 도버는 그것이 비를 맞기 시작한 지 1분도 되지 않았다는 것을 알아차렸다. 흘끔 차가 있는 쪽을 돌아다보았다. 아내가 새파래진 얼굴로 창문으로 내다보고 있는 것이 보였다.

그는 미움받을 말을 뇌까리며 천천히 울타리 있는 곳으로 가자, 튼튼한 말뚝을 꽉 잡고 아래를 내려다보았다.

캐리 곶은 어디서 보나 한 번 보기만 하면 절대로 잊을 수 없는 경치였다. 바위가 그대로 바다 위로 치솟은 절벽. 격랑이 사납게 몰아치며 소용돌이치고 있는 바다 위로 치솟은 432피트의 벼랑이다. 도버는 무섭게 소용돌이치고 있는 바다를 보고 마음을 놓았다. 만조로 곶 밑의 들쭉날쭉한 바위는 회색 거품이 이는 몇 피트 아래의 물 속에 얌전히 숨겨져 있었기 때문이다.

아내가 갑자기 다가와 팔을 잡았으므로 도버는 기겁할 정도로 놀랐다. 그녀도 아래를 내려다보았다.

"무엇이 보여요?" 그녀는 작은 소리로 물었다.

"아무것도 안 보이는군, 다행스럽게도!"

"이미 바다로 몇 마일이나 떠내려갔을 거예요." 그녀는 겁에 질린 목소리로 말했다. "시체는 아마 떠오르지 않을 거예요…… 만조에다 이렇게 파도가 높아서야."

"당신은 이 근방에 대해 꽤 상세히 아는군." 도버는 웃지도 않고 말했다.

"조지 아주머니가 오래 전에 윌라튼에 살고 있었는걸요…… 조지 아저씨의 부인이에요. 우리는 조지 아주머니라고 불렀었죠……. 생각해 보면 정말 이상한 아주머니였어요. 내가 어렸을 때는 가끔 자고 온 일도 있었지요. 아마 눈 깜짝할 사이도 없었겠지요. 월프? 이런 바다에서는 오래 견딜 수 없을 테니까요."
"정말 바다로 뛰어들었다면 그렇겠지."
도버는 불쾌한 듯이 말했다.
"하지만 난 보았다니까요! 그것만은 절대로 틀림없어요" 그녀는 흥분하여 쇳소리를 냈다. "저기를 좀 봐요! 저게 뭘까요? 내 눈에는 모자처럼 보이는데……."
도버에게도 모자로 보였으나 분명히 모자라고 인정할 정도라면 죽는 편이 낫다고 생각했다.
"아무것도 안 보이는데." 그는 거짓말을 했다.
"아니에요. 보일 거예요! 봐요, 저기! 바위 중턱에 부딪치고 있잖아요. 봐요, 역시 모자예요! 군청……아니면 검정빛일까. 챙이 보이는군요. 봐요, 저기 말이에요. 월프! 어머나!…… 보이지 않게 되었어요."
물에 잠긴 검은 것에 다시 파도가 밀려와 소용돌이 속으로 빨려들어가고 말았다.
"나에겐 아무것도 보이지 않아!" 도버는 진지한 얼굴로 딱 잘라 말했다. "어쨌든 갑시다! 이렇게 바람이 몰아치는 속에 버티고 서서 죽기라도 하면 호소할 데도 없을 테니까. 우리로선 어쩔 수 없는 일이야."
그는 아내를 재촉하여 소형차로 되돌아갔다.
"이제부터 어떻게 하지요?" 다시 운전석에 앉자 도버 부인이 물었다. 차의 창문이라는 창문은 다 흐려져 있었다.

"마구 달려야지" 하고 도버는 소리를 질렀다. "이러다가는 필베리에 도착하기도 전에 한밤중이 되겠군. 당신의 운전 솜씨도 그렇고, 타이어 터진 일도 그렇고, 이것저것 모든 것이 다 그래!" 하고 그는 버럭 화를 내며 한숨을 쉬고 난 다음 덧붙였다. "하기야 여기까지 온 것만도 기적이라고 할 수 있지."

"하지만 그 사람이 자살한 일은 신고를 해야 하지 않겠어요, 월프?" 그녀는 스타터를 누르며 말했다. 기어가 들어간 채로 있었기 때문에 도버는 또 앞유리에 세게 부딪쳤다. "어머나, 미안해요, 월프. 그 사람을 보았기 때문에 좀 정신이 산란해서……."

도버는 멍이 든 입을 열어 마구 욕을 퍼부었다. 그녀에 대해, 죽은 그녀의 아주머니에 대해, 나쁜 날씨며 소형차며 그녀의 운전 솜씨에 대해, 그리고 아무 관계도 없는 남이 자살하는 것을 구경하는 경박한 버릇에 대해.

그리고 마지막으로 말했다.

"알았어, 이번에야말로 필베리로 가는 거야. 곧장 필베리로 가야 해. 흠뻑 젖은 옷을 갈아입지 않으면 폐렴으로 앓아 눕게 될 거야."

부인은 겁먹은 태도로 남편의 얼굴을 보았다.

"경찰서에 가야죠."

겁을 먹고 있으면서도 물러서지 않을 것 같은 어조였다.

도버는 경찰서에 가서 어떻게 할 작정이냐고 되받았다.

"말이 나왔으니까 이야기해 두겠는데, 경찰들은 상대할 게 못돼! 어리석기 짝이 없는 질문에 지겨울 정도로 대답하는 데만도 몇 시간이나 걸리고…… 한술 더 떠서 우리가 그를 벼랑으로 밀어 떨어뜨렸다고 생각할 테니까 말이야. 무슨 일이 있었던가 하는 일쯤은 나중에라도 알 수 있어. 쓸데없이 남의 일에 끼여들어 골탕먹을 필요는 없단 말이야. 그리고 도대체 경찰서에 가서 무슨 말을 할 작정이지?"
"하지만 당신은 늘 일반 사람이 경찰에 협력해 주지 않는다고 불평하지 않았어요?"
도버 부인은 끝까지 침착한 태도로 그의 아픈 곳을 찔렀다.
"그것과 이것은 이야기가 달라!" 금방 달려들 듯한 말투였다.
"하지만 그 사람은…… 그 뭐라고 했던가, 그 사람은…… 해보지 않으면 모른다고 했잖아요."
"소리치지 마!" 도버는 괴로운 듯 말했다. "그것과 이것이 무슨 관계가 있다는 거야?"
그녀는 고개를 저으며 "안됐지만, 당신이 뭐라고 하든 상관 없어요. 자살 현장을 목격한 이상 신고하는 것이 시민의 의무니까요. 곧장 월라튼 경찰서를 찾아가 신고하겠어요." 그녀는 남편의 팔을 가볍게 두드리며 격려하듯이 덧붙였다. "걱정할 것 없어요. 생각했던 것보다 막상 해보니 쉽다는 말도 있잖아요."
도버 부인은 잠깐 생각한 다음 다시 차를 움직였다. 그리고 15분 뒤에 차는 월라튼 경찰서 앞에 닿았다.
"들어가고 싶지 않으면 여기서 기다리고 있어도 돼요, 월프. 1분도 안 걸릴 테니까."
"바보 같은 말 하지 마!" 또 코피가 나왔으므로 도버는 코피를 닦으며 말했다. "당신을 혼자 보낼 수야 없지. 당신은 잠자코 있어. 이야기는 내가 다 할 테니까."

경사는 '차 한 잔에 음악을'이라는 라디오 프로를 열심히 듣고 있었다. 도버 부부가 들어오자 소리를 낮추고 책상 위에 얹어 놓았던 두 다리를 내려놓았다. 피가 묻은 도버의 얼굴을 한 번 훑어보더니 짐작이 간다는 듯 귀에 꽂고 있던 연필을 빼어들고 접수대 위의 장부를 집으며 "또 교통사고요?" 하고 할 수 없다는 듯한 얼굴로 물었다.
"아니오!" 하고 도버는 소리쳤다.
경사는 깜짝 놀라는 얼굴로 어깨를 움츠렸다.
"그럼, 부인하고 싸움이라도 한 겁니까?" 그는 재미있다는 듯한 어조로 말했다. "다투기에는 너무 이른 시간이지만, 그렇다고 기다리고만 있을 수는 없을 테니까……."
도버는 살집이 좋은 두 팔을 접수대 위에 올려놓더니 얼굴을 쑥 내밀었다…… 상대방 얼굴과 2인치도 떨어져 있지 않았다.
"배탈난 늙어빠진 양처럼 꺽꺽 소리치지 않으면 무슨 일이 있었는지 말해 줄 수도 있지."
"주인께선 취한 것 같군요, 부인?"
경사는 딱하다는 듯 도버 부인을 흘끔 쳐다보았다.
"아니, 취하긴 누가 취해!" 도버는 소리쳤다.
경사는 무슨 말을 하건 좋은 방향으로 해석했다. 연필로 도버의 중산모를 장난삼아 두드리며 "보십시오, 걱정 안 해도 됩니다. 뭐, 그렇게 큰 소리로 악을 쓸 필요는 없지 않겠소?" 하고 말했다.
도버는 어쩔 줄 몰라 목을 골골거렸다. 그리고 금방이라도 접수대 위로 기어올라가 그를 후려갈길 것 같은 기세였는데, 그때 쾅 소리가 나며 문이 열렸다. 도버 부인은 화가 나서 날뛰는 남편을 잡으려다가 그제야 마음이 놓인 듯 옆에 있는 의자에 조용히 앉았다.
귀찮은 듯한 표정의 경관이 팬티만 입은 남자 두 사람을 끌고 들어왔다.
경사는 아주 재미있는 듯한 말투로 "야아, 이거 스님이 스트립 댄서가 된 것은 아닐 텐데, 이게 대체 어떻게 된 일이오? 저 꼴 좀 보라구, 다윈!" 하고 소리쳤다.

반벌거숭이의 두 사람은 경관이 잠깐 한눈을 판 사이에 벌써 치고 받으며 난투극을 벌이기 시작했다. 헛주먹질만 하고 도무지 박력이 없다. 양쪽 다 혈기왕성한 한창 나이가 아니라, 큰 북장구만한 배가 몸을 움직일 때마다 크게 출렁거렸다. 경관은 힘 안 들이고 둘을 떼어놓았다. 대머리진 사나이는 접수대에 기대서서 숨을 헐떡거렸다. 한쪽 눈 위를 몹시 얻어맞아 찢어졌는지 피가 볼을 따라서 가슴께까지 흘러내리고 있었다. 또 한 사람은 푸르스름한 줄무늬 팬티를 입었는데, 조그만 소리로 투덜거리며 무서운 눈길로 상대방을 노려보고 있었다.

다시 한번 소란이 가라앉아 조용해지자 경사가 말했다.

"이렇게 싸움박질을 한다면 조서를 받아야 되겠군. 단단히 말이야." 그리고 얼굴을 다친 남자를 보고, "아니, 콜링우드 씨 아닙니까? 난 또 누구시라고!" 그런 뒤 또 한 사람을 보고, "더븐포트 씨죠?" 그들을 알아보자 경사는 몹시 송구스러워하는 것 같았다. 그러더니 날카로운 어조로 덧붙였다. "좋아, 여보게…… 보고해 주겠나."

순경은 모자를 다시 잘 쓰고 보고했다.

"요트 클럽의 사공 버트 매터크가 잠시 와 달라고 해서 갔었습니다. 그의 말로는 이 두 사람이 탈의실에서 살쾡이처럼 싸움을 하는데 도저히 말릴 수가 없다는 거였지요. 그로선 두 사람이 다치기라도 하면 큰일이라고 걱정한 겁니다. 그래서 안으로 들어갔습니다, 경사님. 그러나 혼자서는 감당할 수가 없어서 결국 이리로 끌고 온 겁니다. 지금은 좀 가라앉았지만, 정말 경사님에게도 보여 드리고 싶을 정도였지요!"

경사는 턱으로 지시를 했으므로, 순경은 순순히 접수대 구석 쪽으로 물러섰다.

"취해 있었나?" 경사는 작은 소리로 말했다.
"그렇지 않았습니다, 경사님. 취할 시간치고는 좀 이르지 않습니까?"
경사는 눈살을 찌푸렸다. 그러나 문득 생각이 난 듯 "자네, 설마 저 몽둥이를 휘두른 것은 아니겠지?" 하고 물었다.
순경은 고개를 가로저었다.
"그거 잘했군! 이 두 사람은 이 고장 사람들이야. 외지사람들이 아니란 말이네. 자네가 심하게 다루면 가만히 있지 않을 걸세."
경사는 거드름을 피우며 거의 벌거벗은 몸으로 부들부들 떨고 있는 두 사람 앞으로 다가갔다.
"지금 한 보고가 틀림없습니까, 더븐포트 씨? 사실을 말씀해 주시죠."
"내가 말하겠소." 얼굴을 다친 남자가 나섰다. "여기 있는 이 미친 놈이 굵은 몽둥이로 나를 때렸소."
"정말입니까, 더븐포트 씨?"
더븐포트는 앞을 노려본 채 "치미는 화를 참을 수 없었기 때문이오" 하고 굳은 목소리로 말했다.
다친 사람은 괘씸하다는 듯이 말했다.
"화가 치밀다니, 놀라운 일이군! 초온시, 너란 녀석은 농담도 모르니 골치 아픈 사나이야. 유머 감각이라고는 전혀 없으니…… 경사님, 있는 그대로 말하겠소. 우리는 탈의실에 있었지요. 우리 두 사람밖에 없었습니다. 초온시, 즉 이 더븐포트가 요트에 같이 와주기로 되어 있었던 거지요. 분명히 말해 두지만, 다시는 이 녀석에게 부탁하지 않을 거요. 아무튼 나는 앉아서 양말을 갈아 신고 있었는데…… 이 초온시란 녀석이 지금처럼 팬티 하나만 입고 화장실에서 나왔지요. 그런데 이 녀석이 요새 꽤 살이 찐 것 같기에 농담삼아 '야, 대단하군, 초온시. 가슴둘레가 그 정도니 머지않아 브래지어라도 해야 되겠는걸!' 하고 말했죠. 어떻습니까? 나는 그저 농담을 했을 뿐이오. 이 정도 농담이라면 얼마든지 할 수 있는 거지요. 아니, 당신도 이런 말을 듣지 않았다면 내가 아주 나쁜 말을 했다고 생각하겠죠! 그랬더니 이 녀석은 큰 소리로 악을 쓰며 이만한 막대기를 움켜쥐고 나의 코빼기를 후려치지 뭡니까. 일어설 틈도 없었습니다. 아무튼 나도 막아야 할 것 아닙니까. 그래서 가까스로 막대기를 빼앗았더니 이번에는 맨손으로 마구 때리고 덤벼들었지요. 정말 미친 것 같더군요. 그러니 내가 화가 치밀어오르지 않고 견디겠소?"

"정말입니까, 더븐포트 씨?" 경사는 어이없는 얼굴로 물었다.

초온시 더븐포트는 추워서 부들부들 떨고 있더니 앞을 노려본 채 "변호사가 올 때까지는 아무 말도 하지 않겠소" 하고 잘라 말했다.

"쳇, 어이가 없군!" 콜링우드는 쾌씸하다는 듯 내뱉더니 소름이 돋은 팔을 부지런히 문지르기 시작했다.

경사는 연필을 찾으며 "콜링우드 씨, 고소하시겠습니까?" 하고 물었다.

"천만의 말씀입니다! 초온시는 옛친구요……아니, 옛친구니까…… 아시겠소, 이것은 더븐포트와 나 두 사람만의 문제입니다. 경찰의 신세를 질 일이 아니지요. 그 늙다리, 순경까지 부르다니…… 단단히 혼구멍을 내줘야지. 이 일은 이제 없었던 것으로 해두고 싶습니다. 나는 돌아가서 옷을 입어야겠어요, 너무 추워서 견딜 수가 없군요."

"좋도록 하십시오." 경사는 아주 의젓하게 말했다. "당신이 마음먹기에 달렸으니까요. 당신이 고소할 생각이 없다면 이쪽에서는 그대로 처리하면 됩니다. 그러나 그 상처는 의사에게 보이는 것이 좋겠습니다. 꽤 심해 보이니 말입니다. 아마 경찰 의사가 경감이 있는 곳에 있을 거요…… 데려오겠으니 치료를 받도록 하십시오. 더븐포트 씨…… 당신도 몇 군데 심한 타박상이 있으니 치료를 받아 보면 어떻겠습니까? 응급 치료 말입니다…… 곧 데려오겠소."
 이 관대한 제안을 들은 더븐포트의 놀라움은 대단한 것이었다. 얼굴이 새파래지며 접수대 끝에 기대어 서더니 겁먹은 눈초리로 경사를 노려보았다.
 "의사라고?" 그는 빽빽거리는 목쉰 소리로 말했다. "의사라니, 의사는 딱 질색이오! 의사에게 몸을 만지게 하다니 그럴 순 없소! 의사는 질색이오, 싫소! 싫단 말이오!"
 한자리에 있던 사람이 잡을 틈도 없이 더븐포트는 문 쪽으로 도망치는 토끼처럼 달려갔다. 그가 나가자 문이 쾅 하며 닫히고 맨발로 달려가는 발소리가 들렸다.
 모두 어이가 없어 말도 못하고 있는데, 갑자기 콜링우드가 말했다.
 "흐음, 이렇게 말하기는 뭣하지만…… 저 녀석은 외과가 아니라 정신과를 찾아가야 할 것 같군."
 "늘 저렇습니까? 사소한 일로 갑자기 화를 내거나 합니까?"
 경사는 생각에 잠긴 얼굴을 끄덕여 보이며 물었다.
 "천만에요! 어느 모로 보나 분별있는 사람이죠. 우리가 그렇게 생각지 않는다면 저 녀석이 요트 클럽 회원이 될 수 있었겠소. 5, 6개월 전만 해도 저 녀석은 클럽을 이끌어 온 걸요. 여자 관계는 좀 복잡한 데도 있지만…… 그만한 결점은 누구에게나 있는 법이죠, 안 그렇습니까?"
 "집을 나간 일도 있지 않았던가요? 분명히 부인이 신고를 하러 왔던 것 같은데, 내 기억이 틀리지 않다면, 일주일 가량 지난 뒤 바람처럼 불쑥 나타났다는데, 혹 기억 상실증이 아니었을까요?"

"그렇소." 콜링우드는 발이 시려운 듯 맨발을 번갈아 움직이고 있었다. "어디 가서 무슨 일을 했는지 전혀 기억이 없다고 그는 말하고 있었지만…… 나는 짚이는 바가 있지요. 정신없이 여기저기 돌아다니며 노는 데 정신 팔려 있던 게 아닐까요. 어쨌든 그 뒤로 완전히 사람이 달라졌다오. 오늘 아침처럼 갑자기 머리가 이상해질 때는 별도로 하고 그밖에는 늘 말없이 생각에 잠겨 있지요." 그는 재채기를 했다. "이런, 손수건도 없으니, 그럼, 나도 이제 그만 가 봐야겠습니다. 부녀회 사람들의 눈에 띄어 풍기문란이니 뭐니 하고 물고늘어지면 감당키 힘들 테니까요. 경사님, 미안하지만 전화로 택시를 불러 주십시오. 뒷문 쪽으로 오도록 일러 주시지요."

경사는 말이 떨어지기가 무섭게 전화를 걸더니 택시가 올 때까지 콜링우드를 상대로 유쾌하게 잡담을 했다.

도버는 화가 머리끝까지 치밀었다. 몇 번이고 중간에서 이야기를 꺼내려고 했으나 경사가 처음부터 일체 응하려고 하지 않았으므로 어쩔 수 없었다. 결국은 모든 것을 다 부인의 탓을 돌리고 그녀에게 잔소리를 할 수밖에 없었다.

이윽고 콜링우드가 돌아가고 젊은 순경도 순찰을 나갔으므로 경사는 한가해졌다.

"아니, 아직 안 가고 있었소? 그런데 무슨 일이었지요? 교통사고였던가요?" 그는 불쾌한 얼굴로 도버를 보았다.

"그렇지 않소! 캐리 곶에서 투신 자살하는 것을 목격했소…… 쓸데없는 일이겠지만…… 당신이 알고 싶어할 것 같기에……"
하고 도버는 악을 썼다.

경사는 믿을 수 없다는 듯한 얼굴로 머리를 긁적였다.

"당신, 정말 취한 것은 아니겠지요?"

도버 부인이 재빨리 그 말을 받았다.

"천만의 말씀이에요, 경사님. 정말이에요. 캐리 곶 위를 차로 달리던 중인데 웬 남자가 울타리를 넘어가는 것이 보였어요. 그래서 내가 차를 세웠는데 그 동안에 그 사람이 뛰어드는 모습이 보였죠. 그 아래 바다로 말이에요. 정말이지 소름이 쪽 끼쳤어요!"
경사는 또 머리를 긁적이며 말했다.
"그래, 어떤 사람이었지요? 차림새와 모습을 말해 주시겠소?"
"그건 좀 무리한 일이에요. 남자라는 것은 확실했지만…… 젊은 사람인 것 같았어요. 하지만 그때는 비가 무섭게 퍼붓고 있었고…… 흘끔 보였을 뿐이니까요."
"어떤 옷차림이었나 짐작이 안 갑니까? 무리한 말만 물어서 미안합니다만, 부인…… 만일 밀물 때 캐리 곶으로 뛰어들었다면 우선 시체는 찾아낼 수 없을 것 아닙니까. 바다로 쓸려내려갔을 테니까요."
"네, 알고 있어요." 만족스러운 어조였다. "나는 어렸을 때 이곳 월라튼의 조지 숙모님네 집에 있었어요. 물론 아주 옛날 일이지만…… 캐리 곶에 대한 이야기는 지금도 잊지 않고 있어요. 그 숙모님을 우리는 조지 아주머니라고 불렀어요. 조지 숙부님과 결혼했기 때문이지요. 그래서……"
갑자기 도버가 아내를 보고 턱을 쳐들며 난폭하게 말참견을 했다.
"됐어! 이제 그것으로 됐어! 자살한 이야기는 했으니까 더 이상 당신이 할 말은 없어. 자, 갑시다!"
"잠깐만, 월프." 그녀는 입을 비쭉 내밀었다. "자전거와 모자 이야기를 아직 안 했어요."
"그런 것은 아무래도 상관없어. 이제 됐으니 그만 가."
도버는 아내의 팔을 잡고 문 쪽으로 끌어당겼다.
"아니, 잠깐만!" 경사는 도버 부인의 다른 한쪽 팔을 붙잡으며 말했다. "미안하지만 중요한 일인지 아닌지 결정할 사람은 나요. 그 자전거가 어떻게 되었다는 거지요?"

"울타리에 자전거가 기대어 놓여져 있었소."

"자살한 남자의 것인가요?"

"누가 아오. 안장이 거의 젖지 않은 것으로 보아 오랫동안 세워 둔 건 아닌 것 같소."

"그런 것까지 잘 아시는군요." 경사는 놀란 듯이 말했다.

도버 부인은 기쁜 듯 목청을 돋구었다.

"그야 우리 남편이 런던 경시청의 주임경감인걸요. 당신은 참, 아얏!" 그녀는 갑자기 발목을 잡았다. "여보, 왜 이래요. 아프잖아요!"

하지만 만일 도버가 정말 걷어차려했다면 아마 그쯤으로 끝나지는 않았을 것이다.

2

경사의 태도가 싹 달라졌다. 이 무뢰한으로 보이는 맥주통 같은 사나이가 아무래도 런던 경시청의 주임경감으로는 보이지 않았지만, 벌써 오랫동안 그 자리를 보충시키지 않는 것으로 보면 무조건 그렇게만 생각할 수는 없었다. 그래서 지나가는 영감 놀리듯 우습게 대하던 것을 이번에는 조심스럽게, 오히려 비굴할 정도로 빈번하게 "경감님"을 연발했다. 이렇게 되고 보니 경감 부부가 좀 당황한 기색이었으나 응접실로 안내를 받아 의자까지 권하는 대접을 받았다. 서(署) 안의 식당에서는 영양이 듬뿍 든 짙은 차를 가져왔다. 너나할 것 없이 모두 이마가 바닥에 닿을 정도로 절을 했다.

"그러나 말입니다." 경사는 그 또한 아첨을 하러 나온 상사인 경감을 향해 작은 소리로 말했다. "늙은이가 우리에게 한 방 먹이려고 들면 끝까지 골려 줄 겁니다. 가짜 경감이 된 지 얼마나 되었는지는 모르지만 아주 그럴 듯한데요."

두 사람은 응접실 밖에 서서 머리를 빗고 제복 단추가 빠지지나 않았나 확인한 다음 구두 끝을 바지 뒤에 문질러 닦았다.

"그 녀석이 가짜라면 무엇하러 나를 부르러 왔나?"

경감은 불쾌한 목소리로 말했다.

"그러나…… 아무래도 저로선 좀 부담이 큽니다…… 나는 한낱 경사이지만 당신은 경감이니까요."

승진에 얽힌 아픈 옛 상처를 건드리는 이 불쾌한 말을 듣자 경감은 한숨을 쉬었다. 봉급이 조금 다르다고 이렇게 불쾌한 일을 당해야 한다면 불합리하다는 생각을 한 것도 어제 오늘에 비롯된 일은 아니라고 할 수 있었다.

응접실에서는 도버 부부가 말다툼을 하고 있었다.

"어때, 이제 당신도 알았겠지!" 도버는 줄곧 발목을 쓰다듬고 있는 아내에게 소리를 질렀다. "언제 필베리에 도착할지 짐작도 못하겠잖아."

"그렇다고 그렇게 걷어찰 것까지는 없잖아요."

"이따가 밖에 나가서 봐, 끝장이야!" 완전히 협박이다. 더구나 진심으로 그렇게 말하고 있는 것이다. "알았어? 이번에는 주제넘게 나서지 말고 나에게 맡겨둬, 알았지!"

도버 부인은 아픈 다리를 쓰다듬으며 울화가 치미는 것을 가까스로 참았다. 그러나 보복하는 방법을 빈틈없이 생각해 두었으므로 5분 뒤 농담이 섞인 소개가 일단 끝나자 그녀는 곧 실행에 옮겼다.

"사실은 말입니다, 경감님" 그녀는 생글생글 웃으며 말했다. "제 생각에는……." 도버 부인은 남편이 코를 킁킁거리며 주의를 주고 있는 것도 아랑곳하지 않고 말을 계속했다. "우리 주인과 함께 캐리 곳을 바라보게 되었을 때 무엇인가가 바다 위에 떠 있는 것 같았어요."

"그렇게 멋대로 지껄이지 마!"

도버는 물어뜯을 듯한 말투로 외쳤다.

"그것은 모자 같았어요, 경감님…… 챙이 달린……"

"아니, 정말입니까, 부인? 참 재미있는 일이군요."

"네…… 게다가 그 자전거도. 아세요, 경감님? 그 자전거도 어쩐지 눈에 익은 것 같았어요."

"무슨 소리야!" 도버는 신음하듯이 말했다.

경찰은 살짝 눈살을 찌푸렸다.

"그것이 글쎄, 우리가 신혼 때 남편이 늘 타던 것과 똑같지 뭐예요." 도버 부인은 생글생글 웃으며 말했다.

"아니, 그렇다면……?"

도버 부인은 고개를 끄덕였다.

"경찰용 자전거예요! 그 구식의 정좌형(定座型) 말이에요. 크롬이 칠해져 있지 않고…… 무거운 자전거. 그리고 바다 위에 떠 있던 그 챙이 달린 모자…… 그것은 경찰 제모가 아니었던가 싶어요. 틀림없이 그런 것 같아요."

"무슨 바보 같은 소리야!" 도버는 중얼거렸다.

"그리고" 도버 부인은 보란 듯이 생글생글 웃는 얼굴로 남편을 바라보며 말을 계속했다. "울타리를 넘어가려고 하던 사람 말인데요…… 지금 생각해 보니 역시 경찰 제복을 입고 있었던 것 같아요."

"집사람이 지껄이는 말을 진심으로 받아들이는 것은 아니겠지요?" 하고 도버는 소리쳤다. "이 사람은 눈뜬 장님이나 같소. 게다가 환각증이 있습니다."

그러나 경사도 경감도 그의 말에는 귀도 기울이지 않았다. 다만 당혹한 듯한 눈으로 흘끔 쳐다보았을 뿐이다.
 도버는 낙담하여 말했다.
 "기가 막히는군! 이런 허튼 소리는 들어본 적이 없어."
 "코클란입니다." 경사는 할 수 없다는 듯이 말했다.
 "놀랐는데! 하지만 설마……?" 경감이 말했다.
 "오늘 아침에 그의 모습이 이상하다고 말했었지요, 경감님. 그리고 자전거를 타고 나간 것도 틀림없는 사실입니다. 이 눈으로 보았으니까요. 만일 그가 자살했다면 골치아픈 문제가 되겠는걸요."
 "뭐, 별일 있으려구…… 우리가 잘못한 것도 아닌데!"
 경감이 소리쳤다.
 "서장님께는 경감님이 말씀해 주십시오. 코클란은 서장의 사랑을 받고 있었으니까요." 경사는 좀 우울한 목소리로 말했다. "서장님은 그 사람이야말로 자기가 사는 보람이라고 생각했을 정도거든요. 이렇게 되니 당신이 조금도 부럽다고 생각되지 않는군요…… 어쨌든 사건의 보고는 해야 하니까. 서장은 틀림없이 기절할 겁니다. 자기 조카가 자살을 했다니, 그렇지 않겠습니까?"
 경감은 재빨리 생각했다. 그리고 딱 잘라 말했다.
 "아니, 서장님께는 자네가 전화로 앞뒤 사정을…… 그런 게 아닐까 한다고 보고해 주게. 잘 부탁하네. 나는 캐리 곳에 가서 자전거를 보고 오겠네."
 "됐어……." 도버는 덜컹 소리를 내며 일어났다. "이제 결정이 났군. 우리는 방해가 되지 않도록 그만 가 봅시다."
 "아닙니다, 안 됩니다!" 경감과 경사는 입을 모아 말했다.
 "나는 휴가 중이오." 도버는 한심한 듯이 말했다.
 "휴가이건 무엇이건 이쪽에선 알 바가 아니오." 경감은 계급과 선배에 대한 경의는 집어던지고 단호한 어조로 말했다. "서장님이 오실 때까지 한 발자국도 움직이면 안 되오…… 아마 20분 안에 올 거요, 경사, 입구에 순경을 배치하여 이 두 사람을 내보내지 말라고 일러 놓게. 자, 갑시다!"
두 시골 경관은 도버의 항의에는 귀도 기울이지 않고 서둘러 방을 나가 버렸다. 그로부터 30분 동안 쓸데없이 경찰서에 발이 묶인 모욕에 이성을 잃고 쉴새없이 퍼붓는 도버의 온갖 욕설을 부인은 꾹 참고 들었다. 도버 부인은 벌써 그 무렵에는 남편이나 다름없이 이 사건 자체에 싫증을 느끼게 되었으므로, 살짝 구석에 들어앉아 퍼시 숙부가 지난 주일 볼링을 하러 갔다가 감기가 심하게 들었는데, 만일 그 감기가 잘 낫지 않는다면 객실을 어떻게 바꿔 꾸미면 좋을까 하는 생각을 하기 시작했다.
한편 경관들은 사건과 씨름을 하고 있었다. 자전거는 이미 캐리 곶에서 끌어왔고, 코클란 청년이 그날 아침에 월라튼 경찰서에서 타고 나간 것이 분명하다는 단정을 내렸다. 지도가 펼쳐졌다. 캐리 곶까지 자전거로 가려면 아무리 생각해도(비록 세계 챔피언이라 하더라도) 35분 안으로는 무리한 것도 충분히 고려에 넣어 시간과 거리의 측정이 이루어졌다. "물론 그곳에서 이리로 오는 데는 훨씬 빨리 올 수 있지만요" 하고 경사는 정신나간 말을 했다.
서장은 가시 돋친 눈초리로 경사를 흘끔 노려본 다음 도버에게 계속 질문을 퍼부었다. 자살자가 울타리를 넘어가는 것을 본 것은…… 1분 1초도 틀리지 않게 말해서 몇 시였나? 왜 몰랐나? 베테랑 형사라면 그만한 일쯤은 잠자코 있어도 알 수 있지 않겠는가! 왜 시계를 볼 생각을 하지 않았는가? 주정꾼이라도 그만한 일은 알아차릴 수 있었지 않겠는가?……
"쳇! 이상하게 얽어 넣는군!" 도버는 입속말로 투덜거렸다.
"뭐라고 하셨지요?" 하고 서장은 소리쳤다. 그는 귀가 좀 멀어,

그 일에 몹시 신경을 쓰고 있었다. "할 말이 있으면 큰 소리로 하시오, 중얼중얼대는 것은 참을 수가 없소."

경감은 측정을 마치고 "아무래도 의심할 여지가 없는 것 같습니다, 서장님" 하고 안됐다는 듯이 보고했다. "시간은 내가 생각했던 것과 거의 일치하는 것 같습니다. 물론 코클란이 다른 사람에게 자전거를 빌려 주었는지도 모릅니다만, 그럴 가능성은 희박합니다."

"경감, 나는 도대체 이런 일은 처음부터 믿을 수가 없어."

서장은 재미없다는 듯이 무뚝뚝하게 말했다.

"자전거의 지문은요?" 도버는 자기도 조금은 도움이 될 만한 말을 해야 할 것 같은 생각이 들어 물었다.

"지금 조사하고 있는 중이지만……이렇게 비가 와서야……" 하고 경감은 말했다.

"마누라에게 뭐라고 말해야 한담." 서장은 떨떠름한 얼굴로 말했다. "도무지 납득할 만한 이유가 있어야지. 장래성이 있고 앞날이 유망한 젊은이가 갑자기 자살을 하다니…… 아무래도 이유가 있을 텐데."

"철저하게 조사하겠습니다. 확실히 약속합니다." 경감은 열심히 장담했다. "우리가……."

"나는 조카가 자네의 부하가 된 지 겨우 6주일 만에 자살했다는 사실을 그냥 보아넘길 수는 없네." 서장은 의미심장하게 말했다. "자네가 하는 조사는 좀 한쪽으로 치우치는 게 아닌가? 자네는 그 아이를 굉장히 싫어했으니까. 전부터 다 알고 있었네. 교육 정도는 자네의 배가 되고 머리는 세 배나 더 좋지. 이렇게 말해도 지나친 말은 아닐걸세. 자네는 그 아이를 시기하고 있었지. 그만한 건 아무리 얼빠진 자라도 알 수 있는 일이야. 그는 경찰에 들어온 지 1년 만에 자네가 90살이 될 때까지 경찰 노릇을 해도 바라보지 못할 훌륭한 경관이 되었기 때문일세. 자네 같은 사람으로서는 어쨌든 무리한 일이니까. 물론 수사는 빈틈없이 하겠네. 그러나 자네나 자네 부하 같은 게으름쟁이에게는 맡길 수가 없어! 경사, 경시청을 불러 주게, 대지급으로!"

경사가 허둥지둥 방에서 나가자 서장은 의젓한 발걸음으로 뒤따라 나갔다.

도버와 경감은 얼굴을 마주 보았다.

"……그럴까?" 도버는 신음하는 듯한 목소리로 말했다.

"그렇겠지요" 하고 경감이 말했다.

"하지만 나는 휴가 중이란 말이오!"

"서장님에게 직접 말해 보면 어떨까요. 저런 식으로 나간다면 제임스 본드도 말릴 수 없을 테니까요. 첫째, 나는 서장이 그런 시원치 않은 조카를 데리고 왔을 때부터 이런 일이 생기지 않을까 생각했었지요. 변변치 못한 쥐새끼 같은 풋내기였거든요. 정말이지 그 녀석 때문에 이런 고생을 하다니!"

도버는 무서운 눈초리로 아내를 노려보며 소리쳤다.

"들었지? 다 당신 탓이야…… 당신과 그 하찮은 차 때문이라구! 여느 때처럼 기차로 필베리에 갔다면 절대로 이런 일은 없었을 거야!"

2, 3분 뒤에 서장이 되돌아왔다. 만사가 끝이 났다. 경시청에는 거의 친구다운 친구가 없었으므로, 아무도 도버에게 도움의 손길을 뻗어 주는 이가 없었다. 연휴는 취소되고 서장의 지시를 따르게 되고 말았다

"다음 열차로 당신이 속해 있는 곳의 경사를 보낸다는군요. 맥도널드라던가? 이상한 외국식 이름이었소. 그런데 어째서 자기네 나라에서 떠나왔지요?"

"그가 와봐야 아무 소용 없을 거요." 도버는 물에 빠진 자가 지푸라기를 잡는 기분으로 말했다. "그는 유럽으로 여행을 떠나니까요."

"출발 전 공항에서 붙잡았다더군요. 여기서 70마일밖에 안 되니까…… 점심때까지는 오겠지요. 경사에게 부탁하여 당신 두 사람의 숙소를 정해 놓았소. 그럼, 나는 집사람에게 전화를 걸어 슬픈 소식을 알려줘야겠군. 15분 뒤에 서장실에 모여서 수사 방침을 정합시다."

"그러면 저는 어떻게 해야 합니까, 서장님?"

서장은 차가운 눈으로 부하 경감을 보았다.

"태스커, 자네 같은 사람은 뻗어 버리면 좋으련만, 아무리 자비로운 하느님의 은총이라도 그것은 무리한 일이겠지. 뭐 할 일이 있으면 여느 때처럼 하면 될 것 아닌가. 그리고 2, 3년 동안은 내 앞에 얼굴을 보이지 말게."

도버 부인은 자기도 월라튼에 남아 필요할 때 남편의 시중을 들겠다고 했으나 한마디로 거절당했다.

"당신은 필베리에 가든지 집으로 돌아가든지 하고 싶은 대로 해. 마음대로 하란 말이야! 내가 알 바 아니니까!" 도버는 화를 냈다.

"하지만 휴가는 나중에라도 받을 수 있을 것 아니에요. 다만 연기되었을 뿐이잖아요."

도버는 대답 대신 틀니가 빠져나올 것 같은 기세로 코를 쿵쿵거렸다.

도버 부인은 울면서 혼자 쓸쓸한 휴가를 보내기 위해 필베리로 갔다.

서장은 전화를 받은 아내가 신경질을 부렸으므로 신경이 날카로워졌다. 경사는 바쁜 체하고, 경감은 자기에게 벼락이 떨어지지나 않을까 허둥대며 떨고 있었다.

이런 일에 익숙한 도버는 바지의 맨 윗단추를 빼더니 구두를 벗고 다리를 스팀 위에 얹어 놓고는 낮잠을 자기 시작했다.

꽤 시간이 지난 뒤 누가 깨우는 바람에 일어났다. 여러 해를 그와 함께 일해 온 경사 찰스 에드워드 매글레거가 도착한 것이다. 매글레거도 휴가가 취소됐으므로 성이 나 있었으나, 월라튼 경찰서에서 기다리고 있던 도버는 그다지 화난 것 같지는 않았다.

도버는 그런 상태에서 그를 맞이했다.

"이제야 왔군. 어떻게 된 건가…… 걸어왔나?"

매글레거는 이를 부드득 갈았다.

서장은 아내를 달래기 위해 서둘러 집으로 돌아가야 했으므로 도버와 매글레거가 지시를 받으려고 나란히 서장실로 들어갔을 때도 기분이 썩 좋아 보이지는 않았다. 명령은 간단명료하고 요령있는 것이었다. 도버는 주의깊게 들은 것은 아니지만 추측컨대 서장은 두 가지 일을 신속하게 해주기를 바라고 있는 것 같았다. 첫째는 조카 코클란 순경이 자살한 이유를 알아볼 것, 둘째는 이 비참한 행위의 책임 소재를 공정 명확하게 지적할 것——즉 그것이 월라튼 경찰서에 근무하는 경감에게 있다고 지적해 주기를 바라고 있었다.

그는 주먹으로 책상을 쾅쾅 치며 딱 잘라 말했다.

"이 사건의 흑막은 저 바보 같은 태스커일 거요. 그러므로 단연코 그에게 그 보상을 받고 말겠소! 내가 젊은 피터를 여기 넣었을 때부터 그는 줄곧 마음속에 품고 있던 것이 있었소. 내가 조카를 편애한다고 비난을 퍼붓고 뻔뻔스럽게 구는 꼴이란 눈뜨고 못 볼 정도였지. 안 그렇겠소? 난 분명히 말했었지요. '코클란 순경을 자네가 있는 과에 배속하겠네. 머리가 좋고 적극적인 사람을 가장 필요로 하는 곳은 자네의 과이니까. 자네의 과는 서 안에서 가장 해이해 있어. 자네가 협력을 하건 안 하건 나는 개선할 참일세'라고 말이오. 태스커란 녀석은 그런 인간이므로 물론 그 뒤로는 그 일을 꽁하니 가슴에 품고 있었던 거요. 사리분별을 못하는 사나이니까……한심한 성격이지요. 그래서 그는 보복을 한 거요. 그는 나에게는 꼼짝도 못했지만, 피터에겐 큰소리를 칠 수 있었거든요. 큰소리를 땅땅 친 거요! 좋아, 그에게 반드시 보상을 하게 할 테니까…… 아주 비싼 보상을 말이오. 알겠소, 경감. 직접 나에게 보고해 주시오. 전화로는 안 되오. 본부의 교환수가 도청을 해서 당신이 무슨 수를 써도 미리 다 탄로가 나고 마니까. 뭐 물어 볼 것이라도 있소? 아무것도 없는 모양이지? 좋소, 그럼, 나는 나가 보겠소. 당신의 보고를 기다리고 있을 테니…… 빨리 부탁하오."

긴급을 요하는 사태이니만큼 몇 번이고 서둘러 달라고 했는데, 도버는 태연자약 조금도 서두르는 기색이 없다.

월라튼에는 호텔이 두 개 있었는데, 그중 그들이 있게 될 호텔로 매글레거와 함께 가서 거기서 느긋하게 버티고 앉아 배불리 점심을 먹었다. 커피를 마시며 도버는 아무 도움도 안 될, 시간을 보낼 볼일을 이것저것 생각하고 있었다. 그것도 매글레거를 저녁 식사 시간까지 부려먹고, 경감인 자기는 오후 내내 침대에서 편안히 쉬려는 배짱에서였다. 그리고 착실한 매글레거에게는 아침이 되면 시간도 충분히 있고 계획대로 행동할 수 있으니까 본격적인 수사는 그때부터 시작한다고 말했다.

"생각해 보게." 그는 하품을 하며 말했다. "이것이 일을 하는 요령이야. 머리를 쓰라구. 안 그런가…… 나는 방 안에서 잠깐 머리를 짜내는 일만으로 자네가 지금까지 먹은 따끈따끈한 빵의 수보다도 많은 문제를 해결했으니까."

매글레거는 좀 믿을 수 없는 모양이었지만, 그래도 조심스러운 미소를 이목구비가 반듯한 얼굴에 띠더니, 도버에게 담배를 봉지째 내

놓고 나가 버렸다.
 다음날 아침 도버는 일을 착수할 작정으로 아침 식사를 하려고 아래층으로 내려갔다. 어제 오후부터, 저녁 식사 시간과 그 뒤에 호텔의 바에서 유쾌하게 한때를 보낸 일 말고는 모두 15시간이나 충분한 수면을 취했다. 그러므로 아주 기분이 거뜬했다. 그러나 그것도 잠깐일 뿐 정확하기 이를 데 없는 매글레거 때문에 멈춰지고 말았다.
 "방금 서장에게서 전화가 걸려 왔습니다. 수사가 진행되고 있느냐고 묻더군요."
 "아니, 이런 아침 시간에?"
 도버는 여느 때의 씁쓰레한 얼굴로 말했다.
 "벌써 9시 반입니다, 경감님."
 도버는 여종업원에게 말했다.
 "오트밀과 베이컨과 계란과 소시지와 토마토를 주시오. 그리고 홍차를 듬뿍." 중요한 주문이 끝났으므로 그는 다시 매글레거 쪽으로 돌아앉았다. "그래, 뭐라고 했나?"
 "배후 관계에 손을 대고 있다고 말해 뒀습니다. 달리 뭐라고 할 수가 없어서요."
 도버는 불쾌한 듯 코를 킁킁거렸다.
 "그 코클란이라는 남자에 대해서 뭐 좀 안 것이 있나? 그는 결혼한 사람인가?"
 "아니오"라고 매글레거는 대답했지만, 이 사나이는 지금의 절반쯤만 되는 기회만 주어도 훌륭한 재능을 발휘할 수 있는 사람이었다. "미혼이었습니다. 친척이라고는 없었던 모양입니다. 물론 서장은 별도로 하고 말입니다만. 이 월라튼에서 하숙을 하고 있었습니다. 이곳 경찰에는 숙사가 없거든요."
 "친구 관계는 어떤가?"

"글쎄요, 그다지 많지 않았던 것 같습니다…… 어쨌든 동료 중에는요. 이곳에 온 지 아직 얼마 안됐고, 숙부가 서장이라서 동료들도 자연히 경원하는 눈치가 있었겠지요. 지금은 아무도 말하려 들지 않지만, 나의 추측으로는 아무래도 몇몇 여자에게 배신을 당한 것 같습니다. 그래서 자살 원인도 아마 그 문제에 있는 게 아닌가 합니다."
"뭐라고? 실연이란 말인가?" 도버는 비웃듯이 말했다.
"아니, 그렇지 않을까 하는 거지요……."
"여보게, 그런 것을 믿는다면 믿을 것이 없어지네. 계집애들에게 차였다고 해서 남자가 자살을 한다는 것은 소설 속에나 나오는 일이야."
"태스커 경감이 서장에게 복수하기 위해 그를 자살로 몰아세웠다는 말을 믿을 수 있다면, 적어도 실연이 동기로서 믿을 수 없다고만은 할 수 없겠지요."
매글레거는 말했다.
"토스트는 더 안 먹겠나? 그럼, 이리 주게. 버터도 같이."
"저…… 어디서부터 손을 대면 될 것 같다고 생각하십니까, 경감님?"
도버는 구체적으로 그런 생각은 하지 않았지만 매글레거에게 그대로 말해 본들 아무런 도움도 못될 것이다.
"그의 하숙집에 가서 방을 조사해 보게. 그리고 하숙집 여주인하고 이야기를 해봐."
"하지만 그것은 좀 서투른 짓이 아닐까요……?"
"아니, 그럴 리가 있나!"
도버는 토스트를 먹으면서 무뚝뚝하게 말했다.

3

월라튼은 바닷가에 있는 작은 행락지로, 세상에 그리 알려져 있지 않은 살풍경한 고장이다. 모든 것이 대중화된 오늘날에도 이 고장은 세속화되지 않았다. 왜냐하면 이 고장에 와서 잠깐 쉬어 가는 사람도 드물었고 2주일의 연휴를 여기서 보내야겠다고 생각하는 사람도 없었기 때문이다. 자외선이 풍부하지 못한 곳으로 유명하며 그 점으로 전국에서 세 번째이지만, 바람이 차고 비가 심하게 오기로는 이 고장과 비길 만한 곳을 전국 어디에서고 찾아볼 수가 없었다. 해안은 돌투성이고, 이 고장 사람들은 자기의 적 이외의 사람에게는 관심이 없었다. 하나밖에 없는 영화관과 윈터 정원(전통적으로 8월 한 달은 폐쇄된다)은 별도로 하고, 재수없게 이 거리를 찾아온 사람이 무료한 여가를 한바탕 즐기려 해도 그럴 만한 곳이 거의 없다. 하기야 요트 클럽이 있기는 하지만 회원측에서는 절대로 임시 회원을 받아들이지 않았다. 예외는 있었다. 이를테면 부모 양쪽 계통이 다 나라의 당당한 귀족 출신이든가 은행 예금이 2, 300파운드쯤 있는 경우이다. 그러나 이런 사람들이 월라튼에 오는 일은 아주 드물다.

그래도 해마다 무턱대고 찾아오는 여행자나 만성 마조히스트가 몇 사람 여름 휴가를 얻어 이 거리에 나타났다. 이 사람들의 평판으로는 조용하고 기분이 좋은 곳이라고 한다. 분명히 이 거리에는 한 가지 장점이 있다. 즉 변함없는 지루한 일상 생활에도 사람들이 불평을 하지 않는다는 것이다.

자살한 피터 코클란이 하숙했던 하숙집 여주인 졸리엇 부인은 그 거리에서도 고지대에 살고 있었다. 아니, 십여 년 전만 해도 분명히 최고의 주택가였다. 그러나 월라튼과 같은 고장에도 변화는 있다. 50년 전에 킬모리 거리에 살았다고 하면 사실상 손꼽힐 만한 존재였다. 그러나 지금은 빅토리아 왕조 후기 식의 집이며, 그 나름의 좋은 느낌을 주는 창문이며, 여기저기에 '방 세놓음', '빈방 있음'이라고 씌어진 작은 쪽지가 부끄러운 듯이 레이스 커튼 사이로 거리를 내다보고 있다. 그렇기는 하나 돈을 벌기 위해 여행자를 재우는 사람은 아무도 없다. 남아도는 많은 방을 그대로 놔두기도 뭣하고, 재워 주지 않으면 월라튼의 독특한 즐거움을 맛볼 수 없는 여행자들을 쫓아 버리기도 무정한 것 같아 부득이 그렇게 하고 있는 데 불과하다.

48번지의 창문에는 그 작은 쪽지가 붙어 있지 않지만 머지않아 붙여질 것이다.

문을 연 것은 여자였는데 아주 귀찮아하는 말투로 자기가 졸리엇 부인이라고 말했다. 얼굴은 돌을 파서 아무렇게나 만들어 놓은 것 같고, 손은 손질을 하지 않았으며 거칠어 보였다. 화장도 전혀 하지 않았다. 기운차 보이는 튼튼한 체구에 유달리 풀을 빳빳이 먹인 앞치마를 두르고 있었다.

눈 깜짝할 사이에 도버와 매글레거 두 사람은 현관 앞 계단에서 홀로 안내되었다. 이렇게 되니 수다스러운 이웃 참새들도 두 사람의 모습을 확실히 확인할 시간이 없었다. 홀에는 코코 야자수의 섬유로 만든 얇은 깔개가 깔려 있었는데, 그 위에는 깨끗한 신문이 덮여 있었다.

"발 조심하세요. 막 청소를 했으니까." 그러고 나서 그녀는 잠깐 망설이더니 덧붙였다. "그렇지, 바깥방이 좋겠군. 아무래도 오래 있을 것은 아니니까."

바깥방은 바람이 잘 통하지 않아 축축한데다 가구의 칠 냄새가 코를 찔렀다. 졸리엇 부인이 한숨을 쉬고 세 개의 의자에서 신문을 치우자 그 밑에서 누런 의자 커버가 나타났다.

"구두는 닦고 들어왔겠지요. 이 융단은 지금 막 청소를 했으니까요." 그녀는 의자를 권하며 말했다.

도버는 곧 용건을 꺼냈다.

"코클란 순경의 일로 왔는데요."

"당신네들이 가스검침을 하러 온 사람이 아니라는 것쯤은 다 알고 있어요." 졸리엇 부인이 무뚝뚝하게 대답했다. "당신네들은 그 사람의 물건을 가져가겠지요? 짐은 내가 다 꾸려 놓았어요. 짐이 있으면 방을 정돈할 수 없으니까."

도버는 초조해 하며 코를 킁킁거렸다.

"그가 자살했다는 말을 듣고 깜짝 놀랐겠지요?"

"남이야 어떻게 되건, 이제 놀라는 일은 없어요." 그녀도 코를 킁킁거렸다. "특히 요즘은 그래요. 어디를 보나 예의범절이라는 것이 없으니까요. 졸때기뿐이에요! 매를 좀 맞아야 해요. 그들에게는 그것만이 약이니까요."

"코클란 순경은 졸때기였나요?"

"요즘은 너나할 것 없이 다 경관 노릇을 하고 싶어하는 모양이지요? 어리석은 것도 분수가 있지! 우리 아버님이 살아 계실 때만 해도 순경이라면 아주 훌륭했어요…… 지금도 그래야만 해요. 그러나 분명히 말해 두지만, 코클란 씨가 우리 집에서 이상한 일을 하려 했다고 해서 이런 말을 하는 것은 아니에요. 그럴 우려가 있었다면 방을 빌려주지 않았겠지요. 그 사람에게 미리 말해 두었어요. '약혼자이건 누구건 이성을 방 안에 들이는 일은 절대로 용납할 수 없어요'라고 말예요."

"아하, 그는 약혼했다고 그러던가요?" 하고 도버는 물었다. 멋이나 호기심으로 형사 노릇을 하는 것은 아니라는 듯한 말투였다.

"그렇게 말했지요." 그녀는 비밀 이야기라도 하는 것처럼 말했다. "어떻게 할 작정이었는지는 몰라도, 비밀이래요. 하지만 내가 그 불량 소녀 샌드라 잭슨이었다면, 그런 남자와 사귄들 별 신통한 일이 없다는 것쯤은 곧 알아볼 수 있었을 텐데."

매글레거는 진지한 표정으로 수첩에 메모를 하며 말했다.

"샌드라 잭슨이 약혼자인가요?"

"그는 그 여자와 싸움을 한 것 아니오?" 하고 도버가 말했다.

졸리엇 부인은 재미없다는 듯이 웃으며 "천만에요. 퇴짜라도 맞았다면 또 몰라도 그렇지도 않은데 젊은 코클란 씨가 끄떡이나 할 것 같아요. 그리고 보아하니 샌드라 잭슨도 그렇게 영악하게 굴 아이는 아닌 것 같아요" 하고 말했다.

"그럼, 짝사랑이 아니었군요?" 하고 말하며 도버는 그것 보란 듯이 매글레거를 보았다.

"암내 내는 고양이 같지요, 뭐" 하고 졸리엇 부인은 쌀쌀맞게 말했다. "짝사랑이니 뭐니 하는 그런 것은 아니에요. 물론 이유는 여러 가지로 붙일 수 있겠지만, 아무튼 이번 일은 그 사람이 모든 것을 망치고 만 거예요."

"그래요?" 도버는 눈을 동그랗게 떴다.

"그렇고말고요. 전화로 그 여자에게 말을 해야 했던 것도 나였어요. 그런 일을 내가 하고 싶어서 하겠어요? 그것이 요즘 젊은이들의 수법인지는 모르지만, 그래도 말하기가 편치는 않지요. 게다가 이 월라튼에서도 그 두 사람과 같은 남녀 관계가 한 번도 없었던 것은 아니니까요. 그렇다고 이 근처에서 공개적으로 해도 된다는 말은 아니지만요. 당신도 여자란 좀 더 자존심이 있어도 좋다고 생각하겠지요?"

도버는 어쩔 수 없다는 듯한 얼굴로 졸리엇 부인의 얼굴을 보고, 대체 무슨 소리를 하고 있는지 모르겠다고 생각하며 머리를 긁었다.

"그가 약혼을 깨뜨렸단 말이지요?"

"그런 말은 하지 않았어요. 공연히 옆에서 쓸데없는 말 하지 마세요."

"그럼, 대체 뭐라고 했소?"

"여기서 '대체(for God's sake)'라는 말을 쓰지 말았으면 좋겠어요." 성서에 있는 말을 수놓은 벽걸이를 턱으로 가리켜 보이며 그녀는 "함부로 하느님의 이름을 입에 담지 말라…… 예요" 하고 읽어 주었다.

도버는 크게 숨을 쉬었다.

졸리엇 부인은 침착하게 말을 계속했다.

"내가 말한 것은, 그 사람이 휴가를 물렸다는 거예요."

"휴가라뇨? 무슨 휴가요?"

"그는 지난 주 월요일부터 1주일의 휴가를 얻었었거든요. 당신들은 몰랐었나요? 아까 말했던 그 여자 샌드라 잭슨과 같이 가기로 되어 있었지요. 차를 빌려서 여행을 떠날 작정이었는데, 그만 그 사람이 마지막 순간에 모든 것을 백지화해 버린 거예요. 일요일에도 저녁 식사를 하러 들어왔었어요…… 우리 집에서는 일요일 저녁 식사는 차가운 음식만 나오는데도요…… 그는 그날도 휴가를 떠나기 전에 몇 가지 정리할 게 있다고 서에 갔어요. 들어오더니 식사는 생각이 없다고 하며 휴가는 그만두기로 했으니 잭슨에게 전화를 해 달라는 거예요. 나도 뭐라고 거절할 이유가 없어서……." 졸리엇 부인은 입을 일그러뜨리며 빙그레 웃더니 일부러 그러는 듯 앞치마를 털었다.

"그래서요?" 도버는 한심하다는 듯한 눈으로 그녀를 쳐다보았다.

"그런 다음 그 사람은 잤어요."

"잤어요?" 도버는 실망하여 되물었다.

"일주일 동안요." 졸리엇 부인은 고개를 끄덕이며 말했다.

"일주일 동안?" 도버는 흥분한 목소리로 물었다.

"그래요."

"그래, 무엇을 하고 있었소?"
"별로 한 일도 없어요. 일요일 밤 잠자리에 든 다음 어제 아침에 일어나 일을 나갈 때까지 꼬박 1주일 동안 잠만 잤어요."
"병이 났었나요?"
졸리엇 부인은 고개를 내저었다.
"그렇지 않다고 말했어요. 그리고 내가 보기에도 아픈 것 같지는 않았어요. 몸은 말이에요. 머리는 어떤지 모르지만."
"의사를 부른다는 말은 안 하던가요?"
"부르지 말라고 그 사람이 말했어요. 정말 병이 난 것으로 보였다면 나도 그냥 내버려두지는 않았을 거예요. 그래도 스미디즈 간호사에게 부탁하여 보아 달라고 했어요. 그 여자도 우리집에 하숙하고 있지요. 하숙하는 사람은 그 두 사람뿐이에요. 두 사람을 시중들기도 힘이 들었고, 또 요즘의 여자들이라면 두지 않는 편이 편해요. 젊은 독신남자가 하숙하고 있는 경우면 더욱 그렇지요. 방종한 젊은 여자들과 인연을 맺느니 차라리 스스로 부지런히 일하는 편이 나아요. 그리고 하숙생들은 대개 외국인이구요…… 그렇게 되면 영국인보다 좋지 않아요. 서비스를 하게 된다고 생각해 보세요! 요즘은 말의 뜻도 전혀 다른걸요, 뭐!"

도버는 의자 위에서 초조한 듯이 안절부절못했다. 이런 식으로라면 2주일은 여기 있어야 할 거다. 무엇을 알고 있으면 알고 있는 대로 왜 요령을 잘 잡아서 말하지 못하지? 그는 참 이상한 여자라는 듯 졸리엇 부인을 보았다.

"그래, 그 간호사가 본 바에 의하면 어떠했지요?"
"우울증이래요, 그녀가 본 바로는. 벌써 40년이나 이곳에서 간호사를 하고 있으니까, 엉터리로 말해도 그렇다고 생각할 수밖에요."
"아무래도 묘한 병 같군." 도버는 입 속으로 투덜거렸다.

"아주 묘한 병이에요. 어쩌면 일시적으로 머리가 이상해진 게 아닌가 싶어요."
"그러니까 무슨 일이 있었는지 그는 말하지 않았군요?"
"네, 별로. 하지만 묻지 않아서 그런 것은 아니에요. 그는 아무것도 아니니 혼자 있게 해 달라는 말만 했어요. 아무하고도 말하려들지 않았지요. 물론 그 여자가 와서 왜 휴가를 취소했나 그 까닭을 말해 달라고 악을 쓰기는 했지만, 그 사람은 만날 생각도 안 했어요."
"경찰에 연락한다든가, 아니면 그의 숙부에게 알려야겠다는 생각은 하지 않았소?"
"아니오. 1주일의 휴가를 누워서 보내건 말건 그거야 본인의 자유 아니겠어요? 게다가 그가 설마 자살을 하리라고는 생각지도 않았어요. 월요일 아침 직장에 나갈 때는 아주 건강해 보였으니까요."
상대가 졸리엇 부인이고 보니, 이 두 방문객도 오래 있을 마음은 없었다. 두 사람이 현관 앞의 계단을 다 내려가기도 전에 벌써 청소기 돌아가는 소리가 들려 왔다.
"이번 사건은 이상하게 되기 쉽겠는걸. 이런 일에 걸려들다니, 정말 재수없군" 하고 도버는 말했다.
"저도 그렇습니다." 매글레거도 우울하게 말했다.
"하지만 내 탓은 아니야. 내가 자네를 부르라고 하지는 않았으니까!"
매글레거도 그건 그렇다고 인정했다.
"이제 어떻게 하시겠습니까, 경감님?"
곤란한 말을 묻는다고 생각하며 도버는 경사를 보았으나, 곧 대답했다.
"경찰서로 돌아가야지."

"아니, 코클란의 여자를 만나러 가지 않아도 됩니까?"

"가 본들 차나 한 잔 얻어 마시겠나?" 도버는 비꼬아서 말했다. "점심때 자네가 만나러 가면 될 것 아닌가. 참, 길이 어느 쪽이었더라? 이런 거리를 오전 내내 돌아다닌다는 것은 딱 질색이야."

두 사람이 아직 발을 옮겨 놓기도 전에 졸리엇 부인네 집 문이 열리고 부인이 문 앞으로 나왔다. 형사들의 발자국으로 더러워진 계단을 물끄러미 쳐다보며 못마땅한 표정을 지었다.

"그 사람의 짐을 왜 안 가지고 가시지요, 곧 가져갈 수 있게 그 사람의 방에 묶어 놨다고 했는데." 벽에도 귀가 있다. 그녀는 이웃집에 들리라는 듯이 그렇게 말했다.

그러나 도버는 목적을 완전히 바꾸는 그런 사람이 아니다. 홍차도 마시고 싶었고——아니, 꼭 마셔야겠다고 마음먹고 있었다.

"오후에 가지러 오면 될 것 아니오! 점심을 먹고 난 다음에!" 하고 그는 소리쳤다. 그리고 졸리엇 부인의 불평이 끝나기도 전에 그 자리를 떠나 버렸다. "자네가 할 일일세, 알겠나." 그는 뒤따라오는 매글레거를 향해 유쾌하게 말했다. 남에게 일을 떠넘기는 것이 그의 오랜 즐거움이었다.

도버가 윌라튼 경찰서로 돌아가려고 했던 것은 일시적인 생각이라고만은 할 수 없었다. 그곳에 가면 기분전환도 되지만 동시에 정보도 손에 넣을 수 있다. 경사가 두 사람을 기다리고 있었다.

경사는 도버를 오래간만에 만난 옛 친구처럼 반갑게 맞이했다. 아내에게도 이미 말해 두었지만, 그는 이 주임경감이 마음에 들었던 것이다.

"마음이 좋고 똑똑한 사람이야. 실제적인 사람이란 말이야. 편애가 없고, 바로 그 점이 나는 마음에 들어. 술집에서 기분좋게 한잔 나눌 수 있는 그런 타입의 남자야."

진짜로 사람을 보는 눈이 있다고 할 수는 없지만 관대하게 본 것이라 할 수는 있다.
"서장실로 들어가십시오, 도버 씨. 아니, 경감님! 거기가 조용하니까요. 자, 외투를 벗으시지요. 아니, 흠뻑 젖지 않았습니까?"
"이 고장은 늘 비가 오니까, 안 그렇소?"
도버는 여느 때의 농담조로 말했다.
"이 정도의 비는 걱정없어요. 이것이 8월이 되면 밤이고 낮이고 계속입니다. 해리! 경감님의 윗옷을 받아 스팀 위에 걸게. 그리고 식당으로 달려가 차와 컵을 세 개만 갔다 주게. 알았나. 뜨거운 차라야 해, 빨리 갔다 오게!"
한껏 상냥하게 웃으며 경사는 담배함을 찾아다 도버와 매글레거에게 권했다. 이 담배는 서장이 자신도 피울 겸 귀빈 접대용으로 마련해 둔 것이다. 차를 가져오자 경사는 서류 캐비닛 속에서 브랜디 병을 꺼내 도버의 컵에 호기롭게 따랐다.
"이것을 드시면 추위가 풀릴 겁니다."
"흐음!" 도버는 기뻐하는 것도 아니고 사례를 하는 것도 아니다. "좀, 늦었소. 아무래도 어제 배를 차게 해서 그런지 좋지 않군요. 나의 배는 유달리 민감해서 조금만 이상해도 곧 탈이 난다니까." 그리고 그는 우울한 듯이 덧붙였다. "머지않아 배탈로 누워도 할 수 없는 일이오."
"어쩐지 기운이 없어 보인다고 생각했습니다. 따스하고 폭신한 침대에서 쉬시면 될 겁니다…… 꼭 그렇게 해야겠지요." 경사는 낯간지러운 동정의 말을 늘어놓았다.
도버는 한숨을 쉬더니, 불꽃이 재빨리 발 둘레를 핥기 시작했을 때의 그리스도교 순교자와도 같은 모습으로 브랜디를 또 한 잔 따랐다. 경사가 점점 걱정하고 있는 것을 보자 도버는 도버대로 병의 무서운 증세를 자세히 설명했다.

매글레거는 탄식을 하며, 브랜디가 들어 있지 않은 홍차를 가지고 창문 옆 의자에 가서 앉았다. 한때는 그도 도버의 까다로운 식성에 화가 치미는 일이 있었지만 오랫동안 사귀다 보니 저절로 무관심하게 되었다. 한참 뒤에야 병에 대한 말이 나오지 않게 되었다.

도버가 한숨 돌리는 틈을 보아 경사가 좀 당돌하게 말을 꺼냈다.

"저, 아무래도 코클란은 죽은 것 같군요. 이젠 꽤 먼 곳까지 떠내려갔을 겁니다…… 시체로. 물고기들은 좋은 먹이를 얻은 셈이지요." 그는 재미있는 듯 웃었다. "가엾게도."

"무엇이 가엾어, 가엾긴!" 하고 도버는 코를 킁킁거렸다. "아주 성가신 놈이지!"

경사는 동정적인 어조로 말을 받았다.

"하기야 살아 있을 때는 그랬었지만요. 하지만 그가 돌아오면 기뻐하는 이가 한두 사람이 아닐 겁니다."

도버는 충혈된 눈으로 경사를 노려본 채 장난스런 얼굴을 들었다.

"서장님은 그 녀석이 죽게 된 것은 동료의 탓이라고 생각하는 모양이던데요."

"그야 그렇겠지요! 당연하지 않습니까? 서장의 귀여운 조카를……그 파란 눈의 도령을 못 살게 굴어 죽였으니까요. 그야 여기 있는 사람들은 촌스러운 시골뜨기일지도 모르지만, 그런 미치광이는 아닙니다!"

경사는 코를 킁킁거리며 말했다.

"경관으로서는 어떠했소?" 도버가 물었다.

경사는 날카로운 눈으로 그를 보았다.

"비밀 중에서도 비밀입니다. 아주 역겨운 녀석이었지요!"

"심했소?"

"비꼬인 녀석이었습니다!"

"비꼬인 녀석이라고요?"

"제가 좋게 보느라고 보아도 꼭 코르크 병따개처럼 비비꼬인 녀석이었어요. 그가 서장의 끄나풀이 아니었다면 아마 그 자리에 앉기도 전에 쫓아내 버렸을 겁니다. 그러나 사정이 사정이라 잠자코 못 본 체하고 있었던 거지요. 하지만 달리 도리가 없지 않습니까?" 하고 그는 변명하듯 말했다. "그쯤 해서 그만두지 않으면 목이 달아날 것이고…… 또한 그만두지 않으면 그만두지 않는 대로 역시 서장에게 혼이 났을 테니까요. 아마 그쯤으로 끝나지는 않았겠지요."

"그가 어쨌다는 거요?"

경사는 한숨을 쉬며 말을 이었다.

"말씀한 대로입니다. 놀랐어요. 그보다 다섯 배나 경험이 많은 자가 백 년 걸려도 생각해 낼 수 없는 그런 수법을 썼으니까요. 여자…… 맨 먼저 머리에 떠오른 것이 그것이었어요. 여기서는 여자의 사건 같은 것은 그다지 많지 않습니다만, 그래도 이따금 있긴 있습니다. 가끔 코클란은 여자를 데리고 왔어요. 남의 물건을 슬쩍하는 그런 일로 끌려오는 거지요. 그러면 으레 여자들을 응접실로 끌어들입니다. 동행인이나 증인 같은 사람은 아무도 들이지 않고요. 여자는 30분 뒤에 나옵니다만, 무색한 듯 얼굴을 붉히며 옷의 구김살을 펴곤 하지요. 그러면 무죄 방면이 되는 거예요. 그런 일이 몇 번 있었습니다. 응접실문을 열면 현장을 잡을 수 있겠지만, 열어보지는 않았습니다. 아무도 그런 짓을 하지 않았지요. 게다가 그 녀석에겐 비번인 때가 있어서 수사과의 요원으로 지명되고 있었습니다. 그러므로 벌써 오래 전에 전근될 예정이었지만, 여기 온 지 1년도 되지 않았기 때문에 서장님도 그 녀석을 움직일 수 없었던 것입니다. 그런데 코클란 그 녀석도 일이 손에 익기를 바랐던 모양이에요. 아주 묘한 사람들과 사귀기도 하고 수상쩍은 장소를 어정대기도 했으니까요."

"월라튼에서 말이오?" 도버는 의아스러워하며 물었다.

"그야 여기도 수상쩍은 곳은 있습니다. 과연 부녀회 사람들은 참으로 잘하고 있지만, 아무리 그 사람들이라 해도 거리 전체를 반듯하게 할 수야 없으니까요. 아니, 이상한 이들이 몇 명 어정대는 정도니까 눈을 좀 감아두면 끝나는 일이지요."

"그러니까 그 눈 감아 두면 끝난다는 일을 코클란이 살핀 것 같다는 말이오?"

"그렇습니다. 도버 씨……아니, 경감님. 자기 입으로 그랬지요. 그러나 살핀다 해도 두 가지 방법이 있으니까요. 그것은 그렇다 하고, 그 녀석이 성적을 조금 올린 것만은 확실합니다. 소문으로 들은 비밀 정보입니다만, 그 녀석, 수사과의 반향은 굉장히 좋았던 것 같아요. 수사과가 어떤 곳인지 아시지요? 쫓아나가 자기가 악당을 발견하여 명령을 기다리지 않고 그들을 끌고 오는 그런 경관을 수사과에서는 높이 사니까요. 젊은 경관이 조금만 남보다 먼저 일을 하면 수사과에선 주의를 해서 보게 마련입니다."

"으음, 맞는 말이오." 도버는 거만한 태도로 말했다. "그것이 유명한 형사의 보증서니까. 솔선하여 일하고 스스로 생각할 것. 나는 평상시에 늘 여기 있는 매글레거에게 그렇게 가르치고 있지. 그렇기는 하지만" 도버는 코를 쿵쿵거렸다. "그 효과로 정한다고 할 수는 없지. 내가 평형사였을 무렵에는……주임경감이 되리라는 생각은 해보지도 않았고, 나는……"

만들어낸 도버의 회고담은 그 뒤로 한동안 끊이지 않고 계속되었다.

매글레거는 점점 지루함을 못 이겨 이야기가 끝나기를 기다리고 있었고, 끝내는 경사도 지루함을 못 참겠는지 눈을 감았다. 그러나 이래서는 안 되겠다는 듯이 입을 열었다.
"담배는 안 피우십니까?"
도버라는 사나이는 공짜 담배라면 권하는 사람이 누구이건, 이를테면 뚜렷한 범인이라도 거절하는 일이 없었다. 그러므로 그는 손을 내밀어 빼앗듯이 담배함을 받았다. 그가 담배에 불을 붙이느라고 이야기가 중단되자 그 기회를 놓치지 않고 매글레거는 화제를 바꾸어 좀더 실제적인 방향으로 돌려버렸다. 도버는 쓸데없는 이야기를 하며 여생을 이 거리에서 보낼 작정인지 몰라도 매글레거는 그럴 생각이 조금도 없었던 것이다.
"코클란이 사귀고 있던 불량배들의 이야기를 했던 것이 아니었소, 경사?"
"네, 그렇습니다." 경사는 다시 자기가 흥미의 중심이 되었으므로 속으로 옳다구나 하고 생각했다. "아까도 말했듯이 코클란은 나가기만 하면 한길 쪽과 뒷거리 쪽을 살금살금 돌아다니며 수상한 똘마니들을 끌고 오기 시작한 겁니다. 이렇다하게 두드러진 자는 전혀 없었습니다. 열차 강도 같은 큰 도둑놈을 붙잡는 것이 아니라 고르고 골라 송사리만 잡는 것이니까요."
"그거 참 훌륭하군" 하고 도버는 말했다. 배가 꾸르륵거렸다. 오전 중의 일은 충분히 했다는 어김없는 신호였다.
"아니, 경감님은 그렇게 생각할지도 모릅니다만, 뭐랄까요…… 그것이 신경에 쓰여서 저는 혼났습니다."
도버는 졸린 듯이 눈썹을 찌푸렸다. 자살한 코클란 순경, 월라튼 거리, 그리고 범죄라고 이름이 붙는 모든 것에 대한 흥미가 자꾸 없어지기 시작했다.
"지나치게 잘 되어 갔지요" 하고 경사는 말했지만, 그는 점심 시간이 되면 주의력이 산만해지는 도버의 변덕스러운 성질을 모르고 있었다. "경감님은 어떨지 모르겠습니다만, 그 녀석이 취급하는 사건에는 언제나 납득이 가지 않는 데가 있습니다…… 무슨 사건이나 틀에 박힌 것 같으며, 아무리 복잡한 일이라도 마지막에는 제대로 해결이 나니까요. 제 경험으로 보면 인생이란 그런 것이 아닙니다. 일마다 사리에 맞지 않는 것뿐이고, 제대로 착착 해결되는 게 없습니다. 그런데 코클란 녀석이 누구를 잡게 되면 그렇지 않거든요. 이를테면 자동차에서 줄곧 라디오를 슬쩍해 가는 찰리 허친스의 일을 생각해 보면, 우리는 몇 달을 뒤쫓아다녀도 붙잡을 수 없었는데, 코클란 녀석이 어느 날 달도 없는 밤에 살짝 숨어 있었더니, 마침 찰리가 눈독을 들이고 있던 차에서 50야드도 떨어져 있지 않았었다는군요. 그것만이 아닙니다…… 찰리를 잡아 보니 그밖에도 라디오를 다섯 대나 가지고 있었습니다…… 모두 훔친 물건뿐이었어요. 결국 훔친 물건을 산 녀석까지 감옥에 처넣어 버렸습니다. 게다가……."

"알았소, 알았어." 지루한 듯이 도버는 말했다. 하품을 한 뒤 가볍게 혀를 찼다.

매글레거는 슬그머니 시계를 보았다. 정말 잘 들어맞는군! 이제 정오가 조금 지났잖아! 이렇게 빨리 이야기를 마치게 할 수야 없지…….

그래서 그는 말했다.

"그러니까 그에게 정보를 제공한 녀석이 있다는 말이지요, 당신은?"

"그렇소. 친구이면서도 그런 녀석은 전혀 알지도 못한다는 듯한 얼굴로 있다가 그 녀석이 조금이라도 나쁜 일을 하려고 하면 살짝 고갯짓을 해보이는…… 글쎄, 뭐 그런 것이 아닐까요."

"하지만 증거가 없지 않소?"

"그거야 직감이지요. 당신도 나 정도로 경찰밥을 오래 먹어 보면 육감이 작용하게 마련입니다."

"그래, 코클란이 잡은 놈 중에 이렇다할 만한 자가 있었던가요?"

"아니, 웬일입니까…… 당신이 그런 말을 다 하니." 경사는 유쾌한 듯 그렇게 말하더니 도버의 불쾌한 표정은 전혀 알아차리지 못하고 말을 이었다. "글쎄, 그 코클란은 이 거리에 온 지 5분도 되기 전에 이 고장의 반수나 되는 사람과 쉽게 이야기할 수 있는 녀석이었으니까요. 그런데 이 고장에 온 지 얼마 안 되어 빌 해밀튼이란 녀석과 친해졌지요. 그런데 그 해밀튼이란 경찰 신세를 진 일은 한 번도 없지만, 몇 년 전부터 수상하다고 눈여겨보고 있던 사람이거든요. 전쟁 뒤 1, 2년이 지나 이 거리에 와서 처음에는 중고차 장사를 하기 시작했는데, 그 무렵으로서는 당연한 일이지만 장사는 마치 우후죽순처럼 쑥쑥 뻗어 나갔어요. 그래서 사업을 확장하여……." 경사는 소리내어 웃었다.

"사업이랄 것까지는 없지만 여러 가지 다른 방면으로 손을 댔던 거예요. 결코 옳지 못한 일은 아니었지만 손을 대는 것은 무엇이나…… 이렇게 말하면 아시리라 생각합니다만…… 아슬아슬한 것뿐이었지요. 그런데 코클란은 해밀튼보다 30살이나 아래였으니까…… 두 사람에게 공통된 취미가 있었다 하더라도 묘한 사이지 뭡니까."

그리고 나서 경사는 입을 다물고 상대방의 말을 기다렸다. 도버는 벌써 아까부터 눈을 감고 있었다. 그러는 편이 사물을 잘 생각할 수 있다는 것이 그의 입버릇이었다. 그래서 매글레거도 그럴 듯하게 장단을 맞추었다.

"정말이오?"

"그런데 그 취미라는 게 여자였어요!"

경사는 보란 듯이 윙크를 하며 말했다.

"아아, 그래요." 매글레거는 수첩을 꺼내어 아무것도 씌어 있지 않은 페이지를 펼치면서 말했다.

"그럼, 어디 그 점을 조사해 보기로 할까요. 잠깐 이야기를 하는 것쯤은 상관없겠지요. 저, 이름이 뭐지요?"

"해밀튼." 재미있게 되었다는 듯이 경사의 얼굴이 기쁨을 감추지 못했다. "윌리엄 해밀튼입니다."

"그래, 어디로 가야 만날 수 있소?"

"그것이…… 저어…… 나로서도 좀 대답하기 곤란한 질문이라서요."

경사는 가까스로 웃음을 참고 있는 듯 계속 배를 잡고 쩔쩔맸다.

매글레거는 상냥한 웃음을 띠고는 기다렸다.

"죽어 버렸어요!" 경사는 의기양양한 듯이 웃어댔다. "약 4주일 전에요!" 또 웃다가 기침이 나와 얼굴이 빨개졌다. 그리고 기침에 숨이 차서 목을 그르렁대며 경감의 책상 위에 엎드리듯 윗몸을 굽히고 재빨리 말했다. "살해당했지요!"

4

두 사람은 아무래도 도버를 깨워야만 했다. 그리고 이 농담 섞어 말한 경사의 말을 보고하지 않을 수 없었다. 그러나 그에게 요점을 납득시키기까지는 한참 걸렸다.

"누가 살해되었다고?" 덤벼들 듯한 말투였다. "어이, 몇 시야? 점심을 먹어야겠는걸."

"윌리엄 해밀튼에 대한 일입니다." 매글레그는 큰 소리로 한 마디 한 마디 끊어서 또렷또렷하게 말했다.

도버는 그를 노려보며 다그쳤다.

"사바 세계에 있었을 때의 윌리엄 해밀튼이 뭐라고 한다는 거야?"

"윌리엄 해밀튼은 코클란의 친구였습니다."

"코클란?" 도버는 눈살을 찌푸리며 말했다. 매글레거가 설명을 하려고 입을 열자 그는 소리를 질렀다.

"알고 있어! 다 알고 있단 말이야. 그래, 그게 어떻게 됐다는 거지?"

"윌리엄 해밀튼이 겨우 3, 4주일 전에 살해되었습니다."

"코클란에게 말인가?"

"아니오, 그렇지 않습니다!" 경사는 당황하여 말참견을 했다.

"흐음, 그럼, 누가 죽인 거요?"

"모릅니다."

도버의 입이 괘씸하다는 듯이 벌어졌다. 울화통이 터진 것이다. 싫증도 났고 배도 꼬르륵거리고 있었다. 그는 신음하듯 외쳤다.

"그럼, 대체 그게 어떻게 되었다는 거요?"

"무엇이 말입니까?" 경사는 당황한 얼굴로 물었다.

"무엇이냐고!" 도버는 고함을 쳤다. "대체 어떻게 된 거요? 당신은 영어도 제대로 모르오?"

그러자 매글레거가 사이에 끼여들게 되었는데, 이렇게 되고 보니 천사도 놀라서 중재를 못할 정도로 난처해졌다.

"코클란의 친구 이야기를 잠깐 나누고 있는 동안, 이 경사가 우연히 코클란의 친구 윌리엄 해밀튼이 얼마 전에 살해되었다고 말해 주었습니다. 그래서 어쩌면 그것은 중대한 일인지도 모른다는 생각이 들어……."

도버는 노골적으로 불쾌한 눈으로 노려보며 말했다.

"그런 생각이 들었다면 조사해 보면 될 것 아닌가?"

경사는 난처한 표정을 지었다.

"그리고 한 가지 더 말해 둘 일이 있는데요" 그는 주저하며 말했다. "그 해밀튼은…… 이렇게 말하면 뭣합니다만…… 저어…… 즉 살해되었다고도 단정할 수 없는 것으로……"

그러자 도버는 식은땀을 흘리는 경사의 얼굴을 뚫어지게 노려보았는데, 다시 그 눈을 매글레거에게로 돌려 이번에는 그의 얼굴을 노려보았다. 매글레거는 수첩에 서명하는 연습을 부지런히 하면서 벼락이 떨어지기를 기다리고 있었다.

도버가 숨을 들이마셨다. 매글레거와 경사는 저도 모르게 몸을 움츠렸다. 도버는 아주 유유히 일어서더니 중산모를 주름진 이마까지 덮이도록 푹 눌러썼다.

"이 다음은 점심 식사가 끝난 뒤로 미루기로 하지."

그는 거만스럽게 말하더니 천천히 걸어갔다.

뒤따라가지 말아야 하는데도 경사는 가엾게 허둥대며 뒤쫓아갔다.

"나는 2시면 근무가 끝나는데요."

"그래?" 특별히 맛이 있어 보이는 어린 양을 앞에 놓은 호랑이처럼 도버는 상냥한 미소를 띠며 말했다. "그럼, 오후 5시에 호텔의 내 방에서 모이도록 할까. 비번인데 여기서 어물거리고 있으면 좋지 않을 테니까. 그럼……"

한 경관이 도버의 외투를 가지고 와서 입혀 주었다.

"수고했네!"

그 경관은 제복 바지 뒤쪽에다 살짝 손의 땀을 닦았다.

"실은 오후에 우리 집사람을 숙모집에 데리고 가기로 약속했는데." 경사가 낭패한 듯이 작은 목소리로 매글레거에게 말했다. "집사람은 벌써 몇 주일 전부터 그렇게 마음먹고 있었는데 이걸 어떻게 하지?"

"이렇게 되면 할 수 없이 5시에 호텔 방으로 가야겠지요." 매글레거는 매정하게 말했다. "살해된 것도 아닌데 왜 해밀튼이 살해되었다고 그랬소?"

 경사는 대답할 틈도 없었다. 바깥 거리에서 소가 도살될 때 지르는 것 같은 큰 고함소리가 들려온 것이다. 매글레거는 후닥닥 뛰어나갔다.

 도버는 경사가 나타날 5시까지는 일어나서 옷을 갈아입고 있으리라고 마음먹고 있었다. 그런데 공교롭게 얼간이 같은 매글레거가 오후의 수사에서 돌아온 것은 예정 시간의 10분 전이었다. 도버는 지금 자기가 있는 곳에서——즉 침대에서——움직이지 않기로 했다. 호텔의 침실은 침대 위가 아니라도 따뜻하고 쾌적하지만, 역시 침대가 최고다. 밖에는 황량한 7월의 하늘에서 비가 심하게 퍼부어 대고 있었다.

 경사는 못마땅했지만 약속 시간에 허둥지둥 나타났다. 매글레거는 문을 열면서 마음속으로 지금까지 줄곧 들어왔던 도버의 까다로운 설교가 튼튼한 나무문 밖에까지 울려 나오는 일이 없었으면 좋겠다고 생각했다. 경사는 무거운 슈트케이스를 들고 비틀거리며 방으로 들어왔다.

 "일주일 동안 호텔에서 묵게 해주겠다고 말한 기억은 없는데."

 도버는 거만스럽게 비꼬아 댔다.

 "아니, 천만의 말씀입니다!" 경사는 상대방의 말을 선의로 해석하려고 했다(상사가 농담을 하면 부하는 으레껏 속으로 웃어 보이는 것이 경관에게서 볼 수 있는 익살스러운 전통의 하나이다). 그러자 그때 별안간 누워 있는 도버의 모습이 그의 눈에 들어왔다. 그것은 다부진 남자라도 오그라들 것 같은 모습이었다. 푸르스름하게 부어오른 주임경감의 얼굴에는 성긴 검은 머리가 늘어져 있었으며, 단추처럼 작고 심술궂어 보이는 옴팡눈은 아직도 잠이 덜 깨어 꿈벅거리고 있었다. 장미꽃 봉오리처럼 뾰죽한 입 위에는 수염이 때가 묻은 것처럼 거무스름하게 나고, 그 위에 뭉툭한 코가 자리잡고 있다. 유감스럽게도 눈에 비친 것은 주임경감의 얼굴만이 아니었다. 바탕 색깔이 누래진 긴 팔 속옷에 싸인 살집좋은 양어깨가 이불 밖으로 튀어나와 있다. 그리고 목 언저리의 단추가 두 개나 없어졌으므로 도버의 털북숭이 가슴이 보기 흉하게 드러나 있었다.

경사는 멍하니 입을 벌리고 정신없이 바라보고 있었다.

"차는 어떻게 된 거지?"

도버는 5시의 차가 나오지 않으므로 초조해 하면서 말했다.

"지금 가지고 오는 중입니다." 매글레거가 말했다. 밖에서 찻잔 부딪치는 소리가 들려왔으므로 자리에서 일어나 다시 한 번 문을 열었다. "따를까요?"

"그렇게 해주게." 재미없는 듯한 어조이다. "설탕은 네 개일세." 그리고 아직 방 한가운데에 무료하게 서 있는 경사를 노려보며 말했다. "아니, 움직일 수 없게 된 거요? 거기 앉으시오. 곧 가겠소."

매글레거가 차를 따르고 있는 동안은 조용했다.

"점심을 먹었더니 속이 메슥거리는군. 약간의 담즙 분비 과다라는 건데…… 그래서 할 수 없이 침대 위에 누워 있었던 거요."

도버가 누구에게라기보다 혼잣말처럼 말했다.

"오늘은 이상하게 날이 차서요" 하고 경사가 맞장구를 쳤다.

"잔돈이 떨어져서 가스 스토브도 못 피우고."

처량한 목소리로 도버가 말했다.

"누구 1실링 가지고 있는 사람 없나?"

두 사람은 순순히 주머니 속을 더듬어 실링 은화를 다섯 닢 꺼냈다.

"여어, 이거 정말 고맙군. 매글레거, 미터기에 한 닢 집어넣고 불을 붙여 주게. 나머지 네 닢은 난로 위 선반에 놓아두면 돼."

도버는 순진한 미소를 띠었다.

매글레거는 할 수 없이 2실링을 주군(主君)에게 바친 일을 속으로 괘씸하게 생각하며 시키는 대로 차를 돌렸다.

"그런데" 하고 도버가 말했다. 속옷에 딸기잼이 한 덩어리 엎질러졌다. "매글레거, 자네는 무엇을 하고 있었나?"

도버는 엎질러진 잼을 나이프로 정성껏 떠서 버터를 바른 빵 위에 얹었다.

"샌드라 잭슨을 만나고 왔습니다. 아시고 계시겠지만, 코클란의 여자친구입니다."

"잊을 리가 있나!" 메다붙이는 듯한 어조였다. "아직 망령을 부리지는 않아. 자네가 내 나이가 되어 나의 기억력의 반이나 따라오면 다행이겠지." 그는 홍차를 식히느라 호호 불어댔다.

"그런데 그녀는 아무것도 모르는 것 같았습니다, 경감님. 코클란이 갑자기 휴가를 취소한 이야기…… 지난 주 토요일부터 줄곧 만나지 않으며, 그때도 별로 달라진 점은 없었다는 이야기 정도였지요." 매글레거는 진지한 얼굴로 수첩을 살펴보고 있었다.

"'뻔뻔스러운 색마'——여자는 그렇게 말하더군요. 그녀는 대체 어떻게 된 것이냐고 말하러 그의 하숙으로 찾아가 보았으나 졸리엇 부인이 안으로 못 들어가게 하여 문 앞에서 되돌아왔다고 합니다. 그런 뒤로는, 상대방이 그렇다면 마음대로 해보라는 생각이 들어 다시는 그를 만나러 간 일이 없답니다."

"흐음!" 하고 도버가 말했다. "케이크는? 좋아, 다음을 계속해 보게! 오후 내내 그 여자와 이야기를 했던 것은 아니겠지?"

"네, 대체적으로 보아 쉽게 이야기하는 여자는 아닙니다. 실제로 좀 어떻게 된 것이 아닐까요." 그는 히죽히죽 웃었다. "그렇기는 하나 그밖에는 별로 이상하지 않았습니다…… 분명히. 하지만 코클란의 유서에 자기 이름이 있을 것이라고 생각하고 있더군요…… 두 사람은 부부나 다름없는 사이였다면서 말입니다. 코클란의 상속인에 대한 일은 이쪽에서 알 바가 아니라는 사실을 납득시키기에 상당한 시간이 걸렸습니다.”
　도버는 코를 킁킁거리며 케이크 접시를 경사에게 돌렸다.
　"그래서" 하고 매글레거는 말을 계속했다. "그 뒤로 코클란의 짐을 가지러 졸리엇 부인 집을 찾아갔습니다. 짐은 남김없이 다 차에 실어 서로 가져가 조사해 보았습니다만, 이렇다할 만한 것은 없었지요. 사인(死因)이 될 만한 것은 하나도 없었습니다. 우편 저금을 좀 하고 있었던 모양이에요…… 물론 대단한 액수는 아닙니다. 의심하려고 하면 의심할 수 있을지도 모릅니다만, 출납 관계도 이상하지 않습니다. 개인 관계의 서류는 거의 없고 있어도 도움이 될 만한 것은 전혀 없었습니다. 우리가 가기 전에 물론 졸리엇 부인이 그의 방을 치워놓았으니까요. 아무것도 움직이거나 버리지 않았다고 합니다만, 확실치는 않습니다. 하기야 그녀의 말을 믿을 수밖에 없겠지만요.”
　"아니, 졸리엇 부인의 말이라면 믿을 수 있습니다.” 비번의 시간이 헛되게 지나가므로 초조해 하고 있던 경사가 말했다. "부녀회의 위원 노릇을 하고 있으니까요.” 마치 칭찬하는 듯한 어조였다.
　"부녀회라고요?” 하고 매글레거는 말했다.
　"그렇소, 틀림없이 들은 일이 있을 겁니다. 이곳 월라튼에선 상당히 알려져 있지요. 사실상 거리를 휘어잡고 있다고 해도 과언이 아닙니다. 처음에는 전쟁 뒤 얼마 안 되어——물론 제1차세계대전 뒤지만——월라튼의 건전화를 위해 이루어진 거랍니다. 그 뒤로 계속 강력해졌지요. 여기도 지금은 전국 제일의 건전한 바다 요양지가 된 셈입니다. 다만 그녀들은 무엇이든지 반대를 해서 탈이지요. 그러니까 제대로 된 호텔은 두 채밖에 없고, 축제도 없고, 볼링장과 빙고 놀이

장도 없어요. 어쨌든 이렇다할 것은 아무것도 없어요. 물론 대부분 남자들의 손을 빌려서 하지만. 그야말로 페티코트 정부라는 거지요! 바야흐로 점점 의기충천하거든요." 그는 목소리를 낮추어서 덧붙였다. "2, 3년 전에 무슨 일이 있었는지 아십니까? 모리슨이라는 꽤 큰 부인용품 전문점 가게가 해변가 놀이터에 있었답니다…… 가게를 시작하자, 꽤 괜찮은 편이었지요. 그런데 그 모리슨의 젊은 주인이 좀 더 경기를 좋게 하려고 했었지요…… 취향을 좀 살렸을 뿐이지만, 그 젊은 주인도 자기 아버지가 살아 계셨다면 그런 흉내는 절대로 내지 않았을 겁니다. 그의 아버지는 아주 분별있는 사람이었으니까요. 그래서 그 모리슨의 젊은 주인은 상체가 파인 드레스를 사다 바깥 진열장에 걸어 놓은 거예요. 사실은 반장난삼아서 한 짓이지만. 그런데 그로 인해 법석이 일어난 것을 보면 누가 보나 그 주인이 앞장서서 에로 소동을 일으키고 있다고 생각했을 겁니다. 그러니 부녀회가 그냥 놔 두겠습니까. 10분간의 여유를 주겠으니 그 동안에 진열장의 장식을 다 치워 버리라는 거였지요. 그래서 미스 빌슨이라는, 옛날에 고등학교에서 체육을 가르쳤던 선생님이 스톱워치를 들고 가게 앞 보도에 서 있었던 거예요. 그것을 어리석은 모리슨의 젊은 주인이 허세를 부려 위협하려고 했답니다. 여기는 자유가 있는 나라이고 자기는 법을 어긴 일도 없으며 엉터리 소동을 벌이고 있는 것도 아니라고 말했습니다. 그러다 크게 혼이 났답니다."

"부녀회는 어떤 방법을 썼소?" 매글레거가 조용히 물었다. "가게에 불이라도 질렀나요?"

"그런 게 아닙니다. 불을 지르면 보험금이 나올 것 아닙니까. 그런 것이 아니라 보이콧한 거예요. 이 고장에 사는 여자들이 모두 그의 가게에서 발을 딱 끊었습니다. 그 가게와 거래하는 사람이 한 사람도 없었던 거지요. 그러니 모리슨의 젊은 주인도 두 손을 들 수밖에요. 점원의 4분의 3이 가게를 그만두고, 한 달 뒤에는 문을 닫아 버렸지요. 내가 들은 바로는 거래상으로도 큰 적자를 낸 모양입니다. 그래서 야반도주하여…… 소문에 의하면 수도원에 들어갔다고 하지만, 그것은 과장된 소문일 테지요. 그래요, 오래 살고 싶으면 월라튼에선 말과 행동에 조심을 해야 합니다. 그 사람이……."

"그렇겠군" 하고 도버는 고개를 끄덕였다. 그리고 나서 매글레거에게 말했다. "그럼, 길게 이야기할 것 없이 자네는 오후 내내 돌아다니고서도 얻은 것은 없다는 말인가?"

"아니, 그렇게 말하고 싶지는 않습니다."

"하지만 그렇지 않은가. 그럴 듯하게 꾸며서 말해 보았자 틀림없는 사실이 아닌가?"

도버는 무뚝뚝하게 말했다.

"이 경사가 단서를 제공해 줄지도 모릅니다."

"뭐라고?" 도버가 신음하듯이 말했다.

"해밀튼이 하고 있던 사업에 대해 이야기하려고 합니다." 경사의 말에 열기가 올랐다. "보고 싶어하실 것 같기에 조사 보고서를 가지고 왔습니다."

"아니, 저게 그건가?" 하고 도버가 말했다.

경사는 의기양양하게 무거운 슈트케이스로 시선을 옮겼다.

"아주 골치 아픈 사건이었습니다, 경감님"

"그야 그렇겠지!" 도버가 무뚝뚝하게 말했다.

"요즘 자네들의 나쁜 점이 바로 그거야…… 서류만 너무 많이 만든단 말일세. 그럼" 침대에 벌렁 누워 도버는 천장을 바라보았다. "어디, 자네에게 상세히 설명해 달라고 하는 게 좋겠군. 그러나 부탁이니 간단히 해주게! 밤새도록 여기에 잡혀 있고 싶지는 않으니까."

경사도 같은 심정이었다. 그러나 해밀튼 사건이라면 월라튼의 역사에 남는 최대 사건이므로 상세하게 말할 수 없는 것이 유감천만이었다.

그는 생각에 잠긴 얼굴로 도버를 보면서 이 드릴에 넘친 극적인 사건을 어떻게 설명해야 벌써 눈을 감아버린 주임경감의 눈을 뜨게 할 수 있을까 하고 생각했다. 좋은 생각이 떠오르지 않았다. 도버의 입술에서는 불만으로 코를 쿵쿵대는 소리인지, 코를 고는 소리인지 분간할 수 없는 소리가 새어나오고 있었다.

"이 해밀튼은 말입니다." 경사는 평상시의 역량을 충분히 발휘하지 못하는 것을 유감스럽게 생각하며 재빨리 말했다. "그는 자택의 바깥뜰에서 시체로 발견되었습니다."

"뭐라구!" 이렇게 중얼거리더니 도버는 몸을 뒤척여 벽 쪽으로 돌아눕고 말았다.

"알몸으로 말입니다" 하고 경사는 덧붙였다.

"뻔뻔스러운 놈이로군" 하고 도버는 말했다.

"게다가 손발이 무참하게도 절단되어······."

도버는 하품을 했다.

경사는 불끈 화가 치밀었다.

"그 사실은 경감님의 귀에도 들어갔으리라고 생각합니다······ 어느 신문에고 다 실렸었으니까요. 신문기자가 잔뜩 몰려왔고 텔레비전도······"

도버는 코를 쿵쿵거리더니 턱 있는 곳까지 이불을 끌어올렸다.

경사는 금방이라도 울음을 터뜨릴 것 같은 표정이었다. 이번에도 매글레거는 그가 딱하게 여겨져 "좀더 자세히 말해 줄 수 없겠소?" 하고 격려하듯 말하며 수첩까지 꺼냈다.

경사는 기쁜 듯이 매글레거 쪽으로 향했다.

"저······ 그 해밀튼은······ 중년이고 부인까지 있는데······ 어느 날 밤 이 고장의 컨트리클럽에 갔었지요. 클럽이라고 해야 실제로는 역 옆에 있는 창고 맨 위층이지요. 그는 초저녁부터 그곳에 있었는데, 12시 반쯤에야 거기서 나왔답니다. 술이 꽤 취했으므로 다른 사람이 택시를 불러 주었지요. 그런 일은 뭐 그 날만이 아니라 전에도 한두 번 있었던 일이라서요. 그래서 택시는 그를 태워다 그의 집 현관 앞에 내려놓았다는군요. 그런데 그 뒤로 그의 산 모습을 본 사람이 아무도 없는 겁니다."
"택시 운전 기사가 그렇게 말했단 말이지요?"
매글레거가 물었다.
"그렇습니다. 해밀튼은 차에서 내려 요금을 지불했다는군요. 곤드레가 되도록 취한 것이 아니라 좀 지나치게 마신 정도였나 봅니다. 그래서 택시는 차고로 되돌아왔는데, 다음날 아침에 우유 배달부가 바깥뜰을 조금 들어간 곳에서 시체를 발견했어요. 해밀튼의 집은 좁기는 하나 뜰이 있고 낮은 돌담이 빙 둘러져 있지요. 입고 있던 옷은 시체 옆에 잘 개켜져 있더랍니다."
"노상 강도의 짓이 아닐까요?"
"아니, 나는 그렇게 생각하지 않소. 지갑에는 1파운드 지폐가 50장 이상이나 들어 있었으니까요."
"흐음" 하고 매글레거는 생각에 잠긴 얼굴로 말했다.
침대에서 깊이 잠든 규칙적인 숨소리가 들려왔다.
"당신은 지금 해밀튼에게 부인이 있다고 했었지. 그래, 그 여자는 어디에 있었소?"
"집에서 자고 있었지요. 침실을 따로 쓰는지 부인은 해밀튼이 돌아오지 않은 일도, 남편의 몸에 무슨 일이 일어난 일도 전혀 몰랐던 모양이오. 우리로서도 그가 집에 들어왔는지 어떻게 되었는지는 알 수 없는 일이지요. 현관은 잠겨 있었으나 물론 그도 열쇠는 가지고 있었습니다."
"근처에 목격자나 무슨 소리를 들은 사람도 없었소?"
"그런데 그곳이 좀 색다른 거리라서요. 옛날에는 순수한 주택가였는데, 지금은 거의 사무실뿐이지요. 해밀튼네 집 맞은쪽의 여섯 채도 시의회 것으로, 시정 감사회니 세무서니 하는 건물이라 밤에는 아무도 없습니다. 해밀튼네 집에서 한 채 건너뛴 옆집은 비어 있었고, 또 한쪽 옆집은 사무실이며, 건너편 집도 사람은 살고 있지만 침실이 뒤쪽이라 아무 소리도 못 들었답니다."
"그럼, 전혀 손을 댈 데가 없지 않소?"
"아니, 그렇지도 않지요. 그 거리에서 좀 떨어진 곳에 있는 아파트의 맨 위층에 중년 부인이 살고 있었는데, 그날 아침 4시 반쯤 녹색 트럭이 한 대 달려와 해밀튼네 집 앞에 서는 것을 보았다는 겁니다. 그런데 그녀의 말에 의하면 그 트럭——마침 그녀 쪽을 향해 서 있었다는군요——에서 두 사람의 남자가 내려 차 뒤로 돌아가는 것이 보였다고 합니다. 무엇을 하고 있었는지는 보이지 않았지만, 2, 3분이 지나자 다시 트럭을 타고 돌아갔다는 거지요. 그다지 도움이 될 만한 증언은 아닙니다. 상세한 점에 이르러서는 설명을 못했으니까요. 우리는 그것을 바탕으로 조사해 보았지만 아무것도 잡을 수가 없었습니다."
"그러나 살인 사건이 아니었다면서요?"
"물론 처음에는 살인 사건인 줄 알았지요. 그래서 그 자리에서 수사본부가 설치되었지요. 이 고장에서는 요 몇 년 동안 본격적인 살인 사건이 없었으니까 서장은 마치 쥐를 쫓는 테리어처럼 신바람이 났지요. 우리도 총동원되고요. 서장은 군(郡)측에까지 지원을 부탁하고, 전원에게 시간 외 근무를 시키고, 휴가가 취소되는 형편이었답니다. 마치 세계 대전이 다시 시작된 것 같은 소동이었지요.

그런데 거기에 부검 결과가 나왔으므로 조금은 조용해졌죠. 뇌혈관 폐쇄증인가 뭐로 혈관이 파열했던가 봅니다.

 의사의 말로는 더 빨리 죽었어도 이상하지는 않다는 거요. 그래서 수사과도 4, 5일 동안 수사를 했지만, 전력을 기울이지 않고 차츰 결론도 못 얻은 채 손을 떼고 말았지요. 떠들썩하던 세상도 어느 결에 조용해졌고요."

"그러나 좀 묘한 사건이군요. 죽은 원인은 이상하지 않다지만, 시체는 알몸으로 손발이 잘려 있었으니까요. 굉장히 이상한 일이군." 매글레거는 수첩을 덮었다.

크게 숨을 내뱉는 소리가 침대에서 들렸다. 힘주어 기지개를 켰기 때문에 빨개진 도버의 얼굴이 그들이 있는 쪽을 보았다. 그는 매정한 목소리로 말했다.

 "바다로 뛰어든 그 젊은이와 지금 하는 이야기가 대체 무슨 관계 있다는 거지?"

 "아니, 그게 말입니다, 경감님." 경사가 설명하기 시작했으나 그다지 자신이 있는 것 같지는 않았다. "해밀튼 사건의 소란이 가라앉고 모두 그 사건에서 자기 일로 돌아갔을 때, 서장님이 코클란에게 이 사건을 맡긴 모양입니다. 그는 말하자면 해밀튼의 친구였고, 서장님은 서장님 나름대로 그가 어쩌면 새로운 단서라도 발견하지 않을까 하여 그렇게 했던 것입니다. 게다가 그는 서장님으로부터 수사과 요원으로 지명받고 있었으므로 마이너스 될 일은 없고, 실질적인 경험을 쌓게 할 수 있으리라고 생각하셨던 거지요. 그리고 만일 해결이라도 한다면 그야말로 정말 관록이 붙는 셈이니까요."

 "이거 놀라운 일인걸!" 도버는 내뱉듯이 말하고 침대 위에 일어나 앉아 정신이 나간 듯한 몸짓을 여러 가지로 해보였다. "아무 고생도 모르는 신출내기 경관에게 그런 살인 사건을 예사로 맡겼단 말이오?"

"아니, 그것은 살인 사건이라고 할 수도 없는 거니까요" 하고 경사는 말했다.

"쓸데없는 변명 하지 마오!" 긴 모직 속옷을 다 드러내 놓은 채 두 다리를 침대에서 덜렁덜렁 흔들며 도버는 소리쳤다. "여보게, 내 바지를 이리 주게! 그러니까 요즘에는 사건이 전혀 해결이 안 되지 않소. 바보스럽게도 당신들은 이 사건에서 손을 떼고 싶은 거지! 이런 이야기는 들어본 적도 없어. 당신들 같은 경관이라면 차례차례 벼랑에서 떨어져도 조금도 이상할 게 없겠소."

그렇게 떠들어대며 도버는 옷을 챙겨 입었다. 늘 그렇듯 바지 단추를 채우는 데 고생을 했고, 이 또한 언제나 힘들게 하는 일이지만 가까스로 구두끈에 손을 대었다. 그 일이 끝나자 화장대의 거울을 흘끔 쳐다보고 더러운 머리솔로 몇 번 가볍게 머리를 빗었다.

"행동 개시!" 하고 도버는 말했다. "이곳 서에 결여된 점은 바로 이거요. 행동! 돌격! 그리고 상식의 활용!" 그는 엄격한 어조로 덧붙여 말했다. "서장의 조카가 어떻고…… 화니 아주머니가 어떻다는 건가! 세상에선 세금이 어떻게 쓰이고 있는지를 알지 못해…… 다행스러운 일이지! 자, 시작하기로 할까. 매글레거…… 이 둔해빠진 사나이 같으니라구, 멍하니 앉아 있으면 어떻게 하나!"

"어디로 가시는 겁니까?" 도버는 혀짧은 사람이 말하듯 흉내를 내었다. "자네는 정말 이상한 사람이야."

"저는요?" 경사는 도버가 느닷없이 활동하기 시작했으므로 정신 나간 듯 물었다.

"자기 밥값을 치르겠다면 따라와도 좋소."

도버는 신음하듯이 말했다.

5

매글레거와 경사는 얼굴을 마주보았다.
경사는 이마를 문지르며 "경감님이 단번에 사건을 정리하기 위해 움직이기 시작한 모양이군요" 하고 힘없는 목소리로 말했다.
"그렇지 않소."
"말하자면 심사숙고하는 성격인가 보지요, 경감님은?"
경사는 도버가 나간 문을 아직도 넋 나간 사람처럼 바라보며 물었다.
상관에게 충실한 매글레거는 아무 말도 하지 않았다.
"그야 뭐 사람은 저마다 다르니까요" 하고 경사는 한숨을 쉬면서 말했다. 그리고 우울한 듯이 슈트케이스를 보며 중얼거렸다. "이것은 어떻게 한담?"
"여기 두는 것이 좋겠지요. 저녁이 끝난 뒤 경감님이 보고 싶다고 할지도 모릅니다."
가까스로 식당에서 주임경감과 함께 앉게 되었으나 매글레거는 애를 태웠다. 도버 경감이 화가 나 있었기 때문이었다. 화살은 불운한 경사에게만 꽂혀, 결국은 그 경사를 '밥만 축내는 돼지'라고까지 말했다.
"그 경사에게 내가 저녁을 살 것 같나! 고마운 일이지!" 하고 도버는 투덜거렸다.
"저는 그렇게 생각지 않습니다, 경감님……."
"아니, 그렇네! 나는 지금까지의 경험으로 미루어 보아 그 녀석같이 꿍심 많은 놈은 한눈에 알 수 있어. 그 녀석은 자기에게 필요한 건 무엇이든 훔쳐넣는 거야, 담배건, 맥주건, 무엇이든지 다. 자네 같은 얼간이는 조심하지 않으면 눈알까지 빼앗길걸."
도버는 경사를 사정없이 깎아내리더니 이번에는 화살을 여자들에게로 돌렸다. 누구 때문에 이런 골치 아픈 문제를 취급하게 되었는지 도저히 잊을 수 없는 모양이었다.

그는 무뚝뚝한 얼굴로 투덜거렸다.

"우리 마누라는 지금쯤 필베리의 해안에서 갑판 의자 위에 쭉 뻗고 누워 있겠지. 이렇게 저저분한 곳에 나만 남겨 놓고 미안하다는 말도 없이 가버렸어. 자네에게도 말해두지만, 먹이고 입히느라 부지런히 일하다 보면 결국에 가서는 어떻게 된다고 생각하나? 완전히 거죽만 남는 걸세. 결혼 같은 것은 절대로 하면 안 되네. 알겠나…… 결혼은 얼빠진 놈이나 하는 일이야."

"잠깐만 기다려 주십시오, 경감님!" 매글레거는 웃음으로 얼버무리려고 했다. "부인께선 눈을 뜨고 계셨으니까 안 볼 수가 없었겠지요."

"그러나 입을 벌리지 않아도 되었을 것 아닌가." 도버는 쌀쌀하게 말했다. "나는 분명히 말했었지…… '이대로 차를 몰고 갑시다. 우리하고 관계없는 일이니'라고 말야. 정말 여자들이란! 쇠귀에 경 읽기야."

"그랬으면 더 나쁜 결과를 초래하게 되었을지도 모릅니다."

"어떻게?" 도버는 기세가 대단했다.

"이렇게 하면 어떻겠습니까, 경감님…… 저어…… 급히 서두르면, 즉 코클란의 자살 원인을 밝혀 내기만 하면 이제부터라도 휴가는 갈 수 있습니다. 손해를 본 것은 겨우 2, 3일뿐이지요. 그 날짜만큼 휴가를 더 받을 수 있을지도 모릅니다."

그럴 듯하게 이야기했지만 도버는 매글레거의 뱃속을 육감으로 짐작한 모양이다.

"그다지 어렵지는 않습니다…… 배수진을 친 셈으로 하면……" 하고 매글레거는 주장했다.

도버는 신통치 않다는 표정을 노골적으로 드러내었다.
"그럼, 어떻게 하라는 건가? 가짜 유언장이라도 만들라는 건가? 그렇군! 그거 참 좋은 생각이군! 그의 필적 견본을 얻을 수만 있다면……" 하고 그는 비꼬아서 말했다.
"해밀튼 사건을 재조사해야 한다고 생각합니다."
매글레거는 분명한 어조로 말했다.
도버는 아랫입술을 쭉 내밀고 "그것이 코클란의 자살과 관계가 있다는 분명한 증거가 전혀 없지 않나" 하고 반박했다.
"그럼, 어떻게 하면 좋을까요?"
매글레거는 초조한 마음을 억누르며 이성적으로 말하려고 했다.
도버는 생각에 잠겼다. 오랜 침묵 뒤에 한숨을 내쉬며 "해밀튼 사건을 재조사해야겠군" 하고 말했다.
매글레거는 잘 되었다는 듯이 "저, 말입니다, 경감님. 제 생각으로는 해밀튼 살해범은…… 손발을 절단한 것으로 보아 전형적인 살인이라고 생각합니다. 여기는 항구 도시니까, 묘한 자들이 어정대고 있을 테지요" 하고 말했다.
"외눈박이 인도인 뱃사람이며 인상이 고약한 중국인을 말하는 거겠지? 생각해 보면 이렇게 더러운 고장에는 아편굴보다도 하숙집이 더 많으니까."
"그런데 손발을 잘라 냈다는 것을 어떻게 생각하십니까?"
"몰라." 도버의 대답은 쌀쌀맞았다.
"해밀튼을 덮친 것이 외국인 강도단 같은 것이라면 코클란은 그 녀석과 관계가 있었는지도 모르고, 게다가……"
"게다가 그들이 코클란에게 부즈 교(敎──남미와 서인도 제도의 흑인 사이에 퍼져 있는 원시 종교)의 주문을 외어 캐리 곶에서 뛰어내리게 했다는 말인가?"

"그보다도 더 묘한 일이 일어났습니다, 경감님."

"이 거리에 한정된 일이 아니야!"

도버는 본의아니게 해밀튼 사건을 다시 검토하지 않으면 안 되게 되었다. 매글레거는 곰팡내나는 작은 사무실에 도버를 앉혀 놓고 맥주를 두 병 안겨 준 다음, 슈트케이스의 조사서를 가지러 2층으로 갔다.

도버가 뚱하니 앉아서 맥주를 마시고 있는 동안에 매글레거는 재빠른 동작으로 슈트케이스 안의 서류를 조사하고 있었다. 거의 사무적인 느낌으로 하고 있었으나 조사로선 우선 완벽한 것이었다. 호별 조사는 1752집이나 있었지만 관계가 있을 만한 자료는 아무것도 얻을 수 없었다. 공금이 이런 데 낭비된 것을 보고 매글레거는 아주 검소한 스코틀랜드 인 기질이 나와 자신도 모르게 혀를 찼다.

"한 가지는 분명히 알 수 있습니다." 점점 흥미를 잃어가는 주임경감의 기분을 돋구려고 그는 말했다. "해밀튼의 손발을 절단한 것은 피해자의 신분을 모르게 하려고 그랬던 것은 아니라는 사실입니다."

"물론이지." 도버는 메어붙이듯 말했다. "그럴 작정이라면 일부러 시체를 피해자의 집 바깥뜰에 팽개쳐 놓고 소지품을 그 옆에 쌓아둘 필요가 없잖은가?"

"그건 그렇습니다. 저도 그렇게 생각합니다. 범인은 복수를 하려고 그랬을 것입니다. 보십시오, 얼굴에는 아무 상처도 없잖습니까."

매글레거는 한 장의 광택있는 큰 사진을 도버에게 건네 주었다.

"웩!" 하고 도버는 소리를 지르자마자 곧 사진을 되넘겨 주었다. "자네는 그것도 모르나? 나는 지금 방금 식사를 마쳤잖은가."

"꽤 지저분한 사진이라서요?"

"지저분해? 허리 아래가 마치 고깃집에 갈아놓은 고기 같지 않나?"

"시체 해부 보고서에 의하면, 이것은 다 피해자가 죽은 뒤에 한 짓으로 되어 있습니다." 그렇게 말하면서 매글레거는 (도버가 본 바로는) 아주 변태적인 흥미를 가지고 그밖에 10여 장도 넘는 사진을 조사했다.

"흉기는 무얼까? 베이컨 나이프?" 도버가 말했다.
"날카로운 소도구입니다, 경감님. 어쩌면 메스일지도 모릅니다!"
"이봐, 이번에는 또 실성한 의사를 찾는 일은 딱 질색일세! 이곳 경찰들은 이렇다할 단서도 하나 못 잡았나?"
"아무래도 그런가 봅니다. 두 남자가 탄 녹색 트럭을 목격했다는 그 부인의 진술서가 있었는데, 그저 그 정도입니다."
"그 사람은 결혼했었나?" 도버는 한숨을 쉬며 말했다.
"해밀튼 말입니까? 네, 결혼했습니다, 경감님."
"좋아, 그 마누라를 만나러 가세."
"부인 말입니까? 헛수고라고 생각합니다. 그녀의 증언 같은 것은 도움이 못 됩니다. 하지만 그녀는……."
"범죄 수사의 제1원칙은 말일세, 알겠나?"
도버는 일어서면서 무거운 어조로 말했다.
"남편이 살해되었을 경우 범인은 아내야."
"아니, 꼭 그렇다고만은 할 수 없습니다." 매글레거는 초조한 듯한 웃음소리를 냈다. 유명한 도버 특유의 수사법이 등장했으므로 지겨운 생각이 든 것이다. 도버식 수사법의 유일한 장점은 간결한 점뿐이었다.
"십중팔구까지 그래."
"네, 그러나 나머지 하나가 있잖습니까!"
"자네가 수사과에서 일하며 열 건의 살인 사건 중 아홉 건을 해결해 보게. 30이 되기 전에 자네는 경시총감이 될 걸세."

도버는 바지를 치켜올리고 하품을 하며 말했다.

 "그거야 그렇지만, 남편이 죽으면 그때마다 아내를 체포하게 된다고 볼 수만은 없는 일 아닙니까." 지금까지도 도버의 수법은 대개 그런 식이었다는 생각을 하니 매글레거는 불쾌했다.

 "예외도 있을 테지요."

 "일일이 예외를 생각하면 어떻게 되겠나." 도버는 재치있게 말꼬리를 돌렸다. "내일 오전 중에 해밀튼 부인을 만나러 가세. 자네는 그때까지 그 서류를 완전히 조사해 두게. 이곳 사람들이 못 본 것이 발견될지도 모르니까."

 다음날 아침 10시까지도 대단스럽지는 않으나 여전히 비가 내리고 있었다. 도버와 매글레거는 민튼 해안 거리를 걷고 있었다.

 "이 집입니다, 경감님."

 "시간도 알맞군. 언제나 돼야 우리에게 차를 쓰게 할 작정인가?"

 "내일쯤 주겠지요. 아니면 모레이거나."

 "아니면 내년이겠지! 이렇게 걷게 되면 택시라도 잡아 줘야지."

 "아니, 오늘 아침에는 모퉁이만 돌면 곧 잡을 수 있으리라고 생각했기 때문에……."

 도버는 불쾌한 듯이 코를 킁킁거렸다. 그리고 한숨을 쉬더니 뜰의 울타리에 기대어서서 울타리 안쪽에 있는 평범한 잔디밭을 바라보았다.

 "시체는 어디에 있었나?"

 "바로 여기에 있었습니다. 울타리 밑에 쑤셔박은 것처럼 나뒹굴어 있었지요. 도로에서 되도록 보이지 않게 하려고 그랬던 것 같습니다."

 매글레거는 서류 봉투에서 사진 한 장을 소중하게 꺼냈다.

 "필요없어, 필요없어!" 도버가 신음하는 것 같은 소리로 말했다.

"추측할 수 있어. 그런 쓸데없는 사진을 내 눈앞에서 펄럭이지 말게…… 속이 이상해지지 않나."

"해밀튼 부인을 만나시겠습니까?"

"만나 봐도 되겠지." 도버가 쓴 것을 씹은 듯이 잔뜩 찡그리고 말했다. "비를 피할 수는 있을 테니까."

그는 울타리에서 발길을 옮기며 무뚝뚝한 얼굴로 사방을 둘러보았다. 조그만 눈에 생기가 반짝였다.

"그 뚱보의 이야기로는 맞은 편에 관공서가 있다고 했는데, 어디 있나?" 마치 나무라는 어조였다.

매글레거는 주임경감이 바라보고 있는 쪽을 보았다. 그러나 관공서는 하나도 없었다. 그는 돌아서서 집을 쳐다보았다.

"죄송합니다, 여기는 15번지였습니다. 우리가 갈 곳은 25번지입니다. 보십시오, 이 표지판이 잘못입니다. 아주 읽기 거북하군요. 정말 죄송합니다. 25번지는 더 앞입니다."

"그래도 자기는 형사려니 하겠지!" 도버가 중얼거렸다. 부하의 실수를 보고도 그렇게 싫지만은 않은지 도버는 가옥 번호를 일일이 들여다보고 있는 매글레거의 뒤를 따라 어슬렁어슬렁 걸어갔다.

"여길 겁니다." 매글레거는 그렇게 말하더니 바깥 계단을 중간까지 올라가 문에 붙은 번지를 자세히 살펴보았다. 몇 번이고 칠한 오래 된 페인트가 벗겨져 번지도 흐릿하게 보였다. 그러나 매글레거는 가까스로 목적한 집에 다다랐으므로 안도의 숨을 내쉬었다.

도버는 한쪽 바깥 뜰을 한 번 둘러보더니 (범행 현장에 관계없이) 반대쪽 뜰까지 조사하여 시간을 허비하는 짓은 하지 않았다.

"벨을 울려. 빨리 일을 해치우세나."

매글레거는 시키는 대로 몇 번이고 벨을 눌렀다. 도버가 무거운 발걸음으로 한 단 한 단 다 올라갈 때까지 아주 대답도 없었다. 집 안은 조용해서 매글레거가 벨을 울렸을 때와 조금도 변함이 없었다.
"아무도 없음에 틀림없습니다."
비가 도버의 중산모 챙에서 뚝뚝 떨어졌다. 그는 비참한 생각이 들어 힘껏 문을 걷어찼다. 여전히 대답이 없다. 다시 한 번 걷어찼다.
젊은 매글레거의 재빠른 귀가 안쪽에서 들려오는 조그만 소리를 들었다.
"누가 나오는 것 같습니다."
문 안쪽에서 고리쇠를 빼고 달그락달그락 열쇠를 돌리는 소리가 났다. 끼익 하고 둔한 소리를 내며 문이 6인치 가량 열렸다. 걸린 채 있는 튼튼한 사슬 위로 유령과 같은 얼굴이 내다보았다.
"무슨 일입니까?"
매글레거는 좀 주저한 다음 공손히 모자를 벗고 말했다.
"해밀튼 부인이시지요? 이야기를 좀 했으면 하는데요. 이분은 도버 경감입니다. 우리는 경시청에서 왔습니다."
의심스러운 눈이 한쪽만 보이며, 매글레거를 조심스럽게 살펴보았다.
"무슨 일이지요?"
매글레거는 도버가 무슨 말을 하지 않을까 생각했는지 그를 쳐다보았다.
"어서 계속하게!" 도버는 노려보며 잇새로 내뱉듯이 말했다.
"남편의…… 저어…… 사망 사건에 대해 좀 여쭤 볼 일이 있어서요."
"아, 그래요" 하고 눈이 대답했다.
도버는 매글레거의 옆구리를 팔꿈치로 쿡쿡 찌르며, 빨리 해치우라는 듯이 독촉했다.
"좀 폐를 끼쳐도 되겠습니까?" 매글레거는 용기를 내어 말했다.

"왜요?" 하고 눈이 물었다.

매글레거는 낙심을 하고 주임경감을 보았다.

"저어…… 이웃 사람들의 눈에 띄게 되면 좋지 않을 것 같아서요." 그는 어색한 웃음을 띠었다.

"내버려두세요."

매글레거는 그녀의 동정심에 호소해 보기로 했다.

"상당히 심한 비라 흠뻑 젖었습니다."

"그러면 날씨가 좋을 때 다시 오면 될 것 아니에요?"

문이 닫히고 있었으므로 도버는 할 수 없이 문틈으로 구두를 밀어넣었다.

"어머나! 이게 무슨 짓이지요?" 상대방이 소리쳤다.

"열어요, 이 늙은 할멈!"

본디 사교술이 시원치 않은 도버는 물어뜯을 듯이 말했다.

"먼저 발을 빼야지요. 문을 닫아야 사슬을 뺄 수 있어요."

상대방은 교활한 눈초리로 말했다.

도버는 재치가 있는 편은 아니지만 근본적인 바보는 아니었다. 거기다 지금까지 일을 함에 있어 교활한 자들로 말미암아 고생을 많이 해왔던 것이다.

"나는 그런 얼빠진 자가 아니오" 하고 그는 비웃었다.

"그러면 어떻게 할 수가 없지 않아요?"

"공무 집행 방해로 성가시게 된다는 것을 알아야 해!" 도버가 위협했다.

"이쪽도 권리가 있어요. 내가 들어오라고 말하지 않는 한 들어올 수 없단 말이에요!"

"수사 영장을 떼려면 뗄 수도 있소." 도버는 소리를 질렀다.

"그럼, 얼른 달려가서 그 영장이라는 것을 가지고 오면 되겠군요."

양쪽이 형세를 살피고 있는 동안 틈이 벌어졌다.
"몇 가지 간단한 것을 물으려는 것뿐이오." 도버가 사정했다.
"나한테 물어봐야 소용없어요. 아무것도 모르니까요. 그날 밤, 남편이 나간 뒤 나는 곧 잠이 들어 다음날 아침에 그 이야기를 들을 때까지 아무것도 몰랐어요."
"남편을 미워하는 자는 없었소?"
문 뒤에서 심술궂은 웃음 소리가 들렸다.
"아내가 있는 남편들이나 딸을 가진 아버지라면 거의 모두가 미워했지요. 아들 가진 이도 조금은 있었지만."
"그래요. 그랬던가요?"
"그런 소문이에요. 이 거리에서 그가 그런 마음을 먹지 않았던 것은 나 한 사람 정도였지요. 더러운 돼지였어요! 나를 어떻게 해 버리고 싶어서 애걸복걸했었지요. 이혼을 하고 싶었던 거예요. 항구 끝쪽에 있는 계집애들에게 빠져서…… 나는 이혼할 수 있는 방법을 일러 주었지요. '이혼을 하면 될 것 아니오…… 돈을 내요' 하고 말이에요. 나도 그런 색마에게 달콤한 국물을 더 빨리기 위해 오랜 세월 동안 그에게 멋대로 굴 수 있는 자유를 주었던 것은 아니에요."
"그는 돈이 많았소?" 도버는 좀 놀라며 물었다.
"좀 있었지요. 나는 문제없으니까 걱정할 것 없었어요. 보험만 해도 1만 파운드가 있으니까요."
"1만 파운드요?" 도버는 매글레거에게 의미있는 눈짓을 했다.
"보험금을 부어 온 것은 줄곧 나였으니까요."
해밀튼 부인은 자랑스러운 듯이 말했다.
도버는 그녀가 한 말이 수상쩍다고 보았다. 역시 여자는 여자다! 나불나불 지껄이다니 제 손으로 제 목에 새끼줄을 거는 꼴이지. 다만

77

도버에게 유감스러운 점은, 요즘의 한심한 세상에는 목에 걸려고 해도 걸 새끼줄이 없다는 것이다.
"그 사람 덕분에 굉장히 혼이 났겠군요."
그는 동정하는 체하며 너스레를 떨었다.
"보통 일이 아니었지요." 해밀튼 부인은 말했다.
"당신의 친구들이 이상한 눈으로 보고 있지는 않았소?"
도버는 그녀가 혼자서 그런 이상한 방법으로 남편을 처리했다고 생각할 수는 없었지만, 그렇게 빗대어 놓고 생각하여 말했다.
"아니, 그게 무슨 뜻이지요?"
"아니, 아무것도 아니오." 도버가 달래듯 말했다.
"그는 제 명에 죽은 것이니까요. 검시를 할 때 그렇게 말하더군요. 자연사라고."
"아니, 그 점 말인데, 아무래도 제 명에 죽은 것으로는 볼 수 없어서……."
"내가 알 바 아니지요. 나는 자고 있었으니까."
"그건 그렇겠지요. 그런데 말이오…… 왜 우리를 못 들어오게 하는 거요? 들어가면 그 일에 대해 천천히 말할 수 있을 텐데."
너스레가 지나쳤는지 해밀튼 부인이 진저리가 났는지 알 수 없는 일이지만, 어쨌든 그녀는 슬그머니 안으로 들어가 거만한 태도로 홀 안쪽으로 가더니 이런 때에 대비해서 준비해 두었던 석탄 부수는 해머를 집어들었다. 그리고 그 해머를 뒤에 숨겨 가지고 문이 있는 곳으로 되돌아와서 도버에게 형식적으로 물었다.
"이제 됐지요?"
"당신 남편은 코클란 경관과 친구 사이가 아니었소?"
해밀튼 부인은 해머를 휘둘렀다. 떨어지는 것은 보였으나 발을 끌어당길 여유가 없었다. 해머는 보기 좋게 구두 끝에 명중했다.

도버는 비명을 질렀다.

해밀튼 부인은 괘씸한 발을 멋지게 물리쳤으므로 문을 쾅 닫고 걸쇠를 걸었다.

한편 도버는 아프기도 하고 화가 나기도 하여 큰 소리로 고함을 치며 한쪽 다리로 깡충깡충 뛰었다. 거리의 끝에서 끝까지 유리창과 문이 열려 있어 모두들 머리를 내밀고 내다보았으므로 매글레거는 걱정보다는 당황해 하며 그를 지켜보았다.

"······괜찮습니까, 경감님?"
"이런 바보 같은 것! 멍하니 서 있기만 하면 어떡해! 어떻게 좀 해야지!"

다행스럽게도 매글레거가 다친 경감을 어떻게 할까 생각하고 있는데 응원의 손길이 뻗쳐왔다. 중년 여자 두 사람이 곤란한 사람을 도와 주려고 의협심에 쫓겨 종종걸음으로 계단을 올라왔다. 그녀들은 마침 그 집 앞을 지나던 중이었다. 이 친절한 두 부인은 경감이 지른 최초의 비명을 듣자 눈을 마주보고 기뻐했다.

"자, 어서 갑시다, 베라!" 하고 뚱뚱한 여자는 가슴에 단 파란 나비 리본을 부적이라도 되는 것처럼 만지더니 결단성있게 앞장서서 달렸다. 베라도 숨을 조금 헐떡이고 눈을 빛내며 바로 뒤를 따랐다.

쓸데없는 말은 하지 않았다. 두 사람은 계단을 다 올라가자 곧 행동으로 옮겼다. 매글레거는 가차없이 그 여인들의 어깨에 밀려 물러서게 되었다. 베라가 도버의 성한 쪽 다리를 걷어찼다. 가볍지 않은 몸체는 그 다리 하나로 지탱되어 있었으므로 요란한 소리를 내며 바닥에 쓰러졌다. 그러자 그녀는 텔레비전의 레슬링에서 익힌 요령으로 재빨리 그의 몸을 타고 앉았다. 그리고 그의 가슴 위에 걸터앉는 순간 도버의 입은 저절로 벌어졌다. 인사를 하려고 했는지, 아니면 폐의 공기가 강제로 밀려나왔는지는 모르지만, 그의 입이 벌어진 순간에 베라의 동행인 뚱뚱보가 장바구니 손잡이를 그 입 속에 처박았다.
"조금 그쪽으로 비켜요, 베라."
그녀는 바구니 손잡이를 입 속으로 쑤셔넣으며 말했다.
베라가 순순히 도버의 배 쪽으로 비켜 앉자 뚱뚱보가 대신 가슴을 타고 앉았다.
꽤 조용해졌다. 도버는 얼굴빛이 아주 이상해져 목을 골골대고 있을 뿐이었다. 두 여자는 길게 뻗은 도버 위에 걸터앉아 열심히 호흡을 가다듬으려고 했다.
뚱뚱보 여자는 침착성을 되찾자, 매글레거에게 안심하라는 듯이 미소를 보였다.
"마침 우리가 지나가기를 잘했지요."
매글레거는 잠자코 고개를 끄덕였다.
"우리는 두 사람 다 구급 요원 자격을 가지고 있어요."
차라도 마시며 예의바르게 말을 주고받듯이 베라가 말했다.
"나는 부녀회의 구급 조치 소위원회의 위원장입니다." 뚱뚱보 여자가 말참견을 했다. 그녀는 또 파란 리본을 만졌다. "나는 적십자장(赤十字章)도 받은 일이 있어요."
도버는 힘없이 허위적거렸다. 얼굴빛은 보랏빛을 띠고 있었다.
뚱뚱보 여자는 만족스러운 듯이 그것을 보며 바구니 손잡이를 좀 더 안쪽으로 디밀었다.
"아아, 이제 가라앉은 모양이에요." 그녀는 생색을 내는 듯한 눈으로 매글레거를 흘끔 올려다보았다. "아까는 걱정스러웠지요? 하지만 의학 편람에 간질병은 실제의 증상보다는 겉보기가 심하다고 씌어 있어요. 대체적으로 그런 것 같지 않아요, 베라?"
베라는 고개를 끄덕였다.
"아주 편리해요. 그 책은 지금까지 한 번도 틀린 적이 없어요."

"간질이라고요?" 매글레거는 한심한 듯한 목소리로 물었다.

"중요한 것은," 편람의 금언과 격언을 생각해 내려면 눈을 감는 것이 편리한지 베라는 눈을 감고 말했다. "환자가 혀를 깨물지 않도록 할 것, 그래서……" 그녀는 다시 눈을 뜨고 매글레거에게 웃는 얼굴을 보였다. "바구니 손잡이를 밀어넣은 거예요. 절대로 손가락을 넣으면 안 돼요. 깨물 우려가 있으니까요."

그리고는 소리내어 웃었다. 매글레거는 꿀꺽 침을 삼켰다. 이렇게 수완좋은 여자들에게는 기가 죽어 반발도 할 수 없다. 그러나 도버의 상태는 눈에 보이게 악화되고 있었다.

매글레거가 미안한 듯이 말했다.

"간질이 아닙니다. 실례지만, 실은 이 집 부인이 저 해머로 발끝을 때렸어요."

두 여인은 실망한 빛을 띠었으나, 그렇게 말해도 별로 화를 내지는 않았다. 괘씸한 듯이 웃음을 머금으며 일어섰다.

"돌다리도 두드리고 건너라구요, 베라."

뚱뚱보 여자는 익살스럽게 말하더니 도버의 입에서 바구니 손잡이를 꺼냈다.

"타박상이 아닌지 모르겠군요?" 두 사람의 발치에 쓰러진 채 헐떡이고 있는 도버를 보면서 베라가 말했다.

"아마 그럴지도 몰라요. 어쨌든 타박상으로 보고 치료합시다. 당신, 휴대용 나이프를 가지고 있지요?"

뚱뚱한 여자는 작게 오므린 입으로 시치미를 뚝 떼고 말했다.

도버는 쓰러져 있는 것만은 확실했지만 완전히 기절한 것은 아니었다. 있는 힘을 다해 한쪽 팔을 짚고 몸을 일으키더니 입을 오물거리며 틀니를 끼고 매글레거에게 필사적으로 호소했다.

"이 여자들을 쫓아 주게!"

숨을 헐떡이며 그렇게 말하더니 또다시 털썩 쓰러졌다.

매글레거는 핸드백 속을 뒤지고 있는 두 여자를 보고 난처한 듯이 웃었다. 뚱뚱한 여자는 태연하게 버티고 있다.

"신경 쓰지 않아도 돼요." 위세있는 말로 그녀는 매글레거를 안심시켰다. "환자는 곧잘 저런 식으로 반항한답니다. 하지만 우린 완전히 익숙하니까요. 그렇지요, 베라? 고맙다는 말을 못 들어도 아무렇지도 않아요. 저건 좋은 증세입니다. 거짓말이 아니에요. 쇼크가 가라앉은 표시라고요. 준비되었어요, 베라?"

두 사람은 도버의 발치에 쭈그리고 앉아 바지를 입은 그의 두 다리를 힘껏 끌어올렸다. 도버는 힘없이 걷어차려고 했다. 간담이 서늘해진 그는 쉰 목소리로 말했다.

"이 여자들은 대체 어디 사는 누구야? 살인자들이야, 미치광이들이야?"

뚱뚱한 여자는 도버가 신고 있는 튼튼한 검은 구두를 보고 고개를 내저었다.

"도저히 안 되겠어, 베라. 당신의 작은 칼로는 이 구두를 자를 수 없겠어."

"이 젊은 분이 더 튼튼한 칼을 갖고 있을지도 몰라."

매글레거는 할 수 없이 주머니 속을 뒤지기 시작했다.

도버는 그를 잡으며 소리쳤다.

"이봐, 내 말해 두겠네만, 이 엉터리 여자들이 내 몸에 손가락 하나라도 대게 해봐, 나중에 가만 안 둘 테니까, 알았나! 이 여자들에게 말해, 쓸데없는 짓 말라고!"

그러나 그 자리를 탈없이 가라앉게 한 것은 뚱뚱보 여자였다.

"이것은 전문 의사가 아니면 안 될 것 같아요. 바로 옆집에 미스 헤이즐이 있어서 다행이에요. 그 여자라면 문제없어요."

그녀는 일어서면서 힘찬 어조로 말했다.
"지금 집에 있을까?"
베라도 매글레거의 손을 빌려 일어서면서 말했다.
"네, 있어요. 날마다 오전 중에는 수술을 하니까요. 그럼……."
뚱뚱한 여자가 위세있게 핸드백을 팔에다 끼며 소리쳤다.
"베라, 기운을 내요! 옮깁시다!"
이것은 쉬운 일이 아니었지만, 곤란한 사람을 살리려고 결심한 이상 두 사람은 아무래도 끝까지 해나갈 수밖에 없었다. 두 사람이 도버를 일으켜 그의 두 손을 각자의 살찐 어깨로 돌리자 도버는 신음소리를 내며 아파서 비명을 질렀다. 도버의 궁둥이에 손을 대고 들어 올릴 단계가 되자 두 여자도 힘이 들어 저도 모르게 신음소리를 내었다.

매글레거는 허둥대며 별로 거들지도 않은 채 도버의 중산모를 주워들고 비틀거리며 계단을 내려가는 세 사람의 뒤를 따랐다. 도버는 두 여자의 목을 잡고 매달려 계속 신음소리를 냈다. 그리고 다친 발이 어디에 부딪칠 듯하면 신음소리가 비명소리로 바뀌었다.

두 여자는 땀을 흠뻑 흘리며 이 무거운 짐을 앞문으로 잘 운반하여 가까운 의사 집에까지 끌고 갔다. 창문과 문으로는 아직도 구경꾼들이 들여다보고 있었다.

"오른쪽으로 돌아, 베라!" 뚱뚱한 여자가 숨을 헐떡이며 말했다.
오른쪽으로 구부러져 옆문으로 들어가 그곳 현관 앞의 계단을 보자 과연 녹초가 되어 둘 다 걸음을 멈추었다. 눈앞에 보이는 계단은 마치 에베레스트 산처럼 높이 치솟아 보였다.

도버는 매글레거를 돌아다보며 말했다.
"이번에는 대체 어디로 데려가겠다는 건가? 제기랄…… 각오하고 있게, 알겠나?"

매글레거도 형사이니만큼 도버의 모습을 보고 짐작이 갔다. 문에 붙은 놋쇠 푯말이 보였다.
"걱정할 것 없습니다, 경감님. 의사가 있는 곳으로 데리고 가는 참이니까요."
베라는 발치가 보이지 않았으므로 맨 아랫단에 발을 잘못 디뎠다.
"아이구, 사람 살려!" 하고 도버는 소리를 지르며 두 여자의 목을 꽉 잡았다. 그리고 또 매글레거를 돌아다보고 덧붙였다. "부탁하네. 빨리 걸으라고 말해 주게! 발이 아파서 죽을 지경이야!"
두 여자도 녹초가 되었으나 본디 몸이 튼튼했다. 계단을 다 올라가자 열린 현관으로 구르듯 안으로 들어갔다.
매글레거는 그 뒤에서 입구로 들어서며 푯말을 흘끔 쳐다보았다. 깜짝 놀라 멈추어서자 자기 눈을 의심하며 다시 푯말을 훑어보았다. 식은땀이 이마에 번졌다. 허둥대며 홀로 뛰어들어가 참사를, 반드시 일어날 참사를 막으려고 했으나 헛일이었다. 이미 때가 늦었던 것이다.
도버는 두 줄로 늘어선 구경꾼 사이를 지나 수술실이라고 씌어진 문 쪽으로 운반되어 가는 중이었다.
그를 보고 있는 것은 남자 둘에 여자 여섯, 아이 셋, 고양이 다섯 마리, 복서 견(犬) 한 마리, 사랑새 두 마리, 그리고 구멍이 뚫어진 상자 속에 든 뱀 한 마리였다.

6

"틀림없이 이쪽 발인가요?"
헤이즐 피스크가 의심스럽다는 듯이 물었다.
"틀림없소! 상처를 보면 모르오!"
도버는 초조해서 물어뜯을 듯이 말했다.

피스크는 얕잡아보듯이 코를 킁킁대더니 탈지면을 적셔 말한 곳을 가볍게 두드렸다.
"더러워졌군요" 하고 그녀는 보란 듯이 잠자코 탈지면을 들어올려 보였다.
도버는 쓰디쓴 얼굴로 그녀를 노려보았다.
"뼈가 부러지지 않았다는 것만은 틀림없겠지요?"
"틀림없어요. 상처다운 상처도 없어요. 이 구두 속에 든 발을 아프게 하려면 증기 해머로나 때리면 몰라도 무리한 일이에요."
피스크는 도버의 발을 물통에 집어넣었다가 꺼집어내더니 물기를 닦고 다시 한 번 보았다. 그리고 크게 한숨을 쉬고 일어나 약품 선반이 있는 곳으로 갔다. 그리고 큰 병을 꺼내어 마개를 빼고 도버의 발끝에 냄새가 코를 쏘는 녹색 액체를 발랐다.
"그게 뭐요?" 도버는 불안과 의혹이 섞인 어조로 물었다.
"말에게 바르는 약이에요." 피스크가 말했다.
도버가 크게 다치기라도 한 듯한 모습으로 수술실로 부축되어 들어왔을 때는 큰 소동이 일어났었으나 그것도 벌써 오래 전에 가라앉았다. 여수의사의 수술실로 끌려왔다는 것을 알았을 때의 그의 무서운 격분도 오래 계속되지는 않았다. 그도 지금의 이 증상으로는 의사의 치료를 받지 않는 것보다는 받는 것이 낫다는 것을 마지못해서나마 인정할 수밖에 없었고, 서투른 사람의 치료는 이제 딱 질색이라고 억지로라도 말해야만 했기 때문이다.
도버가 그렇게 말했으므로 베라와 같이 온 뚱뚱보 여자도 의외로 간단히 물러가고 말았다.
도버가 금방이라도 죽을 것 같이 마구 소리를 지르는 동안 매글레거가 자기네들의 신분을 밝히고 그밖의 설명을 했으므로 피스크도 전보다 조금 더 친절하게 치료를 해주었다.

바른 약이 마르기를 기다리는 동안 피스크가 말했다.
"무엇 때문에 헤밀튼 부인 집에 찾아가 떠들어댈 생각이 들었는지 모르겠군요. 그 여자는 전부터 꽤 이상했지만, 남편이 그렇게 된 뒤로는 더 이상해져 버렸어요."
"그러나 우리는 그 일로 그 여자를 만나고 싶었던 겁니다. 재조사를 하고 있으니까요." 매글레거가 말했다.
"왜 그런 일을 하는지 모르겠군요. 이렇게 말하면 좀 뭣할지도 모르지만, 그 사람답지 않던 자가 죽었으니 앓던 이 빠진 것 같잖겠어요. 그런 사람은 벌써 죽었어야 했어요."
"그럼, 그 사람을 잘 알고 계시는군요?"
"10년이나 이웃집에서 살고 있는걸요. 당연히 알고 있지요. 굉장한 사람이었어요. 바람둥이에다 술만 취하면……. 그건 뭐!"
그녀는 부르르 몸을 떨었다.
"하지만 당신에게 치근거린 것은 아니잖소?"
도버는 심술궂은 질문을 했다.
피스크는 50을 조금 넘었는데, 밴텀 급 권투 선수 노릇을 했던 것 같다는 비유가 딱 들어맞는 여자였다. 몸집은 작지만 근육이 단단하고 번질번질한 얼굴은 사나워 보였으며, 뻣뻣한 느낌의 머리를 단발로 잘라 너풀거리고 있었다. 아무리 육욕적인 남자나 주정꾼이라 하더라도 그렇게 쉽게 말을 붙일 수 있는 타입의 여자가 아니었다.
피스크는 도버의 발끝을 잡더니 힘껏 위로 움직였다. 도버는 신음소리를 질렀지만 그녀는 모르는 체하고 말했다.
"그것 보세요. 뼈는 부러지지 않았잖아요."
"아까는 괜찮았는데 지금 부러진 모양이군" 하고 도버는 물어뜯을 듯이 말했다. "어디서 교육을 받았소? 코끼리 우리가 아니오?"
"아니에요, 미안하지만." 피스크도 질세라 받아넘겼다. "그런 사람이 당신 같은 분을 더 잘 취급해 줄 텐데!"

형세가 악화되기 전에 매글레거가 급히 중간에 끼여들었다.

"해밀튼 씨에 대한 이야기를 계속해 주십시오."

"아, 그랬었군요. 그러니까 요 몇 년 동안 그와는 별로 이렇다할 일은 없었어요. 한때는 늘 이상한 말을 하여…… 무슨 말인지 아시겠지요…… 아주 꼴보기 싫었는데…… 그리고 한 번은 내가 못을 박아 버렸지요. 그 사람은 나에게서 좋은 대답을 듣지 못한 거예요! 그런데 그 뒤로 이상한 클럽에 다니기 시작하여 언제나 밤늦게야 술에 잔뜩 취하여 집에 돌아오곤 했었지요. 한밤중이 지난 시간에 우리 집 문을 쾅쾅 두드리며 들어가게 해 달라고 소리를 고래고래 지른 일이 두 번이나 있었어요. 그래서 나는 계속 그런 짓을 한다면 순경을 부르겠다고 했지요. 물론 진심으로 그런 거예요. 그런 사람은 형무소에 처넣어 죽을 때까지 내놓지 말아야 해요. 하기야 집을 잘못 알고 그랬다고는 했지만, 집들이 다 비슷한데다 푯말까지 흐릿해져 낮에도 잘 보이지 않는 형편이니까 밤에는 더욱 알아보기 힘들거든요. 그러나 그가 어떤 사람인지 잘 알고 있었으므로 그런 변명을 믿지 않았어요."

"그래요. 그런데 범행이 있던 날 밤에…… 아니, 그렇게 말하기보다 저 그 사람이 죽은 날 밤, 당신은 아무 소리도 듣지 못했던가요?"

"비명 같은 것은 전혀 못 들었어요. 잠자리에 들면 금방 잠이 드니까요. 잠이 빨리 드는 편이거든요. 그리고 우리가 쓰는 방은 다 뒤쪽에 있어서요."

"우리가 쓰는 방이라니요?"

"접수계의 구앨리 양과 함께 살고 있어요." 피스크가 대수롭지 않은 듯 설명했다. "더 물어 보실 말이 없으면 나는 일이 있으니, 이제

양말을 신어도 됩니다. 도버 씨."
"이왕 보는 김이니 새끼발가락의 티눈을 좀 보아주지 않겠소?"
하고 도버가 말했다.
"안됩니다. 많은 환자가 저쪽에서 기다리고 있으니까요. 그리고 건강 보험이 들지 않으니까요…… 나에게는 시간이 돈이에요. 치료비는 7실링 6펜스니까 돌아가실 때 접수구에 지불해 주세요."
"경감님, 택시를 부를까요?" 매글레거가 물었다.
"그러지 말아요!" 날카로운 어조로 피스크가 말했다. "충분히 운동을 해야 해요. 도버 씨에게는 운동이 필요하니까요. 가장 나쁜 것은 다친 발을 가만히 놔두는 거예요. 계속 움직여야 해요. 하루에 네 번 부지런히 걷는 것이 무엇보다도 좋은 약이에요. 어쨌든 너무 지나치게 살이 쪘으니까요."
도버가 신랄하게 되받아 줄 말을 아직 생각해 내기도 전에 수술실 문이 열리고 나약해 보이나 아름다운 젊은 여자가 들어왔다. 피스크와 똑같은 흰 옷을 입고 왼쪽 가슴에 부녀회의 파란 나비 리본을 달고 있었다. 그녀는 두 형사가 아직도 그곳에 있는 것을 보자 쑥스러웠던지 얼굴을 붉혔다.
"어머나, 미안합니다." 그녀는 더듬거리면서 말했다. "모르고 그만…… 정말 미안합니다……."
"왜 그러지, 제니?" 피스크가 말했다.
"아니에요…… 아무것도 아니에요."
"무슨 할 이야기가 있는 게 아니에요? 뭐지요?"
"위절리 스미드 부인의 일인데, 이따가 다시 오겠어요."
"그래, 위절리 스미드 부인이 어떻다는 거예요?"
피스크는 좀 초조한 듯한 어조였다.
구앨리 양은 점점 얼굴을 붉히며 피스크를 원망스러운 듯이 흘끗

보았다.
"그 여자의 새끼고양이 일이에요."
"그래서?"
"수술을 받고 싶은데, 언제쯤 찾아와야 되겠느냐고 묻더군요."
구앨리 양은 당황하여 목소리가 점점 작아졌다.
"무슨 수술?"
구앨리 양은 부끄러운 듯이 흘끔 도버와 매글레거를 보았다.
"어머, 선생님도 아시잖아요."
"아니, 몰라요." 피스크는 완강히 말했다. "부탁이니 분명히 말해 줘요, 제니! 그 여자가 고양이의 거세를 원하고 있다면, 당신도 빅토리아 시대의 소설처럼 빙 둘러서 말할 것이 아니라 분명히 말하면 될 것 아니에요."
"미안합니다, 선생님." 구앨리는 조그맣게 말했다.
"언제가 좋겠다고 하던가요?"
"만일 상관없으시다면 금요일 오전 중에 부탁하고 싶다는군요, 선생님."
"좋아요. 그럼, 10시로 해요. 이번에는 수술실 준비를 잊지 않도록 하고."
"네, 선생님." 구앨리는 말하더니 안심한 듯한 모습으로 나갔다.
"여자는 안되겠어!" 그녀는 코를 킁킁거렸다. 기분을 바꾸려는 듯 책상 서랍을 몇 개 거칠게 닫았다. "가끔 싫어질 때가 있어요!"
무릎을 꿇고 도버의 구두끈을 매고 있던 매글레거가 천천히 얼굴을 들었다.
"몇 천 파운드의 돈을 들여 그 근처에다 가장 훌륭한 수술실을 만들어도 별수 없어요."
피스크는 누구에게라기보다 혼잣말로 그렇게 말하더니 상대방의 대답을 기다리지도 않고 다시 덧붙였다. "저 아이는 바보라서 더러워진 시트 바꿔 끼는 일도 제대로 못한다니까요!"

"그거 곤란하군요." 매글레거는 힘주어 도버를 일으켜 세우면서 아주 동정하는 듯이 말했다. 도버는 마치 하루 종일 앉아 있기라도 한 것 같은 모습이었다.

피스크는 두 사람이 거기 있는 것을 잊어버리고 있었던 것처럼 좀 놀란 듯한 눈으로 두 사람을 보았다. 그리고 걸걸한 목소리로 말했다.

"네? 네. 그래요. 하지만 저 아이에게도 좋은 점이 있어요. 일도 잘해 주고…… 이르는 말도 잘 듣고. 이르는 말을 늘 잊어버리는 것은 아니니까요. 그럼, 돌아가시겠습니까? 괜찮을 거예요. 하지만 잊지 말고 자주 걷도록 하세요. 아까 그 아이에게 배탈이 난 쩐을 데리고 오라고 좀 일러주시지 않겠어요?"

"오늘은 아주 큰일날 뻔했습니다, 경감님."

매글레거는 도버의 손을 잡고 계단을 내려오면서 우습다는 듯이 말했다.

"그렇게 볼 수도 있지." 도버는 불쾌하게 말했다. "자네는 마치 남의 일을 구경하듯 하는 그 나쁜 버릇을 그대로 드러내 보이지 않았나. 주임경감이 심한 꼴을 당하고 있는데 얼간이 같은 부하 녀석이 멀뚱멀뚱 바라보고만 있다니…… 결코 그냥 두지는 않을 테야!"

"곧 12시가 되는데요, 경감님. 점심을 먹기로 하지요. 호텔까지는 2, 3분밖에 안 걸립니다."

도버도 벌써 아까부터 그렇게 생각했지만, 주임경감이 그런 말을 한다는 것은 체면이 깎이기에, 그는 불쾌한 목소리로 대답했다.

"점심이 제대로 들어가겠는가, 그런 꼴을 당한 뒤인데, 정말 기가 막힌 꼴을 당했지."

"그럼…… 방에서 쉬시지요."

매글레거는 어찌해야 좋을지 몰라하며 말했다.

도버가 의아스러운 듯이 상대방을 보았다.

"자네는 이상하게도 호텔로 돌아가고 싶어하는군? 왜 그러나? 알레르기의 발작이라도 일어난 게 아닌가…… 하긴 일어나는 게 당연하지……"

매글레거는 이를 갈았다. 도버가 이런 식으로 나오면 무슨 말을 해도 소용이 없다.

한편 도버는 일부러 고심을 해 가며 화를 내고 있었다.

"이 근처에 사건을 목격했다던가 뭐 그런 사람은 없나?"

"아, 있습니다. 분명히 더우티라고 한 것 같은데, 해밀튼이 죽은 날 밤에 녹색 트럭과 두 사람의 남자를 목격했다는 여자입니다."

"그 여자를 만나러 가세. 어느 길로 가야 되지?"

도버가 물었다.

매글레거는 주머니에서 수첩을 꺼내려고 했으나 도버가 죽은 사람처럼 그의 팔에 매어달려 있었으므로 꽤 힘이 들었다. 그는 도버가 언제 물을지 몰랐으므로 수첩에 메모를 해 두었던 것이다. 더우티의 주소를 알자 그는 신중하게 자기가 지금 서 있는 지점을 확인했다. 이런 때 길을 잘못 알아 도버를 걷게 하는 날이면 큰일날 테니까.

가까스로 결심이 서자, 초조하게 기다리고 있는 도버에게 말했다.

"이쪽입니다. 그런데 미리 말해 둡니다만 미스 더우티는 아파트 맨 위층에 살고 있는 모양이던데요." 그는 거리에 늘어선 높은 건물을 보라는 듯한 눈초리로 올려다보며 덧붙였다. "아마 엘리베이터가 없을 겁니다."

도버는 흥 하고 콧소리를 내고 허풍스럽게 다리를 절며 걷기 시작했다. "어떻게 되겠지." 말은 그렇게 했으나 비꼬는 투가 약해졌다.

"좀더 분명하게 말하면 어떤가."

이 말은 참으로 효과적이어서 매글레거도 몸무게를 거의 다 기대다시피한 도버를 부축하여 더우티의 아파트까지 올라가는 데 이러니저러니 불만을 털어놓을 수도 없었다. 맨 위층까지 올라가자 땀에 흠뻑 젖은 매글레거는 숨이 차서 헐떡거리고 있었다.

도버는 시치미 뚝 뗀 얼굴로 짓궂게 싱글싱글 웃으며 그를 보았다.
"벨을 울리게! 아직 힘이 남아 있으면 벨을 울려 보라구."

매글레거는 벨을 크게 울렸다. 문이 열리기를 기다리는 동안 그는 부총감에게 다시 한 번 편지를 내어, 경시청의 누군가 다른 사람——도버를 제외한 누구라도 좋으니——상급형사 밑으로 전속 희망을 내야겠다고 문안을 짰다. 가차없이 진상을 털어놓을까, 아니면 철두철미 반항을 할까 하고 계속 생각하다 보니 눈 앞의 문이 소리없이 열렸다.

"호홋!" 다소 떨리는 듯한 여유있는 밝은 소리가 들렸다. "호홋! 거미가 파리에게 말했다나요…… 어서 들어오세요!"

매글레거는 눈을 동그랗게 떴다. 눈 앞에 천천히 나타난 것은 색이 바랜 옷을 입은 키가 큰 통통한 중년 여자였다.

"미스 더우티입니까?"
"그래요, 베이비. 누군지는 모르지만 어서 들어와요!"

마스카라와 아이섀도우를 그리고 속눈썹을 붙이고 요란스럽게 꾸민 커다랗고 시커먼 눈이 어서 오십시오 하는 것 같았다.

매글레거는 깜짝 놀라 한 발자국 뒤로 물러났다.

"부끄러워하지 않아도 돼요, 베이비!" 매니큐어를 아름답게 칠했으나 그다지 곱지 못한 손이 옷소매에서 쑥 나와 매글레거의 팔을 꽉 잡았다. 그리고 더우티는 깜짝 놀랄 만큼 강한 힘으로 그를 집 안으로 끌어들였다.

"경감님!" 매글레거가 허둥대며 소리쳤다.

도버는 뭔가 까닭을 알 수 없는 말을 중얼거렸을 뿐이었다. 그는 층계참에 있는 의자를 보고 잘되었다는 듯이 앉아 있었는데, 그때는 이미 눈이 감기고 입은 칠칠치 못하게 헤벌쭉하니 벌어져 있었다.

"도버 경감님!" 이번에는 전보다도 날카로운 소리였다.

도버는 마지못해 눈을 떴다. 더우티는 매글레거의 팔을 놓았다.

"어머나, 동행이 있었군요?" 그녀는 곁눈으로 흘끔 쳐다보았다. "그 사람도 당신처럼 귀여워요?" 그녀는 층계참으로 나와 도버를 들여다보았다. "어머, 어머, 아니잖아! 베이비, 대체 어디서 주워왔지요? 쓰레기통에서?"

더우티는 60살을 넘었을 것이다. 아니, 70살을 넘었을지도 모른다. 그러나 그녀는 모든 수단을 써서 젊게 보이고 있었다. 거실 쪽으로 갈 때도 허리를 도발적으로 흔들어 대며 걸었고, 의식적인 우아한 몸놀림으로 창문을 뒤로하고 앉았다.

"경시청에 계신 분이세요? 스릴 만점이군요! 그래, 무슨 볼일이지요?"

그녀는 잘 어울리는 목소리로 물었다.

매글레거는 도버를 보았다. 도버는 사진을 잔뜩 늘어놓은 벽난로 위를 멍하니 쳐다보고 있었다. 사진은 다 서명이 되어 있고 거의 액자 속에 들어 있었다.

더우티는 일부러 타이르듯이 손을 흔들며 말했다.

"어머, 내 사진을 보고 있군요. 참 어쩔 수 없는 사람이군요! 무엇을 하려고 그러지요? 아아, 알았어요…… 나에게 사인을 해 달라고 조르려고 그러지요? 글쎄, 장난을 치지 않으면 사인을 해줘도 좋겠지!"

도버는 찡그린 얼굴로 점점 의자에 푹 파묻혀 앉았다.

"당신은 여배우였었군요, 미스 더우티?"

매글레거가 공손히 물었다.

대부분의 사진이 무대 의상을 입고 포즈를 취하고 있는 것이었으므로 그렇게 추측하는 것도 당연했다.

더우티는 당황한 기색이 역력한 얼굴로 "네, 그래요! 지금도 그렇지만" 하고 상냥하게 웃으며 매글레거를 쳐다보았다. "당신은 젊은 분이니까 나의 전성 시대를 모를 테지요." 그리고 도버를 가리키며 말을 이었다. "하지만 당신은 알고 있을 거예요! 당신은 아마 도리스 더우티와 4인조를 기억하고 있을 거예요. 나의 팬은 언제나 좋은 사람뿐이었지요."

도버는 여전히 멍한 눈으로 정신없이 앉아 있었다. 더우티는 곧 그것을 알아차리고 매글레거에게로 초점을 돌렸다.

"물론 나는 단 한 번도 팬에게 시시한 연기를 보인 일이 없어요. 언제나 도리스 더우티의 최고 연기만 보여 주었지요. 웨스트엔드의 돈벌이 공연 같은 데는 말려들지 않았어요. 내가 해보인 것은 셰익스피어였지요. 셰익스피어를 대중적으로 한 거예요. 학교에서도 마을 집회소에서도…… 전쟁 중에는 군 기지에서도 공연했어요. 아, 젊은 군인들로부터 굉장히 사랑받았지요! 진짜 인물은 그런 곳에 있는 거예요…… 다이아몬드로 꾸미고 5기니의 특별석에 앉아 있거나 하지는 않아요. 이것은……" 그녀는 옆에 있는 작은 테이블에서 사진 한 장을 꺼내었다. "〈리어 왕〉에 출연했을 때의 나예요. 정말 대성공이었지! 나라 안 구석구석까지 순회 공연을 했지만, 어디서나 초만원이었어요."

"코델리어 역할을 했군요?" 매글레거가 사진을 받으려고 손을 내밀며 아는 체하는 표정으로 말했다.

"코델리어라고요!" 더우티는 목소리를 떨며 한껏 위엄을 부리면서 덧붙였다. "천만에요, 내가 한 것은 리어 왕이에요!"
 매글레거는 황송해 하며 그 사진을 보았다. 산타클로스 같은 수염과 텁수룩한 눈썹 밑으로 보이는 것은 어김없는 더우티의 얼굴이었다.
 "야아…… 이거 근사한데." 그는 군침을 꿀꺽 삼켰다.
 "셰익스피어극에는 여자가 주인공으로 나오는 작품이 없어요. 사라 베르나르(프랑스의 명여배우)는 재능이 있어서…… 그 이름은 들은 일이 있지요? 그러니까 연기파 여배우가 셰익스피어를 하고 싶다고 생각하면 타이츠를 입고 남자 역할을 해야 해요." 그녀는 다른 사진을 골랐다. "이것은 맥베드를 했을 때의 나예요. 바둑판 무늬의 타이츠를 입고 있어요. 매력 만점이지요? 그리고 이것은 리처드 3세를 했을 때예요. 솔직히 말해서 내가 할 역할이 아니었어요. 나는 자태가 너무 고와 꼽추 역할은 어울리지 않아요. 그리고 이것도 나……." 그녀는 장난스럽게 웃으며 말했다. "오델로예요. 검둥이 역할인데, 어때요? 여기 햄릿을 했을 때의 순진한 역할도 어울리지요! 제임스 에이가트(1877~1947. 영국의 연극평론가)가 이 덴마크 인으로 분장한 나의 연기를 평하여 40년 동안 연극을 보아 온 중에서 가장 경탄할 만하다고 말해 주었어요. 근사하지요?"
 "비극 전문이었습니까?"
 매글레거는 계속 건네주는 사진을 필사적으로 받으며 물었다.
 "그럴 수밖에 없었어요." 더우티는 분한 모양이었다. "이것은 〈안토니오와 클레오파트라〉의 안토니오 역할을 했을 때의 것이에요. 어쨌든 극단은 불과 다섯 사람뿐이었거든요…… 그 숫자로는 셰익스피어의 희극을 할 수 없단 말이에요. 알겠지요, 당신도?"
 "셰익스피어의 비극은 굉장히 어려운 걸로 알고 있었는데요."

매글레거가 말했다.

"사실은 무리예요! 비누 광고에서 하느적거리며 나오는 서투른 배우쯤은 이 즈음도 할 수 있을 것 같지만…… 하룻밤에 다른 역할을 열한 번씩 시켜봐요……그것을 에셀은 매일 밤 했지요. 그 사진은 내가 로미오고 그 사람이 줄리엣을 했을 때예요."

매글레거는 또 한 장의 사진을 받았다.

"아, 그때는 정말 혼이 났어요. 겨우 줄거리만 알 수 있게 간추려야 했는데, 그래도 목표만은 놓치지 않았지요. 나는 언제나 그랬어요, 원작의 목표만은 빠뜨리면 안 된다고. 이것은 코리오레나스(세익스피어의 사극. 창작 추정년 1608년. 로마의 용장 코리오레나스의 비극적인 반생을 그린 것임)를 했을 때의 사진. 1942년 군대를 위문했을 때의 일인데, 연극이 끝나자 젊은 군인이 눈물이 글썽해져서 나를 찾아왔어요. 가엾게도 말도 못할 정도였지요. 그리고 자기는 전쟁이 시작된 뒤로 줄곧 무엇 때문에 싸우고 있는지 몰랐는데, 지금 비로소 알았다고 그러잖아요. 얼마나 흐뭇한 일이에요? 주계과(主計課)의 하사인 것 같았는데 분명히……."

도버의 배에서 꾸르륵 소리가 났다. 그는 하품을 크게 하고 머리를 긁더니 입을 열었다.

"해밀튼이 쓰러지던 날 밤, 녹색 트럭을 보았다는 것은 뭐요?"

"아, 당신네들은 해밀튼의 일로 왔군요?" 더우티의 굵은 목소리가 슬픔을 띤 낮은 목소리로 변했다. "정말 지겨워요."

"무엇을 보았습니까? 세밀한 것은 말하지 않아도 되오. 중요한 일만 이야기해 주면 돼요" 하고 도버는 말했다.

더우티는 슬픈 표정을 지었으나 곧 미소를 띠며 말했다.

"조금 들지 않겠어요?……기운이 난답니다. 부엌에서 잔과 강장약을 가져다 주세요. 진은 여기 있으니까."

그녀는 옆의 작은 테이블을 가볍게 두드려 보였다. 매글레거는 순순히 종업원 역할을 했다.

"강장약은 당신이 마실 거지요, 미스 더우티?"

"아니오, 나는 괜찮아요. 살을 빼려고 애쓰고 있으니까." 그녀는 자기 잔에 진을 찰랑찰랑하게 따르고 두 손님에게는 그저 눈가림 정도로 조금만 따랐다. "자, 건배!"

"녹색 트럭은……." 지겨운 듯이 도버는 재촉했다.

"아참, 그랬었지요."

더우티는 잔에 찰찰 넘게 따른 진을 쭈욱 한 모금 들이켜고 기운을 차리더니, 의자에 앉은 몸을 꼿꼿이 세워 좀 떨어진 한점을 물끄러미 쳐다보았다.

"나는 보통 잠자리에 들면 곧 잠이 들어버리는데, 그날 밤만은 웬일인지 잠을 이루지 못했어요." 그녀는 열변을 토했다. "그래서 4시쯤 일어나서 따뜻한 음료수를 만들었지요. 그리고 침대로 돌아가지 않고 음료수를 들고 창가에 있는 의자에 앉았었죠. 지붕 위 언저리가 밝아 오는 것을 보고 기분 전환을 해보려구요. 아래 거리로 흘끔 눈길을 돌리니 작은 녹색 트럭이 이쪽을 향해 달려오지 않겠어요. 놀란 거야 말할 것도 없지요……. 보통 때는 밤이 되면 이렇게 괴괴한 뒷거리에는 차가 오는 일이 전혀 없으니까요."

도버는 매글레거에게 눈짓하고 턱으로 창을 가리켰다. 그는 살며시 일어나 창으로 갔다.

"여기 앉아 있었단 말이지요, 미스 더우티?"

더우티는 그 질문을 물리쳤다.

"옆에서 말참견하면 안 돼요…… 모처럼 말이 궤도에 올랐는데. 어디까지 했더라?……이쪽을 향해 달려오지 않겠어요? 보통 때는 밤이 되면 이렇게 괴괴한 뒷거리에는 차가 오는 일이 전혀 없으니까요. 달리 볼 것도 없었으므로 그 트럭을 보고 있었지요. 그 트럭은 해밀튼 씨네 집 옆에 서더군요. 불은 다 꺼져 있었지만, 양쪽 문이 열리고 두 남자가 내리는 게 보였어요. 그들은 트럭 뒤로 돌아가 문을 열었지요. 무엇을 하고 있는지 확실히 보이지는 않았지만, 내 느낌으로는 트럭 뒤에서 뭔가 무거운 것을 날라다 마당 울타리 안으로 들여놓는 것 같았어요…… 어떤 울타리였는지는 몰라도. 그러고 나서 그 사나이들은 다시 트럭을 타고 가 버렸어요. 차 번호는 보이지 않았지만, 트럭은 소형의 녹색 차로 차체에는 아무 것도 씌어 있지 않았던 것 같아요.

트럭이 가 버렸으므로 나는 침대로 돌아갔습니다. 어때요? 이만하면……"

더우티는 의기양양한 듯이 윙크를 했다.

"아주 썩 잘됐습니다." 도버가 무뚝뚝하게 말했다. "마치 줄줄 외고 있는 것 같군요."

"나는 두 번만 읽으면 술술 이야기할 수 있으니까요. 이게 문제지요." 더우티는 한 손으로 머리를 두드려 보이고, 또 한 손으로는 강한 진을 입으로 가져갔다. "나이는 먹었어도 옛날에 익힌 솜씨예요. 게다가" 그녀는 진지한 얼굴로 도버를 보았다. "이런 말을 지껄이는 게 이것으로 벌써 여섯 번째쯤 되나 봐요. 처음에는 너덧 번으로 끝났는데, 한 일주일 전쯤에 젊은 남자가 찾아왔고…… 거기다 이번에는 또 당신네들이 왔으니까요."

"젊은 남자? 코클란이라는 이름이 아니었소?"

"그런 것 같군요." 더우티는 애매하게 대답했다. "확실히는 기억하고 있지 않지만 아주 멋진 남자였어요. 내가 50살만 젊었으면……." 그녀는 옷매무시를 고치더니 또 진 병에 손을 내밀었다. "당신네들 이제 질문이 없으면 나는 점심을 먹었으면 하는데요."

그 말을 듣자 도버는 마음이 놓였다. 이 바보 같은 노파에게는 아주 질려 버렸기 때문이다.
"두세 가지 더 여쭤보고 싶은 말이 있는데요."
매글레거가 말했다.
도버는 괘씸한 듯이 그를 노려보았다.
"나중에 해, 이봐. 뒤로 미루란 말이야, 뒤로! 미스 더우티도 점심을 들겠다고 하고, 나 역시 그랬으면 하네."
"돌아가 주세요." 더우티는 거드름을 피우던 태도를 버리고 말했다. 눈을 조금 흘겨뜨고 그녀는 꼿꼿이 버티고 섰다.
그러자 비틀비틀 쓰러지려는 순간 매글레거가 그녀의 몸을 떠받쳤다.
"이봐요, 단단히 붙잡아요, 이 햇병아리야!" 하고 말하고 킬킬 웃는가 했더니, 그녀는 쓰러지듯 털썩 주저앉아 버렸다.
"이봐, 주정꾼 할멈은 내버려둬. 고주망태가 됐어."
도버는 물어뜯듯이 말하더니 벌써 문 쪽으로 걸어가고 있었다.
"하지만 이대로 내버려 둘 수도 없잖습니까, 경감님."
매글레거는 더우티를 쳐다보았다.
그녀는 입가에 미소를 살짝 띠고 이미 잠들어 있었다.
도버의 대답도 없다. 그의 모습은 이미 그 자리에 없었다.

7

"이거 못 있겠군!" 도버가 불평을 쏟아놓았다.
두 사람은 호텔의 휴게실에서 식후의 커피를 마시고 있었다. 다친 다리를 의자에 얹어 놓고 있는 도버가 불평을 하는 것도 무리는 아니었다. 그 방은 살풍경하고 보잘 것 없는 데다 춥기까지 했던 것이다. 손님 중에는 벌써 잠자리로 가 버린 이도 있었다. 내일의 기상 악화에 대비하여 스태미너를 비축해 두려는 속셈인 것 같았다. 텔레비전실에서 텔레비전을 보고 있는 이도 있었다. BBC 프로라면 무엇이든 가리지 않고 보고 있다. 월라튼에서는 상업 프로를 보는 것은 최하등의 인간으로 정해져 있다.

플라스틱으로 만든 종려나무 잎이 문틈으로 스며드는 바람에 흔들리고 있었는데, 이 바람은 호텔 안을 아무 데고 닥치는 대로 사시사철 불어대고 있었다.

"참, 어처구니없는 날이군!" 도버는 우울한 듯 말했다.

매글레거도 맞장구를 치고 싶었다. 오전부터 붙어 있지는 않았지만, 아직은 변화가 있으니 낫다고도 할 수 있다. 그런데 오후가 되자 정말 지루해서 견딜 수 없었다. 물론 도버는 자기 방에 틀어박힌 채, 사건을 검토하고 발을 쉬며 오후를 보냈다. 매글레거는 기분전환을 위해 무슨 일이고 하려 들면 할 수 있었다. 그러나 7월의 비오는 오후에 월라튼에는 소일거리라 할 수 있는 것은 거의 없었다. 영화관은 6시가 되어야 문을 열고, 이 거리에서 단 하나밖에 없는 오락가로 나간대서야 체면에 관계되는 일인 것 같았다.

"이래서야 시간 낭비지." 도버가 말했다.

"서장님에게 잘 말씀드리면 어떻겠습니까, 경감님?"

언제나 낙관적인 매글레거가 말했다.

"말했어." 도버는 한심한 듯이 턱에 늘어진 군살을 흔들어대며 말했다. "식사하기 조금 전에 전화를 했네. 단 몇 발자국도 움직일 수 없다고 말이야." 그는 자신이 비참한 생각이 들어 한숨을 쉬었다. "그러나 헛일이었네. 서장은 조카가 자살한 원인을 무슨 수를 써서라도 밝혀내고 말겠다고 부인에게 약속했다는군. 바보 같은 사람이지."

매글레거는 고개를 끄덕여 보였으나 머릿속으로 허사가 된 휴가를 생각하면 분하기 이를데 없었다.

"무슨 수를 써서라도 찾아내야 할 사람은 나야." 도버는 내뱉듯이 말했다. "그 사람이 하는 일인가? 아니, 천만에…… 그럴 리가 없지."

"찾는다 하더라도, 그 목표를 알면 좋을 텐데요."

"그럴 테지." 도버가 건성으로 말했다.

"어떻게 될 것 같습니까, 경감님?" 매글레거는 물었다.

"자네는 어떻게 생각하나?"

"자신이 없습니다."

"처음부터 다시 시작할까. 자네는 모르겠지만, 어쩌면 빠뜨리고 못 본 것이 있을지도 모르네. 거기다 한술 더 떠서 그 풋내기 코클란이…… 제기랄!…… 그 녀석이 자살했다면……"

"어쨌든 자살임에는 틀림없는 것 같습니다."

도버의 얼굴이 흐려졌다.

"그런 말은 해봐야 소용없는 일이야! 나는 지금 그 얼빠진 녀석이 웃는 얼굴로 찾아오면 캐리 곶에서 바다로 차넣겠네. 정말이야! 그러나 그는 죽었을 거야. 틀림없이."

"그렇게 되면 남은 일은 그 녀석이 죽은 원인을 밝혀내기만 하면 되는 거지요."

매글레거는 기쁜 듯이 웃으며 말했다. 물론 농담이다.

도버는 벌레를 씹은 듯 잔뜩 찌푸린 얼굴로 매글레거를 노려보더니, 상대방이 아무 말도 안한 것처럼 모른 체하고 말을 계속했다.

"자살 동기 말인데, 그 녀석의 사생활인가?"

매글레거는 고개를 가로저었다.

"어쨌든 그 여자는 아닙니다. 여자 때문에 교수형을 받는 자는 있어도 자살하는 자는 없을 겁니다. 완전히 미친사람이 아니고서는."

"어느 모로 보나 코클란은 미치지는 않았을 거야. 그렇다면 동료 경찰들은 어떤가? 그는 서 안에서는 인기가 없었던 것 같잖나. 서장의 말이 맞는지도 몰라. 동료들이 한패가 되어 그를 따돌렸기 때문에 마침내 자살을 하게 되었는지도 모르지."
매글레거는 전에 없이 고개를 설레설레 흔들었다. 젊은 경관이 자살한 원인쯤은 잘 알고 있다고 자부할 만한 근거가 없는 것은 아니었기 때문이다. 그는 눈을 반짝이며 말했다.
"마음만 있다면 숙부에게 말할 수도 있었을 것 아닙니까? 아니면 전임을 부탁할 수도 있었을 테고. 서장의 조카니까 뒤에서 여러 모로 알아볼 수 있었을 겁니다."
"그럼, 사생활에 관계된 것으로 볼 수 있겠군. 그러나 가령 엄청난 것을 발견했다 하더라도 자살할 만한 이유는 될 수 없지. 살해되었다면……. 으음, 그렇다면 이야기를 알 수 있겠는데."
"그 해밀튼 사건과 관계가 있다고는 생각지 않습니까?"
도버는 장미꽃 봉오리 같은 조그마한 입을 오므리고 검은 얌체 수염을 일그러뜨렸다.
"음, 해밀튼의 사건도 묘하고, 코클란의 자살도 이상해. 그러나 이 두 가지가 관련되어 있다는 것은 어떨까…… 첫째로 해밀튼은 살해된 것이 아니야."
매글레거도 오후 내내 헛되게 시간을 보냈던 것은 아니다.
"갱 같은 자의 소행으로, 복수나 뭐 다른 목적이 있어 그를 죽였다고 본다면 어떨까요? 그런데 그들이 죽이기 전에 해밀튼은 그 발작으로 죽어버렸으므로 본때를 보여주기 위해 손발을 자르고 마당에 집어던진 것이 아닐까요?"
"누구에게 본때를 보여주려고? 그 얼빠진 할멈 해밀튼 부인에게 말인가?"
납득이 가지 않는 듯한 얼굴로 도버가 물었다.

"아니오. 코클란에게지요. 그 두 사람은 친구 사이였으니까요."

"바보 같은 소리! 누가 그런 말을 하던가? 아, 그 돼지 같은 경사의 말이군. 없는 꾀를 짜내어 그 녀석이 생각해 낸 것이겠지. 하지만 잠깐 기다려 보게." 도버는 턱을 긁었다. "자네 말대로 해밀튼을 죽이려고 노렸던 자가 있었는지도 모르겠군. 그런데 해밀튼이 덜컥 죽어 버렸다 이 말일세. 그러나 문제는 다음이야."

"녹색 트럭을 타고 있던 두 사나이는?"

"그 멍청이 같은 할멈이 방 안에서 트럭 문을 보았다고 생각하나?"

"그러나 그 여자의 이야기는 제대로 앞뒤가 맞고 하는 말도 확실성이 있습니다. 나는 그녀의 첫 구술서를 조사해 보았는데, 내가 본 바로는 우리에게 말한 것과 한 마디도 틀리지 않았어요."

"정말인가?" 도버는 눈을 동그랗게 뜨고 물었다.

"네, 정말입니다, 경감님."

도버는 의자에 앉은 큰 몸집을 멈칫거리더니, 아무렇지도 않은 어조로 물었다.

"그런데 그 더우티라는 여자는 부녀회인가 뭔가 하는 회원인가?"

"네, 그렇습니다. 틀림없습니다. 옷에 그 파란 나비 리본을 달고 있었으니까요." 매글레거는 이상한 듯이 도버를 바라보았다. "그게 어떻다는 겁니까?"

"아니, 그냥 물어 보았을 뿐일세." 도버는 생각에 잠긴 듯한 얼굴로 천장을 물끄러미 쳐다보았다. "이렇게 작은 고장에 그 회원인가 하는 여자들이 가을의 낙엽보다도 더 많이 있는 모양이지. 응급 치료니 뭐니 하며 하마터면 나를 죽일 뻔한 그 두 여자도…… 그리고 여수의사도 그렇고, 그 여자네 집에 있는 접수계 여자도 그렇더군. 미스 더우티와 코클란의 하숙집 마누라도 그렇고. 그들은 이 고장 일이라면 모르는 일이 하나도 없을 거야."

"경사도 그렇게 말하더군요. 사실상 그녀들이 이 고장을 쥐고 흔든답니다. 거리에 활기가 없는 것도 당연한 일이지요."

매글레거는 하품을 하며 말했다.

"뭔가 손을 쓸 방법이 있음직도 한데."

도버는 이번에는 배를 쓰다듬으며 투덜거렸다.

"그렇지, 해밀튼은 그 죽던 날 밤 나이트 클럽인가 어디에 갔었지 않나?"

"그렇습니다…… 분명히 월라튼 클럽…… 아니, 소문이 좋은 컨트리 클럽이었던 것 같습니다."

"그러나 여기보다는 훨씬 못하겠지." 도버는 서둘러 무거운 몸집을 일으켰다. "자, 가세!"

"어디로 말입니까?"

"바보처럼, 그 클럽이지 어디겠는가! 그밖에 어디 갈 곳이 있나?"

"지금 말입니까?"

"음…… 그러나 자네가 일로 지쳤다면 쉬어야겠지" 도버는 신랄하게 말했다. "너무 과로해서는 곤란하니까."

"아니, 괜찮습니다. 기꺼이 가겠습니다."

나중에 다리가 아프게 되어도 나는 모릅니다 하고 말하는 것도 뭐하여 매글레거는 괜찮다고 말했다.

"그래." 도버는 의자에 다시 앉았다. "그럼, 먼저 택시를 불러 놓고 2층에 가서 내 모자와 코트를 갖다 주게." 그리고 그는 의자에 천천히 기대어 앉아 눈을 감았다. "준비가 다 되었으면 알려 주게나."

택시가 두 형사를 월라튼 컨트리 클럽 앞에 내려놓았는데, 즐거운 하룻밤을 상상하고 있던 두 사람의 희망은 산산이 부서지고 말았다.

"대체 컨트리 클럽이 어디 있단 말인가?"

도버는 짜증을 내며 말했다.

매글레거는 둘레를 살피듯 둘러보았다. 내려놓은 곳은 윌라튼의 지저분한 한 모퉁이로서, 낡은 차고와 더러운 빌딩의 뜰과 허물어진 창고로 둘러싸여 있었다. 가로등은 적고 더구나 군데군데 서 있을 뿐이다. 매글레거가 썩은 양배추잎과 깨어진 벽돌 조각이 쌓인 사이로 문이 반쯤 열린 집 쪽으로 걸어가자 그의 발치에서 고양이가 비명을 지르며 도망쳐 갔다. 문틈으로 새어나오는 노란 빛을 의지하여 문에 매어달린 손으로 쓴 보잘 것 없는 간판을 읽었다.

"여기 같습니다!" 매글레거가 도버에게 말했다.

도버는 통증이 심한 다리를 심하게 절면서 살피듯이 둘러보며 매글레거 옆으로 다가갔다.

"장난 하지 말게." 그는 매우 불쾌한 어조로 말했다.

"아닙니다, 경감님. 아무래도 여기 같습니다."

"정말 월라튼 시골(컨트리) 클럽이군." 그는 소리내어 읽었다. "이것이 자네가 말한 월라튼 컨트리 클럽인가?" 그리고 주위에 있는 벽돌과 콘크리트의 산을 흘금흘금 둘러보았다. "이런 걸 컨트리 클럽이라고 부를 수 있나?"

"저도 그렇게 생각합니다." 매글레거는 화가 나는 것을 참으며 말했다. "하지만 아무래도 여기가 틀림없는 것 같습니다. 들어가 볼까요?"

"할 수 없는 일이지." 도버는 우울하게 말했으나, 매글레거가 문을 열고 몸을 옆으로 비키는 것을 보자 "아니…… 자네 뒤를 따라 들어감세" 하고 말했다.

매글레거는 눈에 띄지 않게 어깨를 움츠리고 안으로 들어갔다. 느닷없이 곡괭이로 머리를 얻어맞거나 불쑥 튀어나오는 칼로 가슴을 찔리지 않을까 했는데, 그런 것 같지도 않았으므로 도버는 조금 맥이 빠졌다.

매글레거가 들어간 곳은 네모반듯한 작은 홀이었다. 융단도 깔려 있지 않고 청소도 되어 있지 않았다. 벽은 살풍경한 콘크리트 벽으로 뜻을 알 수 없는 낙서가 새겨져 있을 뿐이었다. 오른쪽 벽에 소형 엘리베이터가 달려 있었으나, 장식이 달린 청동 문이 먼지로 거무죽죽했다. 도버가 구두 끝으로 발뒤꿈치를 차며 재촉했으므로 매글레거는 또 한 발자국 들어갔다.

"무슨 일이오?"

착 가라앉은 쌀쌀한 목소리가 오른쪽 어두컴컴한 속에서 들려왔다. 열린 문으로 한 부분이 가려진 지옥과도 같은 어둠 속이었다. 매글레거는 머뭇머뭇 앞으로 나아가 그 어둠 속을 들여다보았다.

구석진 곳의 부엌용 의자에 앉은 무섭게 뚱뚱한 남자가 무뚝뚝한 얼굴로 매글레거를 쳐다보고 있었다. 머리카락이 한 가닥도 없이 벗어진 대머리에다 넥타이도 칼라도 달지 않았으며, 거기다 낡은 테니스화를 신었는데, 그밖에는 특별한 점이 없었다.

"안녕하시오," 매글레거는 미소를 띠긴 했으나, 나이 많은 노파라면 기절할 것 같은 그런 미소를 보여 봐야 아무 소용도 없으리라는 생각을 하며 말했다.

"무슨 일이오?"

천식기가 있는 듯 목을 글글거리며 맥주통은 물었다.

"윌라튼 컨트리 클럽이지요?"

"당신은 회원이오?" 그 뚱뚱보는 거의 입술을 움직이지 않고 말했다. 그 남자는 더 힘드는 일, 즉 편히 숨을 쉬기 위해 에너지를 쓰지 않고 있는 듯한 모습이었다.

"아니, 그런 것은 아니지만……." 매글레거가 말을 꺼내자 도버는 우선 폭력 사태가 벌어질 염려는 없다고 판단했으므로 매글레거를 팔꿈치로 밀어내고 앞으로 나섰다.

뚱뚱보는 또 한 사람이 나타난 것을 보자 머리를 쑥 내밀었다. 그리고 "경찰이군" 하고 말하더니 습관적으로 침을 탁 뱉으려고 했다. 그러나 뱉어 보아야 별수 없다고 생각했는지 그만두었다. 그 대신 천천히 오른쪽을 향해 두툼한 손을 들었다. 그리고 매글레거와 도버가 눈치채기 전에 그 남자는 벽의 벨을 천천히 세 번 눌렀다.

그는 이제 됐다는 듯 눈을 반짝이며 형사가 다음엔 어떻게 나올 것인가 기다렸다.

도버는 험악한 눈으로 남자를 노려보며 물었다.

"도대체 클럽은 어디요?"

다른 사람은 앉아 있는데 자기는 못 앉게 되면 그는 으레껏 화를 냈다.

"위요…… 6층이오." 뚱뚱보가 대답했다.

도버는 홀을 수상쩍은 듯이 둘러보았다.

"그러나 엘리베이터로밖에 못 가지 않소?"

"그렇소." 뚱뚱보는 도버가 불편함을 납득한 것 같아 굉장히 기쁜 모양이었다. "우리가 벨을 눌러 신호를 하지 않으면 엘리베이터는 줄곧 6층에 머물러 있지요. 굉장히 느린 놈이 되어서…… 그 엘리베이터란 놈 말입니다. 아래까지 내려오는 데 3분, 올라가는 데 4분 걸리지요. 도저히 믿을 수 없는 일이겠지만." 그는 한숨 돌리고 나서 말을 이었다. "고장만 없으면 그런 형편이라오."

"위로 올라가는 방법은 그밖에도 있을 것이오." 매글레거가 옆에서 말참견을 했다. "방화 규칙을 어떻게 생각하고 있소?"

뚱뚱보는 성가신 듯한 눈길을 그에게로 돌리며 말했다.

"뒷쪽에 계단이 있습니다. 늘 잠겨 있긴 하지만. 늘 잠가 두지 않으면 안 되거든요. 빗장을 빼고 밀면 열립니다…… 물론 안에서 말이오. 소방서에서는 그것으로 만족하던데요."
"그렇게 되면 갑자기 손을 쓸 수도 없을 테니까."
도버는 아픈 곳을 찔렀다.
"네, 맞아요." 뚱뚱보는 대화가 잘 이루어지는 데 마음이 풀려 선뜻 동의했다.
"이봐." 도버는 자기가 마치 무뚝뚝한 여자처럼 버티고 서 있어야 하는 것이 화가 나서 말했다. "우리가 그렇게 마구 단속을 할 경관으로 보이나?"
"아니오." 뚱뚱보의 얼굴에 흘끔 미소의 그림자가 달려갔다. "그렇게 말하지는 않았는데요?"
"당신이 벨을 눌러 신호를 하지 않았소?"
"손님이 두 사람 왔다는 것을 지배인에게 알렸을 뿐이오……. 그렇게 하면 엘리베이터를 내려보내 주니까요."
"호오." 도버는 업신여기는 듯한 어조로 말했다. "짝패가 왔을 때와 같은 신호를 보냈단 말이오? 나는 어제 오늘 나온 햇병아리가 아니라는 것을 알아야 해."
"나도 그렇소." 뚱뚱보는 상냥하게 말했다.
그리하여 잠시 기다리게 되었는데, 무슨 말을 해도 효력이 없었고 도버는 불쾌한 표정을 짓고 있었다. 이윽고 쇳소리를 내며 엘리베이터가 내려왔다.
"어서 타십시오. 나리들 전용입니다" 하고 뚱뚱보는 말했다.
도버와 매글레거는 몸을 억지로 비집어 넣듯이 하여 탔으나 엘리베이터가 디뚱디뚱 흔들리며 올라가는 동안 두 사람은 배를 맞대다시피 하고 서 있었다.
"빈틈없는 장치로군." 매글레거는 허튼 말이라도 해서 시간을 보낼 생각으로 말했다.

도버는 "제기랄, 신통해 할 것도 많구만" 우습게 보는 듯한 태도로 코를 킁킁거렸다.

매글레거는 얼굴을 돌렸다.

"뭐, 그렇다기보다 일시적인 위안이 될까 하고 한 말이지요." 매글레거는 경관답게 태평스러운 태도로 또 지껄이기 시작했다. "그 녀석들에겐 숨기지 않으면 안될 일이 있으니까요. 하지만 이렇게 되면 시간을 벌 수 있을 겁니다."

도버는 어두컴컴한 속에서 한껏 잘 보려는 듯이 매글레거의 얼굴을 들여다보았다. 그리고 성가신 듯이 "입을 다무는 게 어때!" 하고 소리쳤다.

두 사람이 맨 위층에 이르자 지배인이 직접 마중을 나와 있었다. 도버는 매글레거를 제치고 엘리베이터에서 나왔다. 그 순간 지배인은 시들어 빠진 오종종한 얼굴을 환히 펴며 기뻐했다.

"아니, 도버 주임경감님 아니십니까! 우리에겐 정말 귀한 손님입니다! 이런 곳이니까요. 경관인 체하는 이 고장의 풋내기 형사가 온 줄만 알았지요. 어서 이리 오십시오! 음료수가 있으니까요."

그가 앞장서서 지저분한 복도를 걸어가자 그 뒤를 도버가 천천히 따라갔다. 도중까지 오자 지배인은 돌아다보며 도버에게 조그맣게 말했다.

"저 사람도 형사입니까? 놀랐는걸요. 옛날부터 저런 사람 둘쯤은 문제없었는데."

도버도 같은 생각이었지만 지금은 이 몸집이 작은 지배인의 정체를 알아내기에 바빠서 요즈음의 경관을 깎아내릴 틈이 없었다. 그런데 아직 판단이 확실히 서기 전에 위스키를 더블로 넣은 술잔이 놓인 구석의 테이블 앞으로 왔으므로 그는 앉았다.

"이것은 진짜입니다." 자그마한 지배인은 도버 옆에 앉으며 말했다. "제가 한턱내는 것입니다. 그렇지 않으면 문제가 생기니까요!" 그리고 그는 도버의 옆구리를 쿡쿡 찌르며 웃었다.

도버는 떨떠름한 얼굴로 위스키를 신음하듯 한 모금 마셨다. 맛은 제맛이나, 그는 한숨을 쉬더니 방 안을 둘러보았다. 물론 어두컴컴했고, 어느 테이블에나 두터운 인조 양피지에 갓이 달린 작은 스탠드가 한 개씩 놓여 있었다. 그밖에 빛이라고는 흰 빛을 뿜는 두 개의 표지뿐이었다. 거기에는 신사·숙녀라고 씌어 있었다. 그럭저럭 12명의 사람들이 여기저기 흩어져 앉아 있다. 여자가 10명이고 나머지 두 사람은 종업원인데, 마치 농부의 아들처럼 얼빠진 모습이다. 그들은 눈도 깜박이지 않고 도버 일행을 물끄러미 쳐다보고 있었다. 단골 손님들은 조금 전에 뒷계단으로 도망쳤을 것이다.

"아직 이르니까요." 지배인이 도버의 눈치를 알아차리고 변명했다. "좀 늦어져야 떠들썩해진답니다."

"그렇겠지. 이래서야 꼭 중들 집에서 열리는 티파티 같군."

자그마한 지배인은 배를 움켜쥐고 웃었는데, 굉장히 우스웠던지 나중에는 볼 위로 눈물이 흘러내렸다.

"참, 경감님도…… 재미있는 말씀을 하시는군요!"

그리고 그는 손바닥으로 테이블을 두드리며 껄껄 웃었다.

"경감님은 아직 여전하시군요." 지배인은 매글레거에게 물었다.

"지금도 역시……" 하고 말을 잇다가 그는 갑자기 기침을 했다.

"당신은 전에 경감님을 만난 일이 있군요?"

매글레거가 물었다.

"만난 일이 있냐고요?" 몸집이 작은 지배인은 또 큰 소리로 웃었다. "그 정도가 아니지요. 옛날에…… 이런 말씀을 해도 소용없지! 하지만 감옥에 들어갈 때마다 1파운드씩 냈는데, 그만한 돈만 있으면 지금쯤 나는 남프랑스에서 놀면서 편안히 살 수 있었을 겁니다. 그런데 경감님, 좀 소개해 주시지 않겠습니까?"

이 사나이는 재빠르게 보이지는 않았으나 마음을 놓을 수는 없다고 생각했으므로, 도버는 얼른 머릿속으로 생각해서 말했다.

"소개해도 좋지만, 자네가 그 무렵 어떤 이름을 쓰고 있었는지 외고 있지 않아서……"

도버로서는 그런 식의 꾀를 내어 이 작은 지배인의 신원을 알아낼 수밖에 없었다. 그러나 지배인은 여전히 빠른 말투로 재미있게 너스레를 떨며 우스워서 흐른 눈물을 닦으면서 자기소개를 했다.

"조키(騎手)의 조이입니다." 그는 햇볕에 탄 작은 손으로 테이블 저쪽으로 말이 달려가는 흉내를 내어 보였다. "조제프 앨로이시어스 오데일리라고도 합니다만……. 조이라고만 불러도 됩니다."

"매글레거 경사요." 매글레거도 자기 소개를 하며 조이와 악수를 했다.

조키 조이라? 도버는 한숨을 쉬었다. 분명히 파발꾼 에번즈라던 녀석이다…… 도버는 술잔의 위스키를 마셔버렸다.

"경감님, 경감님은 옛날과 그다지 달라진 데가 없습니다" 하고 조이는 웃으면서 말했다. 겉치레라고밖에 볼 수 없는 웃음이었다.

도버는 코를 킁킁거렸다.

"내 얼굴을 몰라보실 줄 알았는데요…… 상당히 오래 되었으니까요" 하고 조이는 말했다.

"아니지." 도버가 진지한 얼굴로 말했다. "내가 손을 댄 사건인데 잊어버릴 리가 있나."

"당신이 이 거리에 오셨다는 말은 들었습니다."

조이는 위스키를 권하며 말했다.

"그래?" 하고 도버는 말했다.

조이는 담배를 권하며 아무렇지도 않은 듯이 말했다.
"해밀튼의 일로 오셨습니까?"
"해밀튼?" 대체 무슨 말을 하는 것인가 하고 생각하며 도버는 말했다.

도버의 멍청한 대답을 듣자 조이는 또 웃었다. 너무 웃어 나중에는 옆구리가 아픈지 달라붙듯이 테이블을 잡기까지했다. 뒤틀릴 것 같은 배를 바로잡기 위해서였다. 도버는 뭐 그리 우습냐는 듯한 눈으로 조이의 출렁이는 어깨를 보고 있었는데, 매글레거는 그럴 만하다는 얼굴로 싱글벙글 웃고 있었다. 10명의 여자와 2명의 종업원이 물끄러미 보고 있었다.

조이는 가까스로 목소리가 나오게 되어 이야기를 했다.
"그래요. 그가 이 거리에 살게 되었을 무렵 모두들 그 녀석을 그렇게 부르고 있었습니다. 하지만 아무리 월라튼이 시골 거리라 해도, 나는 서니 마론이오 하고 말하며 돌아다닐 수도 없는 노릇이며, 처음부터 모든 사람에게 백안시당하는 것도 어리석은 이야기니까요."

"서니 마론?"
매글레거는 설명해 주었으면 하는 얼굴로 도버를 보았다.

"좀 오래 된 일이라 당신은 모르시겠지만" 하고 조이가 설명했다. "아마 이름은 들은 일이 있을 겁니다. 전쟁이 끝난 직후에 나온 거물 중 한 사람이었으니까요. 버킹, 더남, 일포드를 꽉 쥐고 있었으므로 무엇을 하든 그 녀석에게 수수료를 지불해야 했지요."

"흐음, 과연" 매글레거는 고개를 끄덕였다. "이름은 들은 일이 있소. 장사의 보호라는 이름을 빌린 강탈자였겠지."

"맞아요!" 조이는 고개를 끄덕이며 말했다. "당신은 생각보다 머리가 잘 도는군요. 어쨌든 이곳의 머리나쁜 대머리보다 꽤 머리가 좋은걸. 그 녀석들은 지금도 해밀튼의 정체를 모르니까……. 하기야 당신이 이야기를 했다면 또 모르지요, 도버 씨."
 도버는 아주 거만한 태도로 고개를 가로저었다. 여러 가지 정보 중에서도 죽은 해밀튼의 두려운 정체를 그 고장 경찰들에게 도버가 이야기하지 않은 것만은 절대적으로 틀림없는 일이었다.
 "경감님은 왜 그놈에게 눈을 돌리게 되었습니까?"
 조이가 물었다. 본디 수다스러웠으므로 묻지 않을 수 없는 모양이었다.
 도버는 쓸데없는 것을 묻지 말라는 듯이 조이를 노려보았다. 그리고 나서 "수사상의 비밀이야" 하고 간단히 말했다.
 "내 참!" 조이는 웃으며 말했다. "그럼, 또 한가지 말할까요? 사진이지요? 아니, 그러리라고 생각했습니다. 피해자의 사진을 보고 알게 된 거지요. 베테랑급 형사라면 곧 머리에 떠오르는 것이 있었을 테니까요."
 "자랑은 아니지만" 도버는 거만한 태도로 말했다. "나는 한 번 본 얼굴은 절대로 잊어버리지 않는다네. 물론 이름도."
 위스키를 마시고 있던 매글레거는 저도 모르게 숨이 막혔다.
 "모든 것을 다 알고 있습니까!" 조이는 웃었다. 안타깝지만 옳은 이야기라는 듯한 얼굴이었다. "내가 왜 월라튼 구석까지 왔는지 아십니까?" 그는 매글레거에게 말했다. "이 나리 덕분에 위험해졌기 때문이지요. 안개의 도시에 있을 수 없게 되었던 겁니다. 그 무렵은 아직 초년병이었는데, 마치 독수리같이 날카로운 눈이었지요. 이 나리가 노려보기만 하면 장사고 뭐고 다 끝장이 나는 것이었으니까요."
 매글레거는 어이가 없어 설마 하는 눈으로 도버를 보았으나, 도저히 납득이 안 가는 듯 그 눈을 다시 조이 쪽으로 돌렸다. 그러자 조이는 매글레거에게 미소를 보였는데 거기에는 그가 이상하게 생각하는 것도 무리는 아니라는 느낌이 담겨 있었다. 어쩌면 조이는 일부러 너스레를 떨고 있는지도 모르며, 옛날 일로 잘못 생각한 것인지도 몰랐다. 어쨌든 젊었을 때의 도버가 민완 형사였다는 것만은 엉터리였다.

어쨌든 매글레거는 도버를 계속 칭찬하는 말을 그대로 가만히 듣고만 있지 못하는 성격이었으므로 곧 화제를 바꾸었다.

"첫째, 어째서 해밀튼은 런던을 떠났을까요?"

조이는 어깨를 움츠렸다.

"그 녀석도 우리와 마찬가지로 나이를 먹고 살은 찌고 하여 만사가 귀찮아진 거요."

그는 도버를 보았으나 그것은 우연히 눈이 그쪽으로 향했을 따름이었다. "태럿시 형제가 나타난 거요. 그 갱, 기억하고 있지요, 도버 경감님? 굉장한 녀석이었지요…… 정말입니다. 마론도 다른 녀석들처럼 위험하다고 생각했겠지요. 섣불리 상대가 되어 세력권 다툼을 하거나 하면 삼십육계 줄행랑칠 여유도 없어질 테니까요. 그들의 눈에 뜨이면 하느님이라도 무사하지 못할 거요."

"삼십육계 줄행랑이라고?" 매글레거는 갑자기 긴장하여 조심스러워졌다. 그리고 도버가 알아차렸을까봐 그를 흘끔 쳐다보았으나 경감은 물끄러미 빈 잔을 들여다보고 있을 뿐이었다.

"무서운 것은 말도 못해요." 조이가 말했다. "칼을 휘두르니까요…… 그 태럿시 형제들은. 그들의 수법이란 지독하지요…… 정말 지독하답니다."

"그들은 지금 어디에 있지요?" 매글레거는 날카로운 눈으로 상대방을 보았다.

"모르겠습니다! 묘석 밑에서 뻗어 있으면 좋으련만!"

"해밀튼…… 아니, 서니 마론은 그때 이 거리에서 무엇을 하고 있었소?"

조이는 침착하지 못한 얼굴로 "지금 말한 대로입니다. 발을 씻은 거지요. 악착같이 번 돈으로 편히 먹고살 작정으로 왔으니까요" 하고 말하더니 어색한 웃음소리를 내었다.

"이봐요." 매글레거는 콧김이 거칠어졌다. "그런 엉터리 같은 말은 집어치워요! 그 녀석은 또 옛날에 하던 일을 시작했겠지? 장사를 보호해 준다는 명목 아래 강탈하는 노릇 말이오."

조이는 앉은 채로 몸을 멈칫거리며 도움을 구하듯 도버를 보았다. 그러나 도버는 빈 잔을 천천히 밀어 놓았을 뿐이다.

"아니, 제발 부탁입니다." 조이는 경계의 눈으로 매글레거를 보며 말했다. "다음 기회로 미룹시다."

"나에게는 말하겠지, 조이?" 가까스로 도버가 도움의 손길을 내렸다. "단둘이서."

"그러면 좋습니다, 나리." 조이는 진지한 목소리로 말하더니 이마의 땀을 닦았다. "옛날 인연으로 자백이라는 것을 조금 해보겠습니다. 하지만 모든 것을 다 털어놓는 것은 거절합니다."

"좋네." 도버는 점잔을 빼고 말했다.

"이봐, 앨리시아!"

조이는 저쪽 테이블에 무료하게 앉아 있는 여자를 보고 소리쳤다.

"이분의 말벗이 되어 드려…… 특별한 손님이니까, 알았지?"

앨리시아는 천천히 고개를 끄덕였다. 그러나 갑자기 그 행동을 멈추고 뒤의 작은 문 쪽을 돌아다보며 눈짓으로 묻는 듯한 태도를 취했다.

"그렇지 않아, 이 바보야." 조이가 소리쳤다. "여기서야." 그리고 나서 "그럼, 천천히……" 하고 말하듯 매글레거에게 미소를 보냈다. "잠깐 앨리시아하고 이야기를 해보시지 않겠습니까? 저 아이는 좋은 아이랍니다. 저래도 두 번 가량 콩밥을 먹었으니까요. 당신하고 이야기가 잘 될 것입니다." 그리고 마지못해 일어서려는 매글레거에게 "그리고 또 한 가지 말해 둘 것이 있는데요…… 지갑을 조심해야 합니다. 아셨지요?" 하고 덧붙였다.

8

 매글레거가 아름다운 앨리시아의 상대를 하게 되어 자리에서 일어나자 조이는 한층 더 명랑해졌다. 그리고 도버를 위해 또 위스키를 가져오라고 이르고, 의자에 앉은 도버 쪽으로 조금 다가앉았다.
 "형사도 요즘의 젊은이는 옛날과 많이 달라졌군요" 하고 한심한 듯한 목소리로 말했다. "나리도 일하는 데 있어서는 기브 앤드 테이크라는 것이 필요할 텐데요. 즉 톱니바퀴가 잘 돌아갈 수 있도록 하기 위해서 말입니다." 그는 고개를 내저으며 덧붙였다. "그런데 요즘 젊은이들은 타협이라는 것을 전혀 모르더군요. 물이 가야 배가 온다는 것을 말입니다. 그래요, 옛날에 런던에 있을 무렵에는 그러니까 융통성 있는 나리들이 20명쯤 있었지요. 그렇지 않은 녀석들은 완고한 게 아니라 다만 눈치가 없는 거였지요. 그러니까 그런 이들은 어김없이 보복을 당했지요. 우리는 잊어버리지 않으니까요. 그렇고말고요. 잊어버리지 않습니다! 언제까지나 기억하고 있지요, 그들의 일을 잊어버리다니, 천만의 말씀이지요! 경시청의 높은 분들 중에도 우리가 조금 힘이 되어주지 않으면 그 자리에 앉아 있지 못할 이들이 꽤 많습니다. 나는 아직 은퇴한 건 아니니까요. 지금도 가끔 물이 가야 배가 오는 일을 심심찮게 하고 있습니다만."
 "그렇겠지." 도버는 상대방이 자기 무릎을 끌어안듯이 달려드는 것을 알아차리고 무뚝뚝하게 말했다. 스스럼없이 행동하는 것도 나쁘지는 않지만, 그것도 한도가 있는 법이다. 그는 조이를 조금 밀어내며 중요한 문제를 꺼냈다. "해밀튼의 일은 어떤가?"

"이야기를 하는 것이 저라는 것을 잊어버리면 곤란합니다." 조이가 걱정스러운 얼굴로 말했다.

"잊어버릴 리가 있나."

"그렇다면 좋습니다…… 그런데 그 해밀튼의 일인데요…… 그만 해밀튼이란 말이 입버릇이 되어서…… 본명을 입밖에 내기만 하면 그냥 두지 않겠다고 위협했기 때문이죠. 그러나 그는 정말 발을 씻을 작정으로 이 거리에 온 것입니다. 돈도 듬뿍 벌었겠다, 런던에는 있기 힘들게 되자 차츰 발을 뺄 때가 되었다고 생각한 모양이에요. 그래서 이 근처로 와서 차고를 하기 시작한 거지요. 어쨌든 수입도 괜찮게 들어오도록 해야 하겠고…… 그러다가……거 참 글쎄, 그 녀석이 중고차에 눈독을 들인 겁니다. 그것은 간단하니까요. 아니, 그 녀석은 아주 교활한 놈이니까요. 그 해밀튼이란 녀석은. 돈이 썩을 정도로 많아도 돈벌이라 하면 물불을 가리지 않는 놈이라니까요. 처음에는 도난차의 매매를 했는데, 그것은 위험한 일이었지요. 특히 월라튼 같은 거리에서는 말입니다. 이곳 사람들은 쓸데없이 남의 일에 참견을 하는 데 사는 보람을 느끼는 그런 자들이니까요. 그런데 글쎄 그럭저럭 1년이 되었을 때 그럴 듯한 생각을 해냈지 뭡니까. 그것 역시 물론 건전한 장사는 아니었지요. 보통 사람은 일체 상대를 안 한 겁니다. 아주 빈틈이 없으니까요. 그 녀석은 건달들에게 돈을 빌려 준 거예요."

조이는 흘끔 도버의 얼굴을 보고 자기가 한 이야기의 효과를 확인하려고 했다. 그러나 전혀 짐작을 할 수 없었다. 도버는 눈을 반쯤 뜬 채 가끔 술잔을 입으로 가져가고 있을 뿐이었다. 그 모습을 보면 졸고 있지는 않으며, 듣고 있다는 것만은 알 수 있었다. 조이는 얼굴을 찡그렸다. 좀더 반응을 보였으면 하고 생각한 것도 무리는 아니다.

"건달들에게 돈놀이를 한 거예요." 그는 그렇게 되풀이 말하더니 도버 쪽으로 조금 다가앉았다. "빈틈없는 놈이라서…… 정말입니다. 사실 쓸 곳이 없을 만큼 놀고 있는 돈이 있었으니까요. 거기다 돈을 떼일 염려도 없고요. 누군가 교활한 놈이 급료 자루를 날치기한다든가 은행 강도를 한다든가 하는 계획을 가지고 오지요. 그리하여 그 설명을 하고 무료로 그의 전문적인 지혜를 듣는 겁니다. 그리고 만일 해밀튼이 할 만한 일이라고 여겨지면 그들에게 돈을 대주는 거지요. 즉 임시 비용조로 2, 3천 파운드를 빌려주는 겁니다. 일이 끝나면 그들은 이자를 붙여서 갚는데 그 이자라는 것이 굉장하거든요. 10할 이하는 절대로 없고 더 비쌀 때도 있지요. 그리고 언제나 현금 지불이니까요." 그는 정말 어이가 없어 말을 할 수 없다는 듯한 표정을 지으며 덧붙였다. "정말 터무니없이 이윤이 많은 장사지요, 안 그래요? 워낙 머리가 좋으니까요."

도버는 한숨을 내쉬며 말했다.

"속는 수는 없었나? 본전이고 이자고 다 떼어먹는 방법도 있잖나."

조이는 깜짝 놀라 도버를 보았다.

"나리, 우리들에게도 인의(仁義)라는 것이 있습니다. 게다가 해밀튼은 굉장히 조심성 있는 사람이니까요. 약간의 잔돈푼과 연금증서를 노리고 할멈들에게서 돈을 긁어내는, 머리를 길게 기른 똘마니 같은 것들은 상대도 하지 않았어요. 상대방은 한다하는 놈들뿐이었지요. 좀 이름이 알려진 녀석이거나 믿을 만한 녀석들 뿐이라고요. 그리고 뭐니뭐니해도 해밀튼이 단수가 위여서 만일 누가 그를 교묘하게 속이게 되면 그는 경찰을 매수하여 모든 것을 송두리째 빼앗아 버리는 일쯤은 식은 죽 먹기였어요. 더구나 그는 절대로 안전했어요. 몹시 곤란해 하는 친구에게 돈을 조금 빌려 주는 일쯤은 죄가 되지 않으니까요. 안 그렇습니까? 그가 젤리 공장을 두 개나 손에 넣으려던 것은 몰랐겠지만요."

도버는 뭐라고 중얼거렸다. 싫증이 나기 시작한 것이다. 의자는 앉기 거북하고, 방 안의 공기는 손님도 없는데 탁했다. 그는 하품을 크게 했다. 음란한 밤의 분위기에 지쳐 하품을 한 줄 알았다면 그것은 당치도 않은 오산이다! 슬슬 잠이 오기 시작한 것이다. 또 하품이 나왔다. 조이는 놀라서 그를 보았다. 도버의 하품은 조이보다 대담한 자라도 뱃속까지 울릴 것 같은 굉장한 것이었다.

"와와와······!" 도버의 입이 열리는 순간 틀니가 달그락 하고 빠졌다.

"옛?"

도버는 지루한 듯이 조이를 물끄러미 쳐다보았다. 어째서 나라는 인간은 늘 세상의 얼간이들만 상대해야 한단 말인가?

"나는 말이야." 그는 천천히 되뇌었다. "자네가 어떻게 그런 것을 알고 있느냐고 묻고 있는 거야."

"제가 어떻게 알고 있느냐니, 뭘 말입니까?"

조이는 능청스럽게 얼버무려 되물었다.

도버는 뿌루퉁해져서 조이를 흘겨보았다.

"이보게, 자네는 해밀튼의 보호 관찰관이었나, 아니면 고해 신부였나?"

"아닙니다." 조이는 조심스럽게 대답했다. "그런 게 아닙니다."

"적당히 해둬!" 도버는 차츰 초조해져서 고함쳤다. "모조리 나보고 말하라는 건가?"

"저어······" 조이는 정면으로 받아들여서는 안 된다는 듯 시치미를 떼고 말했다. "저는······ 저는 아무 관계도 없습니다······ 손톱만큼

도요. 마침 해밀튼이 그 새로운 장사를 시작했을 무렵에 저도 이리로 옮겨왔을 뿐이지요. 두 손이 관절염에 걸렸기 때문에 우리들의 장사에서는 손을 떼야 했으므로 클럽을 하기로 한 겁니다. 대단한 변화라고 한다면 그렇다고도 할 수 있지만. 어쨌든 가까스로 면허를 얻었지요. 그런데 문을 열자마자 찾아온 손님이 서니 마론이었어요. 거짓말이면 이 목을 잘라도 좋습니다. 나는 그 녀석을 알고 있었는데, 그도 나를 잘 알고 있더군요. 나는 이제 완전히 발을 씻었노라고 말하니 자기도 착실한 일을 하고 있다더군요. 그의 말로는 자기가 필요한 것은 친구와 만날 수 있는 조용한 장소뿐이라고 했어요. 그의 친구라면 어떤 녀석들인지 알고 계시겠지요. 그 뒤 얼마 있다 그의 이름이 알려질 무렵이 되자 여기서 200마일 안의 깡패라는 이름이 붙은 놈들이 모두 더블 스코치를 마시러 오게 되었지요…… 해밀튼과 조용히 이야기를 나누러 오는 겁니다. 내가 어떻게 하고 싶다고 생각했어도 어쩔 수 없는 일이었어요. 모두들 돈을 꼬박꼬박 지불해 주었고, 법률을 어기는 일도 없으며, 고마운 손님들뿐이었습니다.

이 거리의 단골 손님은 대개 낮에…… 근무 시간 중에 오지요. 마누라들 때문에 이상한 소문이 나돌게 하기는 싫었을 테고…… 밤에 오면 아무래도 소문이 나게 마련이니까요. 그래서 해밀튼의 친구들이 오는 것은 으레 밤이었지요." 조이는 손을 묘하게 흔들어 댔다. "보세요, 어째서 지금 손님이 없는지 아시겠지요? 이거야 마치 인기척이라고는 없는 무덤 같다니까요!"

"흠……" 도버는 불쾌한 듯한 눈초리로 방 안을 두리번거렸다. 어두컴컴한 속에서 호스테스와 종업원들이 책망하는 듯한 눈으로 물끄러미 그를 노려보고 있었다. 앨리시아와 즐겁게 이야기를 하고 있던 매글레거마저 웬일인가 하고 도버 쪽을 보았다.

"손님이 없는 것은 내가 왔기 때문이라고 생각했는데."

조이는 한심한 듯이 고개를 내저었다.
"아닙니다. 그렇지 않아요. 나리가 오셨을 때 손님은 두 사람쯤밖에 없었습니다. 늘 하던 대로 뒷문으로 나가게 했지요. 그리고 그 뒤로 지금까지, 밑에 있는 프레드가 쫓아 버린 손님도 세 사람도 안 될 겁니다."
"왜 쫓아 버렸지? 뭐 별다른 일이 있는 것도 아니잖나."
조이는 눈을 동그랗게 뜨고 거리낌없이 히죽히죽 웃었다.
"그건 그렇지만, 눈에 띄면 좋지 않으니까요. 내가 나약한 병아리를 십여 마리나 키워 앉혀 놓았다고 손님들이 눈에 안 띄는 것은 아닐 겁니다."
"나약한 병아리라니?"
"바니 걸 대신이라 할 수 있지요." 조이는 떨떠름한 얼굴로 설명했다. "토끼는 털의 결에 성가신 의장권(意匠權)이라는 것이 있으니까요. 그래서 할 수 없이 병아리로 한 겁니다. 못 알아보셨습니까? 여자아이들은 다 병아리의 모습을 하고 있잖습니까. 그런데 이것이 또 엄청난 돈이 들었지요."

도버는 눈을 가늘게 뜨고 둘러보았다. 그리고 "음, 그러고 보니 과연 그렇군" 하고 귀찮은 듯이 말했다.

조이는 턱을 괴고 말했다.
"물론이지요. 그 바니 걸들 말인데요, 그런 여자들에게는 여러 가지 묘한 규칙이 있답니다. 계산을 싸게 하는 요령은 그녀들을 닳고 닳은 여자로 다루는 게 아니라 마치 성처녀처럼 취급하는 일입니다. 그러나 여기선 그런 쓸데없는 습관 같은 건 없어요. 게다가…… 이렇게 말하면 뭣하지만…… 정말 질색이랍니다…… 그물 타이츠를 신어 틈이 있는 것은. 왜 그렇게 흉한 모습으로 꾸미는지 모르겠습니다. 우리 집 손님에게는 전혀 맞지 않아요."

도버는 한숨을 쉬었다. 바니 걸도, 병아리 걸도 그로서는 전혀 관심이 없었다. 도버의 궁둥이는 살집이 좋았지만, 의자가 딱딱했으므로 배겨서 아파 오기 시작했다. 그러므로 만일 그때 진한 쥐색으로 빛나는 위스키 잔을 가져오지 않았다면 그는 일어서 버렸을 것이다.

"코클란은 어떤가?" 하고 도버는 물었다. 시간을 보내기에는 알맞은 화제였다.

조이도 안절부절못하고 있었다. 경관이 찾아오면 환대하는 거야 할 수 없는 일이지만 몇 시간이고 계속 굵은 목으로 꿀꺽꿀꺽 마셔대는 데는 정말 참기 힘들었다. 더욱이 지금 눈앞에 있는 것처럼 얼간이 늙다리 형사이고 보면 이야기 상대로도 그다지 재미없는 것이다.

"코클란 말입니까?" 하고 조이는 말했다. "아, 그 젊은 경관 말이지요? 참…… 캐리 곶에서 뛰어내렸다는 소문이더군요. 좀 이상한 사건이 아닙니까? 설마 그가 그런 짓을 하리라고는 생각 못했습니다. 무슨 일이 있겠지요. 불치의 병이라도 걸린 게 아닐까요? 그야 젊으니까 병에도 걸리겠지만 요즘은 치료법도 있고, 절대로 안심인데……."

도버는 어이없어하며 조이의 얼굴을 보았다.

——바보 같은 자가 할 만한 말이다…… 그러나 생각해 보면 그것도 일리가 있는 말이다…… 나나 영리한 매글레거로서는 생각할 수도 없는 일이지만. 불치의 병이라고? 과연 아주 그럴 듯한 해석이다. 이것은 무슨 일이 있어도 매글레거에게 조사하도록 시켜야겠다. 아니, 잠깐만. 생각해 보니 이것은 아무래도 지금까지의 경과로 보면 가장 유망한 선인 것 같으니 내가 조사해야겠다. 그러면 공훈은 물론 내 차지가 될 것이다…….

"코클란은 병이 있는 것 같던가?" 하고 그는 조이에게 물었다.

조이는 고개를 가로저으며 말했다.

"아니오. 제가 마지막으로 만났을 때는 아주 원기왕성했습니다."
"그게 언제인데?"

조이는 이마에 주름을 잡으며 생각에 잠겼다.

"그러니까…… 열흘이나 2주일쯤 되지 않았나 싶군요. 확실히는 기억나지 않지만. 어느 날 밤인가 찾아왔는데…… 절반은 일 때문에 온 모양으로 해밀튼에 대해 묻더군요. 오늘 밤의 나리와 똑같았지요." 조이는 재미있다는 듯이 웃었다. "나리, 나리도 조심하는 것이 좋을 것 같군요! 아니면 캐리 곶에는 가까이 가지 마십시오!"

"그래, 해밀튼에 대해 자네는 뭐라고 했나?"

"코클란이 모르는 것을 내가 아는 게 있었어야지요. 해밀튼은 거의 매일 밤마다 이곳에 와서 술을 몇 잔 마시면 장사일을 끝마치고…… 그리고 여자와…… 저어, 이렇게 말하면 뭣합니다만…… 즉 으레 이야기를 했었지요" 하고 말하더니 조이는 윙크를 하면서 교활하게 도버의 옆구리를 쿡쿡 찔렀다. "뒤에 개인 방이 두 개나 있어서…… 만일 나리도…… 싫으십니까? 아니, 그건 나리 마음대로입니다. 그런데 해밀튼은 죽기 전날 밤도 늘 오던 시간에 왔었습니다. 누구하고 만날 예정인 모양이었는데, 상대방이 오지 않았지요. 아니, 별로 이상한 일은 아닙니다. 가끔 있는 일이었으니까요. 어쨌든 해밀튼은 12시 반이 다 될 때까지 마시고 있었어요. 그러더니 그는 가겠다면서 택시를 불러 달라더군요. 그전에도 한두 번 그런 일이 있었지요. 그럴 때면 다음날 아침에는 꼭 자기 차를 가지러 왔습니다. 내가 택시를 부르러 나갔었는데 그것이 그를 마지막 본 셈이 되었지요."

"코클란은 그날 밤에도 와 있었나?"

"아니, 확실히 기억이 안 납니다. 잠깐만, 기다려 보십시오. 오지 않았던 것 같군요. 왔으면 해밀튼과 함께 어울렸을 것이고, 그랬으면 나도 기억했을 테니까요."

"그래, 그 두 사람은 돈놀이를 함께 했었단 말인가?"

조이는 눈을 동그랗게 뜨고 장난스럽게 놀랐다는 듯한 표정을 지어 보였다.

"나리, 무슨 말씀이신지……그는 경관이 아닙니까! 그야 그 사람과 해밀튼은 꽤 친했지만, 서로 가까이 지냈을 뿐 일에서는 전혀 관계가 없었어요. 다만 여자 문제에서는 둘 다 상당한 실력자라…… 그러나 그뿐입니다. 거기다 해밀튼은 남이 곤란을 겪고 있어도 동전 한 푼 낼 사람이 아니지요. 재산이라고는 한푼 없는 코클란 같은 자와 손잡고 일을 할 것 같습니까? 사실은 나리, 지금 생각난 일인데요. 어쩌면 코클란은 억지로 한몫 끼게 해 달라고 졸랐던 것이 아닐까 하는 생각이 드는군요. 그렇다면 코클란은 보통 수완이 아니었던 셈이지요. 틀림없이 그는 해밀튼에 대한 것이며, 일에 대한 것을 잘 알고 있었을 겁니다."

"코클란은 가끔 이 가게에 왔었나?"

"이 클럽에요? 꽤 자주 왔지요. 물론 회원이었고요. 처음에는 이런 데서 순경이 얼씬대면 재미없다고 생각했는데, 알고 보니 입이 무거운 사람이더군요. 게다가 이거다 저거다 하고 나도…… 그러니까 서로 도움을 주고받고 할 수 있다는 생각에서……"

그는 눈을 반짝이며 말을 이었다. "하지만 경관에게는 한도가 있잖습니까? 그런데 그는 전혀 그런 게 없었어요. 우리 집에 있는 여자들에게 물어보십시오."

그런 말을 하고 있는데 종업원 한 사람이 조이가 있는 곳으로 와서 뭐라고 귓속말을 했다.

듣고 있던 조이의 얼굴이 흐려졌다.

"그런 바보가 어디 있어!" 하고 그는 불만스럽게 말했다. "저런 늙어빠진 얼간이 녀석, 참 어쩔 수 없는 녀석이군! 차츰 잘 되어 가고 있다고 말했는데."

"의사를 부를까요?" 종업원이 작은 목소리로 물었다.

"당치 않은 소리!" 하고 조이는 소리쳤다. "내가 가서 어떻게 해 보지. 나리, 죄송합니다만, 조리실에서 좀 골치 아픈 일이 생겨서요. 게다가 더 이상 이야기할 일도 없으니 나리만 좋다면…… 출구는 어딘지 아시지요?"

조이는 서둘러 나갔다. 매글레거는 아까부터 초조해 하며 모습을 살피고 있더니 곧 여자와의 대화를 멈추고 도버 옆으로 왔다.

"뭘 좀 알아내셨습니까?"

"해밀튼은 은행 강도 같은 녀석들에게 돈을 빌려주고 그 녀석들이 털어온 돈에서 이자를 붙여 갚도록 했던 모양이야. 그는 늘 여기서 거래를 했던 거야. 그것을 그 코클란이 잔뜩 눈독을 들였던 모양인데, 뭐라더라…… 지배인의 이야기로는, 한몫 끼겠다는 말은 하지 않았던 모양이야. 어쨌든 지금까지 들은 바로는……."

매글레거는 소리를 내지 않고 휘파람을 불었다.

"아니! 그건 좀 가능한 일처럼 보이지 않습니까?"

"그럴까?" 도버는 열의가 없는 말투로 말했다.

"하지만 그렇지 않습니까, 경감님! 우리가 전에 생각했던 일과 모든 것이 연결되니까요. 해밀튼이 많은 불량배들과 관계가 있어 그 어떤 원인으로 그들의 원한을 샀다면 어떻겠습니까? 밀고했든가 속였든가 해서. 그들은 해밀튼에게 제재를 가하거나 죽이자고 결정을 했는데, 그러기 전에 그는 죽어버렸지요. 그래서 본때를 보일 작정으로 그의 시체를 버린 겁니다. 그런데 코클란이 나타나 수색을 시작했지요…… 그 동기야 어쨌든…… 코클란은 해밀튼 사건의 범인을 알아낸 겁니다. 그러자 이번에는 그 녀석들이 코클란마저 처치해버린 겁니다……"

"여보게" 도버가 말했다. "몇 번 말해야 하나…… 아무도 코클란을 처치하지 않았어. 그는 자살한 거야. 알겠나, 나는 현장에 있었어! 캐리 곳에서 내가 범인을 잘못 보았다고 생각하는가? 이봐, 나는 장님이 아니야. 게다가 우리 마누라는…… 제기랄…… 코클란이 울타리를 넘어 뛰어드는 것을 직접 두 눈으로 보고 있었어. 그 근처에는 사람이라고는 한 명도 없었네."

"그런데 말입니다, 경감님." 매글레거는 이 어려운 문제를 풀기 위해 전부터 생각하고 있던 세 개의 추리를 꺼내려고 기운차게 입을 열었다. "가령 말입니다……."

그러나 그 찬스를 잃었다. 눈치없는 병아리 걸 둘이 허리를 흔들며 테이블로 다가와 앉았기 때문이다. 그녀들로서는 여자를 동행하지 않은 두 손님이었으므로 직업상 그렇게 했을 뿐이었다. 이 두 손님이 형사라는 말은 들었지만 그다지 마음에 두지 않았든가, 아니면 벌써 잊어버렸을 것이다. IQ를 기준으로 호스테스를 고른 것은 아니니까 결국 최종 책임은 물론 조이에게 있었다.

"손님, 술 좀 사 줘요, 네" 하고 말하며 블론드의 호스테스는 깃털 장식이 달린 팔을 도버의 목으로 슬쩍 돌렸으므로 모처럼 생기기 시작했던 아름다운 우정도 완전히 망치고 말았다.

"저리 가!" 도버가 무뚝뚝하게 말했다.

매글레거는 욕심이 많아 보이는 눈을 지닌 갈색 머리의 병아리 걸이 힘껏 감아쥐고 놓지 않으려는 손을 떼어 밀어내려고 했다.

그러나 그녀들에게는 생활이 걸려 있었고, 처녀처럼 얌전히 있어 봐야 한 푼의 이득도 없다는 것쯤은 너무도 잘 알고 있었다. 둘 다 딱 버티고 앉아서 깃털 장식을 쓰다듬으며 마실 것을 사 달라고 계속 졸라댔다. 블론드의 여자는 진심이라는 듯이 도버의 위스키를 한 모금 홀짝거리기도 했다.

"어머!" 그녀는 날카로운 소리를 질렀다. "이거 진짜 아냐! 애니, 이것과 똑같은 것을 4인분만 갖다 줘!"

어둠 속에서 나온 종업원이 "알았습니다!" 하고 말하며 도버가 미처 말릴 틈도 없이 재빨리 사라져갔다.

매글레거는 나중에 군소리를 듣게 되는 것은 자기라는 것을 알고 있었으므로 입을 쑥 내밀고 있는 도버를 납득시키려고 했다.

"이런 여자들은 한 잔 사 주지 않고는 쫓아 버릴 수가 없습니다, 경감님."

"사주면 쫓을 수 있을 것 같은가."

도버는 못마땅한 듯이 되받아넘겼다.

그러자 그때 종업원이 술잔을 네 개 쟁반에 얹어 가지고 왔다.

"37실링 6펜스입니다."

종업원은 테이블에 잔을 놓으며 침착하게 말했다.

도버는 하마터면 쓰러질 뻔했다.

"이게 뭐야?" 하고 다그쳐 물었다. "돈을 녹인 물인가?"

"우리는 '사신(死神)의 키스'라고 부르고 있습니다. 우리 가게의 특제 위스키이지요."

매글레거는 체념하고 지갑을 꺼내려고 했으나 도버가 말렸다.

"우리가 지불할 성질의 것이 아니야. 우리는 지배인의 손님이니까."

"그것은 처음 듣는 말입니다" 하고 종업원은 말했는데, 차츰 화가 치민 모양이었다. "37실링 6펜스입니다…… 서비스료는 별도로 치고……"

"지불할 수 없어." 도버는 득의에 차서 딱 잘라 말했다. "우리는 회원이 아니니까. 규칙 위반이지."

종업원은 말없이 주머니 속을 뒤져 플라스틱 케이스에 든 조그만

카드를 두 장 꺼내어 테이블 위에 공손히 놓았다.

"손님들은 명예회원이 되어 있습니다. 경영자의 아량에 의해서 말입니다. 37실링 6펜스를 받아야겠습니다."

도버는 완전히 당하여 어이없어하면서도 별수없이 매글레거에게 지불케 했다.

두 호스테스는 그러는 동안 내내 되어 가는 형편이 재미있다는 듯 바라보고 있었다.

"시브, 마셔, 어서." 블론드의 호스테스는 도버를 택한 것은 큰 실수였다고 생각하며 말했다. "이거 한 잔으로 끝이니까. 요즘은 진짜 신사는 여간해서 없다니까…… 정말이야."

거무스름한 살결의 호스테스는 그다지 실망하지는 않았다. 뭐라고 해도 그녀에게는 남자다운 매글레거가 있다. 매글레거에겐 그녀의 적극성을 거부할 용기가 차츰 없어져 가고 있었다. 이 뚱뚱한 늙은이와 블론드의 병아리를 쫓아버리면 아직 날이 새려면 멀었으니 제법 재미도 있으리라.

"당신은 눈이 아주 멋있게 생겼어요" 하고 말하며 그녀는 매글레거에게 얼굴을 가까이 갖다댔다. 하마터면 머리 위에 꽂힌 머리 장식에 눈을 찔릴 뻔했다. "지금까지 이런 말을 한 사람이 또 있었어요?"

매글레거는 부끄러워 눈을 내리깔고 테이블을 보았다. 도버가 있었으므로, 여자 다루는 솜씨를 보일 수가 없었다.

"페그, 이분 눈이 참 멋지게 생겼지?" 가무잡잡한 여자가 말했다. 그녀는 자기가 아주 멋지게 선수를 쳤다는 생각이 들었으므로 화제를 바꿀 생각은 없었다.

"굉장히 멋있어." 상대방 호스테스가 대답했다. 그녀는 브래지어에 쑤셔넣은 깃털대를 열심히 끌어내려 하고 있었다.

"저어" 생각에 잠긴 듯한 얼굴로 가무잡잡한 여자 쪽이 말했다. "이분의 눈은 초온시와 똑같아, 가까이에서 보니까."

"뭐라고, 초온시?" 업신여기듯 블론드의 여자가 말했다.

그 꺼림칙한 말을 듣자, 옛 상처가 또 아파 오기 시작한 모양이었다. 가무잡잡한 여자는 아주 심술궂게 "그래, 초온시 말이야!" 하고 정색을 하며 고쳐 앉더니 깃털 장식을 부풀게 했다. "초온시라고 한 것이 뭐 나쁘니?"

"아니, 아무것도 아니야! 다만 그가 너와 손을 끊다니, 상당히 머리가 좋다는 생각이 들었을 뿐이야."

"이 늙은 고양이 같은 것! 그 사람이 하룻밤인가 이틀 밤 오지 않았다고 해서…… 너 같은 것한테는 원망의 전화나마 걸려 오는 일이 없는 주제에."

"하룻밤인가 이틀 밤이라고!" 블론드의 여자가 귀에 거슬리는 소리로 크게 웃어댔다. "벌써 몇 달이 지났잖아! 자기도 잘 알고 있으면서? 네가 그 사람을 독점하려고 하니까 그렇게 되는 거야. 그 사람은 너에게 싫증을 느낀 거야."

가무잡잡한 여자는 앞일을 내다보기라도 한 듯이 상대방의 쌀쌀한 말을 반박한 다음 찰리라는 남자의 일로 몇 마디 심한 말을 하여 응수했다. 이윽고 두 호스테스는 있는 말 없는 말을 정신없이 퍼부었다.

매글레거는 여자들의 말다툼에는 전혀 귀를 기울이지 않고 혼자서 우울한 생각에 잠겨 시간을 보냈다. 그러나 도버는 그녀들의 말다툼을 듣고 있는 동안에 뭔가 정체 모를 것이 마음속에서 움직이기 시작했다. 시시한 남자나 미덥지 못한 형사라면 아마 그런 것을 문제삼지는 않았을 것이다. 또 초온시라는 이름은 어디서 들은 것 같다는 생각이 들었어도 애매한 채로 내버려두었을 것이다. 그러나 주임경감

도버는 그 문제를 파고들기로 했다. 왜 그런 마음이 들었는지 지금도 알 수 없는 일이지만, 그 이름에 자극을 받은 것만은 확실했다.

그는 병아리 걸의 말다툼에 참견을 했다.

"초온시가 누구지?" 그는 물었다.

초온시의 이야기는 벌써 5분 전에 끝난 일이었으므로 두 여자는 멍하니 입을 벌리고 그를 쳐다보았다.

"초온시?" 갈색 머리 여자가 갑자기 조심스럽게 되뇌었다. "초온시요? 아, 내가 아는 사람이에요. 사실은 이곳 회원이지요." 그녀는 블론드의 여자와 경계에 찬 눈길을 흘끔 주고받더니 술잔에 남은 위스키를 마저 마시고, 함께 자리에서 일어나려고 했다.

"앉아!" 하고 도버는 소리질렀으나, 속으로 초온시라는 이름을 어디서 들었던가 하고 계속 생각하고 있었다. "초온시란 세례명인가?"

갈색 머리 여자가 고개를 끄덕였다.

"성은 뭐지?"

"같은 회원끼리라도 이름은 가르쳐주지 않기로 되어 있어요. 지배인에게 물어보세요." 갈색 머리 여자는 생글생글 웃으며 말했다.

"나는 너에게 묻고 있는 거야." 도버는 무게있는 위협적인 목소리로 말했다. "나중에 좋지 않은 일에 말려들 짓은 하지 마."

"애, 말하는 게 좋을 거야!" 경관을 화나게 하면 어떻게 되는 지 잘 알고 있는 블론드의 여자가 말했다.

"왜, 너는 말하려 하지 않니? 너도 나나 다름없이 잘 알고 있으면서."

"자, 뭐야!" 더 이상 참을 수 없다는 듯이 도버가 말했다.

"더븐포트라고 해요. 꼭 말해야 한다면 초온시 시오볼드 더븐포트." 갈색 머리 여자가 말했다. "게다가 이 아이는 그 사람의 점이 어디에 있는지도 알고 있답니다."

 도버는 생각에 잠겼으므로 조금 사팔눈이 되었다. 매글레거는 이 영감이 어떻게 된 것이 아닌가 하고 걱정이 되어 물끄러미 도버의 모습을 지켜보고 있었다.

 "그렇지!" 도버는 만족스러운 모습으로 싱글벙글 웃으며 중얼거렸다. "초온시 더븐포트란 말이지?"

 분명히 그것은 도버가 자살 사건——아내가 경솔하게도 목격한 그 사건——을 보고하려고 서에 갔을 때, 끌려들어온 두 남자 중 한 사람의 이름이었다. 줄무늬 팬티를 입고 있던 남자였다. 갑자기 싸움을 건, 그 유머라고는 하나도 모르는 남자였다. 경사가 상처를 조사하려고 하자 허풍스럽게 거절한 사나이였다.

 "그렇지!" 하고 도버는 다시 한 번 말했으나, 그것은 매글레거를 오리무중에 몰아넣으려고 일부러 그런 것이었다. 만일 그때 매글레거의 얼굴에 치미는 화를 참는 표정이 떠오르지 않았다면 도버는 그쯤에서 그만두었을 것이다. 만일 또 그렇게 했다면 코클란 순경의 죽음에 대한 수수께끼는 아마 해결되지 않았을 것이다. 보기에는 자잘하고 하찮은 것이라도 이윽고 큰 결과가 되어 나타나는 것이다.

 "흐음" 도버는 아랫입술을 허풍스럽게 내밀었다. "꽤 재미있군" 하고 중얼거리더니 상대방의 반응이 어떤가 하고 매글레거의 얼굴을 흘끔 쳐다보았다. 반응은 상당히 큰 것 같았다. 매글레거는 마음이 들떠, 이야기가 듣고 싶어 어쩔 줄을 모르고 있었다.

 "흐음" 과연 무슨 말을 할 것인가를 생각하며 도버는 말했다.

 두 호스테스는 이상한 듯이 그를 쳐다보고 있었다.

 "그 초온시인가 뭔가 하는 사람 말인데," 도버는 성급하게 말을 꺼냈다. "오지 않게 되었다 그 말이지…… 그러니까…… 이 가게에……."

갈색 머리 여자는 마지못해 고개를 끄덕였다.
"언제부터지?"
"벌써 몇 달 되었어요."
블론드의 여자는 화가 치미는 듯이 말했다.
"노이로제에 걸린 거예요." 갈색 머리 여자가 당황해서 변호했다.
"그 사람은 집으로 돌아가는 길을 잊어버리게 되었어요. 기억력이 없어져서 그렇다나요. 과로로 그렇게 된 거래요."
"후훗!" 블론드의 여자는 비웃었다. "어머나, 그런 말은 처음 듣는데! 일다운 일이라면 그 사람은……"
"이러니저러니 지껄이지 말고 잠자코 있어!"
상대방 여자가 소리질렀다.
"무리도 아니지…… 그 사람은 너 같은 아이는 싫어했으니까."
"나를 싫어했다고? 무슨 말이야! 말해 두겠는데, 지금까지 나를 설득하려고 얼마나 애썼는데. 하지만 나도 바보는 아니니까, 달콤한 말을 하면 곧 꼬리를 흔들고 따라온다고 생각하는 남자는 질색이란 말이야. 나는 미안하지만 너 같은 사람은 아니야. 그리고 여염집 사람이든 화류계 사람이든 이 고장의 못되게 굴러먹은 여자하고는 다르단 말이야."

9

매글레거는 갖은 수단을 다 써서 어떤 때는 우회적으로 어떤 때는 아주 노골적으로 타진을 해보았다. 초온시 더븐포트와 그 정사(情事)가 사건과 관계가 있는가 없는가 하는 점에 대해. 그는 이 조사에 완전히 정신을 쏟고 있었으므로 왜 도버가 해밀튼의 정체를 가르쳐주지 않는가를 물어보는 일도 까맣게 잊어버리고 있었다. 어쨌든 도버는 완강히 아무 말도 하려 하지 않았다. 그것은 인색한 성격때문이기도 했고 도버 자신도 전혀 짐작할 수 없었기 때문이기도 했다. 다만 막연히 초온시 더븐포트와 코클란 사이에 뭔가 관계가 있음직하다는 마음이 드는 정도였다. 두 사람 다 이 클럽의 회원이었지만, 두 사람의 관계는 다만 그것만이 아닐 것이다. 그 밖에 무슨 관계가 있는가……도버는 거드름을 피우며 그것에 대한 생각은 내일로 미루었다. 오늘은 이만 하면 노고가 많았고, 더 이상 부지런히 일해 봐야 절대로 고마워할 것 같지도 않았기 때문이다.

도버와 매글레거가 클럽을 나온 것은 11시 반이 넘었을 무렵이었다. 도버가 두 호스테스에게 이제 일이 끝났다고 말하자 그녀들은 도망치듯이 자리를 떴다. 또 바텐더는 택시를 불렀는데 팁을 겨우 4펜스만 내놓자 그도 과연 깜짝 놀랐다. 도버와 매글레거는 엘리베이터를 타고 느릿느릿 1층으로 내려왔다. 입구에 선 두 사나이는 두 사람이 나가는 것을 잠자코 보고 있었는데, 그 뒷모습을 보고 이 녀석들아 어서 꺼져라 하는 듯한 몸짓을 해보였다.

택시를 타자 매글레거는 곧 운전 기사에게 사건이 일어난 날 밤, 해밀튼을 집까지 태워다 준 것은 당신이 아니냐고 물었다.

"아닙니다." 운전 기사가 대답했다.

매글레거는 해밀튼을 태워다 준 운전 기사를 모르느냐고 물었다.

"알고 있습니다." 운전 기사가 말했다.

"같은 회사 사람이오?" 매글레거가 물었다.

운전 기사는 입이 가벼워져서 "그렇습니다" 하고 대답했다.

"이름이 뭐지요?" 매글레거는 타고난 뛰어난 기억력이 흐려 있었으나, 차 안이 어두워 수첩의 글씨를 읽을 수 없었다.

뒷좌석 어둠 속에서 코웃음치듯 코를 쿵쿵대는 소리가 들렸다. 그리고 도버가 중얼거리듯이 "그런 초년병 같은 말은 묻지 말게" 하고 말했다.

"아더 암스트롱이라고 합니다." 운전 기사가 말했다.

"친구요?"

"아닙니다."

"아, 그렇지." 매글레거는 잠자코 있었으면 좋았을걸 하고 생각했다. "그 사람은 지금 근무 중이오?"

"아니오."

"흐음, 그럼, 몇 시부터 근무하지요?"

"오전 0시부터 오전 8시까지입니다."

"경감님, 나머지는 내일 하는 것이 좋을 것 같군요."

매글레거는 좌석의 쿠션에 털썩 기대었다.

"무엇을 내일 한다는 건가?" 도버는 불만스럽게 말했다.

"그 운전 기사를 만나는 일 말입니다. 중요한 증인입니다. 해밀튼이 죽기 직전에 만난 사람이니까요."

"그 녀석에게 영광있으라!" 도버는 소리쳤다.

"그럼, 내일까지 연기하기로 할까요?"

"당연한 일 아닌가." 도버는 기분이 언짢은 투로 말했다.

"아침에는 일찌감치 가는 편이 좋을 겁니다." 갑자기 운전 기사가 말했다. "그 녀석은 9시에는 자기 때문에…… 아침밥을 먹으면 곧……"

도버는 신음소리를 내었다.

사정이 사정인지라, 그래도 다음날 아침 10시 반을 넘겼을 무렵에는 매글레거가 도버를 데리고 나왔다. 도버는 다리를 절며 아더 암스트롱네 집으로 갔다.

그 집은 빈약하지만 잘 정리된 느낌이 들었는데, 도버는 업신여기듯 코를 킁킁거렸다.

그는 상당한 속물로, 지금까지 귀족이 얽힌 진짜 그럴 듯한 사건에는 한 번도 걸리는 일이 없었다고 하며 늘 불평이 대단했다. 때로는 대리석 홀에 들어가 봤으면 하고 생각했다. 그러나 지금은 이상하게도 자기에게 편리하도록 생각하려고 했다. 즉 이 자그마한 집에 사는 가난한 농민이 10시의 차(茶)쯤은 베풀어줄지도 모른다고 생각한 것이다.

여자가 젖은 손을 앞치마에 닦으며 빨개진 얼굴로 나왔다. 보기에 일생을 허덕허덕 일만 해온 여자 같았으며 먼지털이나 비를 들고 있지 않으면 어울리지 않는 모습이었다.

매글레거가 조용한 어조로 경시청의 형사라고 말하자 그녀는 몹시 당황했다.

"어머나! 어머나!"

그녀는 두 사람을 부엌으로 안내하며 작은 소리로 계속 되뇌었다.

도버는 가장 편해 보이는 의자로 성큼성큼 걸어가 털썩 앉았다. 정신을 차리고 보니, 위세있게 활활 타오르고 있는 난로에서 6인치밖에 떨어져 있지 않은 곳에 앉게 된 셈이었다. 그러나 그 날도 여전히 바람이 세게 부는 추운 날이었으므로 그렇게 나쁜 자리에 앉은 것은 아니었다.

매글레거는 작은 테이블을 향해 앉았다. 테이블에는 물결 무늬 장식이 달린 녹색 비로드를 씌워 놓았다. 암스트롱 부인은——체념하고서 자기는 아더의 어머니라고 말했는데——허둥대고 있을 뿐이었다. 그녀는 불안해 했으나 줄곧 난로 위에서 끓고 있는 스튜 냄비 쪽에 주의를 쏟고 있었다.

"어떻게 하지요." 그녀는 누구에게 대놓고 말한다기보다 혼잣말처럼 말했다. "어떻게 할까요." 허둥거리며 가스 스토브로 달려가 스튜 냄비 뚜껑을 열며 덧붙였다. "이제 나았다고 모두들 말하지요. 그 아이는 1년 이상이나 아주 건강하답니다."

도버는 아주 싫은 얼굴을 하고 그녀를 보더니 다친 발을 작은 발판 위에 올려놓고 쉬려고 했다. 그러자 발판 위에 쌓아 두었던 헌 신문지와 헌 잡지가 둔한 소리를 내며 허물어졌다. 암스트롱 부인은 궁시렁거리며 부지런히 주워모았다. 도버는 눈살을 찌푸리고 구석에 있는 텔레비전을 노려보았다. 조사해 볼 가치는 있었다. 진공관은 별도로 하고, 그 텔레비전은 빨강과 파랑의 모직 커버로 폭 씌워놓았다. 그는 이것을 보고는 어이가 없어졌다. 업신여기듯 얼굴을 펴고 웃더니 의자 등에 기대어 눈을 감았다.

매글레거는 이번에도 물어 보는 역을 맡아야 했다. 암스트롱 부인이 가스 스토브에만 정신을 빼앗기고 있었으므로 주의를 끌려고 큰 소리로 분명하게 말했다.

"당신 아드님이 해밀튼 씨를 클럽에서 태워다준 날 밤의 일로 몇 가지 물어보고 싶은데요."

그녀는 부엌 식탁이 있는 곳으로 달려가 칼 종류가 든 서랍에서 스푼을 꺼냈다.

"아니에요. 그 아이는 남에게 그런 일을 해줄 만한 사람이 못됩니다. 왜 다 알고 있지 않습니까?"

매글레거는 조급한 마음을 누르며 "해밀튼 씨를 알고 있지요?" 하고 천천히 정중하게 물었다. "한 달 쯤 전에 자기 집 앞뜰에서 시체가 된 사람입니다."

"네, 알고 있습니다만……"

암스트롱 부인도 마음이 들뜨는 모양이다.

"그날 밤, 집까지 태워다 준 사람이 댁의 아드님입니다."

"하지만 그거야 그 아이의 일이 아닙니까? 운전 기사가 직업이니까요."

매글레거는 체념했다.

"부인, 아드님은 지금 집에 있습니까?"

여자는 아주 빠른 솜씨로 감자를 채쳐서 냄비 속에 넣고 있었다.

"네, 있어요." 정면으로 물은 것이 마음에 들었던 모양이다. "2층에 있어요. 그애를 만나고 싶었던가요?"

"그럴 작정이었지요." 도버는 좀 비꼬는 듯한 어조로 말했다.

그런 비꼬는 말도 이 여자에게는 통하지 않았다. 그녀는 지금 만들고 있는 수프의 간을 맞추는 데 온통 정신이 팔려 제대로 대답도 하지 않았다.

도버가 투덜투덜 군소리를 하고 있는 것이 들렸다. 누구의 울화통이 터져 가고 있는 징조라고 매글레거는 생각했다.

"아드님을 만나 봤으면 하는데요, 부인."

"네? 아, 그렇다면 오후 3시쯤 다시 오세요. 그 시간이면 그 아이도 일어나 있을 테니까요."

도버가 코를 킁킁거리고 있는 소리가 확실히 들렸다. 매글레거는 뚫어지게 그녀를 노려보았다. 이제야 그녀도 사정을 짐작하게 되었다. 경시청에서 온 두 고급 형사를 쫓아보내면 안 되는 거였다. 아들을 곧 깨워야 한다. 그리고 이곳으로 데리고 와야 한다.

암스트롱 부인은 가스불을 끄고 좀 날카로운 모습으로 경찰이 이러니저러니 하고 중얼거리며 방을 나갔다.

한순간 조용해졌다. 도버는 눈을 뜨고 사방을 둘러보았다.

"고분고분히 간 모양이군." 유쾌한 듯 말하고 곧 또 눈을 감았다.

5분이 지났다. 기분좋은 난로의 따사로움과 앉기 편한 의자와 바람이 잘 통하지 않는 방, 이것들이 효력을 나타내기 시작했다. 도버의 입매가 힘없이 처졌다. 그리고 머리가 옆으로 기울어졌다. 매글레거도 어느 결에 주의력이 흐려져 갔다.

갑자기 2층에서 말소리가 들려 왔다. 그것이 잠시 뒤에는 고함 소리로 변하고 쿵쿵하는 큰 소리로 바뀌었다. 그러더니 무엇이 부딪치는 듯한 소리가 들려왔다.

암스트롱 부인이 부엌문을 열었다.

"저 아이가 또 계단을 헛디뎠군" 하고 그녀는 말했다. "2층에서 잘 때는 안경을 가지고 가라고 늘 말하는데도 안 듣는구나. 안경을 안 쓰면 목뼈를 부러뜨린단 말이다. 어디에 두었는지 알 수가 있나?" 그녀는 돌아다보고 소리쳤다. "벽난로 위냐? 내가 가지고 갈 때까지 움직이면 안돼. 물건이란 물건을 다 부수면 안되니까."

그녀는 스튜 냄비 속을 들여다보고 한숨 돌리는가 했더니 난로 쪽으로 허둥거리며 달려갔다. 그런데 도버가 다리를 뻗어 길을 막고 있었다. 그녀는 도버에게 비켜달라고 말하지 않더라도 손을 내밀면 닿을 줄 알았다. 그러나 그것이 잘못이었다.

형사는 언제나 생명의 위험에 처해 있다. 그러므로 형사로서 살려면 상황에 따른 예민한 반응이 필요하다. 도버 주임경감은 이 바닥에서 20년 이상이나 살아온 베테랑이다. 그러나 매글레거가 보기에도 도버의 반사신경은 이제 자취도 없이 디룩디룩한 지방 속으로 모습을 감춘 것 같았다. 그런데 그 200파운드를 넘는 거구가 암스트롱 부인이 비명을 지를 틈도 없이 아주 재빠르게 의자에서 화닥닥 일어나 덮쳤다. 이렇게 되면 매글레거가 아니라도 눈이 튀어나올 정도로 깜짝 놀랐을 것이다.

두 사람은 엉켜서 함께 쓰러졌다. 쓰러질 때 발판을 부수고, 테이블 위의 텔레비전을 걷어찼다. 그녀는 용감하게 도버에게 덤벼들었다. 그러나 도저히 그녀가 감당할 만한 상대가 아니었다. 그는 큰 소리를 지르며 곧 그녀의 팔을 비틀어 엎어눌렀다. 그녀의 저항도, 도움을 구하는 괴로운 호소도, 난폭하게 굴지 말아 달라는 비명도 차츰 약해져 갔다.

매글레거는 그녀의 목을 누르고 있는 도버의 손을 아슬아슬한 순간에 떼어놓았다. 뒤엉켜 있던 두 사람은 비틀거리며 떨어졌다. 둘 다 어깨로 숨을 쉬고, 머리와 옷도 흩어져 말이 아니었다. 매글레거는 먼저 주인경감에게 손을 내밀어 의자에 앉혔다. 그리고 나서 암스트롱 부인의 구조에 나섰다. 산산조각이 난 발판 조각들을 치우고 그녀를 일으키려고 했다. 그때 수라장이 된 부엌에 한 사나이가 나타났다.

젊은 남자였다. 잠옷 차림으로 머리는 부스스하게 뻗쳐 마치 억센 솔 같았다. 그는 손으로 더듬어 가며 방안으로 들어오는가 했더니 식탁에 쾅하고 부딪쳤다.

"아더!" 암스트롱 부인은 더 심한 꼴을 당할 것 같아 째지는 소리를 질렀다. "가만히 있어!" 부축하고 있는 매글레거의 손을 뿌리치더니 그녀는 앞치마의 주름을 폈다. "안경! 안경이 없으면 저 아이는 아무것도 안 보여요." 그녀는 벽난로 쪽으로 걸어갔다.

"됐어요." 매글레거가 그 순간에 말했다. "내가 가져오지요."

젊은 아더는 안경을 써도 방 안의 물건이 확실히 보이지 않는지 도버의 무릎 위에 엉덩방아를 찧을 뻔했다. 한순간 매글레거는 흠칫 놀라며 또 한바탕 일이 벌어지지 않나 했는데, 도버도 이제는 졸고 있지 않았다. 구두 끝으로 아더를 저만큼 밀어내고는 재미있어하고 있었다. 아더가 가스 스토브에 부딪치게 되자 어머니가 붙잡았다.

매글레거는 타고난 통솔력과 기지를 발휘하여 세 사람을 각기 위험하지 않도록 일정한 간격을 두고 앉혔다. 그러나 암스트롱 부인은 아까 있었던 일을 잊지 못하여 마음이 울적했다.

"왜 나한테 덤벼들지요?" 그녀는 도버에게 푸념을 늘어놓았다. "어린애같이 깊이 잠든 줄 알았는데."

"다친 다리에 부딪쳤잖소." 도버가 화가 나서 되받아넘겼다. "좀

더 주의해 줬으면 좋겠소. 매글레거, 부탁이니 빨리 일을 시작하게! 이 일로 하루를 허비할 수는 없어."

아더 암스트롱은 매글레거가 '암스트롱'이라는 이름으로 말을 걸어왔으므로 기분이 몹시 좋은 것 같았다. 그는 목소리가 들리는 쪽으로 열심히 얼굴을 돌리고 매글레거를 깍듯이 '나리'라고 부르며 심문에도 간결하게 요령있는 대답을 해주었다.

"그렇습니다. 나는 사건이 있던 날 밤, 해밀튼 씨를 월라튼 컨트리 클럽에서 그 사람의 집까지 태워다 주었습니다. 아니, 조금은 기분이 좋았지만 취해 있지는 않았어요. 별로 이상해 보이지도 않았고 여느 때와 다른 점도 없었습니다. 나는 해밀튼 씨를 집 앞에다 내려놓았습니다. 그는 요금을 지불하고 팁으로 9페니를 주었습니다. 아니오, 집으로 들어가는 것은 보지 못했습니다. 차가 달리기 시작했을 때도 보도에 서 있었습니다. 아니, 내가 본 바로는 해밀튼 씨의 태도는 여느때와 조금도 다른 데가 없었습니다. 아무리 생각해 보아도…… 이렇다할 이야기는 아무것도 하지 않았습니다."

매글레거는 한숨을 쉬고, 실망한 표정을 지었다. 그러나 도버는 그 정도는 아니었다. 첫째로 남에게서 좋은 자료를 얻으리라고는 처음부터 생각하지 않은 일이었고, 또 얼마쯤 편견이긴 했으나 정말로 믿을 수 있는 증인은 우선 없을 것이라고 결정하고 있었기 때문이다.

도버는 난로 안을 파고들 듯이 노려보고 있었다. 그러더니 "그 해밀튼을 전에도 밤늦게 태워다 준 일이 있소?" 하고 느닷없이 물었다.

아더는 뛰어오를 정도로 놀라며 도버가 앉아 있다고 생각되는 방향으로 고개를 돌렸다. 아까 한 번 발로 차였으나, 정말 그 방에 또 한 사람이 있다는 실감이 나지 않았기 때문이다.

"그러니까 저어 있다고 봅니다, 나리. 운전 기사가 된 뒤로 두 번인가 세 번쯤."
"그래, 운전 기사가 된 지는 얼마나 되오?"
"그럭저럭 6, 7개월 됩니다."
"어떻게 그 집을 발견했소?"
"발견하다니요?"
"그렇소, 그렇게 묻고 있는 거요. 귀가 먹었나? 어떻게 그 사람의 집을 발견했느냔 말이오?"
"저어" 아더는 적당한 말이 생각나지 않았으므로 난처해졌다. "해밀튼 씨가 주소를 말했기 때문에 그쪽으로 운전하여 갔을 뿐입니다."
"그 거리로 가서 어디에 차를 세워야 하는지 그것을 어떻게 알았지?"
"해밀튼 씨가 번지를 말했어요. 그래서 그 번지가 보이기에 차를 세운 것입니다. 이제 됐습니까?"
아더는 한숨을 쉬며 말했다.
"됐소." 도버는 고개를 끄덕였다. "되구말구."
매글레거는 의아한 듯 도버를 보았다. 그는 도버와 함께 일을 해도 실질적으로는 아무런 도움도 되지 않는다고 늘 불평을 하고 있었다. 그러면서도 마음속으로는 그러는 편이 낫다는 생각을 하고 있는 것이다. 자기는 유능하다는 자부심을 가지고 있었고, 도버와는 비교도 안 된다고 생각하고 있었다. 그러므로 같이 일하는 윗사람이 꾸물대고 있는 동안 사건을 단번에 해결하는 젊은 민완 형사란 자기를 가리키는 말이라고 생각하고 있었다. 둘이서 공동으로 일을 하는 것이기 때문에 이것은 얼마쯤 낙관적인, 낙관적이라기보다는 달콤한 생각이다. 그러나 매글레거는 오래 전부터 이것이 진리라고 확신하고 있었다. 그렇게 확신하고 있기 때문에 자기가 아직 작은 일에 정신을 팔고 있는 동안 도버가 이상하게도 전체를 잡거나 하면——이것은 어떤 순간에 그렇게 되는 것이지만——매글레거는 그만큼 실망을 했다. 게다가 도버는 때로 머릿속에 번뜩이는 생각을 남에게 일러주는 인품이 아니었고, 자부심이 강하여 잔소리가 많은 부하 매글레거 따위는 안중에도 두지 않았다. 그러므로 매글레거는 늘 신경을 곤두세워 도버가 언제 그의 독특한 심문을 하는가 정색을 하고 신경을 쓰고 있지 않으면 안 되었다. 이 늙은이의 속셈은 무엇일까? 왜 암스트롱에게 어떻게 집을 찾아냈느냐는 둥 질문을 했을까? 매글레거는 머리를 갸웃거렸다. 알았다. 틀림없이 그럴 것이다! 그는 도버가 문제를 어떻게 추구해 가는가 기대를 갖고 기다렸다.

도버는 화살을 암스트롱 부인에게 돌렸다. 그는 무뚝뚝하게 물었다.

"어떻게 아들이 운전 기사 노릇을 하게 되었지요? 눈뜬 장님이나 마찬가지인데."

"그렇지도 않아요!" 암스트롱 부인은 위세있게 아들을 변호했다. "안경을 쓰면 보통사람과 똑같아요."

"리버세지 부인이 알선해 주셨습니다."

아더는 바보처럼 싱글싱글 웃으며 말했다.

"그래요…… 하지만 그런 것은 쓸데없는 참견이지요." 어머니는 질세라 받아넘기더니 형세가 불리하게 되면 으레 그렇듯이 부지런히 난로 쪽으로 갔다.

"흐음, 그건 어떻게 된 거요?" 이렇게 있기 편한 곳이라면 점심때까지 꼼짝도 안 하리라 생각하며 도버는 태평스럽게 말했다. "이야기를 좀 들어볼까. 그런데 부인, 거기서 그렇게 서 있는 동안 차를 한 잔 서비스해 줄 수 없겠소?"

암스트롱 부인은 이 간곡한 부탁을 들어주지 않을 수 없었다. 차통과 찻잔 등을 거칠게 다루며 아더가 운전 기사가 된 경위를 마지못해 지껄였다. 도버는 기분이 좋은 듯 불 옆에서 눈을 감고, 듣고 있다는 증거로 가끔 고개를 끄덕여 보였다.

"정말 아더는 흔히 말하는 좋은 찬스를 만난 일이 없어요, 전혀." 암스트롱 부인은 말했다. 그리고 기분을 가라앉히려고 흘끔 스튜 냄비를 보았다. "저 아이가 태어나자 아버지는 세상을 뜨고 학교에선 마음놓고 공부도 할 수 없었는걸요. 좋은 아이인데…… 정말 손재주는 있는데, 학교 공부만은 영 못해서…… 아버지라도 있었으면 거들어주었겠지만, 나로서는 물론 무리한 일이었지요. 학교를 나오자 몇 가지 일자리를 잡긴 했으나 무슨 일이나 마음에 차지 않는 것 같았어요. 정말이지."

"참, 어머니도!" 갑자기 아더가 항의를 했다. "9개월 동안에 열여덟 번이나 일자리를 바꿨어요. 직업 소개소 여자의 말로는 이 고장에서 내가 최고 기록이래요. 그것도 이야기해야 할 것 아닙니까."

"무슨 말을 하니? 너는 잠자코 있어." 어머니가 나무라듯 말했다. "네가 몇 번이나 일자리를 바꿨느냐 하는 일은 이분들에게 흥밋거리가 못돼요. 그리고 그런 일이 무슨 자랑이겠니." 그녀는 찻주전자를 난로 위에 메어붙이듯 놓았다. "찻장에 비스켓이 있을 테니 좀 보아줄래. 아, 됐다, 됐어." 아더가 기운차게 일어서자 그녀는 재빨리 말렸다. "됐어! 내가 가져올게. 이 사람의 다리를 걸어차거나 하면 큰일이니까."

도버는 아들을 생각하는 어머니의 마음을 보고 싱글싱글 웃었다.
"그래서요?"
"네, 그런데 나쁜 친구와 사귀게 되어……"
"그건 그렇지 않아요. 모든 것은 나 자신의 생각으로 한 일이에요."

"아더, 잠자코 있으라면 잠자코 있어." 암스트롱 부인은 차를 따르며 아들에게 주의를 주었다. "너희들 요새 젊은 아이들은 다 똑같아. 이렇게 말하면 뭣하지만" 그녀는 도버 쪽으로 돌아서며 말했다. "다 영화 탓이지요. 요즘의 영화가 어떤 것인지 알고 계시지요. 심한 것도 있으니까요. 영화 때문에 이 아이는 여러 가지 일에 흥미를 가지기 시작했답니다."

"어떤 일인데요?" 매글레거는 차츰 자기가 이야기에 끼여들어도 될 만한 때라 생각하고 말참견을 했다.

암스트롱 부인의 얼굴이 더 빨개졌다.

"아, 왜 아시잖아요…… 그것 말이에요."

그녀는 부엌의 개수대를 닦기 시작했다.

"여자지요!" 아더는 싱글싱글 웃으며 말했다.

"이상한 책을 자꾸 집으로 가져오게 되었어요." 암스트롱 부인은 목소리를 낮추어 속삭이듯이 말했다. "그리고 밤늦게까지 밖을 헤매고…… 곧잘 간호사 기숙사 같은 곳을 찾아가게 된 겁니다."

"그 아이들은 절대로 커튼을 닫지 않으니까요."

아더가 신바람이 나서 싱글싱글 웃었다.

"그런데 어느 날 밤의 일이에요. 누가…… 아마 간호사의 보이프렌드였겠지요…… 이 아이를 붙잡아서 심하게 두들겨패 주었어요. 이 아이를 그렇게 두들겨패다니, 정말 너무하다고 생각했어요."

"다시는 햇님을 볼 수 없을지 모른다는 생각을 했을 정도였지요." 아더는 한심한 듯이 말했다.

"죄받은 거야." 어머니는 솔을 든 손에 더욱 힘을 주었다. "한 잔 더 드시겠어요? 그래서 그 길로 혼이 나서 치료된 것 같아요. 몰래 훔쳐보는 버릇 말이에요. 하지만 그것만이 아니에요." 그녀는 한숨을 쉬었다. "그 다음은 아주 몸집이 큰 순경 나리가 와서 문을 쾅쾅 두드리지 뭡니까. 또 무슨 일이 일어난 거예요. 물론 아더의 일이었지요." 그녀는 아까보다 더 크게 한숨을 쉬며 앞치마에 손을 닦았다. "주의를 받은 거예요…… 그때가 처음이었지만…… 의사에게 보이는 것이 좋을 거라고요. 그렇게 해봐야 별로 효과도 없었지만, 그리고 의사가 나에게 말하더군요. 좀더 크면 나을 거라고요. 하지만 그것이 언제라는 말은 하지 않았어요. 그리고 다음은 저 아이를 보호 관찰한다면서…… 물리요법을 하는 선생님에게 데리고 가야 한다고 했습니다…… 꼭 시계바늘처럼 꼬박꼬박요. 그러나 역시 낫지 않았어요. 아더는 혼자 나가서 그곳 대기실의 다른 환자들이 보고 있는 앞에서 해 버린 거예요…… 그래서 모든 것이 끝나 버린 겁니다. 그렇게 되니 나도 어떻게 해야 좋을지 몰랐지요. 경찰에선 감옥에 넣으면 어떻겠느냐는 의견도 나온 모양인데 나는 뭐가 뭔지 몰라서…… 하지만 아더 같은 아이를 감옥에 넣는다니! 그렇게 되면 마치 저 아이가 진짜 나쁜 짓을 한 것 같지 않겠어요. 이 아이는 다만 그것을 계속하고 있었을 뿐인걸요…… 왜 그런지는 몰라도 도저히 그만둘 수 없는 것뿐인데."

매글레거가 헛기침을 했다. 도버가 확실히 들어 주면 좋겠다는 생각에서 기침을 한 것인데 당사자인 도버는 차에만 정신이 팔려 있었다.

"아드님이 했다는 것은 분명히 말해서 무슨 일입니까, 부인?"

암스트롱 부인은 당황했다. 흑백을 분명히 말할 수 있는 성격이 아니었고…… 특히 외설스러운 일은 더욱 그러했다. 더구나 상대방이 교양있는 젊은 신사고 보면 무리도 아니었다.

"그게 그러니까…… 언제나 그러니까…… 자기를 드러내 놓는 거예요." 가느다란 목소리였다. "저 아이가 택하는 것은 언제나 중년 여자예요. 이유는 묻지 말아 주세요. 의사 선생님은 뻔뻔스럽게도 그런 짓을 하는 것은 나에게 관계가 있다는 겁니다. 당치도 않은 말입니다! 나는 저 아이를 훌륭하게 키우기 위해 몸을 아끼지 않고 일해 왔으니까요. 아무도 흉내낼 수 없을 거예요. 나는 저 아이에게 모든 것을 바쳐 왔어요…… 특히 저 아이는 남보다 좀 뒤늦은 데가 있었으니까요. 왜 그런 버릇이 붙었는지는 모르지만…… 나에게서 물려받은 것은 아니에요…… 그것만은 분명히 말할 수 있습니다." 암스트롱 부인은 팔짱을 끼고 괘씸한 듯이 아들을 노려보았다.

그녀의 유창한 말도 이제 끝이 난 모양이다. 도버는 방 안이 조용해지자 이제 한숨 돌렸다는 듯한 안도의 표정을 지었다. 그렇게 되면 으레껏 매글레거가 이야기의 방향을 잡아야 한다. "그래서 어떻게 되었습니까?"

"그것이 정말 이상하더군요. 도저히 믿을 수 없겠지만. 저어……저 아이가 노리는 게 다 중년 여자뿐이었습니다. 더구나 열이면 열 모두 부녀회 회원뿐이었지요. 그러니까 물론 그 사람들이 손을 잡고 일어선 거예요…… 그렇게 되니 당할 수가 있어야지요. 계속 경찰이다, 시의회다, 그런 곳에 투서가 들어간 겁니다. 그리고 도저히 이 아이의 버릇이 낫지 않을 것 같자, 부녀회 분이 한 사람 찾아왔어요. 아주 머리가 좋은 사람이었지요. 이제 아더의 병이 도저히 나을 것 같지 않다는 것은 잘 알고 있지만, 여행자니 뭐니 하는 사람들이 찾아오는 월라튼 같은 이름이 알려진 고장에선 저 아이를 고삐 풀린 말처럼 놓아 둘 수 없다는 겁니다. 그래서 내가 '그야 댁들을 귀찮게 군다는 것은 알고 있지만 나도 뭐 좋아서 시키는 것은 아닙니다. 그러니 어떻게 해야 하지요?' 하고 묻자, 그 사람은 이 고장 사람들이 뭐라고 한들 부녀회는 사람들을 돕기 위해 있는 것이니까 저 아이를 잠시 부모 밑에서 떼어주면 부녀회의 힘으로 고칠 수 있을지도 모른다는 거였어요. 저 아이가 미성년자이기 때문에 부녀회에선 나의 동의가 필요했던 거예요. 요약해서 말하면, 그래서 결국 승낙하여 저 아이를 부녀회에 맡긴 것입니다. 그 뒤로는 문제를 일으키지 않았답니다. 아주 큰 도움을 받은 셈이지요."

도버는 의자를 밀어 난로에서 떨어져 앉았다. 몸의 한쪽이 타들어 갈 것처럼 뜨거웠던 것이다.

"당신 아들이 집을 비운 것은 며칠 동안이었소?"

그는 이렇게 말하고 눈을 둥그렇게 뜨면서 기지개를 켰다.

"이제는 잊어버렸는데, 그러니까 1주일인지 열흘인지 그쯤 됐어요."

"그러나 지금 한 이야기와 아드님이 운전 기사가 된 일이 어떤 관계가 있습니까?"

이 긴 이야기가 어디서부터 시작되었는지 알고 있는 것은 그곳에 있는 사람들 중에서 자기뿐이라고 멋대로 생각한 매글레거는 기뻐하고 있었다.

"하지만 이 아이도 일자리를 얻어야 했으니까요." 암스트롱 부인은 뼈대있는 말을 했다. "언제까지나 어정어정 놀게만 할 여유도 없고, 이 아이의 실업 보험의 기한도 끝났고, 거기다 우리는 생활 보호 대상자가 아니니까요.…… 거짓말이 아닙니다. 나는 한 번도 보조금을 받은 일이 없어요. 아니, 내가 건강할 동안은 앞으로도 받을 생각이 없어요. 하지만 저 아이에게는 일이 없었어요. 저 나이 또래의 아이들에게 알맞은 일이 이 고장에는 그렇게 많지 않습니다…… 겨울철이면 더욱 그렇지요. 게다가 당연한 일이지만, 있다 하더라도 저 아이에게는 주지 않지요. 누구나 저 아이의 일을 알고 있으니까요. 그러니까 저 리버세지 부인이 우리 집에 찾아왔던 그 사람이었어요. 되도록 힘이 되어 주겠다고 그랬지요. 마침 그 사람의 남편이 택시 회사를 경영하고 있었으므로 결국 저 아이에게 운전 기술을 가르쳐 택시 운전 기사를 시키자고 결론이 났어요."

"그렇다 하더라도 대체 어떻게 시험에 합격했을까요?" 매글레거는 이렇게 묻더니 싱글싱글 웃고 있는 근시인 아더의 얼굴을 이상스러운 듯 쳐다보았다.

"아, 그것은 그 리버세지 씨의 부인이 공안 위원을 하고 있었기 때문이지요." 암스트롱 부인은 의기양양하게 설명했다. "그녀가 시험관에게 한 마디 부탁을 해줬어요."

"그러면 도로상을 흉기가 달리고 있는 셈이군."

매글레거는 차를 운전하고 있는 아더의 모습을 생각만 해도 소름이 끼쳐서 말했다.

"그럴 리가 있어요!" 암스트롱 부인은 시무룩해서 말했다. "저 아이가 운전하는 시간은 한밤중부터 아침 8시까지니까요. 그 시간이면 이 거리를 달리고 있는 차는 한 대도 없어요."

"그렇기는 하지만······"

"리버세지 부인의 말로는, 밤 12시가 지나서 택시를 타는 자들은 무슨 일을 당해도 자업자득이라나요" 하고 아더는 좋은 말을 했다. "그리고 그런 자들은 다 컨트리 클럽에서 돌아가는 주정뱅이든가 아니면 그런 자와 비슷한 사람들뿐이라는 겁니다."

"그러나 만일 사고라도 일으키면······ 병원으로 운반을 해야 할 일이 생기면······"

"그런 것이 걱정되면 손님은 다른 회사의 차를 부르지요. 월라튼 사람들은 다 그만한 일쯤은 알고 있으니까요······ 다른 곳에서 온 사람이면 상관없지만요. 나는 근무 중에 호출을 당한 일은 거의 없어요······ 그러니까 나는 늘 차를 닦는 것이 일이지요."

10

 이런 유익한 정보를 얻었으므로 암스트롱네 집의 조사는 끝난 것이나 다름이 없었다.
 도버는 매글레거가 의미있는 목소리로 시간을 말했으므로, 그다지 마음이 내키지는 않았지만 할 수 없이 아더가 이상한 치료를 받기 위해서 어디에 갔었느냐고 물었다. 아더는 무엇을 생각하고 있을까 하는 생각이 들 정도로 오랫동안 생각한 뒤에 잘 기억이 안 난다고 말했다. 그리고 차를 탔던 일이며, 깨끗이 빤 흰 시트에 대한 일이며, 경관에게서 받은 과자 이야기 등을 쉴새없이 지껄여 댔지만, 어느 이야기나 다 주일학교에서 소풍으로 1954년에 브라이턴에 갔을 때의 이야기와 뒤섞인 것이었다. 암스트롱 부인도 아들이나 마찬가지로 전혀 요령 없이 이야기했으므로 믿을 수가 없었다. 그녀는 리버세지 부인을 생명의 은인처럼 생각하고 있었으므로, 아들을 어디로 데리고 갔었느냐고 물으면 안 될 것 같아서 물어보지도 못한 것이다.
 "그렇게 되면" 도버는 자리에서 부자연스럽게 일어나며 못마땅한 듯 말했다.
 "흐음, 그래요? 리버세지 부인을 만나 물어 보면 되겠지요."
 암스트롱 부인은 당근을 채치며 머리를 가로저었다.
 "그 사람은 두 달 전에 돌아가셨어요, 갑자기. 폐렴으로."
 도버는 그다지 애석하게 생각지도 않았다. 오히려 그로서는 남의 일에 간섭하는 노부인이 한 사람 없어져서 시원해진 기분이었다.

 "어떻습니까, 경감님?"
 "응?" 도버는 메뉴에서 눈을 들었다. "글쎄, 나는 스테이크와 키드니 푸딩으로 하지."
 "아니, 그게 아닙니다." 매글레거는 화가 치미는 것을 참으며 말했다. "사건을 말하는 겁니다."

"아, 그래." 도버는 그렇게 말하더니 또 메뉴로 눈을 돌렸다. "포토퓨가 뭔가?"

"비프 스튜입니다."

"흥, 그러면 그렇게 쓸 것이지."

도버는 아주 불만스러운 어조로 말했다.

매글레거는 그 수에 넘어가지 않았다. 점심 주문이 끝나자 곧 용건으로 들어갔다.

"내가 잘못 생각한 것인지는 몰라도 경감님이 뭔가 단서를 잡은 듯한 인상을 한두 가지 받았는데요……"

"누가, 내가 그렇단 말인가?" 도버는 시치미를 뚝 떼고 말했다.

"네, 그런 느낌이 들었습니다. 경감님, 뭔가 냄새맡은 일이 있지 않을까 하는데요."

"나로서는 코클란의 자살은 현재로 보아 출발이나 마찬가지여서 전혀 짐작이 안 가."

"마찬가지요?" 매글레거는 힘주어 물었다.

"이렇게 쓰레기 처리장 같은 곳에서 살고 있으면 누구나 다 가스나 창문에 목을 박고 자살하고 싶어지기도 하겠지."

도버는 심술궂게 곁눈으로 매글레거를 보면서 말했다.

"그러면" 매글레거는 콧대가 꺾인 듯했다. "그러면 경감님은 단서가 없다는 말입니까?"

도버는 고개를 끄덕였다.

"해밀튼 건도 말입니까? 나는 경감님께서 아더 암스트롱에게 그런 말을 묻기에 아마도……"

"자네, 내가 물었던 말은 들었겠지?" 도버는 꽤 점잔을 빼고 말했다. "그리고 그 녀석의 대답도 말이야. 따지고 보면 자네도 나와 같은 정도는 알고 있지 않은가."

"그러나 나는 전혀 모릅니다, 경감님."

매글레거가 불평스럽게 말했다.

"아직 몰라, 그건." 도버가 말했다.

매글레거는 물끄러미 도버를 노려보았다. 전에도 이런 일이 있었다. 그때도 끝까지 아무것도 모른다며 곤란한 것처럼 말했으면서 요술쟁이처럼 깜짝 놀라게 하는 솜씨를 보여주었었다. 그렇기는 하나 도버가 보이는 수법에 잘못 보는 일이 없는 것은 아니다. 그러나 그런 일은 문제 밖이었다.

또 매글레거는 선 채로 오도가도 못하고 있는 도버의 보기 흉한 모습을 보며 이런 생각도 해보았다. 도버가 그처럼 짐작이 안 간다고 말할 때는 반드시 뭔가 조사법이 있는 것이다. 사실 지금까지 늘 그러했다. 매글레거는 지금까지의 사건을 생각만 해도 끔찍했다. 경찰의 결정에는 뻔뻔스러운 자도 얼굴을 붉히는 그런 면이 있다. 물론 도버가 그 당사자이다. 도버가 귀찮은 존재를 떨어버릴 때의 말은 으레껏 이러했다.

"자네에겐 짐이 너무 무거워."

그러므로 중요한 것은 이 늙다리 술꾼이 이번에는 진실을 말하고 있는 것인가를 가려보는 일이다. 매글레거는 과연 어느 쪽인가 하고 도버의 얼굴을 쳐다보았다. 그런 것 같기도 하고 아닌 것 같기도 했다. 정말 얼빠진 늙은 너구리이다. 그런데 도버 쪽은 어떤가 하면 그 흐리터분한 머릿속에 좋은 생각이 떠오른다는 일은 결코 없었다. 특히 일과 관계되는 문제는 더욱 그러했다. 그러므로 이번 사건에 대해서도 막연하다는 것이 그의 진심이었다.

"실은 좀 생각나는 일이 있는데요……." 매글레거가 말했다.

도버는 접시에서 얼굴을 들 생각도 않고 말했다.

"자네가? 그거 참 잘되었군."
"가능하면 저어 내가 생각대로 할 수 없을까 하는 생각에서……"
"자네 생각이라니?"
도버는 의심스러운 눈을 부하에게로 돌리며 물었다.
"그게 말입니다, 경감님" 하고 매글레거는 자기의 기발한 계획을 참고로 하려 하는 빈틈없는 도버에게 당할 줄 아느냐고 생각하며 말했다. "좀 설명하기 힘듭니다."
"말해 봐" 도버는 내던지듯 말해놓고 덧붙였다. "크렘 므류레란 무엇인가?"
"구운 크림을 말하는 겁니다."
"여보게, 프럼.더프를 부탁하네…… 알았나?"
도버는 종업원에게 말했다.
종업원은 테이블 매너도 모르는 이 땅딸막한 시골뜨기를 업신여기는 듯 내려다보았다.
"네, 알았습니다." 종업원은 일부러 얼굴 가득 조소를 띠며 덧붙였다. "프럼 더프라고 하셨지요?"
"자, 말해 보게!" 도버가 초조해 하며 말했다. 무슨 말을 해야 되겠다고 매글레거가 생각하고 있는데 "자네가 생각하고 있다는 게 뭔가?" 하고 또 다그쳐 물었다.
"해밀튼 사건에 대한 일입니다."
"그런데 자네 설마 그 똘마니 암스트롱이 뭔가 물고 있다고 생각하는 것은 아니겠지? 그렇다면 자네는 그 녀석에게 줄을 던진 얼간이야."
"그 녀석에게는 전과가 있습니다."
매글레거는 시치미를 뚝 떼고 말했다.
"그것도 폭행 상해라든가 총포 불법 소지 같은 것은 아니잖나, 이 얼간이야!"

"그의 어머니는 그가 나쁜 친구와 사귀었다는 말을 했잖습니까." 매글레거도 지지 않고 말했다.

"내 참!" 도버는 신음하듯이 말하고는 어이없다는 표정을 지으며 눈동자를 굴렸다.

매글레거는 이렇게 장난스런 태도를 보면 재미가 있었다.

"경감님도 그 녀석이 새빨간 거짓말을 하고 있다는 것쯤은 알고 계시겠지요."

"내가 말인가?" 하고 도버가 말했다.

"그는 해밀튼네 집의 번지를 곧 알아보았다고 했지요. 그런 터무니없는 말이 어디 있습니까! 경감님도 그 근처의 집은 한 집 한 집 번지를 보고 다닌 일이 있으니까 알고 계시겠지요. 나는 눈이 좋은 편인데도 여간해서 분간을 할 수 없던데요. 더구나 대낮에도 말입니다. 암스트롱이 그 시력으로 캄캄한 밤중에 분간을 할 수 있었겠어요? 그 녀석이 거짓말을 한 것이 분명합니다."

"누가 캄캄한 밤중이라고 그랬나?"

도버는 쓸데없는 일로 남의 말꼬리를 잡는 나쁜 버릇이 튀어나왔다.

"경찰의 서류에 그렇게 씌어 있었습니다. 달이 없는 캄캄한 밤이었다고요."

사건은 계속 중첩되는데, 게으른 습관 탓으로 아직까지도 그 서류를 훑어보지 못했으므로 경찰 서류에 어떻게 씌어 있건 물론 도버가 왈가왈부할 문제는 아니었다.

"그렇다고 해서 암스트롱이 거짓말을 했다고는 볼 수 없네."

매글레거는 좀 의기양양한 듯이 웃음 소리를 내며 말했다.

"달리 설명할 도리가 없다고 보는데요."

"으음." 도버는 무뚝뚝한 표정으로 말했다. "자네 같으면 그럴 테지."

"만일 그 녀석이 거짓말을 하고 있다면 뭔가 숨기고 있는 것입니다."

"이를테면?"

"그렇군요. 나는 이렇게 생각하고 있습니다…… 즉 해밀튼은 동료 깡패들에게 손발을 잘린 것입니다…… 물론 동료를 만나는 순간, 그 녀석은 금방 당한 것이지요."

"그럼, 동료 깡패는 장난삼아 그런 짓을 했단 말인가?"

"아마 그렇겠지요. 별로 이상한 데는 없다고 보는데요. 그 녀석들이 어떤 녀석들인가는 경감님도 잘 아시잖습니까. 치고 자르고 하는 것은 식은 죽 먹기니까요."

"그래, 그것과 코클란이 어떻게 연결이 되나?"

매글레거는 얼굴을 찡그리며 말했다.

"아니, 그 점은 아직 잘 모릅니다. 이렇지 않을까 하고 생각되는 것은 한두 가지 있습니다만…… 이를테면 조이는 그렇게 말하지 않았지만 코클란은 해밀튼과 그 어떤 일로 관련을 가지고 있지 않았을까요. 둘 다 그 컨트리 클럽에 드나들고 있었고 둘이 한통속이었다면 당연한 일이지요. 해밀튼이 살해되자, 코클란은 불길한 예감이 들어 자기도 살해되지 않을까 하는 생각에 잔뜩 겁을 먹고 캐리 곶에 뛰어들어 자살한 게 아닐까요?"

도버는 입을 다물고 아무 말이 없었다. 다만 천장을 물끄러미 올려다본 채 볼을 불룩하게 하고 가락이 맞지 않는 휘파람을 불어 보였을 뿐이다.

"그런데" 하고 매글레거는 이렇게 설명하고 보니, 생각했던 것만큼 설득력이 없구나 생각하며 "코클란이 해밀튼과 그다지 친하지 않았다고도 생각됩니다. 코클란이 해밀튼을 수상쩍다고 보고 뒤를 쫓았다, 말하자면 탐정놀이를 하고 있었다고도 할 수 있습니다. 이윽고 코클란이 해밀튼 사건의 범인을 알아냈다. 그러자 상대방 녀석들도 그 녀석들대로 코클란이 눈치를 챘다고 본다, 여기서 또 코클란이 눈치를 채였구나 하는 것을 느낀다, 그리고 막다른 골목으로 몰리자 그는 자살한다. 이것으로 그 녀석이 1주일 동안의 휴가를 누워서 지낸 이유도 분명해진다. 그 녀석은 몸을 숨기고 있었던 겁니다" 하고 말했다.

도버는 자기 귀를 믿을 수 없다는 얼굴로 매글레거를 보았다.
"글쎄, 이렇게 된 것이 아닐까요."
매글레거는 간추려서 결론을 맺었다.
"그럼, 운전 기사 암스트롱은 그 깡패와 한패란 말인가?"
"그렇겠지요. 어쩌면 그 녀석들의 심부름이나 한 것인지도 모릅니다." 매글레거는 이마에 땀이 솟아나왔다.

도버는 납득이 안 간다는 얼굴로 천천히 고개를 내저었다. 그리고 가볍게 혀를 찼다.
"그래, 자네가 하고 싶다는 수사의 선이란?"
매글레거는 슬쩍 손수건을 꺼내어 코를 푸는 것처럼 하며 이마 근처에 가볍게 대었다. 그리고 헛기침을 하고 말했다.
"저어, 나는 좀더 파고들어 조사해 보려고 합니다. 그리고 해밀튼이 거래를 하던 녀석들을 찾아보려고 합니다. 그 컨트리 클럽의 지배인이 마지막 날 밤 해밀튼은 사람을 기다리는 것 같았는데, 그자가 나타나지 않았다는 말을 했었지요. 그러니까 해밀튼이 기다리던 상대가 누구인가를 알게 되면……"
"쓸데없는 짓이야." 도버가 말했다.
"뭐라고?"

"쓸데없는 짓이라고 했네." 도버는 되풀이했다. "그렇게밖에 답변할 수 없잖나. 어쨌든 자네가 그런 일에 시간을 허비하고 싶으면 마음대로 하게."

매글레거는 어찌할 바를 몰랐다. 대개 늘 그렇지만 도버는 젊은이들의 의견을 그다지 신통하게 생각지 않는 편이었다.

"그럼, 마음대로 해도 됩니까?"

"그렇게 말하지 않았나."

"이제부터라도요?"

매글레거는 의자를 뒤로 밀고 일어서며 말했다.

"좋겠지. 오후에는 자네한테 용건이 없으니까. 그리고 나도 몇 가지 떠오른 일을 생각해 보고 싶네."

도버는 무뚝뚝하게 입술을 깨물며 말했다.

매글레거는 여느 때처럼 그럴 듯하게 거짓말을 하고 있구나 하는 생각이 들어 경멸하듯이 "그럼, 실례합니다" 하고 말하며 돌아섰다.

"이봐, 잠깐만." 도버가 말했다.

"그 담배를 두고 가 주게. 내 것은 이제 동이 난 모양이니."

매글레거는 도버의 나쁜 버릇이 시작되었구나 하는 생각이 들었다.

"바에서 많이 팔고 있잖습니까!"

매글레거는 건방진 대답을 했다.

도버는 얼굴을 찡그리고 "그래, 거기서 팔고 있던가? 그럼, 나가기 전에 두 갑만 사다 주게. 나는 자네가 피우는 것처럼 필터가 달린 것은 마음에 안 드네" 하고 말했다.

매글레거는 좀 반항한 덕분에 10실링 2펜스의 대가를 지불해야만 되었다. 그의 신분으로는 돈이 남아도는 것도 아니므로 외상으로 담배를 샀다. 매글레거가 없어지자 도버는 커피를 한 잔 더 주문하고, 식당 사람들이 귀찮아하거나 말거나 생각에 잠긴 얼굴로 테이블에서 움직일 생각을 하지 않았다. 도버는 생각에 잠겨 있었다. 그가 생각에 몰두하는 일은 여간해서 없었다. 그러나 일단 생각에 잠기기 시작하면 대단했다. 종업원들이 나이프나 포크를 절그럭거리며 서랍 속에 던져넣거나, 식기류를 이쪽 구석에서 저쪽 구석으로 집어던지거나, 테이블보를 마치 채찍질하듯 탁탁 소리를 내며 털거나 해도 그는 마이동풍으로 앉아 있을 뿐이었다. 외국인 종업원들은 도버가 알아듣지 못하는 말로 화가 난 듯 지껄여 대고 있더니 마침내 더 이상 참을 수 없었던지 덜컹덜컹 소리를 내며 의자를 테이블 위에 포개어 놓기 시작했다.

 도버가 정신없이 코클란 해밀튼 사건을 생각한 것은 언젠가 매글레거의 코를 납작하게 해주려는 속셈에서였다. 그렇다고 해서 그를 비난할 수는 없다. 처음에는 그러했지만 그것만이 동기는 아니었다. 하물며 도버는 휴가를 얻고 싶은 마음에서 열을 올리고 있는 것도 아니었다. 아내와 둘이서 2주일 동안 함께 지냄으로써 나중에 일에 열성을 기울일 수 있도록 하기 위해서도 아니었다. 그렇다. 사건과 열심히 씨름을 하고 있는 그를 누구도 감히 나무랄 수는 없겠지만 그는 약간의 속셈이 있었던 것이다.

 매글레거와 달리 도버는 아더 암스트롱이 사디스트적인 악당이라든가 살인 하수인이라는 생각은 전혀 무시하고 있었다. 그러나 그렇게 되면 아더 암스트롱이 관계가 없다면, 왜 해밀튼네 집의 번지가 보였다는 말을 했을까 하는 의문이 생긴다. 도버는 그가 지닌 그 비뚤어진 생각으로 아더 암스트롱의 증언은 사실 그대로라고 믿기로 했다. 즉 아더 해밀튼네 집의 번지가 보였던 것이다. 그러나 어떻게 그에게 보였을까?

 가령 지금 도버의 파리한 얼굴에 떠오른 미소를 보고 종업원들은 몹시 화를 냈는데……그렇다, 그런 일도 있을 수 있을 것이다. 아니,

간단할 것이다. 이를테면 접착력이 있는 종이를 붙여 놓고 불을 켜 놓는다……그것만으로 될 것이다. 재빨리 그렇게 해 놓았다가 또 재빨리 떼어내면 흔적도 남지 않는다. 그날 밤 늦게 우연히 그곳을 지나가던 사람이 있었다 하더라도 그 종이쪽지를 알아보지 못할 것이다. 아니, 알아보았다 하더라도 이상스럽게 생각하는 이는 없을 것이다.

핫핫핫! 이제 어떻게 좀 될 것 같군! 도버는 혼자서 회심의 미소를 지었다. 그러나 솔직히 말해서 어떻게 될 것 같다고는 했지만, 어떻게 된단 말인가? 도버의 아랫입술이 튀어나왔다. 이만하면 되었다. 그런 것은 나중에 천천히 생각하면 된다. 그밖에 또 생각해 둘 일이 뭐가 있었던가?

매글레거의 생각으로는 깡패가 죽이려고 했는데 해밀튼이 죽은 것이 된다. 과연 충분히 앞뒤가 맞는 이야기처럼 생각되었다. 그러므로 도버는 어떻게든 그것과 다른 해석을 생각해 내려고 머리를 갸웃거렸다. 깡패가 해밀튼을 죽이려던 것은 아니다. 그렇게도 생각할 수 있을 것이다. 그렇지, 매만 맞아도 같은 결과를 가져올 수 있지 않을까. 그렇다면 범인이 누구이건 방법은 똑같았을 것이다. 도버는 손발이 잘린 점에 대해 한동안 생각해 보았다. 그러나 아무래도 납득이 가는 생각이 떠오르지 않았다. 런던의 이스트엔드에는 깡패들이 빈둥거리고 있다. 그리고 상대방에게 곧잘 때리고 덤벼든다. 그러나 시체에 위해(危害)를 가한 사건은 도버의 기억에는 없다. 그리고 도버의 경험으로는 보통 얼굴이 상하게 마련이다. 해밀튼의 경우는 그 하반신과는 대조적으로 얼굴에는 상처 하나 없었다. 도버는 한숨을 쉬었다. 도무지 짐작이 안 갔다. 아무리 원한을 품고 있는 자라도 해밀튼을——죽인 뒤인지 아니면 산 채로인지는 잘 모르지만——발가벗기기까지야 하겠는가? 보통 같으면 면도칼로 몇 군데 자르고 급소를 몇 번 걷어차는 정도일 것이다. 또 정상적인 인간이라면 누구든 건방지고 쓸개빠진 매글레거란 놈도 포함해서 여행객으로 들끓고 있는 월라튼 거리가 깡패들의 무대라고는 생각하지 않을 것이다. 런던이나 리버풀이나 브라이턴이라면 또 몰라도 월라튼에선 생각할 수도 없다.

시체에 대한 일을 생각하고 있던 도버는 아주 자연스럽게 또 하나의 시체를——하기야 이 시체는 현실적으로는 없지만——생각하기 시작했다. 코클란의 시체였다. 코클란의 자살 원인에 대해서는 이제 진저리가 나지만, 원인을 모르면 이 거리에 아직 더 머무르지 않으면 안 될 것만 같았다. 캐리 곶에서 뛰어들다니 전혀 납득이 가지 않았다. 도버로서는 생각도 할 수 없는 일이다. 코클란이 왜 캐리 곶을 택했는지 이상한 일이다. 시체가 없으니까 당연히 장례비는 절약이 되었다. 자살 사건을 생각하고 있으면 기묘한 생각이 떠오른다. 코클란이 정말로 뛰어들려고 결심한 것은 언제였을까? 아마 앞뒤 분별도 없이 결심했을 것이다. 그러니까 캐리 곶을 택했는지도 모른다. 가까운 곳에 가스 스토브나 다량의 수면제가 없으면 그렇게 하는 것이 손쉬운 일일는지도 모른다. 도버는 코에 주름을 잡았다. 그러나 코클란이 앞뒤 분별도 없이 결심한 것일까? 1주일 동안의 휴가를 누워서 지낸 것은 대체 어떻게 된 일일까? 도버가 그 입장이 되었다면 그렇게 했겠지만, 누구나 그런 마음이 생기지는 않을 것이라고 그는 너그럽게 생각했다.

월라튼 사람들은 1주일이나 여가가 있으면 무슨 일이고 하지 않고는 견딜 수 없는 모양이다. 그러나 그것이 도버에게 묘한 생각을 갖게 했다. 왜냐하면 코클란은 그 동안에 누워 지내려고 했기 때문이다. 그 초온시인가 뭐가 하는 녀석도 1주일 동안에 생긴 일을 전혀 기억하고 있지 못했다. 게다가 아더 암스트롱도 역시 마찬가지로 1주일 동안의 치료로 완쾌되었다.

도버는 담배꽁초를 커피 잔 속에 집어던졌다. 그렇다. 이런 곳에 하루 종일 앉아 있어봐야 별수없는 일이다. 그는 의자를 뒤로 밀었다. 자기 방이 훨씬 기분이 좋을 것이다. 도버는 오랫동안 생각에 잠겨 있었으므로 완전히 지쳐 버렸다.

지배인이 식당문을 열고 그가 나가기를 기다리고 있었다. 도버는 그 서비스에도 건성으로 코를 킁킁거렸을 뿐이었다.

"안녕히 주무십시오!" 지배인이 이를 갈 듯이 말했다.

도버는 하품을 했다.

만 하루가 되어도 도버는 아직도 하품을 하고 있었다. 그러나 마음 속으로는 이제 하품을 하고 있지 않았다. 도버의 게으름도 한계가 있었다. 남이 상대해 주지 않는 것 같은 생각이 들어 쓸쓸했다. 이야기 상대가 없는 것도 따분했다. 매글레거는 젊은이들이 흔히 그렇듯이 남을 생각해 주는 마음이라고는 없어 그를 완전히 무시하고 있었다. 자기 본위의 이 풋내기는 식사 때가 되어도 나타나지 않았다. 그러므로 무엇을 하고 있는지 짐작도 안 갔다. 가끔 흥분하여 눈을 반짝이며 나타나선 범인의 수사에 열중하고 있는 것이라고 일방적으로 지껄이고 도버가 질문할 사이도 없이 나가 버렸다. 이렇게 되면 도버에게 남은 위안은 하나밖에 없다. 이제 그 녀석이 혼자 심한 꼴을 당하리라고 확신하는 일이었다. 그건 그렇고, 그 얼빠진 놈이 무엇을 하고 있을까. 그 녀석의 어린아이 같은 열의에 냉수를 끼얹어 주는 일이 있더라도 무슨 짓을 하는지 확실히 모르면 곤란하다. 물론 알려고 하면 도버로서는 간단히 알 수 있었을 것이다. 그러나 귀찮아서 그럴 생각도 없었다.

도버는 뚱해서 휴게실에 앉아 있었다. 마치 숙소가 없는 것 같은 기분이 들었다. 방은 종업원이 청소를 하고 침대를 손질하고 있으므로 들어갈 수 없었다. 그런데 그때 접수계의 여자아이가 찾아왔다.

"도버 씨, 전화입니다."

"누구한테서?" 도버는 얼굴을 찡그리며 물었다. 전화를 건 상대가 1년 내내 안달하는 서장 같은 자라면 전화를 받지 않을 작정이었다.

"뷔치라는 분입니다." 그녀는 일에 관계되는 것이라면 사람이건 물건이건 쓸데없는 관심을 갖지 않는 것이 자랑이었다.

"들어본 일이 없는데." 도버는 중얼거리며 그대로 의자 등에 기대어 눈을 감았다.

"정말 이상한 사람이네!"

접수계 여자는 새침해 가지고 가 버렸다.

그러나 2, 3분이 지나자, 그녀는 새침한 얼굴로 다시 왔다.

"경찰의 뷔치 경사님이랍니다. 경찰의 경사라고 전해 달라고 하시는데요."

"상대가 세계 제일의 미인이라도 거절이야. 도대체 무슨 일이지?"

"아무 말씀도 없었어요." 접수계 아가씨는 쌀쌀맞게 말했다. "자신이 직접 말하고 싶으니까 전화를 걸었겠지요."

"없다고 해."

"그런 말은 할 수 없어요. 본인이 뷔치 씨라는 사람은 모른다고 하더라는 말까지 한 걸요."

도버는 그녀가 뛰다시피 종종걸음으로 나가는 모습을 원망스럽게 바라보다가 "호박 같은 년!" 하고 중얼거리며 거칠게 벌떡 일어섰다.

"여보세요." 도버는 홀의 접수구 책상에 놓인 수화기를 들었다.

"뷔치 경사입니다만……."

"그건 알고 있소……이 맥빠진 사람 같으니! 무슨 일이오?"

상대방은 한동안 주저하는 듯하더니 말했다.

"실은 오후에 이리로 오셔서 우리와 함께 차라도 한 잔 하셨으면 해서요."

도버는 놀라움과 의혹이 섞인 눈으로 수화기를 보았다.

"우리란 누구를 말하는 거요?" 그는 경계에 찬 목소리로 물었다.

"집사람과 저입니다만."

"당신 집이 어딘데? 나는 발을 다쳐서……"

"아아, 제가 호텔에서 차로 안내하겠습니다. 나중에 다시 모셔다 드리지요."

"몇 시에?"

"글쎄요, 5시 15분 전이면 어떨까요?"

도버는 생각해 보았다. 특별히 무슨 수가 있는 것은 아니겠지만, 기분 전환은 될 것이다. 그러나 차라고? 경관이 경관을 초대하다니, 이상한 이야기다. 뭔가 좀더 중요한 일을 에둘러 말한 것이겠지.

"좋겠지" 하고 도버는 말했다. "5시 15분 전이야." 그는 전화를 끊었다.

접수계의 여자아이는 떨고 있었다. 다른 것은 제쳐놓고 훌륭한 예의야말로 그녀가 남자에게 바라는 것이었기 때문이다.

경사는 정확하게 5시 15분 전에 찾아왔다. 도버는 남에게는 시간 엄수를 시끄럽게 주장하는 사람인데 그 사실을 알고 있는 모양이다. 도버는 무뚝뚝한 태도로 대기하고 있는 차 쪽으로 안내되어 갔다. 큰 신형차로 히터가 잘 돌아가고 있었다.

"이런 차를 타고 다닐 여유가 있소? 다행한 일이군" 하고 도버는 말했다. "내 월급으로는 도저히 살 수도 없는 물건이오."

경사는 어색한 웃음을 띠며 도버에게 담배를 내밀었다.

도버는 어딘가 모르게 침착하지 못한 태도로 시트에 앉았다. 경사가 운전을 하기 시작했으므로 이야기 상대가 되지 않아도 되었다. 경사는 운전 솜씨가 좋았다. 그래서인지 눈 깜짝할 사이에 그의 집에 닿았다. 그러나 만일 자제심이 없는 사나이였다면 그토록 초조하게 달리다가는 곧 전봇대에 정면 충돌했을 것이다.

깔끔해 보이는 2층집 앞에서 차는 미끄러지듯이 멈추었다. 그러자 도버는 "아무래도 내가 마누라에게 너무 심하게 굴었던 것 같군. 저 녀석의 운전도 일류급은 아닌 것 같은데" 하고 중얼거렸다.

11

도버가 차 테이블의 윗자리에 앉을 무렵에는 몇 가지 일이 점점 더 확실해졌다. 테이블에 레이스로 가장자리를 두른 둥근 테이블보가 덮여 있는 것으로 보아 차야 어쨌든 알코올류는 나올 것 같지 않았다. 그리고 또 벽에는 종교화가 걸려 있고, 벽난로 위에는 7개의 기부금 상자가 놓여 있었다. 만일 이런 것이 부부의 생활 신조의 한 면을 보여 주는 것이라면 유감스럽게도 이 가정은 엄중히 금주를 지키고 있는 것이다.

다음으로 또 한 가지 도버가 안 사실이 있다. 그러나 이것도 그로서는 마음에 들지 않는 일이었다. 집에 들어가 30초도 되기 전에 도버는 뷔치 부인이 남편을 바지 궁둥이로 깔아뭉개는 여자라는 것을 알 수 있었다. 그렇기는 하나 물론 그녀가 바지를 입고 있었던 것은 아니다. 부인의 바지 차림은 아무리 기운센 남자라도 상상만 해도 움츠러들 것이다. 다시 15초가 지났다. 거기서 도버는 또 한 가지 사실을 알고 불쾌해졌다. 그녀를 비유해 보면 경관과 똑같다는 사실이었다. 아니, 한술 더 떠서 기분나쁜 요괴할멈처럼 보이기도 했다.

뷔치 경사는 윗옷을 벗을 틈도 없었다. 곧 부엌으로 들어가 차를 끓이고 식탁 준비를 하라는 명령을 받았다.

"샌드위치나 토스트가 접시에 남아 있는 채로 있는 것은 딱 질색이에요, 가장자리가 딱딱하게 말라 위로 말려올라가니까요" 하고 뷔치 부인이 말하며 도버를 난로에서 가장 가까운 윗자리에 앉혔다. "당신은 어떠세요?"

"싫습니다" 하고 도버는 말했다.

뷔치가 찻주전자를 들고 바쁜 걸음으로 들어왔다.

"부탁이에요, 시드니!" 부인이 날카로운 목소리로 잔소리를 했다. "왜 앞치마를 안 입지요? 다시는 그런 차림으로 하지 말아요……." 손님 앞이니까 물론 위협적인 말은 삼가고 미루어 두었다.

뷔치 부부는 차례로 테이블을 진수성찬으로 채워 환대해 주었다. 도버의 작은 접시에는 여러 가지 과자가 수북하게 쌓였다. 권할 때마다 그 과자에 관련된 간단한 유래를 설명했다. 원료는 어떻게 입수했다든가, 비용은 얼마나 들었다든가, 옛날부터 부인의 집에 전해 내려오는 방법으로 어떻게 만들었다든가, 이런 이야기들이었다.

이 집에서는 부인이 전적으로 혼자서 지껄여댔다. 남편 뷔치는 25년 동안의 부부 생활에서, 부인 앞에서는 말없이 있는 괴로운 예의를 몸에 익히고 있었다. 그가 입을 여는 것은 부인의 요리솜씨를 칭찬할 때뿐이었다. 가끔 부인은 그에게 동의를 구했다. 이를테면 부인이 "가장 맛있는 것은 우리 집의 파이지요" 하고 물으면 그는 기다리고 있었던 것처럼 정신없이 고개를 끄덕여 보이는 것이었다.

도버는 놀랐다. 경찰에서 처음 뷔치를 만났을 때의 횡포한 태도가 생각났기 때문이었다. 비참한 사나이가 자기 주장을 할 기회란 아무리 보아도 그런 때밖에 없는 것 같았다. 도버는 자기 아내를 생각하고 만족했다. 그렇기는 하나 물론 애정에서 그런 것은 아니었다. 가령 그의 아내가 뷔치 부인과 같은 행동을 잠깐이라도 보인다면 그 순간 주먹이 날아갈 것이다. 주먹을 맞는 것은 어김없는 일이었다.

그들은 손을 뻗쳐 과자를 집었다. 알코올이 한 방울도 들어 있지 않은 것이었다. 그러자 뷔치 부인이 갑자기 요리 자랑을 그만두고 화제를 바꿨다. 아무래도 도버를 초청한 진짜 동기는 그 점에 있었던 모양이다.

"수사의 진행은 어떠신가요?"

크림을 바른 생과자를 먹고 있던 도버는 그대로 입 안으로 밀어넣으며 말했다. 깨끗한 테이블보 위에 온통 과자부스러기가 튀었다. 그러나 부인은 이야기에 정신이 팔려 아무 군소리도 없었다.

"요즘은 그다지 바쁜 것도 아니잖아요?"

그녀는 나무라듯 말했다.

도버는 과자에 더덕더덕 칠한 보랏빛 나는 것이 목에 좀 걸렸다.

"내 다리가……" 하고 변명을 했다.

뷔치 부인이 경멸하는 듯 코를 킁킁거렸다.

"굉장히 어려운 문제가 돼서요……." 도버는 또 변명을 했다.

"마음이 찔렸던 거예요."

"네?"

"코클란이 자살한 것 말예요. 방종한 생활을 하고 양심에 가책을 받았기 때문이에요."

"그래요?" 하고 말하고 나서 도버는 무심히 덧붙였다. "그의 자살은 그 해밀튼 사건과 관계가 있는 줄 알았는데요."

"그럴까요? 하지만 나는 관계가 없다고 봐요. 당신은 잘못 생각하고 계신 것 같군요. 크림을 묻힌 딸기를 좀 드세요."

도버는 눈을 동그랗게 떴으나 곧 고개를 끄덕였다.

"우리 집 마당에서 갓 따온 나무딸기예요. 아주 훌륭한 나무딸기가 있어요…… 안 그래요, 시드니?" 뷔치는 잠자코 고개를 끄덕였. "지금 집에 있는 것 중에서 그렇게 좋은 나무딸기는 처음 보았어요. 그리고 크림도 싱싱해요. 늘 허친슨 씨네 집에서 사거든요. 2마일쯤

가면 있는 농장이지요. 시내 가게에서도 물론 사지만요…… 하지만 허친슨 씨네 것이 더 좋아요. 그곳 소는 저지 종이거든요. 가게에서 사는 편이 편리하긴 하지만, 우리 집 저이가 차를 타고 쉽게 갔다 올 수 있으니까. 안 그래요, 시드니?"

그때 시드니는 아내를 죽이고도 감쪽같이 법의 눈을 속인 자들의 일을 생각하고 있었으므로 대답할 기회를 잃고 다만 잠자코 고개를 끄덕여 보였다. 육감이 빠른 부인이 그것을 그냥 지나쳐 버릴 리가 없었다. 그녀는 남편을 노려보았다. 뷔치 경사는 빙그레 웃고 순순히 고개를 흔들었다.

도버는 크림을 묻힌 나무딸기를 수북이 담은 접시를 받아들었다. 그리고 "해밀튼 사건을 생각하면 정말 골치가 아픕니다" 하고 말했다.

뷔치 부인은 아무런 반응도 나타내지 않았다.

"컨트리 클럽은 조심해야 해요. 몹쓸 곳이에요. 왜 당국에서 폐쇄하지 않을까요."

그녀는 비난하는 눈으로 남편을 보았다. 도버는 가까스로 나무딸기를 다 먹었다.

"해밀튼은 그 클럽을 나올 때는 멀쩡했지요. 사실 그의 집 현관 앞까지 무사히 돌아간 모양인데……."

"설마 그 사람의 부인이 나쁘다고 그러는 것은 아니겠지요? 그렇다고 쓸모없는 남편은 죽여도 된다는 것은 물론 아니지만."

뷔치 부인은 미간을 찌푸리고 말했다.

도버는 슬쩍 트림을 했다.

"이 카스테라는 어떠세요? 이런 말을 하면 뭣하지만, 정말 맛이 있어요. 내가 직접 구운 거예요. 내가 자랑하는 케이크지요. 정말 맛이 있어요…… 안 그래요, 시드니?"

그녀는 케이크를 자르기 시작했다.

도버의 눈은 흐리멍덩해졌다. 더 이상 아무것도 먹을 수 있을 것 같지 않았지만 성격상 거절을 못했다. "아주 작은 것으로 한 개만" 하고 그는 헐떡이듯 말했다.

"아니에요. 절대로 해밀튼 씨의 부인이 아니에요. 그것은 어쨌든 여자가 한 일이 아니에요. 그녀는 작고 여윈 여자니까요…… 그렇게 큰 몸체를 끌고 다닐 수는 없거든요. 하물며 손발을 자르다니, 도저히……도저히……"

"그녀는 굉장히 성질이 급하더군요." 도버는 뜻있는 말을 했다.

뷔치 부인은 제대로 귀도 기울이지 않고 말했다.

"그것은 틀림없이 당신이 겁을 주었기 때문이었지요."

도버는 또 한 입 천천히 케이크를 먹었다. 표정으로는 알 수 없지만 그는 열심히 생각했다. "해밀튼에 대해서는 내 나름의 생각이 있지요." 도버는 다시 생각에 잠기며 "해밀튼에 대해서는 나의 부하인 형사가 다 생각하는 바가 있습니다" 하고 물끄러미 뷔치 부인을 바라보며 말했다. "아시겠어요, 택시 운전 기사인 아더 암스트롱이라는 남자인데, 그는 캄캄한 밤중에 굉장히 긴 한길을 달려 해밀튼네 집을 알아냈다는 겁니다. 그런데 그는 부인도 알다시피 눈뜬 장님이나 같은 녀석이란 말입니다."

"호오!" 부인은 애매하게 말했다.

"그런데 내가 데리고 있는 형사부장——매글레거라고 하는데——은 암스트롱이 어째서 그렇게 간단히 해밀튼네 집을 발견했는지 그 까닭을 알아낸 것 같습니다."

뷔치 부부는 한 마디라도 놓칠세라 열심히 귀를 기울이고 있었다. 그러자 도버도 꽤 만족해 했다. 그는 늘 주목의 대상이 되기를 좋아했으므로 남에게서 무시를 당하면——그런 일은 흔히 있었지만——

매우 불쾌해졌다. 긴장감을 높이려고 그는 한숨을 쉬었다.
"알았어요?" 부인은 초조하여 메어붙이듯이 말했다. "그래, 어떻게 집을 발견했지요?"
"그건 간단 명료하지요." 도버는 싱글싱글 웃었다. "발견한 것이 아니니까요!"
"발견하지 않았다니요?"
"네, 발견했다고 생각했을 뿐이지요."
"뭐가 뭔지 모르겠군요" 하고 부인은 말했다. "이 사과는 어떠세요? 이것은……"
도버는 지금까지 계속해 온 습관을 어기고 두툼한 손을 들어올리며 말했다.
"아니, 이제 됐습니다."
"그럼, 그 크림 치즈의 샌드위치를 잡수세요. 음식이 남으면 싫거든요."
도버는 고개를 저으며 더 마음 편한 이야기로 끌고 갔다.
"매글레거는 누군가가——그곳은 똑같이 생긴 집들이 늘어서 있어——누군가가 해밀튼네 집의 문패를 다른 집에 걸어서 똑똑히 보이도록 했다고 생각하고 있지요."
한순간 조용해졌다.
"하지만 어떻게 해서요?" 뷔치 부인은 조용한 목소리로 물었다.
도버는 살집이 좋은 어깨를 움츠렸다.
"그것은 그다지 어려운 문제가 아니지요. 이를테면 판지를 잘라 거기에 큰 글씨로 번지를 써서…… 그것을 현관의 들창에 붙여두는 겁니다. 홀의 불을 켜 놓은 채로 있으면 그 문패가 뚜렷이 돋보여 암스트롱도 볼 수 있게 되는 거지요."
"과연 놀라운 일이군!" 뷔치 경사는 넋나간 듯이 말했다. "그럴 듯한 방법인데요."

"여보!" 갑자기 부인이 뷔치에게 타이르듯 말했다. "테이블 위를 치워 주세요."

그러나 뷔치는 곧 움직이려고 하지 않았다. 도버가 있으므로 적어도 이 자리는 문제없다고 생각한 모양이다. 못 들은 체하고 있었다.

"경감님, 그러면 해밀튼은 남의 집에 끌려들어가 살해되었다 그 말이군요?"

"그렇소, 매글레거는 그렇게 생각하고 있는 거요."

"분명 그것도 한 방법이군요. 죽인 뒤 시체와 옷을 치워야 했으므로 담 너머로 집어던졌다, 과연 그럴 듯합니다." 경사는 고개를 끄덕였다. "아주 그럴 듯하게 생각했군요."

"바보 같은 이야기예요." 뷔치 부인은 받침접시 위에서 찻잔을 덜그럭거리며 말했다.

"미스 도리스 더우티가 보았다는 녹색 트럭에 타고 있던 두 사람은 어떻게 하고요? 분명한 일이잖아요. 해밀튼 씨는 민튼 거리에서 훨씬 떨어진 곳에서 그렇게 된 거예요."

도버는 뷔치 부인이 해밀튼 사건에 대해 자기만은 못하지만 상당히 세밀한 것을 알고 있다는 것을 알았다. 그러나 별로 놀라지는 않았다.

"미스 더우티가 잘못 생각한 모양이겠지요." 그는 조용히 말했다.

"뭐라고요, 미스 더우티가? 절대로 그럴 리가 없어요! 그 사람하고는 상당히 오래 전부터 알고 지내는 사이인걸요. 언제부터인지는 모르지만 꽤 오랫동안 부녀회의 회원노릇을 함께 해 오고 있으니까요."

"내가 데리고 있는 형사의 말로는" 도버가 졸린 듯한 눈초리로 부인을 보며 말했다. 샌드위치와 케이크와 과자가 배에 부담을 주어 차

춤 졸음을 몰고 온 것이다. "내가 데리고 있는 형사는 미스 더우티의 이야기에 수상한 점이 있다는 겁니다."

"그래요? 진심으로 그렇게 생각하시는 걸까요? 한 번 만나 보고 어떤 일을 알고 있는지 물어보고 싶군요."

"그는 아주 빈틈없는 사나이입니다" 하고 말은 했지만 도버는 잠깐 말이 막혔다.

"어마, 그래요?" 뷔치 부인은 비꼬는 듯한 어조로 말했다. "하지만 이걸 아셔야 해요. 마음이 아름다우면 외모도 좋게 마련이지요. 그 훌륭한 형사님은 대체 어째서 미스 도리스 더우티의 말이 이상하다고 생각하는 것일까요?"

"그의 말로는" 도버가 시치미를 뗀 얼굴로 말했다. "미스 더우티는 마치 외워 두기라도 한 것 같은 어조로 말한다는 겁니다. 증인이란 대개 증언할 때마다 세밀한 점에서 이야기가 달라지기 마련이지요……그때까지 잊어버렸던 일이 생각나기도 하고 또 반대로 지금까지 말했던 것을 잊어버리기도 합니다. 그런데 미스 더우티는 내가 데리고 있는 형사가 조사한 바로는 하나에서 열까지 똑같은 말만 지껄이고 있다는 겁니다."

한순간 뷔치 부인은 언짢아하는 듯한 얼굴을 보였다. 그녀는 곧 남편에게 퍼부었다.

"테이블 위를 치우는 줄 알았는데, 밤새껏 빈 그릇을 앞에 놓고 앉아 있고 싶지는 않아요. 차를 한 잔 더 드시지요, 도버 씨?"

"한 잔 더 할까요" 하고 도버는 컵을 내밀었다.

"여보, 새것으로 가져다 줘요!"

시드니는 마지못해 부엌으로 갔다.

"아시겠어요." 뷔치 부인은 불쾌하게 말했다. "그 형사님에게 주의를 해두는 것이 좋을 거예요. 어젯밤에도 컨트리 클럽에 있었다니까요."

"그래요?" 도버는 매우 놀라운 눈초리를 보이며 중얼거렸다.

"모르셨던가요?"

도버는 천천히 고개를 내저었다.

"여가에 그가 무슨 짓을 하든 일일이 나에게 보고할 의무는 없으니까요." 그는 의미있게 미소를 지으며 덧붙였다. "그는 아직 철이 없답니다."

"흐음, 컨트리 클럽이 비번의 형사도 가는 곳이라니 정말 놀랍군요. 하지만 생각해 보면 아무리 비번이라도 그럴 수는 없지 않겠어요?"

"아마도 그는 그곳 여자에게 열을 올리고 있는 거겠지요." 도버는 별로 나무라는 눈치도 아니었다. "그저께 밤, 그와 둘이서 그곳에 갔었지요. 그야 물론 공무로 말입니다. 그때 그는……호스테스라고 하나요……그중 한 여자를 좋아하는 것 같았으니까요."

"호스테스라니!" 뷔치 부인은 내뱉듯이 말했다. "그렇지 않아요. 그런 여자들은 닳고 닳은 여우 같은 계집이라구요! 꼭 닭처럼 차리고……불쾌하기 짝이 없어요! 다시 한번 회의에 제의해야겠어요. 영업 정지를 시켜야 해요."

"그건 좀 너무하지 않을까요?" 도버는 아무렇지도 않은 듯이 말했다. "해롭다고 볼 수는 없던데요."

"결백한 사람은 무엇이나 다 결백해야지요." 뷔치 부인이 얼마쯤 방향이 다른 반박을 했다. "하지만 당신이 데리고 있는 경사님에게는 놀랐습니다. 정말 놀랐어요. 보기에 점잖고 깔끔한 느낌이 드는 멋진 젊은이던데……"

"누가요? 그 매글레거 말이오?" 도버는 웃음을 터뜨렸지만 그런 경우는 아주 드물었으므로 저도 모르게 기침을 했다. "당신도 나만큼이나 그에 대한 것을 알지 않고서는…… 여자에 대한 그의 실력은 굉장하지요. 여자를 다루는 솜씨가 보통이 아닙니다. 언젠가는 그것으로 망할지도 모르지만. 어딜 가나 꼬리표가 따라다니지요."

"그런 사람이 경관이라니 당치도 않은 일이군요."

뷔치 부인의 얼굴이 굳어졌다.

"정말 그렇습니다…… 당신도 철저하게 공격해 주고 싶겠지요. 그러나 불규칙한 생활을 한다 해도 그것을 규제할 법률은 없으니까요. 거기다 그는 아주 영리하답니다. 아까도 말했듯이 형사로서는 일류지요…… 되도록이면 오래 데리고 있고 싶은 사나이입니다. 요즘에는 보기 힘든 실력자입니다."

뷔치 부인은 남편이 일하기 편하도록 접시를 포개 주었다. 앞치마 차림의 남편은 끈기 있게 부엌을 들락날락하고 있었다.

"그 형사님은 이번의 코클란 사건에 대해서도 무슨 좋은 생각이 있다는 건가요?"

"네, 여러 가지가 있는 모양입니다. 해밀튼 사건과 관계가 있다고 보고 벌써 한두 가지 쓸만한 점을 잡은 모양이오. 부인도 아시겠지만, 이 거리에는 일종의 유행병 같은 것이 있어서요. 갑자기 모습을 감추는가 하면 1주일쯤 지난 다음 다시 돌아오는 겁니다…… 더구나 돌아온 뒤로는 사람이 아주 달라진다는 거지요."

"그러니까……" 뷔치 부인은 우두커니 앉아 꼼짝도 하지 않았.

"그 초온시 더븐포트라는 사람과 아더 암스트롱이라는 사람 말인데요."

"그런 것은 유행병도 아무것도 아니에요. 더븐포트 씨는 건망증이고, 아더는 정신병을 치료하러 갔었으니까요. 누구나 다 알고 있는 일이지요."

"코클란은 자살하기 전 1주일 동안을 누워서 지냈습니다."

"그 일과 이 일은 다른 것이겠지요."

"그렇지!" 일을 하던 뷔치 경사가 뭔가 생각난 듯이 멈춰서서 말했다. "경감님, 그 일에 뭔가 있을 것 같군요. 잠깐 동안이지만 인간 증발이라는 일이 꽤 많았습니다. 언제나 되돌아오기 때문에 누구나 그다지 신경을 쓰지는 않았지만 말입니다. 사실 저도 쓸데없는 테마라고 가볍게 생각하고 정식으로 취급해 본 일은 없으니까요. 그래요, 그러니까 그 녀석은…… 이름이 뭐였더라?…… 필킨트의 트럭 운전기사였는데…… 아이들이 10명인가 11명 있는 사나이로, 그 녀석도 크리스마스가 끝나자 마자 1주일 동안 모습을 감췄었지요. 그리고 나서……"

"시드니, 물이 끓고 있잖아요? 낭비를 하면 곤란해요."

"그렇지 않아." 뷔치 경사는 타이밍을 맞춰 스위치를 잠갔다.

"테이블을 다 치웠으면 설거지는 그대로 놔둬요. 돌아와서 하세요. 이제 시간도 꽤 늦어졌으니…… 도버 씨도 저녁 시간에 늦으면 안 되니까."

도버는 괴로운 듯 일어섰다. 늘 쿨렁쿨렁하던 배가 지금은 마치 축구공처럼 불룩했다.

"지금 말한 것은 물론 나하고 같이 있는 형사의 생각입니다. 그는 가끔 그런 하찮은 생각을 하곤 하지요."

도버는 뷔치 부인이 입혀 주는 외투를 입으며 말했다.

"아니, 그럼, 당신은 그렇게 생각하지 않는다는 건가요?"

"그가 생각하는 일은 아무래도 억지가 많으니까요. 무슨 일이고 꾸며대는 겁니다. 그건 그렇고, 좀 더 진지한 해결책이 있을 겁니다. 문제는……" 도버는 뷔치 부인에게서 중산모를 받아들며 말을 이었다. "매글레거는 테리어 같은 녀석이라 한 번 이렇다고 생각하면 아무리 어리석은 생각이라도 굽히려 들지 않지요. 그러나 깜짝 놀랄 만한 멋진 활동은 여간해서 없답니다."

비가 쏟아지는 인적이 없는 월라튼 거리를 뷔치 경사는 조심해 가며 천천히 차를 달렸다. 몇 분 지나자 그는 입을 열었다. 낮은 목소리로.

"경감님, 뭔가 단서를 잡은 것이 아닙니까?"

도버의 위는 상태가 좀 이상해졌다. 소화액이 뷔치 부인의 집에서 먹은 음식과 악전고투를 하고 있었다.

"어째서 그렇게 생각하지?" 그는 애매하게 물었다.

"그거야 알 수 있지요. 어제 오늘 시작한 일도 아닌걸요. 무엇을 알아냈는지는 모릅니다만."

"뭐, 당신이 이것저것 신경을 쓸 필요는 없소."

"아, 그렇습니까? 독불장군이라 그 말씀인가요. 모든 것을 자기 혼자만 알고 이것저것 곰곰이 생각하고, 그리고 결말을 지어 버린다, 사건을 푸는 열쇠는 우리들의 눈앞에도 매어달려 있지만, 우리들의 눈에는 그것이 보이지 않는단 말입니다."

"글쎄" 하고 도버는 소극적인 태도로 말했다.

뷔치는 텔레비전에서 여러 타입의 명형사를 보아 왔으므로, 경시청의 일류형사쯤 되면 신비적인 방법으로 수사를 하리라 생각하고 있었다.

"우리 집사람과 무슨 관계가 있습니까?"

"아니, 아무 관계도 없소." 도버는 과장된 어조로 말했다.

"그러지 마십시오. 속이려고 하지만 그렇게 안 됩니다!"

"그럼, 한 가지만 묻겠는데 당신 부인은 이 거리의 부녀회에서 간부요?"

"일단은 그렇게 볼 수 있겠지요! 마켄지 부인이 올 겨울이라도 죽으면 4년 뒤에는 부회장이니까요. 부녀회의 지도자라 할 수 있지요.

결혼한 뒤 줄곧 그렇습니다. 저에게는 형편이 좋지 않을 때도 가끔 있습니다만."

"그렇게 되면 당신 같은 건 점점 안중에도 없게 되겠지."

도버는 거침없이 말했다.

"그거야 그렇지만"——뷔치 경사의 공처가 기질이 흘끔 얼굴을 내민다——"사실은 그렇게 나쁜 사람은 아닙니다. 아주 마음이 좋은 여자라고요."

"흐음." 도버는 헛기침 소리를 냈다.

"그밖에 뭐 물어보고 싶은 일은 없습니까?"라고 말하며 뷔치 경사는 경시청의 높은 분들에게 칭찬을 받아도 자기 경력이 손상되는 일은 없을 것이라고 마음속으로 계산했다.

"음, 한 가지 있소. 코클란 말인데, 그날 아침 케리 곶으로 자전거를 타고 떠나기 직전에 무엇을 했었소?"

도버는 몹시 조바심을 하고 있었다. 왜냐하면 경사가 머리를 끄덕거리며 한쪽 손으로 운전을 하고 있었기 때문이다.

"글쎄요, 별로 하는 일 없이 어정거렸지요. 명령서를 읽기도 하고 서류를 훑어보기도 하고요. 이것저것 들추고 있었지요. 그 녀석이 쉬는 동안에 발생한 사건이며, 현재 수사 중인 사건을 조사하고 있었던 것 같습니다. 잘 아시고 있는 그런 일들을 말입니다."

"알고 있소" 하고 말하면서 도버는 몸을 이리저리 움직여보며, 저녁은 먹지 않는 것이 좋지 않을까 하는 생각을 했다. "그러면 내일 아침에는 그 사본을 보여주구려. 리스트만 작성해선 안 되오. 그날 아침 코클란이 보던 서류는 다 복사를 해야 하오."

"하지만 꽤 시간이 걸릴 것 같은데요."

뷔치는 우울한 얼굴이 되었다.

"몇 년이 걸리든 상관없소." 도버는 남을 곤경에 몰아넣고 기뻐하는 성격이었다. "어쨌든 나는 내일 아침 일찍 그 서류가 필요하오."

"아침 일찍이라니, 몇 시를 말하는 것입니까?" 뷔치가 슬픈 듯이 물었다. "근무를 시작하는 것은 6시 이후인데요."

"10시요." 도버는 그 시간이면 자기도 일어나 있게 되려니 생각하고 말했다.

"하지만 어떻게 만들어야 할지 짐작이 안 갑니다." 뷔치는 불평을 했다. 그러나 마음속으로는 벌써 부하인 견습 순경과 둘이서 땀을 흘리며 일하는 모습을 생각하고 있었다. 어쩌면 순찰을 나가지 않는 경관 중 재치있는 녀석을 한 명 골라 한두 시간 도와달라고 해야 될는지도 모른다. "그전 서류와 새 서류를 분간하기가 골치 아플 것 같습니다. 경감님의 희망은 분류를 하라는 말씀인 것 같은데, 그 녀석이 죽은 뒤로도 서류가 와 있으니까요."

도버는 고개를 끄덕였다.

"상당한 양이 될 것 같은데요."

뷔치는 헛일인 줄은 알면서도 도버의 기분을 누그러뜨려 보려고 또 말했다.

"그야 그렇겠지. 하지만 그것이 당신이 할 일이 아니오."

도버는 태연하게 대답했다.

"그러니까 스스로 해결해야지. 나는 다른 누구에게 의지하지 않소. 사정을 알고 나불나불 지껄이기만 하면 모든 것이 해결되는 줄 알면 큰 잘못이라구."

도버가 부하들에게 인심을 사는 것은 이런 방법을 쓰기 때문이다. 이것은 참으로 그 좋은 예였다. 그는 꽁무니를 빼는 뷔치에게 밀어붙였는데, 도버에게는 이 고장 사람이——남녀노소를 막론하고——이 일을 잘 알고 있건 없건 그런 것은 조금도 상관이 없었다. 어느 경우에나 뷔치 부인에게 정보가 샐 것은 뻔한 일이었다. 믿을 만한 정보는 특히 새어나갈 것이다. 그리고 또 뷔치 부인이 지껄인다는 것은 세상에 공표하는 일이나 다름없는 일이다. 도버는 뷔치 경사의 마음의 움직임도 다 들여다보고 있었다. 누군가에게 정보를 제공할 것이다. 결국 도버가 바라고 있는 것은 조직이었다. 그러므로 경사가 자기 혼자서 일을 하겠다고 했을 때 도버는 짐짓 반대를 했다.

이같은 하찮은 일로 상대방을 공격하고 난 뒤면 도버는 놀라울 정도로 기운이 났다. 호텔 앞에서 차를 내리자 말없이 우울해 하고 있는 경사에게 기분좋게 "잘 가오" 하고 인사를 했다. 그런 뒤 의기양양한 태도로 천천히 식당으로 들어갔다. 그리고 저녁을 깨끗이 먹어치웠다. 아프리카인의 한 가족을 일주일 동안이나 먹여살릴 수 있는 분량이었다. 알고 보니 매글레거는 오늘밤에도 나타나지 않았다. 기분이 한껏 좋았던 그는 좀 기분이 언짢아졌다. 마음은 내키지 않았지만, 식후의 브랜디를 한 잔 하려고 호텔 바로 갔다. 뱃속을 후련하게 할 생각이었다. 대개 그가 혼자서 바에 가는 일은 아주 드문 일이었다. 그 때문에 그는 웬일인지 마음이 가라앉지 않았다. 인정사정없이 돈을 받아 가는 바텐더가 청구서를 가지고 온 것이다. 보니 엄청난 액수였다. 그는 주머니를 뒤졌다. 이거 큰일났군 하고 생각했을 때 예기치 않은 행운을 만났다. 아까부터 줄곧 바에 앉아 있던 상냥한 노부인이 말을 건 것이다.

"내가 지불하게 해주세요."

도버는 가슴이 뿌듯해져 한 마디도 할 수 없었다. 그러나 그는 용기를 내어 우연히 만난 이 은인의 자리로 카운터를 따라 걸어갔다. 될 수 있으면 이야기를 나누고 싶었기 때문이었다. 결국 그는 그녀와 함께 가게문이 닫힐 때까지 이야기를 나누게 되었다. 상냥한 노부인으로 도버를 마치 아들같이 대해 주었으므로 도버가 먼저 자리를 뜨면 실례가 되리라고 생각했기 때문이다. 보기에는 아주 유복해 보였으나 상당히 취해 있었다. 이 정도만 이야기하면 아마 짐작이 갈 것이다. 도버는 한 시간 남짓이나 두서없는 이야기를 나누다 보니 그녀가 자기를 위생 검사관인 줄 알고 있다는 것을 알게 되어 어이가 없었다. 그러나 그는 별로 그녀에 대해 화를 내지는 않았다. 그는 부인이 묻는 수도 공사에 대해 세밀하게 엉뚱한 충고를 했다.

노부인이 완전히 취하여 종업원 셋이서 그녀를 데리고 나가자 도버는 침대로 돌아가기로 했다.

매글레거는 아직 돌아와 있지 않았다. 매글레거의 소지품을 뒤져보았으나 새로운 단서가 될 만한 것은 아무것도 없었으므로 되도록, 들어오는 대로 빨리 자기에게 연락해 달라고 쓴 종이를 세면대 위에 놓고 자기 방으로 돌아갔다.

도버가 요란하게 코를 골며 자고 있는데 매글레거가 살짝 흔들었다. 그는 몸을 뒤척여 돌아누웠다. 매글레거는 다시 한 번 힘주어 흔들었다. 코를 골고 있던 도버는 눈을 떴으나 곧 다시 눈을 감고 말았다.

"뭐야?" 하고 우물우물 말했을 뿐이다.

"접니다…… 매글레거입니다."

도버는 볼품이 없는 작은 눈을 가늘게 뜨고 불빛이 있는 쪽을 보았다.

"몇 시야?"

"4시 15분 전입니다."

도버는 신음 소리를 내었다. 그리고 몸을 이리저리 뒤척이며 베개에 머리를 묻었다.

"이 바보 같은 녀석! 무슨 일로 이런 시간에 나를 깨우는 거야?"

매글레거는 한숨을 쉬었다. 물론 살짝 쉰 것이다. 그는 지금까지 형사로서 일을 해왔지만 늘 이런 식으로 헛되게 시간을 보내온 것 같은 생각이 들었다.
"되도록 빨리 연락을 하라고 적어 놓았기에……."
도버는 반듯이 누워 이불을 차내며 밉살스러운 듯이 말했다.
"알고 있어!" 그리고 잠깐 생각하다 "나는 용변을 보고 와야겠어
…… 이 멍청이야!" 하고 투덜거리며 침대에서 내려와 외투를 찾았
다. "내가 덜컥 죽기라도 하면 그건 다 자네 탓이야. 4시 15분 전이
라니!" 그는 괘씸하다는 듯이 중얼거렸다.

그는 문을 쾅 닫고 다리를 질질 끌며 나갔다.

매글레거는 침대 끝에 걸터앉아 조그맣게 들리는 도버의 발자국 소
리에 귀를 기울였다. 이윽고 위세있는 발자국 소리가 방으로 돌아왔
다. 나갈 때에 비해 잠은 깬 것 같았으나 여전히 기분이 언짢아 보였
다.

"아직도 있었나?" 도버는 무뚝뚝하게 말하더니 외투를 벗어 마룻
바닥에 던진 다음 침대로 기어들어갔다.

"나를 만나고 싶다고 써놓지 않았습니까, 경감님?"

매글레거는 항의를 했다. 몸이 녹초가 되어 피곤했다.

"오전 4시 15분 전이 아니야. 내가 말한 것은" 도버는 되받아 주
고 이불을 끌어당겨 머리까지 뒤집어썼다. "어디 가 있었나?"

"컨트리 클럽입니다."

도버는 한쪽 눈을 이불 밖으로 내밀고 노려보았다.

"잘했군" 하고 그는 비꼬았다. "어서 자네 방으로 가게! 그리고
나갈 때 불을 꺼."

12

매글레거는 다음날 아침 9시에 또 도버의 침실을 찾아왔다. 9시 정
각에 닿을 수 있도록 시간을 맞춰 온 것이다. 식당 계원에게서 들은

말로 미루어 보아, 무례한 뚱뚱보는 틀림없이 침대에서 아침밥을 먹고 있으려니 생각했다. 그리고 또 호텔 지배인으로부터 도버가 밤새껏 시끄러운 소리를 내는 바람에 숱한 다른 손님들이 투덜댔다는 말을 듣고 있었다.
 "그 시끄러운 소리가 당신 귀에는 들리지 않았다니 이상한 일이군요. 덜컹덜컹 쿵쿵 하는 소리가 몇 시간이나 계속됐는데요."
 지배인은 불만스럽게 말했다.
 "그래서 어떻게 해 달란 말이지요?"
 매글레거는 알고 있으면서도 그렇게 말했다.
 "좀 잘 말씀드려 줬으면 해서요…… 생각좀 해봐 주십시오. 그것이 다른 사람이라면 아마 그분도 잠자코 있지는 않았을 것입니다."
 "그야 그렇겠지요. 아마 제일 먼저 불평을 했겠지요." 맞장구를 쳐 놓고 나서 매글레거는 강한 어조로 덧붙였다. "하지만 그는 자기 잘못은 뒷전이고 다른 사람의 잘못이라면 가차없이 대하는 성질이니까요."
 "아, 그렇습니까, 그러면 됐습니다!"
 지배인은 화난 모습으로 사라져 갔다.
 매글레거는 힘없는 발걸음으로 계단을 올라가자 경감의 방으로 갔다. 그 늙다리가 밤새도록 잠을 이루지 못했다면 틀림없이 잔뜩 찌푸리고 있을 것이다. 그 위장이 언제나 불평을 하는 것처럼 상태가 나쁘다면 차라리 움직일 수도 없게 되면 좋으련만……
 도버는 침대 위에서 윗몸을 일으키고 먹다 남은 아침 식사를 앞에 놓고서 멍하니 앉아 있었는데, 과연 기운이 없었다. 눈에는 핏발이 서고 평상시보다 얼굴빛도 좋지 않았다.
 매글레거를 보자 측은한 목소리로 말했다.
 "어젯밤에는 심한 배탈이 났어, 자네가 깨웠기 때문일세."

"먹은 것이 나빴는지도 모릅니다, 경감님."

"아니야, 정말 혼이 났네. 그 뒤로 거의 한잠도 못 잤다니까."

"그러셨다지요."

"의사를 불러야겠어. 불러봐야 그다지 도움도 되지 않겠지만." 그는 한심스러운 목소리로 말했다.

"그럼, 이곳 경찰의를 불러오기로 하지요."

도버는 먹다 남은 음식에 먹을 만한 것이 남지 않았나 하고 우울한 얼굴로 접시를 내려다보며 들쑤시고 있었다. 그러더니 갑자기 얼굴이 밝아지며 "그거 참 좋은 생각이군. 여보게! 전문가의 말이라면 들어도 좋을 거야. 좋아, 내일 아침에 와 달라고 하게. 10시쯤이 좋겠지, 급한 일이라고 하게나."

"내일 아침입니까?"

매글레거는 보기 좋은 눈썹을 찌푸리며 말했다.

도버는 고개를 끄덕이며 "그렇다니까……내일 아침이야. 그렇게 정하라고. 그런데 자네는 여기저기 돌아다닌 모양인데, 그래, 뭐 알아낸 일이라도 있나?" 하고 말했다.

"그게 말입니다" 하고 말하며 매글레거는 의자를 끌어당겼다. "그럭저럭 잡힐 것 같아요. 그 단서를 잡은 것은……"

"흐음…… 아니, 지금은 말하지 않아도 돼. 여보게, 이 쟁반을 치워주게! 아아, 그러는 편이 좋겠군. 다리가 저려서. 저리기만 하면 좋은데, 더 악성일는지도 모르니까. 전혀 까닭을 모르겠다니까. 그런데 자네가 해줘야 할 일이 있네…… 아니, 물론 자네에게 그럴 틈이 있다면 말이네." 그 서투르게 비꼬는 말투였다. "그래, 어젯밤에는 그 컨트리 클럽에 갔었나?"

"네, 갔습니다. 제가 지금 말하려던 것도 그 일입니다. 사실은……"

"알았네, 알았어." 도버는 증기 롤러처럼 고압적으로 매글레거의 말을 막았다. "그래, 오늘밤에도 갈 참인가? 그리고 내일 밤에도……아니, 내가 그만두라고 할 때까지 매일 밤…… 안 그런가?"

"하지만 오늘밤에는 길포드에 가기로 되어 있습니다. 어떤 남자를 만나는데, 그 남자는……"

도버는 모든 일이 귀찮다는 듯이 말했다.

"일일이 그런 식으로 하지 말고 때로는 내가 이르는 대로 하면 어떤가?"

"알겠습니다." 매글레거는 죄송해 하며 말했다.

"좋아! 내가 그만두라고 할 때까지 매일 밤 컨트리 클럽에 가는 거야. 맨 먼저 가서 끝까지 버티라고, 알겠나?"

"대체 무엇을 하면 되는 겁니까?"

"재미있게 하면 돼." 그는 곁눈으로 매글레거를 보았다. "다른 손님과 똑같이 하면 되는 거야. 놀면 돼! 명랑하게! 마음껏 즐기는 거야! 그러나 비용은 아껴주게…… 자네가 취하러 간 덕분에 밀린 외상값에 서명을 하게 되면 안 되니까."

"아무래도 납득이 안 가는데요……"

"그리고 또 한 가지." 도버는 멍하니 천장을 쳐다보며 말했다. "그 여자 수의사 말인데."

"미스 피스크 말입니까?" 매글레거는 얼굴을 찡그렸다.

"그래 이름에 F가 두 개나 붙어 있는 피스크 말이야. 오늘……오늘 아침……그 미스 피스크를 만나러 가 주게" 하고 웃으며 말했다. 도버는 그런 하찮은 농담을 좋아하는 것이다.

"뭣하러 갑니까, 경감님?" 매글레거는 전혀 모르는 척했다.

"응?" 도버는 아직도 지금의 농담이 우스운 모양이었다. "그렇지, 해밀튼이 사……살……살해된 날 밤의 일을 물으러 가는 거지."

매글레거는 할 수 없이 살짝 미소를 띠며 말했다.

"솔직히 말해서 그것은 시간 낭비가 아닐까요, 경감님. 미스 피스크는 알고 있는 이야기는 이제 다 말해 줬으며, 그것도 그다지 대수로운 일이 아니었으니까요. 오늘 아침엔 저도 예정해 놓은 일이 몇 가지 있고 해서, 실은……"

도버는 일부러 침대 위에 일어나 앉더니 가엾게도 체력으로 매글레거를 압도했다. 옴팡눈을 반만 뜨고 주먹코에 위협하는 듯한 주름을 잡으며 구레나룻이 난 턱을 덜덜 떨었다. 보기에도 무서운 모습이었다. 과연 명랑한 매글레거도 자기도 모르게 뒷걸음질을 쳤다. 도버는 말이 없었다. 그것은 주로 상대방을 위협하는 데 알맞은 말이 생각나지 않았기 때문인데, 그것이 오히려 무서운 폭발 직전의 인상을 주었다.

매글레거는 힘없이 "알았습니다, 경감님" 하고 대답했다.

도버는 상대방에게 되도록 뜻있어 보이는 미소를 보내더니 둘째손가락으로 코 옆을 가볍게 두드렸다.

"그것은 비밀이야. 그렇게 언제까지나 여기서 내 시간을 소비하지 말게. 어서 나가란 말일세!"

매글레거가 힘없이 방을 나가자 도버는 침대 위에 앉아서 잠자코 싱글싱글 웃으며 몸을 앞뒤로 흔들었다.

——매글레거의 저 얼굴을 좀 보란 말이다! 거참, 저래서야 고양이도 웃겠는데! 저 건방진 젊은 놈, 이제는 좀 따끔하게 느꼈겠지! 이것으로 노병인 나에게도 아직 정력적인 데가 있다는 것을 알았을 것이다. 그런 풋내기 경관은 무엇이고 다 알고 있는 줄 아니까. 얄팍한 책을 한두 권만 읽으면 곧 할머니에게 달걀 삼키는 법을 가르치려 든다니까. 그러나 여기 계신 할머니는 수재인 체하는 매글레거 경사가 먹은 밥알 수보다 더 많은 달걀을 삼켰다 이 말씀이야. 더구나 그

녀석은 상상도 할 수 없을 정도로 어마어마하게 큰 달걀과 삼키기 힘든 달걀을 말이야······.

도버는 얼굴을 찡그리고, 한도 없이 가지를 뻗어 가는 공상에 잠기는 일은 그만두었으나, 조그마한 불안이 또다시 머리를 들고 일어나 조금 맥이 풀렸다. 이 불안은 해밀튼과 코클란의 사건이 좀 해결될 듯한 기분이 들면 아울러 마음에 걸리는 것이었다. 그것은 해결책이라고는 하지만, 지금까지 일어났다고 생각되는 여러 가지 수수께끼에 대한 하나의 억지라고 볼 수밖에 없다. 그러나 솔직히 말해 상당히 재미있는 추리로, 도버는 그 나름의 세련되지 않은 웃음으로 약간의 회심의 미소를 띠지 않을 수 없었다. 그러나 꽤 까다롭게 얽힌 사건을 거의 무의식중에 분석하고, 그때마다 훌륭하게 해결이 되면 좋았던 그의 기분도 곧 허물어져 버렸다. 아니, 무서운 기분마저 들기 시작했다.

──나처럼 경험을 쌓은 베테랑 형사가 비록 아무리 작은 잘못이라도 사건 해결에 실패를 초래하게 하는 것은 찜찜한 생각이 드는 일이지만, 이번과 같은 사건에서 해결을 잘못하게 되면 그야말로 소름이 끼칠 정도로 무서운 일이다. 그래서 처음에는 본능적으로 이런 무거운 짐을 더 젊고 더 능력있는 자에게 밀어붙일까도 생각했지만, 그렇게 되면 저 매글레거라는 녀석 배를 끌어안고 웃겠지. 전에 늙다리 재판관이 해리 트바이어스가 뇌물을 거절한 일을 칭찬하여 웃음거리가 되었지만, 내가 그런 일을 한다면 런던 경시청 최대의 웃음거리가 될 것이다······.

그럼 어떻게 해야 된단 말인가? 물론 모든 것을 잊어버리면 끝나는 것이다. 그러다 보면 서장도 기다리다가 지쳐서 우리를 쫓아버릴 게 뻔할 테니까.

그것도 한 가지 방법임에는 틀림없다. 그러나 믿을 수 없겠지만 도버에게도 직업상의 프라이드가 없는 것은 아니었다. 그는 이 까다로운 사건을 쾌도난마하듯 해결해 보이고 싶었다. 한 가지 바라는 것은 경시청 안에서 내리막길을 달리고 있는 평판을 이번 일로 단번에 만회하는 것이다. 요즘 경시청 안에 노틀들을 정리하라는 일로 여러 가지 빈정대는 말이 오가고 있는데, 도버는 그것이 자기를 보고 빈정대는 말이라는 것을 알고 있었다. 그러므로 비록 월라튼과 같이 꾀죄죄한 시골이라고는 하나 빛나는 성공을 거두면 틀림없이 그것으로 큰소리를 칠 수 있을 것이다.

——좋아, 꼭 분발하겠다. 이 어려운 사건을 그자들을 대신하여 훌륭하게 해결해 보이겠다. 나중에 그들이 아무리 울상을 지어 봐야 그런 것은 내가 알 바 아니다······.

이 목적을 달성하는 데 어떤 방법을 취하면 좋을까? 골똘히 그것을 생각하고 있으려니, 도버의 눈에 집념의 빛이 불타기 시작했다. 앞으로 직면해야 할 곤란을 깔보거나 하지는 않았다.

——나는 이 사건을 깁스나 낡은 구두끈 같은 것과 함께 묶어서 생각지는 않을 것이다······ 절대로, 물론이지······ 나는 그들을 알아내어 그들에게 다시 한 번 그 짓을 하게 내버려두었다가 현행범으로 잡을 테니까. 이런 일은 누워서 떡 먹기다. 정말이다. 찰스 에드워드 매글레거를 남모르게 미끼로 써서······.

도버는 회심의 미소를 지었다.

어딘가 다른 곳의 시계가 10시를 쳤다. 벌써 5, 6분 전부터 밖에서 기다리고 있던 뷔치 경사가 침실문을 살짝 노크했다.

"늦었잖소!" 들어온 것이 누구인가를 알자 도버는 메어붙이듯이 말했다.

"하지만 교회의 시계는······."

"그건 늦어. 그래, 내가 부탁했던 것은 가져왔소? 어떻게 되었지?"
 경사는 두툼한 서류철을 내주었다.
 도버는 우습게 보는 듯이 페이지를 휙휙 넘기더니 한 장의 작은 서류를 발견하고 의기양양하게 코를 킁킁거렸다.
 그리고 그것을 뷔치의 얼굴 앞으로 내밀었다.
 "코클란이 나가기 전에 이것을 보고 있었다는 것은 틀림없는 일이오?"
 뷔치는 코끝을 아래위로 흔들며 가리키고 있는 종이쪽지를 열심히 확인하려고 애를 썼다. 그리고 그것을 꽉 쥐면서 말했다.
 "그렇습니다, 경감님. 보십시오. 이 구석에 코클란이 머리글자로 서명한 게 있습니다."
 "어디에?" 도버는 서류를 도로 낚아채었다.
 "거깁니다. 아니" 하고 뷔치는 말하더니 안경을 꺼내어 썼다. "아니, 이거 죄송합니다. 서명은 안한 것 같군요. 이건…… 이건 좀 이상한데, 그렇게 하라고 주의를 했었는데. 그의 이름도 거기에 나와 있으니까 읽었다는 표시로 서명하라고 그랬었는데……"
 "그런 것은 보면 알지. 나는 장님이 아니니까. 그가 물 속에 뛰어들기 전에 본 것은 이것이 마지막이었단 말이오?"
 "네, 그런 줄 알고 있는데요." 뷔치는 자신이 없는 것 같았다. "그래서 서명을 하지 않았는지도 모릅니다. 그러나 이상하군요. 해마다 이루어지는 정기 건강 진단의 예정일이 실려 있는 서류를 보고 왜 놀라며 당황했을까요?"
 "정말이지 어째서 그랬을까?" 도버는 다른 서류를 서류철에 집어넣으며 "이제 치워도 되오" 하고 말했다.
 뷔치는 기가 막혔다. 그는 이것을 가려내는 데 몇 시간이나 걸렸던가를 생각하고 몸을 부르르 떨었다.

"이제 됐습니까?"

"됐소." 도버는 서류철을 상대방 무릎 위에 집어던졌다. "그것은 이제 아무래도 좋소. 내가 필요했던 것은 발견했으니까."

"네, 그래요." 뷔치는 화가 났는지 뿌루퉁해서 일어섰다. "그밖에 다른 볼일은?"

도버는 이미 벽 쪽을 보고 돌아누워 있었다.

"11시 정각에 커피를 가져오라고 일러 주오. 그때까지는 내버려 둬 주지 않겠소?"

"네, 알았습니다." 뷔치는 어찌할 바를 모르고 잠깐 동안 멍하니 서 있다가 말했다. "저, 그럼 실례합니다."

대답이 없었다.

도버가 호텔을 나온 것은 2시 반이 지나서였다. 비도 그쳐 하늘은 활짝 개었다. 그 고장 사람이나 다른 곳에서 온 사람이나 모두 기운이 솟은 듯한 얼굴이었다. 월라튼에 있으면 너나할 것 없이 조금만 개어도 고마운 생각이 든다. 차가운 바닷바람이 거리를 휩쓸어 모래를 얼굴에 끼얹는 일쯤은 문제가 아니다.

도버는 도중에 몇몇 통행인에게 길을 물어 가며 가까스로 해밀튼, 일명 서니 마론이 죽을 때까지 살았던 거리로 나왔다. 그는 천천히 걸어갔다. 그리고 전에 해밀튼 부인이 안에서 그에게 심한 일격을 가했던 집 앞에 오자, 잠깐 서서 현관을 향해 낼름 혀를 내밀었다. 그 옆집 앞에서도 우두커니 서서 주의깊게 바라보았다. 그곳은 피스크의 이름과 자격과 직업을 쓴 작은 놋쇠 문패가 문에 달려 있는 점이 다를 뿐, 나머지는 다른 집과 똑같았다.

도버는 천천히 계단을 올라가 벨을 눌렀다.

구앨리 양이 나왔다.

"경감님, 죄송합니다만 피스크 선생님은 아주 바쁩니다. 병이 난

동물은 다 선생님만을 의지하고 있으니까요. 저녁때 다시 한 번 와 주실 수 있다면 그렇게 전해 드리겠습니다."

"지금 만나고 싶소. 빨리 말해 주시오."

"안 됩니다." 구앨리 양은 딱 잘라 말했다. "그렇게는 할 수 없습니다. 그러지 않아도 선생님은 바쁘시니까요. 선생님을 마음대로 할 수 있다고 생각하시면 큰 오산입니다."

"경찰의 일을 방해하면 어떤 벌을 받는지 알고 있소?"

"알 게 뭐예요!" 그녀는 대담무쌍하게 반발했다. "그래, 무슨 벌을 받게 되지요?"

공교롭게도 도버 역시 알 수 없었다. 어쨌든 상세히는 알 수 없으나 "6년 형이오" 하고 위협적으로 말했다.

구앨리 양은 갑자기 소녀와 같은 소리로 웃어대며 "말 같지 않은 소리 하지 말아요!" 하고 깨지는 듯한 소리를 질렀다. 사실상 그녀는 이런 말을 주고받는 일을 즐기고 있었던 것이다.

──남자들은 결국 그렇게 무서운 것이 아니다…… 이쪽에서 굽신거리지 않고 거세게 나가면, 나중에 헤이즐에게 말해 줘야지…….

한편 도버는 싫증이 났다. 그처럼 경험이 풍부한 베테랑 형사가 현관 앞에서 얼빠진 소녀를 상대로 언쟁을 벌이고 있는 것을 누가 본다면 체면이 깎이는 일이다. 예의를 갖추어 조용히 일을 하려고 했지만, 이제 이렇게 된 바에야 말없는 실행이 있을 뿐이었다.

도버는 말없이 밀고 들어가려고 했다. 구앨리 양은 "어머나, 안돼요!" 하고 그를 막아내려고 했으나 힘이 부쳤다. 그것은 마치 사마귀가 수레를 버티려는 것과 마찬가지였다. 천천히 홀로 들어간 그는 떠들썩한 소리를 듣고 흥분해서 내려온 피스크와 딱 마주쳤다. 그녀는 어이가 없을 정도로 모양이 이상한 펠트 모자를 쓰고 훌륭한 외투를 입고 있었다.

"대체 어떻게 된 거지요?" 그녀는 고자세로 말했다.

"해밀튼 씨가 죽은 날 밤의 이야기를 좀 더 듣고 싶어서요." 도버는 중산모를 조금 뒤로 젖혀 쓰며 무뚝뚝하게 말했다.

구앨리 양은 한심한 듯한 목소리로 "지금은 바쁘셔서 안 된다고 했는데…… 도무지 못 들은 체하는 거예요. 예약이 없으면 안 된다고 했는데도……" 하고 말했다.

"제니, 이제 됐으니 잠자코 있어요!" 그렇게 말하더니 피스크는 두 손을 허리에 대고 도버 쪽으로 돌아섰다. "이것 보세요, 이제 그 일이라면 지긋지긋해요. 아무 도움은 못 됐지만 알고 있는 일은 당신이 처음에 찾아왔을 때 다 얘기했어요. 오늘 아침에도 당신의 부하인 형사가 찾아왔기에 또 같은 말을 되풀이했습니다. 나는 할 일이 있는 몸이고, 거기다……"

"뭐라고요?" 도버는 눈을 둥그렇게 뜨고 홀의 경대를 잡고 비틀거리는 다리에 힘을 주었다. "지금 뭐라고 했소?"

피스크가 놀라서 그의 얼굴을 뚫어지게 들여다본 것도 무리는 아니었다. 그녀는 깜짝 놀란 것이다.

"아니, 괜찮아요?"

"우……우……우리……혀……형사가……어……어떻게 했다는 거요?" 놀라움과 공포로 가슴을 두근거리며 도버는 신음하듯 말하더니 또다시 허풍스럽게 눈알을 굴렸다.

구앨리 양은 재빨리 그의 옆을 빠져나가 피스크의 뒤에 숨었다.

"당신의 부하인 형사에게 같은 말을 두 번이나 했다고 말했을 뿐이에요."

도버는 금방이라도 위험이 밀어닥친 듯한 기분이 들어 떨리는 목소리로 외쳤다.

"언제요? 응? 언제 왔느냔 말이오?"

"오…… 오늘 아침이에요." 허풍스럽게 큰일이나 난 듯 떠들어대는 상대방의 언동에 피스크는 저도 모르게 휩쓸려들어가 침착성을 잃고 더듬더듬 말했다.

도버는 비틀거리며 벽에 기대어 심장을 쥐어뜯듯이 잡아뜯었다.

"오늘 아침?" 착 가라앉은 비명과 같은 소리였다. 그와 같은 남자도 경관이 되려고 결정한 것을 보면 영국의 극단도 아직은 건재한 모양이다. "매글레거 경사가 오늘 아침에 여기 왔었단 말이지요?" 그는 잠시 생각에 잠기는 듯 입을 다물고 있더니 덧붙였다.

피스크는 걱정스러운 듯 구앨리 양을 보며 "네, 그런데요" 하고 가까스로 대답했다.

도버는 두 손으로 머리를 끌어안는가 싶더니, 옆에 있는 의자에 쓰러지듯 주저앉았다. 그리고 "아아, 맥빠지는군" 하고 신음하는 듯한 목소리로 말했다.

"왜 무슨 일이 있습니까?" 피스크는 조금 뒤로 물러서며 물었다.

"당신이 이상스럽게 여기는 것도 당연하지…… 암, 당연하고말고" 하고 도버는 말했지만 "당연하고말고" 하고 되뇌는 목소리에 어딘가 모르게 울음이 섞여 있는 것 같았다.

"선생님, 경찰에 전화를 걸까요?"

구앨리 양이 작은 목소리로 말했다.

"무슨 어리석은 소리야. 제니, 이분도 경찰이 아닌가."

도버는 난처한 표정을 지었다. 그리고 신음 소리를 냈으므로 여자들은 또 그를 쳐다보았다. 그러나 그는 음침한 목소리로 "매글레거가 혼자 여기를 찾아오다니" 하고 말했다.

"오면 안 되나요?" 피스크는 안도의 숨을 쉬며 말했다.

"그는 상사와 함께 있을 때가 아니면 절대로 여자를 만나선 안 되게 되어 있거든요."

"어머나, 그렇군요. 왜 그렇지요?" 피스크가 물었다.

도버는 두 옥타브 가량 목소리를 낮추어 "그 사람은 믿을 수 없기 때문이오. 지금까지도 몇 번이나 불행한…… 그러니까…… 뭐랄까…… 사고를 일으켰으니까요" 하고 말했다.

구앨리 양은 피스크에게 달라붙었다.

도버는 걱정스러운 듯이 피스크를 보고 물었다.

"그 사람이 그런 이상한 짓을 하지 않았다면 좋았을 텐데요……"

"당치도 않은 말씀입니다. 그 사람이 온 것은 다만……" 피스크는 단호한 어조로 말했다.

"아니면 당신에게 무슨 일이……?"

놀란 구앨리 양은 피스크의 뒤에서 점점 더 몸을 움츠리며 고개를 가로저었다.

"응, 그거 잘 되었군…… 잘 되었어." 도버는 아주 진지한 얼굴로 말했다.

피스크는 앞서 말하던 이야기로 되돌아갔다.

"참, 기기 막히군요. 당신의 이야기를 듣고 보면, 그는 마치 색광인 것 같지 않습니까."

"아니, 그것이…… 사실이 그렇습니다! 당신은 몰랐을지 모르지만 정말 운이 좋았소."

"하지만 만일 그렇다면 경찰은 뭘 꾸물대고 있지요?"

피스크는 상식이 있음을 내세우며 말했다.

도버는 불쾌하고 떨떠름한 얼굴로 그녀를 바라보며 "그것은 현장을 잡을 수 없기 때문이오. 그것뿐이지요" 하고 매정한 어조로 말했다.

"하지만 내가 보기에 그 사람은 아주 선량하고 훌륭한 청년으로 보이던데요."

"그렇겠지요. 그것도 그 녀석의 수법이오. 지금가지 그 수법으로 몇 사람의 순진한 처녀가 유혹을 받고 몸을 망치게 되었는지……아마 알게 되면 깜짝 놀랄 거요."
"하지만 나를 유혹하려고 하지는 않았어요."
당신 같은 여자에게 손을 내미는 녀석이 있다면 정말 분별없는 녀석일 거요라고 그는 마음속으로 중얼거렸으나 입으로는 "이번에 또 그 녀석이 오거든 나에게 곧 알려주시오" 하고 말했다.
"그야 뭐…… 하지만 그만한 일이라면 스스로 처리할 수 있잖겠어요. 그리고 형사 양반의 거동에 이상한 점이 있으면 당신보다 더 높은 사람에게 일러바치겠어요."
"좋을 대로 하십시오." 도버는 불쾌한 목소리로 중얼거렸다. "그러나 나중에 주의해서 알아보지 않았다고 말해도 소용없는 일이오."
"만일 당신의 부하인 형사가 나에게 난폭하게 군다면 당신도 이러니저러니하는 잔소리를 듣는 일만으로 끝나지 않을 거예요." 그녀는 쓸쓸한 어조로 말했다. "자, 제니, 나는 왕진을 갈 테니 내가 나가거든 문을 잠그고 사슬을 걸어두는 편이 좋을 거예요. 만일의 경우가 있을지도 모르니까."
그렇게 말하니 도버도 그 자리를 뜰 수밖에 없었다. 그러나 그는 자기 연기가 그다지 나쁘다고는 생각지 않았다. 아니, 나쁘기는커녕 아주 만족했다. 성격배우의 역할을 연기할 기회는 그리 흔하지 않으므로 이번에야말로 하고 온 힘을 다 기울인 것이다. 호텔로 돌아가는 길에 속으로는 아주 의기양양했다. 씨앗이 뿌려졌고 덫도 놓았으며 낚싯바늘도 던져졌다. 남은 일은 태연하게 버티고 앉아 의혹의 마음이 맹독처럼 저절로 퍼지기를 기다릴 뿐이다.
태연하게 버틴다는 점에선 도버 경감을 앞지를 수 있는 사람이 그다지 많지 않다. 그렇다고 지난 24시간 동안에 그가 수사를 전혀 하지 않았다는 것은 아니다. 그 다음날 아침 경찰 의사가 찾아와 호텔 침실에서 이 당황한 표정의 신사와 한 시간 반에 걸쳐 이야기를 하고 있었던 것이다. 물론 직업상의 비밀이므로 이 이야기의 내용은 확실치 않지만 도버의 위장, 발에 생긴 티눈, 다친 발가락에 대한 이야기만 하지는 않았으리라는 것은 상상할 수 있다.

여러 가지를 알고 싶어하는 도버와 마주앉은 경찰 의사는 이 남자는 특히 좀 심한 편집광적 노이로제 환자일지도 모른다고 가끔 묘한 생각을 하면서도, 되도록 성의있는 대답을 하기는 했다.

그는 경감에게 그런 사태는 이런 지방의 경찰 의사의 경우에도 그다지 많이 일어나는 일은 아니며, 하물며 보통 의사의 경우에는 그렇게 흔히 있을 수 있는 일이 아니라고 상당히 강력히 지적했다.

의사가 비밀을 지켜줄 것을 당부한 다음 방을 나가자 도버는 모든 것이 잘 되었다는듯이 혼자서 킬킬 웃었다. 그리고 자기 계획대로 착착 진행된다고 점점 자신을 갖게 되었다. 그는 일단 결정하면, 비록 반대되는 사실이나 모순된 증거가 조금쯤 생기더라도 절대로 결심을 바꾸지 않는 그런 남자였다. 그것이 지금까지도 매글레거의 고민거리였다. 그러나 이번만은 도버도 자력으로 사건을 해결할 작정이므로 절대로 매글레거에게 이야기할 생각은 없었다. 그 뒤로 며칠 동안 부하 형사 매글레거와 얼굴을 마주하는 일은 있었지만, 이 젊은이가 쫓고 있는 단서에 대해 상세히 보고받고 있을 뿐, 자기의 멋진 추리에 대해서는 절대로 입을 열려고 하지 않았다. 그러한 그를 보고 매글레거가 '경감 녀석, 여느 때보다 마음껏 여가를 즐기고 있군' 하고 생각한 것도 무리는 아니지만, 이것만은 그의 커다란 오산이었다.

며칠이 지났다. 그 동안에 도버는 마음이 내키면 가끔 호텔을 나가 한길이나 윌라튼의 뒷길을 서성거리며 마무리 작업에 들어갔다. 이러한 마무리에는 어떤 어색함이 따랐지만 척척 다루는 일은 본디 도버의 특기가 아니었다. 그가 쓰는 수법은 '부녀회'의 회원을 찾아 월라튼의 거리를 쏘다니는 일이었다. 도버의 시력도 옛날처럼 좋지는 않았으며, 거의 매일처럼 날씨가 나빴고, 또 여성이 입는 합성수지의 레인코트만큼 불투명한 것은 없다. 중년 여성 앞으로 다가가 가슴께를 물끄러미 보는 그의 버릇이 상대방에게 눈치채이지 않는 일은 우선 없었다. 그가 여성 앞으로 다가가는 목적은 파란 리본이었으므로, 만일 리본을 달지 않은 것을 알게 되면 그는 지겨운 생각이 들어 "쳇!" 하고 혀를 차고 부지런히 도망쳐 버리므로 개중에는 그보다 더 깜짝 놀라는 여자도 있었다.

그가 목적으로 하는 리본을 단 여성을 발견해도, 역시 상대방을 놀라게 하는 점에서는 변함이 없었다. 그로서는 아무래도 상대방 여성과 이야기를 해야 했는데, 월라튼의 품위 있는 여성들은 이 키가 크고 뚱뚱한 볼품없는 시골 사람이 말을 걸면 깜짝 놀랐기 때문이다. 이 시골 사람은 혹 부인용과 어린이용의 속옷을 장식해 놓은 진열장을 보며 그 자리에 서서 "요즘의 젊은 여자들은 이렇게 얇은 것을 입고도 감기에 걸려 죽는 일이 없다니 놀라운 일이오. 안 그렇소······ 정말이지, 요즘 젊은 사람은 다 그렇다니까. 어떻게 된 것인지······ 전혀 알 수 없군. 정말입니다. 이를테면 나의 부하 젊은 매글레거 형사도 그렇지. 그 녀석은 한창때인 황소 정도의 도덕 관념밖에 없는데다 더구나······" 하고 부인들에게 이야기하곤 했다.

때로는 다방에 들어가 쉬는 일도 있었다. 가게는 멋쟁이 폴리의 가게를 택했다. 그곳에는 좀 그럴듯한 사람들이 모두 모닝 커피를 마시러 오기 때문이었다. 도버는 봉으로 삼을 여자를 발견하면 무표정한 얼굴로 그 여자가 있는 테이블에 가서 앉았다. 그리고는 상대방이 꺼내는 이야기에 따라 일을 진행했다. 봉으로 삼은 여자와 그녀의 친구가 이야기를 하다 가까이 있는 갓난아이를 칭찬했다고 하자. 그러면 도버는 그때 말참견을 하는 것이다. 그리고 쾌활하게 묻기 시작하는 것이었다.

"그 아이의 양육비는 누가 지불한다고 생각합니까? 뭐 그렇게 놀랄 필요는 없소. 하지만 요즘은 결혼하여 낳은 아이보다 비공식으로 낳는 아이가 더 많으니까요. 젊은 세대가 어떻게 생각하고 있는지 나는 도무지 알 수가 없어요. 이를테면 내가 데리고 있는 젊은 매글레거 형사 말인데…… 그 젊은이는 수코양이 정도의 도덕 관념밖에 없으므로……"

캐드건 부인(그녀는 장사를 하는 데서는 '멋장이 폴리'라는 이름으로 알려져 있었다)이 이해할 수 없었던 것은 어떤 커피 잔이고 손님들이 전혀 입을 대지 않거나 입을 대도 불과 한 모금 정도라는 사실이었다. 그러나 그녀는 상관없어, 컵에 남은 것을 커피 포트에 도로 쏟으면 총경비상으로 보아 이득이니까 하고 결론을 내렸다.

그 주일이 다 가기도 전에 매글레거는 돈 후안이 무색할 정도의 바람둥이로 소문이 퍼져 있었다(그와 동시에 경감에 대해서도 적잖은 의혹을 품게 되었으나, 그 문제에 대해서는 여기서 개의치 않기로 한다). 이런 경우에는 대개 그렇게 되기 마련이지만, 지금도 소문의 주인공인 매글레거는 자기가 그런 식으로 오명을 얻고 있는 줄은 꿈에도 생각지 못했다. 그러므로 매일 예정대로 수사를 하기 위해서 뛰어 돌아다니고 있었다. 그러다 보니 해밀튼의 시체에 손을 댄 자들을 체포할 수 있다고 확신했다. 그리고 밤에는 밤대로 도버의 간청을 묵과할 수 없어 컨트리 클럽을 찾아가 즐겁게 지내고 있었다. 그러나 과연 피로한 빛이 나타나기 시작했다. 그의 얼굴에 초췌한 빛이 심해질수록 도버는 만족스럽게 바라보았다. 매글레거는 어느 정도 정신이 빠진 것처럼 보였다.

"컨트리 클럽에 다니지 않게 되었으면 좋겠는데요……" 어느 날 잠깐 도버를 만났을 때, 매글레거는 말했다. "그런 일을 해보았자 얼만큼의 플러스가 되는지도 모를 일이고, 첫째로 따분해서 못 견디겠습니다."

"그곳은 무서운 악의 소굴로 알고 있었는데."

도버는 잔뜩 찡그린 얼굴로 말했다.

"네, 그들만 있으면 그렇겠지만 내가 갈 때는 그렇지 않습니다. 모두들 얌전히 앉아서 포커를 할 뿐입니다. 내가 그곳 장사만 못하게 하는 셈이지요. 바로 어젯밤만 해도 그 조이란 녀석은 내가 나타나지 않으면 50파운드를 내겠다고 하더라니까요. 내가 계속 찾아가게 되면 가게는 파산한다고 말했습니다."

"50파운드? 자네는 정말 운이 좋은 편이군."

도버는 부러운 듯이 말하고 휘파람을 불어보았다.

"물론 그건 것을 받지는 않았습니다만."

"물론이라구!" 바보 취급을 하는 듯한 말투였다. "받지 않았다고? 내일 밤에도 또 그런 말을 꺼낸다면 나는 받겠네."

"설마 뇌물을 받으라는 말은 아니겠지요?"

"그게 뭐 뇌물이 되는가" 하고 도버는 반박했다. "그 녀석이 사람들 앞에서 돈이나 뭔가 쓴 것을 건네 주지 않도록 조심만 하면 전혀 걱정은 없네. 나에게도 호기롭게 50파운드를 주는 녀석은 없을까."

"즉 내일 밤부터 이제 컨트리 클럽에는 가지 않아도 된다는 말입니까?"

"그렇지, 오늘 밤과 내일로 끝이 나는 거야. 월라튼이라는 곳은 소문이 굉장히 빨리 퍼지니까. 뭐 하루 반나절이면 충분하겠지."

"아무래도 나는 잘 알 수 없는데요."

도버는 떨떠름한 얼굴로 매글레거를 보며 말했다.

"그거 참 미안하게 됐군. 그러나 신경쓸 필요는 없네. 이제 머지 않아 모든 것을 알게 될 테니까. 그런데 오늘이 무슨 요일이지? 수요일? 응, 그러니까 오늘 밤에는 컨트리 클럽에 가야 해. 알겠지? 그러나 내일 밤에는 이 호텔에 있어야 하네. 이것은 나의 상상이지만, 아마 저녁때쯤 누가 자네를 찾아올 걸세. 전화를 걸는지 호텔 가까이로 올는지 그건 모르지만. 어쨌든 자네는 그 장단에 맞춰야 해. 아마 호텔 밖으로 나와 달라겠지만, 그렇게 말하거든 결코 싫다고 하면 안돼. 그들이 하자는 대로 해."
매글레거는 무리도 아니지만 의심스러운 눈으로 도버를 보았다.
"그럼, 경감님은요?"
"아주 좋은 것을 묻는군. 나도 그 근처에 있을 테니까 걱정하지 말게." 도버는 싱글싱글 웃으며 말했다.
"내가 무슨 위험한 일이라도 당하는 겁니까?"
뭔가 개운치 않은 듯한 눈치였다.
"바보 같은 소리 말게! 아니, 내가 자네가 그런 꼴을 당하게 내버려 둘 것 같나?"

13

안심하라는 말은 들었지만 매글레거는 아직도 그 자리를 뜨고 싶은 생각이 없는 것 같았다. 어떻게든지 도버의 속셈을 알아보려고 했지만, 헛일이었다. 분명히 설명해 달라고 했으나 마이동풍이었다. 도버가 이렇게 잔손이 가는 계획을 세우는 일은 여간해서 없는 일이다. 그러니만큼 막상 마지막 순간에 가서 엉망이 되게 되면 큰일이라는 것이 그의 의견이었다.

어쩐지 모든 일이 불안해졌으므로 매글레거는 말했다. "그러나 무슨 계획인지 알고 있는 편이 나로서도 편리할 텐데요."

"안돼." 도버는 완강히 아랫입술을 내밀었다. "아주 자연스럽게 행동해 줘야 할 테니까."
 매글레거는 순순히 물러가지 않았다.
 "하지만 경감님, 그런 일을 해봐야 조금도 재미가 없습니다. 무엇이 플러스가 되는지 전혀 알 수 없어요. 게다가 내가 노린 선이 이제야 겨우 눈코가 붙기 시작했으니까요. 정말입니다. 해밀튼은 폭력 사태를 우습게 알던 녀석들과 사귀고 있었습니다. 시골의 똘마니 깡패들이 아니라, 본격적인 악당하고 말입니다. 그는 어떤 튼튼한 조직을 가진 꽤 악랄한 악당의 한패에게 돈을 대고 있었습니다. 그런데 놈들을 그가 배신한다든가, 배신했다든가로 철저한 보복을 당한 것입니다. 내 추리로는 그 악당 중 한 사람이…… 그자가 누구인지 대강 짐작은 갑니다만…… 틀림없이 해밀튼이 밀고했다고 본 겁니다. 내가 얻은 정보에 잘못이 없다면 그는 그자들에게 일금 2천 파운드나 내주었으므로 내부 사정에도 통했을 것입니다. 그러나 놈들의 계획은 완전히 실패했어요. 경관이 잠복하고 있었던 것입니다. 거물은 거의 다 도망가고 송사리만 너덧 명 붙잡혔습니다. 누군가가 경찰에 밀고한 것이 분명합니다. 그것이 해밀튼인지는 확실하지 않았지만 악당들은 분명히 그가 한 짓으로 알았던 모양입니다. 즉 그가 코클란에게 이야기한 줄 알고 해밀튼을 철저하게 고문하다 보니 그만 그를 죽음으로 몰아넣고 만 것입니다. 다음으로 코클란의 입장을 말하자면, 그는 해밀튼을 죽인 자가 누구인지 알고 있었을 겁니다. 그러니까 놈들에게 보복당하리라는 것도 알고 있었을 겁니다. 놈들은 위험에 처하게 될 테니까요. 그는 그들 악당이 인정사정없는 놈들이라는 것을 알고 있었으므로 눈에 띄지 않도록 1주일 동안 하숙에 숨어 있었지요. 그러나 월요일 아침에는 아무래도 서에 나가야 했을 겁니다. 더 이상 숨어 있을 수 없었을 테니까요. 제복을 입고 담당 구역으로 돌아가야만 했지요. 그리고 나서야 그는 자기가 화살을 기다리고 있는 과녁이나 다름없다는 사실을 알게 된 겁니다. 악당들은 언제고 그를 처치하게 될 것이었지요. 녀석들이 마음만 먹는다면 자기가 어떻게 될 것인지 그것은 명약관화한 일이었습니다. 그는 끝없는 절망과 공포에서 캐리 곶으로 자전거를 달린 것입니다."

도버는 눈을 뜨더니 기지개를 켜고 하품을 했다. 그리고 눈을 동그랗게 뜨며 "아니, 아직 있었나?" 하고 놀란듯이 말했다.

"아니, 지금 갈 겁니다" 매글레거는 시치미를 뚝 떼고 대답했다.

"알겠나, 아까 내가 한 말 잊어버리면 안 돼. 내일 밤에는 아무 데도 가지 말고 호텔에서 기다리게. 걱정할 필요는 없어. 다 나의 계획이니까. 자네 몸은 절대로 안전해."

매글레거가 가 버리자 도버는 이상하게 정력적으로 움직였다. 우선 슈트케이스 안을 뒤져 미리 호텔의 로비에서 실례해 온 호텔의 이름이 든 편지지 다발을 꺼냈다. 그 다발 속에서 가장 더러운 것을 한 장 골라잡더니 이번에는 펜을 찾았다. 그는 반창고를 붙인 꽤 더러운 볼펜을 슈트케이스 바닥에서 찾아내었다. 그리고 진상의 발견자가 판정자가 아님을 유감스럽게 생각하며, 침대가에 걸터앉아 고심해가며 서장 앞으로 편지를 쓰기 시작했다.

모처럼 글씨를 쓰는 것이라 굉장히 시간이 걸렸다. 요즘 와서는 그런 일은 일체 매글레거에게 시키고 있었다. 그는 다 쓰자 다시 한 번 읽어보았다. 참으로 명쾌하다. 아무리 바보라도, 이렇게 쓴 이상 편지의 근본 취지를 모를 리가 없다. 여기저기 이상한 글씨는 지우고 다시 썼으므로 편지는 꽤 지저분해졌다. 그리고 봉투 한 장을 꺼내어 너무 아깝다고 생각하며 이름을 썼다. 봉투는 가까스로 모은 것이 10장이다. 그 중에서 한 장을 쓰게 되니 아까운 생각이 들었다. 그러나 이것은 친전(親展) 극비의 편지이므로 이 정도의 희생은 어쩔 수 없다고 생각했다. 풀이 묻은 곳을 핥아 봉을 했는데, 이때 봉투 뒤쪽에 엄지손가락 자국이 뚜렷하게 묻어 버렸다.
 편지를 부치러 나가는 도버의 가슴속은 마치 순교자가 된 듯한 기분이었다. 도중에 역으로 가는 길의 표지가 있었다. 그는 그것을 보며 생각했다. 먼저 역으로 가는 편이 좋을지도 모른다. 이정표대로 구부러졌다. 그러나 30초 가량 갔을 때 복잡한 교차로가 나타나 방향을 알 수가 없게 되었다. 여느 때도 다리보다는 머리를 쓰는 주의였으므로 눈에 띄는 통행인을 불러 강제로 붙잡고 역으로 가는 길을 가르쳐 달라고 했다.
 여섯 사람의 통행인에게 물어본 뒤에야 월라튼 중앙역이 보이는 곳으로 나오게 되었다. 기뻤다. 왜냐하면 도중에 알지도 못하는 사람에게 길을 묻는 간단한 일 외에, 자기와 매글레거 두 사람이 하루나 이틀 뒤에 월라튼과 하직할 수 있게 될 것 같다는 말까지 지껄여댔기 때문이다. 그러한 낯선 사람 중에는 그를 만나게 된 일이 인연이라 생각하고 긴 이야기에 귀를 기울이는 자도 있었지만, 차가운 비가 한창 쏟아지는데 불러세웠다고 화를 내며 큰 소리로 투덜대는 이도 있었다. 그런 자는 멱살이나 팔을 잡아야 했으므로 도버도 보통일이 아니었다. 도버는, 나는 일단 마음만 먹으면 도중에 물러서는 남자가 아니라는 엉뚱한 자부심을 지니고 있었으므로 끝까지 쓸데없는 장광설을 늘어놓았다.
 그는 역의 개찰구가 있는 큰 건물로 비틀거리듯 들어가더니 가까이에 있는 벤치에 털썩 앉았다. 그리고 숨을 돌리며 거의 벗고있다시피 한 젊은이들과 소녀들이 햇볕이 비치는 해안에서 뛰놀고 있는 포스터를 찌푸린 얼굴로 바라보았다. 포스터의 끝은 습기로 인해 위로 말려 올라갔다. 주위에는 사람이 드문드문 있었다. 그곳에 있던 몇 안 되는 사람은 아마 비를 피하고 있는 모양이었다. 도버는 힘든 듯이 자리에서 일어서더니 매표소를 향해 걷기 시작했다. 그리고 몸을 구부려 여행자들이 매표소 안에 세균을 불어넣지 않도록 하기 위해 만들어 단 유리 칸막이를 통해 안을 들여다보았다.

그곳에는 아무도 없었다.

15초도 되기 전에 그의 화는 터지고 말았다. 그는 유리 칸막이를 쾅쾅 두드리며 그 위쪽에 있는 작은 구멍으로 들여다보고 소리를 질렀다.

잠시 후에 젊은 사나이가 나타났다. 길게 기른 머리를 왼손에 든 작은 핑크빛 빗으로 정성껏 빗고 있었다. 오른손에는 먹다 만 초콜릿을 들고 있었다.

도버를 보자 명랑한 소리로 물었다.

"여어, 안녕하시오. 어디까지 가시지요? 아니, 그거야 아무래도 상관없습니다. 나도 같은 형편이니까요. 어쨌든 이 스퀘어즈빌에서 아주 먼 곳이면 아무 데라도 좋아요. 나도 파도쯤은 탈 수 있을 줄 알고 왔는데 북극에라도 가는 편이 나을 뻔했어요. 그런데 손님, 샌드리 바빈턴 같은 동부에서 아무 데나 갈 수 있는 차표를 팔고 있습니다. 돈을 내시고 어디든 좋은 곳으로 정하면 어떨까요?"

"차표를 사러 온 것이 아니오" 도버는 고함을 지르듯 말했다.

"그럼, 나하고 이야기를 하러 오셨군요. 상대를 해 드리고 싶지만 마침 선약이 있어서요. 게다가 우리는 아무래도 친구로 대할 수밖에는 없을 테니까요."

"런던으로 가는 기차를 물어보러 온 거요."

도버는 화가 치미는 것을 참으며 말했다.

"아아, 그렇다면……" 하고 사나이는 우쭐대는 듯한 어조로 말했다.

"그렇다면 창구가 다른데요. 안내하는 창구는 바로 저깁니다."

"열려 있소?" 도버는 확실한 것을 알기 위해 물었다.

"상당히 치밀하군요. 열려 있는지 닫혀 있는지 잘 모르겠는데요. 사실은 내가 그 자리에 앉아 있어야 하는 건데 불기가 없어져서…… 따뜻한 이곳으로 와 있는 겁니다. 그래, 무슨 용건이지요?…… 물론 여행에 대한 일이겠지만."

"목요일에 런던으로 가는 밤차가 있소?"

도버는 빨리 끝내 버리고 싶은 생각에서 그렇게 물었다.

"있고말고요. 6시 35분 발…… 샌드리 바빈턴에서 갈아타는 것이지요."

"샌드리 바빈턴이라…… 도대체 그게 어디에 있소?"

"모르는 것도 무리가 아니지. 우주의 중심이 아닌 것만은 확실한데, 여기서 기차로 한 시간쯤 간 곳에 시치미를 딱 떼고 있는 작은 거리지요."

"한 시간? 그럼, 그 기차는 샌드리 바빈턴까지 가는 중간에 어디서 서는 거요?"

"그쪽에서나 이쪽에서나 세 번쯤 섭니다." 젊은이는 초콜릿을 다 먹고 이번에는 빗 대신 손톱갈이를 꺼냈다.

"맨 먼저 서는 곳은?"

"맨 먼저요…… 잠깐만 기다리세요……."

손톱갈이로 앞니를 톡톡 두드리며 생각했다.

"커다란 철마가 연기와 불을 뿜어대며 서는 곳은…… 애보츠 부르크로군요."

"그래요." 도버는 자기 돈은 내고 싶지 않았으나, 순간적으로 결정을 하여 "애보츠 부르크까지 한 장 주시오" 하고 말했다.

"물론 2등이지요?" 젊은이는 안으로 들어갔다가 곧 되돌아와서 물었다. "당신은 까다로운 사람이지만 나는 마음에 들었어요. 저어,

애보츠 부르크까지라면 기차를 타지 않는 것이 더 나을걸요…… 여기서는 말입니다. 버스를 타는 게 낫지 않을까요? 모두들 버스로 다니지요."

정말 화나는 일이군. 도버는 혼자서 투덜거렸다. 내가 애보츠 부르크에 가려고 하는데 기차가 거리 한가운데로 지나가지 않는다니! 그는 화가 난 듯이 주머니 속을 뒤졌다. 그러나 계획을 성공시키기 위해서는 희생을 해도 할 수 없다.

"런던까지 한 장" 그는 무뚝뚝하게 말했다.

젊은이는 어깨를 움츠렸다. 그리고 토라진 듯한 어조로 말했다.

"어느 한쪽으로 정하십시오. 당신 같은 사람만 있다면 나는 여기서 숙박을 해야 한단 말입니다. 3파운드 17실링 4펜스."

도버는 얼굴빛이 바뀌었다.

"3파운드 17실링 4펜스라니? 날강도군."

"그런 말을 해봐야 나는 모르는 일이오. 나는 언제나 스쿠터로 가니까요."

너덜너덜한 지폐를 건네주고 힘없이 역에서 나오는 도버는 여느 때보다 슬퍼 보였으나 그만큼 영리해지기도 했다. 언제나 아내와 매글레거를 부려먹고 세로로 놓인 것을 가로로 놓는 일도 하지 않았는데, 자기와는 다른 계급의 생활이 있다는 것을 비로소 알았기 때문이다. 그것은 엄연한 현실의 모습이다. 어쩌면 이렇게도 돈이 든단 말인가! 이제 모든 것을 그만두고 싶은 생각이 들었다. 그러나 순간적으로 매글레거의 일이 머리에 떠올랐다. 이 젊은이를 철저하게 부리는 것에는 거역할 수 없는 매력이 있었다. 그렇다. 이 쇼는 계속해야만 한다. 차표를 물리는 일은 언제라도 할 수 있다.

경찰서에 가 보니 뷔치 경사는 한가로이 차를 마시고 있는 참이었다.

"왜 오셨습니까?" 그는 지방통신사에서 몰수해 온 책을 경찰공보 밑에 감추며 말했다. "지금쯤 서장님이 경감님의 호텔에 들렀을 텐데요……." 이 시간에는 경감님이 틀림없이 호텔에 계실 거라고 말했단 말입니다.

"그러나 오늘은 그렇지 않소." 도버는 접수대의 들어올릴 수 있는 부분을 들어올리고 가장 가까운 곳에 있는 의자 쪽으로 걸어가며 말했다. "대체 나한테 무슨 볼일이 있다는 거요?"

"저어…… 경감님을 만나고 싶다고 그랬습니다. 경감님에게서 일이 잘 되어 간다는 보고가 없어 좀 기분이 언짢은 것 같았습니다."

"바보로군."

"호텔에 전화해 볼까요?"

"뭐라고?"

"경감님이 와 계시다는 것을 알리려고요."

"당신이 경사에서 더 승진 못하는 이유를 알겠소. 그보다 빨리 주전자가 있는 곳으로 가서 기운은 나지만 취하지 않는 무엇이라도 가져다 주구려." 도버는 유쾌한 듯이 말했다.

"네, 뭐라고요?"

"참, 할 수 없군. 차를 가져오란 말이야, 이 멍청한 친구야!"

"아아, 그래요. 그럼, 지미를 부르지요."

"지미는 부르지 않아도 되오. 당신이 좀 하라구. 운동은 건강에 좋아. '지미 도령'에게는 내가 할 말이 있소…… 비밀 이야기요, 알았소? 당신은 10분쯤 어디 좀 들어가 있어요. 당신의 그 더러운 찻잔을 가져가도 좋소. 자, 곧 시작해 주시오. 내 잔에는 각설탕을 네 개만."

뷔치는 주전자가 있는 쪽으로 터덜터덜 걸어갔다.

도버는 그때 들어온 영리해 보이는 젊은 견습 순경을 흘끔 보고

"차렷!" 하고 소리쳤다. 견습 순경은 벌벌 떨면서 부동자세를 취했다. "자네가 '지미 도령'인가?"

"그렇습니다."

"그럼 '쉬어'자세로 잘 듣게. 잘못 들으면 자네 책임이야."

도버는 험상궂은 얼굴 표정을 지어 보였다.

"알았습니다."

"그런데 자네는 입을 다물고 있을 수 있을까? 앞으로 자네가 해야 할 일에 대해서는 아무에게도 말하면 안돼, 알았나? 목요일 밤에 ——즉 내일 밤 6시 35분 정각에——1초가 빨라도 안 되고 늦어도 안돼——이 편지를 서장에게 주는 거야. 직접 말이야. 알겠나?"

"알았습니다." 견습 순경은 흥분으로 눈을 반짝이며 도버가 내미는 끝이 접힌 편지를 받아들었다. "중요한 편지군요?"

"그렇게 될지도 모르지." 도버는 거드름을 피우며 말했다. "무슨 잘못이라도 생기면 자네가 책임져야 할 걸세. 충분히 조심을 해야 해. 서장이 목요일 밤에 어디로 가는지 잘 확인해 두는 거야."

"알고 있습니다. 지금 그 일을 생각하고 있던 참입니다."

"흐음, 그래. 그리고 또 한 가지가 있는데, 즉 자네는 떠나기 전에 근무 중인 사람 모두에게 되도록 많은 원군을 모으라고 말해 두는 거야. 모으고 모으지 않는 거야 물론 서장 마음에 달린 것이지만, 틀림없이 기뻐하리라고 생각하네."

"아마 굉장한 일이 일어나는 모양이지요?"

"무기를 분배해도 이상하지 않을 걸세."

도버는 멋대로 열을 뿜었다.

"그럼, 경감님이 지휘를 하시는군요?"

견습 순경은 입으로 휙 하는 소리를 냈다.

도버는 이 젊은이에게 놀림을 받은 줄 알고 흘끔 노려보았으나 놀랍게도 상대방은 아주 진지한 모습이었다.

"유감스럽게도 그것을 못하게 된 거야. 마침 그날 밤에는 런던으로 가야 한다네. 말이 나온 김에 말이지만, 그날 밤의 일은 비밀이 아니니까 남에게 말해도 아무 상관 없네. 그리고 매글레거 경사도 그 다음날 아침부터 대륙에서 보류했던 휴가를 다시 얻으리라는 것도."

견습 순경은 머리가 제법 잘 돌아가는 듯 "아하, 알았습니다. 사람들에게 연막 작전을 쓰기 위해서지요?" 하고 물었다.

도버는 태연히 고개를 끄덕여 보였다.

"철도 승차 증명서는 필요치 않습니까?"

도버의 머리가 앞으로 떨어졌다. 그것은 오히려 목이 힘없이 꺾어진 것 같은 느낌이 들었다.

──철도 승차 증명서라! 흐음, 나는 힘들여서 번 돈을 하마터면 차표를 사는 데 헛쓸 뻔했군…….

"여보게, 나에게 한 장 만들어 주게. 물론 1등으로. 매글레거 형사의 일은 지금 생각하지 않아도 돼. 도대체 그 녀석은 어디로 갈지 모르니까. 자, 자네 수완이 얼마나 있는가 실력을 발휘할 기회야." 도버는 자기에게 편리하게 구는 이 젊은이에게 웃는 얼굴을 보였다.

"빨리 역에 가서 이 차표를 물러와주게."

"알았습니다." 견습 순경은 구두 뒤축으로 소리를 내며 빨리 일어섰다. 그리고 얼른 서장 앞으로 보내는 편지를 주머니 속에 넣고 손을 내밀어 모자를 집더니 차표를 받아들었다. 그의 동작을 보고 있자니 도버도 마음이 좀 아팠다.

"조금 공제할지도 모르는데요."

"공제한다고? 그렇게 하지 못하도록 해줘야지. 내가 지불한 것은

3파운드 17실링 4펜스니까 그대로 받아 와야 해."
도버는 신음하는 듯한 소리로 말했다.
"그러나 늘 조금은 뺍니다……규정이어서."
"여보게, 자네는 그 나이에 아직 규정을 어기는 방법도 모른다면 그런 제복은 벗어버리고, 시골에 가서 농사를 짓는 게 더 나을 거야. 강해져야 해, 압력을 가하란 말이야. 좀 괴롭혀 주는 거야! 3파운드 17실링 4펜스를 되찾아 올 수 있는 일이라면 무슨 일을 하든 상관없네. 자, 빨리 갔다 오게."
뷔치 경사가 찻잔을 가지고 머뭇거리며 모습을 나타냈다.
"됐습니까? 아니, 저 녀석은 어디 가는 거지요?"
"내 볼일이 좀 있어서."
"서장님에게 뭐라고 보고하면 될까요? 경감님이 이곳에 오셨는데 연락하지 않은 것을 알면 서장에게 꾸중을 들을 텐데요."
"말하지 않으면 될 것 아니오."
"언젠가는 경감님을 만나게 될 것이고…… 언제까지나 숨바꼭질을 하고 있을 수도 없잖습니까."
"그럴 필요는 없소." 도버는 꽤 뱃심좋게 말했다. "아무래도 목요일 밤에는 런던으로 돌아갈 테니까."
"이번 주일에 말입니까?"
"게다가 매글레거도 금요일 아침에는 돌아갈 거요."
"그러면 다시는 돌아오시지 않습니까?"
도버는 고개를 끄덕이더니 당연한 일이라는 듯이 말했다.
"고생만 하고 애쓴 보람이 없는 일은 나의 성미에 맞지 않아서. 이번 사건은 여간해서 결말이 안 나는군."
"그러나 매글레거 경사는 어떻게 된 겁니까? 경감님의 이야기로는 뭔가 실마리를 잡은 듯이 말씀하셨는데요……."

도버는 태연한 얼굴로 말했다.

"아아, 그 매글레거가 하는 일에 대해서는 나도 뭐라고 대답할 수 없소. 젊고 아주 일을 열심히 하는 사람인데, 금요일 아침에는 출발한다니까. 사건을 도중에서 포기해 버리다니 그 사람답지 않은 일이지만, 본인이 휴가를 취하려 하니 아무도 반대할 수 없지."

"그러니까 변장을 하고 월라튼에 잠입해 있다는 겁니까?"

도버는 어깨를 움츠렸을 뿐 아무 대답도 없었다.

뷔치는 우울한 듯이 말했다.

"서장님이 들으시면 화를 내겠지요. 틀림없이 실망할 겁니다. 자기 귀로 직접 듣지 않으면 더욱 그럴 겁니다. 서장님은 모두가 자기를 믿고 있고 무엇이나 터놓고 이야기해주는 것으로 알고 있으니까요. 참, 어이가 없는 늙은이입니다만, 그렇게 성질이 급한 사람은 본 일이 없습니다. 하지만 출발 전에는 만나시겠지요?"

"아니."

"그럼, 전화로?"

"으음" 하고 말은 했으나 그는 아무래도 좀 지루해 하기 시작하는 것 같았다. "이쪽에서 전화를 할 테니까 걱정 마오."

새빨간 거짓말이었지만, 런던 경시청서 파견된 사람들이 인사도 하지 않고 돌아갔다는 말을 자기 입으로 말하고 싶지 않다고 생각하고 있던 뷔치는 그것으로 만족한 것 같았다. 그러자 도버가 갑자기 입을 열었다.

"경사, 서장은 오늘은 이제 돌아오지 않겠지요?"

"글쎄요……돌아오지 않았으면 좋으련만." 그는 안색이 좋지 않은 것 같았다. "지금 생각난 일인데, 무슨 위원회인가가 있어 돌아와야 한다고 그랬습니다."

"흐음, 그거 잘 됐군. 그럼, 주전자 안에 든 것을 한 잔 더 부탁하오."

 도버는 월라튼에 머문 나머지 시간에는 먹고 자고 짐을 꾸리고 했고, 또 그 일 외의 시간은 또 어정어정 거리를 돌아다녔을 뿐이었다.
 그가 목요일 저녁에 가벼운 식사를 하려고 자리에 앉을 무렵에는 경감이 6시 15분 발 기차로, 부하인 경사도 다음날 아침에는 월라튼을 떠난다는 소문이 온 거리에 퍼져 있었다. 도버는 속으로 꽤 피로해지는 일이었지만 그만한 가치는 있었다고 생각했다.
 그는 다시 한 번 일부러 피스크를 찾아가 그 호색한인 매글레거는 머지않아 이 고장을 떠날 테니까 걱정하지 말라고 말했다. 피스크는 아주 묘한 얼굴로 도버를 보았으나, 그는 그것을 참으로 의미심장하게 받아들였다. 그 뒤에 그는 죽은 코클란 순경의 하숙집 여주인 졸리엇 부인을 찾아가기로 했다. 그러나 분명히 방문 시간이 나빴다. 졸리엇 부인은 현관의 돌계단을 닦고 있는 참이었다. 아니, 비록 에든버러 공이 찾아와도 일손을 멈출 수 없다는 모습으로 싹싹 닦고 있었다. 도버는 작별 인사를 하러 왔다고 말했다. 졸리엇 부인은 솔을 들고 닦고 있던 손을 잠깐 멈추더니 여수의사와 마찬가지로 묘한 표정을 지었다. 도버는 속으로 무척 통쾌해 했다.
 ──멋진 계획이 순조롭게 움직이려고 한다. 생쥐들은 먹이로 준 말린 치즈의 냄새를 맡고 있다. 그러다 갉아먹는다. 그리고 다음은 덜컹 덫에 걸린다…… 축복, 칭찬, 경시청 연보에 기록되는 빛나는 한 페이지. 경관에게 있어 이보다 더 좋은 일이 있을까?
 도버는 멋진 꿈을 그리며 손을 비벼댔다.
 ──놈들을 깜짝 놀라게 해줘야지! 정말이다! 이 사소한 일이 끝나면 놈들은 부러워 안색이 변할 것이다…….
 그는 6시에 준비를 마치고 택시를 기다렸다. 매글레거가 슈트케이스를 들고 내려오더니 경감에게 외투를 입혀주었다.
"정말 역까지 바래다 드리지 않아도 되겠습니까?"
"자네는 여기 있게. 자네는 명령을 받은 것이니까. 그것을 어기면 큰일이 나네."
"그러나 정말 혼자서 괜찮겠습니까?"
도버는 악을 쓰듯 말했다.
"물론 괜찮아. 나를 어떻게 생각하고 그러나? 타고난 바보로 아는 모양이지? 자네가 기저귀를 차고 있을 때 나는 벌써 기차를 타고 다녔어."
"내가 보기에는 경감님이 생각하고 있는 일이 도저히 납득이 안 가서 그럽니다. 정말 돌아오지 않을 겁니까? 그리고 앞으로 나는 어떻게 해야 합니까?"
도버는 초조해 하며 "준비는 다 갖추어져 있어. 이봐, 택시는 아직 멀었나?" 하고 말하더니 좀 당황하여 매글레거를 보았다. "설마 암스트롱이 오는 것은 아니겠지?"
"천만에요. 틀림없이 다른 회사에 전화를 했습니다. 아, 그러니까 생각이 나는데, 서장님이……"
"아, 택시가 왔군." 도버는 외투 단추를 다 끼웠다. "슈트케이스를 부탁하네. 이봐, 꾸물댈 시간이 없어."
경감이 무사히 역에 닿았을 때는 시간이 20분밖에 남아 있지 않았다. 1등 칸에 앉은 그는 20야드쯤 떨어진 곳에서 이쪽으로 다가오고 있는 손님에게 날카로운 시선을 던졌다. 그것이 여성이라는 것을 알자 한층 더 험상궂은 얼굴로 변했다.
━━승객들이 너나할 것 없이 흘끔흘끔 쳐다보다니, 딱 질색이다! 내가 월라튼을 떠나는 것을 그들이 분명히 확인만 하면 그것으로 충분하니까…….

문이 닫히고 기적 소리가 울렸다. 기차는 덜컹하고 움직이기 시작했다. 도버는 바로 옆바닥에 슈트케이스를 놓았다. 그리고 좌석 끝쪽에 걸터앉자 회심의 미소를 지었다.

14

기차는 애보츠 부르크에 서지 않았다. 애보츠 코너에서도 애보츠 게이트에서도……그리고 샐러즈 보톰에서도 서지 않았다. 인적이 없는 작은 역이 놀라서 휘둥그래진 도버의 눈 앞을 여러 번 지나갔다. 그는 침착성을 잃으면서도 자신에게 문제없다고 타일렀다. 그러나 10분이 지나자, 이건 아무래도 이상하다는 생각이 들 수밖에 없었다. 걱정이 되기 시작했다. "제기랄!" 하고 생각하며 슈트케이스를 들고 비틀비틀 통로로 나왔다. 그리고 차장을 찾는 데 10분이나 걸렸다. 맨 뒤의 빈 칸에 있는 차장을 가까스로 발견했다.

도버는 힘을 너무 주어 새빨개진 얼굴로 통로의 문을 열었다.

차장은 제복 윗도리의 빵부스러기를 털면서 얼굴을 들었다. 무릎 위에는 큰 샌드위치 꾸러미를 놓고 두 다리를 반대쪽 좌석 위에 내던지듯 얹어 놓고 있었다.

"왜 이 고물차는 애보츠 부르크에서 서지 않았소?"

도버는 가라앉은 목소리로 물었다.

차장은 그를 머리끝에서 발끝까지 천천히 훑어보았다. 별다른 점이 없다고 보자 샌드위치를 반 딱 잘라 속을 조사했다. 그리고 "언제나 서지 않습니다" 하고 말하더니 큰 입을 벌리고 꾸역꾸역 먹었다.

"치즈에다 피클이라……맛있는데."

"윌라튼 역에서 물었을 때는 애보츠 부르크에 선다고 그랬단 말이오."

"그것은 잘못입니다, 잘못이겠지요. 5시 35분 것은 서고 7시 35분

것도 섭니다. 그러나 6시 35분 것은 서지 않습니다. 왜 그런지는 나도 모릅니다. 내가 이 노선을 타게 되면서부터는 줄곧 그렇습니다."

차장은 고개를 가로저으며 말했다.

"그 젊은 녀석…!"

"하하!" 차장은 또 한 입을 베어먹으며 말을 이었다. "아마 그는 틀림없이 퍼시일 거요. 그 녀석은 아주 제멋대로라서요. 그 녀석이 하는 말을 그대로 들으면 안됩니다. 그 녀석 때문에 엉뚱한 곳에서 내리게 된 손님들이 굉장히 많으니까요. 만일 내가 그 한 사람 한 사람에게서 1파운드씩 걷는다면 큰 부자가 될 정도지요."

도버는 슈트케이스를 던지듯 집어넣고 차장 맞은쪽 자리에 털썩 주저앉았다. 그리고 손수건을 꺼내어 얼굴을 닦았다.

"이 기차를 내려야 하오."

차장은 딱하게 여기는 눈치도 없이 "그거야 뭐, 문은 언제나 열리니까요. 기차가 설 때까지 기다리려면 기버포드까지는 이대로 타고 있어야 합니다" 하고 말했다. 그리고 묵직한 은회중시계를 꺼내어 보았다. "20분 뒤면 섭니다."

"중대한 문제가 있소" 하고 도버는 말했다.

차장이 그런 말을 듣는 건 이번이 처음이 아니며, 지금까지 몇 번이나 있었던 일이다.

"공교롭게도 난 만능의 신이 아니니까요……신이라면 도와줄 수 있겠지만."

"당신은 세울 수 있지 않소?"

"그야 할 수 있지요. 그러나 세우지 않습니다. 나는 샌드리 바빈턴에 살고 있으므로 기차를 세울 수 있다면 마누라가 저녁을 지어 줄텐데. 그러나 내 생각만 할 수는 없지요. 승객이 있으니까요." 차장은 선뜻 고개를 끄덕이며 말했다.

"나는 런던 경시청에 있는 사람이오." 도버는 이렇게 말하며 주머니 속을 뒤졌다. "어디에 내 승차 증명서가 들어 있을 텐데……."

차장은 고개를 저으면서 "그런 것은 아무 관계 없습니다. 마찬가지지요. 역시 안 됩니다" 하고 말하더니 작은 미트 파이 꾸러미를 폈다.

"이것은 중대한 범죄가 된단 말이오."

도버는 난처하여 얼굴을 찡그리며 말했다.

"기차를 세우는 일도 마찬가지입니다. 내가 이 일을 그만두어도 속죄가 안 될 정도로 큰 죄랍니다." 차장도 지지 않고 말했다.

"나는 이 기차를 내려야 하오!" 도버는 중얼거렸다.

"그럼, 뛰어내려 보면 어떻습니까? 땅바닥에 떨어졌을 때 멋지게 구르면 다치지 않을 수 있지요."

차장은 턱으로 문 쪽을 가리키며 말했다.

"이봐요, 나중에 후회할 거요." 도버는 위협을 했다.

차장은 조끼에 양쪽 손을 정성껏 닦았다.

"그럴까요?"

"어디 두고보자구!" 도버는 턱을 덜덜 떨면서 소리질렀다. "혼구멍을 내줄 테니까. 그때 가서 잘못했다고 후회해도 이미 때는 늦을 거요. 나라는 사람은……."

"좀 침착해요. 그 나이에 그렇게 화를 내면 몸에 나쁩니다."

차장은 태연하게 말했다.

도버는 화가 나서 어쩔 줄 몰라 몸이 굳어지며 주먹을 불끈 쥐었으나 마침내 하늘을 쳐다보았다. 그러나 그 눈에 구원의 손길이 보였다. 비상 경보의 끈이었다.

그러나 차장은 그것을 알아차리고 말했다.

"안 됩니다. 그것은 연결되어 있지 않으니까요. 앞 운전대에 있는 톰도 샌드리 바빈턴에 살고 있어서요…… 게다가 오늘은 이것으로 근무가 끝났습니다."

"흐음. 제기랄!" 도버는 신음소리를 내며 두 손으로 머리를 감싸 안고 말았다.

그 차장도 목석은 아니었다. 슬퍼하는 도버는 화를 낸 도버보다도 더 사람의 마음에 호소하는 힘이 있었다. 그는 친절하게 말했다.

"자아, 샌드위치라도 좀 드십시오. 무엇이 뱃속에 들어가면 기분이 나아집니다."

도버는 하라는 대로 했다. 남은 샌드위치를 다 먹어치우고 부슬부슬한 잼이 든 타아르를 두 개 가량 먹을 무렵에는 그의 기분도 조금은 가라앉았다. 자기의 불행도 꽤 객관적으로 바라볼 수 있게 되었다. 물론 매글레거에게는 딱하게 되었지만, 그것으로 그의 목숨이 끝나는 것은 아니다. 이제 그 일에도 익숙해질 것이다. 그리고 참아온 사람은 그밖에도 얼마든지 있다. 도버는 저도 모르게 껄껄 웃었다. 언뜻 보기에는 불행해 보이지만 실은 훌륭한 행복인지도 모른다. 그 젊은이도 쓸데없는 밖의 일에 이것저것 에너지를 낭비하지 않고 안의 일에만 전념할 수 있게 될지도 모른다. 도버는 또 웃었다.

차장은 이상스러운 듯 바라보고 있었다. 정말이지 이런 사나이는 지금까지 만나본 일이 없었다. 훌쩍거리며 자신의 불운을 한탄하는가 하면 다음 순간에는 웃고 있다니.

"어떻습니까. 기분이 좋아졌습니까?"

도버는 눈을 닦으며 "뭐요? 아, 아주 좋아졌소" 하고 말하고 웃음을 참느라 몸을 앞뒤로 흔들었다. "엎지른 물은 담을 수 없는 법이니까. 그리고 내가 몰라서 그렇지, 이런 꼴을 당한 자는 나 외에도 몇백 명이 있을 거요. 그냥 겉으로 보면 잘 모르겠지만……."

기차의 속도 리듬이 달라진 것을 알자, 차장은 인간성의 시비에 대해 이것저것 생각하던 것을 멈추고 귀를 기울였다.
"아아, 클레이그 건널목이군!" 그는 기운차게 외쳤다. "자, 빨리. 운이 좋았군. 자, 힘을 내시오……2초 가량밖에 기다리지 않으니까."
거절할 틈도 없이 차장은 슈트케이스를 번쩍 들어서 메더니 문으로 향했다.
"이봐, 대체 어쩌자는 거요?" 도버는 슈트케이스를 빼앗으려고 일어서며 소리쳤다. 그러나 기차에 브레이크가 걸리는 순간, 호되게 반대쪽 자리에 메어꽂히듯 쓰러져 버렸다. 그리고 얕은 여울에 빠진 고래와 같은 모습으로 가까스로 방향을 바꿔 일어섰을 때는 차장은 이미 객차의 문을 열고 있었다.
"당치도 않은 짓 말아!" 하고 도버는 소리쳤지만 그 목소리에 귀 기울일 그런 상대는 아니다. 기차가 덜컹덜컹 소리를 내고 멎자, 슈트케이스는 사정이야 어떻든 선로 위에 내어던져졌다.
"이 바보 같은 놈아!" 도버는 비명에 가까운 목소리로 악을 쓰며 슈트케이스를 가져오려고 비틀거리며 문 쪽으로 몸을 내밀었다.
"자아, 빨리요, 빨리." 차장은 한 푼도 안 들이고 사람을 돕게 되어 다행이라는 듯 소리를 질렀다.
"당치도 않은 짓이지!" 순간 다음 장면을 생각하고 도버는 소리쳤다. 그러나 어찌할 수도 없다. 건강을 위해 매일 아침마다 운동을 하고 있는 차장은 아무 말도 묻지 않고 경감을 붙잡았으므로 경감은 비틀거렸다. 그 순간 도버는 이미 문 밖으로 끌려나가 있었다. 나가지 않으려고 버둥거렸으나 멱살을 잡혀 꼼짝도 할 수 없었다. 도버는 매달리는 자도 없으므로 이 사마리아인의 명치를 한 대 치려고 했다. 그러나 그 일이야말로 당치도 않은 잘못이었다.

차장은 웃으며 그 일격을 피하더니 상대방이 연 바깥문을 누르고 뛰어내리기 좋은 태세를 취하게 했다. 다음으로 외투 깃을 바싹 움켜쥐고 허리에 한쪽 무릎을 대고 힘껏 눌렀다. 도버의 큰 몸집은 힘껏 밀려나갔으나 멱살을 꽉 잡혀 있었으므로 거꾸로 떨어질 염려는 없었다. 거의 부동자세로 선로에 발은 닿았으나 내리는 순간에 튀어나온 발판에 등을 힘껏 부딪쳤다.

 열차 앞쪽에서 발차 때 흔히 들을 수 있는 덜컹 하는 유달리 큰 소리가 들려 왔으므로 도버는 저도 모르게 비켜섰다. 몸을 틀어 이제 금방 일어났던 일을 생각할 겨를도 없이 기차는 이미 움직이고 있었다. 차장은 문을 쾅 닫고 열린 창문으로 유쾌한 듯 손을 흔들어 보였다. "몸조심하시오!" 하고 그는 소리쳤다.

 도버도 그럴 듯한 대답을 했다. 그리고 멀어져 가는 기차를 보고 손을 흔들며 멍하니 서 있었다. 이윽고 기차가 모습을 감추자 그는 그제야 자기가 서 있는 둘레로 시선을 돌렸다. "제기랄!" 하고 도버는 중얼거리고 다시 한 번 주위를 둘러보았다. "무엇이 인구 급증이야!"

 2010년이 되면 서 있기도 힘들게 된다니…… 당치도 않은 거짓말이지 하고 도버는 투덜투덜 혼자서 중얼거리고 있었다. 가까이 있는 들판에서 몇 마리의 소가 멍하니 그를 쳐다보고 있었다. 그는 손에 잡힐 만한 돌을 주워 소에게 던지려고 했다. 그러자 그때 흐릿한 문명의 빛이 눈에 띄었다. 오두막이다! 그 빛은 밭을 세 개쯤 지난 곳에 보였는데, 도버의 눈이 잘못 본 것이 아니라면 오두막이 있을 것이다.

 도버는 욕을 퍼부어 가며 슈트케이스를 집어들고 선로를 건너 기운차게 걸어갔다.

 '제기랄! 이 보복은 꼭 해줄 테다!'

윌리엄 디브덴과 누이동생 빌헬미나는 오후 6시 이후면 누가 오거나 절대로 문을 열어 주지 않기로 하고 있었다. 나이 먹은 연금 생활자가 침대 안에서 살해됐다는 이야기를 자주 들어온 두 사람은, 방심하는 일이 가장 무서운 일이라는 듯 조심하고 있었다.

빌헬미나는 찻잔을 들고 점점 개수대에 몸을 움츠렸다.

"어떻게 좀 해줘요. 저 사람들 금방 문을 부숴 버릴 것 같잖아요. 어떻게 좀 해줘요!"

윌리엄은 어떻게 하기는커녕 문을 두드리는 소리가 점점 커지고 끈질기게 계속되자 더욱 겁을 먹었다.

그는 중얼거리듯 말했다.

"한 사람뿐이야. 그렇게 말했잖아. 아주 어마어마하게 큰놈이야. 정말 악당 같은 놈이로군."

"어떻게 해봐요" 하고 빌헬미나는 말했다. 그녀는 '정신력만 있으면 안 되는 일이 없다'는 말을 전적으로 믿는 여자였다. "이제 곧 문을 부수겠네."

"나보고 어떻게 하라는 거야?"

"오빠는 권투 선수가 아니었어요?"

윌리엄은 코방귀를 뀌었다.

"그거야 벌써 40년 전의 일이 아닌가. 그리고 나는 밴텀급이었어."

"톰 플리처드를 녹아웃시켰을 텐데."

"그것은 그 녀석이 저 혼자서 미끄러져 기둥에 이마를 부딪친 거야."

"정말? 그건 처음 듣는 말인데. 오빠가 유명해진 것은 톰 플리처드를 녹아웃시켰기 때문이라고 생각하고 있었는데."

윌리엄은 한숨을 쉬었다. '말하는 것이 아니었는데. 동생은 절대로 잊어버리지 않으니까' 하고 생각했다.

"어떻게 해봐요." 빌헬미나가 또 말했다. "이런 소동이 언제까지나 계속하면 텔레비전도 볼 수 없잖아요."

"바보 같은 소리 하지 마."

"글쎄, 부탁이에요."

"너는 저놈을 보지 않았으니까 그런 말을 할 수 있는 거야. 집채만큼 우람한 놈이야."

"하지만 어떻게 해줘야 하잖아요."

"그럼, 네가 나가서 그렇게 말하면 될 것 아니야. 너는 여자니까, 저놈도 때리지야 않겠지."

이번에는 문을 걷어차는 소리 외에 무슨 말을 하는지 알아들을 수 없는 쉰 목소리가 들려왔다.

빌헬미나가 좋은 생각을 해냈다.

"오빠가 부지깽이를 들고 문 뒤에 숨어 있다가…… 내가 안으로 데리고 들어오거든 두들겨패 주면 어떨까요?"

"저 녀석은 나의 키의 갑절이나 돼." 윌리엄은 반대했다.

"그럼, 의자 위에 올라서면? 아무튼 어떻게 해야 할 것 아니에요. 이제 곧 문이 부서지면 어떻게 하려고 그래요."

윌리엄은 마지못해 부지깽이를 보았다. 그리고 가까스로 승낙했다.

"좋아, 하지만 저 녀석이 죽어도 내 탓은 아니야."

작전상 부엌의 의자를 문 뒤로 가져오는 데 시간이 좀 걸렸고 윌리엄이 그 위에 올라가는 데 또 시간이 걸렸다. 가까스로 올라가 보니 가장 중요한 부지깽이가 없다. 남자들이란 참 어쩔 수 없다고 투덜대며, 빌헬미나는 살금살금 부지깽이를 가지러 갔다.

"이제 됐어?"

윌리엄은 마지못해 부지깽이를 들고 고개를 끄덕였다.

빌헬미나는 빗장을 빼고 손잡이를 돌려 문을 2인치쯤 열었다.

"꽤 기다리게 하는군!" 도버는 고함을 치며 힘껏 문을 열고 안으로 들어갔다. 그 순간 의자를 헛디딘 윌리엄은 째지는 비명 소리를 지르고 옆벽에 부딪쳐 쭉 뻗어 버렸다.

"오빠!" 하고 부르더니 빌헬미나는 급히 오빠 옆으로 뛰어갔다.

"그런 것은 내버려 둬. 전화는 어디 있지?"

도버는 냉정하게 말했다.

"죽었어요!" 하고 그녀는 비명을 질렀다. "죽었어요! 정말이에요!"

"죽긴 누가 죽어!" 도버는 초조하여 메어붙이듯 말했다. 그리고 몸을 조금 굽혀 윌리엄의 멱살을 잡아일으켜 세우더니 몸을 흔들었다. "문제없어. 그런데 전화는 어디 있지?"

"그런 것 없어요." 그녀는 눈을 뜬 오빠를 부축하여 불 옆 의자에 앉히며 말했다. "돈이나 귀금속이 탐이 나서 들어왔다면 잘못 들어왔어요. 집에는……"

"그럼, 가장 가까운 전화는 어디 있지?"

"가장 가까운 전화요? 아, 알았다…… 가장 가까운 전화 말이지요? 이상한 것을 탐내는군요…… 정말이지."

도버는 윌리엄에게 얼굴을 가까이 갖다대고 소리쳤다.

"이봐! 가장 가까운 전화는 어디 있어?"

윌리엄은 나뭇잎처럼 부들부들 떨면서 의자에 앉은 몸을 점점 더 움츠렸다. 입은 움직였으나 목소리는 나오지 않았다. 도버는 초조하여 다시 한 번 그의 몸을 흔들었다.

"전화 말이야, 이 바보 같은 녀석아!"

빌헬미나는 비명을 지르고 윌리엄은 신음 소리를 내었다. 도버는 마구 욕을 퍼부었다. '화석 같은 사람을 만나다니, 정말 재수없군. 벌써 시간도 꽤 흘렀으니' 도버는 속으로 중얼거렸다.

윌리엄은 가까스로 입을 놀릴 수 있게 되었다. 그의 말에 의하면 가장 가까운 곳에 있는 전화는 곧장 가면 1마일 반, 길을 따라가면 3마일 밖에 있다는 것을 알았다. 다시 한 번 빌헬미나에게 물으니, 곧장 가려면 밀밭을 두 개 지나서 물이 불은 냇물을 건너, 황소를 놓아 먹이고 있는 해리슨 목장을 가로질러 가야만 한다는 것을 알았다.

도버는 빌헬미나의 의자에 털썩 앉았다.

"이봐요, 부인, 차 한 잔 주구려. 그래, 길을 따라 가려면 어떻게 가면 되오?"

길이 복잡한데다 윌리엄도 빌헬미나도 간결 명료하게 설명하는 재능이 없었다. 오른쪽으로 구부러지는지 왼쪽으로 구부러지는지 분명치 않은데다 크이절리 도로로 가는 편이 빠른가에 대해서도 오누이가 다투는 형편이었다. 도버는 무지막지한 손으로 두 사람의 머리를 맞부딪쳐 주고 싶을 정도였다.

"여봐요, 자동차나 오토바이를 가지고 있는 자는 없소, 이 근처에? 자전거라도 좋을 텐데……"

두 사람은 미안한 듯이 백발이 된 머리를 내저었다.

"나의 삼륜마차라면 있소." 윌리엄이 불쑥 말했다.

그러자 빌헬미나가 곧 흥분하여 "우리들의 것이에요!" 하고 바로 잡았다. "오빠 혼자의 것이라고?…… 이 사람 앞에서 그런 말은 하지 말아요."

"산 것은 나야." 윌리엄은 불쾌한 목소리로 말했다.

"오빠에게 그 돈을 꾸어 준 것은 나예요."

"절반밖에 안돼."

"그것도 아직까지 한푼도 갚아 주지 않았잖아요."

"그렇다고 해서 그것이 네 것이라고는 할 수 없어."

"누가 내 것이라고 그랬어요." 빌헬미나는 의기양양한 얼굴로 말했다. "절반은 내 것이라고 말한 것 뿐이에요."

"아아, 그렇게 말하는 거라면 얼마를 빌린 셈인가 말해봐. 내일 연금을 타면 곧 갚아줄게."

도버가 두 사람의 언쟁을 이렇게 오랜 시간 동안 내버려 둔 이유의 하나는 몸이 녹초가 되었기 때문이었다. 요 몇 시간 동안 너무 긴장을 했던 것이다. 그래서 되도록 무리는 거듭하지 않으려고 생각했다. 어쨌든 윌라튼을 떠난 뒤로 써야만 했던 에너지는 좋이 여느 때의 1년 분과 맞먹는 것이었다.

그는 서로 치고받기라도 할 것 같은 오누이에게 귀찮은 듯이 말했다.

"그래, 그 삼륜차는 어디에 있소?"

윌리엄은 벌떡 일어나더니 동생의 어깨를 밀어내며 지나갔다. 여기는 여자가 나설 자리가 아니라고 말하려는 듯했다.

"밖에 있는 오두막에 있소. 이쪽이오, 이쪽. 보여 주겠소."

"슬리퍼를 신은 채 뜰로 나가면 안 돼요." 빌헬미나는 윌리엄을 아무 소리 못하게 할 마지막 기회라는 듯이 말했다.

"걱정하지 마!" 하고 윌리엄이 말했다.

몇 분이 지나자 그는 자랑스러운 듯이 삼륜차를 끌고 나와 도버의 눈 앞에다 세웠다.

"신품처럼 훌륭해요, 이것은. 시계처럼 언제나 기름을 치니까 아주 깨끗하지요."

도버는 코에 잔주름을 접었다. 그리고 삼륜차와 윌리엄의 얼굴을 번갈아 보았다.

"이런 고물차를 당신은 정말로 타는 거요?"

"일주일에 한 번 연금을 타러 마을에 가니까…… 물건도 살 겸 이것을 타고 가지요. 잘 움직여요. 자전거처럼 뒤집힐 염려도 없고요."

 도버는 생각했다. 그리고 손(損)과 득(得)을 저울에 달아보았으나 아무래도 손실 편이 클 것 같았다.

 "좋소, 당신이 운전을 하시오. 나는 뒤쪽에 있는 이 가로대 같은 곳에 타기로 하지. 슈트케이스를 가지고 올 때까지 기다려줘요."

 "네?" 윌리엄은 깜짝 놀랐다.

 "내가 이것을 타고 도망갈 수야 없잖소. 당신이 안 가면 이걸 어떻게 돌려 주냔 말이오. 당신과 나야 이 세상이 시작된 이후로 처음 만난 아주 모르는 남이니까. 내가 그냥 타고 가 버리면 어쩌겠소?" 도버는 아주 그럴 듯하게 설명했다.

 윌리엄은 침을 꼴깍 삼키더니 쉰 목소리로 말했다.

 "당신을 믿지요."

 군(軍)의 방출품인 큰 외투를 입은 빌헬미나가 두 사람 곁으로 와서 말했다.

 "그건 안돼요. 그럴 순 없어요! 이 삼륜차는 나도 주주니까요…… 잃어버리면 곤란해요. 다만 부탁한다고 해서 전혀 알지도 못하는 사람에게 타고 도망치라고 내줄 것 같아요?……어림도 없지!"

 이런 강력한 응원군이 나타났으니, 도버가 지고 있을 까닭이 없다. 노인은 힘없이 말을 했지만 결국은 안장에 앉아 도버의 슈트케이스를 마지못해 핸들에 잡아맬 수밖에 없었다. 빌헬미나가 엷은 카키색 스카프를 그의 목에 감아주자, 도버는 한쪽 발을 뒤쪽 가로대에 걸치고 또 한쪽 발로 땅바닥을 힘껏 차서 차에 탄력을 넣어 주었다.

 전화 부스까지 가는 도중 여러 가지 일이 생겨 윌리엄은 물론 도버도 기진맥진이었다. 우선 첫째로 윌리엄이 제대로 페달을 밟으려 하지 않는 데 문제가 있었다. 처음에는 심장이 나쁘다고 하고, 다음에는 다리가 아프다고 하고, 끝에 가서는 몹시 어지럽다고 하는 형편이었다.

도버는 상대방의 귀에 대고 가차없이 소리를 질렀다.

"그렇게 말하지 말아요, 잠자코 페달만 밟으란 말이오!"

최대의 곤란은 언덕길에 접어들었을 때 시작되었다. '이건 도무지!' 하고 도버는 생각했고 그대로 들으라고 입 밖에 내기도 했다. 그 언덕은 기껏해야 반 마일밖에 안 되는 것이었고, 아주 비스듬히 기울어진 밋밋한 비탈길이었다.

'내가 차에서 내릴 수야 없지! 이 바보 같은 윌리엄, 징징 짜는 소리만 하지 말고 자꾸 달리면 되련만. 그 녀석이 숨이 끊어져 어쩔 수 없게 되면 이 도버 나리가 때로는 한쪽 발을 내려 땅바닥을 밀어 주는 것도 좋겠지만……'

"아아, 그만, 그만, 부탁이오!" 윌리엄은 헉헉거리며 말했다. "아까처럼 하면 내 몸이 부서진단 말이오, 그리고 페달이 헛돌아서 어쩔 도리가 없소."

그러나 도버는 불만스러운 듯이 코를 킁킁거렸을 뿐 아니라 윌리엄의 스피드가 떨어지자 무턱대고 한쪽 발로 땅바닥을 찼다. 더구나 그 사이사이에 소리를 질러 기합을 넣기도 하고 등을 세게 치기도 하며 독촉을 했다. 다행히 마지막 500야드는 내리막길이었다. 윌리엄은 시속 몇 마일이라는 빠르기로 발을 회전시켰으나 겁에 질린 도버는 두려움에 일그러진 얼굴로 거대한 문어처럼 윌리엄의 목에 매달려 있었다.

스피드가 늘고 전화 부스가 점점 가까워졌다.

"브레이크요!" 하고 도버는 악을 썼다. "브레이크를 걸어요!"

윌리엄은 이가 딱딱 맞부딪치도록 떨고 있었으므로 브레이크가 듣지 않는다는 말을 하려 해도 할 수가 없었다. 두 사람은 전화 부스 앞을 지나쳐갈 뻔했다. 도버는 윌리엄이야 어찌 됐던 개의치 않고 뛰어내렸다. 그러자 삼륜차는 완전히 균형을 잃고 큰길을 엇비슷하게 가로지르더니 개천에 빠져 가까스로 멈췄다. 위태로운 데서 나가떨어진 윌리엄은 길가 풀밭 위에 엎어진 채 기침을 하며 헉헉 숨을 몰아쉬고 있었다. 정신을 잃었다는 것은 도버가 보아도 알 수 있었다. 그는 잠자코 성큼성큼 다가가더니 노인의 몸을 훌쩍 뒤집어놓았다. 그가 더듬은 세 번째 주머니에 지갑이 들어 있었다. 나쁘다는 생각도 없이 그는 거기서 필요한 4펜스를 꺼내고 나머지는 다시 주머니 속에 넣어 놓았다.

15

경찰차는 월라튼에서 15분 만에 도착했다. 윌리엄은 그때 이미 삼륜차를 도로 위로 끌어올리고는 있었지만 돌아갈 기운은 아직 없었다.

"저 사람도 태워다 줄까요?"

운전 기사는 도버의 슈트케이스를 트렁크에 넣으며 말했다.

"저자 때문에 허비할 시간이 없네! 나는 일이 기다리고 있어!" 도버는 자동차를 타며 거칠게 말했다.

도버가 무릎 위에 앉을까봐 몸을 옆으로 피하며 서장이 말했다.

"그 말을 듣고 안심했네."

"아아, 서장님이십니까" 도버는 기분나쁜 듯이 말했다.

"누군 줄 알았나?" 백설공주와 7인의 난쟁이인 줄 알았나?

도버는 잠자코 있었다.

"그런데 말일세, 도버. 이 알 수 없는 연극을 하기 전에 자네의 충분한 설명을 듣고 싶은데…… 지금 이 자리에서 말이야. 그 편지 덕분에 지금 월라튼 경찰서는 불러모은 경관들로 붐비고 있네. 그들은 고사하고 나도 뭐가 뭔지 전혀 알 수 없네. 자네도 모르는 것 같은데

…… 그렇지, 내 말이 맞지!" 서장은 쌀쌀한 어조로 말했다.

도버는 아주 불만스러운 표정을 지었으나, 그것도 헛일이었다. 서장은 그의 얼굴을 보려고도 하지 않았던 것이다. 서장은 화가 난 듯한 목소리로 말했다.

"아무것도 걱정할 것은 없네. 내가 현상태로 눌러 놓았으니까."

도버는 도저히 믿을 수 없다는 어조로 말했다.

"그런데 여기는 어디쯤 됩니까?"

"내가 보기엔 좁은 비탈길을 올라온 곳이군."

"되도록 빨리 그 호텔로 돌아가야 하는데…… 매글레거의 일이 좀 걱정되어서……"

"이봐, 테일러, 들었나?" 서장이 운전 기사에게 소리쳤다. 그리고 중얼거리듯이 "이 사나이는 서 안에서 들은 일은 잊지 않는 유일한 친구라네. 매글레거가 어쨌다는 건가?" 하고 말했다.

"아니, 그는 말하자면 일종의 미끼입니다, 서장님." 도버는 상대방의 비위를 맞추려는 듯 말했다. 그가 이야기 끝에 '서장님'이니 '부장님'이니 하는 경어체의 말을 붙인 것은 지금가지 한 번도 없었던 일이었다.

"그래서?"

"그래서…… 저어…… 기차가 서지 않는 통에 만사가 조금 계산 착오를 일으켰어요. 나는 늦어도 6시 45분까지는 월라튼으로 돌아갈 예정이었지요. 그 뒤 서장님에게 연락하여 모두 매글레거를 지켜야겠다는 속셈이었습니다. 녀석들이 매글레거를 붙잡아 간 곳을 찾아가 현행범으로 일망타진할 작정이었지요."

"녀석들이란 누구를 말하는 건가?"

"물론 '부녀회' 사람들을 말하는 거지요."

서장의 머리에서 김이 오르는 게 아닐까 여겨질 정도였다. 그는 화를 내며 소리쳤다.

"부녀회라니! 대체 이것이 부녀회와 무슨 관계가 있단 말인가?"

"이 일련의 사건 배후에는 부녀회가 있습니다." 도버가 말했다.

"참 어리석기는! 자네는 머리가 좀 이상해진 게 아닌가. 의사에게 보여야겠군, 정말이야. 틀림없이 과로일 거야. 그래서 머리가 이상해진 것일세. 정말 어리석군. 우리 집사람도 부녀회에 들어가 있는 것을 알고 있나?" 서장은 천천히 말했다.

"그 때문에 나는 서장님에게 신중히 행동한 겁니다. 어느 집 부인이고 다 부녀회에 가입해 있거든요. 그러므로 내가 만일 매글레거를 내세워 꾸민 계획의 일부를 서장님에게 이야기하면, 5분도 되기 전에 온 거리에 알려질 겁니다. 여자들은 비밀 경찰도 우습게 알 정도의 조직력을 가지고 있으니까요. 생각해 보십시오…… 월라튼의 여자는 두 사람에 한 사람은 스파이가 될 수 있단 말입니다. 생각만 해도 끔찍합니다."

"으음, 그건 분명히 그래."

"그러나 실제로는 굉장히 간단하지요. 일단 그 내막을 알게 되면."

도버는 상대방을 안심시키는 어조로 말했으나, 실은 그것이 그의 본심이기도 했다.

"그 비밀이라는 것을 알려 주었으면 하네. 부녀회가 했다는 것이 무슨 일인가?"

"해밀튼 사건부터 시작하지요." 도버는 확고한 어조로 말했다. 그러나 그 나름의 이야기를 체계적으로 하지 않고서는 중요한 계략을 말할 생각은 없었다. 그렇지 않아도 오늘은 혼이 났는데, 거기다 여기서 붉은 얼굴의 서장이 심장마비라도 일으키는 날이면 큰일이라고 생각했기 때문이다. "해밀튼의 일은 기억하고 있겠지요? 그가 자택의 앞뜰에서 개밥처럼 되어 있던 것을……? 그런데 이 해밀튼이란 사나이는 꽤 많은 깡패들과 연관이 있어 그들의 일에 돈을 대어 주었다는 사실을 알게 되었습니다."

"설마!" 서장은 놀라서 큰 소리를 질렀다. "전혀 모르는 일인데, 내가 그걸 몰랐다니 어떻게 된 일일까?"

"그런 일은 지금 신경쓸 것 없습니다. 지금은 전혀 관계없는 일이니까. 해밀튼과 관련짓고 있던 자들은 본격적인 악당이긴 하지만 살인광은 아닙니다. 살인자란 일부러 죽은 사람을 토막내는 데 시간과 에너지를 소비하지 않아요. 즉 해밀튼 살해의 이면에 있는 동기는 그것과는 전혀 다른 것이었습니다." 도버는 당황하며 말했다.

"그런데 역시 부녀회가 관계했단 말인가?"

서장은 비꼬아 대는 어조를 얼마쯤 누그러뜨리며 물었다.

도버는 고개를 끄덕이며 말했다.

"사건의 대강 줄거리는 이렇습니다. 즉 해밀튼은 여느 때처럼 컨트리 클럽에 나갔습니다. 그는 좀 과음하여 택시를 타고 집으로 돌아갔지요. 별로 달라진 데는 없었습니다. 전에도 그런 일은 있었으니까요. 그런데 그 택시 운전 기사는 암스트롱이라는 사나이였습니다. 그는 장님이나 다름없는 자였는데, 별로 고생도 않고 해밀튼의 집을 찾았다고 합니다. 그런데 민튼 거리는 어느 집이나 똑같은 구조로 되어 있으며 주택 번호는 한낮에도 알아보기 힘든 곳이지요. 그렇다면 암스트롱이 쉽게 해밀튼의 집을 찾아냈다는 것은 어떻게 된 일인가…… 문제는 이렇게 됩니다."

"그래서? 전혀 짐작이 안 가는데!"

"답변은 간단합니다. 암스트롱은 찾아낸 것이 아닙니다. 분명히 25라는 번호가 달린 집 앞에 서기는 했으나, 그곳은 해밀튼의 집이 아니었지요. 그것은 이웃집이었으며, 그곳 문 위의 창문에는 주택 번호를 크게 써서 잘 보일 수 있도록 붙여 놓았습니다. 그것을 붙여 놓은 것은 부녀회 사람들입니다. 적어도 나는 그렇게 생각하고 있습니다. 그래서 암스트롱은 그 큰 글씨를 보고 차를 세웠지요. 택시를 내린 해밀튼은 자기 집과 똑같은 그 집으로 아무 경계심도 없이 들어갔습니다. 술이 많이 취해 있었으므로 조금 다른 것은 알아보지 못했겠지요. 집안에서는 모두들 기다리고 있었습니다. 그가 그 집으로 한 발 들여놓는 순간 그녀들은 그를 붙잡아……"
"부녀회 사람들이 말인가?" 서장도 이번만은 암전했다.
"물론이지요. 그 집은 수의사 미스 피스크의 집입니다. 그녀는 부녀회의 지도적인 회원이지요."
"설마 그녀가 그랬다는 말은 아니겠지?"
서장은 깜짝 놀라며 물었다.
"그거야 물론이지요. 아시겠습니까, 그녀에게는 공범자가 있어요. 그러나 주범은 그 여자입니다. 수술을 하는 것은 그 여자니까 당연한 일이지요."
"무슨 수술을?"
"물론 해밀튼에게 하려는 수술 말입니다. 그렇지 않고선 왜 해밀튼을 붙잡았겠습니까?"
"글쎄." 서장은 대답이 궁하여 고개를 내저었다.
"이것은 물론 내 추리지만……줄거리만은 분명합니다. 그녀들은 해밀튼을 강제로 끌고 들어갔습니다. 서장님이 잘 본 미스 피스크가 안성맞춤인 수술실을 가지고 있는 것은 알고 계시지요? 어쨌든 그런 것을 가지고 있습니다. 보통은 동물용으로 쓰이지만, 수술실임에는 틀림이 없지요. 거기서 수술이 시작되었는데, 도중에 해밀튼이 죽었기 때문에 계획이 완전히 틀어져 버렸지요. 고양이가 비둘기 떼 속으로 뛰어든 듯한 소동이 벌어졌을 겁니다. 어쨌든 시체가 모든 사람 앞에 남게 되었으니까요. 더구나 수술 자국이 분명히 나 있는 시체가 말입니다. 모두 당황하여 어떻게 해야 좋을지 몰라 쩔쩔맸겠지요. 수술 자국을 감추기 위해 가엾게도 해밀튼의 몸을 토막내기로 한 것인데, 그들은 그것을 아주 그럴 듯하게 해치웠어요. 다음으로 시체와 옷을 날라다 그것을 그의 집 앞뜰로 담 너머에서 집어던진 거지요. 그때는 이미 한밤중이라 물론 목격자도 없었을 테고."

서장도 앞자리에 앉았던 운전 기사도 지금 한 이야기의 내용을 다시 한번 생각하며 잠자코 있었다.

"나도 지금까지 실없는 말을 꽤 많이 들어왔지만 분명히 말해서…… 좀 심한 표현일는지 모르지만…… 지금 들은 어리석은 이야기는 그 중에서도 최고이군." 서장이 말했다.

도버는 뿌루퉁해서 말했다.

"그러나 이치야 제대로 맞는 이야기 아닙니까. 서장님이 트집을 잡고 있을 뿐이지요."

"그건 그렇다 치고, 해밀튼은 언제나 자기 차로 컨트리 클럽에 다니잖았나. 그렇다면 그날 밤에 한해 그가 반은 장님이나 다름없는 운전 기사가 운전하는 택시로 돌아간다는 것을 어떻게 알았단 말인가?"

"누가 밀고했겠지요."

"누가?"

"그건 모르오." 도버는 화가 난 듯한 어조로 말했다. "누군가이겠지요. 그리고 첫째로 그런 일은 중요하지 않소. 하찮고 자잘한 일입니다."

"그럼, 그 여배우인 도리스 더우티가 한 증언은 어떻게 되나?"

"아아, 그것 말인가요. 그러나 그녀도 부녀회 회원이니까요. 그녀의 증언 같은 것은 기록한 서류나 마찬가지로 아무런 값어치도 없습니다. 그녀가 지껄이는 것은 다 시켜서 하는 일이라 물을 때마다 정신나간 앵무새처럼 되뇌고 있었을 뿐입니다. 녹색 트럭도 거짓말이고, 두 남자가 내렸다는 말도 거짓말입니다. 그것은 모두 연막작전이었소."
"그런데 말일세, 도버." 서장은 하찮은 남자에게 말하는 듯한 어조로 조용히 말했다. "생각해 보면 이상하지 않은가? 미스 피스크처럼 훌륭하고 존경받는 여성이 대체 왜 해밀튼 같은 사나이를 유괴해서까지 수술할 필요가 있었을까?…… 대체 무엇을 하려고 했단 말인가? 맹장이라도 자르려고 했을까?……"
"아니오, 거세하려 했던 겁니다." 도버는 침착하게 말했다.
"뭐라고?" 서장의 혈압은 마치 맨해턴에 있는 마천루의 엘리베이터처럼 올라갔다.
"좀 묘하게 들릴지도 모르지만 그녀와 그녀의 동료들이 하려던 것은 틀림없이 그 일이었습니다. 그것만은 분명히 말할 수 있습니다. 해밀튼의 소문은 당신도 잘 알고 있겠지요. 그 녀석은 여자에 대해서는 아주 지독한 악마였지요. 게다가 서장님은 부녀회에 대해서도 잘 알고 있을 겁니다. 어쨌든 이 두 가지가 정면 충돌한 셈입니다. 실제적으로 여성 단체인 부녀회는 해밀튼의 생활 태도에 강력히 반대했지요. 그녀들은 이마를 모으고 그 녀석의 여자놀이에 종지부를 찍게 할 방법을 의논한 겁니다."
"그런 일을 믿을 수 있다고 보나!" 서장은 울상이 되어 소리쳤다.
"서장님의 조카님인 코클란 순경도 같은 꼴을 당한 겁니다."
"이봐, 말 같지도 않은 소리를!"
도버는 가차없이 말했다.
"아니, 그게 사실입니다. 물론 세밀한 점에서는 약간의 차이가 있겠지요. 그의 경우는 분명히 졸리엣 부인이라는 하숙집 여주인이 주모자이고, 그것을 도운 것이 교구 간호사를 그만둔 하숙하는 여자였지요. 어느 일요일 밤, 그녀들은 그가 돌아오기를 기다리고 있었을 겁니다. 그리고 거기서 미스 피스크가 수술을 하기로 되어 있었던 겁니다. 그 일이 끝나자 졸리엇 부인은 그가 휴가를 취소했다고 말하고 상처가 나을 때까지 아무도 만나지 못하게 한 거요. 그렇지 않고서야 그 사람이 1주일 동안이나 누운 채로 있었다는 일 자체가 이상하잖습니까. 그는 수술 후의 요양을 하고 있었던 거지요. 졸리엇 부인과 그 집에 하숙하는 여자가 시중을 해준 겁니다. 나는 당신네 경찰 의사를 만나 확인해 보았소. 그의 말로는, 조카님이 받은 그런 수술은 대개 1주일이면 회복한답니다. 아니, 앞뒤가 착착 맞지 않습니까. 졸리엇 부인도 그 간호사였던 여자도 부녀회의 회원입니다. 이밖에 무슨 증명이 필요합니까."
그러자 서장은 화난 목소리로 소리쳤다.
"아직, 얼마든지 필요하지. 이를테면 피터는 왜 자살했나?"
"아주 좋은 질문입니다. 그 부인들이 자기네들 신상에 일어난 일을 전혀 입 밖에 내지 않은 것은 어째서라고 생각합니까? 그녀들의 입장에 서서 생각해 보십시오. 공공연히 말하고 다닐 수 있는 일이라고 생각합니까? 나 같으면 도저히 그렇게 못합니다. 게다가 카사노바 같은 여색가라는 사실도 나 같으면 자랑으로 생각지 않습니다. 젊었을 때라면 이야기는 달라지지만……."
도버는 만족스럽게 고개를 끄덕이며 말했다.
"피터는 자살한 거야. 나는 그 까닭을 묻고 있는 걸세!"
"정기 건강 진단입니다. 그는 그 월요일 아침 출근을 했습니다. 그 건강 진단이 머지않아 실시되리라는 걸 알았습니다. 거짓말이라고 생각된다면 서의 형사들에게 물어보면 알 겁니다. 서장님의 조카는 충분히 알고 있었어요. 의사에게 보이는 날이면 비밀이 백일하에

드러난다는 것을. 의사도 결국은 사람입니다. 그래서 그는 비밀이 탄로난다는 일을 참고 견딜 수 없었던 거요. 온 거리의 웃음거리가 되고, 뒤에서 웃으며 놀려대리라고 생각했던 겁니다. 전에는 여자 아이들을 쫓아다니며 훌륭한 남자다움을 자랑으로 삼아 왔으니까요. 가엾게도 그는 탄로나는 일이 견딜 수 없었던 것 같습니다. 당연한 일이지요. 그래서 캐리 곶으로 갈 수밖에 없었던 겁니다. 물론 우연히 그곳을 택한 것은 아니지요. 즉 유체(遺體)가 발견되지 않도록 했던 겁니다. 음독, 가스, 권총……모두 검시가 있어요. 그렇게 되면 거세한 상처를 안 볼 리가 없지요."

"그러나 도저히 믿을 수 없네. 우리 집사람도 부녀회의 회원이지만, 그 사람은 코클란을 아주 훌륭한 아이라고 생각하고 있었네. 집사람이 코클란을 거세한 무리의 한 사람이었다니 그건 무슨 뜻인가? 이치에 맞지 않는 일이잖는가."

"아아, 아마 부인은 아무것도 몰랐을 겁니다. 뭐니뭐니 해도 부인은 월라튼에 살고 계신 것도 아니고, 이런 것은 몇몇 중심 인물이라고 할까 투쟁적인 지도자에게만 알려지는 성질의 것인지도 모르니까요."

"그러나 모두 훌륭한 여자들뿐이야. 이런 일이 알려지면 굉장한 스캔들이 될 것 아닌가."

"그야." 도버는 몸을 뒤로 기대며 볼을 불룩하게 해 가지고 말했다. "이번에는 어김없이 알려지겠지요. 이제는 숨겨 둘 수도 없소. 게다가 타격을 받는 것은 부녀회 회원들만이 아닐 것입니다. 미스 피스크와 그 동료에게 뿌리를 잘린 불쌍한 다른 남자들은 어떨까요?……그들도 그다지 좋은 기분이 들지는 않겠지요."

"그럼……내 조카와 해밀튼 외에도 또 있단 말인가?"

"몇십 명이 있어도 이상한 일은 아닙니다."

그렇게 말하더니 한숨을 쉬며 덧붙였다.

"그 수는 이 월라튼에서 여성에게 필요 이상의 흥미를 나타내는 남자가 몇 명 있느냐 하는 부녀회의 훌륭한 여성들의 판단에 달려 있으니까요. 나도 그 외에 세 사람은 알고 있습니다."

"아니, 정말인가?" 서장은 저도 모르게 신음 소리를 냈다.

"우선 얼간이 택시 운전 기사인 암스트롱이 있지요. 그 녀석은 부녀회의 한 회원의 주선으로 1주일 가량 정신병원에서 치료를 받는 다면서 모습을 보이지 않았답니다. 거참, 정신병 치료라니 기가 막힙니다. 암스트롱이 좋아하던 일이 무엇인지 서장님도 알고 계시겠지요? 그런데 그녀들이 그것을 제대로 고친 겁니다. 그리고 초온시 더븐포트라는 사나이도 그렇고요."

"초온시 더븐포트라고? 그 사람은 나도 꽤 잘 알고 있는데, 여러 번 만난 일이 있지. 설마 그가…… 아니, 그러고 보니 놀라운 일인데."

서장의 눈이 심술궂게 번쩍였다. "그러고 보니 그는 기억을 잃기도 하고, 엉터리 같은 말을 지껄이기도 하는 등 묘한 데가 있었어. 실종된 일도 있었고. 아, 그랬었군. 아무래도 수상한 데가 있어서 나는 그 무렵에 수상쩍다고 말한 일이 있었네. 그 인간을 알고 있었으므로, 보나마나 바의 여자를 데리고 브라이턴에 1주일쯤 어정거리고 있었으려니 했는데. 그러고 보니 최근에는 분명히 얌전해졌다. 나는 그녀석의 마누라가 앙앙거려서 그러는 줄만 알았지…… 그 녀석은 마누라의 돈으로 살고 있으니까…… 그런데 자네의 말을 듣고 보니……."

"나는 어떤 사실을 알고 있습니다. 요전에 그 사람의 친구 하나가 농담삼아 자네도 꽤 여자다워졌다고 말했더니 그는 굉장히 화를 냈다더군요. 초온시는 그것을 농담으로 받아들이지 않은 겁니다."

"그런데 거세하면 정말 그렇게 되는가?"
서장은 대단한 흥미를 느낀 모양이다.
"그런 가능성은 있는 것 같습니다. 아무튼 당신의 형사가 의사에게 보이면 어떻겠냐고 했더니 초온시란 자는 쏜살같이 뛰어나가 버렸거든요. 역시 똑같은 일이지요. 그리고 뷔치 형사가 말하던 남자도 있습니다. 그 사람의 부인은 아이들을 열두 명쯤 낳았다는군요. 그래서 부녀회에서는 그만 낳아도 된다고 생각한 모양이지요. 그 사람이 한 이틀 모습을 감춘 일이 있었다는데, 지금 생각해 보니 그 사람의 경우는 불임 수술만 했던 모양입니다. 같은 수술이라도 다르니까요."
"그런가?" 서장은 혀로 입술을 핥듯이 해 가며 물었다.
"거세되면 전혀 힘을 못 쓰지만 불임 수술을 하면 아이만 낳을 수 없는 일로 끝나지요."
"그래서?"
도버는 상세한 설명은 이제 그만두려는 듯한 어조로 말했다.
"뭐, 그렇게 상세한 것까지 다 알고 있지는 못합니다. 당신의 경찰 의사에게서 일반적인 상식만 들었으니까요. 나는 그 방면에는 그다지 관심이 없어서요."
서장은 갑자기 현실적인 문제로 돌아와 반박했다..
"그러나 증거가 없지 않은가? 초온시 더븐포트도 말이야⋯⋯ 그가 증언대에 서서 미친 여자들에게 거세를 당했다고 말할 리야 없을 테니. 그밖에 또 무슨 일이 있나?"
도버는 고개를 가로저으며 말했다.
"아니, 증거를 잡기는 우선 무리겠지요. 부녀회 사람들도 바보는 아니니까요. 그중 한 사람이 비밀을 누설시킬 마음을 먹는다면 모르지만, 그런 일은 없다고 봐야 할 테니까 영장을 내밀 근거가 없지요. 하물며 판사나 배심원을 납득시킨다는 것은 말도 안 되는 일이라서 매글레거를 내세워 한바탕 연극을 벌일까 했던 겁니다."

"설마 매글레거에게 시키겠다, 그것은 아니겠지…… 그 수술을……?"

도버는 고개를 끄덕이며 말했다.

"달리 방법이 없습니다. 그녀들에게 마음놓고 준비를 갖추게 내버려두었다가 갑자기 쳐들어가 일망타진한다는 것이 나의 작전이었지요. 그 준비를 하는 데 굉장히 애를 썼습니다." 꽤 분한 듯한 어조였다. "정말 피로하군요…… 요전 가이 포크스 기념일(영국 국회 의사당의 폭파를 도모한 반역자 가이 포크스의 처형 기념일에 시민은 허수아비를 태우고 마구 떠들어댄다. 11월 5일) 밤 이후로, 매글레거 같은 바람둥이는 본 일이 없다고 돌아다니며 소문을 퍼뜨리고 색광이라고 거짓말을 했지요……" 하고 말하며 도버는 얼굴을 찡그렸다. 말에 박력이 없다고 여겨졌기 때문이리라. "며칠을 그 일에 열중했었지요. 하지만 불평을 해도 별 수 없는 일이지요. 이제는 이런 일에 익숙해졌어야 할 판이니까요. 그야 누구에게 도움을 받을 수도 있지만 정확하게 하려면 내 손으로 할 수밖에 없으니까요."

"그럼, 자네는 매글레거를 월라튼의 여자들을 위협하는 색마로 만들려고 했군."

서장은 생각에 잠긴 얼굴로 말했는데, 그는 도버가 말한 이상의 것을 추리할 만한 머리가 있는 모양이었다. "그렇게 해 두면 다른 남자들이 당한 것처럼 매글레거도 수술을 받게 되리라고 생각했다 이거지…… 그런데 어떻게 부녀회 사람들이 자네 계산대로 움직여 주리라고 생각했나."

도버는 얼굴을 찡그리더니 노틀 서장은 어째서 너나할 것 없이 걱정만 하는지 모르겠다고 생각하며 점잔을 빼고 말했다.

"틀림없이 움직입니다. 아니, 움직이지 않을 수 없게 되지요. 매글레거의 소문은 곳곳에 퍼져 있고, 이쪽에서는 매글레거를 매일 밤 컨트리 클럽으로 보내고 있으니까요. 더구나 나는 그가 노리고 있는 것은 부녀회 사람들이라고 말해 두었어요. 즉 그가 해밀튼과 부녀회의 관계를 눈치채고 있는 것 같다고 말입니다. 이렇게 되면 부녀회 사람들은 자기네 신상의 안전을 도모하려면 그를 처치할 수밖에 없다는 결론이 나오지요."
"아무래도 자네가 하는 말을 잘 납득할 수 없단 말이야. 하지만 그를 처치해 봐야…… 저어…… 자네가 말하는 식의 처치를 해봐야 소용이 없는 일이지. 그것으로 안심할 수야 없지 않은가. 그렇게 되어도 그는 얼마든지 지껄일 수는 있으니까. 그러나 설마 그를 죽이거나 하지는 않겠지?"
도버는 놀란 듯한 목소리로 말했다.
"천만에요! 그녀들은 살인광이 아니란 말입니다. 그리고 매글레거가 지껄일 리도 없지요. 지금까지도 입밖에 낸 사람은 아무도 없잖소. 또 바로 그 점이 부녀회 사람들이 노린 점이지요. 피해자로서 지껄이는 자는 절대로 없어요."
서장은 자기도 모르게 몸을 부르르 떨면서 말했다.
"그럼, 그 매글레거라는 사나이는 배짱이 대단하군. 그렇게 위험한 일을 어떻게 자진해서 할 생각이 들었지. 나 같으면 안 하겠네."
"실은 그는 아무것도 모릅니다."
도버는 있는 힘을 다해 태연한 태도로 말했다.
"뭐라고?"
"본인에게는 말하지 않는 편이 나을 것 같아서 그랬습니다. 도무지 까닭을 모르겠다고 말하면 골치 아프니까요. 내가 런던으로 돌아가겠다는 말은 해 두었지만, 그 뒷계획은 그냥 내버려둔 셈입니다."

"그러나 그도 자네의 태도가 좀 이상하다는 것쯤은 눈치챘을 것 아닌가."
도버는 재미없는 듯한 얼굴로 말했다.
"그런 일은 절대로 없습니다. 하지만 나는 모든 것을 면밀하게 계획을 세워놓았으니까요. 나는 오늘 밤 기차로 월라튼을 떠나고 매글레거는 내일 아침 첫차로 떠난다고 퍼뜨려 놓았는데, 이것은 그들이 오늘 밤 안으로 움직이게 만들려는 나의 계산입니다. 그렇게 해두면 그들이 매글레거를 수술하여 1주일쯤 어디다 숨겨 두어도 그에 대해 이상한 말을 할 사람이 없는 셈이니까요. 그의 행방을 모르는 일마저 문제가 되지 않지요. 비록 문제가 되었다 하더라도 실제로 무슨 일이 있었느냐 하는 일에 대해서는 당사자인 본인이 입을 다물 게 뻔하니까요."
서장은 시계를 보았다.
"벌써 9시가 되었는데."
도버는 불쾌한 듯이 건성으로 대답했다.
"문제없습니다. 그들은 더 늦어야 행동을 개시할 테니까요."
"그렇게 생각하고 싶군."
"기차가 쉬지 않고 지나간 일은 내 책임이 아닙니다. 거기서 선다는 말을 분명히 들었으니까요." 도버는 반박했지만, 여기서 무슨 실수를 저지르게 되면 책임은 모두 자기에게 돌아온다는 것을 뼈저리게 느끼고 있었다.
경찰차가 호텔 앞에 닿자 서장은 말했다.
"자, 다 왔네. 그래 이제부터 어떻게 할 건가?"
도버는 무뚝뚝하게 창 밖을 내다보며 말했다.
"우선 매글레거가 아직 호텔에 있는지를 조사해 봐야지요. 어쩌면 아직 있을지도 모르니까."

운전 기사가 시동을 껐다.

"나는 여기서 나갈 수 없습니다. 나갔다가는 지금까지의 노력이 수포로 돌아가지요."

도버는 말했다.

"그럼, 테일러를 보내지." 서장이 말했다.

"아니, 그건 안 됩니다. 제복을 입고 있어서. 그들은 매글레거를 데리고 나오기 위해서 망을 보고 있는지도 모릅니다. 경관이 들어오는 것을 보게 되면 계획이고 뭐고 다 끝장입니다."

"그럼, 어쩌라는 건가?" 서장이 초조해 하면서 물었다.

"서장님, 살짝 들어갈 수 없겠습니까?"

"미안하지만 나에게는 그런 버릇이 없네. 그리고 이 근처에서는 좀 얼굴이 알려져서 제복이 보이지 않도록 자네 모자와 외투를 테일러에게 빌려주면 어떤가?"

"그보다 서장님 것을 빌리는 것이 낫습니다."

테일러가 서슴없이 말했다.

서장은 단호히 말했다.

"아냐, 경감 것이 자네에게 딱 맞을 거야. 자, 빨리 하게. 이런 데서 밤새도록 머뭇거리고 있는 것은 질색이니까."

도버는 좁은 차 뒷좌석에서 거북함을 느끼며 중산모와 먼지투성이가 된 외투를 벗었다. 그리고 테일러는 뒤에서 넘겨주는 옷을 마지못해 몸에 걸쳤다. 도버와 서장은 그가 길을 건너 호텔로 들어가는 것을 물끄러미 쳐다보고 있었다. 중산모는 눈 바로 위까지 오게 푹 눌러쓰고 외투 자락은 거의 땅바닥에 닿을 것 같았다.

그러자 서장이 심술궂게 말했다.

"저 녀석, 쓰레기통 옆에 서 있으면 아마 잔돈푼과 차 한 잔쯤은 얻어걸릴지도 모르겠군. 잘못하게 되면 곧 112에 전화를 걸지도 모르지만."

도버는 벌컥 화를 내며 말했다.

"저것은 좋은 외투입니다."

"그렇겠지." 서장은 대수롭지 않게 맞장구를 쳤다. "그러나 그 녀석 행동은 빠르군. 벌써 나왔네."

테일러는 초기의 채플린 영화를 연상케 하는 모습으로 허둥지둥 길을 건너와 차 안으로 들어온 다음 안도의 숨을 쉬었다.

"그래, 어떻게 됐나?" 하고 서장이 말했다.

"그는 없습니다." 테일러는 작은 목소리로 대답했다. "한 시간쯤 전에 나갔다는군요. 간 곳은 어딘지 모르지만 전화가 걸려 와서 나간 모양입니다. 접수계의 이야기로는 전화를 걸어 온 사람은 여자였다고 하더군요."

16

도버는 중산모를 받더니, 이상하게 써서 찢어지지나 않았나 하고 의심하는 것처럼 정성껏 살피며 "여기서 절대로 당황해서는 안 됩니다" 하고 말했다.

"그러나" 하고 서장이 말했다. 하지만 도버는 기분좋은 듯 뒤에 기대어 눈을 감았다.

"그러나 너무 태평하게 있을 수는 없네. 매글레거는 상당한 위험에 처해 있으니까."

도버는 귀찮은 듯이 눈을 뜨며 말했다.

"그렇지도 않소. 의사의 말로는 꽤 간단한 수술인 것 같으니까요. 여수의사가 예사롭게 하는 것을 보면 그게 사실인 것 같소."

"그런 일은 지금 문제가 아니야."

도버는 신음하는 듯한 소리로 말했다.

"그렇지, 문제가 아니겠지."

그런 다음 힘들게 몸을 일으켜 상체를 꼿꼿이 세웠다.

"자, 머리를 써야 할 시간이 된 것 같습니다. 그런데 저, 담배는 없습니까? 내 것은 어디다 놓고 온 모양입니다."

"나는 피우지 않네." 서장은 쌀쌀맞게 대답했다.

도버는 어찌할 바를 몰랐다. 그러자 테일러가 말했다.

"제가 가지고 있습니다."

그는 가까스로 도버의 외투를 벗은 참이었다.

"아, 고맙네. 그런데……" 도버는 서장의 얼굴에 연기를 뿜어대며 말했다. "다음 수법인데……그게 문제란 말이오." 서장은 옆 창문을 열었다. "내가 보기에는 이번에 간 곳은 미스 피스크네 집일 겁니다."

"그는 그곳으로 끌려갔다 그 말인가?"

"명백한 일이 아닙니까. 수술대가 있는 곳도…… 그런 수술을 할 수 있는 것도 그 여자니까요. 그는 틀림없이 그 집으로 끌려갔을 겁니다." 도버는 자신만만하게 말했다.

"그래, 어떻게 해야 한다고 생각하나?"

도버는 지겨운 듯이 창 밖을 내다보았다.

'역시 모든 일이 나의 양어깨에 걸리게 되는군. 참 세상도!'

"어떻게라니오, 거기 가서 그 녀석을 살려내올 수밖에 없지 않겠소."

"어떻게 말인가?"

"서에 모두 모여 있다고 했지요?"

"으음, 경찰이 40명에 여자 경찰이 4, 트럭 두 대에 순찰차 세 대, 거기다 개가 한 마리. 모두 굉장한 초과 근무 수당을 주었다네."

서장은 거드름을 피우며 말했다.

"전원에게 미스 피스크네 집을 포위시켜 주십시오. 앞과 뒤, 그리고 출구란 출구는 다 막아야 합니다. 이렇게 준비가 다 끝나면 우리가 한꺼번에 쳐들어가는 겁니다."

"쳐들어간다고? 그건 안돼. 영장을 가지고 있지 않으니까."

도버는 한숨을 쉬었다. 아, 그렇지 않아도 얼간이인 주제에 규칙만 내세우고 융통성이라고는 전혀 없으니 정말 답답한 녀석이군!……

"그들도 경찰이 총동원하여 포위하고 있는 것을 보면 이제 끝장이라고 체념하기 때문에 쉽게 들어갈 수 있겠지요."

서장은 그다지 마음이 내키지 않았으나 어쨌든 무선기로 필요한 지시를 했다. 도버는 하품을 했다. 배에서 꾸르륵 소리가 났다. 그는 당황하여 말했다.

"그렇지! 아직 저녁을 먹지 않았군. 배가 고파서 못 살겠습니다."

"자네가 무엇을 뱃속에 집어넣을 때까지 나보고 우두커니 기다리라는 건가?"

물방울이 오리 등에서 굴러떨어지듯 도버의 말에서 빈정대는 투가 사라졌다.

"천만의 말씀입니다. 아, 지금이야 매글레거가 위기일발의 상태에 있으니까요."

그리고 1, 2분 후에 그들의 차는 민튼 거리로 들어가 미스 피스크네 집에서 백 야드 가량 떨어진 곳에서 살그머니 멈춰섰다.

어둠 속에서 사람 그림자가 하나 나타나 소리없이 차 앞으로 다가왔다. 월라튼 서의 형사였다. 그는 서장에게 경례를 하더니 낮은 소리로 보고했다.

"준비 완료, 만일의 경우를 생각해서 개와 조련사를 데리고 왔습니다."

"뭐, 달라진 점은 없는가?"

"지금까지로 봐서는 조용합니다."
"집 안에 불빛은?"
"없습니다."
서장은 의심스러운 듯 도버를 돌아다보았다.
도버는 침착하고 아주 자신이 있어 보였다.
"당연하지요. 네온사인을 휘황찬란하게 현관에 켜 놓고 그 녀석에게 하려는 일을 선전할 까닭은 없으니까요."
"그도 그렇군." 서장은 자신없는 소리로 맞장구를 쳤다.
"그들이 그곳에 있는 것은 분명하겠지?"
"그럼, 다른 곳 어디에 있단 말입니까?" 도버가 반격했다.
"그래, 다음 방법은 뭔가? 시간이 꽤 늦었는데……."
서장은 시계를 보았다
도버는 한숨을 쉬었다. '뭐야, 다음 방법은 뭐냐고 묻다니! 자기도 함께 있으니 '자, 우리 함께 해보세' 하면 좀 어때!'
"서의 전원이 계획대로 자기 자리에 배치되었나 확인해 주십시오. 그러면 내가 현관 앞에 가서 노크를 하겠소. 그리고 문이 열리면 일제히 밀고 들어가는 겁니다."
"일제히라고?"
"그렇지요. 젊고 튼튼한 사람을 여섯 명쯤 빌려주십시오. 그리고 서장 나리도 현관 앞에 계셨으면 도움이 되겠습니다."
도버는 빠른 어조로 말했다.
"이런 일을 하는 것은 아무래도 마음이 내키지 않아. 정말이지, 미친 짓 같군. 미스 피스크는 아주 훌륭한 사회의 일원일세."
서장은 언짢은 듯이 입술을 깨물며 말했다.
"그럼, 마음대로 하십시오."
도버는 또 몸을 뒤로 기대고 팔짱을 낀 채 눈을 감았다.

"매글레거도 알아주겠지."

"으음, 하긴 그렇지만 할 수 없군. 정말 저기서 매글레거의 거세수술을 하고 있었으면 좋으련만. 아니면 야단인걸." 서장은 차 문을 열면서 말했다.

"그래, 자네는 안 갈 건가?"

"모두 비를 맞을 건 없잖습니까." 도버는 당연하다는 듯이 말했다. "서장님이 전원의 잠복 상태를 점검하는 동안 나는 여기서 대기하고 있겠습니다. 저 집에서 나오는 자는 한 사람도 빼놓지 말고 체포하도록, 잊지 말고 전달해 주십시오."

서장은 화를 내며 차에서 내리자 비가 쏟아지는 어둠 속으로 사라져 갔다. 도버는 이미 뒤늦은 게 아닐까 하고 멍하니 생각하며 몸을 쿠션에 묻고 기다렸다. 그리고 아무래도 사람은 최선 이상의 짓은 할 수 없으니까 하고 속으로 결론을 내리고 있었다.

"죄송합니다만……" 하는 소리가 들렸으므로 도버는 성가신 듯이 눈을 떴다. "스키도 차 안에서 기다리게 할 수 없겠습니까? 이 녀석은 비에 약해서."

도버가 무슨 말을 하기 전에 몸집이 크고 용맹스러워 보이는 독일산 셰퍼드가 흠뻑 젖은 몸으로 그의 옆으로 들어왔다.

"아니, 이게 어떻게 된 거야. 이봐, 이걸 끌어내게!"

도버는 소리쳤다.

"그 녀석을 건드리지 마세요…… 젖으면 말이 아닙니다. 아아…… 아아, 주의했는데."

이 월라튼에 한 마리밖에 없는 스키라는 경찰견은 살찌고 횡포한 점에서는 도버와 비슷했지만 심술궂은 점에서는 그보다 더했다. 전에 원기왕성할 때도 일을 하는 데 쓰기보다는 장식용 역할밖에 한 일이 없으므로 인퇴(引退)가 가까워진 현재는 조련사가 시킬 수 있는 일이라면 기껏해야 따뜻한 개장 안에 들어가기 전에 사진가들을 위해 포즈를 취하는 일 정도였다. 그러므로 이 개가 하는 일은 모두 사람이 떠맡아하는 형편이었다.

도버는 이 개를 차에서 쫓아내려고 했으나 개도 호락호락 움직이지 않았다. 도버는 눈앞에서 으르렁거리고 있는 스키 때문에 그만 한쪽 구석에 못박힌 채 꼼짝도 못했다. 다갈색의 날카로운 눈으로 심술궂게 그를 노려보며, 누래진 어금니를 드러내고 있으니 당할 도리가 없었다.

고약한 냄새가 나는 스키의 젖은 발톱에서 도버를 떼어내는 데 자그마치 7분 반이나 걸렸다. 조련사는 알고 있는 개의 말을 총동원하여 열심히 명령을 내렸으나 허사였다. 마치 그런 말은 모르는 양 스키는 꼼짝도 하지 않았다.

가까스로 이 난국을 타개한 것은 과연 관록이 있는 서장이었다. 스키가 움직이지 않는 이상 도버 쪽에서 움직이는 것이 당연하다는 것이다. 도버는 재빨리 미끄러져 내려가듯 차에서 내렸다. 스키는 차를 독점하자 그제야 만족스러운 듯 얌전해졌다.

"이런 개는 쏘아죽이면 되련만." 도버는 밉살스러운 듯이 말하더니 혀를 차면서 오버에 묻은 흙투성이의 발톱 자국을 털었다. "이번에 내 옆에 오기만 해봐라. 걷어차 창자가 터져나오게 할 테니! 아니, 도대체 뭣 때문에 이런 썩어빠진 개를 기르고 있지. 기를 만한 값어치가 있는 일을 했다는 개는 아직 본 일이 없어. 이렇게 미련하게 살이 찐 곰 같은 녀석에게 공밥을 먹이니까 우리들의 월급이 오르지 않는 거야!"

"도버 경감!" 서장은 한없이 계속될 것 같은 이 탄핵 연설을 가차없이 중단시켰다.

"여보게, 매글레거가 지금 이 순간에도 중대한 육체의 위기에 처해 있는지도 모르네. 그리고 서의 모든 사람도 이 쏟아지는 빗속에서 벌써 몇 시간이나 서 있지 않은가. 그 중에는 그렇게 젊지 않은 자도 있네. 자네도 조금쯤 고생하는 사람에 대해 미안감을 느꼈다면 이런 벌은 받지 않았을 걸세."

도버는 얼굴을 찡그리고 듣기 거북한 말을 조그맣게 중얼거리더니 갑자기 일어나서 바로 옆집으로 달려가 그곳의 돌계단을 오르기 시작했다. 그러나 미안하게도 그 집은 다른 집이었다.

가까스로 현관문을 찾아낸 그는 성가실 정도로 쾅쾅 두드렸다. 그리고 벨을 누르고 문을 노크하고 발로 걷어찼다.

"아무도 없잖은가." 서장은 치미는 화를 억지로 참으며 말했다.

"대답을 안 할 뿐입니다. 부수고 들어가야 해요. 누구 도끼를 가진 사람 없나?"

서장은 불만의 한숨을 쉬었다. 만일 이것이 신문에 실린다면! ……그런데——

"뒤에 열린 창문이 있어요. 저리로 누가 들어가기로 하지요."

성실하고 착한 퍼킨즈 순경이 장래의 출세를 이 모험에 걸려고 결심하고 이 역할을 자진하고 나섰다.

"퍼킨즈, 자네 일은 잊지 않겠네!" 서장은 이 젊은 경관의 어깨를 두드리며 격려했다. 그러면서도 속으로는 만일 집 안에서 이상한 소리가 나면, 이 섬칫한 역할을 자진한 젊은 경관을 어떻게 내버려둔 채 도망칠 수 있을까 하는 궁리를 하고 있었다.

퍼킨즈 순경은 다락방에서부터 지하실까지 샅샅이 조사했다. 그가 돌아와 보고를 하자 모두들 어느 정도 맥빠진 모습으로 어찌 된 일이냐는 듯 도버를 보았다.

도버는 코를 풀고 오버 깃을 세우더니 중산모을 고쳐 썼다.

"그래?" 하고 서장이 말했다.

"그 녀석을 어디로 데리고 간 것이 분명합니다."
도버가 말했다.
"어디로?"
도버는 머리를 긁었다.
"그건 모르겠는데요…… 그런데 몇 시입니까?"
모여든 경관들 14명이 각기 시계를 보았으나 시간은 제각기 달랐다.
"분명히 말해서 아무래도 이제는 너무 늦었습니다. 이제 그만 돌아가는 게 좋겠지요. 그러나 매글레거가 나타나면 비밀을 지키기보다 고발하는 게 상책이라고 잘 타이르겠습니다. 그의 몸에 일어난 일은 다 아는 일이라 아무래도 비밀로 해둘 수 없으므로 결국 완전히 실토하면 그때 그들을 잡아들일 수 있으니까요."
도버는 어깨를 움츠리며 말했다.
그 말을 들은 서장은 자기 귀를 의심할 정도였다.
"자네 제 정신으로 그런 말을 하는가? 매글레거를 내버려두고 가는 게 좋겠다고?"
도버도 과연 좀 기분이 언짢은 것 같았다.
"아니, 뭐 그렇게 생각하신다면 계속해도 상관없습니다만. 어쨌든 여러 부하들과 초과근무 수당에 대한 일이 걱정이 될 것 같기에."
하고 그는 어색한 듯이 말했다.
"소위 사나이 대장부가, 더구나 건강에 관한 중요한 문제가 걸린 때에 그런 것을 생각할 수 있는가?" 서장은 엄격히 말했다.
도버는 또 머리를 긁었다. 자기 주장이 받아들여지지 않아도 그다지 신경을 쓰는 편이 아니었으므로, 그 자리에 있는 모든 사람의 의견이 자기를 반대한다는 사실도 분명히 알았다. 그래서 마음이 내키지 않는 어조로 말했다.

"졸리엇 부인네 집을 찾아봐도 됩니다. 어쩌면 그는 그리로 끌려갔을지도 모릅니다."

서장은 급하게 행동을 개시했다. 큰 소리로 명령을 내리고 경관이 집합하여 순찰차와 트럭이 다시 한 번 움직이기 시작했다. 놀라울 정도로 빠른 시간에 전 부대가 졸리엇 부인네 집을 향해 달렸다. 스키는 여전히 뒷자리를 차지하고 있었다. 서장도 도버와 개와 겨루고 싶지 않았으므로 운전 기사 옆에 앉았다.

졸리엇 부인네 집도 피스크네 집과 마찬가지로 어둡고 인기척이 없었다. 경관들은 너무 기가 막혀서 맥이 풀렸다. 대부분은 다 뭐가 뭔지 영문을 모르고 있었다. 그들은 매글레거 경사가 유괴되었다는 우스꽝스러운 이야기는 현명하게도 처음부터 도외시하고 있었다. 월라튼에서 유괴되었다고? 그런 말 같지 않은 말은 하지 말라는 뜻이다.

도버는 열심히 자기 잘못을 인정하려고 했으나 심술궂게도 2분 간격으로 시계를 보는 서장이 여간해서 그 기회를 주지 않았다.

"여보게, 잘 생각하게. 잘…… 이런 일을 시작한 것은 자네야. 이 밖에 어디 데리고 갈 만한 곳은 없나?"

"아무래도 알 수 없단 말이야." 도버가 중얼거렸다.

"어떻게 해야 할 것 아닌가."

"택시 운전 기사 암스트롱을 다그쳐 보면 어떨까요? 매글레거를 데려간 것은 그가 분명하니까 그 녀석을 족치면 생각해 낼 겁니다."

"그럴 여유는 없네!" 서장은 고함쳤다.

그러자 그때 흠씬 젖은 제복 차림의 그림자가 또 하나 차 앞으로 다가오고 있었다. 그것은 뷔치 경사였다. 손가락을 하나 기계적으로 모자 위에 대더니 재채기를 했다.

"우리는 아직 더 있어야 합니까? 경관들은 다……"

서장은 그 말에는 대꾸도 않고 "무슨 좋은 생각은 없을까? 이대로 내버려 둘 수야 없지 않겠나" 하고 도버에게 말했다.

"하지만 내가 나쁜 게 아닙니다. 미스 피스크네 집도 조사했고, 졸리엇 부인네 집도 보았습니다. 그들이 없어졌어도 그건 내 책임이 아닙니다." 도버는 못마땅한 듯이 말했다.

"그럼, 미스 피스크나 졸리엇 부인을 찾고 있었던 겁니까?"

뷔치 경사는 그렇게 말하더니 또 재채기를 했다.

서장은 물에 빠진 자가 지푸라기라도 잡듯 곧 그를 잡고 늘어졌다. "뷔치, 그 여자들이 어디 있는지 알고 있나?"

"네, 알고 있고말고요. 부녀회의 월례회로, 여느 때나 다름없이 그 공민관에 있겠지요."

"뭐라고 월례회라고? 공민관에서 말인가?"

서장은 숨을 몰아쉬며 말했는데, 그 얼굴에서 핏기가 싹 가셨다.

"그렇습니다. 여느 때는 베아트리스 벤차 기념실을 사용하고 있습니다. 오늘밤처럼 비오는 날 밤에도 정해진 출석자가 백 명 가까이나 있으니까요."

"백 명이라고? 그건 질렸는데." 서장은 핏기없는 얼굴을 도버 쪽으로 돌리고 헛기침을 하며 말했다. "설마 그들이 그 의식을 거기서 하는 것은 아니겠지?"

"야단났군!" 도버도 기진맥진해서 말했다.

"잔치나 하는 것처럼 기분나쁘게 떠들어대겠지?" 서장은 떨리는 목소리로 말했다. "독선적인 중류 계급의 중년 여자들이 백 명이나 모여 가엾게도 묶어서 꼼짝도 못하는 형사를 기분좋게 바라보고 있단 말인가……"

"침착하시오." 도버가 말했다.

"아니, 이게 침착할 수 있는 문젠가." 서장은 눈을 치뜨고 소리를 질렀다. "매글레거 경사가 없어지고, 자네는 그 여자들이 거리의 바람둥이 남자들을 어떻게 했나 하는 비밀을 폭로했네. 그런데 그들이 공민관의 수상한 방에 모여 있는 것을 이제야 겨우 알아냈네. 정말이지! 나는 그 앙앙거리는 새침떼기 여자와 육욕적인 남편을 생각하게 되는군. 그런 자들이야말로 기회가 있으면 자진해서 거세 수술을 해야 하네. 나라면 틀림없이 그렇게 했을 걸세."

그리고 몸을 부르르 떨더니 덧붙였다.

"이보게, 경감. 이런 형편에 말뚝처럼 앉아 있으면 어떻게 하나. 자아, 돌격하세!"

"그렇게 다그치지 마십시오, 서장님." 도버가 말했다. 윌라튼의 유별난 여자들을 한꺼번에 붙잡는가 생각하니 과연 망설이지 않을 수 없었다.

"다그치지 말라고?" 서장은 얼굴을 붉히며 화를 내더니 콧김도 거칠게 소리쳤다. "이제 1분의 여유도 없네. 뷔치 경사!"

명령이 다시 한 번 사방으로 전달되었다. 평상시 자기는 행동력이 풍부하다고 자부하고 있는 서장은 그 이름을 날릴 기회가 왔으므로 들떠 있었다. 따분해 하는 경관들은 비를 긋고 있던 처마 밑에서 마지못해 나왔다. 5분마다 기분이 변하는 무능한 늙은이 두 사람에게 모두 뒷구멍으로 욕을 하고 있었다. 밤새도록 억수같이 쏟아지는 빗속에 서 있는 일이 얼마나 힘든 것인지 차에서 내려와 자기네들도 직접 비를 맞아보라고. 그러나 어쨌든 서장은 모순된 명령에 갈피를 못 잡아 기력을 잃은 경관들을 그럭저럭 끌고 갔다.

엔진 소리를 내기 시작한 차 안에서 도버는 제정신으로 돌아왔다. 그리고 비참한 기분으로 둘레를 살펴보았다. 역시 이것은 악몽이 아니라 현실이었다. 스키는 뒷좌석에서 으르렁거리고 있고, 서장은 앞좌석에서 뜨겁게 단 양철 지붕 위의 고양이처럼 차의 진동으로 뛰고 있었다. 도버는 매글레거의 일에 하나에서 열까지 트집을 잡고 싶어졌다. 그까짓 녀석 어찌 되든 내가 알 게 뭐냐 하는 기분이 들었다.

"더 빨리, 더!" 서장은 사이렌을 울리기 시작하며 고함을 쳤다.

짧은 거리였으므로 도버는 안심했다. 차에서 내려 외투를 몸에 둘렀다. 몇 초 뒤에는 같이 온 일행이 공민관 주위에 배치되었다. 공민관은 두 줄로 색전등이 달린 길다란 건물로 도로 한가운데에 동그마니 서 있었다.

"좋아! 전진!" 서장이 명령했다.

도버는 턱을 내밀고 작은 지휘봉을 군대식으로 옆구리에 낀 채 넓은 앞계단을 오르는 서장 뒤를 따라갔다. 뷔치 경사와 흠뻑 젖은 6명 가량의 경관이 그 뒤를 따랐다. 스키와 조련사는 맨 뒤에 섰다. 그야말로 위풍당당한 행진이었다. 이 셰퍼드는 남의 눈을 끄는 장소인 줄 알면 묘하게 육감이 작용하는지, 지금도 졸라서 차에서 내려 준 것이다. 그러자 귀를 빳빳이 세우고 긴장된 눈으로 신문사 사람들을 찾고 있었다.

그들은 앞 현관으로 밀고 들어갔다. 바겐세일 꽃꽂이 교실의 광고 포스터가 바람에 심하게 펄럭거렸다. 와이셔츠 차림에 챙이 있는 모자를 쓴 남자가 수위실에서 나왔다. 서장은 소리를 지르며 그를 향해 돌진했다.

"부녀회 말인데, 아직도 하고 있소?"

관리인은 말없이 고개를 끄덕였다.

서장은 지휘봉으로 자기의 한쪽 발을 힘껏 내리쳤다. 그러나 윗입술을 오므리고 남자답게 참았다.

"우리를 그곳으로 안내해 주시오."

"안 됩니다. 아무도 들이지 말라고 해서요." 관리인은 고개를 내저으며 말했다.

"이것은 경찰의 일이오."
"하지만 그렇게 했다가는 나의 머리 가죽을 벗기려 들 겁니다."
"내가 책임을 지겠소."
"당신은 방귀의 책임쯤은 질 수 있겠지만, 그 정도로는 도저히……."
"나는 이 군의 경찰서장이오!"
서장은 화가 나서 가슴을 쫙 펴며 소리쳤다.
"그러나 나도 이 공민관의 관리인이오. 규칙은 지켜야 합니다."
이 관리인은 졸병으로 25년이나 군대 생활을 하다 최근에 제대했으므로 기회만 있으면 그 경력을 말하고 싶어했다.
서장이 눈을 가늘게 뜨고, 소요 취체령(騷擾取締令)을 전용하여 위협하려고 하는데 뷔치 경사가 살짝 소매 끝을 잡아당겼다.
"이쪽입니다."
그들은 대오를 짜서 전진하고 관리인은 자기 방으로 돌아갔다.
"저자들 마치 신(神)이나 된 것 같은 기분이야." 경찰의 눈에 띄지 않도록 감쪽같이 숨어 있던 젊은 여자에게 말했다. "이봐, 왜 옷을 입었어. 설마 돌아가려는 건 아니겠지?"
"500명의 경찰이 쫙 깔려 있는데 어떻게 있어요" 하고 여인은 어둠 속으로 사라져 갔다. 그녀의 정조는 뜻하지 않은 운명의 도움으로 다치지 않고 끝났다.
한편 어두컴컴한 전등 불빛을 받은 텅 빈 긴 복도 저쪽에서 와글와글 떠드는 소리가 들려왔다. 도버와 스키는 아무래도 늦었다. 도버는 이윽고 시작되는 활극의 타당성에 의문을 품었기 때문이며, 스키는 다리가 아프기 시작했기 때문이다. 복도 모퉁이를 또 한 군데 도는 순간 도버의 눈은 구원의 손길을 발견했다. '전하(殿下)'라는 매혹적인 글자가 씌어진 희미한 전기 표지가 그것이었다.

도버는 가까이 있던 경관에게 "곧 돌아오네. 내가 없더라도 계속 일을 진행하도록 하라고 서장님께 전해주게. 잠시 후에 돌아오겠네" 하고 말했다.

그는 남자용 화장실 문을 열고 안으로 들어갔다. 웬일인지 스키도 그의 뒤를 따라왔다. 도버는 개와 함께 그다지 위생적이 아닌 그 자리에 9분 가량 버티고 있었다. 이제 됐겠지 하는 생각이 들었으므로 다시 한 번 복도로 나왔다.

전혀 처리되어 있지 않았다. 베아트리스 벤차 기념실은 바로 가까이에 있었고, 한심스럽게도 서장 이하의 전원이 아직도 문 밖에 모여 있었다.

"대체 어디에 가 있었나?" 서장은 비난하듯 말했다. 아무래도 이상하다는 생각이 들었는지도 모른다.

"기다려 주지 않아도 되는 건데."

서장은 빙그레 웃으며 시계를 보았다.

"이제 부하들이 부서에 배치될 때일세. 먼저 들어가는 것이 좋을 걸."

도버는 뚱한 얼굴로 주위 사람들을 휘둘러보더니 가장 말대꾸가 없을 것 같은 자를 골랐다. 그리고 아버지가 아들에게 보이는 것 같은 웃음을 띠며 말했다.

"여보게, 그 문을 열어 주게."

영리해 보이는 눈을 가진 그 젊은 경찰은 고개를 끄덕이며 앞으로 나왔다. 그러나 문은 잠겨 있었다.

서장은 물어뜯을 듯한 목소리로 외쳤다.

"아니, 잠기지 않았으리라고 생각했단 말인가? 자, 모두 함께 부딪쳐라!"

시골 순경은 머리는 약할지 모르지만 완력은 대단하다. 여섯 명의 기운 센 경관이 문을 향해 몸을 부딪쳤다. 뜻밖에도 쉽게 문이 활짝 열렸다. 경첩과 자물쇠도 단번에 날아갔다. 여섯 명은 모자와 장화가 벗어져 나가며 베아트리스 벤차 기념실 안으로 뒹굴어 들어갔다.

도버는 상사에 대한 정중한 경의를 표하는 태도로 서장에게, 바닥에 쓰러져 있는 경관을 타고 넘어 먼저 가라는 듯이 머리를 숙여 보였다.

17

문이 부서진 한순간은 비교적 조용했다. 생각하기에 따라서는 종교적이라고도 할 수 있는 괴괴함이었다. 그러나 백 명에 가까운 부녀회 회원이 충격에서 정신을 차리자마자 굉장한 혼란이 일어났다.

째지는 듯한 소리, 악을 쓰는 소리, 고함을 치는 소리가 온 방안에 꽉 찼다. 기절하는 이도 있고 신경질을 부리는 이도 있었다. 좀더 담대한 여자는 큰 소리로 명령을 하고 지휘를 하기도 했다. 큰소리로 대체 어떻게 된 것이냐고 묻는 이도 있었다. 군중은 의자와 테이블을 둘러엎으면서 반대쪽 비상구를 향해 몰려들었다. 서장의 발길도 갈피를 잡지 못했다.

방 안은 어둡고 한쪽 벽에 묘하게 깜박이는 빛이 하나 달려 있을 뿐이었다.

도버는 어두운 방안을 둘러보며 나방 떼처럼 날아다니고 있는 여자의 무리를 훤히 빛이 스며드는 부서진 문 쪽으로 몰았다.

"불을 켜라! 어서 스위치를 넣어!" 서장이 소리쳤다.

이 혼란 속에서 그의 명령대로 움직인 자가 있는 데는 서장 자신도 놀랐다.

길다란 형광등이 눈부시게 켜지자 두 사람 다 놀라움에 찬 소리를 지르며 서로 얼굴을 마주보았다.

서장은 눈앞의 광경을 재빨리 둘러보았다. 도버도 우울한 기분을 누르고 둘러보았다.

"어떤가?" 서장은 심문하는 듯한 어조로 말했다. 어찌 되었거나 자기를 이곳으로 끌고온 상대방을 다그치지 않고서는 안되겠다는 표정이다.

도버는 다시 한 번 둘러보았다. 마취가 된 매글레거가 수술대 위에 누워 있고, 악마와 같은 여수의사가 한쪽 손에 메스를 든 채 그 위에 몸을 굽히고 있다. 아니, 그런 광경이 지금 만일 그의 눈앞에 전개되어 있다면 그는 얼마나 기뻤을까. 그러나 그런 멋진 광경은 찾아볼 수 없었다. 공민관 안 여기저기서는 아직도 서로 패고, 쥐어뜯고, 소리치고, 기절하는 여자들의 소란스러운 소리가 들려왔지만, 기념실 안은 이제 저쪽 끝에 긴 테이블 하나에 열두어 개 되는 의자가 놓인 연단이 남아 있을 뿐이었다. 테이블 위쪽 벽에 붙인 큰 스크린에는 아직도 영화가 비치고 있었다.

"야아!" 하고 한 사람의 경관이 날카로운 소리를 질렀다. 그는 정신이 팔렸는지 마치 친구에게 하듯이 도버의 옆구리를 쿡쿡 찔렀다. "자, 잘 보라구!"

도버는 그 말에 그쪽으로 눈을 돌렸다. 스크린에 비친 영화는 희미하게 보이기는 했지만 어떤 종류의 것인지 단번에 알 수 있었다. 큰 몸집의 젊은 여자가, 마찬가지로 알몸이 된 남자와 큰 테이블 침대에서 거침없이 희롱하고 있다.

"여어!" 아까 그 경관이 또 소리를 질렀다. 그리고 손등으로 이마를 닦았다. "저자들 설마 시작하는 것은 아니겠지…… 아니, 저런저런, 시작하는군. 아앗!"

그러나 이 경관과 도버는 실망했다. 이성을 잃어가고 있던 자들 속에서도 적어도 한 명의 여자만은 이성을 잃지 않고 있었는지, 신음

소리 같은 관능적인 음악이 흘러나오자 찰칵 하는 소리와 동시에 화면을 꺼버렸기 때문이다.

"휴버트! 극비의 모임에 이렇게 무례하게 뛰어들다니 어떻게 된 겁니까?"

부녀회 사람들은 서장 부인을 앞장세우고 역습으로 나왔다. 그녀가 5, 6명의 여자에게 둘러싸인 채 나서며 서장에게 따지고 들자 그는 가엾게도 기가 죽어버렸다.

괴로운 듯, 갈피를 잡을 수 없는 그의 변명은 참으로 한심스러운 것이었다. 여자의 수는 점점 불어 마침내 공격적인 태도로 해명을 요구하며 그를 둘러쌌다. 참으로 참담한 사태로 들어갈 것만 같았다. 1962년의 대장애물 경마의 우승마를 연상케 하는 한 사람의 여걸은 처음의 혼란으로 부서진 의자 다리를 하나 집어들고 무게를 가늠하듯 흔들어 보고 있다. 그것을 보자 경관들은 슬금슬금 방에서 물러나기 시작했다. 불과 몇 명 안 되는 여자 경관만이 부녀회 회원들 사이를 돌아다니며 달래기도 하고 설명도 해줬다. 그녀들은 때와 형편에 따라서는 어느 편이고 될 수 있었다.

그러자 누군가가 도버의 멱살을 잡고 흔들었다. 보니 그것은 노발대발한 피스크였다.

그녀는 무슨 말인지 큰 소리로 떠들고 있었다. 반대쪽에는 졸리엇 부인이 두 손을 허리에 대고 딱 버티고 있었다. 밖의 홀 한가운데쯤에는 의자 위에 올라선 도리스 더우티가 아진코트 공격을 앞에 둔 헨리 5세의 격려 연설을 격한 어조로 시작하고 있었다. 여자들이 그 열변을 들으려고 굽실거리는 머리를 그쪽으로 향하고 있는 사이에 도버는 가까스로 서장의 충혈된 눈과 시선을 마주칠 수 있었다.

"자아, 빨리, 빨리!" 도버는 잡힌 손을 뿌리치며 소리쳤다. "여기서 탈출해야 합니다!"

"어디로?"

여자들을 헤쳐 가며 무턱대고 도버 쪽으로 다가가며 서장이 말했다.

"딱 한 군데 안전한 곳이 있습니다. 자, 따라오십시오!"

두 사람은 가까스로 남자 화장실로 도망쳤다. 여성군은 분기탱천했으나 자기네들이 여성이라는 것을 생각하고 주저했다. 대담무쌍한 여걸마저도 남자화장실에 침범하는 일만은 주저하지 않을 수 없었다.

화장실 안에는 스키가 구석에 웅크리고 있었다. 두 사람이 들어가자 반사적으로 으르렁거렸으나 도버의 얼굴을 보자 입을 다물고 얌전하게 그들의 침입을 허락했다. 도버는 차디찬 흰 타일에 이마를 들이댔다.

"이거 참, 위기 일발이었군! 도대체 어쩌자는 걸까. 1, 2초만 늦었어도 린치를 당할 뻔했어."

그는 두 개 있는 변기 중 한 군데로 비틀거리며 걸어가더니 힘겨운 듯이 털썩 주저앉았다.

"그 영화 때문이야" 하고 서장이 설명했다. 그것이 어떤 영화였는지는 그의 부인이 떠들어대던 비난의 말로 어느 정도는 짐작이 갔다. "그런데 저 여자들 설마 여기까지 쫓아오지는 않겠지. 저 문이 잠겨 있으면 좋으련만."

도버는 가까스로 일어서더니 한숨을 섞어가며 말했다.

"전투 태세를 갖추고 있는 게 좋을 겁니다. 만일의 경우가 있으니까요."

그는 소변기가 있는 벽 쪽으로 향했다. 그러나 여간해서 뜻대로 나오지 않았다. 그제야 서장도 도버의 말뜻을 알았다. 그래서 그도 한숨을 쉬며 도버 옆에 섰다.

"그 영화가 어떻다는 겁니까?"

도버는 피곤한 듯한 목소리로 물었다.

소란스러운 아우성 소리가 바깥 복도에서 들려 왔다. 그들은 린치를 요구하며 마구 떠들어대고 있었다. 서장은 불안스럽게 어깨 너머로 돌아보았다.

"정말이지! 들어보게, 저 아우성치는 소리를! 영화? 응, 저건 런던의 수상한 알선소에서 구한 거야. 스트립 극장이나 그보다 더 못한 데서 보여주는 거지. 부녀회에선 그런 영화를 실제로 보고 국회의원 등에게 보고하여 여성의 타락에 대해 불평을 하자는 거야."

"아까 본 것 같은 것이 나돌고 있다면 저 여자들도 즐거운 밤이었을 것 아닙니까?"

"그건 그렇지." 서장도 맞장구를 쳤다. "저렇게 해서 몇 시간을 보고 있었으니까 극비로 해뒀던 거야. 문을 다 잠가 둔 것도 알 만해. 그런 짓을 하고 있었으니 남의 눈에 띌까봐 꺼려했던 것도 당연한 일이지. 알겠나? 부녀회가 에로 영화의 밤을 개최하고 있었던 거야. 안 그런가? 어쩔 수 없는 일일세. 그러니까 우리가 밀고들어간 일 때문에 머리가 아파진 거지." 그는 걱정스러운 듯 도버를 보고 물었다. "저 여자들 좀더 내버려두면 조용해질까?"

도버는 우울한 듯이 "저 여자들에게 오늘 밤 우리가 본 일을 절대로 입 밖에 내지 않겠다고 맹세하면 어떨까요? 그러면 납득할지도 모르지요." 하고 말했다.

"아니, 그렇게는 안 될 걸세. 그러나 이걸 알아야 해, 경감. 이렇게 된 것도 다 자네 책임이야! 매글레거가 거세당하느니 뭐니 하고 말 같지 않은 소리를 하는 바람에 이렇게 된 것이니까." 서장은 한심스러운 듯이 말했다.

"말 같지 않은 소리가 아닙니다." 도버는 불끈 화를 내며 반발했다. "저들이 어떤 인간인가를 아셨겠지만, 어쩔 수 없는 자들이라…

"… 우리가 거세당하지 않고 여기서 빠져나갈 수만 있다면 큰 다행이지요."

"바보 같은 소리!" 서장은 섬뜩하게 생각하며 말했다.

도버는 말을 슬쩍 돌려 "그럼, 매글레거는 어디에 있단 말입니까? 말해 보십시오. 저런 여자들의 누군가에게 속아 유괴당한 게 분명합니다. 가엾게도, 이미 지금쯤은 깨끗하게 요리되었을 겁니다. 그 녀석이 다시 나타나면 당신은 어떤 얼굴로 대할 작정입니까. 그 녀석의 얼굴을 정면으로 볼 수 있겠소? 그렇게 된 것도 서장님 탓입니다."

"내 탓이라고?" 서장은 얼빠진 듯한 소리를 냈다.

"왜 내 책임인가, 모든 것을 엉망으로 한 것은 자네가 아닌가. 계획을 처음부터 제대로 들었다면 나도……."

"부인에게 지껄였을 것이라고 말하겠지요. 그러니까 나는 말하지 않은 거요. 당신네들은 절대로 믿을 수 없소. 나는……."

도버는 심술궂게 말했다.

"이보게, 자네, 말조심 해!"

언쟁은 점점 커지고 심해졌다. 두 사람이 소리를 지르고 떠들어대고 했으므로 스키까지 눈을 떴다.

그들이 하마터면 손찌검을 할 뻔했을 때 화장실 문이 열렸다. 두 사람은 심장이 멎는 것 같았다.

"접니다." 매글레거가 상냥하게 웃음을 띠며 말했다.

도버는 마음이 놓이자 온 몸에 맥이 쪽 빠지는 것 같더니 동시에 왈칵 화가 치밀어올랐다.

"아니, 대체 어디에 가 있었나!"

서장은 어느 정도 조용했다.

"자네, 아무 일 없었나? 즉…… 저어, 그 여자들이 저어…… 아무 일 없었군."

매글레거는 좀 놀라며 상대방을 쳐다보았다. 상사가 이처럼 건강을 걱정해 주리라고는 생각도 못했기 때문이다.

"네, 고맙습니다. 건강합니다. 그런데 서장님은?"

"이봐, 밤새도록 어디 가 있었나?" 도버는 고함을 쳤다.

매글레거는 얼른 그가 있는 쪽으로 돌아서더니 말했다.

"그 일로 이야기를 하고 싶었던 겁니다. 경감님, 이제야 겨우 확실한 단서를 잡았습니다. 경감님이 출발한 직후에 그녀에게서 전화가 걸려 왔습니다."

"그녀라니, 누구인가?"

"시빌입니다. 컨트리 클럽에 있는 여자니까 경감님도 기억하고 계시겠지요. 매일 밤 찾아가다 보니 친해졌습니다. 그녀는 그녀 나름대로 내가 좋아진 모양입니다."

도버는 자부심도 정도 문제라는 듯 코를 킁킁거렸다.

"실은 오늘 밤 그 여자가 전화를 걸어 주어 얼마나 도움이 되었는지 모릅니다만, 해밀튼 사건의 내막에 대해 말할 것이 있다는 겁니다. 그녀에게서 전화가 걸려 올 것을 어떻게 경감님이 알고 계셨는지 모릅니다만, 전부터 경감님에게서 말을 들었던 터이므로 물론 그녀와 만나기로 했습니다. 조용히 말할 수 있도록 변두리에 있는 술집을 두어 집 돌아다녔습니다. 정보 제공 대금으로 좀 옥신각신이 있었습니다만, 결국 적당히 타합이 되었으므로 그 여자도 이야기를 했습니다."

매글레거의 눈이 흥분으로 반짝였다.

"그녀는 해밀튼의 뒷거래를 가로챈 사나이의 이름을 가르쳐 주었습니다. 그 녀석은 큰일을 노리고 있는 악당들에게 자금을 꾸어 주었던 것입니다. 그 녀석이 누군지 짐작이 잘 안 가시지요? 나도 듣고 깜짝 놀랐지요. 그 녀석은 저어……"

"여보게, 침착하라구." 서장의 목소리와 얼굴이 험악해졌다. "자네는 밤새도록 그 여자와 함께 있었던 일을 그렇게 죽치고 선 채 말하려는 건가?"

"아니, 여자와 함께 있었던 것만이 아닙니다." 매글레거가 반박했다. 그는 자기가 잡은 특종이 과히 신통치 않은 것으로 받아들여지는 것 같아 실망했다.

"나는 해밀튼의 자리를 뺏은 자를 알아냈습니다. 이렇게 말하면 무슨 뜻인지 아시겠지요? 분명히 그가 해밀튼을 죽인 자일 겁니다."

서장은 제대로 들으려고 하지 않고 말했다.

"자네는 유괴당한 것이 아니었군. 즉 자네를 거세하려는 자는 없었단 말이군? 자네의 도구는 절대로 그냥 있다, 이 말이지?"

매글레거는 몸을 좀 뒤로 당겼다. 뭔가 설명을 해주기를 바라고 도버를 보았으나 경감은 이미 먼저 있던 칸막이 속으로 들어가 다리를 쉬고 있었다.

"저어⋯⋯ 네, 그렇습니다, 서장님."

"뭐가 그렇습니다야, 이 멍청이 같은 사람!"

서장은 고함을 질렀다.

"네, 건강합니다, 서장님, 아무도 나를⋯⋯ 저어⋯⋯ 거세하려던 자는 없었습니다."

이렇게 대답하며, 서장이란 작자가 머리가 돈 것은 아닐까 하고 생각한 것이 눈치채이지 않도록 상냥스럽게 웃어 보였다.

서장은 머리를 감싸안고 소리쳤다.

"아아, 이제 끝장이다! 이제 나는 끝장이야. 이제 그만이란 말이다! 엉뚱한 말만 지껄이는 바보천치를 만난 내가 운이 나빴던 거야. 합동수사 위원회에는 뭐라고 보고해야 한단 말인가? 집사람에겐 뭐라고 해야 하지? 저 밖에서 와글대고 있는 여자들에게 대체 뭐라고 설명을 해야 한단 말인가? 대체 나는······.”
"모르겠습니다. 다만 아까 서에 가니까 모두들······.”
"시끄러워! 이런 소동을 일으키게 한 그 바보 놈은 어딜 갔어?”
서장은 소리를 질렀다.
"저기 있습니다, 서장님.” 매글레거는 도버가 들어가 있는 칸막이 쪽을 턱으로 가리켰으나 그 문은 어느 틈에 살짝 닫혀 있었다.
"좋아, 이리로 끌고 나와! 이 손으로 갈기갈기 찢어 줄 테니까!”
도버가 그 피난처에서 나올 결심을 하기까지는 상당한 시간이 걸렸다. 그곳은 위생적이라고는 할 수 없으나, 적어도 다른 곳보다는 안전했기 때문이다.
서장은 이제 이성적으로 이야기를 할 수 있는 상태가 아니었다. 도버의 설명은 듣지도 않고 무시해 버리거나 악을 써서 못하게 하거나 했다. 서장의 머리에는 이제 한 가지 생각밖에 없었다. 이 바보 같은 뚱뚱이를 한시라도 빨리 자기 관할 내에서 쫓아내는 일이었다.
"너도 마찬가지야!” 그는 매글레거를 향해 고함을 쳤다.
"둘 다 당장 나가! 두 번 다시 월라튼에 발을 들여놨단 봐라, 그냥 두지 않을 테다!”
그리고 목소리를 낮추어 위협하듯이 덧붙였다. "그리고 오늘 밤 여기서 있었던 일을 한 마디라도 입 밖에 냈다간 내가 그냥 두지 않을 테니까, 둘 다 다 잊어버리란 말이야. 알겠지. 해밀튼의 일, 내 조카의 일, 저 미친 수의사의 일, 이상한 필름을 돌리고 있던 일도 말이야! 목숨이 아깝거든 절대로 입밖에 내지 말아야 해!” 이윽고 조금 냉정해져서 "여보게, 밖에 나가 그 여자들이 아직 있나 확인해 보고 오게. 물러간 것 같긴 하지만. 만일 물러갔거든 내 차를——시동을 건 채——현관 앞에 세워두는 거야. 알겠지? 그리고 운전 기사에게 말해 두게! 자네하고 이 뚱뚱이를 태우거든 곧장 북쪽으로 백 마일 가량 달리다 거기서 두 사람을 내려놓으라고. 그곳이 어디건 상관없다고 말이야. 내 계산으로는 사바타 고원의 복판쯤 될 거야. 거기서 자네들이 문명 사회로 돌아오건 말건 내가 알 바 아니니까. 돌아오지 못한다 해도 나는 눈 하나 깜짝하지 않아" 하고 말을 맺었다.

"그러니까 서장님," 매글레거는 말했다.

"잔소리하지 마! 썩 나가!"

서장은 화가 머리끝까지 나서 고함을 쳤다.

매글레거는 나갔다. 그러나 잠시 후에 돌아와서 여성군은 이미 철수했다는 사실과 따라서 이쪽도 물러갈 수 있다는 것과 차도 대기시켜 두었다는 것 등을 보고했다.

간단한 이별이었다. 서장은 거만하게 버티고 서서 거친 콧김을 내뿜었을 뿐이다. 셰퍼드인 스키만은 작별인사를 해야겠다고 생각한 모양이다. 도버가 나가려고 하자 느릿느릿 다가와 앞발 한쪽을 들어 도버의 손 위에 올려놓았다. 그것은 뜻밖에도 게으름쟁이가 게으름쟁이에게 보내는 동정의 표시였다.

사건 뒤 한 달쯤 있다가 서장이 갑자기 모습을 감추었다. 1주일 가량 행방을 알 수 없었다. 과로로 인해 기억 상실증에 걸렸다는 소문이 나돌았다. 그러나 얼마 뒤에 아무 일도 없었던 것처럼 다시 일을 하기 시작했다. 그러나 어딘가 모르게 전과 모습이 달라져 있었다.

THE MERRYWEATHER FILE
어느 사형수의 파일
라이오넬 화이트

등장 인물

찰스 메리웨더 마사(磨砂)제조회사 외판원
앤 메리웨더 찰스의 아내
하워드 민즈 이에츠 변호사
로라 하워드 민즈 이에츠의 아내
고든 민즈 이에츠
하워드 민즈 주니어 } 하워드 민즈 이에츠의 아들들
버지니아 그랜트 찰스의 정부(情婦)
존 하버 건달
에미 퍼슨스 교사
호레스 글리츠 사립탐정
클리포드 기데온 경감
빌리 메리웨더 부부의 아들
맥널티 경사
테일러 이에츠 변호사 사무실 여직원

1

 내가 메리웨더 사건에 흥미를 가지게 된 것은, 신문에도 났듯이 매우 평범한 상황 때문이었다. 그것은 지리적인 위치였다. 메리웨더 부부와 나는 우연히 페얼론 에이커라는 평범하기 이를 데 없고 보잘것없는 뉴욕 변두리의 중류 주택가에 서로 이웃해 살고 있었다. 다만 그뿐이었다.
 정말 그렇게 단순한 것이었을까? 미리 앞을 내다보고 모든 것을 일부러 대수롭지 않은 것으로 보이도록 만들고 있는 건 아닐까? 다시 한 마디 해 두고 싶다. 나는 이 기록을 될 수 있는 한 정확한 것으로 하고 싶다. 그렇기 때문에 너무 지나치게 다짐하는 듯한 경향이 있을지도 모르지만, 내가 실제로 메리웨더 사건에 흥미를 가진 까닭은 두 가지 요인에서 온 것임을 말해 둔다. 그 한 가지는 중류계급적 요인이다. 이것은 내가 획일화된 집에서 살며, 중류계급의 도덕감과 사회정의감을 가지고 있는 점으로 상상할 수 있을 것이다. 어찌되었든 지리적인 것이 근본 요인이었다. 그러나 내가 이 사건에 관계한 원인은 좀더 복잡했다. 찰스와 앤 메리웨더는 나의 친구이며, 페얼론에 사는 동안 매우 친한 벗이 되었다. 내가 이 사건에 관심을 가지고 관계하게 된 두 번째 요인은 내가 변호사라는 점이었다.

여러분은 메리웨더 사건을 기억하실는지 모르겠다. 그 사건과 관련하여 피고의 변호사였던 내 이름을 기억해 낼 수 있을는지. 여기서 말해 두고 싶은 것은, 나는 이른바 '범죄변호사'가 아니라는 점이다. 법정변호사도 아니다. 메리웨더 사건에 관계하기 전까지 내가 한 일은 대부분 세금 관계였으며, 이따금 유언장이나 사업 관계 서류 작성의 의뢰를 받는 정도였다. 의뢰인들도 중소기업 회사나 상인이며, 이러한 단골손님들이 소개해 주는 예상 외의 손님이 있을 정도였다. 뉴욕에 있는 나의 사무실에서 밖으로 나와 일할 필요는 좀처럼 없었다. 사건이 법정을 필요로 할 때에는 마치 개업의가 전문의나 외과의에게 의뢰하듯이 적당한 자격을 갖춘 동업자를 소개해 주면 되었다.

그런데 한 가지 예외가 이 메리웨더 사건이었다. 나는 이 사건을 처음부터 끝까지 직접 다루었다. 물론 이러한 사건을 다루는 건 이것이 마지막이리라. 아무래도 이야기를 너무 싫증이 나도록 길게 끌어 온 것 같다. 그러나 이 사건의 배경을 이해하기 위해서는 아무래도 나에 대한 일을 알아 두는 것이 중요할 것이다. 아무튼 나 하워드 민즈 이에츠는 단순히 메리웨더 집안의 친한 벗이며 이 사건을 맡은 변호사로서만이 아니라, 이제부터 이야기하려는 드라마에서 하나의 큰 역할을 해냈던 것이다.

메리웨더 사건이 해결된 지 이미 1년이 된다. 물론 나도 나이를 한 살 더 먹어 46살이 되었다. 사건에 말려들었을 때 나는 홀아비였다. 아내 로라는 우리가 페얼론 에이커의 집을 산 뒤 6개월이 채 될까말까했던 때에 심장마비로 세상을 떠났다. 로라의 죽음이 너무도 갑작스러워서 나에게는 크나큰 충격이었다. 아내는 나에게 18년 동안 만족스러운 결혼생활에 대한 추억과 두 아들을 남겨 주고 갔다. 지금 하워드 민즈 주니어는 16살, 고든 민즈 이에츠는 12살이다.
 로라는 봄에 죽었다. 나무마다 새싹이 움트기 시작하고, 새로이 잠에서 깨어난 땅 위는 꽃과 생명의 숨결로 터질 것만 같았다. 죽기에는 너무나도 비극적인 계절이었다. 오랫동안 나는 슬픔에 못 이겨 자신을 잃었다. 아이들도 큰 충격을 받은 것 같았다. 그래서 나는 가장 좋다고 생각되는 수단을 택했다.
 아내의 장례식 뒤 우리 세 사람은 짐을 꾸려 두 달쯤 유럽 여행을 떠났다. 그리고 나서 돌아오자 곧 두 아들을 사립학교의 기숙사에 넣고, 나는 나 자신의 생활을 되찾으려고 했다.
 처음에는 이 집을 팔고 뉴욕 시내에 아파트라도 마련하여 살아 볼까 생각했지만, 아내와 함께 모은 것, 곧 함께 고른 가구, 바비큐 도구들, 잔디깎는 기계, 정원도구 따위를 둘러보았을 때 문득 그렇게 할 수 없다는 생각이 들었다. 페얼론에 있으면서 여름에 아이들이 돌아올 때를 위해 이 집을 그냥 두어야겠다고 마음먹었다. 쓸쓸하기는 하겠지만, 그래도 아내와 생활하던 추억을 버리고 뉴욕의 아파트에서 무미한 생활을 하는 것보다는 덜 쓸쓸할 것 같았다. 적어도 우리 두 사람이 소중히 해온 것들에 둘러싸여 있는 셈인 것이다. 더욱이 이곳에서 살기 시작하며 몇 달 동안 둘이서 만든 새로운 친구들에게 둘러싸여 있는 것이다. 이 가운데에 찰스와 앤 메리웨더 부부가 있었다.
 뉴욕의 아파트에 살 때 로라가 죽었다면 친지들이 일정한 틀에 박힌 조문을 보내든가 단편적인 전화며 방문이 있었을 것이다. 아마도 1주일이나 2주일 뒤에는 그럴듯한 핑계를 댄 사교적인 식사나 인원수가 모자라는 브리지 놀이에 초대받았으리라. 그리고 그러는 동안 서서히 잊혀져서 혼자 텔레비전 앞에 앉아 있거나, 자포자기한 마음에서 슬픔을 잊으려고 변두리의 허름한 술집에서 술을 들이키며 쓸쓸히 지내게 되었을 것이다.

그러나 페얼론 에이커에서는 사정이 달랐다. 페얼론 사람들은 나에게 와서 소중한 시간과 애정을 주었다. 주말이면 언제나 파티며 정원에서 베푸는 만찬회에 초대했다. 골프, 브리지, 저녁 식사, 그리고 뒷산으로 가는 피크닉에도.

이 친절한 이웃사람들 가운데서도 언제나 따뜻한 초대의 손길을 뻗는 이들은 메리웨더 부부였다. 메리웨더 집안의 뒤뜰에는 잘게 팬 나무로 만든 낮은 울타리가 있는데, 우리집 정원과 경계를 이루어 침입자를 막는 실용 목적보다는 오히려 장식용이었다.

메리웨더 집안은 페얼론에서 독특한 위치를 차지하고 있었다. 이 부근에서 가장 오래 살았으며, 토지회사가 장래성 있는 구매자의 마음에 들기 위해 맨 처음 지은 세 채의 모델하우스 가운데 하나를 산 것이다. 그들은 구불구불한 도로가 포장되기 전부터 이곳에 살기 시작했다. 처음 살기 시작했을 때는 세 식구였다. 집안의 주인인 찰스, 아내 앤, 그리고 그 무렵 세 살이었다고 생각되는 아들 빌리.

나는 빌리를 알지 못한다. 빌리는 가끔 신문에서나 보는, 전혀 일어날 수 없어 매우 어이없는 사고로 죽었다.

들은 바에 따르면 빌리는 어머니와 함께 부엌에 있었다고 한다. 물론 이 사고는 우리가 이곳에 이사오기 2, 3년 전의 일이다. 빌리는 엄마가 아침 설거지를 하기 시작했을 때 세발자전거를 타고 있었다. 아버지 찰스는 출근할 때 아내와 아들에게 키스를 하고, 집 옆에 붙어 있는 차고 쪽으로 가서 문을 들어올려 열었다. 그런 다음 차에 올라타고 후진하며 밖으로 나왔다. 어느 틈에 빌리는 부엌에서 빠져나와 세발자전거를 탄 채 찻길로 나왔던 모양이다. 차는 후진하며 어린아이 위로 덮쳤다. 찰스는 찻길에 사람이 있으리라고는 꿈에도 생각지 못했다. 빌리는 차에 치어 그 자리에서 숨졌다.

자세한 이야기는 이웃사람에게서 들었는데, 확실히 이 사고는 어쩔 수 없는 일이었다. 실제로 책임이 누구에게 있는가에 대해 여러 가지 의견이 나왔던 것을 기억하고 있다. 어떤 사람은 찰스 메리웨더가 백미러를 좀더 주의해서 보았어야 했다고 생각했다. 앤 메리웨더에게 잘못이 있다는 사람도 있었다. 차가 후진하는 동안 아이를 주의해서 보살폈어야 했다고 생각한 것이다.

어쨌든 내가 그 두 사람과 서로 알게 된 뒤로 남편도 아내도 그날 아침에 있었던 끔찍스러운 사건을 결코 입에 올리려고 하지 않았다.

아마도 갑자기 두 사람에게 덮친 아이를 잃는 비극을 경험했기 때문에, 내가 슬픔에 잠겨 있는 동안 다른 사람들보다 더 동정하고 진심으로 친절과 애정의 손길을 주었으리라고 생각한다.

물론 그 두 사람은 로라를 알고 있었다. 로라와 앤이 마음속까지 모두 털어놓을 수 있는 친구가 되지는 못했다 할지라도, 그들은 정말 사이좋은 이웃으로 집안일이 끝나면 서로 수다를 떨기도 하고, 커피를 마시기도 하며, 오후 시간을 보내곤 했다. 우리 네 사람은 이따금 영화를 보러 가기도 하고 함께 식사를 하기도 했다.

우리가 페얼론 사람들을 만나 친구가 된 것도 메리웨더 부부 덕분이었다. 그들은 곧잘 큰 파티를 베풀었다. 두 사람의 집에는 밤이 되면 언제나 사람들이 찾아왔다. 날씨가 좋은 날에는 바비큐 모임을 열거나 피크닉을 갔다. 특히 앤 메리웨더는 하워드와 고든을 귀여워했다. 앤은 이 두 아이를 볼 때마다 자기 아이가 생각나곤 했던 모양이다. 무슨 일이 있으면 하워드와 고든도 앤의 집에 드나들었다. 아이들은 메리웨더 집안을 자기 집에 붙은 별채쯤으로 생각하는 듯싶었다.

찰스 메리웨더는 몸집이 우람하고 튼튼한 사나이로, 37, 8살쯤 되었으며, 대포 소리같이 커다란 목소리로 웃었다. 무게 있고 혈색 좋은 얼굴은 턱 부분에서 조금 늘어져 있었다. 식사와 술에 대해 전혀 주의를 기울이지 않는 것처럼 보이며, 그의 생김새에는 심술궂고 야비한 데가 전혀 없었다. 까만 눈썹 밑에 암갈색 눈동자, 불그스름한 빛깔의 두툼한 코, 상아처럼 흰 이, 머리카락은 짧았으며 상고머리에 가까웠다. 모자는 쓰지 않았다. 아주 행동적이어서, 땀흘리며 잔디밭 손질하는 것을 좋아했다. 언제나 잔디를 정성들여 손질했다. 골프는 로 에이티였다. 아이를 잃은 뒤 이제까지 해온 리틀 리그의 시중을 그만둬버렸다. 그러나 이웃에 사는 아이들은 언제나 주말이면 그를 둘러싸고 야구며 농구며 축구에 대해 끊임없이 질문을 퍼부었다. 그는 이런 운동에 대해서는 뉴욕 대학에 있던 4년 동안에 완전히 숙달해 있었다. 쾌활하고 무던한 사나이로, 누구나 그를 좋아했으며 존경했다.

찰스 메리웨더는 마사(磨砂) 제조회사의 외판원으로, 우리가 살고 있는 롱아일랜드와 뉴욕 주, 뉴잉글랜드를 포괄한 북부 일대를 담당하고 있었다.

그들의 생활은 상당히 풍족하여, 아마도 1년 수입이 1만 5천 달러 내지 1만 8천 달러는 되었을 것이다. 그것은 페얼론 주민의 평균 수입보다 5천 달러쯤 웃도는 액수였다. 그러나 찰스는 수입이 좀 낫다고 하여 사람을 차별하거나 하지는 않았다. 허영이나 우월감 같은 것도 찾아볼 수 없었다.

나의 두 아들 하워드 주니어와 고든은 찰스를 존경했다. 찰스 메리웨더와 서로 알게 된 뒤 나는 일종의 희미한 질투심을 누를 수 없었던 일이 몇 번인가 있었다. 하워드와 고든 두 아이가 마음속으로 실은 자기 아버지가 찰스라면 하고 비교하지나 않을까 생각되었던 것이다. 그러나 그런 감정을 느끼면서도 곧 부끄러운 생각이 들어서 떨쳐버리곤 했다. 찰스는 진실로 훌륭한 사나이인 것이다. 나는 아이들이 찰스를 좋아하고 존경하는 것을 기뻐했다.

실제로 일어난 일에 비추어 보면 지금 여기서 앤 메리웨더에 대한 이야기를 하고 그녀에 대한 첫인상을 상기하기란 매우 어렵다. 지금도 이 사랑스럽고 가련하며 다정한 여자와, 그 유혈과 폭력과 살인의 불길한 사건을 연관시켜 생각한다는 것은 전혀 어울리지 않는 일로 여긴다. 앤 메리웨더는 정말 소녀와 같다고 해도 좋을 정도였다. 어려서 죽은 남자아이를 앤이 낳은 것은 사실이지만, 처음 그녀를 만났을 때 스물너덧 살을 넘었다고는 도저히 생각할 수 없었다. 스물도 채 되어 보이지 않았다.

앤은 아무리 나이를 먹어도 성숙하지 않는 여자였다. 그러나 오해하지 말기 바란다. 몸매나 얼굴에는 어린아이 같거나 또는 사춘기 소녀 같은 느낌이 전혀 없었다.

그러나 어딘지 이상할 정도로 젊어 보이는 느낌——영기(靈氣)라고나 할까——을 만들어 내는 참으로 미묘한 신비의 베일 같은 분위기가 감도는 여자였다. 그것이 무엇인지 똑똑히 말로 표현할 수는 없다. 앤 메리웨더를 이처럼 여느 여자와 다르게 만드는 특수성을 설명하기란 불가능하다. 그러나 이렇게 말하면 알 수 있으리라고 생각되는 예가 몇 가지 있다. 이를테면 앤은 아주 아름다운 여자이면서도 같은 여자들에게서 호감——이것은 좀처럼 드문 일이다——을 받았으며, 착하기 이를 데 없었다. 그녀를 한 번 보기만 해도 그것을 느낄 수 있었다. 그 온화한 마음씨는 타고난 것이었다. 앤은 몸집이 작은 여자였다. 키는 5피트 2인치나 3인치로 날씬했고, 그 자태는 하나의 훌륭한 예술품이었다. 키가 작은 데 비해 다리는 지나치리만큼 길고 모양이 좋았다. 허리가 소년처럼 화사하고, 살결은 건강해 보였으며 조금만 건드려도 금방 상처가 날 것 같이 투명했다. 그러나 앤을 정말 이 세상 사람으로 생각할 수 없도록 느끼게 하는 것은 그 얼굴이었다.

머리카락은 가을의 말채나무 잎사귀처럼 결이 고왔으며, 갈색의 신비로운 그늘을 이루고 있었다. 그것이 작은 얼굴 둘레를 감싸며 짙은 눈썹 위로 흘러내렸다. 머리 모양은 옛날에 귀한 사람의 시중을 들던 여자의 머리처럼 좀 예스러울지도 모르지만, 앤에게 잘 어울렸다. 작고 오똑한 코, 튀어나온 광대뼈 밑에서 활발하게 잘 움직이는 넓고 큰 입, 그러나 그 중에서도 앤의 얼굴을 특이하게 보이도록 하는 것은 그 눈이었다. 감청색의 커다란 타원형 눈으로, 놀랄 만큼 길고 새카만 눈썹이 가장자리에 나 있었다.

앤과 같은 여자를 완전하다고 말할 수 있으리라. 그러면서도 숨김없이 드러내 놓고 성을 연상시키는 데는 없었다. 어떤 남자라도 앤을 만나면 이 아름답고 이국적인 여자를 아내로 맞이한 찰스 메리웨더를 부러워하고, 마음속으로 조금이나마 시새움하지 않고는 못 견딜 것이다. 게다가 앞에서도 말했듯이 앤은 여자들에게서도 호감을 받았다. 이 정도의 설명으로 앤이라는 여자를 조금은 이해했으리라고 생각한다.

앤 메리웨더에게는 또 한 가지, 요즈음 얼마쯤 자기 멋대로이며 자유분방한 여자들과 다른 특성이 있었다. 참으로 신앙심이 두텁다는 것이다. 앤은 가톨릭교도로 성당에도 열심히 다녔다. 미사에 빠지지 않고 참석했으며, 몇몇 부인 가톨릭 신자협회의 회원으로 참여하고 있었다. 그러면서도 마음이 넓은 현대 여성이었다. 늘 다른 사람에게 신앙을 강요하고 다니는 그런 여자가 아니었다. 그러나 신앙과 관계 있는 일에는 참으로 성실하여, 성당 활동에 상당한 시간을 할애하고 있었다.

이러한 생활 태도를 가지고 있었기 때문에 어린아이를 잃은 뒤에도 자신을 단단히 지탱할 수 있었을 것이다. 그리고 종교에 대한 관심이 더욱 깊어진 것은 죽은 아이에 대한 일종의 보상이었을지도 모른다.

그 뒤 메리웨더 집안에 아기가 생기지 않은 것은 큰 비극이었다. 특별히 찰스는 자식에 대한 애착이 강했다. 나는 이것을 로라에게서 자세하게 들었다. 앤은 로라에게 무슨 일이든지 거의 털어놓고 이야기했던 것 같다. 빌리가 죽은 뒤 앤은 유산을 했다고 한다. 그 때문인지 그녀는 그 뒤로 아기를 낳지 못하게 되었다.

그것이 찰스가 자신의 한가로운 시간을 이웃 아이들과 지내게 된 원인의 하나인 듯했다. 그렇기 때문에 또 그토록 아이들이 그를 좋아했다.

로라가 죽은 뒤 나는 곧잘 메리웨더 집안에 드나들게 되었다. 나는 그 부부가 좋았고, 가장 친한 친구로 여겼다. 3년이나 터놓고 교제해 보면 자기 자식보다도 더 친해지게 마련이다. 메리웨더 집안의 일상생활 습관이나 태도 가운데 알지 못하는 것은 하나도 없었다. 그러나 그렇게 생각할 수 있었던 것도 14개월 전, 말할 수 없이 춥고 진눈깨비가 내리던 11월 중순까지였다.

그날 나의 비서가 정오가 되기 전에 사무실로 들어와서, 메리웨더 부인이 찾아와 이야기하고 싶어한다고 알려 주었다. 나는 작은 응접실로 들어가 두 팔을 크게 벌려 앤을 환영했다.

"앤, 당신이 어떻게 시내까지……"

앤을 깨끗하지 못한 구식 사무실로 안내했을 때 나는 좀 기가 죽는 것을 느꼈다. 앤이 나의 사무실에 온 것은 그 때가 처음이었다. 나는 바닥 위의 색바랜 융단이며 흠집투성이인 떡갈나무 책상, 옛 골동품 같은 네 개의 나무 서류장, 벽에 걸린 초기 뉴욕 재판소와 시청의 색판 인쇄 사진에 무척 신경이 쓰였다. 처음으로 이 사무실이 초라하고 우울하게 보였다. 마치 그 소유자 자신이 세상에서 완전히 외면당하고, 점점 실망의 구렁텅이로 빠져서 잊혀져 가는 것 같았다.

앤은 깊숙한 큰 의자에 앉았다. 그런데 순간 벌떡 일어났다. 망가진 스프링이 튀어올랐던 것이다. 나는 견딜 수 없이 부끄러웠다. 그 의자는 벌써 여러 달 전부터 수리하러 보내야겠다고 생각했던 것이다.

"잘 오셨습니다." 나는 소년처럼 까닭 없이 얼굴을 붉히면서 말했다. "그런데 무슨 일로……."

앤은 어쩔 줄 모르겠다는 듯 문 쪽을 바라보았다. 나는 곧 문을 닫았다.

"하워드!" 그녀는 내가 미처 앉기를 기다리지도 못하고 입을 열었다. "하워드, 나는 당신의 법률적인 의견을 듣고 싶어서 왔어요."

너무나 진지해 보였으므로 나는 목구멍까지 올라온 우스갯소리를 꾹 참았다.

"법률적인 의견이라고요?"

"네, 하워드. 변호사에게 의논할 필요가 있다고 생각했어요. 충고가 필요해요."

"그렇다면 앤." 나는 문득 마음 속으로 생각한 것을 말하려다 그만두었다. "물론 좋습니다. 어떤 일이라도 의논에 응해 드리지요. 뭡니까, 유언장? 아니면 세금에 관한 것?"

앤은 고개를 가로저었다. 그리고 머리로 손을 가져가 사람의 마음을 사로잡는 그 눈빛에 잘 어울리는 파란색 베레모를 벗었다.

"살인에 대한 거예요, 하워드. 적어도 사람을 죽이려는 계획이 있었어요. 누군가가 나를 죽이려고 했어요!"

2

나는 이미 어떠한 일에도 그다지 충격을 받거나 놀라워하지 않았으나 그날 아침 앤 메리웨더와 책상을 사이에 두고 마주앉아 있을 때만은 일찍이 없었을 만큼 크게 동요를 느꼈다.

순간 나는 앤이 엉뚱한 장난기로 나를 속이려 하는 게 아닌가 생각했다. 앤이 말하는 것을 정확하게 알아듣지 못했는지도 모르는 일이고, 그렇지 않으면…….

그러나 깜박거리지도 않고 뚫어지게 나를 보고 있는, 눈물이 글썽한 앤의 커다란 눈을 보면 그녀가 매우 진지하다는 것을 한눈에 똑똑히 알 수 있었다.

"앤, 대체 어떻게 된 일입니까? 무슨 까닭이지요? 누군가가 당신을 죽이려 했다니, 그러면 틀림없이……."

"하워드, 지금 이야기하겠어요."

"네, 어서 말씀해 보십시오."

앤은 이야기를 하기 시작했는데, 흥분한 표정도 보이지 않았고 긴장한 말투도 아니었다. 히스테리컬한 점도 전혀 볼 수 없었다.

"오랫동안 생각했어요. 며칠을 생각했는지 몰라요. 여기에 오기까지. 그렇지만 이야기하기 전에 약속해 주셔야 할 일이 있어요. 이 일은 찰스에게 말하지 마세요. 그에게 걱정을 끼치고 싶지 않아요. 그리고 곤란하게 만들고 싶지도 않아요. 먼저 찰스에게 이야기하지 않은 것도 그 때문이에요. 그래서 당신을 만나러 왔어요. 경찰에 알리지 않은 것도 똑같은 이유에서였어요. 경찰은 웃어넘겨 버리거나 사건을 아주 크게 확대하니까요. 그렇게 되면 찰스는 틀림없이 고민할 거예요. 그런 일은 빌리가 죽었을 때 겪은 것만으로도 충분해요. 이제 지긋지긋해요."

차츰 앤의 목소리가 흐트러지더니 눈물까지 글썽해졌다.

"앤, 모든 것을 숨김없이 다 이야기해 보세요. 천천히, 서두르지 말고 차분하게 말씀하십시오."

앤은 고개를 끄덕였다.

나는 그녀에게 담배 한 개비를 꺼내 불을 붙여 주고 나서 이야기에 귀를 기울였다.
 "4, 5일 전이었어요, 그 일이 일어난 것은. 지난 주 화요일이에요. 찰스는 집에 있지 않았어요. 월요일 아침에 여느 때와 마찬가지로 뉴잉글랜드로 닷새 동안 출장여행을 떠났지요. 아무튼 그 화요일은 여느 때와 다름이 없었어요.
 아침 일찌감치 집 안을 치워 놓고 쇼핑하러 갔어요. 오후에는 컨트리 클럽에서 브리지를 했지요. 아마도 너덧 명의 여자들과 함께 했을 거예요. 당신도 아마 기억하실걸요. 로라는 언제나……."
 앤은 내 눈에 슬픈 빛이 떠오르는 것을 보고 말을 머뭇거렸다.
 "어머나, 죄송해요. 나는 그럴 생각으로……"
 나는 마음을 고쳐먹고 말했다.
 "괜찮습니다, 앤. 이젠 아무렇지도 않습니다. 이미 익숙해졌지요."
 "아무튼." 앤은 서둘러 다음말을 이었다. "나는 여느 때와 마찬가지로 화요일 오후에 브리지 놀이를 했어요. 4달러 조금 넘게 잃었지요."
 앤은 무슨 큰 죄라도 저지른 것처럼 조금 웃음을 지어보였다. 그때 표정은 정말 매력이 있었다. 마치 별스럽지 않은 작은 장난을 고백하는 소녀와 같았다.
 "그런 다음 5시 반쯤 클럽에서 나왔어요. 곧장 집으로 돌아오지 않고 혼자 식사를 했지요. 찰스가 출장간 뒤 혼자 집에서 식사하기는 정말 싫거든요. 가든 시티 호텔까지 자동차로 가서 그곳 식당에서 저녁식사를 했어요. 페얼론에 도착한 것은 9시쯤이었지요. 자동차를 차고에 넣었어요. 그 콘버터블이에요. 세단은 언제나 찰스가 여행할 때 쓴답니다. 당신도 아시지요? 그러고 나서 안으로 들어가 한 시간쯤 서재에서 텔레비전을 본 것 같아요.
 늦어도 11시쯤에는 잠자리에 들었어요. 그전에 현관문이 잘 닫혔는지 어떤지 찬찬히 살펴보았어요. 하지만 페얼론에 사는 동안 이제까지 한 번도 도둑 때문에 걱정한 일은 없었어요. 그런 다음 침실에서 당신 집을 보았더니 아직도 불이 켜 있더군요."

나는 고개를 끄덕였다. 생각이 났다. 조금 조사할 일이 있어 그날 늦게까지 자지 않고 깨어 있었던 것이다.

"곧 잠이 들었어요. 언제나 깊이 푹 자지요. 그런데 문득 새벽녘에 눈을 떴어요. 어째서 그랬는지 모르겠어요. 하지만 잠이 깼어요. 어쩐지 불길한 예감이 들더군요. 어쩐지 이상하다고 생각했어요. 당신은 어이없다고 생각하실 거예요. 그 일이 일어난 뒤 이제 와서 이상한 불안감이랄까, 그런 예감을 멋대로 상상하여 말하고 있는 것처럼 들릴지도 모르겠어요. 하지만 정말이에요. 하워드, 정말 그렇게 느꼈어요. 그렇지 않으면 어떻게 그런 일을 할 수 있었겠어요."

나는 그 다음 이야기를 재촉했다.

"무엇을 하셨지요?"

"네, 10분이나 15분 정도였을까요, 침대의 램프를 켰어요. 이미 그때에는 확실히 이상하다는 것을 알아차렸지요. 게다가 잠도 완전히 깨어 있었어요. 침대 곁 책상 위에 시계를 보았을 때 알았어요. 가스였어요, 가스 냄새가 났어요."

나는 고개를 끄덕였다.

"그래서요?"

"처음에는 가스 잠그는 것을 잊었나 보다, 완전히 꼭 잠그지 않고 잠이 들었나 보다고 생각했어요. 그래서 가스가 샌 것이라고. 하지만 곧 그날 저녁에는 저녁 식사를 마련하지 않은 사실이 생각났어요. 가스를 쓰지 않았지요. 게다가 가스를 잠그지 않은 채 두어 가스가 샌 것을 새벽에 알아차리고 잠이 깰 정도라면 돌아왔을 때 틀림없이 알았을 거예요."

앤은 숨을 내쉬고 나서 담배에 불을 붙였다. 앤의 손이 떨리고 있지 않는 것을 보고 나는 놀랐다. 자신의 생명에 위해를 가하려고 한 일을 이야기하고 있는데도 어떻게 이처럼 침착할 수가 있을까.

그때 문득 마음속에 떠오른 일이 있었다. 그것은 결국 앤이 나의 사무실에 들어왔을 때 이 일을 크게 극적인 것으로 생각하고 있었지만, 사실을 모두 말해 버린 지금은……. 나의 생각은 앤의 목소리로 중단되고 말았다.

"나는 침대에서 나와 부엌으로 갔어요."

극적인 효과를 노리는 것처럼 그녀는 잠시 말을 끊었다. 그야말로 효과 만점이었다. 이어서 앤이 이야기해 준 것은 극적이라고 하기에 어울리는 일이었다.

"온 방 안이 가스 냄새로 가득 차 있었어요. 얼른 전등을 켜고 스토브를 보았지요. 스토브에는 가스 콕이 여섯 개 있어요. 그리고 보일러에서 분리된 레인지에 하나씩 있어요. 그것이 모두 활짝 열려 있더군요."

나는 입을 크게 벌리고 다만 그녀 얼굴을 뚫어지게 들여다보고 있었다.

앤은 자기 자신에게도 납득시키려는 것처럼 고개를 끄덕였다.

"모두 열려 있었어요. 어떤 것이나 다. 온 방 안이 가스였어요. 창문으로 달려가 열려고 했을 때 금방 폭발하는 줄 알았어요. 가스가 파일럿 라이터에 닿았다면……하지만 망가진 것을 생각해 냈어요. 찰스가 고쳐야 했는데, 손도 대지 않았거든요."

나는 완전히 당혹해서 그녀를 지켜보았다.

"그렇지만 앤."

앤이 머리를 저었으므로 나는 말하려다가 그만두었다.

"그때 나는 아직 잠이 덜 깨었어요. 정신이 없었지요. 생각할 수 있었던 일이라고는 가스 콕을 잠그고 공기를 바꿔야겠다는 것뿐이었어요. 아무튼 창문을 열었지요."
"이건 중대한 일이오."
앤은 다시 나의 말을 가로막았다.
"하워드! 그때는 어째서 이런 일이 생겼는지 생각해 보려고도 하지 않았어요. 다만 충격을 받아 무서워서 어찌할 바를 몰랐었지요, 뒷문을 열러 갈 때까지는."
"뒷문?"
"네, 아시잖아요? 부엌문 말이에요. 그때였어요, 정말로 충격을 받은 것은. 문에는 유리가 넉 장 있는데, 아래편 왼쪽 유리가 깨져 유리 조각이 마룻바닥에 흩어져 있었던 거예요. 그리고 거기에 공이 떨어져 있더군요. 이웃 아이들이 소프트볼을 할 때 쓰는 것과 똑같은 공이었어요."
"문이 잠기지 않았습니까?"
"네, 잠기지 않았어요."
"앤, 자기 전에 문을 잠근 것이 확실하지요?"
그녀는 오랫동안 망설이더니 천천히 고개를 가로저었다.
"그걸 모르겠어요. 분명치가 않아요. 잠갔는지 어떤지 생각이 나지 않아요. 다른 때는 언제나 어김없이 잠갔는데, 그 날만은 분명치가 않아요."
나는 벌떡 일어나 방 안을 한참 왔다 갔다 했다. 마침내 나는 그녀 쪽으로 돌아서서 내려다보았다.
"앤, 당신은 이렇게 생각하시는 거로군요. 누군가가 창문을 깨고 침입하여 문을 열고 부엌으로 들어가 가스 콕을 모두 열어놓고 나갔다고."

그녀는 나를 바라보며 고개를 끄덕였다.

"그런데 앤, 대체 어째서 경찰에 알리지 않았습니까?"

앤은 재떨이에다 담배를 짓눌러 끄고 나서 마룻바닥을 멍하니 응시했다. 한참 뒤에야 겨우 그녀는 나를 올려다보며 설명하기 시작했다.

"하워드, 왜냐하면 내가 가스 콕을 열었는지도 모른다고 생각했기 때문이었어요."

나는 그녀를 빤히 바라보았다.

"뭐라고요! 설마 당신은……"

"하워드, 당신에게 말씀드릴 일이 있어요. 이야기하기 어려운 일이에요. 하지만 이야기해야겠어요. 아마 당신도 이해해 주실 거예요. 당신은 우리 빌리에 관한 이야기를 들은 적이 있으시지요? 그애가 어떻게 죽었는지를."

그녀는 손수건을 꺼내어 눈을 세게 눌러 댔다.

나는 고개를 끄덕였다. 그 기억이 얼마나 괴로운 것인지 나도 알 수 있었다. 그러므로 되도록 그 일에 대해서는 이야기를 꺼내고 싶지 않았다.

"압니다, 앤. 알고 있습니다."

"하워드, 하지만 당신도 아마 모르시는 일이 있으리라고 생각해요. 빌리가 죽었을 때 나는 이제 모든 일이 끝났다고 생각했어요. 심한 충격을 받았었지요. 그때 아기를 갖고 있었는데 유산되고 말았어요. 태어날 아기를 잃은 것으로 슬픔은 두 배로 늘었지요. 누구나 다 알아요, 나와 찰스가……"

앤은 다음말을 잇지 못하고 흐느껴 울었다. 나는 가만히 앉아 있었다. 나로서는 그녀가 자신을 되찾을 때까지 기다리는 수밖에 도리가 없었다. 가까스로 앤은 마음을 가라앉혔다.

"아무튼……"

앤은 손수건을 눈에서 낚아채듯 떼었다.
"아무튼 그 뒤 오랫동안 나는 나 자신이 아니었어요. 우리, 찰스와 나는 둘 다 정상이 아니었어요. 나는 몇 주일 동안 요양소에 있었어요. 그런 다음에 집으로 돌아와서도 계속 슬퍼했지요. 나는……."
또다시 앤은 자신을 억제할 수 없게 되고 말았다.
"나는 언제나 자신을 나무랐어요. 그날 아침 그 아이에게서 눈을 떼어 밖에 나가게 한 일로 스스로를 나무랐지요. 그래서 요양소에서 돌아와 2주일이 지나자 다시 재발했어요. 실망으로 말미암아 억제할 수 없는 발작. 그리고……."
앤은 또다시 이야기를 멈추고 머리를 깊이 떨구었다. 이윽고 그녀는 가까스로 다음 말을 이었다.
"그리고 전에 나는 정말 바보 같은 짓을 한 적이 있었어요. 어느 날 찰스가 외출하기를 기다렸다가 부엌으로 가 레인지를 열고 그 속에 머리를 틀어박은 채 가스를 틀었었지요."
나는 믿어지지 않아 그녀를 응시했다. 앤은 희미하게 웃었다.
"네, 지금은 정말 바보 같은 짓을 했었다고 생각하고 있어요. 하지만 그때는 슬퍼서 견딜 수가 없었지요. 그 슬픔을 없애기 위해서는……."
"그렇지만 앤."
"운이 좋았어요." 앤이 말했다. "스완슨 부인——당신들이 오시기 전 이웃에 살던 사람이에요——이 뭔가 빌리려고 우연히 들르셨더군요. 설탕이었었나 봐요. 그 부인이 나를 발견했지요. 하마터면 큰일날 뻔했던 참에……."
나는 앤에게 걸어가서 어깨에 손을 올려놓았다.
"앤, 정말 큰일날 뻔했군요." 나는 말했다.

"하지만 그날 아침——화요일 아침 말이에요——가스가 없어지기를 기다리며 문득 생각했어요. 어쩌면 뒷문을 열어놓은 채 그냥 둔 것이 아닐까 하고. 아무도 일부러 유리를 깨고 안으로 들어와 문을 열었을 리가 없다고 생각했어요. 유리가 깨진 것은 이웃 아이들이 공을 던지다 우연히 문에 맞았기 때문이라고. 그리고 밤중에 잠들어 있다가 꿈결에 잠자리에서 일어나 부엌으로 가서 나 자신이 가스 콕을 열었을지도 모른다고 말예요. 아무튼 그전에도 똑같은 일을 했으니까요."

"앤, 정말 당신은 자신이 했다고……."

앤은 천천히 머리를 가로저었다.

"아니요, 하워드. 지금은 내가 했다고 생각하지 않아요. 빌리가 죽은 뒤 처음 자살하려고 했을 때, 나는 거의 정신이 돈 것 같았어요. 적어도 한 때는. 하지만 오늘은 말짱한 정신이에요. 게다가 의식적으로 자살하려고 하다니, 나로서는 도저히 생각할 수 없는 일이에요. 교회와 하느님께 죄가 되는 일인걸요. 나는 도저히 할 수 없어요. 그래서 당신을 찾아온 거예요."

나는 그녀의 말을 듣고 조금이나마 가슴을 쓸어 내렸다. 앤이 이야기하고 있는 동안 나는 솔직히 말해서 과연 누군가가 전혀 알 수 없는 동기로 그녀의 생명을 빼앗으려고 할 수 있을까 잠시 생각했다. 그러나 또 한 가지 사건을 들었을 때, "어째서 생각이 달라졌습니까?" 나는 내 말투에 조금이라도 동정이 섞이지 않도록 애쓰면서 말했다. "앤, 어째서 지금 갑자기……."

"패들레스 때문이에요."

"패들레스?"

한참 동안 나는 전혀 갈피를 잡을 수 없었다.

앤이 말했다.

"그래요, 패들레스. 왜 있잖아요, 패들레스는 언제나 부엌에서……."

"네, 그랬지요. 패들레스, 어째서 잊었을까?"

우리 아이들과 나는 여러 번 메리웨더 집안의 다크스훈트와 어울려 놀았다. 그에게 나무토막을 던지기도 하고, 식탁에서 주지 말라고 하는 뼈다귀를 던져 주기도 했다.

"패들레스는 언제나 부엌에서 자니까 누군가가 들어와서 가스를 틀어 놓았다면 곧 알 수 있었을 거예요. 그리고 안에 들어오지 못하도록 이웃사람들을 모두 깨우게 되더라도 요란하게 짖었을걸요."

나는 고개를 끄덕이며 갑자기 웃었다.

"그렇다면 앤, 당신도 알 수 있을 겁니다. 모르시겠습니까? 가스를 틀어 놓은 것은 당신이었을 겁니다. 그야 굉장한 일임에는 틀림없습니다. 하지만 적어도……."

"아니, 나였을 리가 없어요." 그녀가 내 말을 가로막았다.

나는 믿어지지 않는 눈길로 앤을 뚫어지게 쳐다보았다.

"당신이 아니라고요? 그러나 당신이 지금 막 이야기하지 않았습니까?"

"패들레스는 1주일 전에 살해되었어요. 1주일 전 금요일에. 확실해요. 이 사건이 있기 전에" 하고 그녀는 차분하게 말했다.

"패들레스가 살해되었다고요? 아니, 어떻게……."

"그래요, 하워드. 누군가가 죽였어요. 틀림없이 방해가 되었던가 봐요."

"앤!" 나는 말했다. "앤, 설마…… 어째서 당신을……."

"이야기해 드리겠어요, 하워드. 패들레스는 근처를 뛰어다니다가 돌아왔어요. 금요일 밤이었어요. 나는 패들레스의 용태가 이상하다는 것을 곧 알아차렸지요. 상태가 여느 때와 달랐거든요. 먹으려고

도 하지 않고, 의자 밑에 누워 끙끙대기만 했어요. 우리——찰스와 나——는 웨스트베리의 수의사에게 데리고 갔어요. 스티븐슨 선생에게 말이에요. 기억하시겠지요? 당신도 마르타 산 테리어를 데리고 간 일이 있었을 거예요."
"네, 기억합니다."
"그곳에 도착했을 때 패들레스는 이미 죽어 있었어요. 가는 도중 내 품에 안긴 채 죽은 거예요. 물론 의사는 아무 말도 하지 않았어요. 다만 패들레스를 맡아서 처분해 주겠다고 했을 뿐이에요. 우리는 그 말을 듣자 기분이 언짢았어요. 스티븐슨 선생은 좋지 않은 것을 먹었든가, 너무 늙었든가 해서 죽었을 거라고 하더군요. 패들레스는 벌써 12살이었으니까요.

아무튼 의사로서도 어쩔 수 없는 일이었고, 우리도 어쩔 도리가 없었어요. 그래서 집으로 돌아와 어쩔 수 없는 심정으로 스코치 하이볼을 마시고, 다시는 개를 기르지 않기로 했어요. 그리고 오늘까지 그렇게 해 왔지요."
나는 고개를 끄덕였다.
"압니다. 그러나 다시 개를 기르게 되면 이제와 마찬가지로 귀여워해 주실 수 있을 겁니다. 게다가……."
"하지만 그런 일이 아니에요. 문제는 이제부터 이야기하는 일이에요. 수요일, 가스사고가 있은 다음 날, 나는 여러 가지로 곰곰이 생각해 보았어요. 이상하게 생각되기 시작한 거예요. 그래서 육감이 작용했는지 스티븐슨 선생에게 전화를 했지요. 어째서 패들레스가 죽었는지, 그 원인을 물었어요."
나는 다음 말을 계속하도록 재촉했다.
"그래서요?"
"당신도 아시지요, 스티븐슨 선생에 대한 것은? 그분의 진단은 정확해요. 정말 신경이 아주 날카로우신 분이거든요. 찰스와 내가 병원을 나오기 전, 그는 아무리 생각해도 이상하더래요. 생각하면 할수록 어째서 죽었는지 원인을 알고 싶었다는 거예요. 개가 나이가 많은 것은 틀림없는 사실이지만, 아무 이유도 없이 갑자기 죽을 리가 없다고 말이에요. 그래서 해부를 해 보았다는 거예요."
"해부?"
"네, 시체를 처리하기 전에 해부해 보았대요. 그런데 무엇이 발견되었으리라고 생각하세요?"
"뭐였습니까?"
"패들레스는 독살되었어요."
나는 어깨를 움츠렸다.
"하지만 앤, 개라면 어디에서든지 독인 줄 모르고 먹을 수도 있을 겁니다. 제초제나 고양이……."
"그런 독이 아니었어요. 그렇지 않아요. 패들레스는 그런 독으로 죽은 게 아니었어요. 패들레스는 아트로핀을 주사 맞고 죽은 거였어요. 주사를 맞고 말이에요……."
앤이 말을 끝낸 뒤 나는 한참 동안 앉은 채 생각에 잠겨 있었다. 이윽고 나는 앤을 바라보며 말했다.
"앤, 그렇다면 당신은 정말로 누군가가 유리를 깨고 부엌으로 들어가 가스 콕을 열었다고 생각하시는군요? 그런데다 공까지 놓고, 마치……."
"네, 그렇게 생각해요. 하워드, 틀림없이 누군가가 나를 죽이려고 한 거예요."
"하지만 앤, 대체 누가, 누가? 어째서?"
"누군지 알 수 있으면 경찰에 갔을 거예요. 어째서 그런 것인지 알면 경찰에 갔을 거예요. 하지만 아무리 생각해 봐도 누가 나에게 위해를 가하려 했는지 알 수가 없어요. 내가 죽어서 이득을 얻는 사람은 아무도 없거든요. 모든 일이 미친 짓으로밖에 생각되지 않아요."
"그래서 이 일을 찰스에게 이야기하지 않았군요?"
앤은 천천히 고개를 끄덕였다.
"네, 찰스에게는 말하지 않았어요, 아직. 말할 수 없었어요. 가엾은 찰스……. 그이는 겉으로는 명랑한 척하고 있지만, 아직도 빌리의 죽음에서 회복되지 않았어요. 그리고 지금은 집 밖의 일로 문제가 많아요. 회사일이 그리 잘 되지 않는 모양이에요. 게다가——이 이야기는 그만두기로 하겠어요. 아무튼 지금은 남편에게 걱정을 끼치고 싶지 않아요. 좀더 확실해질 때까지는. 만일 찰스가 이 일을 알아차리면——하지만 지금도 말씀드렸듯이 요즈음에는 일이 잘되지 않는가 봐요. 게다가 가끔 자동차로 여행도 해야 하고, 지금까지 한 것보다 더 일해야만 하는 모양이에요. 그렇기 때문에 남편을 집에 잡아 두거나 일하는 데 방해가 되고 싶지 않아요. 지금은 남편을 흥분시키거나 또 불행하게 만들고 싶지 않아요."
"알겠습니다, 앤. 잘 알았습니다. 그렇지만 경찰에는 가야 합니다. 보고할……."
"그렇게 하면 찰스에게 이야기하는 것과 다름없어요. 경찰에서 남편에게 연락하여……."
나는 고개를 끄덕였다.
"네, 그렇지요. 그것도 압니다. 하지만 앤, 어떻게든 하지 않으면 안 됩니다. 당신의 신부님을 만나보시면 어떨까요? 틀림없이 그분이라면……."
"신부님은 정신 문제로 도움이 필요할 때 만나는 거예요. 이것은 정신 문제가 아니잖아요."

"그러나 틀림없이 누군가……."
"나는 당신을 찾아왔어요, 하워드!"
 나는 조금 서글픈 듯이 웃었다.
"앤, 나는 한낱 변호사에 지나지 않습니다. 게다가 이런 일에 대해서 잘 모릅니다. 범죄변호사가 아닙니다. 페리 메이슨 같은 변호사와는……."
 나는 어깨를 움츠렸다.
"하지만 하워드, 당신이라면 도와 주실 수 있을 거예요, 어떻게 하면 좋을지……."
"점심 식사라면 가능하지요." 나는 손목시계를 들여다보며 말했다.
"그것이 지금 내가 할 수 있는 유일한 일이므로, 그렇게 할 생각입니다. 물론 당신에게 그런 시간이 있다면 말입니다만."
"시간이라면 얼마든지 있어요." 앤이 기운 없이 말했다. "누군가가 내 목숨을 단축시키려고 하지 않는다면 말이에요."
"농담은 그만두십시오." 나는 말했다. "나는……."
"괜찮겠어요, 하워드? 다른 볼일은 없으세요? 아주 중요한 약속이라든가 일거리라든가……."
"이 세상에서 할 일은 단 한 가지. 다정하고 훌륭하며 아름다운 여성을 쾌적하고 조용한 레스토랑으로 안내하여 칵테일을 마시며 식사를 하는 일입니다. 화요일의 일이며 페얼론 에이커에서 일어난 일 따위는 잊어버리고 기분을 풀도록 하십시오. 찰스가 함께 자리를 할 수 없어 유감스럽군요."
"네, 그래요." 앤이 말했다. "하지만 실컷 먹을 것을 약속드리겠어요. 그리고 찰스와 나 두 사람 몫만큼 명랑해지겠어요."

3

 월요일은 언제나 바쁜 날이다. 다시 말해서 이것은 일주일 동안 어느 날이 가장 바쁘냐고 물었을 경우에 하는 대답이다. 사실 어느 날이나 무슨 일이 있어도 다 제쳐놓고 해야 할 만큼 중요한 용건은 없다. 내가 취급하는 일들은 급하게 해야 할 성질의 것이 아니기 때문이다. 다만 월요일에는 우편물을 처리하고, 지난 주일에 미뤄놓았던 일을 처리하기로 하고 있었다.
 앤이 처음으로 나의 사무실을 찾아와서 놀라운 이야기를 들려준 것은 월요일이었다.
 나는 좀처럼 하지 않는 일을 했다. 앤을 이스트 사이드에 있는 작은 이탈리아 레스토랑으로 안내했던 것이다. 그 레스토랑은 별로 알려지지는 않았지만 음식이 아주 맛있고 값도 적당했다.
 종업원이 작은 커피 잔을 두 개 가져오는 동안에 나는 자리를 떠나 카운터 가까이에 있는 작은 로비의 전화 부스로 들어갔다. 비서 테일러 양을 불러 내어 오후에 자리를 비울 테니 예정한 약속을 내일로 미루라고 일렀다. 그런 다음 자리로 돌아왔다.
 "앤, 당신은 시간이 충분히 있다고 말씀하셨지요?"
 앤은 조금 당혹한 표정으로 고개를 끄덕였다.
 "그 말씀을 그대로 받아들이겠습니다. 시간을 조금만 내주셔야겠습니다."
 나는 손목시계를 들여다보았다.
 "지금 2시 15분 전입니다. 나머지 오후 시간을 나와 함께 지내도록 해 주십시오. 그 대신 당신이 하고 싶은 대로 하겠습니다. 영화를 보아도 좋고, 미술관을 찾아가도 좋고, 유람선을 타도 좋습니다."
 앤은 나를 올려다보며 갑자기 미소지었다.
 "어머나, 하워드! 알았어요. 나를 녹초가 되도록 지치게 하실 생각이군요. 그래서 내 마음을 가라앉게 하려는 것이지요? 당신이 뭐라고 말씀하시든 나는 당신을 훌륭한 변호사라고 생각해요, 하워드. 당신과 함께 지내기로 하겠어요. 아참, 그렇지. 스타텐 섬으로 가는 5센트짜리 페리보트가 아직 있을지 모르겠네요."

"있으리라고 생각합니다. 한말씀 덧붙인다면, 돈에 대해서는 어떻든 그것은 세계 항해 사상 가장 뛰어난 대서양 항로입니다. 자, 커피를 마시고 여기를 나가서 스타텐 섬으로 갑시다. 자유의 여신상까지 가도 좋습니다. 이 위대한 뉴욕에 사는 사람 가운데 자유의 여신상까지 가 본 사람은 많지 않을 것입니다."

앤은 잠시 깊이 생각에 잠긴 듯 앉아 있더니 사무실로 돌아가 일을 하지 않아도 되느냐고 물었다. 나는 당장 중요한 일은 없다고 확실하게 대답했다.

그리하여 앤 메리웨더와 나는 오후 시간을 함께 지내게 되었다.

나는 앤이 나에게 이야기해 준 사건의 중요성, 보호수단의 필요성, 찰스에게 털어놓고 이야기하는 편이 바람직하다는 것을 말해 줄 필요가 있었다. 그리고 앤의 생명을 빼앗으려고 노릴 만한 동기를 어떻게든 알아 내고 싶었다. 또한 대체 누가 앤이 죽음으로써 이익을 얻는가 하는 것도 알고 싶었다.

그날 오후는 내 생애에 가장 기쁘고 즐거운 오후였다. 그와 동시에 또 가장 마음에 상처를 입은 오후였다.

보호수단에 대한 이야기가 나오자, 앤은 정색을 하고 명확하게 내가 그녀의 보호를 위해 가장 중요하다고 생각되는 수단을 강구하는 일을 반대했기 때문이다. 이 사건을 경찰에 알리는 것, 다시 말해서 내가 경찰에 이 일을 신고하는 것을 거절한 것이다.

앤은 말했다.

"틀림없이 바보 같은 짓을 했다고 생각하게 되실 거예요. 차례로 하나하나 질문이 나오고, 그러다가 그 슬픔과 히스테리로 일으켰던 어이없는 발작도 드러나게 되겠지요. 그 일은 덮어두었으면 해요. 그리고 경찰은 별것도 아닌 일을 과장해서 말한다고 생각할 거예요. 또 한 가지, 그들은 틀림없이 찰스에게 이 일을 이야기할 거예요."
"찰스에게는 이야기해야 합니다. 당신 자신이 직접 이야기하는 것이 가장 좋습니다."
앤은 완고하고 단호한 표정을 얼굴에 떠올리며 머리를 가로저었다.
"그것만은 무슨 일이 있어도 하고 싶지 않아요. 당신에게 설명했잖아요, 하워드. 찰스는 일 때문에 늘 여행을 떠나요. 1주일에 나흘이나 닷새는 거리를 달리고 있어요. 이 일을 찰스에게 이야기하면 곧 회사를 그만두고 말 거예요."
"그것이 비록 그가……."
앤은 또 머리를 저었다.
"하워드, 지금 찰스에게는 일이 전부예요. 그이는 그 회사에 10년 가까이 있었어요. 그런데 이제야 겨우 싹이 텄어요. 바로 지난 봄에 겨우 부사장이 되었지요. 그때 북부를 모두 그이가 맡게 됐어요. 그런데 지금 그 일을 그만두고 다시 새로 시작하게 된다면 틀림없이 낙담하고 말 거예요. 게다가 돈문제도 있잖아요? 이런 일은 이야기하지 않는 편이 좋겠지만, 찰스는 주식에 투자했다가 실패했어요. 우리의 저금을 거의 다 찾아서 캐나다의 우라늄 주식에 투자했는데 모조리 하찮은 것이 되어버리고 말았어요. 그 일로 찰스는 퍽 기운을 잃었어요. 그 때문에 지금 무척 어려워요. 우리의 지출은……."
"확실히 찰스는……."
"물론 평소의 생활이라면 잘 해나갈 수 있어요. 조금쯤 물가가 오르더라도, 하지만 찰스는 막대한 보험에 들어 있었어요. 굉장한 금액의 보험에. 빌리가 아직 살아 있을 때였지요. 자기에게 무슨 일이 있더라도 우리가 충분히 살아갈 수 있도록 준비하는 거라면서. 그이는 6년쯤 전에 가벼운 심장마비를 일으켰었어요. 그것이……."
"그건 몰랐는데요."
"어머나, 그러세요? 하지만 좋아졌어요. 의사도 완전히 나았으니 여느 때대로 생활을 계속하면 앞으로도 안심할 수 있다고 그이에게 말했어요. 하지만 문제는 굉장한 금액의 보험료예요. 매달 지불금이 엄청나거든요. 그이는 단념할 수 없는 거예요. 물론 단념하고 싶지도 않겠지만, 그렇게 하면 아주 큰 손해잖아요. 보험회사란……."
"네, 압니다." 나는 말했다.
"그러니까 지금 무슨 일이 일어나 그이가 회사를 그만두게 되면 파멸이에요. 찰스에 대해서는 내가 잘 알아요. 만일 내가 그이에게 이야기하거나 경찰이 그이에게 말한다면 모든 걸 다 집어치우고 일도 그만둔 채 밤에도 집에 있으며 내 곁을 떠나지 않을 게 틀림없어요."
"그렇다면 그의 회사에서 어떻게든지 잘……."
"안 돼요. 찰스는 세일즈맨이에요. 회사가 그이를 필요로 하는 것은 그이에게 고객을 다루는 재능이 있기 때문이에요. 고객은 모두 밖에 있지요. 더욱이 나는 확실하게 말할 수 있어요. 찰스는 훌륭한 세일즈맨이에요. 하지만 이것은 그이가 하고 있는 범위 안에 일이지, 새로운 일자리를 찾으려면 힘들어요. 특히 지금의 수입과 다름없는 일자리를 찾기란 더욱 어려워요. 안 돼요, 결코 그이에게 이야기해서는 안 돼요."

"알겠습니다, 앤. 당분간은 그렇게 하지요. 찰스에게 알리지 않도록 하겠습니다. 그러나 그 동안에 어떻게든 해야 합니다."

"적어도 지금은 찰스가 집에 있어요." 앤이 말했다. "이번 주일에는 내내 집에 있어요. 다음 주 월요일까지는 나가지 않아요."

"그거 잘되었군요. 그럼, 일반적인 방어수단이 되겠는데, 당신이 말씀하신 대로 누군가가 당신을 해치려 한다면, 당신은 총을 가지고 있어야만 합니다. 어떻게 쓰는지 아십니까?"

앤은 웃었다.

"하워드, 당신은 정말 야단스럽군요. 총에 대한 것은 잘 모르지만, 쏘는 것쯤이라면 할 수 있으리라고 생각해요. 게다가 우리 집에는 언제나 총이 있어요. 잊으셨나요?"

그렇지, 그랬었다. 참으로 얼빠진 일이군. 찰스 메리웨더는 사냥과 낚시의 명수이다. 물오리나 들오리 철이 되면 해마다 거르지 않고 메릴랜드로 갔으며, 가을이 되면 자동차를 타고 카스키르 산으로 사냥을 떠나곤 했다. 그는 서재에 이연발 라이플과 산탄총을 가지고 있었다. 그것들을 그는 늘 기름으로 닦고 청소하여 구석구석 빈틈없이 손질해 두었다. 그는 총이란 전문가가 솜씨를 다하여 만든 정교한 물건이며 또한 짐승을 잡는 데 더없이 좋은 물건이기 때문에 마음에 들어했을 뿐 아니라, 총 그 자체도 좋아하는 것 같았다.

그는 또 작은 총도 몇 자루 있었다. 제2차 세계 대전 중 그는 보병 장교였다. 그가 권총에 매력을 느끼게 된 것은 그 무렵이 아니었을까? 아무튼 열쇠로 잠근 유리문 달린 캐비닛에는 적어도 열두 자루쯤, 육연발총과 자동권총과 이름도 알 수 없는 권총을 즐비하게 진열했다. 나는 언젠가 그에게 그 권총에 대해 물어본 일이 있었다. 저렇게 많은 권총의 허가증을 어떻게 손에 넣었느냐고. 그는 한 달에 한 번 모임이 있는 건(gun) 클럽에 소속되어 있기 때문이라고 나에게 이야기해 주었다. 그렇다, 메리웨더 집안에는 쓸모 있는 권총이 많다.

"알겠습니다, 앤. 다음 문제로 넘어가기로 하지요. 당신은 우선 개를 길러야 합니다."

앤은 고개를 크게 내저었다.

"애완동물로서가 아닙니다, 앤. 어떤 일이 있어도 개를 기르셔야 합니다. 독일산 셰퍼드나 도베르만이 좋을 겁니다. 강아지는 안 됩니다. 적어도 두서너 살은 되어야 하지요. 정말 누군가가 패들레스를 죽였다면……."

"그래요." 앤이 말을 가로막았다. "살해된 것은 틀림없어요. 하지만 두 가지 사실이 실제로는 관계가 없는 경우도 있잖아요. 페얼론이 어떤 곳인지 당신도 잘 아실 거예요. 어느 집이나 훌륭한 잔디밭이 있잖아요? 그것을 패들레스가 마구 어지럽혔기 때문에 누군가가 독살했을지도 모르지요."

"아니, 그런 일은 없을 겁니다, 앤" 하고 내가 말했다. "물론 그런 일도 가능하긴 하겠지요. 개가 귀찮고 방해된다고 해서 독살하는 일은 흔히 있으니까요. 그러나 이 경우는 다릅니다. 첫째, 패들레스는 귀찮게 구는 개가 아닙니다. 자기 집에서 떠나는 일이 없으니까요. 게다가 문제가 되는 것은 독살 방법입니다. 만일 스티븐슨 선생이 당신에게 이야기한 것이 사실이라면 누군가가 피하 주사기로 패들레스의 혈관에 독을 넣었다는 말이 됩니다. 일레이트의 정원사라면 그런 짓은 하지 않을 겁니다. 게다가 우연한 일 치고는 너무나도 모든 일이 잘 갖추어져 있습니다. 개가 독살되었고 또 하루인가 이틀 뒤 누군가가 당신 집으로 몰래 숨어 들어가 가스 콕을 열어 놓아 당신을 죽이려고 했습니다. 해를 끼치려던 자가 있었던 것입니다."

앤은 한참 동안 생각한 뒤 말했다.

"그렇다면 문제가 어느 정도 좁혀진 셈이군요? 그는 틀림없이 개를 알지 못하는 사람일 거예요. 아무튼 패들레스는 누구나 잘 따랐으며, 패들레스를 알고 있는 사람이라면 모두 그 사실을 알고 있을 거예요. 부엌에 있을 때 친구가 들어오면 결코 짖거나 하는 일이 없었거든요."

나는 깊은 생각에 잠기면서 고개를 끄덕였다.

어떤 생각, 줄곧 마음 속에 묻어둔 생각, 죽을 힘을 다해 도리질하고 있었던 그 생각이 한순간 고개를 들었다. 나는 부끄러웠다. 그러나 이 생각이 자연스러움을 인정하지 않을 수 없었다. 그것은 찰스 메리웨더가 가스 콕을 열어 놓았을 가능성이었다. 그러나 나는 가슴을 쓸어 내리며 후유 하고 소리 없이 한숨을 쉬었다. 어떤 당치도 않은 이유에서 만일 흉악한 살인자가 찰스라면, 개에게 독을 주사할 필요는 없었을 것이다.

나는 말했다.

"문제는 말입니다, 앤. 누가 했든, 어째서 패들레스가 살해되었든, 곧 다시 개를 기르기로 약속해 주어야겠습니다. 그 밖에도 해 주셔야 할 일이 있습니다. 뒷문과 앞문에 도둑 방지용 자물쇠를 특별히 마련해 주십시오. 여느 자물쇠와 쇠사슬이 달린 것으로 말입니다. 그리고 창문을 조사하여 거기에도 특별 자물쇠를 달아 두십시오. 요즈음에는 창이 1인치쯤만 열려도, 그 뒤 저절로 잠겨 버리는 형의 자물쇠가 있습니다.

당신이 정말로 경찰에 가기 싫다면, 사립탐정이라도 주선해 드리겠습니다. 누군가가 당신을 보호해야만 합니다. 게다가 사립탐정이라면 당신을 살해하려는 사람이 있는지 어떤지 조사하여 알아낼 수 있습니다. 아마도 당신이 미처 생각지 못한 사람이 있을지도 모릅니다. 뭔가……."

"그런 일은 있을 리가 없어요, 하워드." 앤이 말했다. "나는 보험에 들지도 않았어요."

이번에는 앤이 얼굴을 붉혔다. 그녀의 상속인이 될 남편이 머릿속에 떠올랐을 것이 틀림없다.

"나는 재산을 상속받을 일도 없고, 이제까지 단 한 번도 다른 사람에게 상처를 입힌 기억이 없어요. 누가 나를 미워하고 있는지, 게다가 미워하는 이유가 무언지 모르겠어요."

"어쩌면 당신이 무의식중에……."

"아니에요. 그런 일은 없어요. 확실해요, 하워드."

"그러나 누군가가 당신을 죽이려고 했습니다. 적어도 사립탐정 정도는……."

"개와 자물쇠에 대해서는 당신 말씀대로 하겠어요. 하지만 얼마 동안은 탐정을 이 문제에 끌어들이고 싶지 않아요. 찰스는 이번 주 내내 집에 있을 것이고, 그이가 집에 있는 동안에는 걱정할 게 없다고 생각해요. 나중에 좀더 생각해 본 다음에……."

우리는 여기서 문제를 일단 끝맺었다.

우리는 계획을 바꾸어 처음에 생각한 스타텐 섬에는 가지 않고 바텔리 도선장에서 배를 타고 자유의 여신상으로 향했다. 앞갑판에 서서 항구의 바람을 얼굴 가득히 받으며 우리는 이야기했다.

베드로 섬에서 1달러 50센트짜리 티켓을 두 장 사서 가이드의 안내로 여신상 안쪽을 구경했다. 꼭대기 둘레에 있는 전망대에 오랫동안 머무르며 큰 창문으로 나로즈(뉴욕항으로 통하는 해협)를 왕래하는 유조선이며, 태그보트며, 원양여객선의 멋진 경치를 바라보고 있었다. 앤 메리웨더는 이곳에 처음 와본다고 했다. 나도 어렸을 때 와 본 뒤 오지 못했다.

4시 반쯤 맨해턴으로 돌아왔다. 나는 한잔 마시고 나서 페얼론으로 가는 기차를 타면 어떻겠느냐고 제안했다.
앤은 싱긋 웃으며 고개를 저었다.
"죄송하지만 하워드, 사무실까지 데리러 가기로 찰스와 약속했어요. 오늘은 시내로 쇼핑하러 가니까 나온 김에 그리로 가겠다고 이야기했지요. 빌레지 부근에서 식사를 하고 쇼를 구경하러 가기로 했어요. 그러니 하워드, 한 가지 약속해 주셨으면 해요. 내가 당신을 만나러 왔던 것을 찰스에게 말하지 않았으면 좋겠어요. 조금도 그가 눈치채지 못하도록, 부탁해요!"
"물론입니다, 앤. 이 일은 사무상의 방문이라고 생각하겠습니다. 그러니 걱정하지 마십시오. 충분히 주의하고, 그 다음에는 걱정하지 않는 것입니다. 나도 힘껏 머리를 짜서 어떻게 하면 좋을지 생각해 볼 테니까요."
앤은 소녀처럼 사람을 믿어 의심치 않는 순진한 표정으로 나를 올려다보고, 사람의 마음을 사로잡는 웃음을 지었다.
"걱정하지 않도록 하겠어요, 하워드. 그렇게 하겠어요. 아무튼 수요일 밤에 만나요. 아마 그때 이야기할 시간이 있으리라고 생각해요."
"수요일 밤?"
앤의 작은 손이 작별할 때 놓았던 웃옷을 잡아당겼다.
"하워드, 당신은 참 곤란하신 분이군요. 수요일 밤의 파티, 우리 결혼기념 파티 말이에요. 잊으셨나요? 그렇지, 당신이 찰스에게 스테이크 만드는 것을 돕겠다고 하셨던 것을 기억하고 있어요. 그리고……."
"아참, 그랬었지요! 참으로 잊어버리는 데는 명수라니까!"
파티는 적어도 2주일 전에 계획된 일로서 찰스와 나는 그 일에 대해 여러 번 의논했다. 찰스가 앤을 위해 베푸는 이 파티는 그들 두 사람의 여덟 번째 결혼기념일을 축하하는 것이었다. 나는 이미 두 사람을 위해 선물을 사 두었다. 57번 거리의 경매에서 발견한 물건으로, 아름다운 액자가 달린 아르켄 산 천에 경기 모습을 그린 그림이었다.

그렇다. 나는 파티에 대한 것을 알고 있었으며, 찰스가 마실 것을 시중들고 있는 동안 오락실에 있는 난로불로 스테이크를 만들겠다고 그에게 말한 것도 사실이었다. 어떻게 잊을 수 있겠는가.

"그럼, 수요일 밤에 만납시다, 앤! 그리고 부탁이니 충분히……."

그녀는 벌써 돌아서서 약속 시간에 늦지 않도록 찰스의 사무실이 있는 월 거리 쪽으로 서둘러 걷기 시작하고 있었다.

그날 밤에는 다른 때와 다름없이 작은 레스토랑에서 혼자 식사를 하고 집으로 돌아가 음악을 듣거나 책을 읽는 대신 다시 사무실로 돌아갔다. 테일러 양은 퇴근했기 때문에 갖고 있던 열쇠로 문을 열고 안으로 들어갔다. 엘리베이터맨이 나를 보고 적잖이 놀라는 듯했다. 밤에 사무실로 돌아온 것은 이번이 처음이었기 때문이다.

나는 혼자 생각하고 싶었다. 앤 메리웨더가 나에게 이야기한 것들을 생각해 보고 싶었던 것이다. 친구니 이웃사람이니 하는 감정적인 생각을 섞지 않고 변호사라는 입장에서 냉정하게 편견 없는 마음으로 생각해 보고 싶었다.

앤이 말한 모든 것들을 깊이 생각하여 거기에서 분명한 사실을 이끌어내고 싶었다. 그녀가 말한 놀라운 이야기에서 논리적이고 이유가 닿을 만한 정당한 실마리를 찾아내고 싶었던 것이다.

그날 밤 한 번은 진심으로 낫소 지방경찰 살인과에 있는 클리포드 기데온 경감이라도 불러낼까 생각했다. 그리고 그날 밤 이래 가끔 경찰에 알리지 않겠다고 약속했던 것을 후회했다. 왜냐하면 그렇게 했더라면 틀림없이 한 사람의 목숨은, 아니 두 사람의 목숨은 구할 수 있었을 것이기 때문이다.
 나는 앤과 한 약속을 어기더라도 찰스 메리웨더에게 털어놓고 이야기해 버릴까 생각하기도 했다. 이 경우에도 똑같은 말을 할 수 있다. 만일 그렇게 했더라면 모든 상황이 달라졌을 것이다. 이미 이 세상에 있지 않은 두 사람이 지금도 살아 있을 것이다.
 지금에 와서는 내가 이야기했다 할지라도 실제로는 아무것도 달라진 것이 없었으리라고 생각하며 스스로 위로할 수밖에 없다.
 메리웨더 집안은 예정한 대로 수요일 밤에 파티를 열었다. 일고여덟 쌍의 손님은 모두 페얼론에 사는 사람들이었다. 나 혼자만 아내를 동반하지 않았다. 그러나 메리웨더 부부는 친절하게도 에미 퍼슨스 양을 초대했다. 그녀는 지방 중학교에서 3학년을 담임하고 있는 20대의 젊은 여성으로, 골드 씨네 집에 하숙하고 있었다. 남자와 여자의 수를 맞추는 의미로 초대한 것이다. 에미 퍼슨스 양은 몸집이 크고 사교적인 아름다운 여성으로, 얼굴에 미소가 끊일 새가 없으며 게임에도 언제나 빠지지 않았다. 지성적이며 모든 사람들이 그녀를 좋아한다는 말을 나는 듣고 있었다.
 그날 밤 그녀를 파트너로 맞기를 잘했다고 나는 생각한다. 에미 퍼슨스는 정말 유쾌한 여성이었다.
 우리는 기막히게 맛있는 스테이크로 저녁 식사를 했다. 식사 전에는 칵테일을, 그리고 그 다음에도 술을 많이 마셨다. 말꼬리잇기 게임을 했다. 전축이 큰 소리를 내기 시작하자 융단을 말아놓고 모두 춤추기 시작했다. 그러나 주말이 아니었으므로 대부분의 남자들은 아침 일찍 일어나 7시 25분이나 8시 10분에 떠나는 뉴욕 행 기차를 타야 하기 때문에 한밤중쯤 모두 돌아갔다.
 그때 좀 이상하고 불쾌한 인상을 준 일이 일어났다. 그것은 에미 퍼슨스 양이 욕실에 갔을 때였다. 우리가 식사를 끝낸 뒤였다고 생각된다.

 메리웨더 부부의 집은 페얼론에 사는 다른 사람들의 집처럼 획일적으로 지은 구조가 아니었다. 목사형 구조로, 단층건물이었다. 욕실이 두 개, 침실이 세 개 있었다. 욕실 하나는 커다랗고 주인용 침실 가까이에 있었다. 두 번째 침실은 서재로 꾸몄으며, 찰스는 이 방에 총이며 운동기구들을 두었다. 이 방과 세 번째 침실 사이에 또 하나의 욕실이 있었다.

 세 번째 침실은 빌리의 방이었다. 찰스와 앤은 그 방을 빌리가 죽은 날 아침 모습 그대로 두었다. 빌리의 장난감이 선반에 있었다. 빌리가 그린 그림이 벽에 걸려 있었다. 모든 것이 그대로 보존되어 있었다. 그리고 방문은 잠가 두었다. 그 방은 죽은 아이에 대한 기념비 같은 것이었다. 메리웨더 부부를 아는 사람들은 그것을 이해했다. 좋게 생각하지 않는 사람도 많았지만, 대부분 그들의 의도를 존중했다.

 그런데 에미 퍼슨스 양은 빌리가 죽은 뒤 이곳으로 온데다 이웃이 된 지도 아직 얼마 안 되었다. 어찌된 일인지 그녀는 분명히 빌리에 대해 전혀 몰랐던 것 같다. 확실히 그녀는 그 방에 대해서도 알지 못했다. 아무튼 그날 밤 그녀는 서재와 죽은 아이의 방 사이에 있는 욕실을 사용했다. 그런데 그녀가 욕실을 나오려고 했을 때 잘못하여 서재를 지나지 않고 그만 어린이방으로 들어갔다. 그녀는 그 방을 보고 무척 놀랐을 것이다. 장난감이며 손가락 자국이 묻은 옛날 이야기 그림이 있는 벽지며 어린이용 작은 침대. 게다가 그 위에 크고 살찐 곰이 예의바르게 앉아 유리 눈을 베개 쪽으로 돌리고 있었으니. 아무튼 그녀는 잠시 주위를 둘러보았다. 그런 다음 욕실로 돌아와서 다시 나오지 않고 안에서 어린이방의 문을 열었다. 그리고 우리가 술잔을 기울이며 이야기를 나누고 있는 거실로 버젓이 걸어 나왔다.

 에미 퍼슨스 양이 막 문을 닫을 때 찰스 메리웨더가 마침 눈을 든 것이 불운이었다.
 그때 나는 찰스 메리웨더를 보았다. 그의 얼굴이 갑자기 새파랗게 질렸다. 몹시 손을 떨었으므로 들고 있던 술잔의 술이 융단 위로 쏟아졌다.
 "그 방에서 대체 무엇을 했소?" 찰스가 물었다.
 에미 퍼슨스 양은 그 자리에 못박혀 선 채 깜짝 놀랐다. 분명히 어쩔 줄 몰라 하는 표정이었다.
 "네…… 저……."
 "무엇을 했지요? 어떤 생각으로, 어떤 생각으로 그 방에 들어갔지요?"
 찰스 메리웨더는 절반쯤 비어 있는 술잔을 바닥에 던지고 그녀 쪽으로 다가갔다. 나는 참으로 사태가 난처하게 되었다고 생각했다. 물론 우리들 가운데 몇몇은 무슨 일이 있어났는지 곧 알 수 있었다. 에미 퍼슨스 양이 분명 실수를 저지른 것이었다. 앤 메리웨더가 급히 남편에게 달려갔다.
 "이제 됐어요, 찰스. 부탁이에요!"
 찰스 메리웨더는 약간 술기운이 돌기는 했지만 취하지는 않았다. 그는 절대로 지나치게 술을 마시지 않았으며, 조금이라도 이성을 잃었던 일은 이제까지 한 번도 없었다.
 가엾은 에미 퍼슨스 양은 너무 놀라 말도 하지 못했다. 다만 우뚝 선 채로 입을 벌리고 찰스의 험악한 기세에 눌려 겁을 먹고 있었다. 그러나 다행히도 둘 사이에 여러 사람이 있었으므로 에미 퍼슨스 양은 아무것도 모르고 한 일이라고 찰스를 말렸다. 앤은 이때 남편 곁에 바싹 다가서서 귓가에 대고 뭔가 소곤거렸다.
 찰스가 침착을 되찾기 시작하는 것을 보자 나는 곧 에미 퍼슨스 양에게로 걸어가 그녀의 팔을 잡고 오락실로 들어갔다. 문을 닫고 강한 버번을 스트레이트로 그녀에게 따라 주면서 설명했다. 다행히도 파티를 망칠 만한 사태가 되지는 않았다.

찰스는 침실로 물러가 잠시 누워 있었다. 그런 다음 조금 뒤 아무 일도 없었던 것처럼 돌아왔다. 그리고 찰스가 미안한 듯한 말투로 에미 퍼슨스 양에게 말을 거는 소리를 슬쩍 들었다. 찰스는 부끄럽게 생각했을 것이다.

그날 밤에는 그밖에도 두서너 가지 묘한 일이 생겼다. 뒷날 중요한 의미를 지니고 있었다는 것을 깨달았으나 그때는 가볍게 흘려버렸다. 아무튼 훌륭한 파티였으며 모두 즐거워했다. 앤까지도 퍽 즐거운 것 같았다. 그날 밤의 일로 또 한 가지 덧붙여야 할 것이 있다. 앤은 새로운 개를 사들여 놓았다. 아마 찰스를 설득하여 산 모양이었다. 복서종 수놈으로 3살쯤 된 꽤 잘생긴 개였다. 그런데 아무래도 결점이 꼭 한 가지 있었다. 앤이나 다른 여자가 가까이 갈 때마다 귀를 늘어뜨리고 바닥에 엎드려 목구멍 깊숙이에서 으르렁거리는 것이다. 그러나 남자들은 좋아하는 모양이었다. 특별히 찰스를 잘 따랐다.

금요일 오후 3시, 북 코네티컷 주에 있는 고든네 학교의 헤드 코치가 장거리 전화를 했다. 코치인 벨로 씨는 고든이 체조를 하다가 손목이 부러졌다는 것을 알려 주었다. 걱정할 필요는 없으며 치명적인 것도 아니지만, 이번 학기에는 어쩌면 1년쯤 농구 같은 것을 할 수 없을지도 모른다는 말이었다. 아픈 것 같지는 않으나 팀을 떠나야 하기 때문에 매우 낙담하고 있다고 이야기해 주었다. 아이를 만나 기운을 북돋워주면 크게 도움이 되겠다고 그는 덧붙였다.

나는 테일러 양을 불러 두서너 통의 편지를 건네주고, 그녀에게 지시했다. 지금 곧 학교에 갔다가 주말은 그곳에서 고든과 함께 보내고, 다음 주 월요일쯤 돌아오겠노라고 말하고 나왔다.

기차를 타고 페얼론으로 돌아와 가방에 속옷이며 두서너 가지 필요한 것을 챙겨 넣은 뒤 차고로 가서 차를 끌어냈다. 고든이 잠들기 전에 도착하고 싶어 서둘렀더니 해질 무렵 코네티컷 주에 도착할 수 있었다. 나는 고든이 얼마나 낙담하고 있는지 알 수 있었다. 그는 운동에 정신없이 열중했다. 그에게는 농구나 축구 팀에서 뛰는 것이 학과 성적을 우수하게 받는 것보다 더 중요한 일이었던 것이다.

다행히, 생각했던 것 만큼 상태가 나쁘지는 않았다. 학교 의사도, 그리고 나중에 불러온 의사도 천천히 시간을 들여 뼈를 치료하면 손목을 지금과 마찬가지로 움직일 수 있을 거라고 말해 주었다.

나는 토요일과 일요일의 대부분을 학교에서 보내고, 일요일 밤 시속 60마일로 매사추세츠 주 북쪽을 향해 달렸다. 예비교에 있는 맏아들 하워드를 잠깐 보고 가려는 생각이었다. 아이들이 각각 다른 학교에 다니는 것이 이상하게 생각될지도 모르지만, 이것은 아이들이 바란 일이었다. 나는 아이들이 바라는 대로 따랐다. 하워드는 학자 기질이어서, 예술과 과학을 전문으로 하는 대학에 들어갈 예비학교를 택하고, 고든은 운동 선수가 될 것을 희망하여 축구로 이름난 학교를 택했다.

아무튼 일요일 밤 하워드 주니어를 찾아보고 난 다음 모텔에서 머물렀다. 월요일 아침 그곳을 나와 10시 반쯤 하워드와 함께 아침 식사를 하고, 기숙사 사감 선생을 만나 아이의 일을 서로 의논했다. 내가 그 뉴스를 들은 것은 남쪽 매사추세츠와 코네티컷 주 경계를 달리고 있던 무렵이었을 것이다.

나는 단조로움을 달래기 위해 자동차의 라디오를 지방 방송국에 맞추었다. 그 뉴스는 새로운 ICBM이 케이프 커내버럴에서 성공리에 발사되었다는 보도가 있은 뒤 이어졌다. 지금도 아나운서가 한 말이 그대로 생각난다.

"두 시간쯤 전, 코네티컷 주 경찰은 세단의 트렁크에서 살해된 것으로 생각되는 남자의 시체를 발견했습니다. 자동차는 펑크로 인해 그리니치 출구 북쪽 2마일쯤 떨어진 메리트 파크웨이 보도에서 가까운 잔디 위에 멈춰 서 있었습니다.

차는 1959년형 시보레로, 뉴욕 시 콘티넨털 아브라시브스의 세일즈맨이며 부사장인 찰스 메리웨더 씨 이름으로 등록되어 있습니다. 메리웨더 씨는 뉴욕 교외 롱아일랜드의 페얼론 에이커 서클 거리 64번지에 살고 있습니다.

지금까지 알려진 바에 따르면, 그리니치 밸럭스의 제롬 K 위더 순경이 가까이 갔을 때 메리웨더 씨는 자동차 곁에 서 있었다고 합니다. 메리웨더 씨는 순경에게 차가 펑크났는데, 스페어 타이어를 넣어둔 세단 트렁크의 열쇠를 잊고서 두고 왔다고 이야기했습니다. 그리하여 하이웨이를 순찰하던 그리니치의 B 앤드 F 갈레지 소유 견인차를 불러 세웠습니다. 운전수 휴 비터는 열쇠로 트렁크를 열었습니다. 비터 씨의 이야기에 따르면, 트렁크 열쇠를 잊어버리고 다니는 것은 흔히 있는 일이라고 합니다. 시체가 발견된 것은 그 뚜껑을 열었을 때였습니다. 위더 순경이 시체를 검사한 바, 그 사나이는 배에 총을 맞고 숨져 있었답니다. 코트도 입지 않고 모자도 쓰지 않은 그 사나이는 서른 안팎일 것으로 보고되었습니다. 자동차에서는 권총도 흉기도 발견되지 않았습니다.

메리웨더 씨는 코네티컷 경찰에 소환되어서 심문을 받고 있습니다. 그는 피해자에 대해서 전혀 알지 못하며, 세단 트렁크에 어째서 시체가 들어 있는지도 모르겠다고 대답했습니다. 그의 이야기에 의하면, 사건이 있기 두 시간쯤 전에 집을 나와 뉴잉글랜드 주로 두 주일 예정의 세일즈 여행을 하기 위해 북쪽을 향해 가고 있었다고 합니다."

4

 독자들은 아마 내가 변호사이므로 어떻게 해야 할 것인지 곧 알았으리라고 생각할 것이다. 자동차의 라디오를 통해 그 뉴스를 들은 뒤 가장 가까운 공중전화로 가서 속담에도 있듯이 '수단을 강구'해야 할 것이라고.
 그러나 나의 법적인 배경이라는 것이 어떤 것이든 분명히 이 경우에는 아무 쓸모도 없었다. 충격을 주는 이 뉴스를 듣자 갑자기 생각할 여유를 모조리 잃어버린 것이다. 이 소식에 나는 완전히 무능해지고 말았다.
 나는 도로 옆에 차를 세웠다. 엔진을 끄고 글로브 콤파트먼트에서 담배를 꺼내 입에 물었다. 그런 다음 불을 붙이려고 했으나 좀처럼 붙지 않았다. 4, 5분이나 지나서야 겨우 자신을 되찾았다. 이때 내가 들은 소식이 라디오 뉴스가 아니라 상상에서 생겨난 것이 아닐까 하는 생각이 들었다. 이 뉴스는 잘못 전해진 것으로, 아나운서가 이름을 잘못 말한 게 아닐까 생각되기도 했다. 어쩌면. 그러나 아무리 생각해 보아도 소용이 없었다. 마음속으로는 내가 들은 게 진실이라는 것을 알고 있었다. 경찰이 찰스 메리웨더의 자동차 트렁크에서 시체를 발견한 것은 틀림없는 사실이었다. 도로 한옆에 내가 이렇게 멈춰서 있는 동안에도 여기서 그다지 멀지 않은 코네티컷의 경찰은 찰스를 붙들어 놓고서 심문하고 있을 것이다. 찰스를 생각하자 한 시각이라도 빨리 그에게 연락을 해야 할 것 같았다. 그리고 나서 앤을 생각했다.
 앤에게 전화를 걸어야 한다. 그렇다, 그렇게 해야 한다, 지금 곧. 그리고 만일 앤이 아직 이 소식을 알지 못한다면 되도록 충격을 받지 않도록 전해주어야 한다. 이때 가장 가까운 전화를 찾아내기 위해 다시 남쪽으로 향했던 것은 내가 상당히 혼란스러웠다는 증거이다. 조금만 더 머리가 맑았더라면 경찰이 이미 앤을 호출했으리라는 걸 알 수 있었을 것이다. 그러나 나는 논리적으로 생각하지 않았다. 변호사가 생각하는 것처럼 머리가 돌아가지 않았다.

유리로 된 공중전화 부스가 4마일쯤 떨어진 주유소 밖에 있었다. 전화 부스는 비어 있었다. 나는 호주머니에 손을 넣어 잔돈을 찾으면서 급히 그곳으로 걸어갔다.

메리웨더네 집으로 연결되기까지 몇 분이 걸렸다. 전화번호를 몰랐기 때문에 교환수에게 물어야만 했던 것이다. 맨 처음 걸었을 때는 통화중이었다. 가까스로 연결되었을 때 전화에 나온 것은 남자였다.

"무슨 일입니까?"

"메리웨더 부인을 부탁합니다. 앤."

"누구시죠?"

"하워드 이에츠라는 사람입니다. 앤 메리웨더 부인을······."

"무슨 용건이시지요?"

그것은 차디차고 개성이 없는 사무적인 목소리였다.

"개인적으로 아는 사람입니다. 앤에게 이야기하고 싶습니다."

"안됐지만, 메리웨더 부인은 지금 전화를 받을 수 없습니다. 전하실 말이 있으면 전해드리겠습니다."

"당신은 누구세요? 대체······." 내가 물었다.

"경찰입니다."

순간 나는 놀랐으나, 곧 자신이 얼마나 얼빠진 짓을 했는지 깨닫고서 곧 부끄러워졌다.

"나는 메리웨더 부인의 변호사입니다. 정말 죄송합니다만, 부인을······."

"잠깐만 기다려 주십시오."

그러나 전화에 나온 것은 앤 메리웨더가 아니었다. 다른 경찰관이었으나, 다행스럽게도 내가 잘 아는 사람이었다.

"기데온 경감입니다." 그 목소리는 말했다.

나는 순간 안도의 숨을 내쉬었다. 기데온 경감과 최근 2, 3년 전부터 서로 알고 지내는 사이였던 것이다. 별로 잘 알지는 못하지만 전화를 받은 게 그라는 것을 알자 매우 기뻤다.

우리 관계는 사교적인 것이었다. 나의 아이들이 여름 동안 펭귄 호를 매어 놓고 있는 사운드의 같은 요트 클럽 도크에 그도 배를 대고 있었다. 나는 거기서 여러 번 그를 만났으며, 우리가 소속된 조촐한 요트 클럽의 바에서 함께 술을 마신 일도 있었다.

"하워드 이에츠입니다." 나는 급히 말했다. "나를 기억하실지 모르겠습니다. 요트 클럽에서 만났지요. 나는 메리웨더 씨 댁의 뒷집에 삽니다. 두 사람 다 나의 친구이며, 또한 의뢰인이기도 합니다." 나는 이 점을 강조했다. 필요하다고 생각했기 때문이다. "메리웨더 부인은 거기에 있습니까? 이야기를 좀 하고 싶습니다만……."

"안녕하십니까, 이에츠 씨." 기데온 경감이 말했다. "네, 계십니다, 전화를 받으시도록 하지요."

나는 그가 수화기를 놓기 전에 서둘러 이야기했다.

"지금 막 라디오에서 사건 뉴스를 들었는데, 앤은, 아니, 메리웨더 부인은 알고 있습니까?"

"아직 모릅니다. 우리가 집과 차고를 조사하고 있는 사실밖에 모릅니다. 아직 이야기하지 않았습니다."

"그렇다면 내가 이야기하도록 해주십시오."

곧 앤의 목소리가 들렸다. 그 목소리는 매우 겁에 질려 있는 것 같았다.

"하워드, 하워드지요? 어떻게 된 일일까요? 이게 어찌된 일이지요? 가르쳐 주세요, 찰스와 관계 있는 일이겠지요? 그이가 무슨 사고를 당한 건 아니겠지요? 설마……."
"앤, 부탁입니다. 앤, 단단히 정신을 차리고 들어야 합니다. 찰스는 아무 일도 없습니다. 약속하지요. 그는 건강합니다. 사고가 있었던 건 아닙니다. 그런 것이 아니라, 경찰은 다만 그를 붙잡아 놓고 심문하고 있을 뿐입니다."
"심문이라고요? 무엇 때문에…… 어째서 경찰이?"
"잘 들어 주십시오, 앤. 지금 나는 두 시간쯤 떨어진 곳에 있습니다. 될 수 있는 대로 빨리 차를 몰아 그리로 갈 테니 그 동안 너무 걱정하지 마십시오. 절대로 걱정하지 말아요. 두려워할 일은 아무것도 없습니다. 뭐든지 다 설명할 수 있는 일이니까요. 내가 도착할 때까지 어떤 질문에도 대답하지 마십시오. 만일 질문을 받거든 나에게 모든 것을 맡겼으니까 질문에 대답할 수 없다고 하십시오."
"자꾸만 질문을 퍼붓는걸요, 뜻도 알 수 없는……."
"내가 말한 대로 해야 합니다. 내가 갈 때까지 대답하지 마십시오, 곧 갈 테니까."
내가 전화를 끊을 때 앤이 뭔가 말하려고 했다. 그 말을 듣기 전에 끊고 싶지는 않았지만, 나는 될 수 있는 대로 빨리 그녀 곁으로 가고 싶었다.
화이트스턴 다리에서 롱아일랜드 슬라웨이를 달려 남쪽으로 향하고 있는 동안, 내 마음에 떠오른 것은 모두 어떤 잘못이 겹쳐서 이렇게 되었으리라는 것이었다. 너무나도 기괴하여 실제로 일어난 일로 생각되지 않았다. 찰스 메리웨더가 자동차 트렁크에 시체를 넣고 운전했다니! 만일에 그가 실제로 이 사건과 관계되었다면, 다시 말해서 그가 알지 못하는 사이에 갱 일당이 시체를 그곳에 감춘 게 아니라면 설명은 한 가지밖에 없다. 그 사나이를 차로 치어서 죽인 다음 당황한 나머지 허둥지둥 아무 생각 없이 시체를 처리하려고 했을지도 모른다. 그렇다, 그렇게밖에는 생각할 수 없다. 그러나 찰스 메리웨더의 성격을 잘 알고 있는 나로서는 그렇게 생각하는 것이 너무 무리였다. 그렇게 생각할 수 있었다 하더라도 뉴스에서는 사나이가 사살되었다고 말했다. 그렇다면 사람을 치고 뺑소니친 것으로 볼 수는 없었다.

나는 다시 갱의 시체 처리로 보는 견해 쪽으로 돌아왔다. 그렇게 생각하는 것이 옳다. 그러나 한 가지…… 앤이 나의 사무실에 와서 누구에겐지 살해될 뻔했다는 이야기를 한 것은 지난 주의 일이었다. 이 두 가지 사건이 관련되었을 가능성을 아무리 작게 생각해 보아도 지나치리만큼 우연의 일치가 많았다. 생각하면 할수록 점점 알 수 없게 되었다.

내가 메리웨더네 집에 도착했을 때 앤은 거기에 없었다. 그리고 경찰이 지켜 서 있었다. 내가 이름을 밝히자 문 앞에 있던 제복 입은 경찰관이 메리웨더 부인은 미네올라의 낫소 지방경찰 본부로 연행되었다고 말했다. 그는 그것밖에 가르쳐 주려고 하지 않았다.

20분 뒤 나는 경찰본부 형사과 밖에 있는 대기실에 있었다. 기데온 경감에게 내 이름을 전하게 했다. 5분쯤 기다리는 것으로 충분했다. 안으로 들어가보니 사무실에는 경감 혼자 있었다.

"안녕하십니까, 변호사님!" 하고 경감이 손을 내밀면서 말했을 때, 이것은 직무상의 방문이어야 한다고 나는 생각했다. 지난날 사교적으로 맺은 교제는 잠시 접어두어야 한다고.

"메리웨더 부인을 어떻게 하셨습니까? 어디에?" 그가 내놓은 의자에 앉지도 않고 나는 물었다.

그는 손을 들어 나의 다음 말을 가로막았다.

"메리웨더 부인은 돌보아주는 사람과 함께 아래에 있습니다" 하고 경감은 말했다. "우리는……"

"아시겠습니까, 당신은 부인을……."

경감은 내가 하려는 질문이 무엇인가를 안 모양이었다.

"천만의 말씀입니다!" 기데온 경감은 내 말을 가로막더니 다시 이었다. "부인은 공무상 유치된 것이 아닙니다. 코네티컷에서 부인이 그곳으로 와서 시체를 보고 그의 신원이 누구인지 만일 알아낼 수 있다면 좋겠다는 부탁이 있었습니다. 우리는 부인을 자동차로 그곳까지 보내드리려고 합니다. 그런데 당신이 이리로 오신다는 것을 알고 있었으므로, 당신이 직접 부인을 돌보아 동행하기를 바라실 것으로 생각하여 이렇게 오실 때까지 기다리고 있었던 것입니다."

나는 고개를 끄덕였다. 그에게 감사해야 할 터인데도 아직 흥분상태에서 벗어나지 못한 나는 자신이 무엇을 하고 있는지 알지 못했다.

"나로서는 이 사건이 낫소 지방경찰과 어떤 관계가 있는지 모르겠군요. 도무지 알 수가 없습니다" 하고 나는 말했다.

"아무래도 당신에게 이 사건에 대해 대강 이야기해 드리는 편이 좋을 것 같군요."

경감은 친절하게 이야기해 주었다. 문득 나는 그가 호의를 가지고 이야기해 주는 것, 나의 입장과 내가 이런 사건에는 실제 경험이 없음을 알고서 될 수 있는 한 나에게 도움을 주려는 것을 알았다.

나는 고개를 끄덕이며 의자에 앉아 침착성을 되찾으려고 했다.

"라디오에서 이미 들으셨으리라 생각합니다만, 찰스 메리웨더 씨는 오늘 아침 일찍 그리니치 남쪽의 파크웨이에서 자동차 밖에 서 있었습니다. 그런데 견인차가 곁쇠로 세단의 트렁크를 열었을 때, 그곳 순경이 그 속에서 시체를 발견했던 것입니다. 사나이는 총을 맞고 숨져 있었습니다. 메리웨더 씨는 그에 대해 전혀 아는 바가 없고, 어째서 살해되었으며 또 어째서 그 시체가 자신의 차에 들어 있는지도 전혀 모르겠다고 말했습니다.

그래서 코네티컷 경찰이 그의 운전면허증과 자동차소유증을 조사한 뒤 우리에게 연락을 해온 것입니다. 우리는 곧 메리웨더 씨 댁으로 갔습니다. 부인은 댁에 있었습니다만, 우리는 무슨 일이 일어났는지 말하지 않고 차고와 집 안을 조사하겠노라고만 부탁했습니다. 부인은 가까스로 동의했습니다."
이번에는 내가 그의 말을 가로막았다.
"그러나 어째서 조사 따위를……."
"코네티컷 경찰에서는 자기네 관할구역에서 살인이 있었던 게 아니라고 생각한 것입니다. 메리웨더 씨가 말한 대로 집을 나와 뉴잉글랜드로 향했다고 가정한다면, 코네티컷에는 기껏해야 몇 분밖에 있지 않았다는 결론이 되거든요. 따라서 저쪽에서는 시체를 뉴욕 주에서 자동차 트렁크에 넣었다고 생각한 것이지요. 찰스 메리웨더 씨는 아침 7시쯤 집을 나왔다고 했습니다. 시체를 대강 검증해 본 결과 사나이는 죽은 지 약 세 시간 내지 일곱 시간이 지났다는 것을 알았습니다. 물론 나중에 해부해 보면 좀더 정확히 알 수 있겠지요. 그러나 어찌되었든 찰스 메리웨더 씨가 진실을 말하고 있다면, 그 사나이는 뉴욕 주에서, 그것도 낫소 카운티에서 살해되었을 가능성이 있는 것입니다. 따라서 이 범죄는 우리 관할지구에서 일어난 것이라고 보고, 이 사건의 조사에 착수한 겁니다.

 우리는 메리웨더 씨 댁으로 갔습니다. 메리웨더 부인은 남편의 이야기를 입증해 주었습니다. 7시쯤 집을 나갔다는 겁니다. 우리는 그 이야기가 진실인지 아닌지 확인했는데, 이웃사람이 그가 세단을 운전하며 나가는 것을 보았다더군요.

 나는 경찰서로 돌아올 때 부인에게 동행을 부탁했습니다. 몇 가지 물어보고 싶은 일이 있었기 때문입니다. 처음에 부인은 아무 대답도 하지 않기에 나는 사건의 내용을 이야기해 주었습니다. 그러나 부인은 어째서 남편의 자동차에 시체가 들어 있었는지에 대해서 뿐만 아니라, 모든 질문에 대답하기를 거부했습니다."
경감은 조금 머뭇거리더니 나를 올려다보며 웃었다.
"당신이 어떤 질문에도 대답하지 말라고 말씀하신 거지요?"
"그렇습니다, 이 사건이 확실해질 때까지는……"
"현재로서는 당신도 나와 똑같은 정도를 알고 계십니다, 단 한 가지 사실을 빼놓고는. 우리는 지금 이 사건이 우리의 관할에 속한다고 을 확신하고 있습니다. 죽은 사나이가 살해된 것은……" 하고 경감이 말했다.
"그러나 어떻게 그런 것을 확신할 수 있단 말입니까?" 나는 급히 말을 가로막았다. "어떻게……"
기데온 경감은 머리를 저었다.
"유감스럽습니다만, 변호사님. 지금 정보를 누설할 수가 없습니다."
나는 일어섰다.
"찰스 메리웨더 씨는 어디에 유치되었습니까?"
"그것도 말씀드릴 수가 없습니다. 그러나 코네티컷까지 나와 함께 가시겠다면, 그곳에 도착했을 때 말씀드릴 수 있으리라고 생각합니다."
"그쪽 경찰에서 그를 심문하기 위해 유치하고 있다는 말입니까?"
기데온 경감은 일어나서 참을성 있게 미소지으며 나를 만류했다.
"아니, 절대로 그런 것은 아닙니다. 하지만 메리웨더 씨와 꼭 만나게 해드리겠습니다. 심하게 다루지는 않습니다. 아무튼 메리웨더 씨는 훌륭한 시민이며 납세자니까요. 내가 알고 있는 바로는 아직 유죄로 결정된 것은 아닙니다. 게다가 코네티컷 주경찰은 게슈타포가 아니니까요."

우리는 제복을 입은 경찰관이 운전하는, 경찰 마크가 들어 있지 않은 까만 세단을 타고 코네티컷으로 향했다. 우리 세 사람은 뒷좌석에 앉았다. 앤 메리웨더 부인을 사이에 두고 양쪽에 기데온 경감과 내가 앉았다.

경찰은 우리가 나오기 전 몇 분 동안 그녀와 이야기하도록 허락해 주었다. 처음에 방으로 들어가 앤이 의자에 앉아 담배를 피우며 골똘히 생각에 잠긴 얼굴로 융단을 들여다보고 있는 것을 보았을 때 나를 가장 놀라게 한 것은 그녀가 매우 침착했던 점이다. 곧 그녀가 아직도 충격에서 완전히 깨어나지 못한 것을 알았지만, 히스테리컬한 점도 없고 눈물을 흘리지도 않았으며 연극을 하는 것 같은 행동도 보이지 않았다.

내가 방으로 들어가자 앤은 일어나서 종종걸음으로 나에게 다가와 내 팔을 잡고 얼굴을 올려다보았다.

"기뻐요, 하워드. 와 주셔서!"

"앤, 이게 대체 어찌된 일입니까? 대체……."

"나도 알고 싶어요. 어떻게 된 거지요, 하워드? 정말 어떻게 되었나요? 난 도무지 뭐가 뭔지 모르겠어요. 나는……."

"앤……." 나는 말을 가로막았다. "앤, 지금은 시간이 별로 없습니다. 자, 앉으십시오. 당신에게 묻고 싶은 게 있습니다."

앤은 고개를 끄덕이며 의자에 다시 앉았다.

"우선, 당신과 찰스는 어젯밤 집에 있었습니까?"

앤은 고개를 가로저었다.

"나는 하룻밤 내내 있었어요. 머리가 아파서 잠이 잘 오지 않았어요. 9시쯤이었던가, 찰스가 넴뷰탈을 두 알 주었어요. 그런 다음 잠자리에 들었지요. 나는 수면제를 먹는 일이 그다지 없었지만, 그 일이 있은 뒤로……."

앤은 나를 올려다보며 망설였다. 나는 고개를 끄덕이면서 다음 말을 재촉했다.

"그 일이 있은 뒤로 신경이 가라앉지 않아 잘 잘 수가 없었어요. 그래서 약을 먹기로 했지요. 두 알을 먹었어요. 잠자리에 들자 6시 반쯤까지 깨어나지 않았어요. 자명종 시계가 울릴 때까지. 하지만 사실은 자명종 소리도 듣지 못했어요. 찰스가 듣고서 나를 흔들어 깨웠어요. 그이는 나와 함께 커피도 마시지 않고 인사도 하지 않은 채 떠나고 싶지 않았던 거예요."

"그리고 찰스는, 찰스는……."

"찰스는 컨트리 클럽으로 브리지를 하러 갔어요. 내가 기분이 좋지 않기 때문에 가고 싶지 않다고 했지만 억지로 권했어요. 그이가 얼마나 브리지를 하고 싶어하는지 알고 있었으니까요. 언제쯤 돌아왔는지는 모르겠어요. 수면제가 아주 잘 들었나 봐요. 정신없이 잤거든요. 그이가 돌아온 것도 알지 못했고, 혹시 무슨 일이 있었다 해도 잠에서 깨어나지 못했을 거예요. 하지만 한밤중에 돌아오지 않았을까 생각해요. 언제나 그때쯤 돌아왔거든요. 특히 아침 일찍 떠날 때에는 늘 그랬어요. 하지만 그이를 만날 때까지는 자세한 걸 알 수 없겠지요."

"그러나 적어도 그가 어디에 있었든, 아는 사람들과 함께 있었을 겁니다."

"틀림없이 그럴 거예요."

"찰스가 컨트리 클럽에 있었다면, 그는 증명할 수 있을 겁니다. 걱정할 건 아무것도 없습니다. 아마도 그가 주차장에 자동차를 두었을 때 누군가가 시체를……."

앤은 또 머리를 가로저었다.

"그것이 아주 이상해요. 찰스는 어젯밤 세단을 쓰지 않았어요. 언제나 여행할 때 쓰기 때문에 차고에 두었거든요. 더욱이 일요일 오후 트렁크에 여행가방을 넣어 두었으므로 컨트리 클럽에 가는 일로 일부러 세단을 쓰고 싶지 않았겠지요. 그래서 드라이브웨이에 세워 두었던 콘버터블을 썼던 것 같아요."

"그렇다면 찰스의 세단은 밤새도록 차고에 있었던 셈이군요."

앤은 어깨를 움츠렸다.

"모르겠어요. 알고 있는 것은 찰스가 콘버터블을 타고, 내가 잠자리에 들었을 때 세단은 차고에 있었다는 것뿐이에요. 아침에 일어났을 때도 거기에 있었어요. 그리고 그 뒤에 콘버터블이 세워져 있었어요. 찰스가 오늘 아침 일찍 떠날 때, 그이를 따라가서 그이가 세단을 끌어낼 수 있도록 내가 콘버터블을 밖으로 내놓았어요."

내가 좀더 질문하려고 했을 때 문을 두드리는 소리가 들리고 기데 온 경감이 머리를 들이밀며 준비가 다 되었으니 될 수 있는 대로 짧게 끝내라고 말했다. 나는 문이 닫히기를 기다렸다.

앤의 얼굴은 파랗게 질려 있었다. 그녀는 빠르게 말했다.

"나더러 시체를 보아달라는 거예요. 꼭 가야 하는 걸까요, 하워드?"

"앤, 정말 나도 잘 모르겠습니다. 경찰은 강제로 가게 할 수 있을지도 모릅니다. 또 할 수 없을지도 모르고요. 그러나 일단은 응해야 할 것 같습니다. 그다지 마음 내키는 일은 아니겠지요. 당신에게는 무서운 일일지도 모릅니다. 그러나 찰스를 위해 도움이 되는 일이니……."

"물론 찰스에게 도움되는 일이라면 그렇게 하겠어요." 앤이 말했다.

"그 의지를 잃어서는 안 됩니다. 그리고 내가 함께 가겠습니다. 찰스를 만나 어떻게 해야 하는가는 나중에……."

"약속해 주셔야 할 일이 있어요, 하워드. 그이의 변호사가 되어 주겠지요?" 그녀가 말했다. "약속해 주세요, 당신이……."

"그러나 앤, 찰스가 정말 중대한 입장에 있다면 좀더 믿음직스러운 범죄변호사에게……."

앤은 힘있게 고개를 가로저었다.

"찰스에게 범죄변호사는 필요치 않아요." 앤이 빠른 말투로 말했다. "찰스는 범인이 아닌걸요. 이것은 틀림없이 무언가 잘못된 걸 거예요. 당신이 계셔야 해요. 해야 할 일은 무엇이든 다 당신이 해주셨으면 해요."

"당신이 말씀하시는 일이라면 뭐든지 하겠습니다. 뭐든지, 앤. 그리고……."

또 문 두드리는 소리가 들렸다. 그래서 이야기를 여기서 그만두기로 했다.

우리는 함께 차를 타고 달려 코네티컷 주의 경계에서 우리들을 기다리고 있는 오토바이를 탄 주경찰관을 만났다. 그는 우리들보다 앞장을 서서 자동차가 붐비는 속으로 속력을 내어 달렸다. 우리는 스탠포드 변두리에 있는 경찰 건물로 들어갔다.

나는 앤을 따라 지하실로 갈 것을 허가받았다.

시체에는 시트가 덮여 있었다. 나는 앤이 정신을 잃기라도 하지 않을까 생각하고 망설이면서 방으로 들어갔다.

앤에게는 감탄하지 않을 수 없었다. 그녀가 시체를 보는 것은 나보다 몇 배나 더 힘든 일일 것이다. 그러나 앤은 당황하거나 망설이지 않았다. 기데온 경감도 코네티컷의 경찰관 뒤를 따라 테이블 옆에 섰다. 그들은 시트를 벗겼다.

그 굳어진 검은 머리카락 밑의 시퍼렇고 길다란 죽은 사람의 얼굴은 지금 생각해도 몸서리쳐진다. 눈을 감은 것만으로도 크게 도움이 되었다. 폭력으로 살해된 시체를 본 것은 그때가 처음이었다.

나는 앤이 비틀거리기 시작하는 것을 느끼고 그녀를 부축했다. 그리고 얼굴을 살펴보았으나 정신을 잃고 쓰러질 것 같지는 않았다. 죽을 힘을 다해 자신을 지탱하고 있었다. 그녀는 죽은 사람의 얼굴을 몇 분 동안 뚫어지게 응시하였다. 그 끔찍한 모습에서 눈을 떼지 않고,

"이 남자를 만난 일이 있습니까?"

"아니요." 앤이 대답했다.

"이 남자가 어떤 사람인지도 모르십니까?"

"네."

모든 것은 3분도 채 못 되어 끝났다.

5

3시쯤 되어서야 겨우 찰스 메리웨더와 이야기할 수 있었다. 경찰은 그를 그리니치 경찰서에 유치하고 있었다. 허가 없이 시체를 옮겼다는 죄목으로 그를 당분간 잡아둔 모양이다. 우리는 기데온 경감의 운전수가 모는 자동차를 타고 그리니치 경찰서로 향했다. 물론 기데온 경감도 함께 갔다. 앤 메리웨더가 맨 처음으로 면회를 허락받았다. 두 사람이 이야기하고 있는 동안 옆에 경찰관이 입회했다.

앤이 자리에 없는 동안 할 이야기가 좀 있다고 기데온 경감이 나에게 말했다. 우리는 어느 조그만 방에서 이야기했다.

"하워드."

경감이 나의 퍼스트네임을 부른 것은, 이른바 직무 외의 대화라는 뜻일 것이다.

"하워드, 당신이 찰스 메리웨더 씨의 변호사가 될 것으로 생각하는

데……."

나는 고개를 끄덕였다. 물론 찰스와 의논해 볼 때까지는 모르겠다고 망설여졌지만.

경감은 말을 이었다.

"그렇다면 미리 말해 두고 싶은 일이 있습니다. 첫째――이 일만은 확실하게 이야기할 수 있습니다――죽은 사나이는 메리웨더 씨 댁 안에서 살해되었다는 것을 우리가 확신하고 있다는 겁니다. 그리고……"

경감은 팔을 저어서 내가 말참견하려는 것을 막았다.

"이런 사건에 관해 변호사로서 당신이 경험한 것에 대해서는 묻지 않겠습니다. 아무튼 우리에게는 좀더 확실한 혐의로 메리웨더 씨를 유치하기에 충분한 증거가 있습니다. 목격자도 마찬가지입니다. 범인 인도장을 얻기에 충분한 증거도 있습니다. 그러므로 그를 코네티컷에서 옮기려고 생각하면 당장에라도 옮길 수 있습니다. 물론 당신은 이 일에 이의를 신청할 수 있습니다. 또한 당신의 의뢰인에게 충고하여 송환장에 따르도록 할 수도 있습니다. 그렇게 하면 시간과 노력을 충분히 아낄 수 있으니까요.

코네티컷에서는 어떤 이유를 붙여서라도 그를 4, 5일쯤은 잡아둘 수 있습니다. 물론 이번 주에 보석금을 내기만 하면 늦건 이르건 나갈 수 있게 됩니다. 그러나 그때쯤에는 우리가 그를 체포하게 될 것입니다. 그가 만일 협력한다면 가장 적은 보석금으로 결정될 수 있도록 주선하여 그를 뉴욕으로 옮기겠습니다. 어떻게 하든 공식적인 살인혐의가 판정될 때까지는 틀림없이 뉴욕에서 보석금으로 나갈 수 있을 것입니다."

나는 경감에게 충고해 준 데 대해 감사했다. 그는 우리 두 사람이 되도록 일하기 쉽도록 진심으로 애쓰고 있는 것을 알 수 있었다.

앤은 남편과 10분도 함께 있지 않았다. 그 뒤 나는 찰스와 면회하도록 허락받았다.

이번에는 내가 변호사라는 이유로 작은 방에서 우리 둘만 있게 해주었다. 문 밖에 경찰관이 있는 것은 알았지만, 적어도 우리 이야기가 밖으로 새나가지는 않을 것이다.

찰스가 맨 처음 한 말은, 내가 앤을 돌보아 함께 와준 데 대한 인사였다. 그런 다음 그는 거북스러울 정도로 딱딱하게 굳어 자기의 변호사가 되어주지 않겠느냐고 부탁했다.

"내가 맡겠소, 찰스." 나는 그에게 명확하게 약속했다. "이미 앤이 부탁했지요. 그러나 앤에게도 미리 말해 둔 일이지만, 이 사건은 어려워질지도 모릅니다. 그러니까 좀더 유능하고 경험 있는……."

찰스는 그 말을 뿌리치고 말했다.

"하워드, 괜찮소. 이것은 어떤 끔찍스러운 연극이오. 어째서 그 시체가 내 차의 트렁크에 들어 있었는지 짐작도 할 수 없소. 그 사나이가 누구인지도 알지 못하오. 범죄변호사에게는 볼일이 없소. 종기를 수술하는데 뇌 전문 외과의사를 부르는 거나 마찬가지니까요. 나에게 필요한 것은 친구요. 일반적인 평범한 일을 다루는 사람으로……."

"알겠소, 찰스. 그런데 말이오."

나는 그에게 기데온 경감과 이야기한 것을 설명했다. 다 이야기하자 그는 곧 신병 송환에 대해 이의를 신청하지 않는 것이 좋은 방법이라는 데 동의했다. 찰스가 말했다.

"아무튼 보석금을 내고서라도 나가고 싶소. 될 수 있는 대로 빨리. 경찰이 내 알리바이를 조사해 보면 도무지 내가 이 사건에 관계될 수 없었다는 것이 납득될 것이오."

나는 마음이 놓여 이렇게 말했다.

"그 일에 대해 물어볼 생각이었소. 경찰에서는 피해자가 일요일 한밤중에서 월요일 아침 6시쯤 사이에 걸쳐 살해되었다고 말하고 있소. 앤은 당신이 클럽에 브리지를 하러 갔다고 말하더군요. 거기서 누군가 당신을 본 사람이 있겠지요?"

"물론이오! 나는 조지 매컴, 빌 홀링즈, 마셜 키트리지와 브리지를 했지요. 마셜이 내 파트너였소. 한 번에 5분 이상 테이블을 떠난 적도 없었고, 게임을 쉴 때 바에 가서 한잔했을 뿐이오."

"몇 시에 그곳을 나왔지요?"

찰스는 잠시 망설였다.

"글쎄…… 한밤중쯤이었을까요? 한 시였을지도 모르겠군요. 아무튼 그 무렵이었소."

"곧장 집으로 돌아갔습니까?"

이번에는 대답할 때까지 퍽 시간이 걸렸다. 찰스는 한참 뒤에야 대답했다.

"아니오, 그렇지 않소. 헌팅턴에 있는 바에 가서 가게문을 닫을 때까지 있었소. 3시쯤이었다고 생각하오."

"그래, 거기에 당신과 아는 사람이 있었소?"

"바텐더, 그리고 몇 사람 있었소."

"분명히 아는 사람은? 누구와 함께 갔다거나 함께 술을 마셨다거나."

"그것이 글쎄……." 찰스가 말했다. 매우 아리송한 태도였다. "이 일에 대해서는 오해하지 말기 바라오만, 동행이 있었소. 대수롭지 않게 아는 여자와 함께 있었지요. 그냥 함께 앉아 술을 마셨을 뿐이오. 그러나 이 일은 되도록 앤에게 말하지 않기 바라오. 다른 사람 아닌 앤이니까."

나는 고개를 끄덕여 승낙했다. 약간 놀라기도 했고 충격도 받았지만, 지금은 놀라고 있을 때가 아니었다.
"알겠소." 분명히 말해 이해할 수 없는 일이었지만, 나는 그렇게 대답했다. "그러나 한 가지 알아 두어야 할 게 있소. 만일 필요할 경우 그 여자의 이름과 그 여자가 어디에 살고 있는지 알 수 있겠소?"
"알고 있소."
찰스가 더 이상 자진해서 대답하려고 하지 않았으므로 나도 무리하게 요구하지는 않았다.
"그건 그렇고, 당신은 3시에 바에서 나왔다고 했지요? 헌팅턴에서 페얼론까지는 약 20분 걸렸을 거요. 그렇다면 3시 반에서 6시 사이에는 꽤 많은 시간이 남아 있었소. 그런데 앤이 알아차렸던가요? 당신이……."
"앤은 아주 곯아떨어진 아이처럼 자고 있었소. 침대에 들어갔을 때에도 전혀 정신이 없었소. 아침에 흔들어 깨워서 다녀오겠다고 인사해야 할 정도였지요."
"당신은 3시 20분쯤 집에 닿았소. 그러니 이 사나이가 그 이전에 살해되었다는 것을 알기만 하면……."
"그러나 그렇지 않다면? 3시 20분 이후에 살해되었다면?"
나는 그의 눈에 불안한 빛이 떠오르는 것을 보았다. 찰스를 안심시킬 만한 말을 하고 싶었지만, 3시 20분 이후 그가 어디에 있었는지 증명할 수 없게 된다면…….
그는 내가 무엇을 생각하고 있는지 깨달은 모양이었다. 그가 말했다.
"하워드……. 한 가지 약속해 주어야 할 게 있소."
"무엇이오?"
"내가 이제부터 이야기하는 것은 당신 마음속에만 담아 두고, 앤이나 다른 아무에게도 이야기하지 않았으면 좋겠소. 내가 좋다고 할 때까지는."
나는 깜짝 놀라 그를 쳐다보았다.
"아, 그래요? 좋소, 찰스. 꼭 그렇게 하겠소."
"이 이야기는 아마 크게 도움이 될 겁니다. 만일 아무래도 그렇게 하지 않으면 안 될 경우, 즉 생사가 문제되었을 경우 월요일 아침 적어도 6시 15분까지 집에 돌아오지 않은 것을 증명할 수 있소."
나는 찰스의 얼굴을 빤히 들여다보며 되물었다.
"6시가 지난 뒤라고요?"
찰스는 고개를 끄덕였다.
"증인을 댈 수 있소. 지금 말했듯이 실제로 그런 경우가 된다면 말이오."
나는 문득 공연히 불쾌하고 부끄러워져서 눈길을 돌리고 말았다. 찰스 메리웨더가 어느 싸구려 여자와 하룻밤 함께했다는 생각을 하기만 해도. 그러나 그는 나에게 생각할 여유를 주지 않았다. 나 역시 생각하고 싶지도 않았다. 찰스 메리웨더가 이토록 타락한 사람이었다는 것은 큰 충격이었다. 그가 말했다.
"아무튼 하워드! 내가 유죄일 리는 없소. 자, 보석금을 마련하여 어떻게든 여기서 나갈 수 있도록 해 주시지 않겠소? 그리고 또 한 가지, 앤은 꿋꿋하게 견디고 있는 것 같지만, 그녀를 잘 보살펴 주기 바라오. 어차피 집에 돌아가면 신문기자들이 대기하고 있을 테니까 말이오."
"할 수 있는 데까지는 힘쓰겠소."
나는 대답했지만, 목소리가 냉담해지지 않도록 무척 애써야만 했다.
"걱정하지 않아도 좋을 거요, 충분히 돌봐 테니까."
나는 발길을 돌려 문을 두드렸다. 경찰관이 문을 열고 나를 나가게

해 주었다.

 기데온 경감은 우리를 롱아일랜드까지 차로 데려다 주었다. 서클웨이에 들어섰을 때 앤은 험한 시련에 부딪쳐야만 했다. 호기심 많은 구경꾼들이 집 둘레를 에워싸고 있었다. 경찰관들이 현장검증을 하고 있는 모양이었다. 제복차림의 경찰관이 현관에 서 있었으며, 순찰경관은 집 앞에서 군중들을 정리하기에 바빴다.
 자동차가 찻길에 멈추었을 때, 기데온 경감이 메리웨더 부인 쪽을 돌아보았다.
 "아직 경찰관들이 조사를 끝내지 못한 것 같군요." 경감의 목소리는 어딘지 깊이 사과하고 있는 것 같았다. "오늘 밤에는 부인의 친척이나 아는 사람 집에서 지내시는 편이 좋지 않을까요? 물론 하루쯤 지나면 마음이 가라앉으시겠지만, 그 동안······."
 "나는 친척이 없어요." 앤이 말했다. "저 사람들은 무엇을 하고 있는 걸까요? 이 사람들은 또······."
 "앤!" 내가 말했다. "이런 일은 피할 수 없습니다. 그래서 오는 동안 내내 생각해 보았는데, 오늘 밤 이 집에서 혼자 지내는 건 좋지 않을 것 같습니다. 호텔에 머무르시는 게 어떨까요?"
 기데온 경감이 고개를 끄덕여 동의해 주었다.
 "그것이 좋겠습니다."
 앤은 당황하면서 고개를 저었다. 앤의 그 반응은 비참할 정도로 무력하고 어린아이 같아 보였다. 나는 한층 더 앤을 도와 주어야겠다고 느꼈다. 나는 다음과 같이 권유했다.
 "집에 들어가 소지품을 챙기십시오. 가든 시티 호텔에서 하룻밤 지낼 수 있도록 내가 방을 잡아드리겠습니다. 초인종을 눌러도 나가지 않아도 되고, 신문기자가 전화를 걸어오더라도······."

앤은 이 제의를 받아들였다. 경감은 운전기사에게 집 안에까지 호위하라고 명령했다. 앤이 자동차에서 내리자 경감이 나를 바라보았다.
"소란스럽게 해 드려서 죄송합니다."
나는 크게 한숨을 쉬었다.
"뭐, 하루쯤 지나면 다시 안정이 되겠지요. 의뢰인에게 반박할 여지가 없는 알리바이가 있으니, 곧 자유롭게 될 것이고요. 당신들도 이 사건 전체에 대해 아주 간단하고 명확한 설명을 붙일 수 있을 것입니다."
경감은 나를 보고 고개를 가로저으며 말했다.
"당신에게 알려 드리는 편이 좋겠군요." 경감이 말했다. "이 사건은 그리 간단하게 끝날 일이 아닙니다. 아시겠습니까, 우리가 오늘 오후 코네티컷에 있는 동안 몇 가지 새로운 사실을 알게 되었습니다. 이를테면 그의 자동차 트렁크에서 열쇠가 발견되었는데, 회중시계를 넣는 주머니에 있었지요."
나는 어안이 벙벙해서 그 경감을 쳐다보았다. 경감은 잠시 말을 끊고 있더니 내가 아무 말도 하지 못하는 것을 보자 다시 이야기를 이었다.
"당신은 찰스 메리웨더 씨를 잘 알고 계시리라 생각합니다만……."
나는 자신도 모르게 고개를 끄덕였다.
"그가 전에 결혼한 일이 있었다는 것을 알고 계셨습니까?"
나는 놀라며 그를 빤히 쳐다보았다.
"전에 결혼을? 당신은 찰스 메리웨더가……."
"우리는 다 조사해 보았습니다." 경감이 말했다. "그렇습니다, 이 결혼은 두 번째입니다."

나는 한순간 망설였으나 곧 말했다.

"그야 뭐, 요즘에는 조금도 이상한 일이 아니지요. 완전한 결혼도 이혼으로 끝나는 일이 가끔 있으니까요. 확실히……."

"그러나 이혼으로 끝난 것이 아닙니다." 기데온 경감이 말했다. 그런 다음 내가 질문하기 전에 얼른 다음 말을 계속했다. "그 부인은 사고로 세상을 떠났습니다. 매우 기묘한 경우였습니다. 그와 그의 첫 부인은 자동차로 캘리포니아 여행에서 돌아오는 길이었지요. 사건은 와이오밍에서 일어났습니다. 로키 산 속에서 앞 타이어가 펑크가 나 자동차가 빗나가서 언덕으로 굴러 떨어진 것입니다. 자동차는 형편없이 부서지고 메리웨더 씨의 부인이 죽었습니다. 즉사였습니다. 찰스는 운 좋게도 자동차가 굴러 떨어질 때 순간적으로 위험을 느껴 문을 열고 밖으로 튀어나올 수 있었습니다."

"저런! 그런 건 전혀 몰랐습니다. 어째서……." 나는 갑자기 말이 막혔다. 매우 이상하고 끔찍스러운 생각이 마음 속을 휙 지나갔던 것이다. "그런데 그것이 이 사건과 무슨 관계가 있다는 것입니까?" 나는 물었다. "사고겠지요, 끔찍스러운 사고였겠지요."

"틀림없는 사고였습니다." 기데온 경감이 말했다. "물론 늘 예와 다름없이 검증을 했습니다. 재판도 했고요. 그러나 아무래도 이상한 점이 있습니다. 이 사건과 마찬가지로 매우 이상합니다. 자동차에 시체를 태우고 차를 운전했으면서도 어째서 시체가 거기에 있는지 모르다니…… 다만 의심할 여지가 없이 분명한 사실은, 희생자가 메리웨더 씨 댁에서 살해되었다는 것입니다."

"그러나 당신들도 진실은 모를 것입니다. 확신을 가질 수는 없겠지요."

경감은 뭔가 말하려다가 집 현관 쪽을 보더니 갑자기 그만두었다. 앤 메리웨더가 운전기사의 호위를 받으며 나왔던 것이다. 운전기사는 앤이 급히 짐을 꾸렸을 게 틀림없는 작고 파란 가죽으로 만든 여행가방을 들고 있었다. 경감은 친절하게도 앤을 위해 방을 구하려고 생각한 가든 시티 호텔까지 우리를 차로 데려다 주었다.

우리는 둘 다 아무것도 먹지 못했으므로 저녁 식사 때 식당에서 만나기로 했다. 그녀가 방에서 내려오기를 기다리는 동안 나는 두서너 곳에 전화를 했다. 아직 시간이 있었으므로 택시로 미네오라까지 가서 내 자동차를 가져왔다. 호텔로 돌아와서 우리는 그곳에서 저녁 식사를 했다. 나는 식사를 끝내고 커피를 주문할 때까지 이 사건에 대해 서로 이야기하는 것을 피했다.

다행히도 우리 테이블은 다른 자리에서 떨어져 있었으므로 이야기가 다른 사람에게 들리거나 하는 일은 없었다.

나는 앤에게 경찰이 찰스의 주머니에서 자동차 트렁크의 열쇠를 찾아냈다는 말을 했다. 이 소식에 그녀는 당황하여 이성을 잃는 듯했다. 나는 그 다음 말을 계속하기가 망설여졌으나, 결국 이야기할 필요가 있다고 생각했다. 나는 말했다.

"앤, 좀 묻고 싶은 게 있습니다. 찰스가 전에 결혼한 적이 있다는 것을 알고 계셨습니까?"

앤은 나를 빤히 쳐다보았으나 표정은 달라지지 않았다.

"네, 알고 있었어요."

"기데온 경감은 그 일을 중요시하는 것 같습니다."

나는 미묘한 영역에까지 발을 들여놓은 것이다. 그러나 될 수 있는 한 무엇이든지 알 필요가 있음을 느꼈다.

앤은 고개를 저었다.

"중요시한다고요? 어째서일까요? 내가 찰스를 만난 것은 첫부인이 세상을 떠나고 2, 3년 뒤의 일이에요. 그녀와 만난 일도 없어요. 하지만 찰스는 부인에 대한 것을 나에게 이야기해 주었어요.

불행한 결혼이었다고요. 전쟁이 만들어낸 사생아 같은 거지요. 게다가 그다지 잘 되어가지 못했던 것 같아요. 어린아이가 없었던 거지요. 찰스는 언제나 아이가 있었으면 하고 바란 모양인데, 그녀에게는 아이가……."
앤의 말은 잠시 끊어졌다가 이어졌다.
"어떻게 되었는지는 당신도 아시겠지요, 하워드?"
"두 사람의 결혼생활 결말 말이지요?"
앤은 고개를 끄덕였다.
"네, 자동차 사고로 그녀는 세상을 떠났대요. 하지만 어째서 그런 일을 이제 와서 새삼스럽게……." 그녀는 알 수 없다는 얼굴로 물었다. "게다가 경찰이 어째서 그런 일에 관심을 갖는 걸까요?"
나는 화제를 바꾸기로 했다. 앤 메리웨더의 생명에 가하려고 했던 그 위해가 생각났기 때문이다. 나는 자신의 생각이 나아가는 방향이 못마땅했던 것이다.
"찰스에 대한 이야기는 이제 그만두기로 합시다. 이 불길한 살인사건도, 오늘밤 일어난 일들도 모두 잊는 겁니다. 무엇을 하며 지내고 싶으신가요, 앤? 영화를 보러 갈까요, 아니면 이대로 이야기를 하겠습니까?"
앤은 테이블 너머로 손을 내밀어 내 손 위에 올려놓더니 이렇게 말했다.
"하워드! 하워드, 당신은 참으로 좋은 분이군요. 당신이 오히려 신경이 날카로워지고 지쳤을 텐데……. 네, 좋아요, 오늘 밤에는 모두 다 잊도록 해요. 이제부터 어떻게 할까요? 영화는 시간 낭비일 테고, 게다가 좋은 영화도 없는 모양이에요. 커피를 마시며 저녁 내내 여기서 지낼 수는 없겠지요, 종업원들이 싫어할 테니까."
나는 웃음으로 대답해 주었다. 앤이 어떻게든 자신을 되찾으려 하는 것을 보고 나는 행복했다.

그런데 갑자기 앤이 눈을 커다랗게 뜨고 나를 올려다보았다. 그녀는 놀란 듯이 말했다.

"하워드! 어머나, 하워드. 큰일났어요. 개를 까맣게 잊고 있었어요."

"개라고요?"

"새로 산 개 말이에요. 까맣게 잊고 있었군요. 집 뒤에 매어 놓았는데, 아직 그대로 있을 거예요. 오늘은 개에게 먹을 것을 한 번도 주지 않았어요. 가서 어떻게 해 주어야 해요."

"2, 3일쯤 개를 전문으로 기르는 집에 맡겨 두는 편이 좋지 않을까요? 뭣하면 내가 보고 오지요. 당신은 좀 쉬는 것이 좋겠습니다. 아무튼 오늘 밤 그 집으로 돌아가는 것에는 찬성할 수 없습니다."

앤은 고개를 젓고 장갑이며 소지품을 집어 들었다.

"하지만 안 돼요. 내가 하겠어요." 그녀는 한숨을 내쉬며 말했다. "무슨 일이 있어도 잊어서는 안 되었는데, 아마 너무 흥분해서 생각이 나지 않았던 모양이에요."

"그러나 앤, 경찰이 먹을 것을 주었을 거요. 그리고 내가 집으로 돌아가는 대로 곧 가보겠습니다. 틀림없이 잘 있을 겁니다."

그러나 앤은 또 머리를 저으며 완강하게 말했다.

"안 돼요, 안 돼요! 내가 할 일이에요. 택시를 불러주시겠어요?"

앤이 웃었다. 나도 같이 웃고는 손을 흔들어 계산서를 갖고 오도록 신호했다.

"정 그렇게 하시겠다면 함께 보러 갑시다. 하지만 당신을 이 호텔로 다시 데려다 드리겠습니다. 곧 주무셔야 합니다. 당신에게는 충분한 휴식이 필요해요, 앤!"

나는 식당에서 나올 때 손목시계를 들여다보았다. 정각 10시 30분이었다.
　밖은 바람이 세차서 폭풍에 가까웠다. 별도 보이지 않았고, 공기도 심한 폭풍이 불어치기 직전처럼 무겁게 드리워져 있었다. 눈이 내릴 정도로 차갑게 느껴지지는 않았지만, 당장에라도 폭풍이 몰려올 것만 같았다. 나는 앤을 부축하여 차에 태웠을 때, 그녀가 희미하게 떨고 있는 것을 느낄 수 있었다. 몹시 지친 것이라고 생각했다. 그녀가 집으로 돌아가는 것을 완강하게 반대하지 않았던 것을 나는 크게 뉘우쳤다.
　페얼론 에이커에 도착했을 무렵 폭풍우가 몰아닥쳐 비가 몹시 쏟아졌다. 와이퍼를 가장 세게 움직여도 앞이 거의 보이지 않았다. 집들이 모두 전등을 꺼서 어두웠다. 페얼론은 통근하는 사람들이 모여 사는 곳이다. 그렇기 때문에 근무가 있는 여느 날 밤에는 모두 일찍 잠자리에 든다.
　이처럼 오래 이 부근에서 살았는데도 비오는 날 밤 어둠 속에서 서클웨이를 찾는 것은 어지간히 힘이 들었다. 길은 꼬불꼬불했으며, 몇 군데는 완전히 둥근 모양이었다. 게다가 지금은 어두워서 도로표지를 읽을 수도 없었다. 그리고 또 집을 지은 방식이 모두 같았으므로 한층 더 혼란을 가져오는 결과가 되어, 잘못하면 되돌아갈 수밖에 없게 될 것 같았다.
　앤은 가볍게 끄덕끄덕 졸고 있었다. 내 옆자리에서 꼼짝도 하지 않았다. 나는 앞길을 단단히 확인하려고 했으나 어찌된 일인지 어느 새 길을 잘못 든 모양이었다. 미처 알아차리지 못한 동안 앤의 집을 그냥 지나쳤는지도 모르겠다. 전등이 켜지고 앞에 자동차가 많이 멈춰 있으리라고 생각했기 때문이다. 그러나 간신히 위치를 알게 되어 바른 길로 돌아와 그녀의 집에 도착했을 때, 집은 캄캄했다.
　경찰은 일을 끝내고 돌아간 모양이다. 게다가 이 폭풍우로 구경꾼들도 흩어지고 말았을 것이다. 다음 모퉁이 지점에 자동차 한 대가 드라이브웨이를 절반쯤 가로막듯이 서서 시커먼 실루엣을 만들고 있었다. 나는 그 앞으로 자동차를 몰아 현관 앞 거리의 반대쪽에 차를 세웠다.

길 양쪽 어느 집이나 다 어두웠으나, 거리 바로 건너편 스플릿 레벨 형으로 지은 집의 커튼을 내린 창문 틈에서 불빛이 새나오는 것을 보았다. 텔레비전인지 라디오인지 꽤 크게 켜놓은 것 같았다.

앤이 눈을 번쩍 떴다. 나는 그녀에게 차 안에 있으라고 말하고, 개는 내가 돌보아 주겠다고 했다. 앤은 같이 따라가겠다며 고집을 부렸다. 길을 가로질러 현관문을 열었을 때 우리는 흠뻑 젖어 있었다. 앤을 먼저 안으로 밀어넣었을 때 천둥 소리가 요란하게 울렸다. 갑자기 번갯불이 번쩍였다.

천둥 소리에 귀가 멍멍해졌다. 문을 닫고 벽의 스위치를 찾아낸 뒤에도 천둥 소리는 계속되었다. 나는 개가 으르렁거리는 소리라도 들리지 않을까 생각했으나 그런 기척은 전혀 없었다. 정말 어지간한 개다.

앤은 머리를 조금 흔들고 젖은 얼굴을 닦았다. 그녀는 가늘게 떨면서 내 쪽을 보았다. 그리고 말했다.

"우리집 같지 않아요, 마치……."

앤은 갑자기 입을 다물고 게임룸에서 오락실로 통하는 문으로 향했다. 우리는 둘 다 들었던 것이다. 부스럭거리는 낮은 소리를. 앤이 말했다.

"오락실에 개를 넣어둔 모양이에요. 이런 날씨에 개를 밖에 그대로 버려두지 않을 만큼 친절심은 있었군요. 이젠 됐어요, 하워드. 당신께서 해 주셨으면 하는 일이 있어요. 부엌에 가서 마실 것을 찾아 주시지 않겠어요? 스토브 옆 캐비닛에 브랜디가 있을 거예요.

추워요. 하지만 조금 마시면 괜찮을 거예요. 그 동안에 나는 개를 돌보겠어요."

나는 그러겠다고 말하고 부엌으로 통하는 문 쪽으로 발길을 돌렸다. 나는 그녀에게 말했다.

"개 목걸이와 가죽끈도 함께 부탁합니다, 앤. 여기서 나갈 때 우리집으로 데리고 가서, 내일 아침 개를 기르는 집에 맡길 테니까요. 스티븐슨 선생께 부탁하겠습니다."

나는 부엌문을 열고 불을 켰다. 브랜디는 앤이 말한 곳에 있었다. 벽장에서 술잔을 꺼내 마개를 뽑고 술잔에 따랐다.

또 천둥 소리가 울렸다. 집이 송두리째 쓰러질 것만 같았다. 브랜디를 다시 제자리에 갖다 놓는데 갑자기 비명 소리가 들렸다. 벼락이 떨어진 줄 알았다. 순간 나는 하마터면 브랜디를 떨어뜨릴 뻔했다. 그러나 곧 그 소리가 집 안 어느 방에서 들린 것임을 알아차리자 얼굴이 새파래지고 손이 떨리기 시작했다.

발길을 돌려 거실 쪽으로 달려갔다. 오락실 입구인 맞은편 문이 넓고 시커먼 구멍을 만들고 있었다. 안으로 뛰어들었을 때 뭔가 물건 깨지는 소리가 들렸다. 전등 스위치를 찾는 데 몇 초도 걸리지 않았을 것이다.

앤은 마침 문 안쪽에 쓰러져 있었다. 몸을 절반쯤 커피 테이블 밑에 넣고 바닥에 엎드려 있었다. 그녀에게 다가갔을 때 머리카락 밑에서 피가 나오는 것을 알아차렸다.

그런 다음 그녀의 머리를 들어올려 창백한 얼굴을 들여다보는 2, 30초 동안 사이 내 마음은 공포감으로 가득 차 있었다. 확실치는 않았지만, 자동차 엔진 소리가 들린 듯한 것밖에 기억하고 있지 않았다. 그 소리는 집 앞에서 시작되어 이윽고 멀리 사라져 갔다.

앤이 눈을 크게 떴다. 내가 그녀 곁으로 바싹 다가앉자 그녀는 몸을 떨면서 희미하게 신음 소리를 냈다. 앤은 어떻게든 자기 힘으로 일어서려고 했다.
"앤, 앤, 자. 어떻게 된 겁니까? 무슨 일이 있었지요? 괜찮습니까?"
내가 앤을 부축하여 일으키려고 했을 때, 뭔가 부드럽고 뜨뜻한 물체가 내 목 뒤를 쓰다듬었다. 앤을 떨어뜨릴 뻔하면서 뒤돌아보았다. 개가 내 옆에 있다가 나에게 몸을 비벼댔던 것이다.
긴의자에 앤을 앉히고 말을 할 수 있게 되기를 기다렸다. 앤이 숨을 헐떡이면서 말했다.
"누군가가……. 누군가가 있었어요. 들어와서 불을 켜려고 했을 때 알았어요. 내가 손을 뻗자 뭔지 부드러운 것에 닿았어요."
"개?"
"개가 아니었어요. 아니에요, 개가 아니었어요. 사람이었어요. 내가 만진 것은 내 가슴높이와 같은 정도의 높이였어요. 그때 비명을 지른 거예요. 그 뒤 어떻게 되었는지는 기억하지 못해요. 쓰러진 것은 기억하고 있으니까, 틀림없이 그 사람이 나를 밀어젖혔을 거예요. 쓰러질 때 커피 테이블에 부딪혔어요."
내가 앤에게서 눈을 들어보니 차고로 통하는 문이 열려 있었다. 나는 급히 그 문을 닫으러 갔다.
"경찰을 부르겠습니다."
경찰이 도착하기를 기다리는 동안 나는 차고에 가서 주위를 둘러보았다. 차고의 들어올리는 문이 열려 있었으므로 나는 그것을 닫았다. 차고의 넓은 곳에 물그릇과 절반쯤 남은 개먹이 접시가 있는 것을 깨달았다. 밤이 되자 개를 여기에 들여놓은 모양이다. 그런데 누군가가 오락실에서 앤을 때려 넘어뜨리고 차고로 들어갔다. 그런 다음 그곳을 빠져 나가 밖에 세워두었던 차를 타고 도망친 것이다.

찰즈 메리웨더는 집 지키는 개로서 그 개를 택했을 때 아주 잘못 고른 셈이다.

나는 앤의 이마에 난 상처를 닦았다. 상처는 다행스럽게도 겉으로만 났을 뿐이었다. 앤은 몹시 동요하고 있었으나 상처는 대수롭지 않았다. 앤을 위해 따랐던 브랜디를 억지로 마시게 했다. 다 마시기도 전에 사이렌 소리가 울리고 곧이어 경관이 도착했다.

근처를 돌던 순찰차였다. 내가 전화한 뒤 본부로부터 무선통신을 받았을 것이다. 나는 경관과 맥널티 경사에게 사건을 대강 이야기했다. 맥널티 경사가 앤에게 물었다.

"그게 확실합니까, 부인? 캄캄한 데 들어서다 테이블에 걸렸던 게 아닙니까? 어째서 이곳에 침입할 필요가 있었는지 모르겠군요. 자물쇠도 유리창도 깨진 곳이 없으니 말입니다. 누구 다른 사람이 열쇠를 가지고 있습니까?"

강도가 침입한 흔적도 없고 도둑맞은 물건도 없는 것은 사실이었다. 그러나 앤이 말한 것도 분명 사실이었다.

나중에 앤과 내가 거실에 앉아 있을 때 경사는 부엌의 전화로 본부에 연락했다. 이윽고 경사가 돌아와서 말했다.

"개는 그들이 오늘 저녁 조사를 끝냈을 때 차고에 넣고 갔답니다. 어떻게 이 집에 사람이 있었는지 도무지 모르겠군요. 당신을 밀쳐 넘어뜨리고 개 옆을 빠져서 달아났다니……. 정말 확실한……."

"확실해요." 앤이 대답했다. "문을 열었을 때 저 방에 누군가가 있었어요. 누군가가 나를 밀어젖혔거나 때려눕히고 차고를 통해 달아난 거예요."

경사는 그래도 믿어지지 않는 듯한 표정을 짓고 있었다.

"그런데 무슨 목적으로 침입했을까요?"

앤은 불안한 얼굴로 고개를 저었다.

내가 말했다.

"이것 보시오, 맥널티 씨. 메리웨더 부인은 지금 막 굉장한 충격을 받았습니다. 이제 더 이상 질문을 해 봐야 무의미합니다. 누군가 방에 있다가 부인을 밀어젖혔거나 때려 눕힌 것은 사실입니다. 누구였든 틀림없이 뭔가를 찾으려고……."

"무엇을 찾았단 말입니까?"

"그걸 내가 어떻게 알겠소?" 나는 목소리에 노여움을 담아 말했다. "경찰이 하루 종일 찾던 것과 같은 것인지도 모릅니다. 아무튼 부인을 호텔로 모시고 가겠습니다. 그리고 여기 경찰관을 배치시켜 줄 것을 부탁드립니다."

맥널티 경사는 어깨를 으쓱했다.

"내가 이대로 남아 있지요."

우리는 2, 3분 뒤에 집을 나왔다.

호텔로 돌아가는 동안 앤은 입을 굳게 다문 채 말이 없었다. 비가 갑자기 멎고 바람도 깨끗이 멎었다.

나는 호텔 현관 주차장에 차를 몰아세웠다. 내가 엔진을 껐을 때 앤이 어둠 속에서 내 쪽으로 눈을 들었다. 그녀는 낮고 부드러운 목소리로 말했다.

"하워드……. 당신이 계셔서 정말 얼마나 고마운지 몰라요."

갑자기 그녀의 팔이 내 목에 감겨 내 머리를 숙이게 했다. 부드러운 입술이 내 입술과 겹쳤다. 나는 눈 앞이 캄캄해진 듯 한참 동안 얼빠진 상태로 있었다.

앤은 흐느껴 울면서 몸을 뺐다. 나는 자신도 모르게 두 팔을 내밀었다. 그러나 앤은 문을 열고 가만히 나를 밀어 냈다.

"이젠 됐어요. 여기까지 함께 와 주신 것만으로도 됐어요."

로비에서 앤에게 잘 자라는 인사를 했을 때 내 마음은 완전히 혼란

되어 있었다.
 아침 6시 조금 지났을 때 시끄럽게 울리는 전화 벨 소리에 잠이 깼다. 그때까지 그럭저럭 몇 시간 잘 수 있어 크게 도움이 되었다. 전화는 침실 밖 홀에 있었다. 나는 욕실 가운을 걸치고 전화 있는 곳으로 갔다.
 밖은 아직도 어두웠다. 이런 시간에 대체 누가 전화를 걸어 왔을까 의아했다. 상대는 뉴욕 어떤 신문사 기자라고 밝혔다. 나는 화가 나서 전화를 끊으려고 했다. 그러나 끊지 않기를 잘했다. 기자는 내가 그에게 제공하는 것 이상의 정보를 나에게 가르쳐 주었던 것이다.
 나의 의뢰인 찰스 메리웨더가 코네티컷에서 뉴욕으로 옮겼다고 말해 준 것이다. 찰스가 나에게 아무 말도 없이 행동한 것을 알자 나는 화가 치밀었다. 어째서 경찰도 이 일을 알려 주지 않았을까?
 그 무렵 나는 범죄수속에 대해 배워야 할 게 너무 많았다. 경찰측이 변호사와 의논하기를 싫어하는 것은 물론이지만 변호사와 의뢰인 사이에도 끊임없이 충돌이 있는 것을 깨닫지 못했다.
 "메리웨더 씨는 24시간 동안 구술서를 받기 위해 유치된 뒤 살인 혐의로 고소될 것입니다" 하고 나서 신문기자는 다시 덧붙였다. "그의 변호인으로서 당신의 의견은……."
 나는 급히 그를 가로막으며 말했다.
 "메리웨더 씨는 어떤 죄로든 심문받을 이유가 전혀 없소, 충고해 두겠소만……."
 신문기자는 이상한 웃음 소리를 내며 내 말을 가로막았다.
 "당신 의뢰인은 총의 소지자라는 것을 인정했더군요."
 "무슨 총 말이오? 대체 무슨 이야기요?"
 "이에츠 씨, 설마 농담하시는 건……."
 "어이없는 말 마시오, 농담 같은 건 하지 않소! 무슨 이야기인지 모르지만, 아직 해도 뜨지 않았소. 게다가 나는 지금 맨발로 서 있소. 농담 따위를 하고 있을 시간이……."

"알겠습니다, 알았어요. 이에츠 씨. 총을 메리웨더 씨네의 차고 쓰레기통에서 찾아 냈습니다. 피해자를 살해한 총이지요. 그 총이 발견되고, 당신 의뢰인의 것이라는 사실이 확인된 것입니다. 그는 거기까지 인정했지요. 자, 이젠 모른다고 잡아떼지 못하실 겁니다……."

"아직 뭐라고 말하지 않았소. 당신 이야기에 대해서는 아무런 말도 할 수 없소. 총에 대해서는 알지 못하오. 나는 전혀……."

"아침 신문이라도 읽으시는 편이 좋을 것 같군요." 신문기자도 지지 않고 말했다. "모든 것이 다 나와 있습니다. 아마 당신에게도……."

거의 동시에 우리는 전화를 끊은 것 같았다.

양복을 입고 있을 때 현관 문에서 소리가 났다. 배달 소년이 던진 신문이 문에 맞아서 난 소리인 모양이었다. 나는 문을 열고 신문을 집어 부엌으로 가지고 가서 커피포트를 스토브에 올려놓았다. 그리고는 테이블에 신문을 펴 놓고 물이 끓기를 기다리는 동안 찬찬히 읽었다.

기사는 제1면에 나 있었다.

어마어마한 표제를 붙인 기사를 읽어 내려가는 동안 나는 묘한 초조감과 무능감을 맛보지 않을 수 없었다. 나는 메리웨더 부부의 변호사로 소개되었다. 나는 찰스 메리웨더와 이야기를 하고 그날 오후에는 경찰과, 그리고 저녁에는 메리웨더 부인과 함께 지냈다고 실려 있었다. 아무튼 신문사 쪽이 이 사건에 대해서는 나보다 더 잘 알고 있었다. 모든 것을 다 알고 있는 듯했다. 모르는 부분에 대해서는 망설이지 않고 자기들 나름의 생각을 말하고 있었다. 계속 읽어가는 동안 나는 내 힘에 벅찬 일에 발을 들여놓았다고 생각했다. 이런 일에는 나의 배경이나 경험도 전혀 소용이 없는 것을 깨달았다.

전화를 걸어온 그 사나이는 진정한 사실을 말하고 있었다. 어제 저녁 늦게 찰스 메리웨더는 뉴욕 경찰이 그의 신병을 구치하는 것을 인정하는 서류에 서명했던 것이다. 그러나 그보다 내가 흥미를 느낀 것은 살인 흉기에 관한 자세한 기사였다.

권총이 메리웨더네 집 차고에 있는 쓰레기통에서 발견되었다는 것이다. 최근 발포된 흔적이 있었으며, 탄도를 검사한 결과 신원을 알 수 없는 사나이를 살해한 무기와 일치한다는 것이 밝혀졌다. 그리고 경찰과 찰스 메리웨더 양쪽에 의해 그 총은 찰스가 수집한 총 가운데 하나라는 것도 확인되었다. 찰스 메리웨더는 어떻게 해서 그 총이 쓰레기통에 들어가 있었는지 모르는 일이며 발사한 기억도 없다고 신문기자에게 말했다. 신문기사에는 지문이 권총에 묻어 있었는지 어떤지 하는 것까지는 밝히지 않았다.

살해된 사나이의 신원은 아직 밝혀지지 않았으며, 워싱턴의 FBI 범죄연구소와 각 주의 관계 당국에 그의 지문을 보냈다고 써 있었다.

나는 이 뉴스가 계속 나와 있는 제2면을 펼쳤을 때 가벼운 떨림을 느꼈다. 어느 틈에 눈을 메리웨더네 집으로 옮겼다. 그 밖에 몇 장의 사진을 실었다. 찰스 메리웨더의 세단이 기분 나쁘게 트렁크 뚜껑이 열린 채 찍혀 있었다. 그러나 실제로 나에게 충격을 준 것은 찰스와 앤이 수영복 차림으로 다정하게 바닷가에 있는 사진이었다. 찰스는 앤의 허리에 팔을 두르고 있었다. 신문기자가 안으로 들어가는 것을 허락받았을 때 어디선지 찾아낸 스냅 사진일 것이다.

기사는 앤 메리웨더가 시체를 보고 모른다고 말한 데서 끝났다. 그런데 기사는 앤이 죽은 사나이를 알고 있으며, 그녀의 남편이 생각지 못한 시간에 돌아왔을 때 그를 접대하고 있었을지도 모른다며 교묘하고 심술궂게 빈정거리고 있었다.
 앤도 이 신문을 볼 것이라고 생각하자 견딜 수가 없었다. 그뿐 아니라 그녀의 프라이버시를 존중하지 않고 아주 조심성 없이 다루는 다른 신문을 볼지도 모른다고 생각하자 더욱 그러했다.
 나는 곧 전화를 걸어 앞으로 그녀가 맞닥뜨릴 일에 대해 주의를 시켜둘까 생각했으나 망설이지 않을 수 없었다. 앤을 깨우기에는 아직 너무 이른 시간이었고, 될 수 있는 한 휴식을 하도록 놔두고 싶었기 때문이다.
 너무나도 끔찍하고 무서운 일이 그녀에게 일어났다. 어젯밤의 일도 포함하여. 게다가 오늘도 굉장한 하루가 될 것은 뻔했다. 앤이 호텔에 머물고 있어 아주 크게 도움이 되었다. 적어도 기자들은 그녀가 어디에 있는지 모르는 것이다.
 나는 억지로 아침을 먹었다. 달걀 프라이와 베이컨과 버터 토스트를 두 조각.
 그러고 나서 오늘의 계획을 짰다. 내가 해야 할 일은 네 가지였다. 첫째, 비서인 테일러 양에게 전화를 걸어 평소에 하는 일들을 적당히 처리하도록 하고 급한 모임의 약속은 뒷날로 미루도록 부탁해야 한다. 둘째, 기데온 경감을 만나 이 사건에 관해 경찰의 진행 상황을 알아 내야만 한다. 셋째, 찰스 메리웨더를 면회하여 좀더 상세한 일을 알 필요가 있다. 사건이 일어났을 때 누구와 함께 있었는가, 또 그의 알리바이가 어느 정도 확실한가를 확인해 두어야 한다. 그런 다음 앤을 만나야 한다. 이 마지막 사항을 생각하고 있을 때 전화가 울려 내 생각을 방해했다. 내가 즉시 취할 행동을 결정해 준 것은 이 전화였다. 아까와 마찬가지로 전화는 신문사에서 온 것이었다. 이번 전화는 롱아일랜드 신문사의 기자였다.
 기자는 메리웨더 부인과 연락하여 인터뷰를 하고 싶다고 말했다.

나는 그녀가 어디 있는지 전혀 모른다고 대답했다. 그가 수단과 내용을 바꾸어 어떻게든 알아 내려고 하는 동안에 나는 전화를 끊었다.

나는 곧 앤에게 전화를 걸어 그녀를 신문사와 경찰에서 떼어 놓는 일이 가장 급한 문제라고 생각했다. 메리웨더 부부로서는 개인 생활을 공중 앞에 드러내 놓아 이득될 것이 아무것도 없었다. 게다가 경찰이 앤을 불러 내기 전에 그녀와 의논해 두고 싶은 것이 많았다.

호텔로 전화를 걸자 곧 연결되었다. 앤의 목소리를 듣는 순간 그녀가 이미 무슨 일이 일어났는지 알고 있음을 직감했다. 그녀도 오늘 아침 신문을 읽고 있었던 것이다.

"찰스를 만나 주시겠어요?" 앤은 입을 열자 맨 처음 이렇게 말했다. "하워드, 그이를 이리로 데려오고 싶어요. 어떻게 해서든 그이가 풀려나도록 해 주실 수 없을까요?"

"앤." 나는 그녀의 말을 가로막았다. "앤, 내가 하는 말을 잘 들어야 합니다. 우선 지금의 기분은 어떻습니까? 머리는 아프지 않습니까? 그리고……."

"머리는 이제 괜찮아요, 하워드. 그냥 슬쩍 스친 상처니까요. 아직 피로하지만, 이제는 아무렇지도 않아요."

"그 말을 들으니까 마음이 놓입니다. 그런데 앤, 내가 하는 말을 잠깐 잘 들으셔야 합니다."

"네, 무엇이지요, 하워드?"

"내가 말하는 대로 해야 합니다, 앤. 이것은 매우 중요합니다. 곧 가든 시티 호텔에서 나오도록 하십시오. 아시겠지요? 지금 곧."

그녀는 순간 망설이는 듯하더니 곧 약한 목소리로 대답했다.

"네, 알았어요, 하워드."

"우리가 1주일 전에 점심 식사를 하러 갔던 곳을 기억하시겠지요? 그 작은 레스토랑 말입니다."

"네, 기억하고 있어요."

"그리고 내 아내의 이름도 알고 있겠지요?"

앤은 한참 뒤 "네" 하고 대답했다. 갑자기 호기심을 느낀 모양이었다.

"그 레스토랑 옆에 호텔이 있습니다. 그 호텔에 머무는 겁니다. 아내 이름을 쓰고 성은 스미스라고 하십시오. 전화를 써서는 안 됩니다. 방에 가만히 있어야 합니다. 오늘 오후에 연락을 드리겠습니다. 연락이 되는 대로……."

"하지만 하워드. 왜지요? 어째서……."

"자, 앤. 나를 믿어 주십시오. 내가 하라는 대로 하기만 하면 됩니다. 약속해 주시겠지요?"

"네, 당신이 하라는 대로 하겠어요. 하지만 될 수 있는 대로 빨리 찰스를 만나 보석금으로 자유롭게 해 주시겠지요?"

"지금부터 그를 만나러 가겠습니다. 그러나 중요한 일은……."

"전화 기다리겠어요, 하워드."

앤이 전화를 끊는 소리가 들렸다.

뉴욕에 있는 테일러 양의 아파트로 전화를 걸자 그녀는 사무실에 막 나가려는 참이었다. 나는 그녀에게 오늘은 사무실에 나가는 게 늦어질 것 같으며, 자주 전화로 연락하겠노라고 말했다. 테일러 양은 흥분한 모양이었지만 별말 없이 전화를 끊었다.

기데온 경감을 전화에 불러 내는 것은 무리인 듯했다. 그는 경찰서에 없었으며, 전화를 받은 사나이는 그가 어디 있는지 대답해 주지 않았다. 내가 메리웨더 사건의 변호사라고 설명하자, 그는 할 수 없이 내 전화번호를 적어 놓고 경감에게 전해 주겠다고 말했다. 부엌을 치우고 미네올라에 있는 경찰본부로 가려고 준비하고 있을 때, 기데온 경감이 전화했다.

나는 곧 의뢰인을 만나고 싶다고 말했다. 경감은 이렇게 말했다.
"그런데 말입니다, 변호사님. 당신의 의뢰인은 지금 검사의 사무실에서 심문받고 있답니다. 심문이 끝난 뒤라면 만날 수 있습니다."
"언제쯤 끝날까요?"
"글쎄요……. 한 시간 뒤일지도 모르겠고, 세 시간 뒤일지도 모르지요."
"나는 이제 곧 보석금 수속을 하고 싶습니다. 그리고 가능하다면……"
그러자 그의 목소리가 나를 가로막았다.
"아침 식사 하셨습니까?"
"아침 식사? 네, 했습니다. 그것과 이것이 무슨……"
"당신이 기다리는 동안 나와 함께 시간을 좀 보냈으면 해서 말입니다. 커피를 한 잔 하러 갈 생각인데, 어떻습니까? 당신이 궁금해하실 정보가 두서너 가지 있지요. 기자들이 알아내기 전에 당신께 먼저 알려드렸으면 합니다."
"정말 고맙습니다. 어디로든 가겠습니다."
이리하여 우리는 미네올라 경찰본부에서 그다지 멀지않은 조그마한 레스토랑에서 만나게 되었다. 8시 15분 조금 지나서 나는 차를 타고 클리포드 기데온 경감과 만나기 위해 나섰다.

6

나는 이 사건을 다루는 동안 기데온 경감을 경찰관이라고 생각할 수 없었다. 도무지 경찰관답지 않은 것이다. 경찰관에게 필요하다고 당연히 생각되는 체격이며 체력은 갖추었지만, 그 밖의 다른 점에서는 경리사원이나 자동차 외판원이나 하급 행정관이나 또는 숙련공과 다를 게 없었다. 그의 용모는 매우 평범하여, 그를 여러 번 만나 이야기했어도 오늘에 이르기까지 그의 눈이 어떻게 생겼는지, 머리카락이 무슨 빛깔인지 말할 수 없었다. 특별히 두드러진 몸의 특징이 기억에 없는 것이다.

그가 입은 옷은 수수하고 이야기할 때도 브루클린 사투리가 조금 섞인 차분한 목소리로 말했다. 그는 요트 타기를 좋아했으며, 야구에 열을 올렸다. 내가 메리웨더 사건에 관계하기 전까지는 그가 경찰에 근무하는 줄도 몰랐다. 그는 자기 직업에 대해서 아무 이야기도 하지 않았다.

기데온 경감은 레스토랑 안쪽의 작은 방에 혼자 앉아 있었다. 그 앞에는 블랙커피와 젤리를 바른 롤빵이 있었다. 그는 허공을 물끄러미 바라보고 있었다. 아무 생각도 하지 않는 것 같았다. 나를 보자 그는 고개를 끄덕여 아는 체하고 조금 웃어 보이며 인사했다. 그런 다음 그의 맞은편 자리에 앉으라고 몸짓으로 가리켰다.

종업원이 나에게 커피를 가져다 주었다. 우리는 밖에 있는 손님들에게 말소리가 들리지 않는 곳에 있었다. 제복을 입은 경찰관 두 사람이 스탠드에 앉아 있었고, 모습으로 보아 분명히 형사인 듯한 세 사람이 역시 스탠드에 있었다.

"잘 와 주셨습니다, 이에츠 씨" 하고 경감은 말했다.

나는 곧 우리가 제3차의 새로운 관계선상에 서 있는 것을 깨달았다. 하워드도 아니고 변호사도 아닌 '이에츠 씨'인 것이다.

"이렇게 와 주십사고 한 것은 우리 둘 다 이 사건을 빨리 해결하고 싶기 때문입니다. 아무튼 변호사로서 당신은 법정 관리가 되는 셈입니다. 따라서 어떤 의미로 볼 때 우리는 같은 목적을 위해 일한다고 할 수 있습니다."

이번에는 내가 싱긋이 웃으며 말을 받았다.

"그러나 나는 검사가 유죄로 만들려는 사나이를 변호하게 되겠지요, 당신이 이미 체포하신 사나이를."

"문제는 바로 그 점입니다. 우리는 조사라는 명목으로 그를 잡아두고 있습니다. 살인을 범했다고 말하지는 않았습니다. 다만 불행하게도 그는 시체와 함께 있었습니다. 지금도 우리는 어찌하여 그렇게 되었는가를 조사하고 있습니다. 동시에 시체의 신원과, 어째서 살해되었으며 누가 살해했는가를 조사하고 있습니다. 만일 찰스 메리웨더 씨가 무죄라면, 그가 우리에게 협력해 주어야 빨리 무죄를 증명할 수 있습니다. 무죄를 증명하려면 범인을 찾아내는 것이 가장 좋은 방법입니다" 하고 기데온 경감이 말했다.

나는 고개를 끄덕여 찬성하며 이렇게 말했다.

"찰스 메리웨더 씨는 기꺼이 협력하리라고 생각합니다. 그에게 진실을 이야기하도록 충고해 두었으니까요."

"그거 참 잘하셨군요. 그런데 곤란하게도 그는 진실을 말하고 있지 않답니다" 하고 기데온 경감이 말했다.

나는 깜짝 놀라서 경감을 보았다.

"정말입니까?"

"네, 그는 새벽 3시까지 어디에 있었는가는 이야기했습니다. 그런데 그 뒤 집으로 돌아갔다는 겁니다. 우리는 그가 거짓말하고 있는 근거를 쥐고 있습니다."

"어떤 근거지요?"

"이런 이야기는 해서 안 되겠지만, 당신께 말씀드리면 협력하는 것이 유리한 방법이라는 것을 의뢰인에게 납득시킬 수 있겠지요. 즉 우리는 그의 자동차가 새벽 4시쯤까지 저 드라이브웨이에 없었다는 사실을 알아냈습니다."

"어떻게 아셨습니까?"

"이웃사람입니다. 그들은 뉴욕에 가 있다가 왔습니다. 쇼를 보고 나서 나이트클럽에 갔다더군요. 4시에 집으로 돌아왔을 때, 차고에 차를 넣으면서 메리웨더 씨 댁 쪽을 보았답니다. 그런데 자동차가 있는 것을 보지 못했다는 겁니다. 이것은 명확합니다."
경감은 내가 도중에 끼어들려는 눈치가 보이자 급히 덧붙였다.
"확실한 일입니다. 하지만 이 증거는 사실 없어도 되는 것입니다. 아시겠습니까? 나는 많은 사람을 심문해 왔습니다. 그렇기 때문에 그 사람이 거짓말을 하는지 진실을 말하는지 자연히 알 수 있습니다. 찰스 메리웨더 씨는 확실히 뭔가를 감추고 있습니다."
잠시 나는 당황한 마음으로 경감을 바라보았다. 그리고 나서 이야기했다.
"당신이 옳은지 어떤지는 제쳐두고, 아무튼 나는 의뢰인과 아주 조금밖에 이야기하지 못했습니다. 오늘 아침에 그를 만나고 싶어한 것은 그런 까닭에서입니다. 그리고 아침 신문을 읽었는데, 권총에 관한 일······."
"그렇습니다, 그것입니다. 우리는 총을 발견했습니다. 32구경 스페셜로, 아주 최근에 발사된 흔적이 있었습니다. 약협(藥莢)이 한 개 폭발했고, 총신의 선조(旋條──총신 안벽에 새긴 나선상의 홈)도 시체에서 꺼낸 총알과 일치했습니다.
누가 쏘았든 시체의 복부에 대고 방아쇠를 당긴 것입니다. 그 때문에 그다지 피가 나오지 않았던 겁니다. 죽은 사람의 옷 밑에서 흐른 거지요. 그러나 총알은 발견됐습니다. 장과 위를 파열시킨 다음 늑골에 박혀 있더군요. 정말 지저분한 이야기입니다.
메리웨더 씨는 자기 권총이라는 것을 인정했는데, 그 총은 차고의 쓰레기통 속에 있었습니다. 지방검사는 그 점에 상당한 관심을 보이고 있습니다. 좀더 자진해서 협력해야 한다는 것에는 이런 까닭도 있는 겁니다. 만일 정말로 그가 무죄라면······."

경감은 이야기를 끊고 갑자기 스탠드 쪽을 향해 고개를 끄덕였다. 내가 눈을 들어보니 요리장이 손짓하여 경감을 부르고 있었다. 경감은 잠깐 실례하겠다고 말하며 일어섰다.

"곧 돌아오겠습니다"고 말하는 것을 그는 잊지 않았다.

나는 그가 카운터로 가서 전화 부스에 들어가는 것을 보았다.

4, 5분이 지났다.

자리로 다시 돌아왔을 때 경감은 상당히 깊은 생각에 잠겨 있었다. 그는 서두르며 말을 꺼냈다.

"경찰에서 온 것입니다. 돌아가봐야겠습니다. 25분쯤 있으면 메리웨더 씨를 만나보실 수 있을 겁니다, 군(郡) 유치장에서. 그 사이에 메리웨더 부인께 두서너 가지 질문하고 싶습니다만……."

"메리웨더 부인에게? 대체 어째서……."

"바로 그 점입니다." 경감은 조금 자신을 낮춘 듯한 어조로 말을 이었다. "일요일 밤, 부인이 집에 있었다는 사실은 아시겠지요? 밤새도록 말입니다. 그런데 범죄가 메리웨더 씨 집에서 일어난 것이라고 믿는 이유가 있습니다. 사실은 확인단계에 이르고 있지요. 그래서 말입니다……."

나는 알 수 있었다. 모든 것을 똑같이 알았다. 나는 말했다.

"당치도 않은 일입니다! 앤 메리웨더 부인은 깊이 잠들어 있었습니다, 밤새도록. 부인은 수면제를 먹은 데다 감기까지 들어 있었습니다. 찰스 메리웨더 씨도 아침에 일어났을 때 부인이 좀처럼 깨어나지 못했다고 말하지 않았습니까!"

기데온 경감이 고개를 끄덕였다. 그는 말했다.

"알고 있습니다. 하지만 그렇더라도 부인에게 묻고 싶은 것이 있습니다. 그녀가 어디에 있는지 모르십니까?"

"당신도 잘 아실 텐데요. 부인은 어젯밤 가든 시티 호텔에 머물렀습니다. 아마도⋯⋯."

"한 시간 반 전에 그곳을 떠났습니다." 기데온 경감은 서두르는 빛 없이 말했다. "그 일을 조금 전 전화로 알려왔습니다. 내 부하 하나가 부인을 만나러 갔더니 이미 없더라는 겁니다. 집에도 돌아가지 않았습니다."

"그렇다면 아마 곧 나에게 연락이 있을 겁니다." 나도 여유만만하게 말했다. "그러나 아시겠습니까, 메리웨더 부인은 이 사건과 아무 관계도 없습니다. 부인은 그 죽은 사나이를 한 번도 만난 일이 없습니다. 어째서⋯⋯."

"하지만 누군가가 그 사나이와 만난 일이 있을 것입니다."

경감은 자리에서 일어났다.

"반드시 누군가가 그와 아는 사이일 겁니다. 아무튼 부인에게서 연락이 있거든 이야기할 일이 있다고 말씀해 주십시오. 주인을 구해 낼 수 있을지도 모르는 일이니까요."

경감은 어깨를 으쓱해 보였다. 그런 다음 다시 말했다.

"그를 면회하실 생각이라면 함께 가시겠습니까?"

나는 일어나서 경감의 뒤를 따라 그곳을 나왔다. 앤을 감추어두기 잘했다고 생각했다. 나는 결코 앤을 심문받게 하고 싶지 않았다. 지금뿐 아니라 어떠한 경우에도 말해야 할 일과 말해서 안 될 일이 그녀에게 확실해지기 전까지는. 찰스 메리웨더와 좀더 파고들어 상세하게 이야기해 볼 필요가 있다.

면회실에 들어가 작은 책상 옆에 서 있는 찰스 메리웨더를 보았을 때, 겨우 24시간 사이에 사람이 이렇게 변할 수 있을까 하고 생각했다. 한참 동안 찰스 메리웨더라고 생각되지 않았다.

수염은 자랄 대로 자랐고, 눈은 퀭하니 들어가 완전히 지쳐 있는 것 같았다. 그러나 찰스 자신은 그러한 겉보기보다 더 심하게 변해 있었다. 내가 잘 알고 있다고 생각한 이 사나이는 어느 틈에 그 명랑하고 건강한 유머, 그 가운데에서도 특히 정력적인 매력을 다 잃어버렸다. 완전히 나이를 먹고 지쳐 있었다. 어딘지 모르게 겁먹은 태도로, 어제까지 볼 수 있었던 확신은 전혀 없어 보였다. 책상 옆에 있는 의자를 가리키면서 그는 억지로 웃으려고 했다. 찰스의 그러한 태도를 보자 가엾은 마음이 들었다.

우리는 악수를 하고 앉았다. 한참 동안 찰스는 입을 굳게 다문 채 천천히 고개를 흔들면서 나를 빤히 쳐다보고 있었다. 찰스가 가까스로 입을 열었다.

"세상이 온통 미친 것 같군요. 모든 것이 다 돌아버렸소. 뭔가 터무니없는 꿈이라도 꾸고 있는 것 같소. 하워드, 경찰이 어떻게 생각하고 있는지 아시오?"

나는 고개를 끄덕였다.

"어제 당신에게 충고해 두려고 생각했었소, 찰스. 일이 좀 까다롭게 될 것 같소. 당신은 엄청난 입장에 서게 된 거요."

찰스는 천천히 머리를 끄덕였다. 나는 차분하게 말을 계속했다.

"살아날 길은 오직 하나요. 오직 하나밖에 없소. 다시 말해서 당신이 그를 죽이지 않았다는……."

"신이 내 증인이오!" 찰스는 나를 올려다보며 말했다. 그의 목소리는 힘있고 확신에 가득 차 있었다. "그 사나이를 죽인 것은 내가 아니오. 믿어주시오. 나는 그 사나이를 죽이지 않았소."

찰스의 이 말에는 완전하고 절대적이라고 해도 좋을 만한 확실함이 넘치고 있어 의심할 여지가 없었다. 나는 말했다.

"찰스, 당신에게 묻기 전에 먼저 말해 두어야 할 일이 있소. 정말 중요한 일이오. 지금 실제로 확인하고 오는 길이오만 경찰도 알고 있소. 그 사나이는 한밤중부터 새벽 6시 사이에 살해되었소. 그것도 당신 집에서. 아시겠소? 당신 집에서 말이오."
그는 고개를 끄덕였다.
"알고 있소."
그러고 나서 찰스는 나를 올려다보았다. 기묘한 표정이 그의 얼굴을 스치고 지나갔다.
"그러나 아시겠소? 어제도 이야기했을 텐데……. 나에게는 알리바이가 있소. 그 시간에 대한 완전한 알리바이가. 그 시간에 집에 있지 않았다는 것을 증명할 수 있소."
나는 천천히 고개를 끄덕였다. 그리고 물었다.
"그것이 무엇을 뜻하는지, 아직 깨닫지 못하겠소?"
찰스는 놀란 듯한 표정을 지었다.
"그렇게 되면 앤은 그 시간에 혼자 집에 있었다는 것이 되오. 아시겠소? 앤은 집에 있었소. 그러니까 만일 경찰이 당신의 알리바이를 인정하게 되면, 그렇게 되면……."
찰스는 입을 크게 벌리고 의자에서 절반쯤 일어섰다. 그가 빠른 말투로 따졌다.
"대체 무슨 말을 하고 싶은 거요, 하워드? 앤은, 앤은 그 사나이를 본 적도 없다고 말했소. 게다가 앤은 세상 모르게 자고 있었소. 수면제를 먹고 말이오. 새벽녘에 집을 나오기 전 깨우려고 했을 때 좀처럼 깨어나지 못했던 것을 기억하고 있소. 그런데 어째서……."
"하지만 만일 경찰이 생각하는 대로 그 사나이가 집 안에서 살해되었다고 한다면……." 나는 펄쩍 뛰는 그를 가로막으며 말을 이었다.
"그렇다면 앤은 총소리에도 깨어나지 않았단 말이오?"
"다이너마이트가 폭발했다 해도 깨어나지 못했을 거요. 정말이오, 다이너마이트가 폭발해도……."

"찰스!" 내가 얼른 끼여들었다. "잘 들어보시오. 논쟁은 빼버리고 우선 경찰이 옳다고 가정해 봅시다. 어떤 사나이가 아침 일찍 살해되었소, 당신 집에서. 누군가가 그를 살해한 것이오. 범인은 시체를 자동차 트렁크에 넣었소. 일단 이렇게 가정해 봅시다. 그런데 앤은 혼자 집에 있었소. 앤은 어쩌면 당신 말대로 정신없이 깊이 잠들어 있지 않았는지도 모르오. 무슨 소리를 느끼고 일어나 당신의 권총을 생각해내고 그것을 집어들어 정신없이 쏘았을지도 모르는 일이오."

찰스는 나의 맑은 정신을 의심하기라도 하는 것 같은 표정으로 빤히 쳐다보았다. 이윽고 그는 설레설레 고개를 내저었다.

"당신은 앤이 그런 다음 시체를 내 자동차 트렁크에 처넣고 침대로 돌아갔다고 말하려는 거요?"

나는 절반쯤 눈을 내리감고 머리를 들었다. 그리고 목소리를 낮추어 말했다.

"아마도 앤은 총을 쏜 다음 곧 침대로 돌아갔겠지요. 그때 당신이 돌아와 시체를 발견하고 트렁크에 넣은 다음 어디든 뉴잉글랜드 부근에 감출 생각이었는지도……."

찰스는 2, 3분 동안 내 얼굴을 뚫어지게 보더니 천천히 머리를 가로저었다. 그는 한참 만에야 겨우 입을 열었다.

"당신도 경찰과 마찬가지로 미친 사람 같구려!"

"아무튼 당신의 알리바이가 증명되었을 경우, 경찰은 곧 지금 내가 말한 것과 같은 일을 생각할 거요."

찰스는 다시 고개를 저었다.

"모두 틀렸소! 만일 앤이 빈 집을 노리는 도둑을 쏘았다면 어째서 곧 경찰을 부르지 않았겠소? 어째서 쏘았다고 인정하지 않았겠소? 무엇 때문에 나에게 시체를 처분해 달라고 부탁했겠소? 그런 일은 전혀 생각할 수조차도 없소. 있을 수 없는 일이오!"
나는 말했다.
"알겠소. 나도 당신 말에 찬성이오. 정말 그 말이 틀림없을 거요. 그러나 경찰은 인정하지 않소. 전혀 믿지 않을 거요. 경찰은 누군가가 쏘았다는 것을 알고 있소. 당신에게 알리바이가 있다면, 앤에게는 알리바이가 없는 셈이오."
"그러나 그렇게 간단히 생각되지는 않을 거요. 무언가 관련이 있어야만 하오. 앤이 그를 알고 있다거나, 쏠 이유가 있는지 어떤지 증명해야만 할 것이오. 그 사나이가 도둑 이상이라는 점을 말이오. 도둑이었다면 아까도 말한 바와 같이 경찰에 알렸을 것이오. 그러나 실제로 앤은 그 사나이를 모르오. 이것은 어찌되었든 절대로 확실하오."
"어떻게 확실하다고 단언할 수 있지요?"
찰스의 얼굴이 갑자기 빨개졌다. 나는 그의 얼굴에 분노의 빛이 치밀어오르는 것을 알 수 있었다. 그가 말했다.
"그건 무슨 뜻이지요? 설마 당신은 앤이……."
나는 급히 그의 말을 부정했다.
"아니오, 찰스. 나는 앤을 믿고 있소, 완전히. 앤은 그 사나이를 한 번도 만난 일이 없을 것이오. 다만 경찰이 당신의 알리바이가 뚜렷하다고 인정했을 때, 그 다음에 그들이 어떻게 생각할 것인지를 이야기해 준 것뿐이오."
이렇게 이야기하면서도 내 마음 깊숙이에서는 묘하게 걷잡을 수 없는 생각이 머리를 쳐들었다. 찰스는 어째서 저토록 앤이 그 사나이를 모른다고 확신할 수 있을까? 철저하게 확신하는 그 태도에서 찰스가 단순히 앤의 완전무결함을 믿기 때문만이 아니라 그 이상의 확신을 갖는 근거가 있지 않을까 하고 생각되었다. 이상하다는 생각이 들었다. 그러나 나는 아무 말도 하지 않았다.
"그런데 지금 찰스……" 하며 나는 화제를 바꾸어 말했다.
"문제는 앤이 아니라 당신이오. 시체와 함께 있는 것을 들켜 구치된 사람은 바로 당신이란 말이오. 오해하면 안 될 테니까 말해 둡니다만, 경찰은 앞으로는 당신을 가둬둘 겁니다. 흉기로 쓴 권총을 찾아내고 당신이 그 소유자임을 인정한 지금, 검찰측은 당장에라도 기소할 수 있소. 실제로 기소할 것인지 어떤지는 알 수 없지만, 한 가지만은 분명하오. 보석금으로 당신을 꺼내려고 하면 당장에라도 가능하겠지만 일단 살인혐의로 기소되면 보석 같은 건 바랄 수 없소."
찰스는 깜짝 놀라며 눈을 들었다.
"이대로 나를 유치해 둘 수 있다는 말이오?"
"그렇소, 유치해 둘 수 있죠. 그러니까 이 기회에 당신을 위해 좀 더 알아두고 싶은 일이 있소. 당신이 일요일 밤에 함께 있었다는 여자의 이름을 가르쳐주기 바라오."
찰스는 부끄러운지 얼굴을 붉혔다. 한참 망설이며 머뭇거리더니 어깨를 으쓱했다.
"앤도 이 일을 알게 되겠지요?"
"만일 그 여자가 당신의 알리바이가 된다면 누구나 모두 알게 될 거요."
그는 고개를 숙이고 마룻바닥을 내려다보았다.
"말하기 어렵지만, 하는 수 없겠지요. 그 길밖에 없다면, 그녀의 이름을 가르쳐 주겠소. 지니 그랜트, 헌팅턴에 살고 있소."
찰스는 연필을 꺼내 이름과 주소를 적었다.
"자, 여기 있소. 그러나 한 가지 약속해 주면 좋겠소. 지금 곧 앤을 만나 이리로 와서 나와 이야기할 수 있도록 해주었으면 하오.

경찰이 만나게 해줄까요?"
 "그야 만나게 해주겠지요." 나는 말했다. "그리고 이 여자에게 간단히 뭔가 써줄 수 없겠소? 말하고 싶지 않다고 하게 되면 큰일이니까요."
 찰스는 웃옷 안주머니를 뒤져 아무것도 쓰지 않은 봉투를 꺼냈다. 그리고 급히 몇 자 써서 나에게 주었다.
 "이거면 될 거요."
 "내일 아침 맨 먼저 당신을 만나러 오겠소. 내게 부탁하고 싶은 건 없소?"
 "부탁?"
 "아, 아무 거라도 좋소. 경찰이 죽은 남자의 신원을 알아내는 데는 그다지 시간이 걸리지 않을 것이오. 그렇게 되면 많은 것을 알게 되오. 그러니까 뭔가 있거든······."
 찰스는 고개를 저었다.
 "내일 아침에 와 주시오. 그리고 앤에게 곧 만나러 와 달라고 말해 주십시오. 그런데 앤은 집에 있습니까?"
 "어젯밤 가든 시티 호텔에서 머물렀지요."
 "잘했군요. 개는 어떻게 되었소? 누가 돌보아 주지요?"
 나는 근처에 있는 개 기르는 집에 맡기기로 어젯밤 결정했다고 대답했다. 그러나 앤을 위해 손쓴 일에 대해서는 잠자코 있었다.
 앤을 만나는 대로 그의 부탁을 전하겠노라고 말하고 나는 그곳을 나왔다. 기데온 경감이 복도를 서성거리고 있었다. 나를 손짓해 부르기에 그에게 갔다.
 "내 방으로 좀 와 주셨으면 좋겠습니다. 시간을 많이 끌지는 않겠습니다."
 나는 기데온 경감을 따라 층계를 내려가 거의 아무 꾸밈도 없는 작고 네모진 방으로 들어갔다. 경감이 책상 뒤에서 일어선 제복 경관에게 고개를 끄덕여 보이자 그는 곧 문을 닫고 나갔다.

경감은 의자에 앉으라고 몸짓으로 말하고 자기 책상 앞에 앉았다. 그리고는 책상 서랍을 열어 큼직한 사각형 보드 종이를 꺼내 아무 말 없이 나에게 내밀었다.

그것은 경찰의 지명수배 사진으로, 앞면과 옆면의 얼굴이 찍혀 있었다. 내 눈은 그 사진에 못박혀 버렸다. 그 밑에 타이프라이터로 친 글자를 볼 필요도 없었다. 곧 알 수 있었던 것이다. 찰스 메리웨더의 세단 트렁크에서 발견된 사나이의 사진이었다.

"지문으로 알아낸 것입니다." 기데온 경감은 내가 눈을 들자 말했다. "이 이름에서 뭔가 기억나는 것이 없습니까?"

나는 그 사진 밑에 쓴 경력을 읽었다.

"존 하버. 별명――제이크 하버, 제임스 고든 캐스터, 잭 하드. 33살. 뉴욕 시 브루클린 태생. 키 5피트 7인치, 몸무게 140파운드. 살의를 품고 흉기로 사람을 덮친 혐의로 수배 중."

그의 기록을 대충 훑어보니 그때까지 그는 폭행, 구타, 강도, 가택침입으로 형을 받았었다. 살인혐의로 두 번 체포되었으나, 두 번 다 그냥 풀려나왔다. 그는 흉악범으로 언제나 무기를 가지고 다닌다고 기록되어 있었다. 뉴욕, 뉴저지, 그리고 롱아이랜드를 떠돌아다니는 중.

나는 그 인쇄물을 돌려주었다. 기데온 경감이 이렇게 말했다.

"우리가 찾던 사나이가 분명합니다. 그가 죽었다 해도 손해될 건 없습니다."

나는 고개를 끄덕였다.

"당신은 이 사나이가 메리웨더 씨 댁에도 도둑질하러 들어갔다고 생각하시는 겁니까? 어째서 이런 사나이가……."

"그럴 가능성은 있습니다. 그럴 가능성은 매우 큽니다. 전에도 강도짓을 했으니까요. 그러나 그렇다 하더라도 누군가가 그를 죽였다는 사실 역시 틀림없습니다. 그는 살해되어 있었으니까요" 하고 경감이 말했다.

"네, 알고 있습니다."

"그렇지요? 누군가가 살해했음에 틀림없습니다. 그런데 메리웨더 씨 집에 그 시체가 있었습니다. 아무튼 강도로 들어가 있는 동안에 간단히 살해되었다고 생각할 수는 없습니다. 물론 그 밖에 달리 생각할 수도 있겠지만, 강도로 들어갔다가 살해된 것이라면 어째서 그를 쏜 사람이 나와서 똑똑히 그렇게 설명하지 않겠습니까?"

"그러니까 다시 말해서 메리웨더 씨가 어째서 자신이 했다고 밝히고 나서지 않는가 하는 뜻입니까?"

"아닙니다, 그렇게 말하지는 않았습니다. 메리웨더 씨에게만 국한된 문제가 아닙니다. 그 밖에도……."

경감은 이야기를 중단하고 주의깊게 나를 보았다. 나는 싸늘하게 말했다.

"메리웨더 부인이었다고 말씀하실 생각이신가요? 만일 그렇다면 미리 말씀드려 두겠습니다만……."

경감은 어깨를 움찔하며 말했다.

"누군가가 그를 살해했습니다. 이에츠 씨. 나는 부인을 만나 이야기하고 싶습니다. 당신은 메리웨더 씨와 마찬가지로 부인의 변호사이기도 하겠지요?"

"그렇습니다."

"그렇다면 지금 곧 부인을 데리고 오시는 것이 좋을 거라고 생각합니다. 부인과 이야기를 나누고 싶고, 또한 무슨 일이 있어도 그렇게 할 생각입니다."

어느 틈에 우리 우정은 말끔히 사라져버렸다. 친구라고 생각했던 이 경감은 완전히 경찰관으로 돌아가 있었다. 그전에 다정했던 친구 관계는 전혀 없었다. 그는 경찰관이고 나는 변호사인 것이다.
나는 약간 무뚝뚝하게 말했다.
"나는 의뢰인에게 이러쿵저러쿵 지시할 생각은 없습니다. 나와 마찬가지로 부인도 경찰에 크게 협력할 것으로 생각합니다. 연락이 있는 대로 그렇게 전하겠습니다.
그러나 그 동안 경찰에서도 다른 관점에서 이 사건 해결의 실마리를 찾아내기를 권합니다. 메리웨더 부부 중 어느 쪽도 죽은 사람과 관계가 없을 것이고, 또한 세단 트렁크에서 발견된 시체를 본 일도 없을 겁니다. 따라서 두 사람 다……."
"그러나 시체가 나왔습니다."
기데온 경감은 갑자기 웃으면서 일어섰다.
"네, 물론 당신의 입장은 잘 압니다. 그러나 믿어주십시오. 경찰은 모든 각도에서 조사하고 있습니다. 게다가 분명히 해두겠습니다만, 우리는 안일한 방법으로 해결하거나 서둘러 적당한 범인을 찾아내지는 않습니다. 이 사나이는 어째서 살해되었는가, 누가 죽였는가를 분명하게 밝혀내려는 것입니다."
나도 일어섰다. 그리고 말했다.
"당신은 어젯밤에 있었던 일에 대해서는 전혀 건드리지 않는군요. 우리가 개를 살펴보러 집으로 돌아갔을 때, 메리웨더 부인이 당한 폭행을 어떻게 보십니까? 경찰은 그 일과 이 사건이 아무 관계도 없는 것으로 본다고 생각해도 좋을까요?"
"모든 것이 다 중요한 관계가 있다고 보고 있습니다."
"맥널티 경사는 회의적이더군요. 어떻게 할 수 없는 일이라고 말입니다."

"그것은 잘못 판단하신 겁니다. 경사는 침입자가 개 옆을 빠져나갈 수 없을 것이라고 생각한 거지요. 게다가 당신도 메리웨더 부인도 실제로는 아무것도 보지 못하지 않았습니까? 단순히 캄캄한 어둠 속에서 커피 테이블에 걸려 넘어진 것이라고 생각할 수도 있습니다."

나는 어쩔 수 없다는 듯 어깨를 으쓱해 보였다. 그리고 말했다.

"좋도록 생각하십시오. 그럼, 나는 할 일이 있어서……. 훑어보아야 할 법적수속이 있어서 이만……."

우리는 악수했다. 발길을 돌려 나오려는데 기데온 경감이 다시 말을 걸어왔다.

"하워드, 화내지 말고 내 말을 들어주시겠습니까?"

나는 문 앞에서 어떻게 할까 망설였으나, 절반쯤 돌아섰다.

"네, 좋습니다."

"당신은 범죄 관계의 일에는 그다지 경험이 없으시군요."

나는 고개를 끄덕여 보이며 웃었다.

"처음으로 다루는 일입니다. 믿든 믿지 않으시든 말입니다."

경감은 고개를 끄덕였다.

"이것은 순수한 성의와 우정에서 하는 말입니다만, 노련한 범죄전문변호사에게 부탁하도록 권하고 싶군요. 가장 훌륭한 변호사를. 이대로 가면 당신 의뢰인의 한 사람 또는 두 사람 다 그 필요성을 느끼게 될 겁니다. 이것은 당신을 생각해서 하는 말입니다."

나는 그에게 감사했다. 정말이지 나도 그런 심정이었다. 정통으로 맞힌 충고라는 것은 말할 필요도 없었다. 그 말이 옳다는 것은 나도 잘 알고 있었다.

나는 전화 부스에서 사무실로 전화했다. 다행히도 당장 급하게 나를 필요로 하는 일은 없었다.

미네올라를 벗어나자 나는 노던 블루버드로 향하여 바 겸 그릴로 되어 있는 건물 앞에 차를 세웠다. 그 안에 있는 공중전화에서 앤에게 머물도록 말한 호텔로 전화를 걸었다. 로라 스미스 부인을 대달라고 부탁했다.

앤은 곧 전화를 받았다.

나는 앤과 겨우 2, 3분 동안 이야기했을 뿐이었다. 그녀 쪽에서는 묻고 싶은 일이 꽤 많은 것 같았지만, 오후에 만날 터이므로 전화로는 이야기하고 싶지 않으니 그렇게 알라고 말했다. 그리고 다시 한 번 밖에 나가지 말고 방에 있으라고 충고했다. 그런 다음 잭, 또는 존 하버라는 이름이 생각나지 않느냐고 물어보았다. 그녀는 전혀 생각나지 않는다고 대답했다.

전화를 끊은 뒤 나는 10센트짜리 동전을 다시 넣고 안내계로 다이얼을 돌렸다. 버지니아 그랜트는 찰스가 써준 주소에 자신의 이름으로 전화번호를 가지고 있었다. 나는 그 번호를 돌렸다. 전화 벨이 한참 울렸으나 기다려도 나올 것 같지 않기에 단념하려고 했을 때 수화기를 드는 소리가 나며 부드럽고 조심스러운 목소리가 들려왔다.

"여보세요?"

"버지니아 그랜트 씨입니까?"

"누구시지요?"

나는 그녀가 당장에라도 수화기를 다시 놓을 것 같이 생각되었다. 나는 서둘러 말했다.

"찰스의 부탁을 받은 사람입니다. 나는 그의 변호를 맡은 하워드 이에츠입니다."

목소리가 잠시 끊겼다. 내 쪽에서 뭔가 말하려고 했을 때 그녀가 말을 꺼냈다.

"찰스?"

"네, 찰스입니다. 그의 성도 말씀드릴까요?"
"괜찮아요, 무슨 일이시지요?"
"찰스가 당신을 만나고 싶어합니다. 그가 당신에게 전해달라는 전갈도 있습니다."
"지금 어디 계시지요?"
나는 30분이나 40분이면 그녀의 집으로 찾아갈 수 있는 곳에 있다고 대답했다. 그녀는 또 잠시 망설이는 것 같았다.
"좋아요." 가까스로 그녀가 말했다.
그러고 나서 그녀는 곧 전화를 끊어버렸다.
생각했던 것보다 시간이 걸렸다. 교통이 혼잡해서 길을 찾는 데 시간이 좀 걸렸기 때문이다.
도착한 그 집은 새로운 구획에 지은 아주 작은 문화주택이었다. 창의 덧문을 내렸으며, 집 전체가 혼자 버려진 것 같았다. 나는 차에서 내려 현관문으로 향하는 길을 걸어갔다. 초인종을 누르자 집안 어디선가 종이 울리는 소리가 들렸다.
조금 지나 문이 안쪽으로 열렸다. 열린 문 옆에 누가 서 있을 테지만, 덧문 때문에 어두컴컴해서 잘 보이지 않았다.
"들어오세요."
이 목소리는 전화로 들은 그 목소리와 마찬가지로 부드럽지만 들떠 있었으며 또렷하지 않았다.
내가 방 안으로 들어서자 문이 곧 뒤에서 닫혔다.

7

안으로 들어서자 우선 주위에 감도는 냄새에 놀랐다. 풍요로우면서도 이상할 정도로 섬세한 냄새였다. 희미하지만 오렌지꽃 향기를 생각나게 했다.

내가 들어간 방은 거의 어둠에 싸여 있었으나 문을 연 여자의 윤곽은 간신히 알아볼 수 있었으며, 동시에 전등 스위치와 방 한쪽 끝을 비추고 있는 비단 갓을 씌운 플로어램프를 알아볼 수 있었다.

방은 육중한 가구가 있는 장방형의 작은 거실이었다. 난로 앞에는 큼직한 긴의자가 있고, 그 옆에 두 쌍의 푹신해 보이는 의자가 있었다. 벽은 퇴색한 듯한 흰빛으로 창문을 가린 짙은 빨강 비로드 커튼과 조화를 잘 이루고 있었다. 작은 솔가지 불이 난로 안에서 꺼질 듯이 타며 간들간들 흔들리는 그림자를 벽에 던졌다. 방에는 대낮인데도 밤의 무드가 깊게 감돌고 있었다.

이 방의 주인을 보기도 전에 그 야릇한 오렌지 향기와 육중하고 육감적인 가구가 내 머릿속에 '사랑의 보금자리'라는 틀에 박힌 문구를 생각나게 했다. 이른바 '사랑의 보금자리'란 어떤 것이라는 개념은 실제로 없지만, 이 방을 보자 바로 이것이로구나 하고 여기게 하는 무언가가 있었다. 그런 다음 나는 왼쪽에 있는 여자의 얼굴을 보았다. 여자는 아직 문손잡이에 손을 얹고 있었다.

그 여자는 주위의 것 모두를 잊게 할 만한 것을 지니고 있었다.

버지니아 그랜트는 이 방 그 자체였다. 방은 그녀의 완벽한 틀이었다. 이 방을 한 번 보고서도 '사랑의 보금자리'라는 말을 생각해 낸 것처럼, 이 매끄럽고 풍만하며 요염한 여자가 속옷이 말갛게 비쳐 보일 듯한 네글리제 차림에, 갸름한 얼굴 뒤쪽부터 드러난 어깨 위로 긴 금발머리를 아무렇게나 금빛 비단처럼 물결치게 하며 샌들을 신고 서 있는 모습을 보자, '정부(情婦)'라는 말이 꼭 들어맞는 듯이 생각되었다.

몸무게를 한쪽 다리에 싣고 어깨를 돌려 그녀의 몸으로는 무리가 아닐까 생각될 만큼 앞으로 숙이고 있었다. 머리는 조금 작았지만 날씬하게 긴 목 앞으로 쑥 나와 있었으며, 훌륭한 모양의 육감적인 입술은 그렇게 보아서 그런지 경련을 일으키고 있었다. 코는 작았으며 조금 위를 향한 듯했다. 호박색 눈은 약간 타원형이고 믿어지지 않을 정도로 길다란 암갈색 속눈썹이 둘러싸고 있었다.

버지니아 그랜트는 거만하게 나를 쳐다보고 있었다. 나는 그녀의 드러난 어깨로 눈을 옮겼다. 그녀는 홀터(어깨에 끈이 달리고 잔등과 팔이 드러난 옷)를 입기는 했지만, 만일 이 모습 그대로 거리를 돌아다닌다면 경범죄로 체포될 것이다. 그녀의 아름답고 풍만한 유방이 이처럼 드러나보이지 않았다면, 진짜로 생각되지 않았으리라. 홀터와 팬티 사이의 배가 훤히 드러나보였는데, 그 살갗은 그녀의 얼굴 피부와 똑같이 매끈매끈하고 섬세한 황금빛이었다. 만지면 상처라도 날 것 같았다.

"마음에 드시나요?" 그녀가 말했다.

나는 얼굴이 새빨개졌다. 주머니를 뒤져 찰스에게서 받은 쪽지를 꺼냈다.

"하워드 이에츠라고 합니다." 내 목소리는 마치 사춘기 고등학교 학생같이 갑자기 흥분하여 들뜬 것처럼 들렸다. "조금 전에 전화를 드렸었지요, 찰스, 다시 말해서 메리웨더 씨. 그러니까 그에게……"

그녀는 난롯불에 비쳐 윤기 나는 화사하고 아름다운 맨살의 팔을 뻗어 내 손에서 종이쪽지를 받았다.

"앉으세요." 그녀는 긴의자를 손으로 가리키며 나른한 듯이 말했다.

나는 그리로 걸어가 앉았다. 버지니아 그랜트도 뒤따라 긴의자에 앉아 긴 다리를 앞으로 내던지고, 척추뼈 아랫부분과 목의 뒤쪽에 몸을 맡겼다. 그녀는 그 봉투를 얼굴로 바짝 끌어당겨서 천천히 읽기 시작했다. 나는 찰스와 헤어진 뒤 그 편지를 보아두었다. 그러니까 내용은 이미 다 알았다. 이렇게 써 있었다.

하워드 이에츠 씨를 소개하겠소. 그는 내 변호사요. 내가 일요일
밤 어디에 있었는가를 그에게 이야기해 주면 좋겠소. 그리고 알고
싶어하는 점을 모두 사실 그대로 말해 주시오. 그는 믿을 수 있는
사람이오.

찰리

　그녀는 봉투가 손에서 떨어지는 대로 내버려 두었다. 바닥에 떨어
지자 그것을 발끝으로 걷어찼다.
　"신문에서 읽었어요." 그녀의 목소리는 쉬어터져서 나오는 말도
미묘하지만, 어딘지 짓궂은 느낌이 들었다. "우리 도련님께서 큰일난
모양이군요."
　"우리 도련님? 메리웨더 씨 말입니까?"
　"어머나! 당신은 그 사람의 변호사라고 했지요? 편지에 그렇게
써 있군요. 그 사람을 모르시나요?"
　나는 대답했다.
　"잘 압니다."
　나는 그녀에게 품은 혐오감을 어떻게든 목소리에 나타내지 않으려
고 애썼다. 무슨 수를 써서든 내 편으로 만들고 싶었다. 그녀가 얼마
나 중요한 존재가 될 것인지 잘 알고 있었기 때문이다.
　"네, 잘 알고 있지요. 우리는 이웃에 살고 있습니다."
　"그럼, 그 사람 부인도 아시겠군요?"
　나는 가볍게 고개를 끄덕였다.
　"두 사람 다 잘 압니다. 의뢰인임과 동시에 친구이기도 합니다. 그
런데 말씀하신 바와 같이 메리웨더 씨는 곤란한 입장에 서게 된 것
같습니다."
　"어머나, 찰리라고 불러주세요. 그건 그렇고, 죽은 사나이가 누군

지 아직 모르시나요?"
"존 하버라는 사나이라는 것을 알았습니다. 그 밖에도 별명이 몇 가지 있더군요. 하찮은 불량배인 모양입니다. 전과도 있지요."
버지니아 그랜트는 고개를 끄덕였다. 그 표정에는 아무것도 나타나 있지 않았다. 그녀가 말했다.
"흐음, 그래요? 하지만 찰리는 자동차 트렁크에 시체를 넣어서 어떻게 할 생각이었을까요?"
"메리웨더 씨 자신도 모른답니다."
나는 희미하게 웃었다.
"경찰도 나 자신도 의아하게 생각하고 있습니다. 그러나 현재 당면한 문제는 시체가 차 트렁크에 들어 있었다는 사실이지요. 분명 누군가가 살해했습니다. 월요일 아침 3시에서 6시 사이에 권총으로 복부를 쏘았습니다. 그러므로 지금 메리웨더 씨가 그 무렵의 알리바이를 증명할 수 없다면 크게 곤란한 입장이 됩니다. 큰일입니다."
그녀는 천천히 고개를 끄덕였는데, 그 태도는 어딘지 몹시 사려깊게 생각되었다.
"알겠어요."
버지니아 그랜트는 눈을 들어 나를 말끄러미 쏘아보면서 어깨를 움츠리더니 밝게 웃었다.
"알겠습니다, 이에츠 씨. 이에츠 씨라고 하셨지요? 마음 놓으셔도 돼요. 찰리에게는 완벽한 알리바이가 있거든요. 나와 함께 있었어요. 12시 조금 지났을 때부터 6시 조금 지나서까지. 처음엔 바에 있었어요. 그런 다음 이리로 왔지요. 그 사람이 언제 나갔는지 기억하고 있어요. 자명종 시계를 돌려주었으니까요. 뉴잉글랜드로 여행을 떠나야 했으므로 월요일 아침 일찍 나가야만 했어요. 게다가 집에 들렀다 가고 싶어했거든요."

그녀는 내 얼굴을 지켜보았다. 이야기하면서도 그녀의 얼굴에는 전혀 표정이라는 것이 없었다.

"어때요? 이것으로 찰리에 대한 혐의는 벗겨지겠지요? 하지만 딱하게도 메리웨더 부인에게까지 알려지게 되었군요. 하는 수 없지요. 이제 됐어요. 찰리는 퍽 오래 전부터 헤어지겠다는 이야기를 꺼내고 싶어했으니까요. 다만 그 사람에게 용기가 없었던 거예요. 이제는 아무래도 손을 써야 하게 되었군요."

이 말을 듣자 나는 놀라움을 감출 수가 없었다.

"메리웨더 부부의 사이는 아주 좋은 줄로만 생각했었습니다. 틀림없이 메리웨더 부인은……."

"흔히들 말하지 않아요? '모르는 것은 마누라뿐'이라고요."

나는 나도 모르게 웃었다. 그리고 중얼거렸다.

"'마누라와 변호사뿐'이로군요. 나로서는 전혀 생각조차……."

"네, 찰리는 진짜 신사예요." 그녀는 아무렇지도 않은 듯이 말했다. "자신의 복잡하고 속상한 일을 다른 사람에게 말하고 다니지 않아요."

"복잡하고 속상한 일?"

그녀는 빈정거리는 투로 웃으면서 말했다.

"그 사람을 정말로 알고 있다면, 몇 해 전에 아이를 잃은 데 대해 어떻게 생각하고 있는지 아실 거예요. 찰리는 아이라면 굉장히 좋아해요. 그녀──첫번째 부인 말이에요──에게는 아이가 없었어요. 지금 부인과 결혼한 것도 아이를 갖고 싶었기 때문이에요. 그래서 아이를 하나 낳았지요. 그런데 어떻게 되었지요? 외아들을 아무렇게나 내버려 두었기 때문에 죽어버렸어요. 찰리는 그 일로 부인을 절대로 용서하지 않았답니다."

"설마 당신은……."

내가 무언가 말하려고 하자 그녀는 일어나서 어깨를 흔들며 부지깽이를 집어들어 장작을 뒤적거렸다.

"귀찮게 말하지 마세요. 찰리의 사생활을 꼬치꼬치 캐러 온 건 아니잖아요?" 그녀가 야무지게 말했다.

"그렇습니다. 한 사나이가 살해된 무렵 찰스의 알리바이 때문에 왔습니다."

"그렇지요? 그리고 오신 보람이 있었지요? 내가 바로 그 사람의 알리바이예요. 어디든 나가서 증언하겠어요. 찰리와 나는, 그래요, 오래지 않아……."

"자, 앉으십시오. 그 일에 대해서 좀더 묻고 싶습니다. 나도 이 사건의 여러 가지 일로 적잖이 놀라고 있습니다. 그러나 사실은 어디까지나 사실이니까요. 내 임무는 찰스가 존 하버라는 사나이를 살해했다는 엉뚱한 혐의를 밝히는 데 있습니다.

당신은 찰스와 하룻밤 함께 있었다는 것을 경찰에 이야기해야만 합니다. 아마 법정에 나가 증언하게 되겠지요. 그 점도 알고 계시겠지요?"

"네, 각오는 되어 있어요. 나와 하룻밤 함께 있었을 뿐 아니라, 찰리는 그날 밤 부인의 자동차를 쓰고 세단——살해된 사나이가 들어 있던 그 차 말이에요——은 차고에 두었었어요. 그 사실도 증언하겠어요. 사건의 단서가 필요하다면, 경찰은 찰리보다 메리웨더 부인에게 이야기하는 편이 지름길일 거예요. 그녀는 그때 집에 있었고, 시체를 넣었을 때 자동차는 그 집에 있었으니까요."

"설마 당신은……." 나는 적잖이 거친 어조로 말했다. "설마 메리웨더 부인이 그 사건과 관계가 있기라도……."

"그런 말은 하지 않았어요. 다만 내가 말하고 싶은 것은……."

"당신은 메리웨더 부인을 아십니까?"
버지니아 그랜트는 음험한 눈초리로 나를 올려다보았다.
"어머나, 몰라요. 만난 일도 없어요. 하지만 당신은 잘 아시는 것 같군요."
나는 노여움을 꾹 삼켰다.
"그렇습니다, 잘 압니다. 그러므로 그 부인에 관한 한 그 사건과 관계 있으리라고 결코 생각할 수 없습니다. 확신하고 말할 수 있는 일입니다, 아가씨."
"어머나, 아가씨라고요?"
버지니아 그랜트가 나를 비웃고 있다는 것을 잘 알 수 있었다. 거기에는 나도 당혹하지 않을 수 없었다.
이 젊고 경박한 여자와 앤 메리웨더를 비교하여 볼 때 두 사람이 완전히 대조가 되는 것을 문득 깨달았다. 어째서 찰스 메리웨더가 아내보다 그녀를 더 좋아하게 되었는지 알 수 있을 것 같았다. 내가 보기에도 확실히 버지니아 그랜트에게는 뭐라고 말할 수 없는 과감한 성적 매력이 있고, 신중함이 없으며, 태도도 무심한 듯하여 끌리는 것을 느끼지만, 앤 메리웨더와 비교도 되지 않았다.
나는 화제를 바꾸어 말했다.
"그런데 찰스가 그 죽은 사나이를 알고 있었을 거라고 생각되지는 않습니까? 찰스가 그에 대해……."
버지니아 그랜트는 고개를 살래살래 흔들고 나를 빤히 쳐다보면서 눈을 깜빡거렸다. 버지니아 그랜트에 대해 또 한 가지 말해 두고 싶은 일이 있다. 그녀가 그 눈동자로 가만히 지켜보면 숨이 막힐 것 같다는 점이다.
"당신은 그 사람의 변호사지요? 어째서 그 사람에게 묻지 않나요?"

나는 얼른 대답했다.
"벌써 물었습니다."
"그럼, 그것으로 되었잖아요? 나에게 무엇을 바라시는 거지요? 경찰에 가서……."
나는 고개를 내저었다.
"아니, 좋습니다. 내가 이 사건 담당 경감에게 이야기해 두겠습니다. 그렇게 하면 그가 당신과 이야기하려고 찾아올 것입니다. 그런데 혹시 월요일 밤 당신들이 이리로 돌아왔을 때 누군가 본 사람은……."
이번에는 그녀가 정말로 웃기 시작했다.
"어머나, 어쩌면! 대체 우리가 지금 무엇을 하고 있다고 생각하시나요? 피이프 쇼라도 한다고 생각하시나요? 아무도 보지 않았어요. 다만 우리가 바에서 만났다는 것은 증명할 수 있어요. 3시쯤까지 거기에 있었거든요. 그러고 나서 이리로 돌아왔어요. 찰리는 차를 주차장에 세워두었으니까 그것을 본 사람을 찾아내는 것은 그다지 큰일이 아닐 거예요. 우유배달부는 4시 30분쯤 오고, 신문은 5시 30분쯤 배달되지요. 자동차는 그때도 그대로 있었어요. 그리고 또 이웃의 누군가가 우리가 이리로 오는 것을 보았거나 찰리가 나가는 것을 보았을지도 모르지요. 물론 그런 것은 경찰이 조사하겠지만……."
"그럴 겁니다." 나는 말했다.
버지니아 그랜트는 또 일어나서 불을 뒤적거렸다. 갑자기 그녀가 말했다.
"어머나, 큰일났군요. 커피를!"
그녀는 돌아서서 어깨 너머로 말하면서 방을 뛰어나갔다.
"깜박 잊었어요, 당신이 오셨을 때 올려놓은 채예요!"

부엌에서 그녀가 달그락거리는 소리가 들렸다. 한참 지나자 그녀가 말을 걸어왔다.
"내 심장보다도 더 새까맣네요. 물을 좀더 부으면 어떻게 될까? 어때요? 당신도 한잔하시겠어요?"
"주십시오." 내가 대답했다. "뭐든 내가 도와줄 수 있는 일이라도?"
"5분쯤 혼자 편하게 앉아 계세요. 2층에 가서 옷을 갈아입고 오겠어요."
접시가 달그락거리는 소리가 나고, 조금 지나자 2층으로 올라가는 발소리가 들려왔다. 문이 닫히는 소리도 들렸다.
나는 일어나서 방 안을 둘러보았다. 액자에 든 사진이 몇 개 놓인 테이블 쪽으로 걸어갔다. 무엇을 찾고 있는지 생각지도 않았고 깊이 파고들어 알려는 생각도 없이 그냥 무심히 사진을 뒤적이고 있었다. 사진은 버지니아 그랜트의 것이었으며 전문 사진가가 포즈를 취하게 하여 찍은 것으로 보였다. 그녀는 모델임에 틀림없다고 갑자기 생각되었다. 돌아서려고 했을 때 빨간 가죽 표지로 된 앨범이 눈에 띄었다.
나는 몇 장 넘겨 보았다. 사진은 모두 그녀였다. 전문 모델의 대표 포즈였다. 그런 다음 몇 장의 스냅 사진이 눈에 들어왔다. 맨 처음의 것은 버지니아와 찰스의 컬러 사진으로, 여름에 그녀 집 앞에서 찍은 것인 듯했다. 그밖에도 꽤 많았다. 스키 오두막에서 찍은 것도 있었다. 사진에서 보면 그녀와 찰스는 꽤 오래 사귀어온 모양으로, 서로 자주 만나는 것 같았다. 나는 남자의 불성실한 태도에 큰 충격을 받았다. 그리고 이 정사는 대체 얼마나 계속해 왔을까 하고 생각했다.
그녀가 내려오는 발소리가 들렸으므로 앨범을 닫으려고 하다가 나는 문득 손을 멈추었다.

내 눈은 한 장의 스냅 사진에 못박혀버렸다.

버지니아 그랜트가 그 사진에 있는 것은 물론이지만, 내가 주목한 것은 그녀가 아니었다. 그녀와 함께 찍힌 사나이. 그는 중키에 좀 여윈 듯했으며, 그다지 고급이 아닌 스포츠 코트에 앞으로 열어 입는 스웨터 셔츠를 입고, 흰 구두를 신은 모습이었다. 버지니아는 다리를 포개고 의자에 앉아 있고, 그 사나이는 그녀 곁에 꼭 붙어 앉아 팔을 그녀에게 돌려 앞에서 깍지끼고서 얼굴을 그녀의 얼굴에 꼭 대듯이 하고 카메라를 쳐다보는 모습이었다. 그의 눈이 카메라를 똑바로 보고 있는 것으로 미루어 이 사나이가 교활한 남자임을 그대로 알 수 있을 것 같은 표정이었다. 그는 두 손을 그녀의 유방 위에서 가지런히 포개었는데, 이 포즈는 두 사람이 보통 사이가 아님을 암시하는 효과를 주었다. 버지니아 그랜트는 무관심하게 조금 즐기는 듯했으며, 동시에 지루하고 심심한 듯한 표정을 떠올리고 있었다. 나는 문득 이 사진의 사나이를 전에 어디서 보았는지 생각해 냈다. 한 시간쯤 전 기데온 경감의 방에서 보았던 것이다. 경찰의 지명수배 사진에서. 존 하버였다. 코네티컷 주 경찰서의 시체대 위에 누워 있던 그 사나이의 사진이었다. 발소리가 가까이 다가왔으므로 얼른 앨범을 닫고 테이블에서 떨어졌다. 그녀가 은쟁반에 커피 잔과 포트와 과자를 담아 가지고 들어왔을 때 나는 벽에 걸린 복제화를 보고 있었다. 그녀는 짧은 플리츠 스커트에 목이 시원하게 파인 남자용 흰 실크 셔츠로 갈아입고, 긴 금발머리를 스카프로 묶은 차림이었다. 그녀는 긴의자 앞 커피 테이블에 쟁반을 놓았다. 그러고 나서 크림과 설탕을 넣겠느냐고 물었다.

나는 넣어 달라고 말했다.

"살해된 사나이는, 그는 몇 가지 별명이 있습니다. 경찰은 아마 그를 철저하게 조사할 것입니다. 과거까지 거슬러 올라가서."

"그래요?"

그녀는 조금 호기심을 느낀 듯이 나를 올려다보았으나, 수상하게 생각하는 것 같지는 않았다.

"그렇습니다. 만일 찰스나 당신이 그에 대해 알고 있다면 경찰이 알아내도록 내버려두기보다 자진해서 먼저 이야기하는 편이 좋을 것입니다."

나는 여기까지 말하고 그가 쓰던 다른 이름들을 말했다.

그녀는 결코 표정을 바꾸지 않았다.

"전혀 생각나는 일이 없어요." 그녀는 말했다. "그리고 아까도 말했지만, 찰리에게 물어보세요. 아무튼 그 사람은 내가 모르는 많은 사람을 알고 있으니까요. 찰리라면 알 만한 사람은 다 알고 있을 거예요. 찰리는 그 죽은 사람을 보지 않았던가요?"

"아니, 보았습니다." 나는 대답했다.

이번에는 그녀도 뭔가 희미한 의혹에 찬 표정으로 나를 쳐다보았다.

"내가 무얼 감추고 있다고 생각하시는 것 같군요." 그녀가 말했다.

버지니아 그랜트의 그 목소리는 완전히라고 해도 좋을 정도로 순진했으므로, 그 앨범의 사진을 조금 전에 본 것이 전혀 믿어지지 않았다. 나는 그것을 그녀에게 들이밀고 물어볼까 생각했으나, 곧 생각을 바꾸었다. 아까 말한 사나이의 이름과 다른 이름으로 사귀었는지도 모른다고 생각했기 때문이었다. 게다가 지금 신문에는 그 사나이의 사진이 나와 있지 않았다.

나는 방 안을 둘러보았으나 전화가 보이지 않았으므로 자신의 육감에 의지해 보기로 했다. 나는 말했다.

"부탁하고 싶은 일이 있는데, 미네올라의 낫소 경찰본부에 있는 기데온 경감에게 전화를 걸어주셨으면 합니다. 오늘 아침 신문을 보았노라고 말하고 그런 다음 그에게 알려줄 정보가 있다고 하십시오. 찰스 메리웨더 씨의 일요일 한밤중부터 월요일 아침 6시 사이의 알리바이를 알고 있다고 하면 됩니다."
버지니아 그랜트는 이상하다는 듯이 나를 쳐다보았다.
"어째서 당신이 말씀하시지 않나요?"
"당신이 직접 말하는 것이 경찰을 납득시킬 수 있을 거라고 생각되기 때문입니다. 그리고 경감에게 나와 이야기를 했다는 말은 하지 마십시오. 우리가 멋대로 말을 꾸며냈다고 생각하게 하고 싶지 않습니다."
그녀는 한참 생각하더니 눈을 들어 고개를 끄덕여 승낙했다.
"찰리를 위하는 일이라면 좋아요. 언제가 좋을까요?"
"빨리 할수록 좋습니다."
버지니아 그랜트는 커피 잔을 쟁반에 놓고 다시 일어섰다.
"좋아요, 빠르면 빠를수록 좋다니 지금 곧 하고 오겠어요."
내 예감이 옳았다. 전화는 2층 침실에 있었다.
그녀가 2층으로 올라가자 나는 곧 일어나서 곧장 테이블로 향했다. 조금 시간이 걸렸지만 버지니아 그랜트와 존 하버의 사진을 찾아냈다. 그것을 조심스럽게 앨범에서 떼어내 가슴주머니에 넣었다. 아직 2, 3분 여유가 있을 것 같았으므로 나는 대충 앨범의 나머지 부분을 급히 보았으나, 그 사나이의 사진은 더 이상 나오지 않았다. 내가 긴 의자에 앉자 그녀가 돌아왔다. 그녀는 싱긋이 웃고 있었다.
"사이렌을 울리면서라도 당장 날아오겠대요" 하고 그녀가 자랑스럽게 말했다.
"알겠습니다. 그렇다면 나는 이만 실례하기로 하겠습니다. 경감이 왔을 때 내가 없는 편이 좋을 테니까요."
나는 일어나서 그녀에게 커피를 잘 마셨노라고 인사했다.

그녀는 나를 문까지 배웅하면서 말했다.

"찰리는 언제 나올 수 있을까요?"

"그것은 경감이 당신 이야기를 어느 정도 신용하는지에 달렸습니다." 그러고 나서 나는 덧붙였다. "그러나 오래지 않아 곧 나올 수 있을 것입니다."

"그 사람을 만나시거든 안부 전해주세요."

10분 뒤, 나는 뉴욕을 향해 파크웨이를 달리고 있었다. 어째서인지는 분명치 않았지만, 진심으로 찰스 메리웨더에게 증오감을 느끼고 있었다. 그가 풀려나오도록 온 힘을 다하겠다는 마음에는 변함이 없었지만, 그가 자기 아내 몰래 한 그 행동을 용서할 생각은 들지 않았다.

앤을 생각하면 공포에 가까운 마음의 동요가 느껴졌다. 찰스의 일을 앤에게 이야기하지 않으면 안 되는 것이다. 그가 저 운명의 월요일 아침에 어디서 어떻게 지냈는가를. 쉬운 일이 아니다.

앤이 남편의 행위를 전혀 이상하게 생각하지 않은 것은 의심할 나위가 없다. 나는 두 사람이 언제나 함께 있는 것을 본 생각이 났다.

메리웨더 부부는 정말 잘 어울리는 한 쌍이었다. 물론 찰스는 자주 출장을 떠났다. 그러나 두 사람이 함께 있을 때는 말다툼을 한 일도 없거니와, 다른 친구 부부에게서 가끔 보는 그런 대수롭지 않은 입씨름조차 하지 않았다. 찰스는 몸집이 크고 명랑하며, 태평한 사나이다. 그의 행동에는 단 한 번도 남몰래 싸구려 정사를 벌이고 있는 듯한 태도를 볼 수 없었다. 솔직히 말해서 앤 메리웨더를 아내로 둔 사나이가 다른 여자를 생각하다니 이해할 수 없었다.

그런데 찰스 메리웨더는 분명히 뜻밖의 당치도 않은 정사를 벌이고 있었던 것이다. 그뿐 아니라 어쩌면 목숨을 빼앗기게 될지도 모르는 정사를 나누고 있었던 것이다. 그는 틀림없이 버지니아 그랜트와 함께 자기 아내에 대해 이야기했을 것이다. 틀림없이 아내에 대한 불평을 늘어놓았으리라. 앤은 죽은 아이에 대한 찰스의 격분을 꿈에도 생각하지 못하고 있을지도 모른다. 나 또한 아이에 대해 찰스가 병적일 정도로 집착하는 것은 알고 있었으나, 그가 정색하며 아이의 죽음을 앤의 책임으로 돌리고 있을 줄은 생각조차 못한 일이었다.

그렇다, 찰스는 나를 속이고 있었다. 모든 사람을 속이고 있었다, 그것도 완전하게.

찰스가 이토록 완전히 내 눈을 속이고 있었다면 앤도 혹시 나를……

그러나 나는 그 생각을 곧 취소했다. 설마 앤이……. 어이없는 생각이다. 그러나 아무래도 머리에서 떠나지 않았다. 기데온 경감의 그 심술궂은 빈정거림이 떠올랐다. 앤이 저 죽은 사나이를 알고 있을지도 모른다던 그 말이. 아무리 생각해도 어이가 없다. 그러나 누군가가 그를 알고 있는 것은 확실하다. 그 누군가란 바로 버지니아 그랜트, 다시 말해서 찰스 메리웨더의 정부인 것이다.

내가 그녀의 앨범에서 훔쳐낸 그 사진, 그 포즈. 그렇다, 틀림없이 그녀는 그 사나이를 알고 있다. 꽤 깊이 알고 있다. 문득 새로운 일이 마음에 떠올랐다.

그녀는 그를 잘 알고 있다. 두 사람은 사랑하는 연인 사이가 아니었을까? 확실히 그 사진은 누구든지 납득시킬 만한 친밀함을 담고 있었다. 그러니까 그 사나이, 존 하버라는 범죄자는 찰스가 나타나자 버림을 받았다고 생각될 수도 있다. 질투에 불타 찰스에게 접근한 것이 아닐까? 그리고 찰스는 아마도 자신의 몸을 지키기 위해 그를 죽인 것이라고 생각할 수 없을까?

경찰은 늦건 이르건 버지니아 그랜트와 존 하버의 관계를 알아낼 것이다. 지금 내가 하고 있는 것처럼 사실을 종합해 보면. 그리고 그 결과는?

 그 결과 꽤 확실하게 보이는 찰스 메리웨더의 알리바이가 아마도 소용 없게 될 것이다. 그의 정부의 증언에 모든 것이 걸려 있는 알리바이니까. 그리고 그 정부는 찰스가 그녀와 짜고 살해했을지도 모르는 사나이의 정부였을 가능성도 있는 셈이다.

 그렇다, 이렇게 생각하면 이야기가 들어맞는다. 모든 것이 납득된다. 그러나 어떤 이유로 이 생각은 택할 수 없었다. 분명히 말해서 믿을 수 없었던 것이다. 찰스 메리웨더는 나를 속였다. 완전히 내 눈을 속였다. 그러나 그가 자기 자동차 트렁크에 시체가 들어 있는 걸 보고 놀란 것 또한 사실임을 나는 알고 있었다. 만일 그가 시체를 그곳에 감추었다면 자동차 수리공에게 경찰관이 있는 데서 트렁크를 열게 하는 어리석은 짓은 하지 않았을 것이다. 어떻게든 구실을 꾸며 펑크난 채 어디 조용하고 사람이 없는 외진 곳에 차를 세우고 아무에게도 들키지 않도록 몰래 스페어 타이어로 바꾸어 끼웠을 것이다. 그는 주머니에 자동차 트렁크의 열쇠를 가지고 있었으니까. 아무리 생각해 봐도 도무지 알 수가 없었다.

 그러나, 우선 급히 해결해야 할 문제가 있었다. 그것은 앤에게 그녀의 남편이 싸구려 여자와 놀아나 그녀를 배신했다는 사실을 어떻게 설명할 것인가 하는 문제였다.

 1시 반을 조금 지나 뉴욕에 이르렀다. 나는 그 길로 곧 사무실로 향했다. 지금 내가 급히 처리해야 할 만한 일은 아무것도 없었다. 그래서 테일러 양과 1, 2분쯤 이야기한 뒤 내 방에 틀어박혔다. 나는 테일러 양에게 외부로 전화를 해달라고 부탁했다. 몇 년 동안 교제해 오고 있는 변호사에게 전화를 한 것이다. 클린튼 웰스라는 이름의 사나이로 나와 동급생이었다.

 클린튼 웰스는 범죄사건을 전문으로 다루는 정력적이고 원기 왕성한 변호사이다.

웰스는 나에게 필요한 정보를 가르쳐 주었다. 5분 뒤 나는 그가 소개해 준 남자와 연락할 수 있었다. 그 사나이의 이름은 호레스 글리츠라고 하며, 글리츠 탐정소를 경영하고 있었다. 그의 사무실은 내가 있는 데서 10분도 걸리지 않는 곳에 있었다. 그는 나와 그곳에서 곧 만나기로 약속해 주었다.

글리츠는 몸집이 작고 몸이 약해 보이는 나이든 사나이로, 사립탐정같이 보이지 않았다. 무게 있는 네모진 검은 테의 안경을 고대 로마의 귀족 같은 코에 절반쯤 걸쳐쓰고 있었다. 두꺼운 렌즈가 그를 부엉이처럼 보이게 했다.

그의 양복은 깔끔해 보이기는 했지만, 조금 닳아서 떨어지려고 했다. 구두는 곱게 닦았으나 뒤꿈치가 닳았다.

글리츠는 여윈 얼굴의 한쪽 뺨이 신경질적으로 떨리고, 끊임없이 담배를 피워댔다. 그의 사무실은 내 사무실보다 작고 빛바랬으며, 접수구에 있는 여자도 이 사무실과 마찬가지로 매우 권태롭고 기운없어 보였다.

만일 웰스가 소개해 준 사나이가 아니었다면, 그의 사무실을 한 번 보기만 하고도 일찌감치 달아나 버렸을 것이다.

나는 클린튼 웰스가 소개해 주었다는 것을 그에게 이야기했다. 그는 신경질적으로 고개를 끄덕였다.

"웰스 씨가 당신을 매우 칭찬하더군요. 당신이 전화를 주신 뒤 웰스 씨에게 전화를 해보았습니다."

글리츠는 나에게 의자를 권했다. 그도 내가 들어갔을 때 앉았던 큼직한 회전의자에 도로 앉았다.

우리는 서로 미소를 나누었다.

"클린튼에게도 설명했습니다만……." 하고 내가 먼저 말을 꺼냈다. "나는 지금 범죄사건에 관계하고 있습니다. 내가 전문으로 취급하는 일과 다른 일이지요. 그래서 이 사건에 관해 조사가 필요합니다."
"그 사건이라는 것을 말씀해 주실 수 있겠습니까?"
나는 고개를 끄덕였다. 이때도 만일 클린튼 웰스가 추천해 준 자가 아니었다면 나는 되돌아갔을 것이다. 글리츠는 내가 보기에 완전히 무능한 것 같이 생각되었던 것이다.
"실은 하버라는 사나이에 대해 알고 싶습니다. 존 하버. 그 사나이는 전과자입니다. 그는……."
"살해되었지요." 글리츠가 내 이야기를 가로채어 말했다.
나는 어안이 벙벙해서 그를 쳐다보았다. 글리츠는 웃으며 말했다.
"지금 막 라디오에서 들었습니다."
그는 새 같은 머리를 흔들며 방 한구석에 있는 구식 포터블 라디오를 가리켰다.
"지금 막 뉴스로 발표되었습니다. 그는 롱아일랜드에 살고 있는 세일즈맨의 자동차에서 발견되었다더군요. 당신은 그 세일즈맨의 변호사입니까?"
"그렇습니다."
나는 몸의 떨림을 느끼면서 글리츠에게 존경하는 마음을 갖기 시작했다.
"사건에 대해 대강 훑어본 결과를 말씀드리면, 당신에게 꼭 맞는 일이 될 것 같더군요." 하고 나서 글리츠는 덧붙였다. "될 수 있는 대로 자세히 이야기해 주시지 않겠습니까?"
"지금부터 이야기하는 것은 절대로 다른 사람에게 말하지 않았으면 합니다."
내가 이야기를 시작하려 하자 그가 다시 나를 가로막았다.

"아시겠습니까, 변호사님?" 글리츠는 마치 파리라도 쫓듯 하얀 손을 얼굴 앞에서 흔들며 말했다. "몇하시면 클린튼 웰스 씨에게 확인해 보셔도 좋습니다. 그리고 내가 일을 해준 당신과 마찬가지로 일류인 다른 어떤 변호사에게라도. 내가 다루는 일은 모두 기밀로 합니다. 절대로 입 밖에 내지 않습니다, 경찰에게도. 불법적인 일도 하지 않습니다. 그리고 하고 싶지 않은 일은 맡지 않습니다. 자세한 사실을 알 수 없으면, 어떤 조건이라도 거절하고 있습니다.

어떤 일인지 나에게 이야기해 주십시오, 하나도 빠짐없이. 그래서 사건이 탐나면 도와 드리기로 하지요. 그렇지 않으면 거절하겠습니다. 그러나 내가 일단 조사한 내용은 모두 당신에게만 갑니다. 어떻게 하시겠습니까?"

그래서 나는 글리츠에게 모든 이야기를 하기로 했다. 찰스 메리웨더가 세일즈 여행차 북쪽을 향해 가다가 자동차 트렁크에 죽은 사나이가 실려 있는 것이 발견되었다는 뉴스를 차 안에서 들은 그 맨 처음부터. 내 자신의 직관이나 추리는 전혀 말하지 않았다. 버지니아 그랜트에 대해서, 그리고 그녀를 방문한 일도 이야기했다.

이야기를 마치자 나는 훔쳐온 사진을 주머니에서 꺼내 책상 위에 놓았다.

"이것이 그 사나이고, 이 여자가 버지니아 그랜트입니다."

글리츠는 가늘고 긴 손가락을 교회의 뾰족탑처럼 세우더니 꼼짝도 하지 않고 앉아 있었다. 그는 사진을 들여다보지도 않았다.

"그렇다면 그녀가 당신에게 거짓말을 했거나, 다른 이름을 쓰는 그를 알고 있었거나 둘 중 하나겠지요. 아니면 당신의 의뢰인이 거짓말을 했거나……" 글리츠가 말했다.

"그것도 당신이 조사해 주셨으면 하는 일 가운데 한 가지입니다. 찰스 메리웨더 씨가 이 사나이를 알고 있었는지 어떤지 알고 싶습니다. 그리고 존 하버에 대해서도 될 수 있는 데까지 알고 싶습니다. 그에 대해 알아낼 수 있는 것은 모두. 그가 어느 정도로 버지니아 그랜트와 알고 있었는지, 최근 그녀를 만난 적이 있는지 그것도 알고 싶습니다. 또 버지니아 그랜트라는 여자에 대해서도 가능한 한 알고 싶습니다. 메리웨더 씨와 어느 정도로 사귀고 있는지……."
그는 한참 골똘히 생각에 잠겨 있더니 이야기하기 시작했다.
"그런데 당신이 모르는 편이 좋을 일이 생기면 어떻게 하시겠습니까?"
"알지 못하는 편이 좋았다고 생각될 일은 없을 겁니다. 메리웨더 부부는 나의 의뢰인일 뿐만 아니라 친구입니다. 찰스 메리웨더 씨가 이 살인과 관계 있다고는 도저히 믿을 수 없습니다."
"그러나 만일 내가 조사해 낸 일로서 당신이 잘못 생각했었다는 것을 알게 되면?"
"그래도 내 의뢰인임에는 변함이 없습니다. 그러나 나는 확신을 가지고……."
글리츠는 얼른 내 말을 가로막으며 일어섰다.
"당신이 아직 말씀하지 않은 일이 있는 것 같이 생각되는군요."
"뭐라고요?"
나는 그의 태도에 당황하며 항의하려고 했으나, 그가 급히 내 말을 가로막았다.
"아니, 아니, 오해하지 마십시오. 나는 굳이 당신이 알고 있는 일을 일부러 말씀하지 않았다는 뜻으로 한 말이 아닙니다. 당신이 잊어버리고 말하지 못한 것이 있는 것 같다는 말입니다.
  어떤 일이라도 좋습니다만, 전에 메리웨더 부부가 경찰에 관계된 일로 그 변호를 하신 일이 있으십니까? 두 사람 중 어느 쪽인가가 지금까지……."
 "그런 일은 없습니다." 나는 급히 말했다. "이번이 처음입니다."
 그때 문득 망설여지는 것을 느꼈다. 갑자기 요 몇 시간 동안에 고스란히 내 마음속에서 떨어져 나가 있던 어떤 일이 생각났던 것이다. 앤 메리웨더가 2주일쯤 전에 내 사무실을 찾아온 일이 생각났다. 그 맨 처음 방문, 그때 그녀의 생명에 가해진 위해에 대해 그녀에게서 들었었다.
 "아참, 잊어버린 것이 있습니다. 경찰과는 관계없을 것입니다만, 2주일 전 앤 메리웨더 부인이……."
 나는 그때 있었던 사건과 앤이 누구에겐지 살해될 것 같은 생각이 든다고 말한 사실을 이야기했다. 그녀가 나에게 이야기해 준 그대로 자세하게 들려주었다.
 그리고 앤이 오락실에 들어갔다가 누군가가 자신을 때려눕힌 그날 밤의 일도 이야기했다.
 "경찰은 누군가가 집에 있었다고는 생각할 수 없다면서 어둠 속이라 그녀가 걸려서 넘어졌을지도 모른다고 말했겠지요?"
 "그렇습니다. 그러나 나는 바로 그 옆에 있었습니다. 내가 더 잘 압니다. 현관 앞에서 자동차가 달려나가는 소리를 들었습니다. 메리웨더 부인은 침입자에게 맞고 쓰러진 것이 틀림없습니다."
 "물론 그렇겠지요. 그러나 그것이 그녀에게 상처를 입히기 위한 행동이었다고 지적할 만한 증거는 아무것도 없는 모양이군요. 게다가 세게 맞지도 않았고……. 아무튼 부인이 당신에게 의뢰한 사건 이야기는 경찰에 알리지 않았겠지요?"
 나는 어째서 경찰에 알리지 않았는가를 설명했다. 그녀가 경찰에도 알리지 말고 남편에게도 이야기하지 말고 부탁했다고 설명해 준 것이다.

내가 이야기를 끝내자 글리츠가 말했다.
"굉장한 부인이군요. 아주 대단합니다. 어찌되었든 나로서는 두 가지 사건 사이에 특별한 관계가 있었던 것으로 생각되지 않습니다. 그러나 이것을 조사하는 데 그러한 점도 고려에 넣고 시작하는 것이 좋겠지요.

어둠속에서 누군가가 메리웨더 부인을 때려눕힌 일이 있었으니만큼 부인이 당신에게 의뢰한 일을 기데온 경감에게 털어놓고 이야기하는 편이 좋지 않을까요? 아무튼 경찰은 조사가 매우 능하니까요. 우리들보다 나을 것입니다. 적어도 압력을 넣을 수도 있고, 사람의 일손도 넉넉하니까요."

"그렇게 한다 하더라도 우선 의뢰인의 허락을 얻은 다음에 하겠습니다. 오늘 오후 이제부터 부인을 만날 생각이니까 말입니다."

"그런데……" 하고 그가 말했다. "아직 메리웨더 부인이 있는 곳을 말해 주시지 않았지요?"

"그렇습니다." 나는 말했다.

"물론 알아야 할 필요는 없습니다. 당신이 알고 계시기만 하면 됩니다, 변호사님."

"그렇겠지요." 나는 대답했다.

"좋습니다. 그럼, 일에 착수하겠습니다. 그런데 비용은 하루 50달러와 약간의 잡비입니다. 특별히 색다른 잡비가 필요한 일이 생기면 알려 드리겠습니다. 그렇지 않으면 50달러와 식사비, 그리고 교통비만 지불하시면 됩니다. 괜찮겠지요?"

나는 좀 비싼 데 놀랐지만, 조금 주저했을 뿐 곧 고개를 끄덕여 동의했다. 내가 할 수 있는 일은 아무것도 없었던 것이다. 이 사나이가 꼭 필요했다. 웰스가 말했듯이 이 사나이가 우수하다면 어떠한 일이 있어도 필요한 것이다.

"그럼, 지금 당장 착수하겠습니다. 우선 불량배인 존 하버부터 시작하겠습니다. 오늘 밤까지는 뭔가 잡힐 것입니다. 연락은 어디로 하면 될까요?"

나는 내 사무실과 내 방의 전화번호를 가르쳐 주었다.

사무실을 나오자 나는 택시를 타고, 앤 메리웨더에게 가 있으라고 한 호텔 이름과 주소를 운전수에게 일러주었다.

8

나는 호텔 로비에 있는 구내 전화로 앤을 불러냈다. 그녀는 2, 3분 기다렸다가 방으로 와달라고 말했다. 엘리베이터를 타고 그녀를 만나기 위해 4층까지 올라가는 것이 좀 이상하게 느껴졌다. 어쩐지 배신자 같은 느낌이 들었다. 게다가 또 한 가지, 나는 지금까지 호텔 방에 있는 여자를 방문한 적이 없었다. 그래서 뭔가 부도덕한 짓을 하고 있는 것 같이 생각되었다. 지금 당장에라도 호텔 전속 탐정의 심문을 받을 것만 같았다. 만일 그런 사람이 이 호텔에 있다면 말이지만.

앤은 분명히 누워 있었던 모양이다. 왜냐하면 그녀가 문을 열었을 때 서둘러 화장을 하고 간단히 머리를 만진 것처럼 보였기 때문이다. 매우 지친 듯한 눈이었다. 아마도 잠을 이루지 못한 탓이리라. 그러나 앤은 꿋꿋하게 웃었다. 나를 안으로 들이자 화살을 쏘듯 질문을 퍼부었다. 찰스가 뭐라고 말했는지, 언제 그가 풀려나올 것인지, 경찰이 무엇을 찾아냈는지 하는 것 따위를 알고 싶어했다.

앤은 저녁 신문을 구해다 그 사건에 대한 최근 뉴스를 읽었음을 알 수 있었다.

"마실 것이라도 부탁할까요?" 하고 나는 그녀에게 말했다. 이제부터 이야기하려는 것은 알코올이 들어간 편이 훨씬 하기 쉬울 것이고, 앤에게도 필요했다.
"하지만 나는 지금 당장 알고 싶어요, 하워드." 앤이 안타깝게 말했다. "무슨 일이 일어났나요? 어떻게 된 거지요?"
"여러 가지 일이 있어났습니다, 앤." 나는 말했다. "이미 알고 계시겠지만, 경찰은 살해된 사나이의 신원을 알아냈습니다. 아직 찰스는 구치되어 있습니다만, 내일까지는 그가 풀려나오게 될 것입니다. 당신에게 이야기하고 싶은 것이 많습니다. 그러나 한잔 마시고 좀 마음이 누그러지기 전에는 아무 말도 하고 싶지 않습니다. 오늘 뭐든 식사를 좀 하셨습니까?"
"점심으로 샐러드를 주문했지만, 먹고 싶은 생각이 전혀 없었어요. 주문해 주셔도 좋아요. 하지만 나는 드라이 셰리로 해 주세요. 지금 그다지 센 술은 마시지 못해요."
"당신이 직접 주문하는 편이 좋을 겁니다." 나는 책상 위의 전화를 가리키며 말했다. "남자의 목소리면……."
그녀는 웃었다.
"당신이라는 분은 정말 빈틈이 없으시군요" 하고 앤은 또다시 웃었다. "좋아요. 무엇을 드시겠어요, 스카치 앤드 소다?"
"더블로 해 주십시오."
나는 종업원이 마실 것을 가져올 때까지 기다렸다가 천천히 이야기하기 시작했다.
"우선 처음에 말입니다, 앤" 하고 나는 말을 꺼냈다. "이제부터 말씀드리는 것은 당신에게 매우 충격이 될 거라고 말해야겠습니다. 그런 각오를 해 주셔야겠습니다."
앤은 놀라서 나를 올려다보았다.
"충격이 될 거라고요? 어쩌면, 설마 찰스가……."
"앤, 너무 걱정하지 마십시오."

나는 그녀를 안심시켰다.
"말씀드리지 않았습니까, 찰스는 내일 아침까지는 석방될 것이라고."
"그럼, 경찰은 범인을 잡았나 보군요, 그렇지요?"
나는 팔을 들어 그녀의 이야기를 중단시켰다.
"앤, 내 이야기를 다 들은 다음에 말하십시오."
나는 잠깐 시간을 두었다. 앤은 호기심을 느껴 나를 말끄러미 지켜보고 있었다. 나는 이윽고 말하기 시작했다.
"이야기하기 전에 다시 한 번 물어보고 싶은 것이 한 가지 있습니다. 당신은 찰스가 일요일 밤, 그러니까 다시 말해서 월요일 아침 몇 시에 돌아왔는지 아십니까?"
앤은 고개를 크게 가로저었다.
"전에도 말씀드렸잖아요, 하워드. 찰스는 저녁에 일찍 나갔어요. 나는 수면제를 먹고 잠자리에 들어갔고요. 월요일 아침 6시까지 깨어나지 못했어요. 그 시간에 찰스는 이미 일어나서 옷을 입고 어깨를 흔들어 나를 깨우더니 다녀오겠다고 말했어요. 나는 죽은 사람처럼 잤어요. 찰스가 언제 들어왔는지도 몰라요. 전혀 모르겠어요. 한밤중이 지나서였다는 것 정도는 알지만……."
나는 고개를 끄덕였다.
"알겠습니다. 그런데 아시는 바와 같이 경찰에서는 그 사나이가 한밤중부터 새벽 6시 사이에 살해되었다고 보고 있습니다. 아마도 3시 지나서였다고 말입니다. 물론 그것을 확증할 수는 없습니다만. 지금 찰스의 모든 변호는 한밤중에서 새벽 6시 사이의 알리바이 증명에 달려 있습니다. 내가 어떻게 해서든지……."
앤은 고개를 저었다.
"알겠어요, 하워드. 알고 있어요. 그가 들어왔을 때 내가 깨어났다고 말할 수 있으면 좋겠습니다만……. 거짓말하려고 하면 할 수도 있겠지만, 나는 거짓말이 서투르거든요."

"어떤 일이 있어도 거짓말을 해서는 안 됩니다." 나는 말했다. "어떤 일이 있어도, 이런 일에는 익숙하지 못하지만, 한 가지만은 분명히 알 수 있습니다. 이런 일에서 절대로 해서 안 되는 건 거짓말이라는 것. 경찰은 그러한 말에는……."

"거짓말 탐지기 말이군요?"

"네, 그런 것입니다. 그러니까 거짓말은 문제도 되지 않습니다. 어찌되었든 그것은……."

나는 한순간 망설여져서 눈길을 떨어뜨렸다. 그녀의 얼굴을 똑바로 보며 이야기할 수가 없었다.

"어쨌든 거짓말을 할 필요는 없습니다. 찰스에게는 알리바이가 있었습니다. 확실한 알리바이가."

앤은 눈을 커다랗게 뜨고 놀라서 나를 쳐다보았다.

"찰스에게 알리바이가?"

"그렇습니다, 그와 함께 있었던 사람이 있습니다. 밤 12시에서 아침 6시까지."

"찰스는 누군가와 함께 있었군요."

앤의 얼굴이 갑자기 밝아지며 안도의 한숨이 새어 나왔다.

"그렇다면, 그렇다면 문제 없어요. 그런데 어째서 그런 말을 해주지 않았을까요? 어째서 그이와 이야기했을 때 곧……."

나는 이것은 간단하지 않겠구나 하고 생각했다.

"앤!"

나는 일어나서 긴의자 쪽으로 걸어가 그녀 옆에 앉았다. 나는 앤의 손을 잡았다.

"앤, 당신에게는 매우 유쾌하지 못한 말을 해야 하겠습니다. 찰스는 여자와 함께 있었던 것입니다."

그녀는 갑자기 몸이 굳어지며 얼굴이 새파래졌다. 나에게로 돌아앉더니 믿어지지 않는 듯 뚫어지게 나를 지켜보았다.

"무슨 말씀이에요, 하워드? 무슨 말이에요? 찰스가 여자와……."

"이야기한 그대로입니다, 앤." 나는 거듭 말했다. "유쾌하지 못한 일이지만, 끝내는 밝혀지고 말 겁니다. 만일 찰스가 무죄를 증명하려고 한다면 말입니다. 찰스는 어떤 여자와 하룻밤 함께 지냈습니다."

잠시 동안 앤은 아무 말도 하지 못하고 앉아 나를 지켜보았다. 그런 다음 손을 앞으로 내밀어 셰리를 집어 들더니 단숨에 들이마셨다.

"믿어지지 않아요." 앤이 간신히 말했다. "정말로 믿어지지 않아요. 어째서……."

"사실인 이상 어쩔 수 없는 일입니다, 앤." 나는 말했다.

"찰스 자신이 직접 나에게 이야기해 준 일입니다. 게다가 그 아가씨와도 이야기했습니다. 찰스를 면회한 뒤 만났습니다."

"아가씨? 여자라고 하셨잖아요?"

"네, 여자입니다. 젊은 여자. 이름은 그랜트, 버지니아 그랜트였습니다. 헌팅턴에 살고 있더군요. 그 이름으로 무언가 생각나는 일이 있습니까?"

"한 잔 더 마시겠어요."

앤은 벌떡 일어나더니 방을 가로질러가서 전화로 종업원을 불렀다. 마실 것을 주문하면서도 앤의 목소리는 떨리지 않았다. 그녀는 스카치 더블을 두 잔 부탁했다.

그녀는 주문을 끝낸 뒤 앉지도 않고 방 한가운데에 선 채 나를 쳐다보았다.

"그 일에 대해 이야기해 주실 수 있겠어요, 하워드?"

"앤, 앤, 말하지 않을 수만 있다면 하고 싶지 않습니다. 그편이 차라리……."
"부디 이야기해 주세요, 무엇이든지 다 빠짐없이. 알고 싶어요."
나는 어깨를 움츠렸다.
"말씀드린 바와 같이 찰스는 그 여자와 토요일 밤에 만났습니다. 그렇습니다. 그는 당신에게 말했듯이 클럽에 가서 브리지를 했습니다. 그러나 그 뒤 자동차로 헌팅턴의 술집으로 가서 거기서 그 여자와 만났습니다. 잠시 술을 마신 뒤 그 여자의 집으로 갔습니다. 그는 그날 밤 그녀와 함께 지냈습니다. 6시쯤 그곳을 나와 집으로 돌아가서 당신을 깨웠을 겁니다. 뭐라고 해야 할지…… 다만……."
"나도 그래요."
앤의 목소리는 조용하고 단조로웠다. 얼굴에는 아무 감정도 나타나 있지 않았다. 정말 평온하고 억눌린 표정이었다. 그녀가 이처럼 조용히 받아들이는 것보다는 크게 소리지르거나 우는 편이 얼마나 더 후련할까 생각하지 않을 수 없었다.
"찰스가 직접 당신에게 이야기할 수 있었더라면 좋았을 텐데……."
"찰스가 말하려고 했다면 할 수 있었을 거예요." 앤이 말했다. "그러나 이야기하지 않았어요. 자, 어서 그 다음을 이야기해 주세요. 그 여자에 대한 것 말이에요. 아가씨였나요? 이야기해 주세요. 몇 살쯤 되었지요? 어쩌려고……."
"만나기 시작한 지 4, 5개월 되었음이 분명했습니다. 어느 정도로 진지한 사이인지는 모르겠습니다. 그러나 존 하버라는 사나이가 살해된 무렵, 찰스가 그 여자와 함께 있었다는 것은 알고 있습니다. 게다가……."

문을 두드리는 소리가 들렸다. 그래서 나는 이야기를 끊고 문으로 가서 마실 것을 가져온 종업원을 안으로 들어오게 했다.
그녀는 앉은 채 천천히 시간을 들여 마셨다. 그 동안 한 마디도 하지 않았다. 손이 떨리지도 않았고, 얼굴에도 전혀 아무 표정이 없었다. 얼굴빛이 창백하고 눈을 커다랗게 떴을 뿐 마음속으로 무엇과 싸우고 있는지도 알 수 없었다. 한참 뒤 앤은 머리를 들고 이야기했다.
"그 아가씨는 예쁘던가요?"
"뭐라고 하셨지요, 앤?"
"그 여자가 예쁘더냐고 물었어요, 하워드."
나는 머뭇거리면서 고개를 저었다.
"예쁘기는 했지만, 경박해 보였습니다" 하고 나는 마지못하여 말했다. "하지만 앤, 그녀는 당신과 상대도 되지 않는 하찮은 여자입니다. 부평초 같은 여자지요. 어째서 찰스가 당신 같은 여자를 부인으로 두고 있으면서 그런 여자에게 반했는지 이상할 정도였습니다. 정말로……."
앤은 얼굴을 나에게로 돌리고 희미하게 웃었다. 그녀는 손을 앞으로 내밀더니 내 손을 꼭 잡았다. 앤이 중얼거리듯 말했다.
"다정하시군요, 하워드. 하지만 내 기분까지 짐작하고 마음 써주시지 않아도 돼요. 지금까지 여러 가지 일이 있었으니 앞으로 한두 가지 더 늘어난다 하더라도 괜찮아요. 나는 놀랐어요. 마음도 상했고, 조금 불쾌한 느낌이 들기도 해요. 찰스가 여자에게 약하다는 것은 알고 있었어요. 언제나 파티 같은 데서 여자에게 듣기 좋은 말을 곧잘 하여 인기를 끌고 싶어한다는 것은 당신도 아실 거예요. 하지만 설마 이런 일이……."
앤은 갑자기 이야기를 멈추었다. 알아들을 수 없을 만큼 나직한 소리로 울고 있었다. 그녀는 스카치를 집어들어 단숨에 마셨다. 술잔을 놓을 때 목이 메었다. 갑자기 그녀는 발딱 일어나 댄스의 스텝을 밟듯 걸으며 내 쪽으로 고개를 돌려 나를 쳐다보았다.

"그랬군요! 그랬었군요. 남편은 나를 계속 속여왔고, 나는 아무것도 모르는 불쌍한 아내였어요. 하지만 고맙게 생각해야겠지요. 적어도 그 사람은 사람을 죽인 살인자는 아니었으니까요."

앤은 쓸쓸하게 웃었다. 나도 일어나 그녀 쪽으로 다가가서 그녀의 팔을 잡았다.

"자, 앤."

앤은 몸을 뺐다.

"나에 대해서는 아무 염려하시지 않아도 돼요." 그녀의 목소리는 매우 긴장했으며 흥분되어 있었다. "나는 괜찮아요. 이제 무슨 일이 있어도 끄떡없어요. 그래요, 이것으로 한 가지 알았어요."

"무엇을 알았습니까?"

앤은 돌아서서 나를 빤히 바라보았다. 그녀의 눈동자에 갑자기 싸늘한 빛이 깃들었다.

"돈에 대한 일이에요."

"돈?"

앤은 대답 대신 고개를 끄덕였다.

"네, 얼마 전에 찰스의 은행 통장을 우연히 봤어요. 그이는 예금하고 있었거든요. 사실은 우리 둘의 이름으로. 하지만 그것을 쓴 일도 없었거니와 조사해 볼 생각도 없었어요. 그런데 그리 오래 전 일은 아니지만, 우연히 통장을 발견했어요. 이렇다 할 이유도 없이 무심코 안을 펴보고 나는 몹시 놀랐지요.

최근에 와서 찰스는 두 번이나 많은 돈을 찾았더군요. 한 달쯤 전에. 한 번은 2천 달러 또 한 번은 3천 달러였어요."

나는 당혹하며 그녀를 바라보았다.
"이유를 물어보았습니까?"
앤은 고개를 저었다.
"아니요, 아무것도 묻지 않았어요. 돈에 대해서는 찰스에게 모두 맡기고 간섭한 일이 없어요. 그이는 청구서나 돈에 대한 걸 물으면 싫어하거든요. 그래서 나는 아무 말도 하지 않았어요. 하지만 이상하다고는 생각했어요. 아마 주식이라도 사고 싶어서 찾았겠지 하고 생각했지요. 그런데 그 여자에게 주기 위해서였군요."
"앤, 그 통장이 지금 여기 있습니까?"
앤은 고개를 끄덕였다.
"네, 지금 갖고 있어요. 어젯밤 짐을 꾸릴 때 그 통장과 금고 열쇠, 그리고 내 예금통장을 핸드백에 넣어가지고 왔어요. 다른 사람에게 보이고 싶지 않았기 때문이에요."
"그 통장을 좀 보여주시겠습니까?"
"좋아요."
앤은 침실로 들어가더니 곧 돌아와서 나에게 웨스트베리 은행의 이름이 박힌 작고 검은 통장을 내밀었다.
나는 통장을 펴보았다. 1만 4천 달러의 잔고가 맨 먼저 눈에 띄었다. 그런 다음 찾아 쓴 금액을 살펴보았다.
찰스 메리웨더는 10월 28일에 2천 달러를 꺼냈다. 그런 다음 또 11월 15일에 3천 달러를 찾았다. 나는 통장을 그녀에게 되돌려주었다.
"아마 찰스는 이 이유를 이야기해 줄 수 있을 겁니다."
그러자 앤이 내 말을 얼른 가로막았다.
"내 심정을 이해해 주시지 않아도 괜찮아요. 자, 다시 그 여자에게로 이야기를 돌리도록 해요. 그랜트 양이라고 하셨나요? 그 여자는 찰스가 그녀하고 하룻밤 같이 있었다는 것을 증언해 주겠지요?"

앤은 이런 표현을 해야 하는 일에 어깨를 떨었다.

"증언해 줄 겁니다."

"그렇다면 그가 결백하다는 것이 증명되겠군요? 적어도 경찰에 관한 한."

"아마 그렇겠지요." 내가 말했다. "살인이 행해졌을 무렵의 알리바이는 될 겁니다. 그렇지만 어째서 죽은 사람이 자동차 트렁크에 들어 있었느냐 하는 데 대한 설명이 되지는 않습니다. 게다가 그 때문에 또 한 가지 다른 관점에서 이 사건을 볼 수가 있습니다. 기데온 경감——당신도 기억하실 겁니다. 코네티컷까지 자동차로 데려다준 경감 말입니다——이 당신과 이야기하고 싶어합니다. 아직도 묻고 싶은 일이 있는 모양입니다."

"아직도요? 어째서 나 같은 사람에게…… 나는 모든 것을 다……"

"압니다, 앤. 하지만 아시겠습니까? 지금 이야기한 일로 이 사건을 새로운 각도에서 볼 수 있게 된 겁니다. 경찰은 그 사나이가 월요일 아침에 살해되었다고 확신하고 있습니다. 그리고 시체가 찰스의 자동차 트렁크에 옮겨졌다는 것도, 또 그 차가 3시부터 6시 사이에 차고에 있었다는 것도 확실합니다. 그러므로……."

"그렇지만 그것이 어떻게 해서……." 앤은 이해할 수 없다는 듯이 말했다.

"모르시겠습니까?" 나는 그녀의 말을 가로막고 말했다.

"앤, 만일 찰스가 정말 그 시간에 집에 없었고, 그리고 당신이 집에 있었다고 하면……."

이번에는 과연 앤도 이해가 되었는지 갑자기 놀라움과 충격에 사로

잡혔다.

"어머나, 설마 경찰은 내가, 내가 한 일이라고······."

"침착하십시오, 앤! 자, 여기 앉아서 내 이야기를 들으셔야 합니다. 이것은 경찰의 생각이라는 것을 아셔야 합니다.

 남자가 살해되었다, 누군가가 자동차 트렁크에 그 시체를 감추었다, 게다가 차고의 쓰레기통 속에 흉기를 버렸다. 그런데 당신은 이 일이 일어나는 동안 집에 있었습니다. 지금으로서는 당신 외에 또 집에 있었던 사람이 없습니다. 그렇게 되면 당연히 경찰에서는 ······."

"하지만 하워드!" 앤은 나에게로 돌아앉아 내 두 손을 단단히 잡고 말했다. "하워드, 아까도 말했잖아요. 나는 잠들어 있었어요. 넴뷰탈을 두 알이나 먹고 잤기 때문에 전혀 의식이 없었지요. 찰스가 집을 나가기 전에 나에게 주었어요."

"압니다, 앤. 물론 그 말씀이 맞겠지요. 그러나 문제는······. 그런데 약을 처방한 의사의 이름을 가르쳐 주시겠습니까? 그리고······."

"카를로스 매크릭스 선생이에요. 글렌 콥에 살고 계시지요. 그분은 약이 나에게 어떤 작용을 미치는지 아실 거예요. 약은 아주 잘 들었어요."

나는 이름을 써넣은 다음 말했다.

"그리고 앤, 또 한 가지 있습니다. 당신이 완전히 의식이 없었다고 합시다. 그 사나이는 당신 집에 들어갔습니다. 적어도 차고에 들어갔습니다. 거기서 사살되었습니다. 아니, 어쩌면 밖에서 살해되었을지도 모릅니다. 그러나 살해되어 세단 트렁크에 처박힌 것만은 확실합니다. 차고문이나 집의 현관문은 밖에서 열 수 있습니까?"

"차고문은 잠겨 있지 않았을 거예요." 앤이 고개를 갸웃거리며 대답했다. "차고에서 집으로 들어가는 문이 있지만 그것은 잠겨 있었어요. 하지만 곁쇠가 있어요. 바닥의 매트 밑에 넣어 두었지요. 집으로 이어지는 문의 차고 쪽이에요. 어떤 사고로 열쇠를 집에 두고 잠갔을 때를 위해서……."

"누가 그것을 알고 있습니까?"

"어머나, 나도 알고 물론 찰스도 알아요. 그러나 다른 사람은 모를 거라고 생각해요. 하지만 이웃에 사는 사람이나 친구들 가운데 우리가 그것을 쓰는 것을 본 사람이라면……. 아무튼 전혀 보지도 알지도 못하는 사람은 알 리가 없어요."

"도무지 이해할 수 없는 일은" 하고 내가 말했다. "이 사나이, 다시 말해서 존 하버가 어떻든 당신 집에 침입하여 누구에겐가 살해되었는데, 어째서 개가 전혀……."

"정말이지 그 개는……." 그녀가 말했다. "그런 개를 사다니, 찰스도 정말 어떻게 되었었나 봐요. 덩치만 큰 아기예요. 누구든 잘 따르지요. 사실 그 개가 짖어대는 상대는 나 한 사람뿐이에요. 여자를 싫어하나 봐요."

나는 생각이 나서 고개를 끄덕였다.

"네, 당신 말씀이 맞습니다. 나로서는 도무지 모르겠군요. 누군가가 그 사나이를 집 밖에서 살해하여 시체를 차고로 끌고 들어가 트렁크에 넣었음이 틀림없다고 생각합니다. 그러나 어째서 하필이면 당신네 집과 자동차를 택했는지……."

나는 문득 입을 다물었다. 생각이 났던 것이다. 매우 중요한 일이 생각난 것이다. 살인자가 메리웨더 부부의 집을 택한 것이 우연이 아니라고 생각될 만한 일이.

"하워드, 왜 그러세요?"

나는 앤을 보고 어떻게 할까 망설였으나, 그녀에게 모든 것을 이야기하지 않는 것이 오히려 언짢은 결과를 가져올지도 모른다고 생각했다. 나는 마음을 정하고 말했다.

"이 사나이, 존 하버, 그는 버지니아 그랜트의 친구입니다. 꽤 친한 사이였던 것 같습니다. 어쩌면 사랑하는 연인이었을지도 모릅니다."

앤은 입술에 떠오르는 혐오감을 감출 수가 없었다. 천천히 그녀는 고개를 내저었다. 앤은 자신에게 묻는 것처럼 말했다.

"찰스는 정말 그런 여자와 사귀어 대체 어쩔 생각이었을까요? 그런 여자하고……."

"앤, 문제는 당신의 일입니다. 경찰은 당신과 만나게 해주기를 강경하게 요구하고 있습니다. 그러나 나는 아직 만날 시기가 아니라고 생각합니다. 그렇다고 이대로 있을 수는 없습니다. 경찰은 당신을 만날 필요가 생겼습니다. 게다가 그 권총에 대해서도 알고 싶어 할 것입니다. 살인에 사용된 찰스의 권총 말입니다. 그런데 당신은 그 총이 언제 사용되었는지 아십니까? 어디에 보관되어 있었으며, 만약 가지고 나갔다면……."

"나는 찰스가 총을 많이 가지고 있다는 것 정도밖에 몰라요." 앤은 침착하게 말했다. "아무튼 그는 총을 수집하고 있었으니까요. 그것을 서재의 벽장에 넣어 두었어요. 물론 열쇠로 잠그기는 했지만, 곧잘 열쇠를 꽂아둔 채 그냥 두곤 했지요. 나는 그것이 어느 총인지 전혀 짐작도 할 수 없어요. 총에 대해서는 그다지 잘 몰라요. 찰스는 나에게 관심을 갖게 하려고 했어요. 한 번인가 두 번쯤 사격연습을 위해 시골로 끌려가기는 했지만, 나는 그다지 즐겁지 않았어요."

"그 총은 케이스에서 갖고 나간 것이라고 생각되지 않습니까?" 나는 궁금해서 물었다. "다시 말해서 상당히 오래 전에 갖고 나갔는데 당신이 알아차리지 못하신 게 아닙니까?"

"내가 아는 한 그것은 있을 수 있는 일이에요. 찰스는 알아차렸지만 그대로 잊어버렸을지도 모르지요."

나는 자리에서 일어나 기지개를 켰다. 녹초가 되도록 지쳐 있었다. 술도 거의 바닥이 났다.

"그럼, 이쯤에서 잠시 이야기를 그치기로 합시다. 밖에 나가 식사라도 하고 좀 쉬도록 할까요?"

앤은 고개를 가로저었다.

"나가고 싶지 않아요, 하워드. 종업원에게 전화해서 뭣 좀 가져다 달라고 부탁할 수 없을까요? 오늘 저녁에는 아무 데도 가고 싶지 않아요."

나도 그 말에 찬성했다.

"좋습니다, 앤. 그러나 마지막으로 또 한 가지 해두어야 할 일이 있습니다. 내일 시간을 보아 경찰에 가서 경감을 만나야 할 겁니다. 그렇게 하기 전에 먼저 그에게 이야기해도 좋은 것과 해서는 안 될 것을 의논해 두고 싶습니다."

그녀는 눈을 커다랗게 뜨고 나를 쳐다보았다.

"이야기해서 안 될 일이라고요?"

나는 고개를 끄덕였다.

"그렇습니다, 앤. 경감은 당신에게 정신없이 질문을 퍼부어 별별일을 다 알려고 할 것입니다. 당신에 대해서, 찰스에 대해서, 당신이 지금까지 알고 지내온 모든 사람에 대해서, 당신이 지금까지 한 일에 대해서."

"하지만 대체 무슨 이야기를 하면 되지요?" 앤이 불안한 듯이 물었다.

"글쎄요……. 한두 주일쯤 전에 있었던 그 사건 말입니다. 당신에게 위해를 주려고 한 그 사건. 아직……."

앤은 나를 빤히 쳐다보았다. 그 얼굴에 뭐라고 표현할 수 없는 실망이 떠올랐다.
"하워드! 하워드, 설마 당신은……."
끝까지 말할 필요는 없었다. 나는 앤에게 바싹 다가가 그녀를 품에 안고 그녀의 눈동자를 들여다보았다. 나는 가만히 말했다.
"앤, 진정해요! 나는 당신이 한 말을 조금도 의심한 적이 없습니다. 그러나 기억하십니까? 나는 당신에게 그 사건이 있었을 때 곧 경찰에 알리도록 권했습니다만, 당신은 반대했습니다. 당신은 찰스가 그 일을 알아 걱정하게 만들고 싶지 않다고 했습니다. 당신은……."
"찰스가 걱정하든 말든 이제는 아무렇게도 생각하지 않아요." 앤은 냉담하게 말했다.
"그런데 경찰에서는 그 사실에 대해 당신이 지금까지 아무 말도 하지 않았으므로 조금 당혹할 겁니다. 그러니까 되도록이면……."
"지금 경찰에 이야기해야 한다는 말씀이군요?" 앤이 물었다.
"그렇소, 앤. 아시겠습니까, 당신이 알고 있는 사실을 모두 다 이야기해야 합니다. 뭐든지 다. 감추려고 해서는 안 됩니다."
갑자기 그녀가 내 곁으로 가까이 다가오더니 두 손을 쳐들어 코트의 깃을 잡았다. 발끝으로 서서 내 얼굴을 뚫어지게 바라보더니 앞으로 몸을 기대왔다. 앤의 입술이 내 입술에 부드럽게 닿았다.
어느 틈에 나는 앤에게로 팔을 돌리고 있었다. 나는 무슨 일이 일어났는지 도무지 알 수가 없었다. 순간 앤은 흐느껴 울면서 몸을 떼었다.
"하워드! 아아, 하워드! 당신은 정말 좋은 사람이에요. 당신이 계시지 않았더라면 나는 어떻게 해야 할지 알 수 없었을 거예요."

내가 앤 메리웨더와 헤어진 것은 10시가 지나서였다. 나는 녹초가 되어 있었다. 롱아일랜드로 돌아가서 따뜻한 잠자리에 들어가 열다섯 시간쯤 자고 싶었다. 그러나 나는 이런저런 핑계로 뉴욕을 떠날 수가 없었다. 사무실로 가서 긴의자에 누워야겠다고 생각했다. 나는 아침 일찍 일어나 있고 싶었다.

야간경비원이 안으로 들어가게 해주고 화물용 엘리베이터를 쓰게 해주었다. 사무실 문을 열고 책상 앞으로 가자 테일러 양이 나에게 남겨놓은 메모가 있었다. 기데온 경감에게서 여러 번 전화가 걸려와 연락해 달라고 했다는 것이었다. 그밖에 그다지 중요하게 생각되는 것은 없었다. 칸막이 뒤에 있는 세면기로 가서 이를 닦았다. 면도할 필요가 있었으나 아침까지 기다렸다가 전기면도기로 수염을 깎기로 했다.

바깥쪽 긴의자에 누우려다가 글리츠가 가입해 있는 응답 서비스를 통해 그에게 전화를 걸어볼까 하는 생각이 들었다.

교환수에게 내 이름을 말하자, 마침 연락이 왔었다고 말했다. 글리츠는 자정이 되기 전에 연락을 받았을 경우의 전화번호를 일러두었다.

나는 다이얼을 돌렸다.
글리츠는 아직 자지 않고 있었다.
"당신 친구이신 기데온 경감을 우연히 만났습니다." 그는 순간적으로 말했다. "쇼세트의 바를 겸한 그릴에 와 있었습니다. 버지니아 그랜트와 당신 의뢰인이 곧잘 만나던 곳입니다. 나는 그가 누군지 알지 못했습니다만, 기데온 경감이 내가 바텐더에게 여러 가지 묻고 있는 것을 엿들은 모양입니다. 그러나 그가 나에게 말을 걸어올 때까지 여러 가지 일을 알았습니다. 버지니아 그랜트와 메리웨더 씨는 그곳을 만나는 장소로 쓰고 있었습니다. 벌써 여러 달 그곳에서 만난 모양이었습니다."

"네, 나도 그러리라고 생각했습니다."

"그러나 그뿐만이 아닙니다." 글리츠가 말했다. "우리들의 친구 존 하버도 그곳에 자주 나타난 모양입니다. 이제까지 알아낸 바에 따르면, 그 마권(馬券) 장수 역시 그곳을 중요한 근거지로 삼았던 듯싶습니다. 그 사나이와 버지니아 그랜트는 틀림없이 친구였던 것 같습니다. 언제나 같이 놀러다녔다니까요. 그런 점에서 버지니아 그랜트를 메리웨더 씨에게 소개해준 것은 하버였을 겁니다. 주위 사람들의 이야기에 따르면 세 사람 다 사이가 좋았다고 합니다."

"기데온 경감은 그것을 알고 있었습니까?"

"물론입니다." 글리츠는 서슴지 않고 대답했다. "이미 말씀드리지 않았습니까, 경찰은 바보가 아니라고. 늦건 이르건 언젠가는 모든 것을 찾아내고 맙니다. 아무튼 요점은 이렇습니다. 메리웨더 씨와 존 하버는 분명히 서로 잘 아는 사이였다는 것, 당신의 의뢰인은 그와 곧잘 내기를 했다는 것, 그러니까 메리웨더 씨는 당신에게 거짓말을 했다는 이야기가 될 것 같습니다."

나는 한참 동안 아무 말도 할 수가 없었다. 대답할 여지가 없었던 것이다.

한참 만에야 나는 가까스로 입을 열었다.

"그와 메리웨더 씨 사이에 서로 공통된 점이 무엇이었을까요?"

그러자 글리츠는 곧 내 말을 가로막았다.

"적어도 여자가 있습니다. 조사 결과 메리웨더 씨와 그녀가 다정한 사이가 되었을 때도 그들 사이에는 아무 싸움이나 말다툼이 일어나지 않은 모양입니다. 누구에게 물어보아도 당신 의뢰인과 하버는 사이가 좋았다는 것이었습니다. 의뢰인을 만나 그 점이 어찌된 일인지 다시 물어보는 게 좋을 듯싶습니다. 또 한 가지, 기데온 경감이 메리웨더 씨가 피살된 사나이를 알고 있었던 사실을 알아낸 이상 당신 의뢰인을 보석금으로 나오게 하는 것은 상당히 어려울 것 같습니다."

그 뒤 우리는 2, 3분 서로 이야기를 나누었으나, 끝머리가 되자 무의미한 이야기밖에 없었다는 것을 인정하지 않을 수 없다. 나는 자신이 대체 어떤 입장에 놓여 있는지 알 수가 없었다. 끝으로 나는 글리츠에게 가능하면 하버가 최근 큰돈을 입수했는지 어떤지 조사해 주었으면 좋겠다고 부탁했다. 나는 찰스가 두 번 많은 돈을 찾아낸 날짜를 일러주었다. 글리츠가 아무것도 묻지 않았으므로 나는 마음에 걸리는 일을 그에게 이야기하기가 망설여졌다. 의뢰인이 협박을 받아 그에게 돈을 주었을지도 모른다는 의문을 말하고 싶지 않았던 것이다.

"이제부터는 일이 쉬워질 것 같습니다" 하고 글리츠는 전화를 끊기 전에 말했다. "기데온 경감은 사립탐정이 자기가 담당하고 있는 사건에 고개를 들이밀어도 그다지 신경쓰지 않는 것 같더군요. 그리고 나는 경감에게서 당신께 전해달라는 부탁을 받았습니다. 되도록 빨리 메리웨더 부인을 경찰에 출두시키는 편이 좋다는 말을. 그렇지 않으면 부인을 지명수배라도 할 듯한 말투였습니다. 그다지 호의를 갖고 있지 않는 것 같더군요."

그 뒤로도 2, 3분 더 이야기를 나눈 다음 나는 내일 오후에 다시 연락하겠노라고 말하고 전화기를 내려놓았다.

그런 다음 미네올라의 경찰본부에 전화를 했다. 기데온 경감이 자리에 없으며, 이미 오늘은 나타날 것 같지 않다는 말을 들었으나 그다지 놀라지 않았다. 그는 적어도 밤에는 제대로 잘 만한 양식을 가지고 있는 모양이다. 나는 그에게 내 이름과 전해줄 말을 부탁했다.

내일 아침 11시에 메리웨더 부인을 데리고 가겠다고 말해 두었던 것이다.

9

이튿날 아침 10시에 나는 찰스 메리웨더와 면회했다. 그전에 앤 메리웨더에게 전화하여 11시에 미네올라의 군청에서 만나기로 약속해 두었다. 택시를 타고 오도록, 또 혼자 오는 편이 아무래도 좋으리라고 말해 두었다. 기데온 경감에게 내가 메리웨더 부인을 숨겨두었다는 인상을 갖게 하고 싶지 않았기 때문이다.

의뢰인을 면회하는 데는 아무 귀찮은 일도 없었다. 찰스는 휴식을 취했던 모양으로 어제 이야기할 때보다 상당히 침착을 되찾고 있었다. 그는 곧 석방하는 데 대해 어떤 방법을 취했는가 물었다. 나는 그에게 이야기했다.

"오늘 이제부터 보석을 신청하겠소. 그러나 잘 될지 어떨지는 전혀 모르겠소. 지방검사는 틀림없이 이 신청에 맞서 올 것이오. 전에도 충고했지만 경찰은 굉장히 열을 올리고 있소. 결정적이라고 생각될 만한 증거를 상당히 모은 모양이오. 찰스, 화내지 말고 들어주시오." 나는 계속해서 말했다. "당신이 나에게 어떤 사실을 말하지 않고 숨긴 것은 큰 잘못이었소."

"사실을 숨겼다고요?"

"그렇소, 찰스. 우선 존 하버라는 사나이요. 경찰은 당신과 버지니아 그랜트라는 여자가 그 사나이를 알고 있었다는 것을 밝혀냈소. 대체 어쩔 생각으로 그런 일을 숨겼소? 반드시 밝혀지리라는 것을 몰랐단 말이오?"

"지니가 경찰에 이야기했소?"

찰스가 성급하게 물었다.

"아니오." 나는 대답했다. "적어도 그녀는 나와 이야기할 때 전혀 모르는 사람이라고 했소. 그러나 부정해 보아야 사실은 어디까지나 사실이오."

찰스가 놀라거나 당혹하리라고 생각했는데, 그것은 잘못 짚은 일이었다. 그는 조금 어깨를 으쓱했을 뿐이었다.

"그야 뭐……." 그가 우물쭈물 말했다. "그를 알기는 했지만 잘 아는 사이는 아니었소. 그는 마권장수로 가끔 내기를 한 적은 있지만, 거의 전화로 일을 끝냈지요. 실제로 얼굴을 마주 대한 것은 두서너 번이었다고 생각하오. 그러므로 시체를 보았을 때 그라는 것을 알아보지 못했던 거요."

나는 그를 날카롭게 쏘아보았다.

"그 이야기를 나중에 번복하거나 하지는 않겠지요?"

"무슨 말이오, 하워드! 그렇게 화내지 마시오. 물론 번복할 리가 없지요. 정말이오. 그 사나이에 대해서는 거의 알지 못하오. 그와 아무 관계도 없소."

"찰스, 무엇보다도 중요한 것은 당신이 진실을 이야기해 주는 일이오. 만일 당신을 변호하게 되면, 될 수 있는 한 무엇이든 다 알아두어야만 하오. 지방검사가 이용하는 정보에 맞설 수 있도록 해야만 하는 거요." 나는 좀 강경하게 말했다.

"그래, 당신이 알고 싶다는 것이 무엇이오?"

"하버와 버지니아 그랜트는 전에 서로 사랑하는 연인이었지요?"

내가 묻자 그는 홱 몸을 돌려 나를 노려보았다.

"그런 일은 없소!" 그의 목소리에는 노여움이 담겨 있었다. "어떤 근거에서 그런 생각을 했지요?"

"내가 생각한 일이 아니오. 그러나 만일 경찰이 깊이 파고들어가서 그들이 그런 사이였다는 것을 알게 되면, 결과가 어떻게 되는지 당신도 알 것이오."

"넌센스요!" 그가 말했다. "둘은 서로 아는 사이였겠지요. 그뿐이오. 그는 마권장수로 지니와 내가 이따금 술을 마시러 가면 마권을 팔려고 오곤 했소. 그뿐이었소!"

"알겠소, 찰스!" 나는 참다 못해 말했다. "그러나 사태가 얼마나 심각한지 알아주었으면 좋겠소. 그건 그렇고, 하버와 내기를 했다고 했는데……."

"대개는 전화로 끝냈소" 하고 그가 내 말을 가로막았다.

"아아, 그 이야기는 아까 들었지요. 그런데 내기 금액이 컸었나요? 다시 말해서 금액이 큰 것이었소? 당신이 크게 져서 하버에게 꽤 많은 돈을 내준 일이 있었소?"

찰스는 고개를 저었다.

"피너츠 값 정도였소." 그는 아무렇지도 않게 대답했다. "겨우 2달러에서 5달러 정도였지요. 큰 내기를 한 일은 없소."

"말해 두겠소만, 찰스. 만일 당신이 큰 내기를 했다가 상당한 금액의 돈을 그 사나이에게 주었거나, 주어야 할 빚이 있다면 반드시 어떤 기록이 있어 밝혀지게 마련이오."

메리웨더는 고개를 가로저었다.

"나는 2, 3달러 정도밖에 건 일이 없소. 아마 내기한 돈을 모두 합친다고 해도 백 달러도 되지 않을 거요."

"그러면 버지니아 그랜트 양인데, 그녀는……."

"아니오." 그는 말했다. "어떤 관계가 있는지 나로선 모르지만, 그녀는 큰 내기를 한 적도 없거니와 많은 금액의 돈을 진 일도 없소."

"그럼, 또 한 가지 묻고 싶소. 좋은 일은 아니지만 법정에서 같은 질문에 대답해야 할 경우도 있을 테니까 미리 끝내 두는 편이 좋겠소. 당신은 버지니아 그랜트라는 여자와 살림을 차렸소? 바꾸어 말하면 당신이 그녀를 먹여살렸는가 말이오?"
그가 다시 고개를 저었다.
"절대로 그런 일은 없소. 그녀를 만나기는 했소. 서로 좋아했으니까. 그뿐이었소. 그녀는 모델로서 정기로 일하고 있소. 사실 상당한 벌이요. 물론 그녀에게 간단한 선물이나 포터블 라디오, 꽃다발을 주었거나 저녁 식사를 한턱 낸 일은 있소. 그러나 그녀를 먹여살린 일은 없으며 돈을 준 일도 없었소."
"그녀에게 돈을 빌려준 일도 없었소? 꽤 많은 금액의 돈을 말이오."
"아주 조금도 없었소." 찰스는 완강하게 말했다. "전혀 그런 관계가 아니었단 말이오."
나는 그 자리에서 예금통장과 두 번이나 많은 금액의 돈을 찾아낸 사실을 말하고 싶었으나, 그만두기로 했다. 찰스 메리웨더는 나에게 숨기는 일이 상당히 있다고 느꼈다.
찰스 메리웨더는 아직도 크게 신경쓰지 않는 모양이었다. 알리바이가 있으니까 그것으로 충분하다고 생각하는 모양이었다. 보석이 각하(却下)되기 전까지는 아무 이야기도 하지 않으리라고 나는 생각했다. 그렇게 되면 자기 입장이 곤란하다는 것을 알아차리고 협력하게 될 것이다.
찰스 메리웨더는 내가 버지니아 그랜트와 이야기한 내용을 물었으므로 그때 일을 자세하게 들려주었다. 그러나 앨범에 대한 일이며 내가 떼어내온 사진에 대해서는 말하지 않았다. 그는 얼굴을 붉히지도 않고 앤에 대해 물었다. 이제 한 시간쯤 지나면 앤은 기데온 경감을 만나러 올 것이라고 이야기했다.
"대체 경찰이 앤에게 무슨 볼일이 있다는 거지요?" 그가 물었다.
나는 그의 철없음에 조금 놀랐다.

"글쎄요, 어찌되었든 그녀는 밤새도록 집에 있었소. 경찰 생각에 의하면, 그 사나이는 당신 집에서 살해된 것이 거의 분명하오. 그런데 만일 당신 이야기가 진실이어서 이 사건과 당신이 아무런 관계가 없다고 한다면, 경찰은 범죄가 일어났을 무렵 그 부근에 있었던 사람 누구에게든 관심을 가질 것이오."

"그러나 경찰은" 찰스는 거침없이 말했다. "수면제에 대한 것을 알고 있소. 게다가 앤은 그 사나이에 대해 들어본 일도 없거니와 알고 있을 리도 없소. 어째서 경찰이 그런 바보 같은 일을……."

"경찰들은 누군가가 그를 사살하고 시체를 자동차 트렁크에 넣었다는 것밖에 알지 못하오. 단서라면 어떤 것이라도 그에 따라 수사를 계속해야만 하오. 그리고 지금……."

"지금으로서는 아무 단서도 없다는 말일 테지요?" 그가 나 대신 말했다. "그래서 곤란한 거로군요. 아무 단서도 없기 때문에."

"그렇게 간단히 말할 수는 없소, 찰스. 아무튼 이제 가봐야겠소. 앤이 기데온 경감을 만날 때 함께 있겠다고 약속했으니까요."

경감은 매우 정중했다. 그는 앤 메리웨더에게 질문하는 동안 내가 함께 있는 것을 반대하지 않았으며, 태도도 솔직하고 숨김이 없었다. 그의 사무실에는 다른 사람은 아무도 없었다. 지방검사로 보이는 사람도 속기사도 없었다. 그는 우리를 불러들였을 때도 태도가 공손했으며, 앤에게 의자를 권했다. 놀랍게도 경감은 그녀가 숨었던 일에 대해서도 나무라지 않았다.

"일부러 이렇게 나오시라고 해서 죄송합니다, 메리웨더 부인." 그는 우리에게 인사를 하며 말했다. "메리웨더 씨가 보석을 신청하신 것은 알고 있고, 오늘 오후 그 결정이 확실해지기 전에 부인과 이야기를 나눌 수 있어서 다행이라고 생각합니다."

앤은 내 쪽을 보면서 고개를 끄덕였다.
"메리웨더 부인은 할 수 있는 일이라면 협력하겠다고 하십니다."
내가 옆에서 말했다. 경감은 우리 두 사람에게 눈길을 보내지 않고 창문 쪽을 보면서 말했다. "그런데 실은 참으로 말씀드리기 곤란한 일입니다만, 메리웨더 씨의 보석 결정에 우리는 절대로 반대하게 될 것 같습니다. 왜냐하면……."
경감은 그 다음 말을 계속하기가 어려운 듯이 힘들어 했다. 그러나 이윽고 마음을 돌리고 이야기하기 시작했다.
"지방검사는 메리웨더 씨를 일급살인죄로 기소하게 되었습니다."
앤이 숨가쁜 소리를 지르며 의자에서 벌떡 일어나려고 했다. 나도 놀랐다는 것을 인정해야 할 것이다, 그래서는 안 되었겠지만.
"하지만……." 앤이 말했다. "하지만 경감님, 남편에게는 그 사건이 일어났을 무렵의 알리바이가 엄연히 있어요."
앤은 이 말을 하면서 얼굴을 붉혔다. 나는 그녀의 곤혹을 알 수 있어 기분이 언짢았다.
"메리웨더 씨에게는 확실히 알리바이가 있습니다." 경감이 말했다. "그러나 불행히도 지방검사는 부인께서 생각하시는 것만큼 완전하게 보고 있지 않습니다. 기소할 것인지 어떤지는 내 권한 밖의 일이므로 뭐라고 말씀드릴 수가 없군요. 내가 할 일은 오직 수사를 하는 것뿐입니다. 또 그 때문에 부인과 이야기를 나누고 싶었던 것입니다. 나는 아직 이 사건에 대해 밝혀지지 않은 일이 상당히 많다고 보고 있습니다. 메리웨더 부인, 부인의 남편께서 죽은 사나이를 알고 있었다는 사실을 아십니까?"
앤은 정신나간 표정으로 나를 쳐다보았다.
"찰스가 알고 있었다고요?"
"네, 메리웨더 씨는 그 사나이를 알고 있었습니다. 뿐만 아니라 하버가 그를 공갈하고 있었다고 생각되는 점도 있습니다."
 "공갈이라고요!" 앤의 목소리는 놀라움을 감출 수가 없는 듯했다. "설마……. 믿어지지 않아요. 어째서……."
 "그다지 이해하기 어려운 일은 아닙니다, 부인." 경감은 매우 차분한 목소리로 점잖게 말하며 그녀를 똑바로 쳐다보았다. "그런데 부인은 메리웨더 씨가 그랜트라는 여자와 관계하는 사실을 눈치채고 있었습니까?"
 만일 기데온 경감이 앤을 이 질문으로 놀라게 할 생각이었다면 실망했을 것이다. 왜냐하면 앤이 그 말에 대답했을 때 표정에 아무 변화도 일어나지 않았으며 주저하지도 않았기 때문이다.
 "전혀 몰랐어요. 남편에게 여자가 있었다는 것도 어제 오후 나의 변호사님이……."
 그녀는 문득 말을 끊고 나에게 고개를 끄덕여 보였다.
 "이에츠 씨께서 일요일 밤, 아니, 월요일 아침이었던가요? 남편이 그 여자와 함께 있었다고 말을 해주시기 전까지는 전혀 몰랐어요."
 그녀는 창백한 얼굴로 이야기했지만 목소리는 매우 차분했다.
 "나는 남편이 진정이었다고 생각되지 않아요."
 기네온 경감은 고개를 끄덕였다.
 "그 말씀이 맞을지도 모릅니다. 그러나 그 두 사람이 꽤 오랫동안 사귀어온 사이라는 것을 알았습니다. 하버가 그 관계를 알고 있었다는 것도 알아냈습니다. 그래서 하버가 그 관계를 당신에게 이야기하겠다고 메리웨더 씨를 협박하여 돈을 빼앗아낸 것 같다고 생각되는 점이 퍽 많습니다. 그렇게 되면 사람을 죽일 동기로서는……."
 "찰스는 살인을 할 만한 사람이 아니에요!" 앤이 말했다. "믿어주세요. 그렇지 않아요. 더욱이 그런 이유로 살인을 하다니, 생각할 수도 없어요. 나를 보호하기 위해서라든가 정당방위였다면 그런 일도 있을 수 있겠지요. 그러나……."
앤은 뭔가 호소하는 것처럼 나를 보았다.
"기데온 씨." 나는 앤의 뒤를 이어 말했다. "메리웨더 부인께서 어떤 일을 당신께 말씀드려야 할 때가 온 것 같습니다. 이 사건과 관계가 있는지 없는지 모르겠습니다만, 이야기해 두는 편이 좋을 듯합니다. 이 사건이 일어났을 때 당신에게 이야기하지 않았던 것을 죄송스럽게 생각하고 있습니다."
"무슨 일입니까?"
기데온 경감은 의아한 눈으로 나를 쳐다본 다음 앤을 돌아보았다.
"이에츠 씨는 이 일이 처음 일어났을 때 경찰에 알려야 한다고 말씀하셨어요." 앤이 말하기 시작했다. "그러나 나는 바보같이 그 충고를 들으려고 하지 않았지요. 물론 지금도 그것이 어떤 의미를 갖는지는 모르지만, 아무튼 그 일을 경찰에 알려야 한다는 데 동의했어요. 그 사건은 지금부터 2주일쯤 전에 일어났어요. 내가 집에 혼자 있을 때의 일인데……."
앤은 천천히 주의깊게 그 사건의 자세한 부분에 이르기까지 생각해내면서 이야기를 계속했다. 생명을 위협받은 일부터 시작하여 나에게 와서 충고를 바랐던 일까지 하나도 남김 없이 이야기했다.
경감은 앉아서 잠자코 듣고 있었다. 얼굴은 완전히 표정이 없었다. 이 이야기에 대해 그가 어떻게 반응하고 있는지 알 수 없었지만, 나로서는 앤 메리웨더가 그 사건을 이야기하는 것을 들으면서 경감이 이것을 진지하게 받아들이지 않을 수 없으리라고 생각했다. 이야기를 다 끝내자 기데온 경감은 앤에게 몇 가지 질문을 했다.
그녀가 단골로 진찰받는 의사라든가, 조금이라도 그녀와 관계 있는 사람의 이름도 물었다. 앤이 이야기하고 있는 동안 몇 번인가 메모를 하더니 끝으로 질문을 마치자 나에게 눈길을 돌렸다.
"이런 일은 좀더 빨리 말씀해 주셨더라면 좋았을 텐데……. 솔직히 말해서 이 일에 어떤 뜻이 담겨 있는지 아직 말할 수 없습니다만, 아무튼 조사하도록 시키겠습니다."
나중에 앤은 모든 것이 끝나자, 페얼론에 있는 자기 집으로 돌아가고 싶다고 말했다. 기데온 경감은 나와 단둘이 이야기하고 싶은 일이 있으니까 2, 3분 동안 시간을 내 주면 고맙겠다고 말했다.
"지금의 이야기에 대해서는" 경감이 말했다. "물론 조사를 시키겠습니다만, 실제로 어느 정도 밝혀질지 의문입니다. 아무튼 이 일은 지방검사와도 의논해 보겠습니다. 그러나 미리 충고해 둡니다만, 이 이야기를 믿을지 어떨지……."
"어째서, 대체 어째서 그가 믿지 않는다는 겁니까?" 내가 대들 듯이 말했다.
"그것이 말입니다……." 경감은 어깨를 으쓱해 보이며 말했다.
그때 문득 나는 경감 자신도 앤의 이야기를 전혀 믿지 않는다는 사실을 알았다.
"이렇게 늦어진 다음에는 지어낸 이야기로밖에 들리지 않거든요. 지방검사가 어떤 반응을 보일지 나로서는 손에 놓고 보는 것처럼 잘 알 수 있습니다."
"그렇지만 기데온 씨."
내가 항의하려고 하자 기데온 경감은 한 손을 들어 나를 가로막았다.
"그렇다고 해서 당신이 이 이야기를 꾸며냈다고 말하는 것은 아닙니다. 다만 지방검사의 반응을 이야기하고 있는 것입니다. 검사는 지금 확증을 잡았다고 믿고 있습니다. 검사의 추리에 의하면 이렇게 됩니다.

메리웨더 씨가 부인 이외의 여자와 관계하는 사실을 하버가 알아내고, 그는 당신 의뢰인을 공갈 협박했습니다. 그래서 메리웨더 씨는 그를 살해했습니다. 하버를 자기 집으로, 적어도 차고까지 어떻게 살살 꾀어서 불러들였습니다. 아마 돈을 주겠다고 했을 겁니다. 그런 다음 그를 쏘아 죽이고, 시체를 세일즈 여행을 하는 도중 적당히 처리하기 위해 자동차 트렁크에 넣었습니다. 파크웨이에서 펑크가 난 데다 주경찰관까지 오게 된 것은 그야말로 불운이었습니다. 그러니 아무래도 유죄라고 생각되지 않을 수 없을 겁니다. 특히 그의 알리바이의 증인이 정사의 상대이고 보면, 법정에 나가더라도 피고에게 유리하도록 증언할 것이 분명하니까요.

아무튼 이 밖에 이 사건에 대해 어떤 가설을 세울 수 있겠습니까? 메리웨더 부인의 증언은 조사해 보았습니다. 부인이 단골로 다니는 의사를 만나 부인이 수면제를 복용한다는 사실도 확인했습니다.

그 사나이가 살해되었을 때 한지붕 밑에 잠들어 있으면서 전혀 잠이 깨지 않았다는 것도 알고 있습니다. 부인과 살해된 사나이 사이에는 전혀 아무런 관계도 알아낼 수 없었습니다.

누군가가 그를 살해하고 시체를 자동차 트렁크에 처넣은 것은 틀림없는 사실입니다. 그리고 지금 메리웨더 씨가 그 사실을 완전히 시인하고 있습니다. 따라서 메리웨더 부인이 생명의 위협을 받았다는 이야기를 새삼스럽게 들고 나왔다 하더라도, 사람들의 주의를 다른 곳으로 돌리기 위한 것이라고밖에 생각할 수 없지 않을까요?"

실제로 나로서는 아무 말도 할 수가 없었다.

"그러니까 기데온 씨." 나는 가까스로 이야기의 실마리를 잡았다. "당신의 논리라기보다는 그 지방검사의 논리가 옳다고 치고 말입니다, 결국 나의 의뢰인은 공갈협박을 받아 그 사나이를 죽였다는 거지요? 그 경우에는 정상을 참작할 여지가 있지 않을까요? 그것이 일급살인죄가 되지는 않겠지요?"
"그 점에 대해서는 나로서도 뭐라고 말할 수가 없습니다." 기데온 경감이 딱 잘라 말했다. "내 권한 밖의 일입니다. 그러나 이 말만은 할 수 있습니다. 만일 내가 피고의 변호인이고, 내 의뢰인이 유죄이며 공갈이라는 범죄를 저지른 강력한 동기가 있는 경우, 나라면 의뢰인에게 진실을 이야기하도록 충고하여 죄가 가벼워지도록 말하고, 그런 다음에는 법정의 판단에 맡기겠습니다."
"당신은 나의 의뢰인이 유죄라고 가정하고 하시는 말씀이겠지요?"
"그렇습니다, 그렇게 가정하고 하는 이야기입니다." 경감은 침착한 목소리로 말했다.

보석 신청이 기각되어 찰스 메리웨더는 매우 실망했다. 나는 어떻게 해서든지 그의 마음을 가라앉히려고 애썼지만, 그의 용기를 불러일으키도록 할 만한 일은 아무것도 말해 줄 수가 없었다.
"어떻게 하더라도 나를 유죄로 만들 수는 없소." 찰스 메리웨더는 말했다. "그러나 그런 일은 지금 문제가 되지 않소. 나는 여기서 나가고 싶소. 그것도 되도록 빨리."
"찰스, 여기서 나갈 기회는 없소. 지금과 같은 상태로는 말이오. 내가 당신의 협력을 열망하고 있는 것은 그 때문이오. 아무리 작은 일이라도 이야기해 주는 것이 이 사건에 도움이 되오."
"나는 당신에게 내가 무죄라는 걸 이야기해 왔을 거요. 그 사나이를 죽인 일도 없으며, 어째서 시체가 내 자동차 속에 들어 있었는지 나로서는 도무지 알 수 없는 일이라는 것도 이야기했을 거요.

그 사나이가 살해되었을 무렵, 나는 지니 그랜트와 함께 있었소. 그녀가 신께 맹세코 그렇게 증언해 줄 것이오. 경찰은 상황증거밖에 잡지 못했소. 내가 죽이지 않은 이상, 내가 했다고 증명할 수는 없을 것이오. 그러니까 여기서 빨리 나갈 수 있도록 당신이 힘써 주었으면 하오. 그리고 그 동안에 증인을 찾아 주면 좋겠소. 당신은 내가 곧잘 브리지를 같이하던 사람들을 알고 있겠지요? 그 가운데 나와 바에서 만난 사람을 찾아 내 주지 않겠소? 만일 돈이 문제라면, 우리 회사가 내 상태를 보려고 사람을 보냈는데 백 퍼센트 나를 후원해 주겠다고 약속했소. 그리고 필요하다면 내 쪽에서도 몇천 달러, 경우에 따라서는 적어도 1만에서 1만 2천 달러는 마련할 수 있소."

나는 지금으로서는 그런 금액의 돈이 필요하지 않지만, 어느 정도 경비가 필요하게 될 것이라고 말해 두었다.

"그런데 다시 한 번 당신에게 충고하고 싶소. 일급 범죄전문 변호사를 고용했으면 하오. 물론 나는 최선을 다하고 있다고 생각하지만, 그러나 이 방면에서 가장 뛰어난……."

찰스는 손을 저어 그 생각을 거부했다.

"안 되오! 그 생각에는 찬성할 수 없소. 만일 내가 유죄라면 찬성할지도 모르오. 그렇다면 이 방면에서 가장 유능한 변호사가 필요할 것이오. 그러나 지금 그런 변호사를 부탁한다면 은근히 유죄임을 인정하는 것이 되오. 그렇게는 할 수 없소.

나는 범죄를 저지른 기억이 없소. 그러므로 내가 범죄를 저질렀다고 경찰이 증명할 수는 없는 일 아니겠소? 그러니까 아예 전문 변호사는 도외시하는 편이 좋다고 생각하오. 손써야 할 일은 당신이 모두 해줄 거라고 나는 확신하고 있소."

나는 그 점에 대해서 그가 잘못 생각하고 있다고 지적했지만, 이대로 계속하는 데에는 동의했다.

그러고 나서 며칠 동안은 거의 아무 일도 일어나지 않았다. 얼마쯤의 시간은 사무실의 판에 박힌 일상 사무로 보내야만 했다. 앤과는 꼭 한 번 전화로 이야기했을 뿐이었다. 내가 충고했지만 그녀는 페얼론에 돌아와 있었다. 그러나 집 안에 틀어박혀 초인종이 울려도 나오지 않았고 전화 벨이 울려도 받지 않았다. 앤은 다음 주일에 전화하겠다고 말했다.

찰스가 정식으로 기소되자 신문들은 이 사건에 얼마 동안 흥미를 잃었다. 한 사나흘 동안 기데온 경감은 어디론가 사라져버린 모양으로, 글리츠 외에는 아무에게서도 소식을 들을 수 없었다. 그러나 글리츠는 다른 무위를 보충해 주고도 남았다. 그는 도무지 지칠 줄 모르는 사나이로, 내가 사무실에서 나오기 전 저녁마다 반드시 전화로 보고하든가 그가 직접 사무실에 들러 진행상황을 설명해 주었다. 이 사나이는 경찰본부에 정보망이 있는 모양으로, 경찰 조사가 어떻게 진행되고 있는지 정확하게 파악하고 있는 것 같았다.

"경찰 수사는 꽤 진전되어 있습니다" 하고 글리츠가 어느 날 마침 사무실을 잠그고 돌아가려는 참에 들러서 말했다. "그 살해된 사나이가 정말로 메리웨더 씨의 집에 있었다는 사실을 알아냈습니다. 적어도 그 차고나 오락실에 있었던 것은 확실합니다. 들은 바에 의하면 그 두 곳에서 지문이 검출되었답니다. 경찰은 그 어느 쪽인가에서 그 사나이가 사살된 것으로 보고 있는데, 오락실 쪽을 더 유력하게 보고 있는 것 같습니다."

"그러나 그렇다면 아무도 총소리를 듣지 못했다는 사실을 어떻게 설명하려는 생각일까요?"

"메리웨더 씨 댁의 오락실에 들어가보셨습니까?"

"가끔 들어갔지요" 하고 나는 대답했다.

"그렇다면 메리웨더 씨가 스테레오 광이라는 점을 아실 겁니다. 강력한 스테레오 시설을 해놓고, 레코드 수집도 아주 굉장합니다. 스테레오 광들이 대개 그렇지만 메리웨더 씨도 될 수 있는 대로 음악을 커다랗게 틀어놓고 들을 수 있도록 방에 방음장치를 해놓았습니다. 창문을 두꺼운 방장으로 가리거나 해서 말입니다. 경찰이 하버가 그 오락실에서 사살되었다고 확신하는 것도 그 때문입니다. 밖에서는 전혀 총소리가 들리지 않았을 것입니다. 메리웨더 부인 역시 만일 수면제를 먹지 않았다 하더라도 그 총소리를 듣지 못했을 것입니다. 더욱이 사나이의 복부에 총을 쏘았기 때문에 소리가 들리지 않았을 거라는 말입니다.

지방검사가 논고에서 어떻게 나올지 자세히 말할 수는 없지만, 대체로 예상할 수는 있습니다. 메리웨더 씨가 협박을 받아 하버에게 그 월요일 아침 일찍 몇 시쯤 집에 오도록 미리 준비했다고 주장할 것입니다. 경찰에서는 메리웨더 씨가 부인에게 수면제를 준 것도 그 때문이었다고 믿고 있습니다. 아마도 그들은 버지니아 그랜트라는 여자가 이 계획에 한 역할을 맡아서, 미리 그녀와 의논하여 알리바이를 꾸며두었다고 증명할 생각일 겁니다. 결국 자신이 타고 간 자동차를 그 여자네 집 주차장에 남겨두어서 알리바이를 실증하고, 집에는 그녀의 자동차로 돌아와 거기서 하버를 만났다고 말입니다.

메리웨더 씨는 하버를 살해한 다음 시체를 세단 트렁크에 넣어 세일즈 여행을 하다가 뉴잉글랜드 어디엔가에서 시체를 처치하려는 계획이었다고 말입니다. 일을 끝낸 다음 버지니아 그랜트의 자동차로 다시 헌팅턴에 있는 그녀의 집 근처까지 되돌아가 몇 시간인지 그녀와 함께 지냈습니다."

"분명히 잘되어 있군요." 내가 불쑥 말했다. "하지만 몇 가지 구멍이 있습니다. 사실 구멍투성이지요. 협박받은 것을 실증할 만한 증거가 아무것도 없소. 게다가……."
"협박건은 필요 없습니다." 글리츠가 말했다. "그 그랜트라는 여자의 경력을 조사하고 있으니까요. 지금쯤 경찰은 그녀가 일찍이 하버와 단순한 친구 이상의 관계였다는 것을 알아냈을 겁니다. 내가 조사한 바에 의하면 두 사람 사이에 어떤 관계가 있었든지 그것은 완전히 끝났으므로, 하버나 메리웨더 씨가 서로 질투하는 일은 없었을 것입니다. 그러나 지방검사는 그 일을 들고 나오지 않을 것이고, 그런 일을 믿을 필요도 없을 것입니다. 지방검사는 동기에 중점을 두고 가능한 한의 동기를 찾아내겠지요. 협박의 선보다는 오히려 이쪽에 더 힘을 기울일 것입니다."
글리츠는 한참 동안 말을 끊고 있었다. 이윽고 그는 의자에 깊숙이 몸을 파묻으며 매우 지루한 듯한 단조로운 목소리로 이야기를 계속했다.
"나는 경찰이 아직 알아내지 못했으리라 생각되는 사실을 한 가지 포착했습니다. 하버가 2천 달러나 되는 큰 돈을 메리웨더 씨가 그 돈을 찾은 시기에 손에 넣었더군요. 그는 뉴저지에서 있었던 주사위 도박에서 돈다발을 꺼내 보이며 자랑했습니다. 우연의 일치라고 말할 수도 있겠지만, 그 현금을 당신 의뢰인에게서 받았다고 생각되는 점이 몇 가지 있습니다.
메리웨더 씨는 경마에서 졌다고 말하는 모양인데, 그 점이 좀 이상합니다. 내가 조사한 바에 따르면 메리웨더 씨는 큰 돈을 노름에 걸 사람이 아닙니다. 그와 마찬가지로 하버도 조무래기 마권장수로, 20달러 이상 거는 일은 절대로 없었습니다. 그러므로 그가 꺼내 보이며 자랑한 돈다발은 도박에서 이긴 게 아니라는 점이 확실합니다."

"당신 이야기는 모두 이롭지 못한 것 투성이군요. 대체 무슨 말을 할 생각입니까? 나의 의뢰인이 유죄라는 말이라도 하시려는 것입니까?"

"물론입니다." 그는 서슴지 않고 대답했다. "그럴 것입니다. 지금까지 내가 조사한 일 모두가 나에게 그렇게 믿도록 하고 있습니다. 만일 나에게 그렇게 작용한다고 하면, 지방검사가 어떻게 받아들일 것인가는 불을 보는 것보다도 더 뻔한 일입니다."

나는 그를 절망적으로 쳐다보았다.

"그럼, 나는 대체 어떻게 하면 좋겠습니까? 어떻게 변호를……."

"사실을 알고 싶으십니까? 좋습니다, 그럼 이야기하지요. 지금까지 당신 의뢰인 메리웨더 씨는 거짓말만 해왔습니다. 지금까지 진실로 인정한 것이라고는 꼭 한 가지, 그날 밤을 버지니아 그랜트와 지냈다는 것뿐입니다. 이것도 거짓말이라고 여겨질는지 모르겠습니다.

의뢰인과 시간을 들여 진지하게 이야기해 보실 것을 권합니다. 현실의 상황을 똑바로 보게 하는 것입니다. 지금 그는 전기의자를 향해 곧장 돌진해 가고 있다고 이야기해 주는 겁니다. 그 점을 인식시키는 것이지요. 만일 그에게 자신이 처한 상황을 인식시킬 수 있다면 자연히 그가 지금까지 모든 사람에게 이야기해 온 증언과 다른, 좀더 논리가 정연한 이야기를 할 필요가 있다고 그를 납득시킬 수 있을 것입니다. 그것이 진실이라고 하면, 아니, 거짓말 덩어리일지라도 지금까지 한 이야기보다는 완전할 것입니다."

"당신이 말하는 투로 보아서는 그다지 대단한 일이 나올 것 같지 않군요." 나는 글리츠에게 말했다.

이 몸집이 자그마한 사나이는 천천히 머리를 저었다.

"그것은 잘못 생각하신 겁니다. 당신은 이런 종류의 사건에 대해 경험이 부족한 것 같군요. 아무튼 당신 의뢰인에게는 몇 개인가 빠져나갈 문이 있습니다. 어느 것이나 모두 똑같이 효과가 있습니다만, 동시에 변호가 어지간히 교묘하지 않으면 안 됩니다.

첫째, 협박의 건이 있습니다. 만일 협박을 증명할 수 있다면 배심원의 심증도 좋아지지 않을 리가 없습니다. 누구나 다 협박자를 미워하니까요. 그러나 이것보다 더 효과 있는 변호책이 있습니다."

나는 날카롭게 글리츠를 올려다보았다.

"효과 있는 변호책?"

"그렇습니다, 이 이상 더 효과 있는 방법은 없을 것입니다. 한 가지 메리웨더 부인이 협력해 줄 것인지 어떤지 그것이 문제입니다만……. 부인도 이제 와서는 남편에 대해 좋게만 생각지는 않을 테니까요."

"메리웨더 부인은 끝까지 남편의 힘이 되어줄 겁니다." 나는 조금 싸늘하게 말했다. "그러나 나로서는 도무지……."

그는 손가락이 가늘고 긴 한 손을 들어 나를 제지했다.

"간단한 일입니다. 메리웨더 씨는 이따금 증언을 바꾸고 있으므로 다시 한 번쯤 더 바꾼다 해도 지장은 없을 것입니다. 그러나 이번에 만일 바꾼다면, 끝까지 거기에 달라붙어 있어야만 합니다. 하버를 살해하여 시체를 세단 트렁크에 넣었다는 걸 인정하게 하는 것입니다."

"정신이 돌기라도 했습니까?" 나는 말했다. "그건 자기 스스로 전기의자에 올라앉는 것과 마찬가지가 아닙니까?"

"그렇지 않습니다. 아시겠습니까, 살인은 인정하지만 거기서 끝내는 것이 아닙니다. 어째서 살해했는가, 그것이 문제입니다."

"그렇다면 어째서 살해했다는 것입니까?"

"이때 메리웨더 부인이 등장하는 것입니다. 다만 이 경우에는 협박의 건을 슬쩍 바꾸어야 합니다. 협박받고 있었던 것은 메리웨더 씨가 아니라 부인이었다고 말하는 것입니다. 아시겠습니까? 다시 말해서 하버는 메리웨더 부인의 일로 뭔가를 쥐고 있었고 또 메리웨더 부인도 한 번은 그와 관계한 일이 있다고 인정하는 것입니다. 그것만으로도 메리웨더 씨에게 동정이 몰립니다. 집에 돌아와보니 부인이 하버에게서 협박받고 있었습니다. 그래서 화가 불끈 치밀어올라 사나이를 살해했습니다. 그리고 나서 아내의 평판이 나쁘게 날까봐 시체를 자신이 처리하려고 했습니다. 지금까지 진실을 말하지 않았던 것은 모두 아내의 평판을 지키려고 했기 때문이라고 주장하는 것입니다."

"모든 것이 다 어이가 없군!" 나는 얼마쯤 노기 띤 목소리로 말했다. "대체 누가 그런 것을 믿는단 말이오?"

"그것이 문제입니다. 문제는 바로 그것입니다. 누군가가 믿을지도 모릅니다. 그러나 만일 그런 식으로 이야기를 하면 여러 가지 추측을 낳을 것입니다. 그 이야기를 믿지 않고 배심원들은 메리웨더 씨가 집에 돌아와보니 부인이 하버와 관계하고 있는 것을 보고 아내를 유혹한 사나이를 화가 치밀어올라 정신없이 살해했다든지, 또는 더욱 좋은 것입니다만, 메리웨더 부인이 하버와 치정 싸움을 하다 살해한 것을 영웅다운 메리웨더 씨가 부인을 보호하기 위해 그 죄를 자신이 짊어진 것이라고 생각할지도 모릅니다. 그 경우 어느쪽이라 하더라도 당신 의뢰인은 충분히……."

이번에는 내가 그를 가로막았다.

"글리츠 씨, 당신은 이처럼 언짢고 비열한 식으로 마음대로 범죄를 조작하려는 것입니까? 어떻게 그런 일을 사람에게 권할 수 있겠습니까? 메리웨더 부인이 존 하버를 알고 있었다는 증거는 아무것도 없습니다. 부인은 이 세상에서 가장 훌륭하고 누구보다도 정숙한…

…."

"아니, 이것 보십시오." 글리츠가 내 말을 가로막았다. "나는 부인이 그렇게 했다고 말하지는 않았습니다. 나도 부인이 이런 일과 아무 관계 없을 것으로 믿고 있습니다. 그러나 그런 일은 문제가 아닙니다. 만일 내가 이 사건을 다룬다면 어떻게 하겠느냐고 당신이 묻지 않았습니까? 당신 의뢰인의 생명을 구하고 싶다면 이렇게 할 수밖에 없다고 말한 것입니다. 나는 다만 도움이 될 만한 이야기를 했을 뿐입니다."

"그렇다면 아주 형편없는 생각이라고밖에 말할 수가 없군요." 나는 서슴지 않고 말했다.

글리츠는 나를 보고 어깨를 으쓱하며 물었다.

"당신에게 좀더 좋은 생각이 있습니까?"

10

2주일이 지나자 나는 글리츠에게 조사를 그만두게 했다. 이미 그가 할 수 있는 일은 아무것도 없었기 때문이다. 그는 버지니아 그랜트에 대해 조사했지만, 도움될 만한 일을 아무것도 알아낼 수 없었다. 그녀가 모델 일을 하여 살아가고 있는 것은 사실이었다. 그 밖에 그가 조사한 자료는 모두 해가 되었으면 되었지 조금도 유익하지 않은 것들이었다. 찰스가 여러 달 동안 버지니아 그랜트와 정사를 해 왔다는 것을 빼놓고는 전혀 의심할 일이 없었다. 뉴잉글랜드의 담당 구역을 돌아다녔어야 할 시간의 절반을 그는 그녀와 함께 있었다. 이것은 공판하는 동안에 들고 나올 증거로서 찰스가 어떤 일이나 할 수 있다는 것을 배심원들에게 납득시킬 자료가 된다는 것은 불을 보는 것보다 명확하였다. 존 하버에 대한 조사도 의미가 없었다. 예금에서 찰스가 찾아낸 돈이 하버에게 건너간 것은 이미 알고 있는 결론이었다. 그러나 꼭 한 가지 이상한 일이 있었다. 찰스가 맨 처음 2천 달러를 꺼내 간 바로 뒤 버지니아 그랜트의 당좌에 그만한 금액의 돈이 예금되었다는 사실이 그것이다.

이 사실은 찰스에게 확실히 불리한 증거가 되었다. 지방검사가 이 정보를 보고받을 것은 확실했으며, 이 관계를 그들이 어떻게 보는가 하는 것도 추측할 수 있었다. 찰스가 그녀에게 돈을 주어 위증하게 하여 알리바이를 꾸몄다고 말할 것이 틀림없었다.

글리츠의 마지막 보고는 그 가운데서도 가장 나빴다.

전과 마찬가지로 이번에도 오후 늦게 찾아왔으므로, 그는 문이 잠기기 직전에 내 사무실로 들어왔다.

"그 기데온 경감 말입니다만……." 그가 정색을 하고 말했다. "꽤 대단한 상대가 될 것 같습니다."

"그럴까요?"

나는 무엇을 알게 되었는지 물어볼 용기가 나지 않았다. 그러나 언짢은 소식에는 이미 익숙해졌으므로 어떤 말을 들어도 놀라지는 않았다.

"그렇습니다." 그는 선뜻 말했다. "버지니아 그랜트가 또 지방검사의 취조를 받았더군요. 그녀의 증언을 취소하고, 메리웨더 씨가 그날 밤 그녀의 집에서 머물지 않았다고 인정하지 않는다면 공범으로 고발하겠다고 겁을 주었답니다. 그러나 지금으로서는 앞서 한 증언을 번복하지는 않은 모양입니다. 검사는 메리웨더 씨가 유죄 판결을 받는 경우, 그녀도 공범으로서 유죄가 된다고 확고하게 말해 놓은 것 같았습니다. 그런 타입의 여자는 언제 어디서 어떻게 될지 모르니까요. 자기 목을 구하기 위해서라면 결국 메리웨더 씨를 배신할지도 모릅니다. 당신이 그녀를 만나서 잘 이야기해 보는 게 현명하다고 생각합니다."

나는 그렇게 하겠노라고 대답했다.
"그리고 메리웨더 씨와도 충분히 의논하시는 것이 좋습니다. 말로는 아무것도 감추지 않았다고 하지만, 도무지 믿어지지 않습니다."

나는 의뢰인과 이미 무릎을 맞대고 이야기를 나누었다는 말은 그에게 하지 않았다. 결국 그 이야기가 아무 소용이 없었다고 인정하고 싶지 않았기 때문이다. 그러나 그 이튿날 나는 버지니아 그랜트를 만나기로 결심했다. 만일 중요한 증인인 그녀를 잃는다면 완전히 이길 승산이 없었다.

나는 글리츠가 청구한 금액이 너무 큰 데 놀랐지만, 곧 그에게 돈을 지불했다. 그는 언제라도 볼일이 있으면 연락해 달라고 말한 다음 작별인사를 했다.

그날 밤 나는 앤을 기데온 경감의 사무실로 불러낸 뒤 처음으로 얼굴을 마주했다. 우리는 그녀가 누구에겐지 살해될 것 같다는 이야기를 하러 왔었던 날 함께 점심 식사를 한 레스토랑에서 만났다.

뺨이 홀쭉하게 여위었으나 앤은 어느 때보다 아름다웠다. 나는 그녀가 문을 열고 들어와 머뭇머뭇하면서 주위를 둘러보다가 나를 알아보자 눈을 빛내며 아름다운 입술을 살짝 벌리고 웃는 것을 지켜보는 동안 내 마음이 몸에서 떨어져나가는 것 같이 느껴졌다.

우리는 남의 눈에 띄지 않는 구석 테이블에 앉았다. 한참 동안은 아들 고든에게서 온 편지며, 그밖에 쓸데없는 세상 이야기를 하며 되도록 중대한 대화는 피하도록 했다. 1학년을 맡은 에미 퍼슨스 선생과 길에서 만났던 일까지 이야기하고, 그녀가 앤에게 보내는 위로의 말을 전해주었다.

"퍽 친절하신 분이군요." 앤이 말했다. "잘못 알고 빌리의 방으로 들어갔다가 찰스에게 그처럼 심한 꼴을 당했으면서도……."

처음으로 나는 앤 메리웨더가 남편의 이름을 입에 올렸을 때 그 목소리에 전혀 따뜻함이 담겨 있지 않음을 깨달았다.

나는 머리를 저었다.

"그때 찰스의 행위는 이해하려고 해도 도무지 이해할 수가 없더군요." 내가 말했다. "빌리의 죽음은 찰스에게 큰 충격이었을 겁니다. 그러나 아무리 그렇더라도 이만큼이나 시간이 지난……."

나는 어쩔 줄 몰라하며 이야기를 중단했다.

"찰스는 결코 잊지 않았어요. 잊으려고 하지도 않고, 빌리가 죽은 것은 내 책임이라고 계속 탓해 왔어요. 이 때문에 찰스가 그랜트라는 여자와 관계하지 않았을까 생각해요. 나를 벌주려고 그런 짓을 했을 거예요."

"앤, 설마 그럴 리가……."

"이제는 이미 그런 일은 중요하지 않아요, 하워드. 아무래도 좋아요. 하지만……."

앤이 그런 말을 하여 나는 몹시 당황했다. 앤에게 기가 죽을 만한 일은 보고하고 싶지 않았지만, 그밖에는 어쩔 도리가 없었으므로 나는 그 다음을 계속했다.

"요 2주일 동안 찰스에게 진실을 이야기하게 하려고 나는 절망할 정도로 필사적으로 노력했습니다. 변호의 단서가 될 만한 자료를 그에게서 얻으려 했던 것입니다. 그러나 완전히 암초에 부딪친 느낌입니다. 그는 다만 살인을 저지르지 않았으며, 그것을 증명할 알리바이도 있으므로 경찰이 그의 유죄를 결정적으로 할 만한 증거를 찾아낼 수는 없을 거라고 믿는 것입니다. 나는 현기증을 느낄 만큼 그와 이야기를 나누었습니다. 그래도 헛일이었습니다. 나는 일류 범죄변호사를 써야 할 거라고 여러 번 그에게 권했습니다만, 그 일에 대해서는 언제나 얼버무릴 뿐입니다. 당신이 이야기해 주실 수 있다면······."
"나도 오늘 오후에 만나서 이야기했어요, 하워드. 당신을 돕도록 범죄전문 변호사를 부탁할지도 모르겠다고 했지요. 하지만 찰스는 찬성하지 않았어요."

나는 아무래도 말해야 할 일이라고 알고 있었지만, 도무지 건드리기가 싫어서 고개를 저었다. 그러나 이 일은 분명히 해둬야 하는 것이다.

"그런데 앤, 지금 상태는 그다지 좋지 않습니다. 이것은 잘 이해해 주셔야 합니다. 아무튼 지금으로서는 변호할 방법이 없는 것입니다. 검찰측은 유죄가 확정적이라고 자신만만하고, 게다가 돌발 살인이 아니라고 확신하고 있습니다. 동기도 기회도 모두 입증할 수 있다고 생각하는 것입니다. 그들에게 필요한 것은 찰스의 알리바이를 허물어뜨리는 일뿐입니다. 그 문제에서도 찰스는 이미 무너진 거나 다름이 없습니다. 알리바이를 허물어뜨리는 데는 배심원들의 마음에 의혹의 씨를 뿌리는 것만으로도 충분합니다. 그런데 솔직히 말해서 그것은 그다지 어려운 일이 아닙니다. 버지니아 그랜트가 유리한 증인이라고 생각했습니다만, 그렇지도 않게 된 모양입니다."

앤은 싱긋 웃었지만, 그 웃음에서는 전혀 유머를 느낄 수 없었다.
"나도 동감이에요, 하워드. 이제 어떻게 해야 되지요? 어떻게 하면 될까요?"

나는 말을 꺼내기 전에 오랫동안 망설이다가 마침내 입을 열었다. 나는 사립탐정과 주고받은 이야기를, 다시 말해서 가능하다고 생각되는 변호 방법에 대한 글리츠의 생각을 앤에게 이야기했다. 나는 될 수 있는 한 충격을 적게 하기 위해서 글리츠가 이야기한 것을 그대로 들려주었다.

내 이야기가 다 끝났는데도 앤은 한참 동안 아무 말 없이 나를 지켜보고 있었다. 그녀의 표정에서는 아무것도 알 수 없었다. 이윽고 앤은 한숨을 내쉬며 눈길을 떨구었다.

"위증을 해야겠군요, 하워드."

"그렇게 해주셔야겠습니다."

"법정에 나가기 전에 경찰이며 지방검사에게 집중적인 질문을 받겠지요. 거짓말 탐지기로 조사받을지도 몰라요."

"그렇습니다, 앤."

다시 앤은 오랫동안 한 마디도 않았다. 물을 마시고, 그리고 나서 얼굴을 들었다. 앤은 힘없이 말했다.

"그렇게 해도 좋지만, 한 가지 조건이 있어요."

"그 조건이 뭡니까?"

"당신이 찰스에게 이 생각을 전해주셨으면 좋겠어요. 그 결과가 어떻게 되든 별거할 수속을 밟겠다고 찰스에게 말해 주세요. 그래서 만일 찰스가 그렇게 하기를 바란다면 나도 협력하겠어요."

앤이 별거할 생각이라고 말하자 내 마음은 혼란되었다. 앤을 나무랄 수는 없다. 확실히 그는 앤의 애정을 받기에는 이미 가치가 없는 사람이다. 그랜트라는 여자와 그토록 오래 관계해 왔으니……. 그래도 찰스는 나의 의뢰인이며 또한 친구이기도 했다. 만일 공판을 받기 전에 이 별거문제가 세상에 알려진다면 우리측에게는 돌이킬 수 없는 타격이 될 것이다.

그러면서도 나는 묘한 기쁨을 느끼고 있었다. 그때는 자신의 감정을 분석하지 않았지만 남편과 별거하겠다고 앤이 말했을 때 이상하리만큼 가슴이 설레었던 것을 기억하고 있다.

그러나 나는 일에 몰두해야 한다고 생각하며, 별거한다는 소식은 결정적으로 불리할 것이라고 그녀에게 충고했다.

"걱정하지 않아도 돼요, 하워드." 앤이 말했다. "아무에게도 말하지 않겠어요. 하지만 찰스에게는 내 생각을 전해야 해요. 이 계획을 실행하려면 그가 직접 동의할 필요가 있어요. 그리고 그와 함께 계속 생활하는 것은 나의 자존심이 용납하지 않는다는 것도 찰스에게 알려야 해요. 이혼은 하지 않아요. 나는 가톨릭 신자니까요. 하지만 더 이상 같은 지붕 밑에서 살 수는 없어요. 그것을 그에게 알려주어야 해요. 언제 찰스를 만나시겠어요?"

"되도록 빨리, 가능하다면 내일이라도." 나는 말했다.

이튿날 아침 나는 버지니아 그랜트가 살고 있는 헌팅턴의 그 작은 집으로 다시 한 번 자동차를 몰았다. 초인종을 울리자 그녀가 나왔다. 완전히 달라져 있었으므로 처음에는 그녀를 알아보지 못했다.

버지니아 그랜트는 간소한 트위드 옷을 입고 있었다. 머리를 가운데에서 둘로 갈라 그것을 뒤에서 땋아 묶었다. 화장을 하지 않은 침착하고 창백한 얼굴이 놀란 듯이 나를 쏘아보았다. 그 눈 밑에는 크고 검은 그늘이 져 있었다. 저번에 찾아왔을 때 보여준 경박한 태도며 웃음은 찾아볼 수 없었다. 그녀는 문을 열자 한 마디 말도 없이 고개를 끄덕여 아는 체하면서 나를 안으로 맞아들였다.

나는 곧 요점을 이야기했다.

현재의 정확한 상황과 찰스에게 이 상태가 얼마나 불리한가를 설명했다. 그런 다음 솔직하게 지금도 찰스가 그날 밤 내내 그녀의 집에 있었다고 증언할 수 있겠는지 어떤지 물어보았다.

"지금도 그럴 생각이고, 사실을 증언하겠어요, 이에츠 씨." 그녀는 말했다. "나는 똑똑히 찰스가 존 하버를 죽이지 않았다는 것을 알고 있어요. 한밤중부터 아침 6시까지 단 1분 동안도 내 곁에서 떠나지 않고 함께 있었어요."

"만일 지방검사가 당신을 공범으로 고소한다면?"
"그래도 변함 없어요. 나는 진실을 말할 거예요."
 그녀의 말투에는 성실성이 넘치고 있어 나는 그녀를 의심할 수 없었다. 그 순간, 다시 말해서 버지니아 그랜트의 차분하고 단호한 대답을 듣는 순간 처음으로 나는 이제까지 찰스가 무죄라고 완전히 믿지 않은 사실을 깨달았다. 처음부터라고 할 수는 없지만, 아무튼 찰스가 버지니아 그랜트와 그날 밤새도록 함께 있었다고 믿지는 않았다. 어째서 믿으려고 하지 않았는지 확인하려고도 하지 않았으며 억지로 자신의 마음에 물을 생각도 없었으나, 잠재의식 속에서 이제까지 줄곧 의심해 왔던 것이다. 그러나 이 여자의 말을 듣고 있는 동안에 문득 처음으로 의뢰인이 무죄라고 믿게 되었다.
 우리는 몇 분 동안 더 이야기를 나누었는데, 이미 내가 가장 궁금했던 일을 물을 수 있었다. 버지니아 그랜트는 끝까지 증언을 번복하지 않겠다고 말했다. 그녀는 지방검사가 그녀와 서로 거래하려고 했다는 것도 인정했다. 그러면서 그녀는 그들이 매우 빈틈없었다고 이야기해 주었다. 직접적인 강요나 그 비슷한 행위는 일체 피하고 있어 법정에서 이용할 만한 꼬투리는 아무것도 없었다. 그래도 자신이 놓인 입장을 잘 이해하고 있었다. 만일 찰스에게 유리하도록 증언하면 귀찮게 된다는 것을 너무나도 잘 알고 있었다.
 그날 아침 그녀의 집을 나왔을 때, 나는 그녀에 대해 이제까지와 완전히 다른 새로운 감정을 갖게 되었다. 처음으로 찰스가 그녀에게서 본 무엇인가가 나에게도 보였다. 어떤 대가를 치르더라도 그녀는 찰스에게 끝까지 충실할 것이다.
 나는 오래 있지 않았다. 버지니아 그랜트는 괴로운 듯이 심한 기침을 하고 있었다. 이 사건은 그녀까지 녹초로 만들어버렸던 것이다.
 찰스 메리웨더와 그날 오후 3시에 만났다.

그는 매우 여위었으며, 바지는 구깃구깃 주름살투성이였고 면도도 해야만 했다. 그의 사기는 그 모습보다 더 심하게 떨어져 있었다. 어딘지 모르게 비하된 것처럼 느껴졌다. 자포자기한 태도로 내가 하는 말에는 거의 아무 흥미도 나타내지 않았다.

"어젯밤 앤을 만났소" 하고 나는 그에게 말을 꺼냈다. "찰스, 이런 말은 하고 싶지 않지만, 중요한 일이오. 아주 중요한 일이오. 앤은 법적으로 별거를 신청할 생각이라고 나에게 말했소. 재판이 끝날 때까지 기다리겠다고, 그때까지는 아무에게도 알리지 않겠다고 약속했소. 아무튼 내가 아무리 잘 말해도 듣지 않았소."

"별거?" 그는 아무렇지도 않게 말했다. "앤을 나무랄 수는 없지. 이렇게 되지 않을까 생각하고 있었소."

앤에 대한 찰스의 행동에도 불구하고 나는 그에게 동정을 금할 수 없었다. 그가 이 소식을 들었을 때 그 표정에는 절망감이라고 해도 될 만한 것이 넘쳐 있었다.

"아시겠죠?" 나는 급히 말했다. "앤은 당신을 버리려고 하는 게 아니오. 그런 짓은 절대로 하지 않을 것이오. 언제나 당신 곁에 있을 거요. 실제로 앤은 그 이상의 일을 하려고 마음먹고 있소. 증인석에 서서 감히 위증이라도 하려 하고 있지요."

찰스는 이상하다는 듯이 나를 올려다보았다.

"앤이?"

"그렇소, 틀림없이 앤이. 이것을 당신에게 말해 두어야겠소. 찰스, 이런 말을 해야 하는 것은 유감스러운 일이지만, 지금으로서는 당신에게 무죄가 될 가망성이 전혀 없소. 내일 아침 이대로 법정에 선다면 유죄 판결을 받으리라는 것은 의심할 여지가 없소."

찰스는 내 쪽은 거의 보지도 않고 고개만 끄덕였다.

"그러나" 나는 말을 계속했다. "이 재판에 이길 방법이 꼭 한 가지 있소. 그런데 그 모든 것이 앤과 당신에게 달려 있소."

그로부터 10분 동안이나 나는 그 방법을 대충 요약해서 그에게 설명했다. 그의 주장을 뒤엎어 하버를 살해했음을 인정하고 그 대신 그럴 만한 이유가 있었다고 말을 바꿀 가능성에 대해서 글리츠가 나에게 제안한 대로, 앤에게 되풀이해 주었던 그대로 이야기했다.

내 감정은 조금도 섞지 않았다. 그것을 해내기는 곤란하며, 또한 아무 보장도 없다는 것 역시 그에게 분명히 말했다. 그러나 동시에 다른 한 방법은, 다시 말해서 지금까지 한 증언을 고집하는 것은 자살행위와 마찬가지라고 똑똑히 깨우쳐 주려고 했다.

내가 다 이야기할 때까지 기다렸다가 그는 입을 열었다.

"이 일에 대해 앤과 이야기를 나누었다는 거지요?"

나는 그렇다고 대답했다.

"그래서 앤이 이것을 승낙했소?"

"두 가지 조건부로 동의했소, 찰스. 첫째로 별거하겠다는 뜻을 당신에게 알려줄 것, 둘째로 당신도 이 계획에 동의할 것."

그는 오랫동안 골똘히 생각에 잠겨 있더니 마침내 어깨를 흠칫하며 움츠리고 내 눈을 똑바로 들여다보았다.

"당신에게 한 가지 묻고 싶소, 하워드. 만일 이 증언대로 일이 진행된다고 하고, 다시 말해서 내가 새로운 증언을 하고 앤이 그것을 증명한 다음 법정에 나왔을 때 지방검사가 앤을 꺾는 데 성공한다면, 반대 신문에 대항할 수 없게 된다면 어떻게 되지요?"

"그때는 유감스럽지만 달리 어떻게 해볼 도리가 없을 것이오. 당신에게는 이미 빠져나갈 길이 없소."

"결국 앤이 끝까지 해낼 수 있는가 어떤가에 달려 있다는 말이로군요."

"그렇소." 나는 대답했다.

찰스는 다시 아무 말도 하지 않고 오랫동안 곰곰이 생각에 잠겨 있었으므로 마침내 내가 말했다.
"결정은 당신에게 달렸소, 찰스. 당신이 어느 쪽을 택할 것인지 말해 주었으면 하오."
다시 한번 그는 언제나의 그 기묘한 표정 없는 눈길로 나를 지켜보았다.
"앤에게 다시 한 번 만나러 와달라고 말해 주지 않겠소?"
"해 보겠소. 아무튼 24시간 안에 이리 데려오겠소" 하고 나는 말했다. "아 참, 그렇지. 이건 좀 다른 이야기입니다만, 앤은 당신과 마지막으로 만났을 때 결심을 바꾸어 다른 사람에게 변호를 맡겨야 한다고 이야기했다더군요. 참으로 경험 있는 변호사가 필요하다고 말이오."
찰스는 한참 동안 나를 뚫어지게 쏘아보았다.
"앤이?"
"그렇소."
그는 한동안 깊은 생각에 잠겨 있더니 천천히 고개를 가로저으며 말했다.
"아니, 하워드. 나는 당신에게 만족하고 있소. 다른 변호사를 찾을 필요는 없소."

11

이틀 뒤 두 아이가 크리스마스 휴가로 학교에서 돌아왔다. 며칠 동안 집에서 지낸 다음 두 아이가 뉴욕 국제공항에서 식사를 하고 싶다고 말했다. 그곳 레스토랑의 이국풍 정서가 물씬 풍기는 음식이 마음에 들었던 모양이다. 그리고 비행기가 뜨고 앉는 것도 보고 싶어했다.

공항의 큼직한 새 터미널에 있는 대합실을 가로지르다가 나는 그를 보았다. 놀라지는 않았지만 의외로 생각되기는 했다. 우리는 거의 동시에 서로 알아보았다.
"기데온 씨!" 내가 먼저 말했다. "뜻밖의 장소에서 만나뵙는군요."
그는 웃으며 악수를 한 다음 아이들에게도 인사했다. 경감은 최근 5년 동안에 처음으로 휴가를 얻어 낫소로 가는 길이라 했다. 거기에서 요트를 타고 싶다는 말이었다. 비행기가 출발하기까지 아직 여유가 있을 것으로 보여 잠깐만 시간을 내어 달라고 부탁했다. 아이들에게는 몇 분 뒤에 갈 테니 먼저 식당에 가서 기다리라고 말했다.
경감과 나는 라운지에 앉았다. 나는 그에게 지금 휴가를 받다니 어찌된 일이냐고 물었다.
"일단락되었기 때문입니다. 메리웨더 씨 사건에서 손을 뗀 지도 벌써 2주일이나 됩니다. 지방검사는 완벽하게 수사를 끝냈다고 생각하는 모양입니다."
경감의 말투에는 조금 이상한 데가 있었다. 그래서 내가 물었다.
"당신도 그렇게 생각하십니까?"
그는 어깨를 으쓱해 보이며 말했다.
"나는 한낱 수사관에 지나지 않습니다. 나는 사건이 완전히 끝난 것은 아니라고 생각합니다. 물론 공적으로 내가 할 일은 끝났지만 말입니다. 그러나……."
"무엇입니까?"
"물론 내 머리가 좀 둔한 것인지도 모르겠습니다." 그는 말을 계속했다. "그렇지만 당신에게는 모든 것을 다 털어놓고 말씀드리지요, 하워드. 이것은 경찰관이라는 직분을 떠나서 하는 말입니다. 메리웨더 씨는 확실히 유죄로 보이고, 그가 하는 말은 자신이 무죄임을 증명하는 데 전혀 도움이 되지 못합니다. 그런데 그러면서도 마음 어느 구석엔가 유죄로 단정할 수 없는 것이 있습니다. 무어라고 설명할 수는 없습니다만, 뭔가 있는 것만은 확실합니다. 그리고 메리웨더 부인이 생명의 위협을 받고 있었다는 것을 조사해 보았습니다."
나는 강한 흥미를 나타내며 얼굴을 들었다.
"그렇습니다, 될 수 있는 대로 꼼꼼히 조사했습니다. 그 결과 나로서는 부인의 증언을 전부는 아니지만 일부분은 믿을 심정이 되어 있습니다. 개가 독살된 것은 틀림없습니다. 누군가가 방해가 된다고 생각했던 모양입니다. 또 한 가지 가스 스토브도 파일럿 라이터가 일부러 코미션에서 벗겨져 있었습니다."
"그럼, 부인의 이야기를 믿으시는 거로군요?" 내가 물었다.
"네, 그렇습니다. 그러나 그것이 이번 사건과 어떤 연관을 갖는지 알 수가 없습니다. 존 하버의 살인과 어떤 관계가 있는지 아직 나로선 이해가 가지 않습니다."
그는 일어섰다.
"비행기표를 가지러 가야겠군요. 아무튼 지금도 말씀드렸듯이 나는 이 사건에서 손을 뗐습니다. 돌아오면 다시 만납시다."

아이들이 학교로 돌아간 뒤 2, 3일 동안은 사무실에서 판에 박힌 일로 바빴다. 그런 다음 수요일에 군 유치장으로 가서 찰스 메리웨더를 만났다.
찰스가 입을 열기도 전에 나는 그가 패배했음을 알아차렸다. 그가 말했다.
"요전에 우리가 나눈 이야기에 대해 곰곰이 생각해 보았소. 앤과도 의논했지요. 그리고 결론에 이르렀소. 항소도 하지 않을 것이고, 거짓 고백도 물론 하지 않을 것이며, 새로운 증언도 하지 않겠소."
"정말이오, 찰스?" 나는 놀라서 물었다. "정말로……."
"정말이오. 아주 똑똑한 정신으로 말하고 있소. 진실은 입장을 나쁘게 만드는 것처럼 보이지만, 만들어낸 복잡하고 불가능한 이야기로 바꾸는 것보다는 이대로 법정에 나가는 편이 낫겠소."
나는 한숨을 쉬고 머리를 저었다.
"찰스, 모든 것은 당신하기에 달렸소. 당신이 옳은지 어떤지는 모르겠지만, 그러나 적어도 이것만은 말할 수 있소. 만일 당신과 앤이 그 계획을 밀고 나가 재판에 임한다면 나는 이 사건에서 손을 떼지 않을 수 없었을 거요. 위증에 의거한 변호라니, 나에게는 너무 무거운 짐이니까 말이오. 명예라는 관점에서도, 그리고 마지막까지 해낼 수 있는가 하는 점에서도 나로서는 불가능한 일이오. 다른 변호사를 써달라고 부탁할 수밖에 없었겠지요. 어찌되었든 당신에게는 정말로 노련한 범죄전문 변호사를 쓸 것을 권하고 싶소."
찰스는 내 얼굴을 한참 동안 바라보고 있었다. 마침내 그는 말했다.
"하워드, 당신의 진정한 마음을 말해 주면 고맙겠소. 허위가 없는 진심 말이오. 약속해 주시겠소?"
"약속하겠소."
"내가 존 하버를 죽였다고 생각하시오?"
이번에는 내가 한동안 대답하지 못했다. 이번에는 내가 생각할 차례로, 내 마음 깊은 속에 대고 따져 물었다. 이윽고 나는 눈을 들어 그의 눈을 들여다보았다.
"잘 모르겠소. 솔직히 말해서 어떻게 생각해야 할지 모르겠소. 당신은 나에게 이야기하기를 거절했고, 여러 가지로 나에게 감추는 일이 있다는 것을 느끼고 있소. 확실히 지금까지 밝혀진 일들은 모두 당신이 유죄라고 생각하지 않을 수 없도록 되어 있소. 그러나 전혀 이치에 맞지 않는 이유로 나는 당신을 믿소, 찰스. 당신이 하버의 살인과 아무 관계가 없다고 말한 그 순간부터 나는 당신을 믿어왔소."
처음으로 그의 얼굴에 희미한 미소가 떠올랐다.
"그렇다면 하워드……." 그가 말했다. "당신은 나의 변호사요. 나를 믿고 법정에 서줄 사람이 필요하오. 그리고 다른 변호사가 이 사건을 맡아주리라고는 기대할 수 없소."
그의 참다운 마음이 담긴 그 말에 나는 자신도 모르게 손을 내밀어 그의 손을 굳게 잡았다.

찰스 메리웨더의 공판은 5월 16일부터 시작되었다. 나는 공판을 연기시키고 싶었지만, 지방검사는 될 수 있는 한 빨리 사건을 재판으로 끌고 가고 싶어했다. 지방검사가 버지니아 그랜트를 범행의 사전 그리고 사후 공범자로 기소했을 때, 나는 검사에게 탄원했으나 그는 거부할 뿐이었다.
"나는 존 하버를 죽이지 않았습니다. 범행 시간의 알리바이가 있습니다. 나는 무죄입니다."
찰스가 입에 담는 말은 그것뿐이었다.
나는 내 자신이 할 수 있는 일은 모조리 다 했다. 일요일 밤 찰스와 브리지를 한 사람들을 소환했다. 버지니아 그랜트를 바에서 보았다는 바텐더도 증인석에 불렀다. 버지니아 그랜트의 우유 배달부며 신문 배달부도 증인석에 서게 했다. 그들은 오전 4시와 오전 6시 15분 전에 버지니아 그랜트의 집 주차장에 찰스의 자동차가 서 있는 것을 보았다고 증언했다.
찰스 자신도 나의 판단으로 증인석에 섰다. 그는 살인이 일어난 날 밤에 자신이 무엇을 했는가에 관해서는 매우 훌륭하게 잘 말했다. 그러나 지방검사가 버지니아 그랜트며 살해된 사나이와 관계를 다그치기 시작하자 순간 내가 느끼고 있던 낙관론은 흔적도 없이 사라져버렸다. 찰스는 진실 외에는 아무것도 말하지 않겠다는 망령된 고집에 완전히 사로잡혀 있는 것 같았다. 버지니아 그랜트와 정사를 그는 솔직하게 인정했다. 하버를 통해 경마의 내기를 했다는 것도 인정했다.

나는 찰스의 인격을 잘 아는 증인을 모았고, 검사측 증인의 반대신문에도 힘을 모았다. 그러나 나의 변호는 찰스의 알리바이에만 의존해 있었다. 진범인을 알아낼 수 없는 한 나는 그 밖의 일은 아무것도 할 수가 없었다. 경찰의 수사가 미비하다고 지적할 수는 있었다. 존 하버에게는 많은 적이 있어, 누구나 다 그를 죽이고 싶어했을 것이다.

앤 메리웨더는 한 번도 증인석에 서지 않았다. 찰스는 그녀를 불러오지 말라고 나에게 힘주어 부탁했던 것이다.

배심원 앞에서 마지막 검찰측 결론은 힘이 있어서, 나의 변호에 비하면 화려하고 극적이기까지 했다. 검사에게는 모든 것이 다 갖추어져 있었다. 찰스가 시체와 함께 있었던 사실, 희생자가 메리웨더의 집에서 살해된 사실, 동기와 기회가 있었던 사실도 입증되었다. 이 사건에서 검찰측에게 결여된 점이 있다면, 그것을 보충하기 위해 상상력을 동원시켜서라도 설명하기를 주저하지 않았을 것이다.

그러나 비극적이게도 부족한 것은 거의 없었다.

이 중대한 범죄사건에 소집된 학식과 경험이 풍부한 배심원들이 일급살인죄로 유죄를 결정하기까지 한 시간 반밖에 걸리지 않았다. 선고가 내려지기 전에 나는 찰스에게 다시 한 번 처음부터 싸울 수 있도록 공소하게 해달라고 부탁했다. 물론 공식적이고 의무적인 공소라면 자동으로 기각되겠지만, 본인이 바란다면 다른 법정에 이 사건을 들고 갈 수가 있는 것이다. 그러나 그의 태도는 완전히 패배에 젖어 있었다. 찰스는 이 제안을 마음에도 두지 않는 것 같았다.

찰스 메리웨더의 사형집행은 존 하버가 살해된 지 꼭 1년 2개월째 되는 날 신신 형무소에서 이루어졌다. 앤 메리웨더는 네바다에 있었다. 그녀는 이미 법적으로 별거를 하고 있었다. 버지니아 그랜트는 공범죄로 3년의 형기를 치르고 있었다.

찰스는 그가 죽기 전날, 내가 만나러 갔으나 만나주지 않았다. 그는 아무 말 없이 혼자 죽어갔던 것이다.

지금은 아침 9시 30분, 나는 사무실에 문을 닫고 들어앉아 메리웨더 사건부에 마지막 기록을 끝낸 참이다. 이미 늦은 봄이어서, 찰스 메리웨더가 배심원에 의해 유죄로 인정된 범죄를 자신의 생명으로 갚은 밤에서부터 1년이 넘게 지났다.

그날은 무엇보다도 무섭고 언짢은 날이었다.

오후에 책상 위를 정리하고 사무실을 나오려는데 생각지도 않았던 손님이 찾아왔다. 이미 몇 달 동안이나 만나지 않은 사나이 클리포드 기데온 경감이었다. 그는 한 손을 내밀면서 사무실로 들어왔다.

"잠깐 지나가다 들렀습니다, 하워드." 그가 말했다. "혹시 바쁘시다면……."

"바쁜 일은 없습니다. 당신이라면 언제라도 환영합니다. 들러주셔서 기쁠 정도입니다."

몇 분 동안 우리는 이런저런 세상 이야기를 했다. 우리 아이들에 대한 일을 물었으므로 두 아이가 올해 여름에는 요트를 타러 가지 않고 감독이라는 아르바이트로 캠핑간다고 이야기하자 놀라면서도 기뻐해 주었다.

테일러 양이 노크를 하고 들어오더니 집에 돌아가도 좋으냐고 물었다.
 내가 잘 가라는 인사를 하자 그녀는 사무실을 나갔다.
 경감이 갑자기 한숨을 쉬고 나를 올려다본 것은 그녀가 문을 닫은 다음이었다.
 "하워드, 나는 웨스트체스터의 베드포드 힐스에서 지금 막 돌아오는 길입니다."
 나는 무슨 일인가 하고 그의 얼굴을 지켜보았다.
 "베드포드 힐스?"
 "그렇습니다. 그곳까지 일부러 찾아갔던 것입니다. 정확히 말하자면 주립 여성형무소입니다."
 나로서는 그가 무슨 말을 하려는 것인지 도무지 짐작되지 않았으나, 무슨 일인지 있었던 것만은 분명했다.
 "그곳에……."
 "버지니아 그랜트를 만나러 갔었습니다." 그는 느릿느릿한 어조로 말했다. "그 그랜트라는 여자를 기억하시겠지요, 하워드?"
 나는 그를 날카롭게 쳐다보았다. 이 방문은 우연한 일이 아니었던 것이다.
 "네, 기억하고말고요. 잊을 리가 있겠습니까?"
 그는 고개를 끄덕이면서 파이프를 꺼냈으나 불을 붙이지는 않았다.
 "그녀는 중태였습니다."
 경감은 한참 뒤에 말을 이었다.
 "실은 3주일 전 정밀검사를 받았는데 왼쪽 폐에 종양이 있음이 발견되었습니다. 1주일 전에 수술을 받았습니다. 암이었어요. 폐를 잘라내고 50퍼센트의 회복율에 희망을 걸었었지요.
  그러나 틀린 일이었습니다. 이틀 전에 산소 텐트 속에 넣게 되었는데, 그녀는 자신이 죽을 때를 알았던지 나를 만나고 싶다고 했답니다."
"당신을 만나고 싶다고요?"
"그렇습니다. 꼭 만나야겠다는 전갈을 보내온 것입니다. 그래서 나는 오늘 아침 그곳에 갔다왔습니다. 한 시간 가까이 그녀와 이야기를 했습니다. 이야기하는 데도 무척 힘이 드는 것 같았지만, 그래도 간신히 말할 수 있었습니다."
나는 버지니아 그랜트가 얼마나 매력이 있고 생기 있고 발랄했던가를 생각해 내고, 갑자기 무어라 말할 수 없는 슬픈 기분이 되었다.
그러나 곧 기데온 경감이 나를 현실로 다시 끌어왔다.
"하워드, 당신은 기억하십니까?" 그가 불쑥 물었다. "국제공항에서 당신을 만났던 날 밤의 일을 말입니다. 나는 마침 휴가를 얻은 참이었었지요."
"네."
"그때 분명히 공식적으로는 메리웨더 사건에서 손을 떼었다고 이야기했었지요. 그러나 또한 나 개인으로는 그 사건이 아직 끝나지 않았다고 이야기한 것 같았는데……."
내가 대답했다.
"그렇습니다."
"그런데 그 사건이 이제야 끝났습니다."
그는 내 얼굴에 나타난 놀라운 표정을 지켜보았다.
"아아, 알고 있습니다. 찰스 메리웨더 씨가 신신의 사형실에서 그날 밤 전기의자에 앉았을 때, 확실히 모든 것은 끝났습니다. 그러나 나에게는 완전히 끝난 게 아니었습니다. 나 자신 만족한 대답을 얻을 때까지는 어떤 사건도 끝나지 않습니다. 그러나 지금은 완전한 대답을 얻게 되었습니다."
나는 기묘하게 심장이 죄이는 것 같은 느낌을 맛보았다. 나의 얼굴이 창백해졌다. 책상 위에 담배로 손을 뻗쳤을 때, 틀림없이 그 손이 떨렸을 것이다.

숨을 쉬려고 하면서 나는 천천히 말했다.

"설마 찰스 메리웨더 씨가 무죄로 전기의자에 앉혀졌다는 것은 아니겠죠?"

그는 머리를 저었다.

"아니, 아니. 그렇게 말하지는 않았습니다. 그러나 이것만은 말할 수 있습니다. 찰스 메리웨더 씨는 존 하버를 죽이지 않았습니다."

"무슨 말이오?" 나는 외쳤다. "그게 무슨 말입니까? 무죄는 아니지만, 하버를 살해하지 않았다니……."

"그렇습니다. 메리웨더 씨는 하버를 쏘지 않았으며, 자동차 트렁크에 시체를 넣지도 않았습니다."

나는 아무 말도 나오지 않았다. 다만 경감을 뚫어지게 처다볼 뿐이었다.

"메리웨더 부인의 생명이 위협받았다는 이야기를 기억하시겠지요?"

나는 고개를 끄덕였다.

"그 이야기를 내가 믿었다는 말도 당신에게 했습니다. 그런데 오늘 버지니아 그랜트가 그것을 증명해 주었습니다."

"그러나 기데온 씨," 나는 말참견을 했다. "하버의 건은 어떻게 되는 겁니까? 당신은 찰스 메리웨더 씨가 하버를 죽이지 않았다고 하셨지요? 그렇다면 누가 죽였습니까? 어디에 사는 누굽니까?"

"지금부터 그 점에 대해서 이야기하려고 합니다." 기데온 경감은 서두르지 않고 말했다. "오늘 오후 누가 하버를 죽였는지 아는 사람이 두 사람 있었습니다. 한 사람은 베드포드 힐스의 수용소에서 두 시간 전에 죽었습니다. 또 한 사람은 살인자로, 이 살인자는 지금 그것을 증명할 수 있는 사람이 아무도 없기 때문에 완전히 안전합니다. 아무튼 이야기를 다시 원점으로 돌리기로 하지요. 메리웨더 씨 댁에 누군가가 몰래 침입하여 가스 콕을 열었을 때의 일로 돌아가기로 할까요?"

"그러나 그것이 대체 존 하버 살해와 어떤……."

"모든 것은 관계가 있기 마련입니다. 내 이야기를 들어보면 알 수 있을 것입니다. 버지니아 그랜트는 오늘 오후 그날 밤 메리웨더 씨 집에 침입한 것이 그녀 자신이었다고 인정했습니다. 찰스 메리웨더 씨가 그렇게 하라고 그녀에게 2천 달러를 주었던 것입니다. 창문을 깨고 안으로 들어가 가스 콕을 열라고 말입니다.

그것은 거의 완전범죄에 가까운 살인 계획이었습니다. 메리웨더 씨 자신이 이미 파일럿 라이터를 망가뜨려 갑작스러운 폭발을 일으키지 않도록 해두었습니다. 가스를 부엌에서 부인의 침실로 들어가도록 만들 계획이었습니다. 그렇게 되면 메리웨더 부인의 시체가 발견되었을 때 전혀 의심받지 않을 테니까요. 아무튼 부인은 언젠가 한 번 가스 자살을 하려고 했던 일이 있으며, 기록으로도 남아 있습니다. 집에서 기르는 닥스훈트에게 독약을 주사한 것도 물론 찰스 메리워더 씨 자신이었습니다. 개가 짖는 것을 잘 알았기 때문이었겠지요."

"당신은 찰스가 버지니아에게 돈을 주어 자기 아내를 살해하려 했다고 말씀하시는 겁니까?" 나는 흥분한 목소리로 말했다.

"그렇습니다. 버지니아 그랜트가 오늘 오후 인정한 일입니다."

"그러나 존 하버는……." 내가 말했다. "그는 어떻게 됩니까? 그가 어떻게 이 사건과 관계를……."

"버지니아 그랜트는 실패했습니다. 그것은 그녀의 잘못이 아니었지만, 아무튼 메리웨더 부인은 마침 좋을 때에 다행히도 잠이 깨어

가스 냄새를 맡았습니다.
 그런 다음 당신을 찾아갔습니다. 그리고 모든 것을 이야기했습니다. 누구에게든지 이야기하지 않고는 견딜 수 없었기 때문이겠지요. 부인이 당신께 남편에게 절대로 이야기하지 말아달라고 약속시킨 것을 기억하시겠지요? 어떤 경우에도 남편이나 경찰에 알리지 않도록."
"네, 기억하고 있습니다."
"부인은 자기 목숨을 노리는 자가 남편인 줄 알고서 당신께 그런 약속을 시켰던 것입니다. 그리고 부인은 그런 일을 남편이 깨닫게 하고 싶지 않았습니다. 다시 목숨을 노려올 것이라는 점을 부인은 알고 있었습니다. 그래서 부인은 거기에 대비했던 것이지요. 그러나 남편에게는 그런 일을 알게 하고 싶지 않았습니다."
"기데온 씨" 하고 나는 말했다. "찰스가 목숨을 노리고 있었다는 사실을 앤이 알았다는 것을 정말 나에게 믿도록 하시려는 겁니까? 앤이……."
"부인은 분명히 알고 있었습니다. 그리고 거기에 대한 준비도 되어 있었습니다. 남편은 다시 존 하버에게 가서 살인을 부탁했습니다, 그렇습니다. 이 살인은 매우 간단했을 겁니다. 찰스 메리웨더 씨는 하버에게 이 일에 충분한 보수를 내겠다고 말하고, 우선 3천 달러를 선금으로 주었습니다.
 그는 하버에게 집에는 부인이 혼자 있을 뿐이며, 수면제를 먹여 둘 테니 그가 집에 들어갈 때에는 의식이 없을 거라고 말했습니다. 게다가 문의 매트 밑에 감추어둔 열쇠를 가르쳐 주었습니다. 그리하여 부인을 질식시켜 죽게 하고, 그런 다음 강도가 침입한 것처럼 보이도록 한다는 것이 미리 준비된 순서였습니다.
 일을 끝내고 나오는 대로 곧 헌팅턴의 바에 있는 찰스를 전화로 불러내어서 그 계획대로 잘되었음을 보고하기로 되어 있었습니다. 그 동안 버지니아 그랜트는 메리웨더 부인의 집 앞에서 기다렸다가 일을 끝내고 나오는 하버를 차에 태워 오기로 되어 있었습니다. 계획은 대강 그랬던 모양입니다."

"그럴 리가…… 어떻게……. 정말로 있을 수 없는 일입니다. 나는 도저히 믿을 수가 없습니다……."

"글쎄, 내 말을 잘 들어보십시오" 하고 경감이 말했다. "조금도 있을 수 없는 일이 아닙니다. 실제로 일어난 일입니다. 일요일 밤에 메리웨더 씨가 부인에게 수면제를 권했을 때, 부인은 그것을 미리 알아차리고 대비했습니다. 약을 먹는 체하면서 손바닥에 감추어 두었습니다. 그런 다음 거실로 가서 남편의 총을 벽장에서 꺼냈습니다. 하버가 도착했을 때 부인은 그곳에서 기다리고 있었습니다."

"당신은 앤 메리웨더가 존 하버를 살해했다는 것입니까?"

"바로 그렇습니다. 하버가 살금살금 집 안으로 들어왔을 때, 부인은 준비를 갖추고 기다리고 있었습니다. 아마도 오락실의 어둠 속에 앉아 있었겠지요. 메리웨더 부인은 총부리를 들이대고 있었을지도 모릅니다. 그를 위협하여 찰스에게 고용되어 죽이러 왔다고 고백하도록 만들 생각이었겠지요. 하버는 틀림없이 한참 동안 그 자리에 못박혀 있었을 것입니다.

 하버가 오전 3시쯤 살해되었다는 것은 우리도 알고 있습니다. 그 방에 얼마나 오래 두 사람이 앉아 있었는지는 아무도 모릅니다. 그러나 이것만은 알 수 있습니다. 하버가 한 시간이 지나도 나오지 않으므로 버지니아 그랜트는 공포에 사로잡혀 잘되지 않았을 경우 서로 만나기로 약속한 장소로 바로 갔습니다. 두 사람은 일이 어떻게 되었는지도 모른 채 하버에게서 연락이 있을 때까지는 움직일 수가 없었으므로 그곳에 꼼짝도 못하고 지켜앉아 있었던 것입니다.

그러나 하버는 끝내 나타나지 않았습니다.
 물론 정말 무슨 일이 있었는가 하는 것은 이제 아무도 알 도리가 없습니다. 그러나 아무튼 그날 아침 이른 시간에 메리웨더 부인은 존 하버에게 총을 쏘아 죽이고 말았습니다. 어쩌면 하버가 달아나려고 했는지도 모르고, 또는 틈을 엿보아서 부인을 덮치려고 했기 때문에 정당방위로 그를 쏘았는지도 모릅니다. 그것은 아무도 모르는 일입니다. 부인이 그를 죽여 시체를 차고로 끌고 가서 남편의 자동차 트렁크에 시체를 넣었을지도 모릅니다.
 버지니아 그랜트와 메리웨더 씨는 바에 함께 있다가 그녀의 집으로 갔습니다. 그 점에 대해서는 메리웨더 씨도 진실을 말하고 있었습니다. 6시가 지나도록 그곳에 있다가 어떻게 되었는지 알지도 못한 채 아무튼 집으로 돌아갔습니다.
 분명히 부인이 아무 위해도 받지 않고 편히 잠들어 있는 것을 그는 보았을 것입니다. 그의 마음 속에 어떤 생각이 가로질러갔을지 그건 아무도 모릅니다. 그는 하버가 갑자기 겁쟁이가 되었었나보다고 생각했겠지요.
 아무튼 메리웨더 씨는 자동차를 타고 언제나처럼 정해진 세일즈 여행을 떠났습니다. 그때 시체가 발견된 것입니다. 정말 우연한 행운이었다고 해야 할 것입니다. 물론 메리웨더 씨의 트렁크 열쇠를 꺼낸 것도, 그것을 그의 회중시계 넣어두는 주머니에 살짝 넣은 것도 메리웨더 부인이었을 겁니다. 부인은 남편이 만일 우연히, 이를테면 가방이나 무엇을 트렁크에 넣으려고 열면 큰일이라 생각하고 그렇게 했을 것입니다."
다시 경감은 머뭇거리면서 성냥을 찾는 척했다. 이윽고 경감은 말을 이어나갔다.
 "앤 메리웨더 부인은 꼭 한 가지 진실을 말했습니다. 당신과 부인이 개가 어떻게 되었는가 보려고 돌아갔던 날 밤의 일입니다. 그날 밤 늦게 그 집에 있었던 것은 버지니아 그랜트였습니다. 부인에 대한 살해 계획을 세우기 시작하면서 메리웨더 씨가 그녀에게 열쇠를 주었었습니다. 버지니아는 메리웨더 씨가 체포되었음을 알자 실제로 무슨 일이 일어났는가를 추측하고서, 부인이 메리웨더 씨의 권총을 썼을 것이라고 추리했습니다. 버지니아 그랜트는 경찰보다 먼저 그 권총을 찾아내고 싶어서 그 집에 몰래 들어갔던 것입니다. 물론 그녀가 거기에 도착했을 무렵에는 우리가 이미 권총을 압수하고 난 뒤였지요. 버지니아 그랜트가 권총을 찾기 시작하려는 찰나 당신과 앤 메리웨더 부인이 돌아왔습니다. 개가 짖으려고 하지 않았던 것은 찰스 메리웨더 씨에게 개를 준 것이 그녀였기 때문입니다. 개와는 잘 사귄 사이였으니까요."

이야기가 여기까지 오자 나는 목소리도 나오지 않았다.
그러나 나는 간신히 말했다.
"찰스는 어째서 자기 아내를 죽이려고 했을까요?"
"왜 사람들이 살인을 저지릅니까? 찰스 메리웨더 씨는 아이라면 어쩔 줄 모를 만큼 좋아한다는 것은 알고 계시겠지요? 그 때문에 부인을 미워하여 죽이고 싶다고까지 생각했겠지요. 부인은 아이를 낳지 못하니까요.

두 사람에게는 아이가 있었지요. 그러나 그 아이는 사고로 죽었습니다. 그것을 찰스 메리웨더 씨는 부인 탓으로 돌렸습니다. 그 뒤 부인은 유산을 했고, 그 결과 아이를 낳지 못하게 되었습니다. 부인은 가톨릭 신자로, 이혼은 옳지 못한 일이라고 믿고 있습니다. 짓궂게도 찰스는 아이도 못 낳는 여자, 그리고 아버지가 되기 위해 다른 여자와 결혼할 자유도 주지 않는 여자와 부부생활을 계속해 가야 했습니다. 게다가 또 그는 버지니아 그랜트와 사랑에 빠졌습니다.
 어찌되었든 이것으로 메리웨더 씨가 왜 알리바이 이외에 변호자료가 될 만한 것을 일체 제출하지 않았는지 아셨을 것입니다. 그는 부인을 죽이려다가 실패했습니다. 부인은 찰스 부인을 살해하도록 고용한 사나이를 죽였으나, 그것을 증명할 수가 없었습니다. 그가 하버를 고용했다는 사실을 부인이 눈치챘음을 깨달았으므로 부인을 믿고 도움을 청할 수도 없었습니다.
 부인은 남편을 전기의자에 앉도록 내버려 두었지만, 메리웨더 씨는 거기에 대해 전혀 아무것도 할 수가 없었습니다. 부인은 정당방위로 하버를 살해한 것입니다. 그러나 앤 메리웨더 부인은 남편을 그 살인죄로 전기의자에 앉게 했습니다. 이것으로 그녀는 싫든 좋든 교묘하게 남편을 죽인 것입니다."
기데온 경감은 자리에서 일어나 손을 쑥 내밀어 손목시계를 들여다보았다.
 "이런, 벌써 6시가 지났군! 이렇게 오래 붙잡고 있어서 죄송합니다. 그렇지만 당신께서도 궁금해하실 거라고 생각했기 때문에…… 어떻습니까, 어디든 가서 저녁식사라도 하실까요?"
 나는 머리를 저었다.
 "아닙니다. 유감입니다만, 안 되겠는데요. 사실은……." 나는 아무 생각 없이 말했다. "아내와 만나기로 되어 있는데, 벌써 꽤 늦어졌기 때문에……."
 "이거 참 죄송하게 되었습니다. 이렇게 늦게까지 붙잡아선 안되는 건데 그랬군요. 그런데 부인이시라고요? 당신은 확실히……."
 "석 달 전에 결혼했습니다." 내가 말했다. "앤 메리웨더와 나는 석 달 전에 결혼했습니다."

음험 비열 천박이 매력인 도버 경감

 코난 도일과 애거서 크리스티가 태어난 본격 미스터리소설의 왕국 영국에서 1960년대 중간 무렵에 뛰어난 재능을 지닌 여류작가 한 사람이 탄생했다. 조이스 포터가 바로 그 사람이다.
 그녀는 1924년, 영국 중서부에 자리잡은 체셔 시에서 태어났는데, 마스레스필드 여자고등학교를 나와 킹즈 칼리지를 거쳐서 런던 대학을 수석으로 졸업한 다음 영국 공군부인 보조부대에서 4년 동안 일했다. 그동안 독일에서 2년 동안 머물렀으며 또한 러시아어를 공부하기 위하여 러시아 망명 가족과 여섯 달 동안 함께 생활했다.
 그녀는 서묵스 주의 항구 도시 헤스팅스에서 살았으며, 러시아 육군사의 연구와 외국 여행 및 브리지가 취미였다.
 이러한 그녀가 미스터리소설에서 뛰어난 재능을 나타내기 시작한 것은 40살 때의 일이었다. 첫작품인 《도버1》을 1964년에 출판하자 앤소니 버우처를 필두로 많은 비평가가 최대의 찬사를 바쳤다. 그들은 '포터 양의 눈부시게 풍부한 코믹한 재능'이라느니, '처음의 24페이지까지 적어도 세 번은 박장대소하게 된다'느니, 또는 '도버 경감은 미스터리소설의 탐정 가운데 가장 재미있는 인물'이라는 등의 말로 포터가 쓴 장편 미스터리소설의 특징을 이야기했던 것이다.

이 도버 경감 시리즈는 첫작품인 《도버1》을 시작으로 《도버2》 《도버3》 《도버4/절단》 《도버5/분투》 《도버6/역습》 《도버7/박살》 등 1972년에 이르기까지 모두 일곱 작품이 나왔다. 그런데 이 가운데에서도 특히 네 번째의 《절단》이 걸작으로 꼽히고 있으므로 한국 미스터리소설 애독자들을 위하여 이것을 첫 번역 작품으로 골라 우리말로 옮겼다.

따라서 도버 경감에 대해 잘 모르는 우리 독자들은 읽어 내려가는 동안 내내 좀 어리둥절한 기분을 느끼며 그 코믹한 재미를 충분히 느끼지 못하였을는지도 모른다. 그러므로 도버 경감의 신상에 대하여 이 해설에서 한 번 자세히 다루어 보기로 한다.

스코틀랜드야드의 월프레드 도버 경감은 미스터리소설사상 이제까지 어느 탐정도 지니지 못했던 인간적인 결함을 송두리째 가지고 있는 인물이다. 그는 어리석고 성격이 기묘하며 화를 잘 내는 모습으로 독자들 앞에 나타난다. 아주 신경질적인 주제에 굉장히 얼빠진 짓을 잘하며 의지가 굳지 못하고 약한 자에게 심술궂게 구는 것이 취미이다. 자신이 열차 시간에 맞추어 가지 못하고서는 철도청으로부터 철도 주변 풍경에 이르기까지 마구 욕설을 퍼부어 대는 것이다. 그리고 부하의 기분을 제멋대로 짓밟으면서, 만일 자기 마음에 들지 않는 사람이 있으면 "저 녀석을 유치장에 처넣어 버려!" 하고 부하인 매글레거 경사에게 노호하며 앞뒤를 가리지 않고 날뛴다.

그의 생김새를 살펴보면 키 6피트 2인치(약 188센티미터)에 몸무게는 110킬로그램, 배 언저리에 살이 디룩디룩 찐 거한인 그는 마치 추남을 그림으로 그려놓은 듯하다.

투실투실한 이중턱인 얼굴에 단추 구멍 같은 눈과 경단 같은 코와 지저분한 입이 자리잡고 있으며, 코 아래에는 아돌프 히틀러 이래로 완전히 인기가 없어져 버린 콧수염을 기르고 있다.

경찰관답게 감색 사지 제복을 입고, 두툼한 돼지 목에 푸른 색 칼라를 달고 있지만 지방질에 파묻혀 거의 눈에 띄지 않는다. 그리고 이중턱 아래로 늘어져 있는 싸구려 넥타이. 그 위에 헐렁한 짙은 감색 외투를 입고 딱딱한 검은 장화를 신었는데, 어깨에는 언제나 비듬이 잔뜩 떨어져 있어서 비가 오면 밀가루처럼 반죽이 될 정도이다.

성격은 음험하고 비열하고 천박하며 무신경하고 고집 세고 질투가 많은 데다 이루 말할 수 없이 심술궂다. 게다가 무지무지하게 화를 잘 낸다.

이처럼 결점이라는 결점은 모조리 갖춘 도버 경감이 범죄를 증오하는 점에서는 단연코 런던 경시청에서 으뜸가는 인물로 정평이 나 있다. 이렇게 말하면 마치 정의감이 투철한 듯이 들리겠지만, 정의감이라곤 손톱의 때만큼도 갖고 있지 않다. 지독하게 게으르므로 범죄가 발생하면 자기 발로 걸어다니며 수사를 해야 하는 것이 그의 마음에 들지 않기 때문이다.

도버가 이 세상에서 가장 싫어하는 것은 일이다. 그렇기는 하지만 직장에 얽매어 있는 몸인 이상, 급료를 받는 만큼은 일하지 않으면 안 된다. 그러므로 그가 하는 것만큼 거칠고 엉망진창인 수사 방법도 달리 없을 것이다. 막다른 판국에 이르면 아무나 마구 범인으로 몰아 "유치장에 처넣어!"라고 호통치며 예사롭게 증거를 날조한다.

만일 남편 있는 여자가 살해되었다면 "범인은 남편이다. 아내 살해범은 반드시 남편이니까!"라고 현장에 닿기도 전에 모든 것을 추리하여 끼워맞추는 것이다. 물론 폭력과 고문도 서슴지 않는다.

이러한 도버 경감과 콤비를 이루는 것이 친절하고 겸허하며 참을성이 많은 매글레거 경사이다. 호텔에 틀어박혀 낮잠이나 자는 경감의 명령으로 이리저리 수사하러 다니면서도 욕이나 먹고 혹사당한다. 그런데도 매글레거 경사는 도버의 말을 고분고분 들으며, 애써 수집한 증거를 모두 그에게 빼앗기고, 사건 해결의 공적도 늘 도버 혼자서 차지하게 된다.

그런데 이런 인물이면서도 도버 경감이 독자에게 사랑받는 것은 그의 말과 행동에 어딘지 모르게 유머러스한 느낌이 있어 미워할 수가 없기 때문이다.

도버 경감을 태어나게 한 포터의 공적은, 미스터리소설을 고급한 오락으로서 제공하고 있다는 점일 것이다. 게다가 읽는이에게 결코 부담감을 주지 않는다. 그녀는 실로 특이한 성격의 탐정을 창안해 내어 유머러스한 서술로 주인공과 작품에 생명을 불어넣었는데, 이러한 그녀의 서술 재능은 후천적인 문장력에 의한 것이 아니라 완전히 천부적인 재질의 소산인 것이다.

미스터리소설이란 읽는이에게 결코 부담감을 주지 않아야 하는데, 그 점에서 포터의 작품은 으뜸가는 자리를 차지하고 있다. 그녀는 도버 경감 시리즈 일곱 권 말고도 범죄소설을 네 권 썼는데, 도버 경감과는 완전히 다른 성격의 〈혼컨 아주머니 시리즈〉에도 손을 대었다.

라이오넬 화이트 《어느 사형수의 파일》은 전형이 될 만한 미국 도시의 교외를 무대로 하여 평범한 중류 가정에서 일어난 범죄사건을 한 변호사의 눈을 통해 그려내고 있다. 변호사라고는 하지만 법정과 전혀 관계없이 중소기업의 세금문제를 주로 다루는 '법률고문'이라고 하는 편이 적당할지도 모른다.

사건의 중심인물은 찰스 메리웨더와 그 아내 앤으로, 찰스는 전형이 될 만한 미국 남성으로서 모범 남편이다.

그러나 어떤 살인사건으로 이 부부의 과거 비극이 드러나고, 그 비극이 이 범죄사건과 밀접한 관계가 있다는 것이 차츰 뚜렷해진다. 찰스 메리웨더는 자신의 무죄를 외치면서 전기의자에 앉게 되는데, 그가 죽은 뒤에야 놀라운 진상이 드러난다.

《도주와 죽음과》를 포함한 일련의 갱 소설에 비하면, 화려한 움직임은 없지만 최고 수준에 달했음을 보여주는 범죄소설의 걸작이다.

라이오넬 화이트는 처음에는 범죄를 전문으로 다루는 신문 기자로 출발하여, 그 뒤 몇 군데 실화 잡지의 편집장을 역임한 다음 작가로서 독립했다. 미국에서 가장 인기있는 남자들을 위한 실화 잡지 〈진실〉의 편집장이 바로 이 라이오넬 화이트였다.

그가 쓰는 작품은 이런 오랫동안 경험한 것을 바탕으로 한 범죄소설이나 갱 소설이 대부분이며, 특히 초기 작품에는 갱을 주인공으로 한 범죄소설이 많다. 그는 또 범죄사건을 통해 사회의 비뚤어진 양상을 절감하고 있었으므로 작품에는 '반드시'라고 해도 좋을 만큼 사회의 낙오자라든가 패배자가 등장한다.

그 대표작이《도주와 죽음과(The Killing)》이다. 이것은 스탈링 헤이든 주연으로 영화화 되었다. 형무소에서 갓 나온 사나이가 일생일대의 대규모 강도를 계획한다. 결국 경마장의 매상을 고스란히 빼앗으려는 것이다. 그 계획은 보기좋게 성공하여, 강도 일당은 한평생을 두고 써도 다 못쓸 정도의 돈을 손에 넣는다. 그러나 이 완전범죄 역시 생각지도 못한 데에서 맥없이 허물어진다는 줄거리였다. 하드보일드 스타일의 서스펜스에 찬 범죄소설의 걸작이다.

1950년대에 발표된 그의 작품에는 이《도주와 죽음과》를 비롯하여 훌륭한 범죄소설이 많다. 1958년에 쓴《갱에게 관(棺)을》도 그 가운데 하나로, 어느 작은 도시에 찾아온 두 사나이가 불러온 공포에 찬 범죄소설이다. 두 사람이 갱이라는 것은 도시 사람들도 곧 알 수 있었지만, 그러나 대체 이 두 사람이 무엇을 하러 왔는지 아무도 몰랐다. 도시 사람들에게는 저마다 과거가 있어, 혹시 그들이 자기를 노리고 온 게 아닐까 매우 의심한다. 이때문에 살인이 일어나고 폭행이 가해져 작은 도시는 죽음과 공포에 휩싸인다. 게다가 허리케인까지 덮쳐 작은 도시는 더욱 황폐해진다.

처음부터 끝까지 숨막힐 듯한 서스펜스의 연속으로, 맨 끝의 짓궂은 결말에는 자신도 모르게 깊은 한숨을 내쉬게 되는 작품이다.

이런 범죄소설을 중점으로 다루던 라이오넬 화이트가 1958년 무렵부터 제재를 달리했다.

그 맨 첫 작품이 《이웃집》이었다. 그는 교외라는 아주 현대적인 미국 사회를 무대로 한 소설을 쓰기 시작했다. 지금까지와 달리 미국의 소시민이 주인공이 된 것이다. 매우 평범한 도시의 교외에 사는 시민이 인간의 나약함과 욕망으로 말미암아 저지르는 범죄를 주제로 택한 것이다.

그 뒤 발표된 것이 《어느 사형수의 파일》인데, 이 작품에 의해 그의 의도는 훌륭히 채워졌다.

라이오넬 화이트는 약 20년에 걸쳐 30편 가까운 작품을 썼다.